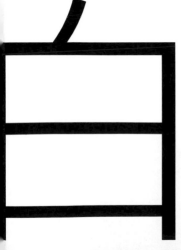

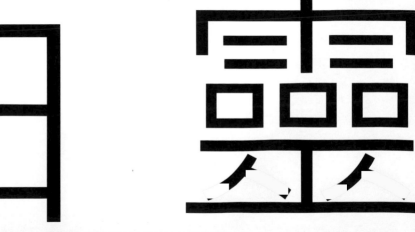

閱讀白靈

黎活仁、楊慧思、楊宗翰・主編

序一　誰能拉著天空奔跑

白靈

　　人生是諸多偶然、眾多因緣際會交錯、碰撞、串連、甚至糾纏而成的，一切的情理事物人常只因福至心靈一個動作、一個念頭、乃至一個情緒，而勾串出完全不可預期的各種因緣，從此走上了不一樣的轉角，繞過了詭譎嶒峙的山崖、看見了曲線迷離的海岸線，乃至遇見了一生與之互動頻繁過從甚密的同窗、知交、或難友。

　　這樣的「遭」和「遇」，很難或根本無法重新來過，每個轉折皆是當場當時在看不起眼的關口即得驟下判斷或當下選擇，常常很難有時間慎思長考，由不得你猶疑不決。於是每一個選擇常成為個性或性格的呈現，表現為直覺的反應，終至百轉千迴，來到眼前當下，成為你目前這個模樣。至於通過每一選擇後的未來是幸運或不幸，沒有走一段時間，都不易看得清，甚至幾個選擇後都說不準當時若走的是另一條路時，目前又會如何如何？

　　彷彿只有當我們心中不時出現一個遙遠的聲音，模模糊糊提醒我們，莫忘初衷、莫忘初衷時（雖然什麼是那個初衷也不見得很清楚），回頭去看，才發覺，原來很多條路都可能通向目前站立的這個所在，原來很多經驗或挫折不過是命運一而再再而三的對你的折磨和試煉。

　　也因此，當有機會與特殊性格或奇特行為模式的人「遭遇」時，筆者常會對他背後走過的路徑和履痕充滿好奇，即使基於禮貌和隱私無法透徹理解其行徑之所由，但對他走到目前這個點的動機、緣

由、和其可能的初衷和未來方向，儘可能寄予包容和試圖與之同理心。如果有難以溝通或理解處，也想辦法與之同步或偕行一段時間，直到又口或分歧出現為止。當然這必然耗時又耗費心力，但有哪一樁事不耗時又耗費心力的？如果這樣的「遭遇」與你模模糊糊的初衷和模模糊糊的未來行徑乍看似乎相近或偶能交錯時，那又何妨同行一段呢？

　　與香港大學中文系黎活仁教授初識，應是在 1996 年 10 月與詩友尹玲、向明前往大陸廣東佛山參加國際華文詩人筆會的年會，於路經香港時，經尹玲的介紹一同吃過消夜而認識的。其後少有往還，直到 2005 年 7 月，參加了他在武漢大學為瘂弦舉辦的研討會，受邀在會上主題演講，由於從 email 的往返信件中，看到他對所有論文發表人的「極端嚴格」的格式和文學理論要求，遂也卯足力氣隨俗地把主題演講寫成了一篇二、三萬字的論文，且首度將愛因斯坦的相對論與海德格的現象學放在一起討論。記得當時氣候炎熱無比，武漢宛似火爐，他不論在黃鶴樓前酷日下照相，或在前往遙遠的老秭歸城拜謁屈原祠時，車上一度冷氣失靈，他與當時香港大學中文系單周堯主任枯坐車上猛冒汗時，都依舊領帶不解、西裝畢挺，展現的是「臨酷熱不亂」的紳士風度。

　　此後多年，在廣東信宜為鄭愁予、在南京蘇州揚州最後到達徐州為洛夫、之後再度到徐州為余光中、到廈門為商禽、後來到彰化為周夢蝶為隱地、到上海為蕭蕭、到珠海為林煥彰與筆者等等，他的行徑率皆如此。但一路也顛簸曲折、輾轉周旋於諸多大學、詩壇大老、教授、文友、在眾多學生之間，誠非易事。然而他竟能僅憑個人極其有限的資源和人脈、剛強不肯轉折的毅力、不妥協的文學理論要求、格式要求、乃至出席服裝要求，甚至加上那直率又有些倔強的脾氣，卻也能到處「煽風點火」，辦了幾十場各式各樣規模不一的研討會（詩以外還有小說、華語文方面，如金庸、

錢鍾書、龔鵬程、朱天心朱天文……等的研討會），可說令人嘖嘖稱奇。

由於黎氏的特異行徑和被認為「不合理」的要求，這期間恐怕連他也不知得罪了兩岸四地多少學術大老、教授、和文友，卻看他依然幹勁十足、愈挫愈勇。但其事後所留下的眾多論文，的確也為臺灣詩壇、文壇、學術界提供了與一般中文系路數不同、規格要求奇嚴的絕佳範例。即使臺灣（包括大陸）文壇和學界目前對此所知有限，但又何妨，由黎氏引領出的諸多研究成果，在未來必能有令人驚豔、驚訝、甚至遍地開花的效應。

以是，與這樣「路數」不同常人的文友交往，並非易事，需要更多也更長時間的耐心、平常心、與同理心，彼此往還，很多事都不宜過度計較，盡量去明白不同環境、教育背景、政經體制下本來就存在的差異，相互學習、截長補短，由其中也自我鞭策和成長，或能踩踏出人生一段不可思議的旅程。

筆者從發表第一首詩的 1973 年迄今，轉眼已三十餘載，寫詩變成生命中最重要的志業，離從小很想當一個漫畫家的夢想越來越遠，卻也沒打算要後悔。本來，好像再也沒有什麼事能比突然寫出一首詩（即使只有五行）更高興的了，即使一篇散文、或長達二、三萬字的論文都不能。但自從參與上述有關詩方面的研討會後，卻發現過去讀他人詩作大多囫圇吞棗，未能細研微觀，所獲其實有限，對創作功力的精進幫助不大，如今終得耐下心來對大規模詩作宏觀加微觀，鑽研思索詩作背後來路、動機、和行徑，由此經月摸索，其影響筆者詩血液的「濃度」，效應理應驚人。幾年下來，果然寫詩之動力和筆勁，愈發興味勃勃，此並非當初自身所能預測。

此外，過去多年筆者對自己在年少時即選擇了化學工程這一行業，總有些懊惱，因為不能在文學上全力以赴，「職業」彷彿牽扯著「志業」的後腿。即使後來寫《一首詩的誕生》（1991）、《煙火

與噴泉》(1994)、《一首詩的誘惑》(1998)、《一首詩的玩法》(2004)等詩論時，由於理工背景使自己與真正文學人看詩的角度有所不同，但終不能使科學與人文真正互通。直到 2005 年之後，由於黎氏多年的背後推逼，自己書寫時又想與一般文學人觀點有所區隔，遂膽大地進入科學領域尋求奧援，以使科學觀念與文學互動互融，終也能稍有斬獲，其小小成績後來暫時收輯為《桂冠與荊棘》(作家出版社，2008)一書，此事即在說明黎氏長年籌辦各式研討會，其所生發的影響力恐也非他本身所能預見，筆者所得只是一「案例」而已。很多年前（1987）筆者曾寫下一首五行詩〈風箏〉：

> 扶搖直上，小小的希望能懸得多高呢
> 長長一生莫非這樣一場遊戲吧
> 細細一線，卻想與整座天空拔河
> 上去，再上去，都快看不見了
> 沿著河堤，我開始拉著天空奔跑

這世上「誰能拉著天空奔跑」？任誰都不能吧？「拉著天空奔跑」於是只能成為一種壯志和「理當如是也」的雄心，一種唐吉訶德式的壯志和雄心；但即使是遙遠的幻覺，那股精神和毅力仍是令人擊節讚賞的，黎氏即當今兩岸四地學界之唐吉訶德也。

當 2010 年上半年，黎氏打算在下半年於珠海為筆者舉辦研討會時，筆者本立即回以「太早了」、「幾年後再說」，沒想到他是劍及履及之人，沒多久即付諸行動，將論文邀約、行程、場地等，快速地打理妥當，讓當事人來不及反應、且有「被綁鴨子上架」之感。此後即於當年 12 月假珠海國際學院邀來二十位熱心的教授、學者、和博碩生，就拙作七本詩集及其他作品從不同理論、角度，或縱或橫地切片，多發筆者所未及見的論點和細節，令人敬佩和驚

異。之後又從內容到形式，要求與會學人務必精心修正，再延請其高徒香港大學史言博士、臺灣成功大學博士生蔡明原就各論文核對所有引用原文、格式、和相關評論書目等等，細校檢誤，方正嚴謹，細節之講究，令人「瞪目結舌」。

　　如此前後已一年有餘，不僅付出極大心力，今再為此論文作序，歷數結識因緣及所經之盛會麗景，果真諸緣聚集、乃能緣起不滅啊。此「不滅之緣」可舉一例為証，比如 2011 年 12 月筆者以拙作《昨日之肉》從三十餘冊詩集中幸獲選為臺灣文學獎圖書類新詩金典獎，在臺南頒獎當天，黎教授與其高徒余境熹竟也因他項會議之便蒞臨頒獎現場，令筆者備感溫馨和興奮，當晚還與眾多各路文友歡宴於度小月、後移地暢談至夜深，並促成未來汪啟疆詩歌研討會召開之可能，如此曲折交叉之諸般際遇，誠人生諸多偶然所營構，而非任何人所能預知，豈非一大樂事乎？此書體例之能完備，得力於黎氏事事要求「魔鬼藏在細節裡」的超常人精神，光精校糾誤一事即反覆多遍，歷時超過一年，其「之龜毛」「之難纏」令人稱奇而不能不欽敬贊嘆。其間黎氏也商得好友楊慧思撰序、詩人楊宗翰共同主編，且委由秀威資訊以 BOD 及 POD 型式同時出版，諸般隆情盛意，令人感動及感佩。如此際會，也實肇端於諸多因緣如諸溪相匯如雲朵集聚，方有如此波起風動雲湧之盛事，則實亦人生一大快事也。

序二

黎活仁

香港大學饒宗頤學術館名譽研究員

2005 年，香港大學中文學院和徐州師範大學、武漢大學文學院簽訂為期十年的「中國新詩研究合作計畫」備忘錄（2005.7.4），回顧過去六年，我們的重點集中在臺灣十大詩人研究，慢慢延展至中生代的作者，所謂中生代目前也五十開外，在詩壇學壇舉足輕重。

據楊宗翰博士〈臺灣當代十大詩人選舉結果揭曉〉（《聯合報》副刊，2005.10.29）一文，臺灣十大詩人選舉，有好幾個回合。1977年《中國當代十大詩人選集》選出十大詩人為紀弦、羊令野、余光中、洛夫、白萩、瘂弦、羅門、商禽、楊牧和葉維廉。1982 年詩刊《陽光小集》「青年詩人心目中的十大詩人」選舉，以得票多寡為序是：余光中、白萩、楊牧、鄭愁予、洛夫、瘂弦、周夢蝶、商禽、羅門和羊令野。2005 年，國立臺北教育大學臺文所與《當代詩學》合辦「臺灣當代十大詩人」票選，結果是洛夫、余光中、楊牧、鄭愁予、周夢蝶、瘂弦、商禽、白萩、夏宇和陳黎脫穎而出。

1990 年，簡政珍和林燿德編有《臺灣新世代詩人大系》，入選的 24 位作家是蘇紹連、簡政珍、馮青、杜十三、白靈、渡也、陳義芝、溫瑞安、方娥真、王添源、楊澤、陳黎、向陽、徐雁影、苦苓、羅智成、夏宇、黃智溶、初安民、林彧、劉克襄、陳克華、林燿德和許悔之。其中夏宇曾入選十大。白靈的研討會，我們也辦過

了（2010.12.18-19），向陽的已在江蘇連雲港舉行（2011.10.8），2012年7月，又準備召開羅智成研討會。

1999年，文建會和《聯合報》副刊主辦了「臺灣文學經典」的評選，並在同年3月19至21日，於臺北國家圖書館召開了研討會，座無虛席，記得白靈教授在會場送我一本他編的詩集，日後著手籌辦瘂弦研討會之時，馬上想到這位大師，情商蒞臨指導。

如是在過去的七年，白靈教授、方環海教授忼儷協助我展開了臺灣詩人研究系列，次序如下：

1. 「瘂弦與二十世紀華文文學研討會」（2005年7月4日，武漢大學中文系）。
2. 「鄭愁予與二十世紀華文文學研討會」（2006.4.16，廣東茂名信宜市）。
3. 「洛夫與二十世紀華文文學」（2007.4.7，蘇州大學）。
4. 「余光中與二十世紀華文文學」（2008.3.23，徐州師範大學）。
5. 「周夢蝶與二十世紀華文文學」（2009.12.20，彰化明道大學）。
6. 「商禽與二十世紀華文文學研討會」（2010.4.3-4，廈門大學）。

以上是十大詩人系列。

7. 「蕭蕭與二十世紀華文文學研討會」（2010.10.16-17，復旦大學中文系）。
8. 「白靈與二十世紀華文文學研討會」（2010.12.18-19，珠海、北京師範大學與香港浸會大學合辦國際學院）。
9. 「錢鍾書、唐文標、林煥彰與兩岸四地文學現象國際研討會議」（2011.4.23，北京師範大學唐家灣珠海分校。）
10. 「隱地與二十世紀華文文學研討會」（2011.6.10，彰化明道大學）。

11. 「向陽與與二十世紀華文文學研討會」（2011.10.8，江蘇連
    雲港師專）。

　　白靈教授後來介紹蕭蕭教授加盟，環海教授走馬薦田崇雪教
授，沒有蕭、田兩位，以上的系列研討會，也是無法成就的。洛夫
和余光中的研討會（其時環海教授在哈佛也），得崇雪教授幫助，
解決了經費問題，後者請到解放軍軍樂隊在開幕式蒞臨演奏，贊助
單位《彭城晚報》還招待我們在煙花三月遊了揚州瘦西湖。蕭蕭教
授則促成周夢蝶、隱地的研討會，可惜的是夢蝶居士住院，未能拜
見，會後與環海教授伉儷、崇雪教授和內子應《乾坤詩刊》紫鵑女
士的邀約，到臺北明星餐廳當年周氏例必坐在那兒的卡位茶敘，一
發思舊幽情。

　　瘂弦會請得兩位研究生幫忙蒐集資料，相當理想，成為定制。
鄭愁予、洛夫、余光中都是如此，在香港找不到的資料，就拜託白
靈教授張羅，謹在此致以萬分謝意！自「周夢蝶與二十世紀華文文
學」開始，得香港大學圖書館的外借部代為聯繫，根據臺灣學者所
編或學位論文後附的目錄，蒐集到相關資料達百分之九十五；後日
問世論文集的引述較為宏富，實有賴前置作業。其時我的所在工作
單位也剛買了影印掃瞄兩用的巨型器材，可以把紙本極速轉換為
PDF 格式，並用萬維網傳送，揮別空郵掛號的花錢費時模式。對詩
集進行掃瞄，整理為可供拷貝蒐尋的文字檔，有助研閱窮照，查找
人名、統計語詞常用次數，變得輕而易舉。

　　研討會常在不同地域舉行，瘂弦的一次，就近遊覽了黃鶴樓（參
白靈《女人與玻璃的幾種關係‧登黃鶴樓》）、琴臺、王昭君和屈原
故里（參白靈〈秭歸的老船長〉，尚未結集）。因為三峽工程的規劃，
其時的屈原祠目前已在水線以下，沿途波碧山青，印象至為深刻。
洛夫的一次，由南京到徐州，在博物館參觀了金鏤玉衣（參白靈《昨
日之肉‧金縷衣》），以及龜山楚王墓（參白靈《昨日之肉‧楚王墓

十行》)、徐州漢畫像石博物館、小兵馬俑館，回程經過淮安明祖陵而還。鄭愁予的一次，攀登了天馬山（參《女人與玻璃的幾種關係・兩廣石》)，又走訪茂名信宜古城（參《女人與玻璃的幾種關係・鎮隆古城》)。商禽會在廈門舉行，順便往福建土樓和鼓浪嶼繞了一圈。在珠海舉行白靈會，有緣重訪中山先生故居，國父的豐功偉績早見於白靈筆下（參《五行詩及其手稿・謁中山陵》)，國父留下「革命尚未成功」的遺言，中道而別，喪亂以來，尤感扼腕！

　　白靈研討會假廣東珠海北京師範大學香港浸會大學聯合國際學院舉行，國際學院是以英語授課，專攻商科的高校，陽春白雪，自有知音，畢竟在意料之外，不期而至者數十人。夫無識之物，鬱然有采，有心之器，其無文歟！估計將來定有學子不務正業，一如化工教授白靈，棄試管燒瓶，發揮事業，為一代文宗。與會學者之中，復旦五女俠，是因為前年在該校的百人研討會面識（2010.10.16），五位後來還順道南遊香港，本系列會議有事於連雲港，王蓉和吳燕南兩位三度響應徵召，在境熹協調下招募的劉益州博士，後來又參加了隱地和向陽研討會。蔡明原先生也參加了連雲港的向陽會，並已成為團隊的中堅。應該感謝蔡明原先生就各篇論文引用臺灣文獻部分逐一核實、包括引文、注釋和頁碼，使《閱讀白靈》無論內容與形式，均臻於完善。明原乃向陽教授高徒，這次白靈的研究資料目錄，也得明原鼎力襄助，據數篇學位論文整合，詳加覆核，工程浩大，實近古以來所未有。

　　瘂弦、周夢蝶、蕭蕭和隱地的論文，都已在臺灣結集，余光中的在《韓中言語文化研究》出了特輯，已成為臺灣文學研究必讀經典，承秀威楊宗翰博士厚愛，提供機會，出版「閱讀大師」系列網上書，余光中、商禽、白靈、唐文標、林煥彰，都排上日程。

　　趁籌辦白靈教授研討會的機會，得以拜讀《後裔》（1979）、《大黃河》（1986）、《沒有一朵雲需要國界》（1993）、《愛與死的間隙》、

（2004）《女人與玻璃的幾種關係》（2007）、《五行詩及其手稿》（2010）和《昨日之肉》（2010）等全部詩作。其中《昨日之肉》榮獲國立臺灣文學館三十萬元大獎，可謂實至名歸，活仁趁赴臺南大學參加研討會之便，得以躬逢其盛（2011.12.10），白靈伉儷擺下慶功宴，詩人汪啟疆先生、蕭蕭教授、金尚浩教授、鄭振偉副院長、明原、境熹、白靈教授姪兒莊坤衛君（參與《昨日之肉》美術設計）與區區等共醉於度小月，乃不知有漢，無論魏晉。

秀威出版得獎名作《昨日之肉》，同日亦獲嘉許，楊宗翰博士和《昨日之肉》責任編輯黃姣潔女士應邀出席，到臺上發表感言。在下也希望趁這一機會，向兩位致以衷心的謝意！

序三

楊慧思
香港藍葉詩社秘書長

「白靈與二十世紀華文文學」研討會於 2010 年 12 月 18 日在珠海北京師範大學——香港浸會大學聯合國際學院中國語言文化中心隆重舉行。在大會總負責人香港大學黎活仁教授悉心安排下，兩岸三地的學者、教授聚首一堂，在珠海最美麗的唐家灣舉行是次文壇盛會，實屬難得。

在整天的會議，我有幸參與其中，而主角白靈教授當然也是座上客。主題演講分別由明道大學中文系蕭蕭教授及香港大學黎活仁教授主持。蕭蕭教授和白靈教授同為臺灣中生代詩人，在詩壇有著領導作用，他們兩人並肩合作多年，積極推動新詩教學，他們不遺餘力地推動詩歌創作，影響了不少新一代詩人，加上他們相知相交多年，蕭蕭教授可說是最有條件評論白靈教授的詩歌。蕭蕭教授的主講題目為〈炎上作苦：論白靈詩與火的屬性〉，他認為所有詩人都應如白靈教授，有烈火般的執著和熱情，才能發揮創作的動力。接著黎活仁教授以〈上升與下降：白靈與狂歡化詩學〉作演講，他運用了相關理論引證白靈詩歌的獨特色彩。

隨後的專題演講由徐州師範大學方環海教授及本人負責。方教授以白靈詩歌的生態倫理意識作分析，而本人則以索緒爾的結構語言學理論解構白靈的詩歌。之後的討論分別由逢甲大學、嘉義大學、復旦大學、明道大學、南華大學、淡江大學、成功大學、廈門

大學、徐州師範大學及香港大學等教授及博士研究生主講。當中令人印象最深刻的演講莫過於明道大學的羅文玲教授、淡江大學的夏婉雲女士、逢甲大學的劉益州先生及嘉義大學的陳政彥教授。他們討論的內容深刻獨到，極具精闢見解，對白靈詩歌有深層次的分析。從他們的論述可看到白靈詩歌的豐富多變及無限的想像空間，有助擴闊讀者的思考領域。

是次研討會在一天密集式進行，二十多位學者發表論文，通過討論、對談及互動切磋，集思廣益。而即將出版的論文集《閱讀白靈》更是白靈研討會的精粹所在，集合二十多中港臺學者、教授及研究生的力量，經過精密分析探討，重點研究詩人白靈的作品。無論在研究團隊，研究水平及研究之深度及闊度方面，均予人意外驚喜，完全是一本質量並重的論文集，實為研究白靈詩歌不可或缺的重要資料。

2010 年 1 月 15 日於香港

目　次

巴什拉詩學的分析

美學分析

童詩　文學批評　新詩教學

語文修辭

巴什拉詩學的分析

上升與下降

——白靈與狂歡化詩學

黎活仁

作者簡介

黎活仁（Wood Yan LAI），男，1950 年生於香港，廣東番禺人。京都大學修士，香港大學哲學博士。現為香港大學饒宗頤學術館名譽研究員。著有《盧卡契對中國文學的影響》（1996）、《林語堂瘂弦簡媜筆下的男性和女性》（1998）等。

論文題要

本文以巴什拉的四元素詩學，結合巴赫金的嘉年華會理論，研究白靈詩歌，上升和下降的描寫，狂歡化就是顛覆上和下，天堂變成地獄，地獄變成天堂。狂歡化指向地獄和身體的下半部，故以下降為主。白靈詩寫了陰影，地獄、肢解等的詩，都是地獄想象。代表性作品飲茶和〈風箏〉諸作，也有下降的特點。

關鍵詞（中文）：巴什拉、迷宮、狂歡化、四元素詩學、白靈

一、引言

　　巴什拉（Gaston Bachelard, 1884-1962）的《大氣的夢想》（*Air and Dream*[1]）《大氣的夢想》[2]第 3 章發端說：上升與下降的隱喻，後者遠比前者為多，本文結合巴赫金（M. M. Bakhtin, 1895-1975）狂歡化理論，研究白靈（莊祖煌，1951-）詩歌[3]上升和下降的描寫；狂歡化就是顛覆上和下，天堂變成地獄，地獄變成天堂。狂歡化指向地獄和身體的下半部和腹腔，故以下降為主。

　　巴什拉什「四元素」詩學，是認為每位作家都據想象力分為地、水、火和大氣四類。巴什拉在 1938 年開始出版他的四元素詩學系列，這包括《火的精神分析》（*The Psychoanalysis of Fire*, 1938，54歲[4]）、《水與夢》（*Water and Dreams*, 1942，58 歲[5]）、《大氣的夢想》（*Air and Dreams*, 1943，59 歲[6]）、《大地與休息的幻想》（*Earth and Reveries of Repose*, 1946，62 歲）、《大地與意志的幻想》（*Earth and*

---

[1]　Gaston Bachelard, *Air and Dreams: An Essay on the Imagination of Movements*, trans. Edith R. Farrell and C. Frederick Farrell（Dallas: Dallas Institute, 1988）.

[2]　Gaston Bachelard, *Air and Dreams* 91.

[3]　本文引用白靈以下各本詩集：《後裔》（臺北：爾雅出版社，1979）、《大黃河》（臺北：爾雅出版社，1986）、《沒有一朵雲需要國界》（臺北：書林出版社，1993）、《愛與死的間隙》（臺北：九歌出版社有限公司，2004）、《女人與玻璃的幾種關係》（臺北：唐山出版社，2007）、《五行詩及其手稿》（臺北：秀威科技股份有限公司，2010）、《昨日之肉》（臺北：秀威科技股份有限公司，2010）。

[4]　巴什拉（Gaston Bachelard），《火的精神分析》（*The Psychoanalysis of Fire*），杜小真、顧嘉琛譯（北京：三聯書店，1992）。

[5]　Gaston Bachelard, *Water and Dreams: An Essay on the Imagination of Matter*. trans. Edith R. Farrell（Dallas: Dallas Institute, 1988）.

[6]　Gaston Bachelard, *Air and Dreams: An Essay on the Imagination of Movements,* trans. Edith R. Farrell and C. Frederick Farrell（Dallas: Dallas Institute, 1988）.

Reveries of Will: An Essay on the Imagination of Matter[7], 1948，64 歲）、《燭之焰》（*The Flame of a Candle*, 1961，77 歲[8]），1962 年辭世，未完成遺稿《火的詩學》（*Fragments of a Poetics of Fire*[9]）則於 1988 年付梓，據云巴歇拉爾一直希望改寫《火的精神分析》，可惜未能完成。在《火的精神分析》出版之後到逝世之止，四元素詩學的建構用了 24 年。除了四元素詩學系列之外，巴什拉的《空間的詩學》（*The Poetics of Space*, 1957，73 歲[10]）最為人所熟知。

二、上升與下降

如弗萊（Northrop Frye, 1912-1991）的《世俗的經典：傳奇故事結構研究》（*The Secular Scripture: A Study of the Sturcture of Romance*）一書對上升和下降，有相當長篇的論述，弗萊說到但丁（Dante Alighieri, 1265-1321）《神曲》（*Divina Commedia*）時代為止，西方人想象的宇宙，最高層是天堂，即上帝的居住的地方，也是太陽、月亮和行星的世界，第二層是人間的天堂或伊甸園，第三層是我們生活的世界，第四層是魔鬼的世界，或稱地獄[11]。

---

[7]　Gaston Bachelard, *Earth and Reveries of Will: An Essay on the Imagination of Matter,* trans. Kenneth Haltman（Dallas: Dallas Institute, 2002）.

[8]　巴什拉，《燭之焰》（*The Flame of a Candle*），《火的精神分析》（*The Psychoanalysis of Fire*，杜小真、顧嘉琛譯，北京：三聯書店，1992）135-229。

[9]　Gaston Bachelard, *Fragments of A Poetics of Fire,* trans. Kenneth Haltman（Dallas：The Dallas Institute of Humanities, 1990）.

[10]　Gaston Bachelard, *The Poetics of Space,* trans. Maria Jolas（1893-1987）（Boston：Beacon P, 1969）。此書現已有中譯。

[11]　諾思洛普・弗萊的《世俗的經典：傳奇故事結構研究》（*The Secular Scripture: A Study of the Sturcture of Romance*），孟祥春譯（上海：上海人民出版社，2010）106。

（一）巴赫金提出拉伯雷以「下向運動」顛覆

巴赫金《拉伯雷研究》（*Rabelais and His World*，以下簡稱巴赫金）[12]說中世紀的宇宙，仍受亞里士多德（Aristotélēs, 前 384-前 322）的上、下和垂直的觀念影響。

1.垂直的空間觀

巴赫金說，文藝復興以前，只懂得沿垂直線向上向下的想像（巴赫金 466）；中世紀思想和文學創作中一切運動的形象和運動的隱喻都帶一貫垂直性質（466），以高低定優劣（467），時間因為是水平方向的，故評價不高（467），中世紀的遊記也喪失往遠方前進的方向（467）；物體的命運「被想像成原地踏步」，好像是在「沒有出口的圓圈」團團打轉（467）。因為只有上下，時間變得不需要，但丁只懂得「向上」和「向下」，而不懂得向前（467）。順帶一提的是現在的地下鐵因其本身是循環系統，而會讓人有這種文藝復興前的想像[13]。

2.沿著水平線的向前運動

巴赫金接著說，到文藝復興，情形有了變化：1.高低變成相對；2.「上下」為「前後」所取代（巴赫金 423）；3.世界向同一平面移動，垂直線為水平線取代（423）；4.宇宙不再是「由下而上」，而是沿著時間的水平線從過去向未來運動（423）；5.人體成為相對的中心（423）。

---

[12] 巴赫金，《拉伯雷研究》（*Rabelais and His World*）,《巴赫金全集》，李兆林、夏忠憲等譯，錢中文主編，卷6（石家莊：河北教育出版社，1998）。

[13] 簡政珍（1950-），〈跳脫而控制的詩想——評白靈詩集《愛與死的間隙》〉,《文訊》233（2005）：33；杜十三,〈白靈詩作的時間性、空間性與人間性〉,《臺灣詩學季刊》31（2000）：199-200。

　　研究巴赫金的書已經相當多[14]，但上升和下降卻沒有進行研究過。這裡要討論的問題，據原典作了蒐集，然後重新整理。巴赫金說，對上升、天堂的否定，是《拉伯雷》的「下向運動」（topographical lower stratum）：

1. 《拉伯雷》整個世界，集中到地球、人體的下部，深入身體的內部（譬如是巨人的腸胃，429[15]），即巴什拉所說的「內密性」[16]。

2. 文藝復興時期的中世紀，由下向運動，即陰曹地府的形象，改變的世界圖象（466），向下運動，是向著陰曹地府的運動。

3. 指向下部是民間節日和怪誕現實主義的特徵，包括向下、反常、翻轉、顛倒、貫穿，詛咒、貶低、吞食、譴責、否定、扼殺、埋葬、下拋、向陰曹地府遣送、丑角的加冕脫冕；而與此同時，相反的有重新妊娠、促生、成長、革新、復興、贊美和弘揚（430，505）。

4. 下向運動，最能揭示《拉伯雷》陰曹地府的特質，特別是擦屁股的一節（431）。

5. 以臀代臉（433）。

6. 地獄最可怕是，不是撒旦（Satan）的大嘴，而是普羅賽比娜（Proscrpine，地獄女神）排泄大便的便盆（439）。

---

[14] 夏忠憲，《巴赫金狂歡化詩學研究》（北京：北京師範大學出版社，2000）；梅蘭（1973-），《巴赫金哲學美學和文學思想研究》（武昌：華中科技大學出版社，2005）；凌建侯，《巴赫金哲學思想與文本分析法》（北京：北京大學出版社，2007）；吳承篤（1979-），《巴赫金詩學理論概觀：從社會學詩學到文化詩學》（濟南：齊魯書社，2009）。

[15] 拉伯雷，《巨人傳》（*Pantagruel*），成鈺亭譯（上海：上海譯文出版社，1990），第33章，408-10。

[16] 金森修（KANAMONO Osamu，1954-），《巴什拉：科學與詩》，武靜豔（1973-）、包國光（1965-）譯（石家莊；河北教育出版社，2002）182。

7. 高康大（Gargantua）講神仙英雄到極樂世界享福，其實是講他們去了地獄，把天堂和地獄也翻轉了過來（439）。
8. 關心未來的生命，把養份都傳送到生兒育女的器官，指向這一歡樂的未來，故譏笑、貶抑老朽的事物，及其自命不凡，這與人類歡樂的未來，形成統一又雙重的特徵（440）。
9. 向下運動的各種形式，滲透《拉伯雷》第 4 部所有形象，特別指出其中貫穿大量具有現實的政治意味的隱喻（465）。
10. 向下運動的地獄形象，充滿歷史時代感，和世界歷史的交替感，成為個人的死亡與誕生的統一，過去與未來的統一，時代自身在辱罵—贊美，毆打—裝扮，殺害—生育，又是嘲笑又是歡樂中前進（506）。

3.對女性的評價

白靈〈女人與玻璃的幾種關係·3.腰肢匍匐〉這首詩的特點，是寫水平的時間，但實際上是寫性，蛇與蘋果讓人聯想失去伊甸園的故事。因為女人是禍水，造成改朝換代的因素，水平運動與「下向運動」、性、生殖有關：

> 她腰肢匍匐前進的方向／就是時間匍匐前進的方向／就是歷史碎裂的方向／　　　熔合的方向／改朝換代時尤其是／總是因為蛇碰到一顆致命的／蘋果（白靈《女人與玻璃的幾種關係·女人與玻璃的幾種關係·3.腰肢匍匐，15-16）

如前引述，向下運動的地獄形象，充滿時代和世界歷史的交替感，改朝換代，相當於死亡與誕生的統一，過去與未來的統一，因禍水滅亡，造就新的時代興起，於是辱罵—贊美、殺害—生育、又是嘲笑又是歡樂（巴赫金 506）。中國的「紅顏禍水論」，最有名的

是楊貴妃（楊玉環，719-56）[17]和陳圓圓（邢沅，1624-81），其中又以楊貴妃故事最受文學家注意。唐代經過安史之亂（755-63），由太平轉向分裂，而漢民族的國運，也由盛轉至衰落。

　　《拉伯雷》的第 3 部回應了法國 1542 到 1550 年間有關「女人的天性與婚姻」的論爭，拉伯雷屬於「高盧傳統派」（Tradition Gouloise），特點是對女性的天性持否定的態度（275）。白靈〈竹葉青〉一詩，把酒比譬為女妖：「水面，似有隻眼睛逗我／　說，飲我，飲我。呵，沒料到／美麗瓷面淨素白肌，裹著的／會是孅孅女妖。」（白靈《大黃河》5），則是厭女情結表現[18]，還有就是想像自己化作一條小蛇，鑽進瓶中與女妖大戰，這種想像就是深入具內密性，像迷宮一樣的腹腔[19]。

4.鞦韆與「下向運動」

　　中國古代一些節日，如寒食、清明、端午、春節會盪鞦韆[20]。巴赫金特別點了鞦韆說明下降性：鞦韆的快速運動中把天與地融為

---

[17] 王壽南，〈楊貴妃和唐玄宗的愛情〉，《歷史月刊》237（2007）：74-79；吳世如，〈楊貴妃形象研究——以正史和唐詩為例〉，《問學集》12（2003）：53-75；陳富容，〈《長生殿》對唐代「李楊情事詩」之運用及其意義〉，《興大人文學報》36（2006）：241-64；李欣穎，〈唐玄宗信道緣由及其對政治之影響〉，《北市教大社教學報》4（2005）：115-30；羅英華，〈唐宋時期楊貴妃題材文學研究〉，博士論文，復旦大學，2007；朱錦華，〈《長生殿》演出史研究〉，博士論文，上海戲劇學院，2007；尤華，〈楊貴妃形象流變研究〉，碩士論大，上海師範大學，2006；涂小麗，〈元代李楊題材詩歌研究〉，碩士論文，首都師範大學，2007。

[18] David D. Gilmore（1943-）.《厭女現象：跨文化的男性病態》（*Misogyny: The Male Malady*），何雯琪譯（臺北：書林出版有限公司，2005）。

[19] 金森修 182。

[20] 馬碧蓉，〈宋詞中的秋千〉，《清遠職業技術學院學報》4（2010）：63-68：方川，〈古代的秋千習俗〉，《文史知識》11（1994）：56-60；朱啟智，〈清明節的傳統習俗〉，《電影評介》2（2009）：110-11；劉紀蕙，〈燈塔、鞦韆

一體，但重點不在上揚，而是在下降，「因為天空在向地面接近而不是相反」（巴赫金　430）：

> 我穿入人群／幽柔柔的兩條黑色輕輕一甩／心中猛然／竟似瞥見童年坐在小舟上／自蘆花叢岸推出／我走出人群／久懸的秋千便盪哪盪了起來（白靈：《後裔‧辮子》　100）

　　薩滿教的脫魂（「靈魂出竅」）飛翔，也有借助鞦韆的，但故事中的鞦韆卻見於地獄[21]，這大概是因為鞦韆不動時指向地心──以上一點是我的想法。詩的第一段寫到風箏，這才是白靈詩中的特殊意義所在，他是靠放紙鳶，把天空拉下，成就「上下」顛覆的想像，這就是說「秋千──風箏」，是白靈「下向運動」的模式，至於夢，如弗萊說，一面鏡、一幅畫，都是容易引起墮落（進去）的聯想[22]：

> 進屋時，又一隻風箏／掛斷在電線桿上／傍晚一場雨後憑窗再望／呀，不見啦／夜裏乃夢見河堤／兩條辮子在我伸手／就要抓著的前方／甩呀，甩的／追它？追它！／風聲中摻進來好多好多／孩童的嬉叫／堤岸盡了／飛出去　哎，竟是／乳燕一雙（《白靈：《後裔‧辮子》，101）

　　與子音：論陳黎詩中的花蓮想像與陰莖書寫〉，《中外文學》27.2（1998）：118-38。

[21] 鹽月亮子（SHIOTSU Ryūko），〈日本薩滿的脫魂體驗〉，《域外薩滿學文集》，郭淑雲（1958-）、沈佔春（1955-）主編（北京：學苑出版社，2010）87。

[22] 弗萊　174。

（二）四元素學說與「下向運動」：白靈茶詩的分析

　　亞里士多德四元素學說認為土剝落之時，必墜向大地，反之，火力爭向上，脫離中心，大地和火之間，是空氣和水，火變為空氣，空氣變為水，水變為土空氣，這叫做生滅法則[23]，但地面上的天體，不受生滅法則左右，天體只會運動或移動，最完美的運動是圓周，繞著世界中心進行[24]。（巴赫金 422）

1.四元素與白靈茶詩的上升下降

　　〈泡茶・4.茶不是茶的〉一詩，白靈筆下出現四元素，這種四元素循環相生的寫法，與亞里士多德想像相同。茶本屬土，即大地，煎茶卻用了水和火，喝茶本是「向下運動」，即吞進腹部[25]，吞噬也是狂歡化的特徵，另一方面又是口唇期的表現。巴什拉在《大地休息的幻想》寫到吞咽的動作，認為不嚼嚼而吞，是回歸一種急燥的嬰兒吃奶行為[26]。詩人筆下的煙，卻在上升下降中，選擇了上升：

> 茶不是茶的／也是水的火的／土的風的／不是鼻的／也是唇的喉的／不纏誰也不被誰纏／繞室三匝／雲回天上去了（白靈：《女人與玻璃的幾種關係・泡茶・4.茶不是茶的》 22）

---

[23] 黃頌杰、章雪富，《古希臘哲學》（北京：人民出版社，2009）267。
[24] 黃頌杰 268。
[25] 霍蘭德（Norman N. Holland，1924-）,《文學反應動力學》(*The Dynamics of Literary Response*)，潘國慶譯（上海：上海人民出版社，1991）289。
[26] 金森修 182。

　　茶藝在唐代因僧侶的推廣而普及[27]，咖啡因的提神作用，利於趺坐[28]，以下一節寫「靈魂出竅」，應與此有關：

　　靈魂脫殼後／飄到空中，回身／對逐漸冰冷的肉體／附耳低語：／謝謝，你為我們的人生／泡了一壺好茶（《女人與玻璃的幾種關係・飲茶小集（七帖）・5.脫》　19）

很多情況都會「靈魂出竅」：

1. 瀕死的病人會看到自己躺在床上的模樣，這是最多為人知道的例子[29]。
2. 做手術時因麻醉劑量不足，忽然恢復意識時，有病患看到自己懸浮在半空[30]。
3. 薩滿巫師（shaman）在恍惚狀態失神時會脫魂[31]。
4. 而且用現代科技，也得到證明[32]。

---

[27] 馬焱霞，〈中國古代茶業的發展以及對茶文化作用的探析〉，碩士論文，南京師範大學，2008；朱海燕，〈中國茶美學研究──唐宋茶美學思想與當代茶美學建設〉，博士論文，湖南農業大學，2008；洪富峰，〈茶飲文化在全球化資本主義潮流的角色〉，《環境與世界》17（2008）：37-55；79-123。

[28] 劉淑芬，〈《禪苑清規》中所見的茶禮與湯禮〉，《中央研究院歷史語言研究所集刊》78本4分（2007）：629-70；林珍瑩，〈從唐代茶詩看中晚唐文人之飲茶生活及其藝術表現〉，《玄奘人文學報》6（2006）：79-123；殷玉嫻，〈唐宋茶事與禪林茶禮〉，碩士論文，上海師範大學，2008；李海杰，〈中國禪茶文化的淵源與流變〉，碩士論文，陝西師範大學，2007；馮文開，〈北宋茶詩與文士情趣〉，碩士論文，南昌大學，2006；李貞慧，〈唐代佛寺中的茶文化〉，碩士論文，〔臺〕中山大學，2009。

[29] 書文，〈「靈魂出竅」的神奇體驗〉，《青年博覽》4（2006）：32。

[30] 趙尚泉，〈靈魂就這樣輕鬆出竅和附體〉，《大科技（科學之謎）》（2009）：40-41。

[31] 鹽月亮子 87。

[32] 王瑞良，〈「靈魂出竅」：迷信還是科學〉，《青年科學》1-2（2009）：26。

以上「靈魂出竅」的例，都與喝茶無關，坐禪時需要茶提神，周遭環境、室內布置、茶具、寂靜的氣氛、香味，都是一種享受，回味無窮。坐禪時要求完全切斷與外在意識的聯繫，故靈魂往往輕揚，至未知的領域。時間一般是非連續性的，「靈魂出竅」存乎一瞬，此詩的特點是表達了瞬間的狂喜。「靈魂出竅」是相當於飛翔，是上升的書寫。靈魂似以光速前進，佛教確描寫過這種如隨意念即至的神通[33]：

> 太陽以光／寫了一封 email ／給九大行星：／在我短暫的一生中／總算為我們的銀河／騰出地球／這一盞茶的時間（《女人與玻璃的幾種關係・飲茶小集（七帖）・6.騰》 19）

詹明信（Fredric Jameson, 1934- ）因應意大利未來主義、二十世紀共產主義對機械的崇拜而提出「歇斯底里的崇高」（hysterical sublime），崇高本來表現於對大自然的敬畏而產生，但是在後現代主義，大自然已消失[34]。傳真和電子郵件，是技術和速度的進一步發展，時間空間的距離已不存在，因而有「空間內爆」（implosion）的說法[35]。相對論說在光速中運動，時間是靜止的。時間是不持續或持續地運動，故一盞茶時間是指瞬間。這首詩是以不一樣的時空觀建構其特色，故常引起讀者的注意。德里達（Jacques Derrida，

---

[33] 南玥，《神通：佛教神通學大觀》（臺北：全佛文化事業有限公司，2007）。

[34] 羅伯特・J・安東尼奧（Robert J. Antonio）、道格拉斯・凱爾納（Douglas Kellner, 1943- ），〈社會理論的未來和後現代批判的界限〉（"The Future of Social Theory and the Limits of Postmodern Critique"），《後現代主義與社會研究》（*Postmodernism and Social Inquiry*），戴維・R・肯迪斯（David R. Dickens）、安德烈亞・方坦納（Andrea Fontana）編，周曉亮等譯（重慶出版社，2006）115。

[35] 內爆是馬歇爾・麥克盧漢（Herbert Marshall Mcluhan，1911-80）《理解媒介》（*Understanding the Media*, 1964）一書中提出來的概念。

1930-2004）說電影、電視、電話之類的現代技術對圖像和聲音的再生產，大大增加了幽靈的因素[36]，白靈的「靈魂出竅」、電子郵件等在《昨日之肉》的地獄書寫（特別是鬼），都是同一脈絡。

　　這首詩的的第一節，即開端是黃昏時份，出現落日，與淨土宗的「日想觀」吻合，《觀無量壽經》有 16 觀，教人面向西方，心想著落日：「正坐西向，諦觀於日沒之處，令心堅住，專想不移。見日欲沒，狀如懸鼓，既見日已，開目閉目皆令明了。是為日想，名曰初觀[37]。」跟著順序想到水，想到琉璃，一步步想像著極樂世界的莊嚴相，即生的彼岸。淨土宗與禪宗到宋代合流，故茶、禪、「靈魂出竅」的彼岸想象，成為合理的解釋體系：「落日偎近一座湖泊／低聲問：泡茶嗎？」（《女人與玻璃的幾種關係‧飲茶小集（七帖）‧1.偎》　18）

2.白靈茶詩與青梅竹馬的童年回憶

　　〈手〉一節與戲曲〈採茶與竹馬〉[38]有互文聯想，中國南方才產茶，至於竹馬，可聯想李白（701-62）〈長干行〉「郎騎竹馬來」一句[39]，是青梅竹馬的童年回憶；「但有一根嫩芽／錯過好幾十隻採茶姑娘的手／仍在她們身後喊／採我採我／／第二天它就老了」（《女人與玻璃的幾種關係‧飲茶小集（七帖）‧3.手》　18）至於第二節〈唇〉，卻是成年的愛欲遐想。以上下顛覆的原則，口唇與

---

[36] 安德魯（Andrew Bennett, 1960-），尼古拉（Nicholas Royle）〈幽靈〉（"Ghost"）《關鍵字：文學、批評與理論導論》（*An Introduction to Literature, Criticism and Theory*），汪正龍，李永新譯（桂林：廣西師範大學出版社，2007）133。

[37] 黃智海，《觀無量壽經白話釋》，2版（臺北：眾生文化出版有限公司，1993）79-80。

[38] 洛地，〈竹馬與採茶〉，《戲曲研究通訊》4（2007）：1-20。

[39] 李白（701-62），〈長干行〉，彭定求（1645-1719）編，卷163，冊5（北京：中華書局，1979）1695。

陰唇可以倒置，一如屁股換作臉龐（巴赫金 433）；著名女性主義者伊利加蕾（Luce Irigaray, 1932-）認為女性有兩個唇，用以創造一種有別於陽具的男性話語[40]：「葉片／唇一樣準備好了／想對另一張熱呼呼的／唇口說／泡我」(《女人與玻璃的幾種關係・飲茶小集（七帖）・2.唇》 18)腹腔與迷宮是二而一的東西，據阿達利（Jacques Attali, 1943-）《智慧之路——論迷宮》(*Labyrinth in Culture and Society: Pathways to Wisdom*)說女陰是迷宮的進口[41]，因而有下降的特徵。

3.白靈茶詩與公共空間

　　茶首先東傳扶桑，如今變成世界性的飲食習慣[42]。茶館[43]相當於西洋的咖啡館，是哈伯瑪斯（Jürgen Habermas, 1929-）所說的「公共空間」(public sphere)；「公共空間」是輿論的發祥地，至關重要。哈貝馬斯在著作《公共領域的結構轉型》(*The Structural Transformation of the Public Sphere：An Inquiry into a Category of Bourgeois Society*)中提出在資本主義興起之時，咖啡館的文藝沙龍，慢慢發展為知識分子問政的傾向：「左鄰右舍都是茶樓／遊客舉拳，斷續向海喧嚷／攔不住的黃昏／攔不住的茶香／但我杯裡冷

---

[40] 劉巖，《差異之美：伊利加蕾的女性主義理論研究》(北京：北京大學出版社，2010) 34。

[41] 阿達利（Jacques Attali, 1943-）《智慧之路——論迷宮》(*Labyrinth in Culture and Society: Pathways to Wisdom*)，邱海嬰譯（北京：商務印書館，1999) 107。

[42] 洪富峰，〈茶飲文化在全球化資本主義潮流的角色〉，《環境與世界》17 (2008)：37-55。

[43] 夏林清，〈文化茶館——另一種心理學的發展空間〉，《本土心理學研究》6 (1996)：239-44；宋英雷，〈中國茶館業文化營銷策略研究〉，碩士論文，吉林大學，2009。

去的茶葉不服／開始無聲地撞擊杯底」（《女人與玻璃的幾種關係．九份（五帖）．5.茶樓》）

　　飲茶和喝酒都是口唇期的下向動作。歷代詠茶和酒的詩很多，在白靈而言，〈金門高粱〉（《愛與死的間隙》41）討論者也較多[44]。文藝創作需要酒神精神，酒神精神與巴赫金的狂歡化、羅蘭巴特的「可寫性」（Scriptability）和「極樂文本」（text of bliss），都是一脈相承的論述。金門高粱地位相當於茅臺，茅臺因為田中角榮（TANAKA Kakuei, 1918-93）訪華（1972）一炮而紅。有「金門金雞母」之稱的金門高粱，是由鎮守位處前線戰地的胡璉將軍（1907-77）自民間酒廠轉型至官賣，成為該島主要收入來源，並成為揚名海外的品牌。

三、白靈詩對垂直的顛覆

　　以下是準備用巴赫金上下顛覆的觀念，研究白靈的作品。首先著眼於明顯可以找到天地、上下字樣的詩。

（一）上下的顛覆

　　〈楓〉這首詩，我們看到重點在對上下的顛覆，「回望」也是「凝視」的顛覆。巴什拉說雨果（Victor-Marie Hugo, 1802-85）認

---

[44] 洛夫（莫洛夫，1928-）、李瑞騰（1952-）、何金蘭（1945-）、碧果（姜海洲，1932-）、孟樊（陳俊榮，1959-）、辛鬱（宓世森，1933-）、落蒂（楊顯榮，1944-）、汪啟疆、（1944-）、黑俠、龍青〈時間在存有中滴答──白靈詩作筆談小集〉，《創世紀詩雜誌》159（2009）：48-65；蔡鈺鑫，〈醉在金門的命運裡──白靈〈金門高粱〉賞析〉，《金門文藝》26（2008）：58-60。

為自然景物如萊茵河像孔雀開屏似，不免要多看一眼[45]；拉康（Jacques Lacan, 1901-81）認為無生命的物體，也會回望看對它進行觀察的人們；期待我們以以某種形式觀看到它們[46]，秋天的楓葉轉紅，「搖落」是「悲秋」[47]文學的特徵：「綠的崩潰／紅的嘩然……／掙扎之後，也是墜落／伸織出去的慾望／紛紛回望胸懷／秋天折指而下了／踩著風，每片葉／把大地與天空，一次又一次／翻／轉」（白靈：《沒有一朵雲需要國界·楓》 151-52》巴什拉（Gaston Bachelard, 1884-1963）《火的精神分析》(*The Psychoanalysis of Fire*)

---

[45] 安德列·巴利諾（André Parinaud），《巴什拉傳》(*Gaston Bachelard*)，顧嘉琛、杜小真譯（北京：東方出版中心，2000）239。巴什拉，《水的夢》，35。

[46] 丹尼·卡瓦拉羅，〈凝視〉(Gaze)，《文化理論關鍵詞》(*Critical and Cultural Theory*)，張衛東、張生、趙順宏譯（南京：江蘇人民出版社，2006）142；Jeremy Hawthorn，"Theories of the Gaze," *Literary Theory and Criticism,* ed. Patrica Waugh（Oxford：Oxford UP, 2006）508-18。

[47] 以下是黎活仁關於「傷春」「悲秋」論文：1）.〈秋的時間意識在中國文學的表現：日本漢學界對於時間意識研究的貢獻〉，《漢學研究之回顧與前瞻》，林徐典編，上卷，〈文學語言卷〉（北京：中華書局，1995）395-403；2）.〈悲秋的詞：黃侃的時間意識研究〉，《國文天地》6.8-9（1992）：89-93，92-95；3）.〈象徵主義對傳統中國時間觀的影響：何其芳早期作品的「嘆老」表現〉，《現代文學的時間觀與空間觀》（臺北：業強出版社，1993）51-79；4）.〈洛夫在八十年代末期遊歷大江南北後的作品〉，《中華文學的現在和未來——兩岸暨港澳文學交流研討會論文集》，黃維樑（1947-）編（香港：鑪峰學會，1994）182-86；5）.〈瘂弦詩所見春天的時間意識〉，《方法論於中國古典和現代文學的應用》，黎活仁、黃耀堃合編（香港：香港大學亞洲研究中心，1999）235-62；7）.〈春的時間意識於中國文學的表現〉，《漢學研究》3（1999）：529-43。日本學者相關著作中譯，可參青山宏（AOYAMA Hiroshi, 1931-）：〈中國詩歌中的落花傷惜春〉，《日本學者中國詞學論文集》，王水照（1934-）、保苅佳昭（HOKARI Yoshiaki）等編選、邵毅平、沈維藩等譯（上海：上海古籍出版社，1981）85-98。松浦友久（MATSUURA Tomohisa, 1935-2002）：《中國詩歌原理》，孫昌武（1937-）、鄭天剛（1953-）譯（瀋陽：遼寧教育出版社，1990）。黎活仁，〈悲秋文學的開端和結尾：由《離騷》到李白杜甫的詩歌〉，《中國文學的開端和結尾》（臺北：臺灣學生書局，2002）1-40。

曾經說過，詩人用火焰使樹木和花卉變得生氣勃勃[48]，在《燭之火》（*The Flame of a Candle*）說樹上紅色的花，詩人常比作燃燒著的炭，又或者夕照使樹木放出火焰[49]；狂歡節中的火節（moccoli，巴赫金 206，385，388），象徵宇宙的一場大火（巴赫金：《拉伯雷》291），大火有著更新，與死亡告別（巴赫金：「死亡屬於你！」，388）和革命的到來（巴赫金 582）的想像。滿山的紅葉和絢爛的餘暉，也可達到宇宙大火的效果。

（二）樹正在前進

　　樹的特點，巴什拉曾經說過，是「垂直性」（verticality）[50]，即亞里士多德和但丁高度評價空間特質，但白靈的〈樹正在前進〉，顧名思義，是要由垂直線向水平線的運動轉移。樹影翻看書本，類似以眼睛代口唇攝入[51]的作用，和第三段，吞噬[52]一切東西，也是口唇期的特徵，吞噬，只向下的運動：「樹正在前進，以它的影子，很快就占領了／整座窗，並在翻動書頁的、我的十指間，釋放／陰涼。」（白靈：《女人與玻璃的幾種關係‧樹正在前進》 76）中間出現方舟，方舟是在密林移動的，因為這一神話是在垂直時空觀造就的東西，於是其航行也變得沒有方向，只能原地踏步：

　　　　樹正在前進，以一朵雲壓境，很快就占領／了整座屋子，並派風前來翻動我的髮茨，在兩／根髮間翻找到一齣畫面：桌

---

[48] 巴什拉，《火的精神分析》 203。
[49] 巴什拉，《燭之火》，《火的精神分析，（附錄《燭之火》）》 197。
[50] Bachelard, *Air and Dreams* 10.
[51] 霍蘭德 89。
[52] 霍蘭德 43。

上平躺著一片三掌／的、紅黃相伴的楓葉，楓葉上站立著小
小的，／你。……方舟，方舟正沿著密道開進山林，舟上坐
著兩／個人，極小極小，看不清，是奈米級的，像你／和我。
（白靈：《女人與玻璃的幾種關係・樹正在前進》 76）

「吞食著世界」是口唇期的特徵[53]，是怪誕人體（巨人的嘴）
的特徵，因為其怪誕，故能「超越自身的界限」（巴赫金 368），因
為要吞食，嘴的重要性，僅次於肚子和性器官（巴赫金 310）：「樹
正在前進，以它的影子推送淡淡的香前／進，咀嚼了它所觸碰的一
切。一整夜。」（白靈：《女人與玻璃的幾種關係・樹正在前進》 76）

（三）藉著放風箏把天空拉下來的線

白靈的〈風箏〉，是很多人討論的作品[54]。這首詩如果把最後的
一句置於發端，會更有意義。可用「花園路徑現象」（Garden Path
Phenomenon，簡稱 GPP）的原理去解釋，語言學的「花園路徑現象」，
適用於敘事分析，小至一個謎，大至一本小說，都可以得到有效的
解釋。花園路徑現象像「迷途知返」，一如進花園時為羊腸小徑迷惑，
以至回頭再重新選擇可行的方向[55]。「沿著河堤，我開始拉著天空奔

---

[53] 霍蘭德 289。

[54] 楊佩螢，〈白靈〈風箏〉〉，《聯合文學》2（2006）：73；洪淑苓，〈拉著天空
奔跑──《白靈・世紀詩選》評介〉《文訊》178（1990）：23-24；杜十三，
〈白靈詩作的時間性、空間性與人間性〉，《臺灣詩學季刊》31（2000）：
198-99。

[55] 杜家利（1971-）、于屏方，《迷失與折返：海明威文本「花園路徑現象」研
究》（北京：1國社會科學出版社，2008）4。杜家利，〈「細讀方法」對語句
「花園路徑現象」的指明作用〉，《達縣師範高等專科學校學報（社會科學
版）》1，16（2006）：58；曲濤、王準寧，〈淺析花園幽徑現象〉，《吉林教

跑」，這句話隱藏一個謎，讀完之後，為何「拉著天空」，無法意會，於是又重新再讀，看到與「天空拔河」，因為有著狂歡化顛覆上下的觀點，於是得到從這角度尋找合理解釋：「扶搖直上，小小的希望能懸得多高呢／長長一生莫非這樣一場遊戲吧／細細一線，卻想與整座天空拔河／上去，再上去，都快看不見了／沿著河堤，我開始拉著天空奔跑」（白靈：《五行詩及其手稿·風箏》　27）

三、白靈的陰影

　　前面討論過樹擬用影來得到水平發展，在白靈的詩中，影子非常多，而且在《昨日之肉》，就有〈陰影〉一詩，「容格對陰影也是無知的／陰影即一切／／陰影一刀切下／屋子的心情／一半冷一半熱」（112），顯示對相關心理學的理解。如果依河合隼雄（KAWAI Hayao, 1928-2007）《影子現象學》[56]一書的歸納，「陰影」與雙重性格、性格極端的兩兄弟（或朋友）、鬼、靈魂、黑面人、丑角、滑稽的人物、騙子等有一定的關係[57]。霍爾（C. S. Hall）、諾德貝（V. J. Nordby）《榮格心理學入門》（*A Primer of Jungian Psychology*）對「陰影」有很好的解釋，便中可以參閱[58]。

育學院學報》8.22（2006）：20。蔣祖康，〈「花園路徑現象」研究綜述〉，《外語教學與研究》4（2000）：246。

[56] 河合隼雄，《如影隨形：影子現象學》，羅珮甄譯（臺北：揚智文化事業股份有限公司，2000）。

[57] 黎活仁，〈思想家的「陰影」（shadow）：魯迅與柏楊小說中的幽靈〉，《柏楊的思想與文學》，黎活仁、龔鵬程（1956-）和黃耀堃（1953-）等編（臺北：遠流出版事業股份有限公司，2000）453-88。

[58] 霍爾（C. S. Hall）、諾德貝（V. J. Nordby），《榮格心理學入門》（*A Primer of Jungian Psychology*），馮川譯（北京：三聯書店，1987）：點列如下：1)「陰影」與主體性別一致，例如男性跟男性不易相處，因為把自己的壓抑和被排斥的感覺轉移到別的男性身上的緣故；2)「陰影」帶有較多的動物本能，人格中的善與惡都源出於此；3)「陰影」使人充滿力爭上游的意志和創造

（一）魔術師

〈魔術師：S-95 奶粉事件的聯想〉[59]是諷刺出售在食物加進有毒添加劑的奸商，奸商亦即騙子，稍後大陸也出現了「三鹿奶粉事件」，嬰兒吃了頭會變得很大[60]，奶粉是屬於嬰兒吞嚥的「下降」書寫。2010 年 2 月，又有「皮革奶」風波。韋伯（Max Weber）在《新教倫理與資本主義精神》（*The Protestant Ethic and the Spirit of Capitalism*）主張以自己的方法論改造俗世社會「日常生活」，以文學創作對毒奶粉的關注，是一種類似韋伯的詩性的表現。韋伯後來從政，身體力行，可惜未能如預期實現理想。資本主義的異化，滲透日常生活，有毒的食品奶粉，經過廣告促銷，打造為可提高體質的嬰兒食品，終於引至「消費者文教基金會」的成立，全民一起對社會作一監管。

力，如果受制衡的話，就變得沒有生氣，例如成功的人物必須以「人格面具」加以壓抑，以便表現出很和藹可親，但要付出代價；4）「陰影」不易屈從，由於「陰影」堅持某些價值觀和具豐富的想像力，如付諸實踐之後，證明是有利的話，可以提供更豐盛的人生；5）自我與「陰影」如果很好的調協，個體就變得於很有活力；6）精神狀態欠佳之時，被抑壓的「陰影」馬上恢復過來，例如戒除了的壞習慣會重現，56-61。

[59] 全名為「金牛牌S95高單位營養奶粉」，80年代中期，臺灣藥商進口美國飼料奶米粉，加工作嬰兒奶粉，以優質商品為號召，飼料奶粉含有大腸桿菌群、大腸桿菌、沙門氏桿菌、仙人掌桿菌和抗生素，長期服用對人體有害。事件引起廣泛關注，臺灣因此成立了「消費者文教基金會」。

[60] 張二偉，〈三鹿奶粉事件危機傳播研究〉，碩士論文，蘭州大學，2010；唐艷，〈從三鹿奶粉事件看我國缺陷產品召回法律制度〉，碩士論文，上海交通大學，2010；李苟，〈政府在食品安全管理中的角色定位〉，碩士論文，西北大學，2010；馮潔，〈我國公共危機管理中的問題及對策〉，碩士論文，西北大學，2010；盧晶，〈由「三鹿奶粉」事件引發的對企業社會責任的思考〉，碩士論文，吉林大學，2010。

　　狄塞托（Michel de Certeau, 1925-86）認為日常生活就有巴赫金意義的「狂歡化」的特徵[61]，毒奶粉是生與死的顛覆；這是「事後諸葛亮」；但詩人的敏銳，以其至誠，可以前瞻或預見世事的發展。1968 年的巴黎有所謂「五月風暴」，狄塞托參加了這場全國性的大學生運動，認為人民群眾是可預感大時代到來的詩人[62]，作為學生運動的「五月風暴」，是要迫戴高樂（Charles André Joseph Marie de Gaulle, 1890-1970）退位。結果，其明年，戴高樂終於下野。

　　《女人與玻璃的幾種關係》的〈我的朋友杜十三〉（73）一詩的氛圍與此有點近似。杜十三（黃人和，1950-2010），臺灣詩人，因「不滿時局」，2005 年 11 月 1 日打了匿名電話給當時的行政院長謝長廷（1946- ）恐嚇，結果被捕，事後當事人大方，不予追究。白靈的詩，是聲援老朋友吧！2008 年 3 月 22 日臺灣政黨再度輪替，馬英九（1950- ）當選總統，當年沒有政治野心的杜十三的對時局的鬱悶，做出他本人也感到不可理解的罪行，可解釋為類似詩的預見。

　　白靈的詩，有不少社會評論，譬如〈臺灣論〉（《愛與死的間隙》170[63]）。至於這首詩的重點，還在於「美女分屍」，即下面所說的人體肢解的狂歡化行為：「我們的魔術師不愛表演幻術／譬如：美女分屍；／一束花搖成一隻兔子；／讓非洲雪豹在空中漂浮；以及／使一隻大象從舞臺消失……／等等這些，唉，个過是幻象的幻象」（白靈：《大黃河・魔術師》 95-96）

---

[61] Ben Highmore，《日常生活與文化理論》（*Everyday Life and Cultural Theory*），周群英譯（臺北：韋伯文化，2005）221。

[62] Highmore 220。

[63] 張期達，〈不相稱的美學初探──以白靈《愛與死的間隙》為例〉，《臺灣詩學季刊》5（2005）：233-35。寓目所及，白靈詩研究論文，以這篇最有深度。

（二）地震與火山爆發

　　河合隼雄說如果陰影的力量強大到壓倒自我之時，往往以洪水、山崩或吞噬所有事物的怪物來表現[64]，前述的詩，有方舟，自然就有洪水（白靈：《女人與玻璃的幾種關係・樹正在前進》 76）。火山是最崇高的山，噴發時釋放無限大的能量，也帶來極大的恐怖，自柏克（Edmund Burke, 1729-97）以來，恐怖是造成崇高的因素之一[65]。〈永恆的床──龐貝城所見〉是有關火山之燬滅性災難的描寫。龐貝城（city of Pompeii）是古羅馬城市之一，於 79 年 8 月 24 日被火山爆發時的灰燼覆蓋：

> 　　當最燙最紅的一盆岩漿／噴至高空，剛剛／要澆在龐貝城上／他和她都不肯逃走／床和歷史被他們有勁的指甲／抓出了皺紋／／
> 　　她舉高的雙足在空中／翅開，迎著螺入的／曼陀羅花之根／／
> 　　他犀牛著臀波浪她／掌心的慾火被渾圓的乳球／撐開／而長髮如珠網／網也網不住床上的震撼／永恆是一道／要不斷運動的門吧／她的嘴半張／舌著嘶喊的蚌肉／／
> 　　衝入的岩漿終於／淋在他們身上／不能搬走的天堂凝固於剎那／在掘開的龐貝城……身後的維蘇埃火山／隱隱繼續勃起／對著滿月的引力／射出銀花花的星斗／向運動著的永恆之門（白靈：《愛與死的間隙・永恆的床──龐貝

---

[64]　河合隼雄 83-98。
[65]　Rosalind H. Williams, *Notes on the Underground: An Essay on Technology, Society, and the Imagination*（Cambridge, Mass.: MIT P, 1990）87.

城所見》，76-78）

　　龐貝古城中，牆上繪有男女交合的畫，有不少妓院遺跡。白靈的詩也涉及拉伯雷狂歡化所重視的「狎昵」（coarse familiarity，巴赫金 370，371）、猥褻（Indecency）、淫蕩（Obsenities）的描寫，至女子露出生殖器（洞眼，巴赫金 438），即白靈詩中的蚌。意大利天氣悶熱，羅馬人喜歡在下午泡在公共澡堂，男女袒赤裸裎共浴，不以為迕，澡堂不分階級都可以共享，成為交往議事的「公共空間」[66]。狂歡化的性，有幾種意義，首先，是反對宗教的禁欲主義、其次，否定森嚴的階級制度，第三，是水平性的發展，即繁衍後代。

（三）鬼（陰影）和面具

　　白靈《昨日之肉》是以金門為主題，他把昔日血跡斑斑的舊戰場寫成地獄[67]。1949 年古寧頭戰役後，1958 年 8 月 23 日到 10 月 5 日，於金門爆發八二三砲戰。直到 1979 年，美國與中共建交，歷時 21 年的金門砲戰才終止。「向下運動」之中地獄想像十分重要，《昨日之肉》可以找到很多例證，首先是〈鬼魅〉一詩，這不必怎樣說明：「口含玫瑰劍／臉敷紫丹霞／肩披黑豹雨／婀娜窈窕／／這是戰爭特意裝扮的／陸上的魑魅／還是水中的魍魎？」（白靈：《昨日之肉・鬼魅》 132）比較特別是沉在水裏，弗萊論下降時就

---

[66] 鐘金華、崔玉芬、阮芳賦，〈世界古代性學史（公元前3000-公元1492年）古希臘、古羅馬、古埃及之性學發現與發明〉，《臺灣性學學刊》11.2（2005）：75-97；邢義田，〈古代羅馬的公共澡堂〉，《西洋史集刊》8（1998）：71-109。
[67] 許乃蕤 55。

提及低層的世界[68]，可能在水中，海洋代表無意識世界，以下〈海裏在身上〉一詩，寫一個人泡在海中，適用於這一解釋：

> 把海裏在身上的人有福了／船沉在你的眼裡／魚咬開你的唇嘴／燕鷗築巢在你的髮窩／珊瑚扇開卵泡／水母浮上降落傘／自你藍色的腰肢／和陰暗的海溝（《昨日之肉‧海裏在身》 128）

狂歡節時戴上假面（巴赫金 287），說著色情的髒話，是為「廣場語言」。容格也有「人格面具」的理論，正與陰影配對：「面具遮住的／是自己，還是世界／是神，還是魔／／你，躲在之內與之外之間／面具的面具」（白靈：《昨日之肉‧面具》 130）

四、肢解與解剖師

巴赫金的《拉伯雷研究》，大量討論肢解與人體解剖等狂歡化特徵；這一點在白靈詩顯得特別豐富。

（一）宇宙是巨人肢解傳說

古代曾經有過巨大無比的恐龍，目前從出土的化石，得以證明，考古學家一直懷疑古代曾有過人類巨無霸，因為有些彫塑，不像是目前的人類所能建造[69]。拉伯雷《巨人傳》（*Pantagruel*）是寫

---

[68] 弗萊 165。

[69] 奇雲，〈巨人傳說〉，《科學大觀園》18（2005）：4-41；小心，〈巨人之謎〉，《青少年科技博覽（中學版）》3（2008）：20-23；盧欣，〈《山海經》中的夸父形象研究〉，《安徽文學》6.下半月（2008）：195。

兩個巨人，即高康大（Gargantua）和他的兒子龐大固埃（Pantagruel）的故事，至今法國仍有以高康大命名的地方，數量驚人（巴赫金397），中國的創世傳說也提及盤古解體之後，身體各部分成為日月山川[70]。白靈詩集《後裔》，有頗多巨人解體為宇宙的描寫，譬如《眼睛和手腳》，最為特色：

> 我的靈魂是無腳的／天地間的山水不能說是我的腳／我只
> 選擇了兩棵松樹做拄杖／松樹長高的時候／我也長高／／
> 我的靈魂是無手的／天地間的山水不能說是我的手／我只
> 選擇了幾齣白雲偽清袖／白雲出岫的時候／我也出袖／／
> 我的靈魂是無眼的／天地間的山水不能說是我的眼／我只
> 選擇了兩珠小潭煮秋水／小潭啣月的時候／我也啣月（白
> 靈：《後裔‧眼睛和手腳》 34-35）

〈堅〉一詩也像是巨人的自述（白靈：《後裔》 36-37）。自我肢解犧牲，成就宇宙，這種偉大的人格，是朗加納斯（Longinus，約 213-73）認為崇高的因素。

---

[70] 賴悅珊，〈中國古代英雄神話研究〉，碩士論文，中央大學，2005；朱心怡，〈盤古神話探源〉，《東華人文學報》6（2004）：1-24；劉守華，〈《黑暗傳》追蹤〉，《漢學研究》19：1（2001）：309-27；朱心怡，〈盤古神話探源〉，《東華人文學報》6（2004）：1-24；朱心怡，〈盤古垂死化身神話探源〉，《中華學苑》56（2003）：1-21；李灩波，〈中國創世神話元素及其文化意蘊〉，博士論文，上海師範大學，2008；史新慧，〈中國創世神話解讀〉，碩士論文，鄭州大學，2005。

（二）肢解與狂歡化

中國古代有聖人比干（子干，公元前 1092-公元前 1029），因得罪皇帝，心臟被剖出來，古代也有切割人體的刑罪，即所謂肉刑（巴赫金 404）。古羅馬也有被肢解的聖徒身體的記載（407）。神也被肢解過（408）。哪吒去肉還母、剔骨還父的自殺，也是一種肢解。另外，酒神（Dionysus）也是被肢解而死[71]

狂歡節大吃大喝，把動物的肉切開來吃（254，258），自然不難想像；罵人話類多涉及肢解身體（譬如中國罵人的話有把人「五馬分屍」，把人家的頭斬下來）、切開身體，吞食身體（214）等概念；慢慢變得吃人與動物分不開來（223，《水滸傳》的黑店有吃人肉的情節），再進一步，廚房與戰場（223，226，237）沒有分別，肢解在狂歡節變成一種表演（256，譬如現代魔術也有「電鋸美人」的表演）。

1.金門鋼刀

八二三砲戰（1958 年 8 月 23 日至 10 月 5 日）以及陸續所投下的砲宣彈，硬度高又耐用[72]，金門人鍛作菜刀，成為特產。就是這種廚房用品，可以聯繫狂歡化的想像，菜刀自然用來切割肉類：

---

[71] 陳鄭玉秀，〈神蹟、肢解、與復活：漢文化與歐洲文化之悲劇神原型研究與比較〉，《中山人文學報》19（2004）：71-89。

[72] 江柏煒，〈誰的戰爭歷史？：金門戰史館的國族歷史vs.民間社會的集體記憶〉，《民俗曲藝》156（2007）：85-155；朱和之，〈固若金湯，雄鎮海門──金門的戰爭與和平〉，《歷史月刊》254（2009）：4-19；李沃牆，〈從金門發展現況看未來政經走向〉，《經濟前瞻》80（2002）：116-22；侯錦雄，〈形式的魅影──金門觀光的戰地異境想像與體驗〉，《觀光研究學報》5.1（1999）：39-52；張醇言，〈臺海八二三戰役的歷史鏡頭〉，《歷史月刊》175（2002）：60-66；林博文，〈從美中檔案回顧五〇年代兩次臺海危機：九三砲戰與八二三砲戰的歷史意義〉，《歷史月刊》257（2009）：87-97。

飛出炮膛幾十年／方被捶扁的一頁／歷史／進了我家廚櫃
後／才想起什麼叫飛翔／切、斬／砍、劈／蔬果、雞魚、和
豬牛／飛下旋即飛起／不再墜地／又自如呼嘯的一支／鋼
翅／／仍然嗜血／舔傷我的食指其輕易如舔紅／一滴金／
門（白靈：《昨日之肉‧金門鋼刀》　29-30）

2.生剝老虎的藝人

　　魔術師表演電鋸美人，是常有的項目，在電視娛樂節目經常出
現，前術〈魔術師〉也寫到這一筆。〈剝虎大師〉卻是以庖丁解牛
的方式生剝老虎：

剝虎大師其實是冤枉的……目無全虎／刀起刀落，只見嘩啦
啦筋骨鬆錯錯垮下／龐然渾然一條吊睛虎轉瞬／／肉泥一
堆，而且沒有／沒有一滴血會流下桌面／／……剝虎大師／
傚效西藏天葬的法子，分屍之後／散食於天際，在世間來個
屍骨無存（白靈：《大黃河‧剝虎大師》　99-102）

3.天葬與肢解

　　〈剝虎大師〉「附註：天葬，是西藏特殊風俗之一，認為靈魂
要得到完全自由以進入下一輪迴，必須將屍體完全消滅，乃由割屍
人將之搗碎，分予禿鷲啄食。」（103）白靈另有一首〈天葬〉[73]，

---

[73]　丁子江，〈最超脫地回歸自然——西藏天葬死亡觀的哲學思考〉，《哲學與文
化》27.3（2000）：242-56。

以上下顛覆而言，以天為墳墓，也是與別不同。問題把人體變成碎片的狂歡化恐怖，卻需要留意：

> 割屍人昌巴張開了囊腫的眼瞼，奮力把大石頭向腳前砸下，石頭快速滑下岡底斯山滑下拉薩城的金頂，石頭擊中祭臺上一圍白布包裹。石頭砸碎了包裹中的頭顱砸碎腦漿並與頭顱中深陷的一顆金銅色子彈噹地相撞，迸出了一點點火花。／／兀鷹們眼睛一亮，從雲端探頭直衝飛下。（白靈：《沒有一朵雲需要國界・天葬》 165-66）

4.金門的地雷：狂歡化與戰爭

巴赫金《拉伯雷》研究對狂歡化與戰爭，有以下的重點論述：

1. 戰爭、廝殺與人肉碎片混在一起（222）；
2. 飲宴和戰爭分不出界線（388）；
3. 高康大的畢可羅壽戰爭（Vineyard Dionysus）在農村的葡萄節 Vendange 展開，是《拉伯雷》一場重要的戰役（261，323），這場戰爭是實有其事的（514，518，519，520）；
4. 安那其王（Anarchus）的戰爭，龐大固埃給安那其王送引起焦渴的紅辣椒，吃下去像火燒，是以給兵士們飲紅酒止渴，結果全部醉倒；龐大固埃小便，引起洪水，把醉倒的兵士全部淹死（387），這場戰爭也是重要的。畢可羅壽戰爭是是葡萄園的看守者與賣燒餅麵包的農夫之爭，結果在混戰中，「血變成酒」（261）。白靈〈雷與蕾的交叉〉（白靈：《昨日之肉・雷與蕾的交叉》 76-79）寫地雷，地雷就是把人變成血肉模糊的類似葡萄酒的漿[74]。

---

[74] 吳嘉揚，〈全球化下文化的跨區域轉型研究：以西方葡萄酒文化在臺灣的場

5.人體實驗與解剖學

《沒有一朵雲需要國界‧圓木》（57-92）也是用類似肢解的題材寫成的，是以二戰期間日軍731部隊人體實驗為題材寫成[75]。

五、結論

白靈的狂歡化特色，重點是陰影和肢解兩方面，尤其是後者，似乎有點不可思義的豐富。陰影、肢解等的詩，都是地獄想像。代表性作品飲茶和〈風箏〉諸作，也有下降的特點。完稿後電話訪問白靈教授，他說完全不覺察自己有此傾向，另外是臺灣詩人對「集集大地震」（921大地震，臺灣時間1999年9月21日凌晨1時47分15.9秒，發生7.6級地震。造成二千四百多人死亡，五萬房屋倒塌）寫下不少名篇，為何白靈獨沒有片言隻字？回答說是當時沒寫好。「日常生活」經過列斐伏爾（Henri Lefebvre, 1901-1991）的開拓而成為目前最為人所關切的理論，從這一角度來看，〈我的朋友杜十三〉是白靈最為具備時代精神，感時憂國和嘔心瀝血的佳作，將來必載入史冊。詩末說杜十三為當時鬱悶的政局，像杜鵑啼血，染紅了各大媒體，啼血當然是下降性的死亡意象。

域轉變與在地化為案例〉，碩士論文，銘傳大學，2008。

[75] 尹子平，〈石井四郎與華北細菌戰〉，碩士論文，河北師範大學，2009；豐銘，〈二戰期間日軍731部隊人體實驗的倫理批判〉，博士論文，湖南師範大學，2007；楊崴，〈抗戰期間日本細菌戰研究〉，碩士論文，江西師範大學，2006。

炎上作苦

——論白靈詩與火的屬性

蕭蕭

作者簡介

蕭蕭，本名蕭水順（Shui-Shun SHIAO），1947 年生於臺灣，國立臺灣師範大學國文研究所碩士，現任明道大學中文系副教授，曾任明道大學通識教育中心主任、中文系主任。專長：現代詩、臺灣文學、新詩美學、修辭學、彰化學。著有《現代詩學》、《臺灣新詩美學》、《現代新詩美學》、《土地哲學與彰化詩學》等臺灣新詩評論。

論文題要

希臘民間信仰與古印度佛教，都以「地、水、火、風」為構成世界事物的四大元素，中國先哲則以「五行」水、火、木、金、土作為自然哲學的研究範疇，其後慢慢滲透到庶民生活、社會制度、政治思想、語言藝術等各種不同的領域，遂與傳統文化密不可分。五行既為最簡易、最直接的唯物史觀，則藉「萬物」以抒懷的詩，

詩中的「萬物」可以推極到最本質的「元素」裸體狀態，詩將會有新的發現，新的可能。本文即藉由五行理論，參佐巴舍拉（編按：即巴什拉，以下同）四元素詩學，企圖發展出屬於五行系統的臺灣新詩學理論，而以白靈的火的特質表現，分析其如何而為火性詩人。

關鍵詞：白靈、五行、五行詩、火的屬性、巴舍拉

一、前言：五行與詩的屬性

東方文明對於物質元素的探索，一向分為兩大系統，一是古中國的「五行」之說，一是古印度佛教界的「四大」之論。

佛教界認為「地、水、火、風」是構成世界一切事物的四項基本因素，謂之「四大」；西方則自希臘民間信仰開始，也以「地、水、火、風」四元素作為世界物質組成的最基本、最初始元素，東西方古文明在四元素的觀念上，頗有相互呼應之勢。

以泰勒斯（Thales，約 624-546 BC，古希臘七賢之一）為首的米利都學派（Miletian School），是「前蘇格拉底哲學」的一個學派，被譽為是西方哲學的開創者。米利都學派的哲學家大多出身於古希臘伊奧尼亞地區的海港城市米利都（Miletus），著名的哲學家有泰勒斯、泰勒斯的學生阿那克西曼德（Anaximander, 610-546 BC）、阿那克西曼德的學生阿那克西美尼（Anaximener, 570-526 BC），他們的研究範圍主要集中在萬物的本源。泰勒斯認為「水」是最初的元素，提出「萬物源於水」的說法，將「土」和「氣」（風）視為水的凝聚和稀薄，其後再加入「火」；阿那克西曼德認為「無限者」（Apeiron 或 Boundless）才是根源；阿那克西美尼則以「氣」為最本質的元素，氣依序變成水、變成土、變成火，水、土、火三元素是不同程度的「氣」的凝聚或稀薄，而「火」是最精純的「氣」。[1]

有趣的是，「水」與「氣」都有無限而不定的特質，類似古中國盤古開天闢地之前的「渾沌」之說，而「渾沌」之貌，又與「無

---

[1] 參考「維基百科：自由的百科全書」之「米利都學派」：http://zh.wikipedia.org/wiki/%E7%B1%B3%E5%88%A9%E9%83%BD%E5%AD%A6%E6%B4%BE（2011.3.10）。

限者」相近。再看「水」與「氣」（風），更是「五術」中「風水」論最主要的兩項憑藉。五行與四大，若合符契，又相互補益，是理性主義、唯物史觀、地球源起論最值得探索的課題。

　　古中國所謂的「五行」，是指水、火、木、金、土，五行之名及其特質最早出現在《尚書》〈洪範〉篇，《尚書‧洪範》提到「九疇」，[2]首項便是五行：「五行：一曰水，二曰火，三曰木，四曰金，五曰土。水曰潤下，火曰炎上，木曰曲直，金曰從革，土爰稼穡。潤下作鹹，炎上作苦，曲直作酸，從革作辛，稼穡作甘。」[3]這種五行學說肇始于夏商之際，完善立說於春秋戰國時代，一開始隸屬於天道、自然哲學的範疇，其後慢慢滲透到庶民生活、社會制度、政治思想、語言藝術等各種不同的領域，《史記‧孟子荀卿列傳》提到孟子（孟軻，372-289 BC）之後有騶衍（約305-240 BC）之屬：「乃深觀陰陽消息，而作怪迂之變，〈終始〉、〈大聖〉之篇十餘萬言。……先列中國名山大川，通谷禽獸，水土所殖，物類所珍，因而推之，及海外人之所不能睹。稱引天地剖判以來，五德轉引，治各有宜，而符應若茲。」[4]陰陽五行之論從此又與人事吉凶、災異變亂相結合，其影響暨深且遠，幾乎與中華文化有著等同關係，一如血肉與經絡之難以區隔。其後再演變出「相生相剋」的言論，更

2　《尚書》所謂「九疇」是指：「初一曰五行，次二曰敬用五事，次三曰農用八政，次四曰協用五紀，次五曰建用皇極，次六曰乂用三德，次七曰明用稽疑，次八曰念用庶徵，次九曰嚮用五福，威用六極。」見〔漢〕孔安國傳、〔唐〕孔穎達等正義《十三經注疏‧尚書正義》（臺北：新文豐出版公司，2001）442-46。

3　孔安國傳、孔穎達等正義《尚書正義》446-49。

4　司馬遷撰、司馬貞索隱（生卒年不詳，唐開元〔713-41〕時人）索隱、張守節（生卒年不詳，唐開元24年〔736〕前後人）正義、裴駰（生卒年不詳，南朝劉宋〔420-79〕時人）集解，《史記‧孟子荀卿列傳第十四》（臺北：天工書局，1985）2344。

與日常生活緊密結合，舉凡季節、氣候、色彩、方位、臟腑、數字、政治（朝代更替）……無一不與五行息息相關。

信賴且傳述五行之說者，會為五行找到許多理論根據，如東漢建初四年（西元 79 年），由皇帝親自主持所召開的全國性經學會議，委請班固（32-92）整理編輯的《白虎通德論》（習稱《白虎通》），顯示當時朝廷對經學研究的正式成果，對五行的生剋論提出這樣的觀點：「木生火者，木性溫暖，火伏其中，鑽灼而出，故木生火；火生土者，火熱，故能焚木，木焚而成灰，灰即土也，故火生土；土生金者，金居石，依山津潤而生，聚土成山，山必生石，故土生金；金生水者，少陰之氣潤澤，流津銷金，亦為水，所以山雲而從潤，故金生水；水生木者，因水潤而能生，故水生木也。」（《白虎通‧五行篇》）[5] 顯然有其合乎自然科學，物質演變的規律性。因而直至二十一世紀，仍有醫學博士以此生剋論看待氣候變化，也能令人信服：「五行中的木，表達的是春季的氣候特徵，火是夏季的氣候特徵，土是長夏，金是秋季，水是冬季的氣候特徵。五行的相生，是四時五季氣候的自然轉換，如春溫變生夏熱，夏熱生長夏濕，長夏之濕生秋涼，秋涼變生冬寒，冬寒變生春溫。而五行的相剋，則是異常的氣候相互制約：木剋土，是風氣對長夏之濕的制約；土剋水，是濕對冬寒的制約；水剋火，是寒冷對夏熱的制約；火剋金，是熱氣對秋涼的制約；金剋木，則是燥氣對風氣的制約。五時氣候通過相生，完成氣候的自然轉化，通過相剋，完成氣候的制約。」[6]

5　班固等撰集、陳立疏證，《白虎通疏證》（中華書局，2007）。

6　賀娟，〈五行與中國傳統文化──賀娟教授在清華大學的演講〉，國學資訊：http://news.guoxue.com/article.php?articleid=23173，檢索日期：2011年12月29日，原刊北京《光明日報》，2009年10月22日。這是賀娟教授2009年7月在清華大學商道韜略論壇的演講實錄。

　　騶衍以「五德終始論」斷定秦漢之前唐虞夏商周「朝代更替」、「制度代易」的歷史軌跡，反對這種五行相生相剋理論者，當然也有反駁之說，民國初年唐君毅（1909-78）就認為其中充滿宗教色彩或政治意圖，質問一：此中五行之次序，究竟為一相剋之次序，或相生之次序？質問二：當今之人王應在天上之何帝，誰說的準？他舉例說：「如《史記・始皇紀》，謂『秦政剛毅戾深，事皆決於法，然後合於五德之數。』《索隱》注曰：『水主陰，陰刑德。』則秦乃以周為火德，而自謂應水德以勝之。然漢之張蒼，又以漢應水德，以勝周火。賈誼、公孫臣，乃主漢應土德，以勝秦水。此皆本騶衍之『五行之次，從所不勝，虞土、夏木、殷金、周火』（《淮南子・齊俗訓》）之說以為論，亦即依五行相剋之次序以為論者也。然後之劉向，又改而主依五行相生之次序。後漢之光武，亦信此五德之說，以赤符自稱火德，而繼王莽以起，謂『天心可革可禪』。此中，以五行之相剋或相生為序，謂當今之人王，應在天上何帝之德以興，因與實際上之政治權力之爭，互相夾雜，固多穿鑿附會之論。」[7]五行相剋的順序是：金剋木，木剋土，土剋水，水剋火，火剋金；相生之次則為：金生水，水生木，木生火，火生土，土生金。如以周朝為火德是真，後起的朝代是應在「水剋火」的水德，還是「火生土」的土德，其中就有許多辯證的空間。

　　五行，如果單純當作對宇宙萬物的元素之解釋，勞思光（Sze-Kwang Lao，原名勞榮瑋，號韋齋，1927-）認為不足為奇，也不足為病，「但因加入一『天人關係』之觀念，一切人事均以『五行』為符號而論其盛衰演變，且引生預言吉凶之說，遂與古代卜筮合流；此則為擾亂思想界之大事。」[8]因此，如果回歸「五行」的

---

[7]　唐君毅，《中國哲學原論》（臺北：臺灣學生書局，1979）542。

[8]　勞思光，《新編中國哲學史》，冊2（臺北：三民書局，2004重印三版三刷）24。

原貌，將「陰陽」之說當作是宇宙間對立共構體最原始、最素樸的型模，五行則是最簡易、最直接的唯物史觀，若是，藉「萬物」以抒懷的詩，我們將詩中的「萬物」推極到水、火、木、金、土的「元素」的裸體狀態，是否會有新的發現，新的可能？

　　法國科學哲學家、詩學理論家加斯東‧巴舍拉（Gaston Bachelard, 1884-1962）曾以四元素論述詩與想像、詩與心理分析，如《火的精神分析》（*The Psychoanalysis of Fire*）[9]、《水與夢：論物質的想像》（*Water and Dreams : An Essay on the Imagination of Matter*）[10]、《氣與夢：論流動的想像》（*Air and Dreams: An Essay on the Imagination of Movements*）[11]，對於詩學的想像、思考、論述，具有極高的參考價值。既然詩的創作，首重意象，詩中意象的運用不外乎山川風雨雷電、草木蟲魚鳥獸，推極到最初的元素，不是收束於「地、水、火、風」四大，就是歸納在「水、火、木、金、土」五行中，因此，藉由五行理論，參佐巴舍拉四元素詩學，是否可以發展出屬於五行系統的臺灣新詩詩學理論？本文最初的寫作動機，即由此而起。期望藉此思考，水的特質表現是否造就水性詩人，火的特質表現是否造就火性詩人，在臺灣中生代新詩人群中，誰是那金性思考的詩人代表，誰又是那土性思考的詩人代表，他們的創作可以提供現代漢詩什麼樣的寫作視野和想像空間，值得新詩壇觀察家以系列方式探究，長期追蹤。

---

[9]　加斯東‧巴舍拉（Gaston Bachelard），《火的精神分析》（*The Psychoanalysis of Fire*），杜小真（1946-）、顧嘉琛（1941-）譯（北京：三聯書店，1992；長沙：岳麓書社，2005）。

[10]　加斯東‧巴舍拉（Gaston Bachelard），《水與夢──論物質的想像》（*Water and Dreams : An Essay on the Imagination of Matter*），顧嘉琛譯（長沙：岳麓書社，2005）。

[11]　Gaston Bachelard, *Air and Dreams: An Essay on the Imagination of Movements*, trans. Edith R.Farrell and C. Frederick Farrell（Dallas: Dallas Institute, 1988）。目前未見中譯本。

二、從《五行詩及其手稿》看白靈詩的火性傾向

　　白靈（莊祖煌，1951-）從 1979 年 6 月出版《後裔》之後，不計童詩與各種詩選，截至 2010 年歲末，一共出版了七部詩集，依序為：《後裔》（1979）、《大黃河》（1986）、《沒有一朵雲需要國界》（1993）、《愛與死的間隙》（2004）、《女人與玻璃的幾種關係》（2007）、《五行詩及其手稿》（2010）、《昨日之肉》（2010）。從《愛與死的間隙》開始的三部詩集，白靈常將自己寫作歷程中刪改塗寫的手稿，原貌展示，特別是《五行詩及其手稿》，在 101 首詩中留存近 30 首手稿，這種不計美醜的真跡呈現，不管巧拙的自我裸裎，客觀上顯示白靈推廣詩教的熱誠與急切。白靈不僅先後出版《一首詩的誕生》（1991、2006）、《煙火與噴泉》（1994）、《一首詩的誘惑》（1998，2006）、《一首詩的玩法》（2004）等示人金針的新詩方法學系列專書，還刻意在自己的詩集上暴露思考歷程、修改痕跡，其用意不在方便讀者欣賞自己詩作而開拓多元途徑，卻是在刺激讀者藉詩人的塗改痕跡，尋思詩人當初更易的軌轍，以鍛鍊讀者自我的想像力。這種不惜自暴其短的分享態度，不惜犧牲小我的教育精神，正是火象性格的徵狀。

　　手稿顯示，白靈詩作修改次數頻仍，更動幅度極大，有時是字詞的斟酌、標點的增減、字序或句序的調整，有時是全詩既革心又洗面，初貌與成品差異懸殊。如〈鐘擺〉一詩，六易其稿，在《聯副》登出後，僅僅五行之詩又修正了三個詞語（《五行詩及其手稿》28-35[12]），〈颱風〉II，展出手稿十五張，張張如颱風肆虐後的土石亂流，千瘡百孔（《五行詩及其手稿》 82，85-95）。主觀上，這是

---

[12]　白靈，〈鐘擺〉，《五行詩及其手稿》（臺北：秀威資訊科技公司，2010）28-35。

內心不安的外在跡象。可以說，《五行詩及其手稿》全面暴露白靈壓抑下的不安心靈，這種不安與孤獨感，穿透白靈詩作，一如幾米（廖福彬，1958-）漫畫所透露的不可歇止的淡淡哀愁，絲絲縷縷，飄飄忽忽，總是在字裡行間，線條色彩裡，亦即人與人、人與物的互動中，不肯離去。

　　《五行詩及其手稿》書前白靈自撰其序〈五行究竟〉，與《一首詩的誕生》新版序相同，都將詩定義為「宇宙之花」，[13]他說，詩，「隱涵著宇宙自身乍現乍滅的縮影」，「它是動態的、隨機的、偶然的、乍現的、隕落或上升的、輻射的或收斂的、爆裂的，因此也注定將幻現而熄滅。」（〈五行究竟〉〔自序〕，《五行詩及其手稿》 11）依白靈詩的定義，所謂「乍現乍滅、動態、隨機、偶然、輻射、收斂、爆裂」云云，其實都與「火」的特性、特質相關，即使是「隕落或上升的」，也與「火氣」息息相關。火的外在形象閃爍不定，從來沒有「凝固不動」的樣貌，這就是白靈所強調的一首詩不會是頭腳齊全，像嬰孩臨盆似地出現，經常是「靠一隻鼻子找到一張臉，憑一根腳趾找到一條腿的。」[14]火的形象不定，誰也無法確定哪樣的形貌才是真正火的樣子，詩亦然。所以，白靈的詩的教學工程，往往是從「怎樣寫一句好詩？怎樣寫一堆好的詩句？怎樣找到一些美妙的想法？」[15]作為開始，不事先追求結構的呼應。五行中，木有根、莖、葉、花、果的實質結構，水有上游、中游、下游，溪、河、江、海的水域區分，金有色度、密度、硬度、韌度的衡量，地有地質、疆域的區隔，唯火不作這種細節分辨，火焰美妙，不設常規。

---

[13] 白靈，〈詩是宇宙之花（序）〉，《一首詩的誕生》（臺北：九歌出版社，2006新版）。

[14] 白靈，〈從讀詩到寫詩（代序）〉，《一首詩的誕生》（臺北：九歌出版社，1991）1。

[15] 白靈，〈從讀詩到寫詩（代序）〉 4。

　　火的屬性，其實也是後現代主義重要的風景，簡政珍（1950-）《臺灣現代詩美學》中的第二部：「後現代風景」，曾以五個專節討論：結構與空隙，意象與意義的流動性，詩的嬉戲空間，不相稱的美學，詩既「是」也「不是」。[16]青年學子根據其中「不相稱的美學」，藉以論述白靈詩集《愛與死的間隙》，指：「不相稱」強調差異性，引領讀者發問而非定義，並曝顯任何「相稱」的虛構成分；簡單講，它要讀者注意書寫與現實有何不同？深刻點說，它要讀者正視異己的美感。假若讀者因預設的框架終止對話，世界便迷糊僵死在記憶，一旦讀者放下身段，不斷詰問為何與如何不相稱？也就更貼近書寫的當下。[17]足見白靈詩作不以僵化的意象「定」其義，即使留下的是小小的間隙，卻是讀者開闊的詰問空間，其形其象，如火焰之未可確認，其指其向，如火舌之無法預知。

　　火的形象不定，所以，火的特質是「不安」的，白靈說「詩是宇宙之花」的同時，也強調「乍現乍滅」、「幻現而熄滅」的不安感，乍滅、無常，如何能安？余光中（1928-）的名詩〈與永恆拔河〉，具有超人的氣魄，卻也一開始即承認「輸是最後總歸要輸的」[18]白靈以風箏細細的一線，卻想與整座天空拔河，但他也清楚「小小的希望能懸得多高呢」？（〈風箏〉，《五行詩及其手稿》 27[19]）細細一線所維繫的風箏，即使在孩子的心裡有「拉著天空奔跑」的喜悅，在大人眼中卻懷著更大的不安；孩子的喜悅越大，詩人擔的心越沉。

　　「詩之於文學，猶如夢之於人生。」（白靈，〈只要還有夢（後記）〉，《大黃河》 221[20]）白靈常將詩與夢結合，「我們生活中有諸

16 簡政珍，《臺灣現代詩美學》（臺北：揚智文化事業公司，2004）143-298。
17 張期達：〈不相稱的美學初探——以白靈《愛與死的間隙》為例〉，《臺灣詩學季刊》5（2005）：229-42。
18 余光中，〈與永恆拔河〉，《與永恆拔河》（臺北：洪範書店，1979）133-34。
19 白靈，〈風箏〉為《五行詩及其手稿》第一首詩，選入翰林版國中國文教科書。
20 白靈，《大黃河》（臺北：爾雅出版社，1986）。

多的衝突、不滿和期望，會像注入水庫般儲存在腦海中，日積月累，每越一段時日，總會以一場夢來舒洩。」「讀詩是讀別人的夢……觸及的只是自身心靈的一部分，是間接的，是痛點的外敷。寫詩則不然，抱的總是自個兒的夢，是當下的、切身的、全力以赴的，是從內在出發的，是直接的、是痛點的自我內療。」[21]白靈認為寫詩與作夢一樣，都有療癒的作用，都是「衝突、不滿和期望」的不安心靈，所賴以宣洩，或紓解痛點的憑藉。在白靈的認知裡，夢常予人虛幻的想像、飄忽的想像、快遞似的想像、樂極又悲極的想像，夢境變換瞬時萬化，與科幻相類（白靈，〈只要還有夢（後記）〉，《大黃河》 224）以這樣的角度看「火」的屬性，從鑽木取火開始，火苗、火花、火焰、火勢，一發即不可收拾，無可掌握，一如詩、夢、想像，所以白靈詩作、詩學中「詩與夢」相通、相隨，因為她們都具有「火」的質性。瘂弦（王慶麟，1932-）所言，白靈「長於謀篇，有不少詩的效果像是小小的戲劇，裡邊有嚴謹的組織肌理與古典式的制約。」（〈待續的鐘乳石〉，《大黃河》 10）則已屬於後設的寫作學上的調理，可以將白靈視為高明的「玩火者」。

近十多年來，白靈浸淫於中醫經脈、針灸治療的學習與操作，頗有所成，在化工教學、詩作醫療之餘，兼又戮力於疏通詩人氣血與筋絡，對於「五臟」呼應五行、五方、五時、五氣、五色等「臟象理論」，通透了解。[22]他體認到這種人體與天體的空間呼應，其實就是「萬物皆備於我」、化繁為簡的易之哲學的另類展現，（白靈，〈五行究竟〉〔自序〕，《五行詩及其手稿》 14-15）對於自己的五行詩寫作，尋找到學理的依據。這種「合理化」的說詞，雖非創作

---

21 白靈，〈從讀詩到寫詩（代序）〉，《一首詩的誕生》 3。
22 漢朝已降，陰陽五行家認為五行可以跟萬事萬物相匯通，此種說詞，逐年累積，可參見文後〔附錄一〕。

者所必須具有的剖白，但卻為我們以火的質性論述其詩，提供基礎性的佐證。

白靈借用杜十三（黃人和，1950-2010）詩句「把光獻給天空」，用於悼念杜十三，說：「杜十三是屬於火的」「而火是沒有形狀的，無法確知自己燃燒的模樣或方向，僅考量怎樣燃盡自己一生成為灰燼，把熱獻給世界，『把光獻給天空』。」[23]以這樣的讚詞稱賞杜十三，確屬合宜，但以阿那克西美尼的觀點：「『火』是最精純的『氣』」稱賞白靈及其詩作，精純地發光發熱，長遠地奉獻自己，更切實際。白靈與杜十三，都屬於火象系列的詩人，火舌變幻不居，詩與藝術常伸向異於常人的新向度，展現無法蠡測的大能量。

三、爐火遐想是白靈詩心的最初依託

巴舍拉不一定認識中國五行相生（金生水、水生木、木生火、火生土、土生金）之說，但鑽木取火應該是人類不分東西方最早擁有火的共同經驗，這是五行「木生火」的物質緣起憑藉。不過，就在此一詩之物質生成的分析中，巴舍拉更強調：「火在成為木之子之前，首先是人之子。」[24]面對火而升起的好奇、冒險、試探、想像，甚至於警惕，從「人」的立場、「人」的觀點出發，火，聯繫著人與人的溫馨記憶，特別是爐火與燭火，一種屬於「家」的美好嚮往，「燭成為注視他的房間、注視一切房間的精神。它就是住宅、一切住宅的中心。不能設想沒有燈的房子，同樣也不能設想沒有房

---

[23] 白靈，〈把光獻給天空——火焰之子杜十三〉，《聯合報・副刊》，2010年10月23日，D3。

[24] 巴什拉，《火的精神分析・附：燭之火》，杜小真、顧嘉琛譯（北京：「生活・讀書・新知」三聯書店，1992）29。

子的燈。……那裡有燈，那裡就有回憶。」[25]爐火（包括爐與灶）是現實生活與生存證據的主要象徵，燭火則是依戀、相思、冥想的依憑，巴舍拉曾言「人們在爐火跟前會入睡」，那是物質慾望的滿足、身心的舒放，「而面對燭火卻難以入睡」，可以視為心靈慾望的飛馳。[26]爐火與燭火，竟是關係著人類生存——物質與精神的兩大依託。

1961 年巴舍拉發表的最後一部著作即是《燭之火》，這是一本可以視為散文詩精品的小書，巴舍拉說：「隱喻是形象，……在所有的形象中，火苗的形象——無論是樸實的還是最細膩的，乖巧的還是狂亂的——載有詩的信息。」[27]引述其中幾句詩語，可以見證巴舍拉與白靈的詩的發想，來自於他們對火苗的凝視與遐思：

> 對火苗的凝視使最初的遐想永存。……火苗單獨地是一種偉大的在場。……它纖細而又微弱，掙扎著維持著自身的存在。……火苗的遐想者與火苗對話，他就是與自己對話，他就是一個詩人。[28]

白靈與杜十三都屬於火象傾向的詩人，同樣有〈出口〉一詩，杜十三的〈出口〉以圖象詩的方式排列成左右各十二行的山形圖，從一個字（「啊」）、兩個字、三個字，累增為十二字，之後，以頂真的形式又遞減為原先的一個「啊」字，全詩表達「慾望」如鷹，在我們體內盤旋，終究無法找到出口，詩人的裝置設計，就將題目「出口」及作者「杜十三」放置在左右數來同為第十三行的山形頂

---

25 巴什拉，《火的精神分析·附：燭之火》 148。
26 巴什拉，《火的精神分析·附：燭之火》 142。
27 巴什拉，《火的精神分析·附：燭之火》 136。
28 巴什拉，《火的精神分析·附：燭之火》 137。

上，實實地堵住出口。[29]白靈的〈出口〉，卻是沿著夢境的斜坡，望著一盞高懸的小燈，可以引人圓夢的出口：

> 山上有一盞小燈 ／霧來了，仍亮著／朦朦朧朧，打開了一小窗森林／沿著夢境的斜坡爬上去／那會是一個夜的出口／小小、暈黃的窗口／飛蛾們快樂地圍著夢……（〈出口〉，《大黃河》 29）

「燈」，在白靈詩中是家的溫暖，是詩創作的動力，〈光之窟窿〉寫著：「黑暗收押了周圍的一切／然而還有我的燈懸著呢／堅持統領這荒野／雖是小小一盞／就是要讓黑暗有一凹／永遠的／／光的窟窿」（〈光的窟窿〉，《沒有一朵雲需要國界》 145-46[30]）。這首〈光之窟窿〉在《一首詩的誕生》書中，是應用「詩的脫胎法」，從鄭愁予（鄭文韜，1933-）的名句「是誰傳下詩人這行業的／黃昏裡掛起一盞燈」，逐漸「轉動」「脫胎」而來，[31]燈的光與熱的招引，是白靈心中家與詩的永恆溫馨。

光與熱的比對中，巴舍拉認為：「熱是一種財富，一種佔有。應當把這種熱珍藏起來，只把它贈給值得溝通，能相互交融的意中人。光在事物表面閃爍、微笑，只有熱才會深入。」[32]白靈在家的溫馨外，他所參與過的社團，如「草根」、「葡萄園」、「耕莘寫作會」、「臺灣詩學」，都可以看到他積極投入、奔走的身影，這一團火所燃燒出來的熱能，已經為臺灣新詩壇帶來難以估量的效能。

29　杜十三，〈出口〉，《石頭悲傷而成為玉》（臺北：思想生活屋文化公司，2000）50-51。

30　白靈，《沒有一朵雲需要國界》（臺北：書林出版公司，1993）。

31　白靈，〈意象的虛實（四）〉，《一首詩的誕生》（臺北：九歌出版社，1991）105-11。

32　巴什拉，《火的精神分析‧附：燭之火》 47。

　　火，既能發光，又能發熱，以白靈在 2010 年推出的第二部詩集《昨日之肉》專門寫作金門、馬祖、綠島的島嶼詩歌來看，白靈提出〈邊境與夢境〉的觀點，認為金門、馬祖地下的地雷難以掃清，「心中的地雷」更難以拔除，且會橫向傳染、縱向傳承，因而造成「思想的霞光」，他說：「綠島沒能馴化的思想的地雷卻終能回到本島上，四處橫行，不斷引爆，終於『爆響』出華人地區最自由開放的民主場域。本來被槍桿子控管住的『邊境』，竟然在苦痛磨折中折射出『經營』出思想的『夢境』來，不能不說是亞洲少見的奇蹟，更是漫長的中華歷史中難能可貴的精神碩果，令人嘖嘖稱奇。」（〈邊境與夢境（自序）〉，《昨日之肉》[33]）不是白靈的「火眼金睛」，不能看出金、馬、綠這三座島嶼所蘊藏的、內在的「火」，不是白靈「火熱赤誠」，不能呼應金馬外島所蘊藏的、文化的「火」。

　　但是，真正燃燒起白靈內心深處的詩心，卻是「家」的爐火、燈火的溫馨光影。在《昨日之肉》的序文中，白靈提到 1949 年母親帶著兄姊從鼓浪嶼搭船到臺灣，他們的眼睛或許曾經掃瞄過金門（《昨日之肉》 14）就這麼一眼，家人曾經溜一眼的島嶼，金門，竟然成為白靈記憶中的一盆爐火，「恍惚間好像有條船正緩緩駛過眼前海面，其中就載了我年輕的母親和年幼無邪不知戰爭為何物的兄姊。我來此，就好像為感受當年她眼中的焦急和渴盼而來，往後數十載她日夜想的竟都是她身後的老家和身陷其中久久無訊息的親人。那種『想』是我始終難以模擬和真正深刻體會得到的，是那種提整座臺灣海峽的水也難以澆熄的『想』啊。」（《昨日之肉》14-15）就是這種難以澆熄的『火』，蠢蠢而動，激引著白靈的詩心，吞吐著火舌。

---

[33] 白靈，《昨日之肉》（臺北：秀威資訊科技公司，2010）。

四、燭焰閃爍是白靈詩緒的躁動不安

　　白靈在〈大黃河・序詩〉中說黃河:「血液屬於黃色系統／彩度比金淡／性情比火焰安定」(《大黃河》 151)顯然,火焰的閃爍不安是白靈所深知而熟悉的。洛夫(莫洛夫,1928-)曾指出,白靈所寫的黃河的「動」,一方面表現出黃河在歷史中河道的遷移(實),一方面巧妙地刻畫出大陸民心「思動」(虛),所以,〈大黃河〉就是中華民族苦難的象徵,也是中華民族在苦難中奮鬥的精神的象徵。[34]黃河之「動」一如火焰在「閃爍」,那是詩人眼中所觀察到的家國的不安,也是詩人內心深處真正的惶恐與戰慄。白靈以第三人稱所寫的作者小傳與風格特色,即言早年他之抒情大我情懷之地理橫面和歷史縱深等題材,「其實那不過是緣於生命在奔流之中遇阻於一種龐大無力的悲哀、和隱密深切地生長的苦悶,一種屬於全體華人血液中無以詆毀的基因和懊惱。」[35]

　　巴舍拉把「火」與「生命」相對照,如果一切緩慢變化著的東西能用生命來解釋的話,那一切迅速變化的東西就可以用火來解釋。「火速」是最難以衡量或掌握的,土、沒有速度,或者說速度最為緩慢(土石流,已加入水的速度),金與木次之,水與風可以用一定的測量儀來確定,唯有火,不知如何衡量他的蔓延、方向和速度。就因為這種無以衡量的速度,「火」是不安的徵象,這種不安,來自於「火」兩極的擺盪:「唯有它在一切現象中確實能夠獲得兩種截然相反的價值:善與惡。它把天堂照亮,它在地獄中燃燒。它既溫柔又會折磨人。它能烹調又能造成毀滅性的災難。它給乖乖地坐在

---

[34] 洛夫,〈大鄉土的擁抱〉,《大黃河》 230-31。
[35] 白靈,〈作者小傳〉,《新詩二十家》,白靈編(臺北:九歌出版社,1998) 83-84。

爐邊的孩子帶來歡樂，它又懲罰玩弄火苗的不規矩的人。」[36]白靈
的詩與詩論，鄭慧如所指明的正是這種兩極的矛盾、閃躲與協和：
「白靈以長詩崛起而著力於小詩、以遊戲說提倡詩教而追求藝術的
完美、以詩的聲光呼喚讀者而堅持詩的書面語，其中的矛盾與一
致，造就白靈成為嚴肅的遊戲者。他對時代、詩潮及讀者的迂迴迎
合，以及他對文學語言的銳利判別、對詩本質的溫暖期待，則形成
他詩風中的自省與閃躲特質。」[37]何金蘭以高德曼（Lucien Goldmann,
1913-70）所制定的「發生論結構主義」（Structuralisme genetique）
分析白靈的名篇〈鐘擺〉，認為此詩是建立在一個二元對立、極端
強烈對比的意涵結構即「存活／亡滅」或「生／死」的主要架構上，
即使是鐘擺擺動時所發出的「滴／答」二聲也統攝著：「左／右」、
「入／出」、「精神／肉體」、「黃昏／黎明」、「過去／未來」，[38]在
這基本結構上，白靈的詩像火一樣擺盪於二者之間，形成微結構。

　　白靈很少寫作具有童趣的自傳型小說詩，〈什麼〉是其中精彩
的篇章，詩中的主人翁就叫「什麼」，七首小詩組成一個趣味的童
年畫面，詩中主角最後的畫面是滾進日記的空格裡，滾了一夜，才
寫下兩行日記：

> 優質的火／會從什麼燒起（白靈，〈什麼（七帖）〉，《女人與
> 玻璃的幾種關係》　45-48[39]）

---

[36] 巴什拉，《火的精神分析‧附：燭之火》　8。

[37] 鄭慧如，〈詩，是嚴肅的遊戲──白靈的詩與詩論〉，《臺灣新詩研究──中
生代詩家論》，林明德總策劃（臺北：五南圖書公司，2007）268-304。

[38] 何金蘭，〈在「生／死」「左／右」的夾角「入／出」「游／游」──試析白
靈鐘擺一詩〉（詩作筆談新輯：時間在存有中滴答──白靈詩作筆談小集），
《創世紀詩雜誌》159（2009）：48-65。

[39] 白靈，《女人與玻璃的幾種關係》（臺北：唐山出版社，2007）。

　　從幼小的心靈開始，白靈已經有著這種不安的傾向，由此經歷愛與性的焦急，家國的變動，〈大黃河〉、〈黑洞〉的寫作，一直到馬祖北竿所見，〈芹壁村〉以「血」的紅寫火的焦渴，寫歷史的躁動，成為白靈火性詩作的原型：

　　　　一定有一滴血，乾了／還躲在哪塊石縫中／喊渴，而歷史低
　　　　下身去／卻遍尋不著（白靈，〈芹壁村〉，《女人與玻璃的幾
　　　　種關係》 25-26；《昨日之肉》 101-02）

　　「在火苗中，空間在活動，時間在翻滾。當燭光抖動時，一切都隨之抖動。火的變幻難道不是一切變幻中最富有戲劇性的、最活耀的變幻嗎？」[40]這樣的變幻、翻滾，是火的特殊質性，是白靈內心深處動盪不安的寫照。

　　2000 年白靈與辛鬱（宓世森，1933-）跨世紀對談時，辛鬱提到數學有最精準的部份，也有無法分析理解之處，數學遊戲從具象的數字、具象的形體開始，卻可能產生類似夢境中非常微妙的形象；音樂，以純粹的樂理看，音律嚴謹，但聆聽者卻有另一種飄渺的妙境。[41]白靈則以「規律和自由之間的擺盪」回應，認為「整個宇宙看起來規律，其實是無限自由的。」「整個宇宙的形成就是混沌狀態之下的亂數，人就是宇宙具體的縮影）。」[42]這種以具體、規律始，卻以混沌、自由終，當然可以用火把、燈蕊、營火作為徵象，問題在於那種絕對自由、無限自由的「空」中，人的存在因而顯得不定、不安。

---

[40] 巴什拉，《火的精神分析‧附：燭之火》 161。
[41] 辛鬱、白靈，〈詩的跨世紀對話：平面詩和網路詩的趨勢〉（臺北：《創世紀詩雜誌》123（2000.6）：12-23。。
[42] 辛鬱、白靈 12-23。

　　白靈有三首〈不如歌〉，開宗明義的第一句都是相同的句型：「平靜的無，不如抓狂的有」、「熱鬧的無，不如荒涼的有」、「光亮的無，不如黯黑的有」，對比的二者（如「平靜的無」與「抓狂的有」）之間，其實都潛藏著不安，後者的「有」又勝過前者「無」的不安。重要的是，後者的「有」都出現「火」、「紅」、「熱」、「焚」的意象：

　　　　坐等升溫的露珠，不如捲熱而逃的淚水／猛射亂放的箭矢，不如挺出紅心的箭靶　〈不如歌Ⅰ〉

　　　　霸南極萬里，不如據火山一座／被冰，不如被焚　〈不如歌Ⅱ〉

　　　　點燃不著的鑽石，不如恍惚閃爍的螢火／堅貞恆定的星群，不如浪蕩叫喊的流星　〈不如歌 Ⅲ〉（《五行詩及其手稿》，39、40、41）

　　「火」、「紅」、「熱」、「焚」、「閃爍」、「浪蕩」的「火意象」，白靈詩中的不安，從未熄燈滅火。當然，這種不安，從另一種角度來看，萬登學（1965-2008）說是「鬥士情懷」，以〈不如歌Ⅰ〉而言，白靈所激賞的是「不貪固有的安逸而毅然奮起、不坐等福至而熱烈拚搏、不狂猛亂擊而勇於獻身、不戀苟且和平而願鷹擊長空、不屈服於溫柔鄉中而敢於享受痛苦」，[43]所謂奮起、拚搏、獻身、鷹擊、享受痛苦云云，正緣於內在的不安，顯現為火之炎上的外在形象。

　　慾望的不時湧現，無法掌控，白靈以黑鷹詭譎的身影來描述，人就成為黑鷹追逐下的灰兔：「無人看得清牠潛藏的慾望／一朵黑

---

[43] 萬登學，〈寄寓深遠詩思深邃──淺論白靈短詩〉，《臺灣詩學季刊》26（1999.3）：112-15。

雲忽淺，忽深，在草原上方／詭譎如黑色的潛艇，巡航於天空／何故我竟成了灰兔？沒命地追逐／牠那襲──滿地飄忽的投影」。（〈黑鷹〉，《五行詩及其手稿》　57）黑鷹追逐灰兔，反說成灰兔追逐黑鷹飄忽的投影，靜態的慾望的衝撞所造成的內心的惶急、不安，無所藏躲於天地間（黑鷹在天──灰兔在地，黑色的潛艇──巡航於天空）。

　　黑鷹逐兔是草原裡的野性慾望，城市文明的不安，白靈則以巨獸為主意象，在〈子夜城〉中遍佈燈、螢火蟲、金牙、光、火螢的閃爍：「黃燈前煞車，蹲在前面這座城市如睏極的巨獸／紅燈中小盹，夢見街上到處是被綁住的螢火蟲／紅燈中醒來，那頭巨獸打哈欠露出誘人的金牙／綠燈時加速，衝進去才瞥清金牙盡是光的神話／一火螢竄出，救護車正飛速趕去摀住神話的傷口」（〈子夜城〉，《五行詩及其手稿》　71）。空間上，燈、螢火蟲、金牙、光、火螢，環繞四周；時間上，短短的等紅綠燈的數十秒間，但不論是黃燈的等待、紅燈的小盹、綠燈的速行，都在火性意象中持續不安，未有片刻歇止，都在白靈詩中，不曾熄燈滅火。

　　骨子裡，白靈的寫詩意志就是在「火光沖天」的殿堂，獻上「灼烤」後的心肝：

> 戰士們鴉雀無聲／齊聚於火光沖天的殿堂／在神前獻上割下的耳朵，和腳／繼之以灼烤後的心肝／那無以名之而歷史上稱之為「詩」的東西……（〈意志〉，《五行詩及其手稿》100）

　　火與光的閃爍不定，躁動不安，正是白靈詩緒的潛藏意志，不自覺而外鑠於詩篇中，以此來看白靈之所以選擇金門、馬祖、綠島而寫《昨日之肉》，不正因為金馬的戰火與至今猶存的無數地雷，不正因為綠島所代表的是怒火似的「會思想的島嶼」？（〈邊境與

夢境〉（自序），《昨日之肉》 11-17）從《大黃河》而至於《昨日之肉》，白靈詩緒的躁動不安，一直以火的閃爍在詩壇閃亮不已。這也正是白靈在接受訪問時所提出的文化感與自由感，他認為所有文學、藝術，最終無非是在安頓我們的心靈，心靈的安頓就是最大的自由感。[44]白靈的創作，即在安頓不安的火，以此追求心靈最大的自由感。

五、炎上作苦是白靈詩魂的根柢精神

炎上是火的外在形象，作苦則是火的內在本質，炎上作苦正是白靈詩的根柢精神，而且以巨大的意象籠罩在他的詩作中，如〈流星雨〉是從宇宙天體表達寂寞之苦，而流星雨的繁密、緊促，更讓人有襲身逼臨，無可閃躲之感。

> 一顆流星能劃亮地上多少雙眼睛？／這世間還有更壯烈的火鳥嗎？／燃燒到最後，飛成輕煙一陣／但誰能明白，流星的心寂寞如／地球，都渴望被燙傷（〈流星雨〉，《五行詩及其手稿》 121）

流星在世人眼中只是一霎而過，遙遠而孤獨，地球卻是多少世紀人與萬物共居的所在，擁擠而熱鬧，但都飽受寂寞之苦，因而期望有人相訪、相親，即使被高熱擊中、燙傷都在所不惜。流星、火鳥、燃燒、輕煙、渴望、燙傷，全都是「火」的相關意象，巨大的寂寞感因為流星雨和地球的對應而浩瀚無窮。

---

[44] 黃硯，〈詩心慧眼——白靈的夢境與現實〉，《卓越雜誌》12（1999）：170-74。

即使回到地球上，白靈詩中多次出現「渴」、「乾渴」、「渴望」、「飢渴」，都是「火」旺而苦之象，其中〈渴〉（〈渴〉，《五行詩及其手稿》 143）以「愛的乾渴／唇知道」表達對「愛」的渴望，一如行數為五的〈微笑〉詩，三首都以「不要留下我，在寂寞裡游泳」白靈，（〈微笑〉，《五行詩及其手稿》 156、157、158）作結，一樣祈求愛的擁抱與回應。〈渴〉以太陽、沙漠、仙人掌，表乾渴之甚，明示對愛的渴望，末句還以由下往上讀的圖象詩效果，達成仙人掌由沙漠中伸掌的艱難（缺少愛的滋潤），太陽乾渴而沙漠也乾渴卻無以為助的無奈（如下圖）。相對的，〈微笑〉三詩是在水中游泳，卻是廣大無邊的寂寞之海，游不出去。白靈以相對的〈渴〉與〈微笑〉，顯示人如在沙漠而乾渴，在水中卻寂寞，人類之苦竟如此周全包覆，無可倖免。

〈渴〉

愛的乾渴
唇知道
太陽之乾渴
沙漠
應回掌人仙出伸

酒中有火（隱形的火），特別是金門高粱酒，白靈《昨日之肉》裡的〈金門高粱〉漾盪著、燃燒著的，就是火，也是二十世紀金門島的苦痛：「只有砲火蒸餾過的酒／特別清醒／每一滴都會讓你的舌尖／舔到刺刀／／入了喉，化作一行驚人的火」（〈金門高粱〉，《昨

日之肉》 48-50）苦之火，不僅包覆人類全身，在白靈詩中還化作一行驚人的火在肚腹裡、胸腔裡繼續延燒。

火是生命之苦的徵象，白靈詩中的火如此灼然，可以跟尼采（Friedrich Wilhelm Nietzsche, 1844-1900）的〈火的記號〉（"Das Feuerzeichen"）相呼應：「焰身灰白——／貪婪地吞噬著冰冷的遠方，／總是彎曲著頸項，好躍向更焠熱的高度——／是隻昂首嘶然，焦躁不安的蛇：／我將這個紀號置於身前／／我的靈魂是這火焰，／無度需索著更新的遙遠，／竄火延燒，燃燒成沉寂的烈焰。／查拉圖斯特拉為何逃避著動物與人間，／為何遠離著所有的安樂家園？／他已知曉六種孤獨——／然而海洋已經不夠孤獨，／島嶼將他升起，讓他在山峰上化為火焰，／成為第七種孤獨，／他尋覓著，將釣竿高舉甩出。」[45]海洋孤獨，島嶼孤獨，孤島孤峰上的火焰，成為尼采的第七種孤獨，白靈的詩以苦為本質，以火為印記，灼然且卓然，略與尼采相近。

這種焦慮、孤獨之苦，白靈應該有些自覺，從他的〈樹火〉之詩，副題為：梵谷的「系杉樹」（Cypresses，一般譯為「絲柏樹」）約略可以看出。2010 為梵谷（Vincent Willem van Gogh, 1853-90）逝世 120 周年，2009 年 12 月 11 日至 2010 年 3 月 28 日臺灣國立歷史博物館舉辦「燃燒的靈魂‧梵谷」特展，此詩應該是這期間參觀畫展所寫。梵谷一生畫過跟絲柏樹有關的畫，包括〈絲柏樹〉（Cypresses，1889，93.4×74 cm，收藏於紐約大都會博物館，Metropolitan Museum of Art）、〈麥田裡的絲柏樹〉（A Wheatfield, with Cypresses，1889，收藏於英國國家美術館）、〈絲柏樹與兩個女人〉（Cypresses with two figures，

---

[45] 尼采（Friedrich Wilhelm Nietzsche，1844-1900）著〈火的記號〉（"Das Feuerzeichen"）、陳懷恩（1961-）著譯，《第七種孤獨——以尼采之名閱讀詩》（臺北：果實出版、城邦文化事業公司，2005）224-26。

1889，收藏於荷蘭奧杜羅庫拉穆勒美術館，Kröller-Müller
Museum）、〈有絲柏樹的道路〉（Road with Cypress and Star，1890，
收藏於庫拉穆勒美術館），白靈所選擇的〈絲柏樹〉這張畫（見下
圖），[46]樹是主題，樹葉清晰，極似火燄蜷曲上騰，整棵樹旋轉
如火炬，因而引動其周邊的山林、雲彩，一起陷入烈燄中，整
幅畫從底部的草、山到遠處的雲、天，烈燄騰飛，有如煉獄，
絲柏樹痛苦旋轉於其中，有若「燃燒的靈魂」。

　　白靈感同身受，因而寫下：

> 巨樹以它高聳的尖，頂住天空／樹身開始旋轉／活似一把捻
> 不熄的火炬／鳥獸都閉起眼睛，畏懼這恐怖的陰影／著火的
> 雲兒一塊塊掉下來，呼痛地掉下（白靈，〈樹火〉，《五行詩
> 及其手稿》　194）

以詩寫畫，白靈看到
梵谷的〈絲柏樹〉，選擇樹
如火炬、雲在著火為意
象，顯現梵谷的至痛、至
苦，一如《梵谷傳》譯者
余光中所言：「才如江海
命如絲，梵谷一生受盡貧
困、病痛、屈辱、孤寂，
但追求完美藝術的意志從
不動搖。他的畫，生前沒
人看得起，死後沒人買得

46　取材自 http://fine-art-print.biz/Cypresses.php（2011.3.10.）。

起。」甚至於說：「Van Gogh 的發音在荷蘭語中十分急峭剛強，像是喉間梗物要努力咳出。」[47]如鯁在喉，梵谷的至痛、至苦，白靈選擇「火」替梵谷也替自己咳出。

六、昇華純潔是白靈詩神的清淨功德

　　傳統道教有赤腳踩火炭可以去穢、避邪之說，臺灣民俗也有在外遭遇霉運或出獄返家之人，家人會在門口佈置一爐火，讓他跨過才進家門，以示霉運盡除，可以新生，通稱為「過火」。西洋文學中，相傳埃及的不死鳥火鳳凰（Fenice），每五百年自焚為燼，又從灰燼中重生，如此循環不已，成為永生，這是浴火重生的最根本象徵。火，東西文化中扮演著這種重生、昇華的巨大能量。巴什拉也如此強調：「火昇華的最高點就是純潔化。火燃燒起愛和恨，在燃燒中，人就像火中鳳凰涅槃那樣，燒盡汙濁，獲得新生。情感只有經過火的純化才能變得高尚，經過純化的愛情才能找到感覺。真正的愛必須經過火的燃燒，才能昇華，才能經久不衰，永遠有生命力。」[48]白靈的詩是經過火煉的真金，藉著火而將感情昇華。

　　前節曾言：燈之光與熱的招引，是白靈心中家與詩的永恆溫馨，因而在〈焚〉詩中，白靈又借助剎那之火，把自己對母親的愛、不捨，昇華為永恆的思念。

　　　　不捨　收入盒裡／愛恨　點成燭蕊／苦交給地藏佛／永恆
　　　　交給剎那／母親　就將您交予火了（〈焚〉，《五行詩及其手

---

[47]　〔美〕伊爾文・史東（Irving Stone, 1903- ）《梵谷傳》（*Lost for Life*），余光中譯（臺北：九歌出版社，2009）12-15。

[48]　巴什拉，《火的精神分析・附：燭之火》　5。

稿》 173）

　　這首詩情緒昇華、平靜，彷彿經過火的淨化，一切復歸於圓融、諧和。白靈選用火的意象純化內心的激盪，與第三節「爐火遐想是白靈詩心的最初依託」之所論，可以相為呼應。

　　居家如此，〈野營〉之作也在尋求經由火所產生的特殊能量：

> 把冬天搓入柴火堆煮沸／四野圍進來一群想煨暖的星星／當風聲將歌聲一首首駝到天涯／只留幾顆音符，在炭火上滋滋作響／天地上下，唯一爐燒紅的夢供應著能量（〈野營〉，《五行詩及其手稿》 171）

　　全詩五行中即有四行具足火意象：柴火堆、煨暖的星星、炭火、燒紅的夢，最後直接由「一爐燒紅的夢供應著能量」，透露出火的昇華提升了生命的意蘊與境界。其中不可疏忽的是「煨暖的星星」，星星、螢火蟲、落日、黃昏、月亮等，屬於火意象中之靜者、冷者、遠者，在白靈詩中經常出現，以《五行詩及其手稿》計數，102 首詩中，星星出現 12 次、螢火蟲 3 次、落日 5 次、黃昏 5 次、月亮 6 次，合計 31 次，佔整部詩集約近二分之一的首數。這些意象可以視為經過冷凝、純淨、省思或推遠等昇華作用的火性「潛意象」，其所形成的清淨功德猶如白靈詩中所稱的露珠（「你／看過骯髒的／露珠嗎」；〈露珠〉，《五行詩及其手稿》 187），亦如白靈詩中的陶瓷（「心已裸裎，於肉體之外／渴望，火之包裹」；〈戲陶──遊鶯歌鎮〉，《五行詩及其手稿》 181）。露珠之清澈明亮，是「水」經過火的蒸餾所凝成，陶瓷之晶瑩剔透，是土經過火的高溫所燒製，白靈詩的精鍊呈現這種「火」後的清淨之功。

　　杜十三曾說白靈是：「經常以衝撞民族的痛為『樂』，以檢驗人間的苦難為必然的詩人。」但他最後認為「再堅硬的時代再頑強的歷史，激烈後終歸風清月明，高山之下畢竟平原遼遠，海岸必將以綿長的時間撫平碎裂的傷痕。」[49]唯有經過熱烈高溫的鍛冶，才有劍一般銳利，陶瓷一般穩定的白靈詩篇。

七、結語：白靈詩與火相互映照彼此輝煌

　　孤獨的火苗是孤獨的見證，是把火苗與遐想者結合在一起的孤獨地見證。……火苗照亮了遐想者的孤獨，照亮了思想者的前額。……燭火是空白紙頁上的星星。[50]

　　巴舍拉如詩的語言，是見證白靈火性詩作最好的結語。火的「炎上」形象，是白靈熱情的身影，多才的藝術光輝，具有特出的向度與亮度；火的「作苦」特質，則是白靈詩與生命的體會與內涵，具有不可測的深度與廣度。我們從爐火遐想發現白靈詩心的最初依託，從燭焰閃爍看見白靈詩緒的躁動不安，以炎上作苦測得白靈詩魂的根柢精神，最後以昇華純潔期待白靈詩神的清淨功德，白靈的詩與火光，如是相互映照，相互輝煌。

附錄一　五行與萬事萬物匯通表

	木	火	土	金	水
五材	木	火	土	金	水
五色	青	赤	黃	白	黑

---

[49] 杜十三，〈白靈詩作的時間性、空間性與人間性〉，《臺灣詩學季刊》31（2000.6）：198-205。

[50] 巴什拉，《火的精神分析・附：燭之火》 145。

五方	東	南	中	西	北
五季	春	夏	長夏（季夏）	秋	冬
五節	新年	上巳	端午	七夕	重陽
五時	平旦	日中	日西	日入	夜半
五星	木星	火星	土星	金星	水星
五臟	肝	心	脾	肺	腎
五腑	膽	小腸	胃	大腸	膀胱
五體	筋	脈	肉	皮	骨
五官	目	舌	口	鼻	耳
五指	食指	中指	大拇指	無名指	小指
五氣	筋	血	肉	氣	骨
五榮	爪	面	唇	毛	髮
五志	怒	喜	思	悲	恐
五覺	色	觸	味	香	聲
五液	泣	汗	涎	涕	唾
五惡	風	熱	濕	燥	寒
五聲	呼	笑	歌	哭	呻
五音	角	徵	宮	商	羽
五味	酸	苦	甘	辛	鹹
五臭	膻	焦	香	腥	朽
五獸	青龍	朱雀	黃麟／騰蛇／勾沉	白虎	玄武
五畜	犬	羊	牛	雞	豬
五蟲	鱗蟲	羽蟲	裸蟲	毛蟲	介蟲
五穀	麥	黍	禾	米	豆
五果	李	杏	棗	桃	栗
五菜	韭	薤	葵	蔥	藿
五常	仁	禮	信	義	智
五政	寬	明	恭	力	靜
五化	生	長	化	收	藏
五祀	戶	灶	霤	門	井

孤獨感與童年的夢想

——以巴什拉詩學分析白靈的想像力

雷亞東

作者簡介

雷亞東（Ya Dong LEI），男，1990 年生，復旦大學中文系本科三年級學生。

論文題要

本文以巴什拉夢想的詩學，結合白靈詩的孤獨感和童年回憶對其想像力作一分析，並以「聚焦」、「陌生化」和「花園路徑」理論，結合夢想的詩學對白靈詩進行相關研究。

關鍵詞：巴什拉、夢想的詩學、臺灣文學

一、引言

　　巴什拉（Gaston Bachelard, 1884-1962）在《夢想的詩學》（*The Poetics of Reverie: Childhood, Language, and the Cosmos*）中討論人類對自己童年的回憶，他認為我們會不斷回憶童年，使成年生活變得廣潤，而煥發蓬勃的生機[1]。詩人在孤獨中通過回憶和想像進入嚮往童年的夢想，獲得存在的安寧。這樣安寧的夢想是「安尼姆斯」的夢想，是內在的、陰性的，與之相對的是「安尼瑪」的夢想。白靈（莊祖煌，1951-）詩[2]中有許多有關童年回憶或懷有童年情懷的詩，表現了「安尼姆斯」的夢想與想像力，本文以夢想的詩學對其作一解讀。

---

[1] 巴什拉（Gaston Bachelard），《夢想的詩學》（*The Poetics of Reverie: Childhood, Language, and the Cosmos*），劉自強譯（北京：生活・讀書・新知三聯書店，1996）28。巴什拉近年見於中文的研究日漸多起來，茲舉例如下：楊洋，〈加斯東・巴什拉的物質想像論〉，碩士論文，首都師範大學，2005；李爽，〈物質的想像力〉，碩士論文，中央美術學院，2007；彭懋龍，〈巴什拉的想像力與在Jean-Pierre Jeunet電影《艾蜜莉的異想世界》的運用〉，碩士論文，淡江大學，2007；徐偉志，〈余光中詩歌與水的想象力：以巴什拉四元素詩學作一分析〉，碩士論文，香港大學，2008；黃珠華，〈余光中詩歌與童年的夢想：以巴什拉的安尼瑪詩學作一分析〉，碩士論文，香港大學，2008；余素芬，〈家的遐想：巴什拉的空間意識與余光中的詩〉，碩士論文，香港大學，2008；陳藹姍，〈余光中詩歌與「火」的想像力──以巴什拉四元素詩學做一分析〉，碩士論文，香港大學，2008。

[2] 拙稿引白靈詩集版本如下：1）。《五行詩及其手稿》（臺北：秀威資訊科技，2010）；2）。白靈，《後裔》（臺北：林白出版社，1979）；3）。白靈，《大黃河》（臺北：爾雅出版社，1986）；4）。白靈，《愛與死的間隙》（臺北：九歌出版社，2004；5）。白靈，《女人與玻璃的雙重關係》（臺北：唐山出版社，2007）6）。白靈，《沒有一朵雲需要國界》（臺北：書林出版社，1993）145-46。

二、孤獨感與童年的回憶

　　白靈童年經歷坎坷，不得不面對外在經濟困境和生活苦難，同白靈內在所存有的童稚之心，造就了他早熟的人格與冷眼看世界的態度[3]，從而特別容易產生孤獨感。

（一）孤獨感及其生成

　　箱崎總一（Hakozaki Sōichi, 1928-1988）在《論孤獨：超越孤獨》中指出，孤獨是在人與人的往來體會中產生出來的，是我們在日常生活和社會活動中所感受到的東西[4]。現實生活中，任何人或多或少都會有孤獨的時候，物理上的孤立和獨處與情緒上的孤獨並沒有必然的聯繫，越好熱鬧的人可能越懼怕孤獨。孤獨感是個體在主觀認為不能滿足心理需求的人際環境中，產生的一種孤獨、冷漠的不愉快的情緒體驗[5]，是渴望理解而又不能實現的結果[6]。

　　孤立和孤獨的產生不是偶然的，它與人的性格有著內在的聯繫[7]。易孤獨的性格本身對於孤獨的產生起著決定作用，箱崎總一採用了英美派精神醫學所劃分的十二種容易孤獨的性格[8]，並

---

[3]　郭美君，〈白靈及其詩作研究〉，碩士論文，高雄師範大學，2007，20。

[4]　箱崎總一（HAKOZAKI Sōichi），《論孤獨：超越孤獨》，徐魯楊、鄒東來譯（南京：譯林出版社，1988）2。

[5]　Paula M. Karnick, "Feeling Lonely: Theoretical Perspectives," *Nursing Science Quarterly* 18.1（2005）: 7-12.

[6]　鄧天傑，〈論孤獨的詩學意義〉，《黔南民族師範學院學報》1（2002）: 40。

[7]　箱崎總一　14。

[8]　這十二種性格分別是：1.立即反抗型；2.寄生型；3.情緒易變型；4.評論家型；5.冥想型；6.不滿型；7.獨樂型；8.計算型；9.狂信型；10.固執規則型；11.溺愛寵物型；12.自誇美貌型。見箱崎總一　15。

對其加以分析。同時也將日常生活中感受到的孤獨的產生的情況
分為五類：

1. 工作中的孤獨。
2. 學校生活中的孤獨。
3. 志趣小團體中的孤獨。
4. 家庭生活中的孤獨。
5. 愛情中的孤獨。

　　為了超越孤獨所帶來的負面效應，箱崎總一把孤獨分為兩類，
「高孤獨」和「低孤獨」。能借助與人交往、共處而解除的稱為低
孤獨，而有助於創造、發展的孤獨命名為高孤獨。低孤獨者的依存
心理非常強烈，需要借助於他人的力量使自己擺脫孤獨。而高孤獨
者則不受他人左右，不打擾他人，自己作出判斷和抉擇。高孤獨是
主動追求的孤獨，是自我設計出來的生活形態和生存狀態[9]。

　　孤獨之於巴什拉，則更具有神奇的魔力。他並不滿足於心理學
家對於表面化的活動特徵的經驗分析，而是從現象學的角度進行深
層探討，進入形象與詩的世界，在孤獨中體會夢想與存在。巴什拉
《夢想的詩學》說「對宇宙的夢想，……，是一種孤寂感的現象」，
孤獨使孩子進入夢想的世界[10]。夢想賦予我們一個心靈的世界，它
賦予我一個非我，正是我的非我使我體驗到生存於世界的信心。而
夢想的宇宙的形象屬於心靈，「屬於任何孤獨感所起源的心靈」[11]。
同時，巴什拉指出，孤獨的主體所處的生存階段對於孤獨感的體驗
也影響重大。孩子的孤獨不如成年人的孤獨那樣具有社會性，比成
年人的孤獨更隱秘。孩子擁有對想像世界的絕對權力，有一種對孤

---

[9]　箱崎總一　106。
[10]　巴什拉，《夢想的詩學》　19。
[11]　巴什拉，《夢想的詩學》　20。

獨的自然夢想,「在他感到幸福的孤獨中,愛夢想的孩子進入了宇宙性的夢想,即使我們與世界合為一體的夢想」[12]。

(二)對於白靈詩歌孤獨感的測量

西方學者對孤獨感,「改良 UCLA 孤獨感問卷」是一個測量的準則。這份問卷包括 20 條問題[13],受訪者根據自身感受進行選擇,最後會換算出一個分數,反映其孤獨感的輕重。問卷中的二十條問題主要涉及「我」與家人、朋友、戀人和社團的關係,這其實與箱崎總一關於孤獨產生情況的五條分類相呼應,孤獨感來自於個體以及個體在不同層級的關係構成中的位置。溫羽貝在〈表裡內外之失衡:測量鄭愁予詩歌的孤獨感〉中,根據「改良 UCLA 孤獨感問卷」,將孤獨感分為三個層次:個人層次、異性層次、團體層次[14],是一種層級劃分與參考。本文將呼應「改良 UCLA 孤獨感問卷」層級劃分的提問導向,依據白靈詩歌的特點,從四個不同層級來測量白靈詩歌的孤獨感。

1.井與塔:封閉空間下的孤獨暗湧

首先從詩人自身的角度來分析,白靈詩歌產量不多,對於孤獨的直接書寫也不多。然在值得注意的是,在這些詩人自覺地以個體內心直面孤獨感的詩中,當詩人有意識地和自己對話以釐清同孤獨的關係時,封閉性的空間意象「井」、「塔」經常出現。在「井」、「塔」這些封閉性的空間意象,又往往會對「空氣」、「水」等具備流動性

---

[12] 巴什拉,《夢想的詩學》 135。

[13] 黃潔華,〈人本主義對孤獨感的相關研究〉,《健康心理學雜誌》8.1(2000):30。

[14] 溫羽貝(1982-),〈表裡內外之失衡:測量鄭愁予詩歌的孤獨感〉,《臺灣詩學》9(2007):223-24。

和開放性的詩歌意象作特別的書寫，以此來象徵孤獨感。面對「空氣」和「水」，詩人往往顯得特別被動和無奈，無法把握也無法擺脫他們。例如〈午院〉一詩：「陽光的金鏟子把下午的寂寞／挖成一口古井／鐘聲涼涼涼淹沒小院／午睡的枝影珊瑚般醒轉／飛起的蝴蝶魚鰭似搖搖擺擺」（白靈，《五行詩及其手稿》 108）。這首詩表面上看起來安寧嫻靜，採用了連環的封閉空間，「小院」中的「古井」，把情緒都封鎖穩定下來。然而仔細分析，就能發現這首小詩內在的波濤洶湧，「古井」是由寂寞挖成的，這暗示了其中裝載的是深邃的沉睡的暗流，寧靜之下是洶湧的孤獨。而「鐘聲」涼涼淹沒「小院」，更是指出了「鐘聲」的水的特性，與井下孤獨的暗流相呼應，道破了「古井」和「小院」這兩個連環封閉空間的同一性。

　　巴什拉在《水與夢》（*Water and Dreams: An Essay on the Imagination of Matter*）中說，水的存在是一種眩暈的存在，它的實體中某種東西在流逝。「水不斷地流淌著，水往下流著，它總在水平的死亡中消亡」，水的苦難是無止境的[15]。而封閉在「井」、「塔」之中的「空氣」和「水」其實帶有「死水」的特徵，死水感受到一種速度的喪失，它是一種生命的消亡。消亡在死水中，「同深度同無限相結合，這便是人的命運」[16]。死水的特性無疑指出了人在面對自身，面對自我的生命時的深沉與孤獨。在對這些直接書寫孤獨的詩中，「井」與「塔」，以及其中的「空氣」與「水」，表明白靈在以自身面對自身時，冷靜克制的外表之下內心洶湧的孤獨。在大部分時候，詩人對於內心的這種巨大的孤獨是不知所措的，完全處在坐以待斃的狀態裡，屬於「低孤獨」，如〈孤獨塔〉、〈孤獨〉、〈午院〉。而〈插花詩小集‧蘊〉則稍有不同，「有時，孤寂是一朵空氣

---

[15] 巴什拉，《水與夢——論物質的想像》（*Water and Dreams: An Essay on the Imagination of Matter*），顧嘉琛譯（長沙：岳麓書社，2005）7。
[16] 巴什拉，《水與夢》 14。

／深深，深深／不知埋在心底何處／面山，或面水時／卻又那麼容易地掏出／在水中或風裡，浸了浸／竟也有少許香味／流去」（白靈，《後裔》 75）。這裡除了對孤寂的無可琢磨以外，結尾處「竟也有少許香味／流去」，表明了在主流的「低孤獨」狀態中作者偶爾流露的對於「高孤獨」的追求。

2.船與佛：開放空間中的徬徨虛無

從個人與世界關係的層級來分析白靈詩中的孤獨感，突顯的兩個詩歌意象是「船」與「佛」。在以渺小的個體應對不可測的世界和未來的兇險浩大時，往往會產生船舶式的漂泊感與孤獨感。看〈水手——寂是波，寞是浪花〉一詩：

> 又一波努力舉高的海浪傾倒／在你酒杯的光影間／（碎向沙灘）／數來數去，都是泡沫／消失前，另一猛浪緊跟著／壓下，嘩——／也只有這些了／我們的談話／天氣，女人／／遠方的戰事／（家鄉葡萄釀了酒沒有？）／用簡單的英語／在這異國的海濱／古老的露天酒店／（什麼時候開張的？／——喂，酒保！／一八八八？天！）／來，喝完這杯就說再見／（把剛剛說的通通喝回去）／然後向那邊？東？西？／聳聳肩，兩隻拇指比著兩端／啊是了，這古老的海真行／哪頭流不都相通？／／你瞧它牢牢地抱住地球／那寂寞海角天涯／怎麼地震都不虞掉落／（又一猛浪撲來／在你酒杯的光影間摔倒）／而你是一艘葡萄牙／我是一艘中國／犁過這英語之海——／這回你笑了，縱浪的笑／酒在粗糲的掌中顫抖著／藍眼珠的背後卻是／廣裘不可極目的深沉（白靈，《大黃河》 119-21）

　　這是水手間的交談,在此擱置其中的政治歷史因素,細化下降到個人的層面來看。「我」和「你」都是水手,都是一艘艘的船,面對的是猛浪不斷撲來的大海。在浩大未知的開放空間中相遇,「我們」都太陌生了,只能貧乏地談論起女人和天氣,喝酒,不知道以後該往哪走,因為這個開放空間大得虛無,讓人只能隨波逐流。「船」的意向所流露出的漂泊感、虛無感和孤獨感,已經為許多人所用。福柯(Michel Foucault, 1926-84)就曾在《癲狂與文明》(*Madness and Civilization: A History of Insanity in the Age of Reason*)中對愚人船作過精彩的分析,「他被送到千支百叉的江河上或茫茫無際的大海上,也就被交給脫離塵世的、不可捉摸的命運」,在水上任何人都只能聽天由命,「成了最自由、最開放的地方的囚徒」[17]。中國古詩中也常借「孤舟」的意向來比喻自身,船的形象往往與孤獨感相輔相成[18]。

　　或許是因為小時候住在寺廟邊上,白靈的詩對於寺院和佛的關注特別多。在這些詩中,初讀者往往會獲得這樣的印象:面對天地、佛與廣闊的宇宙空間,詩人體會到的似乎更多的不是佛法禪意,而是沉浸其中的虛無與荒涼。〈山寺〉中,「這荒涼/如小小的睡眠」(白靈,《愛與死的間隙》 36-37),〈寺院〉中,「偌大的空,中間,孤單單/　隻香爐,黑黑似誰的肚臍」(白靈,《大黃河》 11),〈獅頭山偶記〉中,「寺內　一老僧在木魚上/敲出寂靜//寺宇外　一彎彩虹/露出彌勒佛的玩心」(白靈,《愛與死的間隙》 188),〈大戈壁──敦煌旅次〉中,「就是我啊/側身於你們之間/體會冷成

---

[17] 蜜雪兒・福柯(Michel Foucault),《癲狂與文明》(*Madness and Civilization: A History of Insanity in the Age of Reason*),劉北成,楊遠嬰譯(北京:生活・讀書・新知三聯書店,2007)8。

[18] 史言,〈沮喪與孤獨的色彩空間:聞一多、鄭愁予詩歌「黑」、「白」特質下的孤獨感研究〉,《臺灣詩學季刊》9(2007):269。

一句經文的／荒涼」（白靈，《愛與死的間隙》 86-88）。當然，在與佛相關的詩中，詩人的孤獨看起來沒有那麼痛苦，包含了許多「高孤獨」的成分。「船」與「佛」，一動一靜，詩人通過這兩個意象感受身處其中的大世界二元對立並存的動與靜，觸摸到開放空間中無以避免的孤獨。在個人與世界關係的層級上，白靈詩表現出漂泊、虛無與荒涼的孤獨。

3.根與生：生活空間裡的疏離隔膜

　　回到日常生活與成長經歷，從個人與日常生活關係的層級來分析白靈詩歌的孤獨感，疏離與隔膜成為重要特點。白靈出生於臺灣，然而祖籍為福建惠安，在他出生後的很長一段時間都沒有到過家鄉。從未到過的家鄉，是一代臺灣人的特殊記憶，而回不到的故鄉往往與孤獨聯繫在一起。白靈對此在詩中曾多次提到，「你不再提筆／我遠離了家鄉」（白靈，《後裔‧夜憶》 113），「空在那裡／等著疲憊的父母／坐在一朵雲上／向老家，駛過來」（〈遊姑嫂塔〉（白靈，《女人與玻璃的幾種關係》 44），「而年輕的我們／竟沒到過家鄉」（白靈，《後裔‧大屯山西望》 3）。在〈祖籍〉中，白靈真切地寫出了填寫表格時對於故鄉惠安的難以言說的親切與疏離，「我軟弱的思惟，深深／調節一口呼吸，手指稍稍運氣／提筆按入，沙沙沙磨過紙上／十八劃，只圍住小小一個城鎮：／／惠安」（白靈，《大黃河》 45）。

　　白靈的童年生活，也表現出和周遭世界步調的不一致，〈幻〉中這樣寫道：「我的孤獨竟是一顆嵌花的彈珠／自童年的褲袋縫，可憐地落下／風塞住所有的聲音／自從成為雪球以後／我不能回頭／新雪裏著舊雪的悲寒／向前滾去」（白靈，《後裔》 44-45）。在成長的過程中，孤獨像雪球一樣越滾越大，自身和周圍的風景與時空無法保持相同的前進速率，與周遭的生活有著無法彌合的隔閡

與疏離。在另一首詩〈偷〉中，也以一個為饑餓所迫起了偷盜之心的人心態，表現了個體對於周遭生活環境的不理解和周遭人們對於自身的不理解，「眾星辰莫非都是天兵／這時節怎麼都隱在樹梢／張牙，舞爪。陰森四起／我沿溪狂奔／彷彿結凍前水的掙扎」（白靈，《後裔》　65-67），表現出強烈的疏離的孤獨感。

4.愛與光：孤獨的救贖

　　雖然在封閉空間、開放空間中，詩人都表現出一定的「高孤獨」，在面對孤獨感所帶來的痛苦時，詩人解脫的重點放在同愛人的二人空間和精神上所塑造的光的空間上。在對於二人空間的書寫上，白靈表現出了極大的單純與熱忱。如〈乳〉：「可以碰觸可以握、之溫柔／舌尖下，聳入你底靈魂／光都滑倒的兩捧軟玉／荒涼的夜裡／顫動著的金字塔啊」（白靈，《五行詩及其手稿》　37）。乳是顫動著的金字塔，為荒涼的孤獨之夜帶來光澤。在另一首詩〈金手指〉裡，多年以來怎麼都無法拆動的心頭上的那堵牆，無法打開的密閉空間，「有金指頭的那人來了，才在牆上點了一下，那堵牆就自動／開了個小窗」（白靈，《愛與死的間隙》　70）。三首〈微笑〉亦表現了強烈的微笑與愛的感覺，純粹美好。可見二人空間的構建對密閉空間、開放空間和生活空間的解構作用，對無望的孤獨感的救贖，同時這也呼應了白靈詩歌對於情的重視。白靈詩有「知性與感性的平衡」[19]，他的作品大多以情為出發點，也以情為目的地[20]。

　　光的空間的構建對於孤獨的救贖同樣意義重大，「蠟燭」與「光」的意向在白靈詩作中特別受到喜愛。

---

[19] 洛夫（莫洛夫，1928-），〈白靈的小詩泛談〉，《創世紀詩雜誌》，6（2009）：51。
[20] 羅青（羅青哲，1948-），〈溫柔敦厚唱新聲——序白靈的白話詩集「後裔」〉，《後裔》（臺北：林白出版社，1979）3。

> 黃昏時，天空焚為一座／燦爛的廢墟／落日自高處倒塌
> ／這是天國最後的一盞燈了／酒旗遭風撕毀／黑暗收押了
> 周圍的一切／然而還有我的燈懸著呢／堅持統領這荒野／
> 雖是小小一盞／就是要讓黑暗有一凹／永遠的／／光的窟
> 窿（〈光的窟窿〉白靈，《沒有一朵雲需要國界》 145-46）

> 竹林　在狂風中甩著滿頭亂髮／幽靈踢起落葉尋找自
> 己的腳印／整座山只有窗臺上那根紅蠟燭／眨也不眨眼，驚
> 訝於黑暗中／玻璃窗上一個亮麗、惹火的身影（白靈，《五
> 行詩及其手稿·燭臺》 78）

> 山上有一盞小燈／霧來了，仍亮著／朦朦朧朧，打開了
> 一小窗森林／沿著夢境的斜坡爬上去／那會是一個夜的出
> 口／小小、暈黃的窗口／飛蛾們快樂地圍著夢……（白靈，
> 《大黃河·出口》 29）

　　以上幾首詩反覆書寫了黑暗、濃霧等惡劣環境中的一處微弱
但力量又強大無比的光的空間。一支蠟燭的光足以創造一個世界
並驅散黑夜，要夢想巨大的威力，只需一束深層中想像出來的亮
光。如此有朝氣的光是一種萌芽，它賦予生命以一種取之不盡的
飛躍。巴什拉在《蠟之火》中說，「火苗對於孤單的人來說就是一
個世界」[21]，火苗的遐想者與火苗對話，他樂於遐想，並且生氣
勃勃地去遐想，幻想出整個世界。「想像猶如火焰一般在自己的巔
峰上進行創造」[22]，光的空間是對於各種現實空間的希望與救贖，
是孤獨的黑暗世界的出口，「飛蛾們快樂地圍著夢」，屬於夢想的空

---

[21] 巴什拉，《火的精神分析／燭之火》（*Poetics of Fire / The Flame of a Candle*），杜小真、顧嘉琛譯（北京：三聯書店，1992）137。

[22] 巴什拉，《火的精神分析／燭之火》 128。

間,「光,一次又一次的撒網……夢境從那兒出口」(白靈,《大黃河・陽明山夜眺臺北》 19-20)。

5.小結

上述分析可以看出白靈詩表現出強烈的孤獨感,這種孤獨感並非是單純的成年人的孤獨,它帶有強烈的孩子的孤獨的特性,不像成年人的孤獨那麼具有社會性。改良 UCLA 孤獨感問卷是心理學家針對社會性的成年人對孤獨感的測量,主要關注「我」與家人、朋友、戀人和社團的關係。白靈詩中社會性孤獨感的部分主要在生活空間和二人空間裡加以探討,而封閉空間、開放空間和光的空間裡的孤獨則側重於面對自身,面對世界、宇宙和夢想,更具有孩子孤獨的特性。這也是為何在對白靈詩的孤獨感進行測量時,沒有嚴格按照問卷的社會性的具體經驗層面的歸類劃分,而只是將其作為其中一部分,根據問卷問題設置的方法導向──個體以及個體在不同層級的關係構成中的位置──來劃分層次,對白靈詩的孤獨感進行測量。白靈很重視鄭愁予(鄭文韜,1933-)提出的「詩的三境界」,視之為「中國現實與理想的藝術導向」,並作為他面對個人自我、民族社會、宇宙天地三層關係的指標之一[23]。這三層關係也正好與封閉空間、開放空間與光的空間的劃分相呼應。

(三)白靈詩中的童年回憶

說到孩子,白靈有不少從小孩子的眼光或者類似的動植物的角度來進行敘述的詩,也出版過兩本兒童詩集《臺北正在飛》和

---

[23] 瘂弦(王慶麟,1932-),〈待續的鐘乳石──序「大黃河」〉,白靈,《大黃河》 13。

《妖怪的本事》，可以說是個很有童心和想像力的詩人。從一個成年人的角度不斷對童年進行回憶，這其中包含了多少兒童的眼光和多少成人的視角，詩人又是如何處理二者之間的關係，成為一個有趣的課題，對於分析詩人的想像力和文本創作的心理活動也顯得特別重要。

簡奈特（Gérard Genette, 1930- ）在《修辭 III》（*Narrative Discourse*）中提出「誰看，誰說」[24]，把敘述和聚焦分離。同時，簡奈特又把這兩個相關而又有區別的問題看成似乎是可以互換的，一個人既能看，又能說，從而模糊了兩種活動的邊界[25]。雷蒙—凱南（Shlomith Rimmon-Kenan）在《敘事虛構作品》（*Narrative Fiction: Contemporary Poetics*）中提出了「動作者」（agent）的概念，將聚焦和敘述這兩項活動區別開來。一個人（或者說一個敘述的動作者）也可以講述別人看到和理解的東西，說和看，敘述和聚焦可能、但不一定被歸結為同一個敘述者[26]。故事是由敘述者用詞語表達出來的（不一定是他的語言），這種表達必須經過某個「折射體」、「透視」、「視角」的仲介作用，他必然被表現在文本當中。這種仲介作用稱為「聚焦」[27]，也就是「誰看」，包括感知的、心理的、思想的各個層面。而「敘述」則是文本直接表現的故事表達的活動，「誰說」。

聚焦和敘述，對於分析白靈詩中的兒童眼光和成人視角有啟示和輔助作用。首先來看白靈的兩本兒童詩集，由於作品特定的讀者

---

[24] 簡奈特（Gérard Genette），《修辭III》（*Narrative Discourse*），廖素珊、楊恩祖譯（臺北:時報文化，2003）228。

[25] 施洛米絲·雷蒙－凱南（Shlomith Rimmon-Kenan），《敘事虛構作品：當代詩學》（*Narrative Fiction: Contemporary Poetics*），賴干堅譯（廈門：廈門大學出版社，1991）84。

[26] 雷蒙－凱南 83-86。

[27] 雷蒙－凱南 83。

群體的關係，這一類詩大多較為簡單，敘述者和聚焦者絕大部分都是同一個動作者，採用的是兒童的眼光和心思，充滿了兒童的美妙想像。兩本詩集中只有〈鯨魚為什麼不自殺〉和〈每棵樹都有它的夢想〉敘述者帶有成人的影子，而所有兒童詩的聚焦者均為兒童。白靈的其他一些詩集中眾多的以小孩子的眼光或者類似的動植物的角度來進行敘述的詩，聚焦者和敘述者的關係則較為複雜。詩歌的聚焦者有時為兒童色彩的動作者，有時為帶有成年人心思的動作者，也有時為協力的旁觀者。敘述者也是如此，也有同一首詩中的聚焦者與敘述者的角色在不停地轉變。這些詩中，寫作的詩人作為一個成年的動作者，無法回避暗藏在敘述心理與寫作行為之下的成人化的敘述者和聚焦者。而與此同時，住在詩人心裡的孩子不時調皮地出現，表現出強烈的回到童年的傾向，才造成了敘述者和聚焦者角色的不斷轉變和捉迷藏。兒童化的敘述者與聚焦者產生了「陌生化」的效果，使讀者能夠跳脫成年人的眼光，以兒童化的視角重新去感受生活，感覺存在。什克洛夫斯基（Viktor Shklovsky, 1893-1984）在〈作為手法的藝術〉中指出，「藝術的手法是將事物『奇異化』的手法，是把形式艱深化，從而增加感受的難度和時間」[28]。陌生化的兒童視角讓我們不再理所當然地忽視身邊流逝的生活，重新從時空的維度細緻地去感受，它帶我們重回兒童的夢想世界，使成年生活重新煥發出生機。

　　兒童化的視角在白靈詩歌中得到了廣泛運用，但白靈詩歌直接涉及童年的回憶的篇目卻不多，從中選取具有代表性的一首〈辮子〉為例，對其中的聚焦與敘述、兒童眼光與成人視角進行分析。

---

[28] 什克洛夫斯基（Viktor Shklovsky），〈作為藝術的手法〉（"Art as Device"），《散文理論》（*The Theory of Prose*），劉宗次譯（南昌：百花文藝出版社，1994）10。

我穿入人群／幽柔柔的兩條黑色輕輕一甩／心中猛然／竟似瞥見童年坐在小舟上／自蘆花叢岸推出／我走出人群／久懸的秋千便盪哪盪了起來／／進屋時，又一隻風箏／掛斷在電線杆上／傍晚一場雨後憑窗再望／呀，不見啦／夜裡乃夢見河堤／兩條辮子在我伸手／就要抓著的前方／甩呀，甩的／追它？追它！／風聲中摻進來好多好多／孩童的嬉叫／堤岸盡了／飛出去　哎，竟是／乳燕一雙　（白靈，《後裔》　100-02）

　　詩的第一段「我穿入人群」，「我走出人群」，「竟似瞥見童年坐在小舟上」，這些句子都暗示出敘述者的成年人的特徵，站在童年與兒童的視角之外的客體的位置來觀察童年，其聚焦者也不是兒童。而第二段中，「呀，不見啦」，「甩呀，甩的」，「追呀，追它」，則明顯具有孩童的敘述者的特點，其聚焦者我們不大能確定是成年人還是兒童。而第二段中還有「孩童的嬉叫／堤岸盡了」的句子提醒我們敘述者又跳回到成年人。這些身份的關係與轉變跳躍可以用詹姆斯・費倫（James Phelan, 1951-）「反常的」省敘（"paradoxical" paralipsis）和「模棱兩可的疏遠」（ambiguous distancing）[29]來解釋。聚焦之時，成年人的敘述回憶童年事件，可能有著成年人和幼年的不同感知。「反常的」省敘，是將成年人和幼年不同的感知作一省略。或者略去或歪曲某些資訊，使看上

---

[29] 艾莉森・凱斯（Alison Case），〈敘事理論中的性別與歷史〈大衛・科波菲爾〉和〈荒涼山莊〉中的回顧性距離〉（"Gender and History in Narrative Theory: The Problem of Retrospective Distance in David Copperfield and Bleak House"），《當代敘事理論指南》（A Companion to Narrative Theory），James Phelan和Peter J. Rabinowitz主編，申丹（1958-）等譯（北京：北京大學出版社，2007）357-68。J. Phelan. *Narrative as Rhetoric: Technique, Audience, Ethics, Ideology.* （Columbus: Ohio State UP. 1996）82-104.

去與敘述者現在的成年人的知識和眼光不相吻合，或者省略幼年的感知，即抹去天真的經驗，使讀者覺得與幼童不相吻合。這是當敘述者和聚焦者之間出現偏差時，刻意在文本中隱藏其中一方意識的做法。「模棱兩可的疏遠」是指敘述者會在敘述中添加一些提示語或其他暗示，所涉及的是先前的自我意識所作出的觀察和判斷，這樣的陳述既不確定也不否認在敘述者的意識和敘述對象的意識之間存在距離。其實也就是說不否定聚焦者與敘述者的意識之間存在的距離。

〈辮子〉中，第二段「進屋時，又一隻風箏……追它？追它！」即運用了「反常的」省敘，它刻意掩飾了成年人的思考和眼光，放棄了之前第一段中的所採用的成年人的感官，而是用天真的經驗來敘事，回歸童年的美好與夢想。反常的省敘的運用表現了白靈對於童年動作者的難以掩飾的偏愛，對孩子的眼光的情不自禁的認同。而緊隨其後，「風聲中摻進來好多好多／孩童的嬉叫／堤岸盡了／飛出去　哎，竟是／乳燕一雙」，又立刻將敘述者的身份跳轉的成年人。「孩童的嬉叫」，「哎，竟是／乳燕一雙」暗示了先前是兒童的感知，而現在是成年人的感知，這兩種感知之間構成距離，形成模棱兩可的疏遠。模棱兩可的疏遠表明白靈在詩中並不是一味逃離現在，而是有一個清醒的詩人的認識，在這種清醒的認識中重尋童年，美好的兒童的感知在成年的詩人心中重新飛躍生命的活力。而在白靈的其他詩中，還可以找到許多類似的反常的省敘和模棱兩可的疏遠，通過對白靈有關童年回憶詩的觀察，我們看到了兒童的眼光在詩人心裡的活躍位置。這個兒童的眼光不僅僅是對成年人眼光的簡單逃離，而是作為一個詩人的有意識的童年飛躍，它並非對成年視而不見，而是人類心靈永久童年核心對一個成年詩人的閃現和照耀。

三、嚮往童年的夢想

孤獨使企圖從外在人際關係中獲得依戀和滿足的欲望受到抑制，人們感到痛苦，而與此同時，孤獨狀態中的人特別關注內在的想像世界，探求精神上的價值，進入超脫的心靈境界[30]。由於想像力的發達，可以浸淫在與人無涉的領域裡，自我瞭解，獲得幸福[31]。孩子是相對孤獨的更有想像力的族群，孩子的孤獨相對於成年人更為關注自我與自然，成年人的孤獨中我們也可以瞥見孩子的孤獨的身影。白靈詩的孤獨感、童心與童年回憶，相隨而來的是詩人的夢想和想像力的飛躍，正如白靈所說，「我是喜歡作夢的人，演員靠演戲延長他的生命，我靠作夢延長我的」[32]。

（一）孤獨與夢想者的存在

孤獨感使人產生依戀缺失的虛無，而在孤獨中進入內在想像世界的人則能在夢想中感受到自我的存在。巴什拉在《夢想的詩學》中說，孩子通過成年人認識到苦難，但是在孤獨中能緩解苦惱，「當人類世界讓他安寧時，孩子感到他是宇宙的兒子」[33]。孩子一旦在孤獨中發揮想像力成為夢想的主宰，感受到世界的安寧和存在，就享有夢想的幸福，這以後將成為詩人的幸福。孩子的夢想並非是逃

---

[30] 瓊安・魏蘭－波斯頓（Joanne Wieland-Burston），《孤獨世紀末》（*Contemporary Solitude: The Joy and Pain of Being Alone*），宋偉航譯（臺北：立緒文化事業有限公司，1999）194。

[31] 安東尼・史脫爾（Anthony Storr, 1920-2001），《孤獨》（*Solitude: A Return to the Self*），《孤獨》，張嚶嚶譯（臺北：知英文化出版社，1995）98。

[32] 白靈，《給夢一把梯子》（臺北：五四出版社，1989）171。

[33] 巴什拉，《夢想的詩學》 124。

避的夢想,他在飛躍的夢想中認識到自由和無限的生存。孩子的夢想是形象的世界,想像的天地,童年時期的存在將真實與想像互相連結,他以完全的想像體驗現實的形象。孩子的宇宙性的所有孤獨形象在他的深層次起作用,在世界的啟發下,在他與人前所具有的存在的另一面,另一面向世界的存在應運而生。孩子與世界合為一體,這是具有宇宙性童年的存在。

夢想者的孤獨與童年的孤獨中有一種交流,一種潛在的童年存在於我們心中。詩人在孤獨中通過回憶與想像進入夢想的世界,感受宇宙的寧靜、幸福和存在,感到「安尼瑪」的安慰與寧靜,即是進入人類心靈永久的童年核心,這樣的夢想是嚮往童年的夢想。而在詩人和讀者之間,「在謳歌童年時代的詩人與其讀者之間,通過持續在我們身心中的童年的中介作用而產生了交流」[34]。讀者通過對詩人作品的閱讀,有時只在詩人的一個形象的昭示下,進入一個比我們童年記憶更深遠的童年。夢想使存在聚集在夢想者的周圍,它使夢想者產生超出他實際所是的幻想。不存在任何無夢想的安逸,也不存在任何無安逸的夢想,人們通過夢想發現生存是美好的事,存在是一種價值。

(二)童年的夢想與白靈詩歌的想像力

詩人通過對童年的回憶和想像進入嚮往童年的夢想,通過形象將夢想表現在詩歌中,在對物的讚美中感受心靈的存在。形象出現在想像的存在中心,存在感是通過世上的一個對象,一個獨自代表世界的對象而贏得的。並非所有的對象都是詩的夢想可以自由支配的,但是「一旦某位詩人選擇了他的對象,這對象本身即產生了存

---

[34] 巴什拉,《夢想的詩學》 126。

在的變易，它被晉升到詩的領域」[35]。物在被選擇成為詩的對象後在詩中被賦予了飛躍的想像力，同樣的物在不同的詩和不同的夢想中也因為想像力被賦予言之不盡的新生。從一個夢想到另一個夢想，物不再是同一物，物在不斷更新，而這更新即夢想者的新生，更新的動力則是詩人的想像力。本文將結合巴什拉夢想的詩學關於物的想像力的分析，從物與意向的角度來觀察白靈詩歌的想像力。

1.宏偉的景物

　　巴什拉說，「孩子看見的是宏偉的景物，是壯麗的世界，嚮往童年的夢想使我們又看到最初形象的宏美」[36]。想像力使我們對世界坦率地開放，在物件中看到物的宏偉，從而使自我的世界同宇宙的世界一樣浩大，在嚮往童年的宇宙性的夢想中與天地合為一體。白靈在〈最初〉中寫道，「想起我們的攜遊溪頭／晚冬的夜晚／一種逼臨的宇宙的曠茫／悠忽，又是一顆星在池底／我們的腳邊，滑落了／想起環繞著我們／我們的心環繞　它的神木」（白靈，《後裔》103）。詩人在冬夜面對的是世界的宏偉，在溪頭感受到宇宙的曠茫，體會到原始的無邊無垠。不知不覺中詩人被帶回某種古遠的夢想，感到同宇宙的聯繫，一顆星滑落到池底，一線永恆的微光在壯麗的世界中降臨。面對周圍廣闊的空間，感受到心環繞著它的神木，也就是意識的心理向力，在想像力中體會到寧靜的存在和幸福。在〈坐佛〉中，「一滴淚／自你的眼睛的天空／落下／我雙手伸出的荒漠／不夠承接／濺射之後，在我胸中／燙開千億湖泊」（白靈，《愛與死的間隙》89）。眼睛化作天空，伸手而出的是荒漠，胸中有千億的湖泊，詩人不僅面對的是廣闊的天空和湖泊，自身也

---

[35] 巴什拉，《夢想的詩學》193。
[36] 巴什拉，《夢想的詩學》128。

與世界的廣闊融為一體。在想像力中，再次以全部的熱忱堅實有力地生活在生命的最初世界。

在孩子眼裡，小東西在變大，山丘在長高，河流在加寬，想像力在崇山峻嶺的環抱中飛躍。想像力使得詩人的回想和筆下的意象也在擴大，創造出廣闊的空間。〈口紅〉中，「我們在屋子裡讀書／霧來了　窗都迷了路／我在玻璃上劃出／幾條水溶溶的小徑／並請你用鮮紅的嘴形／在路的開端吻上一枚唇印」（白靈，《愛與死的間隙》 60）。手指劃出的痕跡變成水溶溶的小路，詩人在玻璃窗上開闢出一條愛的大道，世界不再局限於現實的拘謹，在夢想中我們在意識的領域進入另一個自由的無所拘束的實感天地，獲取了宏大的生存空間。想像力讓寫詩也成為一件宏偉的事情，詩化作賓士的天涯，同世界和人融為一體共同存在，白靈在〈在詩人碧果的鼾聲中作詩〉說，「任誰／夢外的世界皆是荒漠／卻是駱駝我思維／奔馳的天涯／戰鼓頻催，我的詩／終於在他的鼾聲的極至處／抽腿，飛天／追捧所有他震落的／流星」（白靈，《愛與死的間隙》 111）。

2.氣味

視覺的形象無比清晰，它們自然地形成概括生活的畫卷，因此它們享有童年回憶中容易被回想起來的特權。然而深入未定的童年區域，深入既無名字又無歷史的童年，無疑需喚醒那類隱隱約約的巨大回憶，如對過去氣味的回憶。氣味是「我們與世界融合的第一見證」[37]，「氣味在第一次的散發中是世界的根源，一種童年的真實」[38]。氣味為我們提供正在擴張的童年的各種天地，童年情懷的想像力在進行詩的構建時，氣味成為一個重要的表達源頭。氣味在

---

[37] 巴什拉，《夢想的詩學》 174。
[38] 巴什拉，《夢想的詩學》 176。

童年,甚至一生中可謂是無限大的細節。〈週末〉裡,「巷道中,幾隻小鳥站在誰家的牆上/七嘴八舌叫安靜,花/香——。前朝的陽光尋訪到此/紛紛跳上屋瓦的鱗背/拍掌歡叫,溜滑梯,且一群群/自低牆的前簷跳下/——跳下。青石板的小道上/陰影排過去/一條水紋」(白靈,《後裔》 16)。小鳥在週末的陽光中嬉鬧的場景,這樣的安逸和幸福當無法用視覺的意象充分表達時,想像力調動氣味的感官深入到夢想的氛圍中。花香包含著整個週末的芬芳,世界在幸福的鼓舞中為七嘴八舌的鳥兒們歡呼,讀者也開始感受、回憶和想像陽光週末的美好香味,體會到七嘴八舌叫著安靜的幸福。在〈插花詩小集‧蘊〉中,「有時,孤寂是一朵空氣/深深,深深/不知埋在心底何處/面山,或面水時/卻又那麼容易地掏出/在水中或風裡,浸了浸/竟也有少許香味/流去」(白靈,《後裔》 75)。少許的香味從孤寂的空氣中流出,十分貼切地表現了孤獨夢想和幸福的一面,我們彷彿感到一個孤獨的夢想者的之前的痛苦和之後的安寧。香味在詩人的想像力中扮演著重要的角色,它往往用來表現某種難以言說的感覺,能夠立即營造出一種氛圍,喚起最為真實的回憶與想像。

3.鮮花與鮮果

　　夢想者的存在是通過世上的一個對象,一個獨自代表世界的對象而贏得的。詩人夢想中的形象挖掘著生活,擴大了生活的深度,而要獲得存在的幸福,必須要學會讚美。那些被讚頌的存在都上升達到嶄新的生存尊嚴。宇宙的通道從受讚頌之物開始變得光芒四射,「受詩人讚頌的蘋果是天地的中心,是人在其中能美好地生活、並確信能在其中生活的天地」[39]。鮮果與鮮花是美好的受讚頌事物

---

[39] 巴什拉,《夢想的詩學》 196。

的普遍代表，早已活在夢想者的存在中，詩歌頌的每只鮮果都是「幸福世界的類型」。「多虧了果實，夢想者的全部存在都變圓了。多虧了花朵，夢想者的全部存在都舒展了」[40]。童年情懷的想像力是一種讚美的能力，通過鮮花和鮮果等幸福的原型，在夢想中讚美並獲得存在的幸福。

　　來看白靈詩，〈秋日過欒樹下〉中，「被一顆早熟的果子準準地／擊中鼻尖，這才收聽到／秋天爆裂的第一響」（白靈，《女人與玻璃的幾種關係》 63），果子是秋天同我們聯繫的第一位幸福的使者。在同果子的接觸中可以觸摸到整個秋天的幸福，彷彿果子不斷變大化為秋天，包裹進山巒和清新的風，鼻尖在和果子接觸的一剎那，我們的身體掉入整個秋天的沉醉。再看〈夜泊長江某鎮〉：「上去一層甲板／一排躺椅張開幾付白牙齒／將蘋果之夜／咬得輕輕脆脆／寂靜中，聞得到一雙手在冒汗／緊抓幾千里外的衛生紙／正稀釋著肚子裏的鄉思」（白靈，《愛與死的間隙》 95）。蘋果在詩人的想像中包含著整個寂靜的夜晚，咬著蘋果就是在咬著江水之上輕浮的夜色。手中的蘋果凝聚著水天一色的夜的寧靜，它進入我們的身體，我們也慢慢化作蘋果一樣安寧的夜的存在，鄉思一起開始安睡。〈山之窗〉中，「花朵們將早晨溫柔地解放／群山好慵懶，波斯貓一樣地趴著，嗅著／低下的山凹藏著深邃的眼精」（白靈，《大黃河》14），花朵是溫柔美好的，它們用嫻靜解脫各種「安尼瑪」的紛擾。早晨在花朵溫柔啟發下中向內感受自己深刻的存在，和群山一樣感受自己深邃的眼睛，在深邃的存在中同花朵和世界安定地連為一體，獲得解放。而花朵本身就是世界的一種幸福的原型化的存在，它召喚詩人的想像力並能夠使人們在花朵的美好下通過想像力產生溝通，白靈在〈芒花‧另外一種海〉中寫道，「芒花是另外一

---

[40] 巴什拉，《夢想的詩學》 194。

種海／草一根根撐高的浪花／是大地搖曳自己的另一種方式」（白靈，《女人與玻璃的幾種關係》 32），芒花深存在大地、海洋與世界的深處，是另一種搖曳著的安定。花朵更是一切美好的象徵，是想像力的一種幸福的語言，在〈守護神〉中，「我走著，走在你夢的邊緣／當我仰望／諸星在我眼中聚集如花蕊／螢螢點點」（白靈，《後裔》 21），點點繁星實際上是聚集的花蕊，通過聚集的花蕊我們的想像力和詩人的想像力溝通，感受到天空的美好。

（三）孤獨與夢想的花園路徑

嚮往童年的夢想是「安尼瑪」的夢想，夢想者排除了日常生活的憂慮和來自他人的煩惱，在沉思宇宙的某種美麗面貌時忘記了時間，在安逸平靜中同宇宙一同呼吸。就像白靈在〈呼吸〉中所寫的那樣，「宇宙靜著／眾星，旋／宇宙隨著諸星的凝聚和破散，呼吸／我底呼吸也是如此」（白靈，《後裔》 39）。本文以巴什拉夢想的詩學對白靈詩歌想像力的分析，主要是圍繞白靈詩歌中「安尼瑪」的夢想的部分。然而正如巴什拉在夢想的詩學結尾所言，「為使人不把『安尼瑪』誤認為我們全部生活的存在，我希望寫另外一本書，那將是有關「安尼姆斯」的作品」[41]，在「安尼瑪」的夢想之外，還有著「安尼姆斯」的夢想。白靈的〈不如歌 I〉表現的就是「安尼姆斯」的夢想：「平靜的無，不如抓狂的有／坐等升溫的露珠，不如捲熱而逃的淚水／猛射亂放的箭矢，不如挺出紅心的箭靶／養鴿子三千，不如擁老鷹一隻／被吻，不如被啄」（白靈，《五行詩及其手稿》 39）。白靈詩中包含著「安尼姆斯」的夢想和「安尼瑪」的夢想，「安尼姆斯」的夢想不屬於本文的討論範圍，然而「安尼

---

[41] 巴什拉，《夢想的詩學》 268。

姆斯」與「安尼瑪」的孤獨是詩人進入「安尼瑪」的夢想的必由之路,「安尼姆斯」和「安尼瑪」交織的成分在白靈詩孤獨中的表現也使讀詩過程中產生過許多疑惑。因而我們有必要再對孤獨相關部分進行分析,來看白靈詩是如何從孤獨進入「安尼瑪」的夢想的。

在對於孤獨層級的劃分中,生活空間與二人空間是更具社會性的部分,封閉空間和開放空間則是分別面向自身與世界、宇宙,同孩子的孤獨的狀態更接近的部分,它引領詩人進入「安尼瑪」的夢想。生活空間中的孤獨更多地呈現為「安尼姆斯」式的低孤獨,而封閉空間和開放空間中孤獨的成分則相對複雜,低孤獨與高孤獨,「安尼姆斯」與「安尼瑪」交織出現。因此我們將討論的重點放在封閉空間與開放空間上,第二部分中著重於從整體上分析白靈詩的孤獨感,在此則主要討論詩人是如何帶領讀者從「安尼姆斯」的孤獨進入「安尼瑪」的孤獨,從而通過飛馳的想像力進入「安尼瑪」的夢想。以〈山寺〉一首為例:

> 鐘/因謙虛而被敲響//青苔因疑惑/而美如絲綢//心似木魚,暗暗遭禱念聲/洗劫一空//霧久據不去/寺尖隱隱約//這荒涼/如小小的睡眠(白靈:《愛與死的間隙》36-37)

這首小詩的開頭,鐘聲因謙虛被敲響,青苔美如絲綢,讀者彷彿忽然置於寧謐清新的山間,感受到「安尼瑪」的寧靜與存在。由此讀者期待著進一步的關於山林般的寧靜美好的描寫,然而緊接著詩人說心似木魚,洗劫一空,表現出無所適從的孤獨與無助,一下子陷入到「安尼姆斯」的孤獨。於是讀者開始產生疑惑,意識到之前對於這首詩的狀態的理解是否有誤,開始有意識地再重讀前文的部分,青苔是疑惑的,鐘聲在山間響起似乎也顯得特別孤獨。於是

帶著這樣的感官印象繼續讀下去，霧氣久久地陰霾在寺尖，「安尼姆斯」的孤獨的感覺越來越濃厚，直到「這荒涼」，孤獨荒涼的感覺令人冷得打顫。然而最後一句，「如小小的睡眠」，睡眠重新帶來安逸、舒適與幸福，用「小小的」來形容「睡眠」，更有一種靜處一隅的安定感，讀者對詩的感官重新修正，又繼續來重讀整首詩，最終又獲得「安尼瑪」的狀態的孤獨。這樣的曲折回轉，在表現封閉空間和開放空間的孤獨的詩中相當常見，讀者在閱讀過程中不斷修正先前的感官印象，「安尼姆斯」與「安尼瑪」的狀態相互交織，最後通過重讀和修正把握詩的總體感官，體會到與嚮往童年的夢想相通的孤獨的「安尼瑪」狀態。

從語言學的角度來觀察這些句子和文本，認知心理語言學家稱這種現象為「花園路徑現象」（Garden Path Phenomenon）。它是指在認知理解中出現「語義短路」，讀者在遇到認知頓悟點後適時啟動糾錯機制，於認知理解中的迷途知返，就如同在花園之中走入一條不能通達的幽徑，而必須重新選擇一條通達之路[42]。這種語法現象 1970 年開始受認知心理學家重視，而在 1973 年有金博爾（J. Kimball）進行系統論述[43]，如其英文例句：「The horse raced past the barn fell.」例句在閱讀過程中，絕大多數聽者在語言處理過程的瞬間會傾向於把 The horse raced past the barn 理解為 NP＋V＋PP 的一個句子結構，將 raced 視作動詞，直到最後 fell 出現才發現無法併入其原本偏好的句子結構，意識到理解上的失誤，折回去重新分析[44]。

---

[42] 杜家利、于屏方，《迷失與折返——海明威文本「花園路徑現象」研究》（北京：中國社會科學出版社，2008）4，237。

[43] 林苡霖，〈夏宇詩的歧路花園〉，碩士論文，〔臺〕清華大學，2009）47。

[44] 馮志偉，〈花園幽徑句的自動分析算法〉，《當代語言學》5.4（2003）：339。

　　花園路徑現象的研究主要集中在句法層面[45]，而事實上花園路徑現象在語素、詞、短語、句、文本層面均有發生，其相同點是讀者在認知理解中的迷途知返，我們在此討論的即是白靈詩中文本層面的花園路徑現象。從〈山寺〉來看，詩人設置了多重的花園路徑，讀者在詩的開頭首先進入了「安尼瑪」的狀態，隨後認知頓點「心似木魚……洗劫一空」出現，讀者開始重新選擇路徑，進入了「安尼姆斯」狀態的孤獨，而當下一個認知頓點「小小的睡眠」出現，讀者再次調整路徑，重新進入「安尼瑪」狀態的孤獨。類似的例子在封閉空間和開放空間的許多其他詩中也可以找到，在此不再一一作詳細分析。白靈這些詩中的花園路徑現象在帶領讀者讀詩的過程中，形象地反映和再現了從孤獨狀態進入夢想的狀態的過程中，孤獨的內部所發生的變化，高孤獨與低孤獨，社會性的孤立隔離與內心安定的孤獨的構造者，「安尼姆斯」與「安尼瑪」的狀態間的反覆與路徑的轉換。而花園路徑中的認知頓點發生的地方，讀者的頓悟產生的時機，即是詩人和夢想者在某個形象的暫態的召喚下發生想像力的飛躍的時刻。突然產生的形象在想像力存在中的爆發，這

---

[45] 參蔣祖康，〈「花園路徑現象」研究綜述〉，《外語教學與研究》32.4（2000）：246-52；韓玉花（1967-），〈現代漢語中的「花園小徑」現象〉，《成都大學學報》（教育科學版）21.2（2007）：115-20；5-11；姜德傑（1963-）、尹洪山（1967），〈英語「花園路徑」現象的觸發性因素〉，《青島科技大學學報》22.2（2006）：117-20；吳紅岩，〈花園路徑句的優選句法分析〉，《廣東外語外貿大學學報》17.4（2006）：55-59；杜家利（1971-），〈「細讀方法」對語句「花園路徑現象」的指明作用〉，《達縣師範高等專科學校學報》（社會科學版）16.1（2006）：58-67；譚青松（1972-）、陳建生，〈從「花園路句子」到「花園路敘事」〉，《宜賓學院學報》7（2007）：100-02；曲濤（1977-）、王準寧（1977-），〈淺析花園幽徑現象〉，《吉林省教育學院學報》22.8（2006）：20-22；袁平（1971-），〈花園路徑句探析〉，《懷化學院學報》28.9（2009）：105-07；杜家利，〈句法層面中「花園路徑現象」的認知心理學闡釋〉，《通化師範學院學報》27.3（2006）：45-48。

種意識給予行為和意識最曇花一現的產物——詩歌形象成為路徑的拐點，構成孤獨與夢想的花園路徑。

四、結論

白靈詩表現出豐富的想像力，本文以巴什拉夢想的詩學對其進行相關研究，分析了白靈詩歌中嚮往童年的夢想中代表性的詩歌形象，通過「改良 UCLA 孤獨感問卷」對白靈詩孤獨感進行對比測量，採用聚焦理論對其童年心理與童年回憶作相關探究，並通過花園路徑現象分析了進入夢想的孤獨狀態的過程。

美學分析

論白靈詩歌中的生態倫理意識[*]

沈玲、張曉琴、方環海

作者簡介

沈玲（Ling SHEN），女，江蘇新沂人，文學碩士，徐州師範大學文學院副教授，主要研究方向為華文文學，主要論著有〈論瘂弦詩歌的語詞建構及其詩意風格〉（2005）、〈依賴心理與鄭愁予詩歌的孤獨感研究〉（2006）、〈洛夫詩歌的隱喻認知研究〉（2007）、〈詩意的語言〉（2007）、〈土地的記憶與地圖的書寫〉（2008）、〈周夢蝶詩歌中有關「雪」的物質想像研究〉（2009）、〈為「禽」而「傷」：動物描寫與生態倫理的人文觀察——商禽詩歌文本的生態學批評〉（2010）、〈貓族隱喻與都市生態——以朱天心〈獵人們〉為中心〉（2010）、〈蕭蕭詩歌的「白色」想像〉（2010）等。

張曉琴（Xiao Qin ZHANG），女，江蘇淮安人，文學碩士，南京林業大學副教授，主要研究方向為生態文學。

方環海（Huan Hai FANG），男，江蘇沭陽人，文學博士，廈門大學海外學院教授，研究方向為認知語言學。

---

[*] 本課題的研究得到江蘇省哲學社會科學基金「生態文學作品中的環保思想及其現實價值研究」（項目編號：08ZWD021）及徐州師範大學科研基金「臺灣第一代外省詩人研究」（專案編號：10XWA01）的資助，謹致謝忱。

論文題要

環境是決定藝術發展的因素之一，人與自然的關係問題已成為當今人類共同關注的一個敏感而迫切的話題，本文即試圖以從生態倫理學理論為基點，通過對白靈生態詩作的梳理與分析，探討白靈通過觀照人與自然的關係、描寫動物的生存狀態、對動物的人文關懷表現出來的生態意識，尋求在生態危機越發嚴重的今天知識分子該擔當的責任與使命的方向。

關鍵詞：白靈、詩歌、生態危機、人文關懷、生態意識

一、引言

　　人類社會發展的歷史證明瞭生態文學的興起、繁榮和社會發展的現代化程度成正比關係。我們知道，人和自然的關係是一個逐漸被認識的過程。在初民時代，人類由於自身能力的限制，生存完全要依賴于自然，所以對罩著一層神秘面紗缺乏認知的大自然懷揣敬畏之情；在農耕時代，人類雖然在積極地利用自然、改造自然，但依然是靠天吃飯，自然對人類的生存與發展依然有重要的約束性，所以人類仍然誠實地扮演著自然子民的角色；但隨著近代工業文明的突飛猛進，人類干預自然的主觀能動性越來越強，漸漸褪除自然子民的外衣而披上自然主人的華麗之袍，開始向自然毫無節制地掠奪和榨取。作為地球生物圈中一個非常重要非常有分量的組成部分，人類對自然的態度如何不僅決定了人類活動的意義和價值是否具有持久性，而且也決定了生物圈能否健康存在和發展。誠如盧梭所感：「自然因為我們輕視它的教訓，而使我們付出的代價是多麼大」。[1]

　　在盲目樂觀、自高自大的人類中心主義者「人定勝天」的思想指導下加速發展工業，肆意掠奪、破壞自然的結果是導致人與自然關係的失衡、惡化。溫室效應、水土流失、土地沙漠化、臭氧層破壞、物種滅絕、海洋污染、颶風頻發等等生態問題不斷出現。環境問題的日益嚴峻引起了世人的關注，所以在二十世紀 60 至 70 年代人們就開始討論經濟發展與環境的關係並進而發展到對環境問題的關注。1972 年《人類環境宣言》（*Stockholm Declaration of the United Nations Conference on the Human Environment*）在聯合國於

---

[1]　盧梭（Jean-Jacques Rousseau, 1712-78），《論人類不平等的起源和基礎》（*A Discourse Upon the Origin and Foundation of the Inequality Among Mankind*），李常山譯（北京：商務印書館，1958）162。

瑞典斯德哥爾摩召開的「人類環境會議」上被通過，明確了環境問題的迫切性；1977 年聯合國環境規劃署（UNEP）提出了「生態發展」的概念；1992 年聯合國環境與發展人會（UNCED）肯定了 1987年世界環境及發展委員會（WCED）在《我們的共同未來》一書中提出的「永續發展」的概念，明確了永續發展即「既滿足當代人的需要，又不會危害後代人滿足需要的可能發展」為人類共同努力的方向。2001 年，聯合國環境保護署（UNEP）發佈了《全球文化、語言及生物多樣性的威脅》，此文對世界各國擁有對其賴以生存的動植物面臨的威脅發出呼籲。毫無疑問，人與自然的關係問題已成為當今人類共同關注的一個敏感而迫切的話題。

環境是決定藝術發展的因素之一，[2]生態問題的出現也必將把它帶入作家的書寫視野。1962 年美國作家蕾切爾・卡遜（Rachel Carson, 1907-64）《寂靜的春天》（*Rachel Carson 's Silent Spring*）的出版被視為宣告了人類由此開始進入「一個自覺地表達生態意識、深入思考人與自然關係的新的階段」。[3]因為社會越發展暴露出來的生態問題越嚴重，引起人們關注的程度也就越高，所以由於社會發展和文明進步程度的不同步，西方發達國家的生態文學早於東方出現。戰後的臺灣像所有歷經戰亂傷痛的國家或地區一樣，迫切想擁有穩定、繁榮的社會生活，積極推動臺灣現代化的進程，因此政府片面追求經濟發展，在急功近利中忽略了環境問題。

被視為人類精神晴雨錶的文學迅速捕捉這一生活內容並開始反思人與自然的關係，反思生態環境與生存的關係，臺灣生態文學

---

[2] 法國19世紀美學家丹納（Hippolyte Adolphe Taine, 1828-93）在他的《藝術哲學》中提出了種族、環境和時代是藝術作品的三個基本要素的觀點，其中「環境」主要指自然環境、環境。

[3] 張曉琴（1969-），〈生態文學的文化建構意義〉，《光明日報》2009年4月7日，6版。

應運而生。「經過郊區，我聞到刺鼻的化學品燃燒的味道。走近海
灘，看見工廠的廢料大股大股地流進海裏，把海水染成一種奇異的
顏色。灣裏的小商人焚燒電纜，使灣裏生出許多缺少腦子的嬰兒。
我們的下一代——眼睛明亮、嗓音稚嫩、臉頰透紅的下一代，將在
化學廢料中學游泳，他們的血管裏將流著我們連名字都說不出來的
毒素。」[4]「你今天不生氣，不站出來說話，明天你——還有我、
還有你我的下一代，就要成為沉默的犧牲者、受害人！如果你有
種、有良心，你現在就去告訴你的公僕立法委員、告訴衛生署、告
訴環保局：你受夠了，你很生氣！」[5]

龍應台（1952-）的憤激代表了一部分臺灣知識分子的心聲。
他們在八十年代初以濃烈的現實批判性重新認識自然、認識自我，
反思自然和人類的關係，生態文學的興起與繁榮成為八十年代臺灣
文壇引人注目的一大景觀。不僅有李偉文、劉克襄、陳煌、洪素麗、
吳明益等[6]生態文學作家在專心經營自己的園地，還有一些文人如
商禽、朱天心、朱天文、蕭蕭、白靈等在各自的文學園裏也開闢出
一塊「生態園」，既豐富自己的創作，也更貼近民生貼近社會，對
暴露、解決社會問題起著積極的推進作用。在詩人中，蕭蕭不僅創
作了應電視節目製作人劉楷南之邀目的在於維護臺灣生態的組詩
〈皈依臺灣〉，而且在散文集《太陽神的女兒》中，我們也聽受到
了〈哀山林〉、〈哀伯勞〉、〈哀自然〉、〈哀小溪〉、〈哀田野〉等詩人
為大自然遭到人為肆意的破壞而發出的惋歎；商禽也在〈雞〉、〈寒
食〉等大量關於動物的詩篇中表達了自己對工業文明給動物帶來厄
運的思考與焦慮。

---

[4] 龍應台，《中國人，你為什麼不生氣》（北京：時事出版社，1988）11。
[5] 龍應台 12。
[6] 參見沈玲（1970-）、方環海（1968-），〈動物描寫與生態倫理的人文觀察
——商禽詩歌文本的生態學批評〉，《臺灣詩學季刊》16（2010）：89-107。

　　白靈曾自剖他們這代詩人似乎有著隱微難忍的激情和稍顯高亢的激憤，這使他們的詩作不論在取材還是在表現上都有鮮明的特色。由於關懷的視野切近真實生活，所以他們對於現今所處的情境和生活深有感觸，對政治、社會的不滿、批判和調侃，因生活的不細緻而引發的深切思考，甚至開始對自我在現代都市中的處境發出擔憂和懷疑的聲音，對弱勢族群、生態保育的困境之追究等等都成了詩人長期關切的目標。本文即試圖從生態倫理理論[7]為基點，通過對白靈生態詩作的梳理與分析，探討白靈通過觀照人與自然的關係、描寫動物的生存狀態、對動物的人文關懷表現出來的生態意識，尋求在生態危機越發嚴重的今天知識分子該擔當的責任與使命的方向。

二、自然的生態意識觀照

　　「生態位」（ecological niche）作為生態學中的一個術語，指生物所處的一定的時空及其與其他生物種群的結構功能關係與作用，也就是維持一個物種生存的最低限度的生態結構和環境條件。對於一個作家的成長來說，其「生態位」即是「自然風物景觀、時代精神氛圍、社會政治狀況、文化傳統習俗以及基本的物質條件」[8]。白靈的生態位似乎說明其對自然的關注有其必然性。

---

[7] 生態倫理學，主要是針對環境危機試圖把一切自然存在物都納入生態倫理關懷的範圍，用道德來調節人和自然的關係。參見徐白雪（1983-），〈從生態倫理學的視閾下探析以人為本的內涵〉，《黑龍江教育學院學報》8（2009）：13。該理論以非人類為中心的深層生態倫理研究而受到關注，這方面的代表人物是挪威學者阿蘭奈斯，他的「生態學綱領」與「生態智慧論」，為深層生態倫理確立了一個具有包容性的理論規範，為生態倫理學奠定了理論基礎，他把生態倫理看作是一種生態倫理思潮和社會動力。

[8] 魯樞元（1946-），《生態文藝學》（西安：陝西人民教育出版社，2000）210。

（一）白靈的生態位

　　白靈關注自然、尊重自然的意識與其個人的成長經歷和臺灣得天獨厚的自然風物景觀密切相關。臺灣地處亞洲大陸與太平洋交界處，北回歸線在臺中地區穿行而過，不同於撒哈拉沙漠、阿拉伯半島、古巴這些北回歸線穿行地區的乾旱少雨，臺灣因季風的作用而雨量充沛，氣候宜人；加之多陡峭高山，所以擁有豐富而且多樣的生態環境。尤其是島上保存著繁多的原生特有的寶貴物種，像臺灣黑熊、臺灣獼猴、臺灣雲豹、斯文豪氏蛙、櫻花鉤吻鮭、斯文豪氏蜥等動物，紅檜、水筆仔、筆筒樹、臺灣欒樹等植物。大自然賜予的豐厚的山川樹木、飛禽走獸為臺灣人親密接觸自然提供了可能性和寶貴的人生經驗。

　　白靈說他們這一代詩人的童年是「拖著一條或短或長、屬於農村溫情風的辮子」[9]度過的，不論是從小的生長地萬華還是後來為了生計頻繁搬家及至因為「父親經商失敗，後來跑到三重養雞養鴨」[10]，白靈滿目所觸皆是蒼翠之色，飛行於長空的蒼鷹、鷺鳥都是兒時生活的生動印象。尤其在三重，由於家中人多雜亂，白靈更渴望在自然的天空下尋找心情綻放的空間，在連綿的農田裏安放那無所適從的少年的心情。「我覺得一個人的成長背景對他的詩有很深的影響。」「鄉村也有他的色彩，像我們搬到三重埔養雞養鴨，那時候就住在農家，除了農家之外就是稻田，你可以一直跑一直跑好遠好遠。根本就在田埂裡頭跑。」[11]著著實實走進自然的地理環境陶冶了白靈喜愛自然的性情，自然的山山水水讓他流連忘返，心

---

[9]　白靈，〈沒有誰是誰的國王──序《新詩20家》〉，《新詩20家》（臺北：九歌出版社，1998）13-17。

[10]　郭美君，〈白靈及其詩作研究〉，碩士論文，高雄師範大學，2008，283。

[11]　郭美君　284。

甘情願地「數年來得與一群早已成年的學生在課外『南征北討』，出入臺灣的山水、人文、生態之間」（白靈，〈自序・邊界之歌〉，《女人與玻璃的幾種關係》 7-8[12]），親近自然的經歷也同時為他日後在耳濡目染自己眷戀、親近的自然遭到破壞之後的反思、吶喊提供了厚實的歷史背景。因此，臺灣草木繁茂、飛禽走獸多樣的獨特地理環境和個人成長的經歷是白靈在性情上對自然情有獨鐘的先天因素，後天的社會生態問題則刺激了白靈對環境的自覺關注。

（二）「被都市化」的困境

　　科技改變了人類的生活，也破壞了自然。人類過度享受科技發達所帶來的閒適導致人與自然平衡、和諧的存在形態被徹底改變。由於人心的貪饞無厭，由於資源開發的無盡索取，祖先留下的豐富自然遺產已被破壞殆盡，現代人除了不斷壓榨自然的各種剩餘價值，更毫不憐惜地破壞自然、斬伐自然。當自然界沒有能力再實現自身平衡的調節、維持自身穩定時便要實施其制約的權利，人類無視自然規律的行為就要受到懲罰。如今，時序已出脫固定的常規，六月飛雪飄灑的不再是竇娥冤，暖冬使北國把嚴寒拒之門外，而冬季如春的南方卻降下了暴雪[13]；垃圾與山峰競高，污染已成河流的宿命等等已成為普遍的存在。

---

[12] 白靈此外還有詩集：《白靈詩選》、《白靈・世紀詩選》，因是詩歌選集，所選詩作範疇盡在8本詩集中，所以不再重複統計。《後裔》（臺北：林白出版社，1979）；《大黃河》（臺北：爾雅出版社，1986）；《沒有一朵雲需要國界》（臺北：書林出版社，1993）；《妖怪的本事》（臺北：三民書局，1997）；《昨日之肉》（臺北：爾雅出版社，2000）；《臺北正在飛》（臺北：三民書局，2003）；《愛與死的間隙》（臺北：九歌出版社，2004）；《女人與玻璃的幾種關係》（臺北：唐山出版社，2007）。本文引白靈詩集據以上版本。

[13] 例如2008年初中國大陸南方地區遭遇的歷史上罕見的特大冰雪災害，致使交通堵塞，電網中斷，嚴重影響了人民的生活。

　　在詩人的眼裏，臺灣現代化的進程是伴隨著農用土地不斷被工業用地、商業用地取代的過程，詩人少時無垠的田野在都市的包圍中不斷被蠶食甚至消失。[14]「炮彈般灑下一地高樓大廈／灑在田野上」（白靈，〈林家花園〉，《沒有一朵雲需要國界》 21），都市發展的速度越來越快，圈子越劃越大，田地、森林的地盤在發展的逼仄下越來越萎縮。「多少朝代被歲月腰斬／多少森林自高樓塌下」、「多少平原劃撥郵購泥土／多少河流來函索取雲霧」（白靈，〈神木群〉，《後裔》 88）。有著自由自在，視野無限空曠農村生活經驗的白靈對都市的迅速膨脹表現出否定性的質疑。因此，在觀察自然、反思歷史中，往往表現出對土地和自然的尊嚴、秩序、倫理的關懷與探討。如〈高速公路——阿水伯的春夏秋冬〉：

　　　　春天，春天在小河裏流著／流下水閘，在水渠裏流著／流進水田，在阿水伯的腳下流著／滑過阿水伯的手指／在插好的秧苗裏流著／阿水伯的汗水滴下，混入田水／也一排排，流入秧苗／春天在不遠的山坡一株株／點著杜鵑的小名／省公路是清灰的河流／在那兒輕輕招個手，滑向遠方／「有個公路叫高速，／說什麼不久，也要打結，過這」／阿水伯伸伸懶腰，把這話點成一口煙／呵口氣，輕輕吹掉／／

　　　　夏天，夏天從蟬聲中叫出／抓住老榕的鬚根滑下／滑入青青的稻禾／滑進青蛙的鳴囊內，鼓著／又從蚯蚓的小洞爬出／唱成一支唧唧的小笛／和著讀土木二兒子的遊說／唱

---

[14] 在臺灣，20世紀70年代以來追求現代化的結果，也逐漸出現自然破壞與環境污染等問題。到了80年代，環保成為社會運動的一環，自然、社會、生活、環境之間生態失調的危機，構成了文學的主題。臺灣深刻地反省生態環境與人類生物的依存問題，而有生態保育運動的興起。到了90年代的本土化運動和原住民運動，促使藝術家們對臺灣這塊土地及其自然環境變遷的關注。

給恨恨拍打蚊子的阿水伯聽／「路彎點不成嗎？／三甲地，守了九代，／都通融不了？」／「阿爸，為國家好……」／「伊娘，什麼低速高速」「爸，有了錢，弄個茶莊，更好……」／「茶！茶！我要稻！」／竹桌上一盅清茶，剛沖／阿水伯的眼光浮在茶面上／噙住淚，嚥口水／沉入茶杯底／／

秋天，秋天在麻雀的嘴裏吱吱喳喳／推土機一動，紛紛自樹叢中抖出／嘩嘩啦啦，落到曬穀場／在阿水伯的穀粒堆上／啄最後一粒粒的秋陽／「怪手」挖下，舉高／秋天在金屬的身上，發光／秋天慢慢地厚實／外來的泥土，在阿水伯的土地上堆高／「祖先的腳印踩不到了／馬上就是汽車飛來飛去」／「阿爸，總統都要經過這呢／這是祖先積德」／「一輩子鋤土，現在鋤什麼？」／「阿爸，明天搬去茶莊住／以前拿鋤頭／現在換算盤的珠粒如何」／阿水伯吸口煙，向窗輕輕／吐出，一甲子的往事／在窗上，與推土機推動的泥土／疊來，疊去／／

冬天，冬天在沒有水的河流裏流著／來往的「輪」船互以車燈招手／水光四濺。冬天是一群不穿衣服／身體冰涼的小精靈，有時隱伏四野／怪叫，有時強行攀窗隙入／摸摸每位乘客的臉頰／鑽入領口袖口，取暖／冬天咻咻地滑過很多交流道／像參觀一座座／燈火輝煌的小城／「阿公，過了老家沒」／「諾，前面亮亮的都是」／「哇，好漂亮！你們看／這是我阿公的地！」／乘客們轉頭來看阿水伯／修長的路燈也轉頭來看阿水伯／一明一暗中，似祖先們正捲袖／下棋，還是舉茶，待飲／有個聲音說／「一輩子喝清茶紅茶／現在該是喝喝凍頂烏龍的時候」（白靈，〈高速公路——阿水伯的春夏秋冬〉，《後裔》 132-38。）

詩作像小說一樣富有故事性。時間：一年四季，按季節輪回由春走到冬。地點：將要變為公路用地的農村。人物：農民阿水伯及其土木專業的二兒子。情節：整首詩按照時間順序在明暗兩條線索下講述著農民阿水伯的故事，一個在政府規劃下農村被「都市化」的故事：

時間	線索一 （明線）	線索二 （暗線）	阿水伯反映
春	在杜鵑聲中阿水伯在水田插秧	傳來高速公路要打這裏經過的消息	「阿水伯伸伸懶腰，把這話點成一口煙／呵口氣，輕輕吹掉」，未必是真的所以不以為然
夏	稻禾青青	高速公路從這裏經過被確認	「路彎點不成嗎？／三甲地，守了九代，／都通融不了？」「茶！茶！我要稻！」傳聞成為現實後阿水伯的哀傷、憤怒
秋	阿水伯土地被徵用	推土機開始施工	「祖先的腳印踩不到了／馬上就是汽車飛來飛去」，「一輩子鋤土，現在鋤什麼？」失去農田後的無助、惆悵
冬	以往的田地和住地已成為「漂亮」的「亮亮的」交通路	公路建成並投入忙碌的使用	一明一暗中，似祖先們正捲袖／下棋，還是舉茶，待飲」，想像的恍惚中阿水伯對鄉村生活的眷戀

作為城市觸角的高速公路在現代化的進程中不斷延伸、交織，促進了社會的發展，加強了城鄉的結合也便捷了城與城的交通，其所到之處固然給公路帶上的公民帶來一定的經濟利益，改變了沿線地區的土地功能，把單一的農業用地變為為多行業提供服務的特殊用地，尤其是公路口附近的土地帶來的經濟效益遠遠超出農業用地的價值，這也是為什麼短視的對土地缺乏感情的阿水伯的二兒子那

麼興高采烈的原因所在：「爸，有了錢，弄個茶莊，更好……」，「阿爸，明天搬去茶莊住／以前拿鋤頭／現在換算盤的珠粒如何」。但公路建設給農田帶來的傷害是巨大的，它使農田將永久性地失去農業生產能力，也就意味著將徹底改變這片土地上農民的生活。阿水伯也許不懂人與自然的和諧關係，但他以「守了九代」的固執像嬰兒依戀母親那樣熱愛著重疊有祖先腳印、留有祖先遺灰和親人生命的那片土地。

　　春夏秋冬，四季交替，自然的輪回是自然界的規律，但毀田修路的四季變奏是否符合自然規律？「一種行為是否正確，一種品質在道德上是否良善，將取決於它們是否展現或體現了尊重自然這一終極性的道德態度。」[15]白靈在表達對土地的熱愛和敬重時對奪田修路的行為顯然給出了否定性的答案。

　　春天是溫暖是鳥語花香，是充滿活力與生機的季節，在〈春天來臺北小住〉中白靈以「那時候」的十三次重複，深情追憶了臺北曾有的詩意樓居般的美好時光：

> 那時候臺北沒什麼大樓／春天不用爬得很高／那時候臺北沒多少水龍頭／春天常到淡水河洗手／那時候清晨是體操的臺北／春天出門不必戴口罩／那時候臺北沒太多引擎／春天不怕噪音嚇著（白靈，〈春天來臺北小住〉，《後裔》132-38）

　　每一個「那時候」的背後都是對當下已被破環了的環境的不滿，都是詩人在臺北自然環境遭到破壞後的歷史的反思和對過往的留戀。對田地（泥土）堅守的阿水伯還出現在〈土地公公〉裏：

---

[15] 雷毅，《生態倫理學》（西安：陝西人民教育出版社，2000）78。

> 阿農勸我去大廈中養老／說每片窗戶也是一塊田／一棟大
> 廈就垂直著好幾畝／亮溜溜的水田，玻璃的／田埂有木頭
> 的，有鋁製的／他的詭計我還不清楚麼／這會兒，哼──／
> 一定又在媳婦房裏嘰嘰喳喳／他家日夜流來流去的洗牌聲
> ／也是一樣，堅實的田埂都從那兒崩垮／我老是老了，泛白
> 的鬍鬚總不及／掃清案桌上的落塵量／可就是要守住這幾
> 頃水田／和包圍上來的玻璃田們／奮戰，直到最後一隻鷺鷥
> ／最後一枚，我的卒啊，都飛走！（白靈，〈土地公公〉，《大
> 黃河》 107。）

　　1983 年 2 月 10 日《自立晚報》老人孤軍奮戰抵抗高樓大廈的
崛起，如果說有盟友，就是在水田周圍嬉戲的鷺鷥。「可就是要守
住這幾頃水田／和包圍上來的玻璃田們／奮戰，直到最後一隻鷺
鷥」，老人保護家園是何等執著、熱誠？捍衛農田又是何等悲壯？
這是一場都市和農村之戰，老人堅守城池的背後是城市侵略農村，
農村被迫都市化的社會發展進程。「我的卒啊，都飛走！」隱喻了
這場戰爭的結果：城鄉差別的消弭。

　　人類是大地的孩子，我們也常用母親來比喻大地，但櫛次鱗比
崛地而起的高樓大廈和蛛網般密密織縫的交通幹線在一點點收縮
大地母親的情懷，失去了母親的懷抱，我們將何所依何所靠？白靈
在〈庭院〉一詩中把處身於鋼筋混凝土之中的現代人對土地的眷戀
給以精妙的表現：

> 來趴下臉與草一同呼吸／這恐怕是大地少許可呼吸的皮
> 膚了／其餘的像不像用硫酸潑過／若天空是桑葉／則高
> 樓大廈就是一節節的蠶了／不信翻個身看看像不像／我

是說你像不像試管中斜躺的侏儒（白靈，〈庭院〉，《後裔》68-69）

　　城市中高樓大廈對土地的覆蓋速度和覆蓋率都遠遠高於森林和草坪已成為不爭的事實。白靈以隱喻的手法寫出了自己對都市迅速發展的印象。為了經濟的利潤，急速發展中的城市的樓層越來越高，像一節節生長的蠶努力向上去啃食天空那片桑葉。土地在樓盤越來越多橫空出世的威逼下幾無逃路，僅有庭院中草坪下的那方土戰果僅存，「其餘的像不像用硫酸潑過」？一句設問問出我們的悲哀，問出我們的思考。「臺灣有詩的山，但沒有一座『詩的城市』」「當有怪手要抓破這土地或古老建築的顏面時，那是『非詩的啃咬』，當有新屋要在陽臺蒙上鐵窗、在屋後貼上鐵皮、在屋頂加注違章時，那是『非詩的貼布』。而全臺性的『鐵皮屋化』是臺灣成為『非詩城市』的最大最深的瘀傷。建構臺灣的『詩化城市』應是愛詩評詩寫詩者最終的理想，而非單純躲在城市的一句詩裏（如中山堂這個建築）高談闊論『城市詩』，卻無視於全臺灣的整首詩之陷入奄奄一息的『非詩狀態』。」[16]。鋼筋水泥構建的龐大的建築群絕非人類詩意的棲居，白靈不僅以形象的語言進行了描繪，而且對全臺的「愛詩評詩寫詩者」發出了吶喊。

　　「人的基礎與植物和動物的基礎不光是相同的。這個基礎在人那裡和動植物那裡是同一的。」[17]就像西雅圖所言：「大地不屬於人類，而人類是屬於大地的。世界上的萬物都是相互關聯的，就像血液把我們身體的各個部分聯結在一起一樣。生命之網並非人類所編織。人類不過是這個網路中的一根線一個結。但人類所做的一

---

[16] 白靈，〈布特拉再也〉，《漫活人生》（臺北：九歌出版社，2007）84-89。
[17] 海德格爾（Martin Heidegger, 1889-1976），《林中路》（*Off the Beaten Track*），孫周興譯（上海：譯文出版社，2004）291。

切，最終會影響到這個網路，也影響到人類本身。」[18]由於人類的愚蠢短視，人與自然之間的關係不再和諧，已經惡化到自然行使其制約權力，對人類興起無情反撲的時候了，連年不斷的不是水災就是旱災，再不就是蟲害都可作為明證。在《大黃河》的序中，瘂弦（王慶麟，1932- ）曾談到：

> 白靈的情中，包含了小我與大我、城市與農村，工業與自然。篇篇都顯示出白靈對生活，對自然的情意及玄思；處處都於溫柔敦厚中，透露出清鮮活潑的趣味。尤其是在短詩方面，白靈顯示了多方面的試探，從文明的反省、大我的情懷、時局的關注、社會現象的批判、生活偶感，到輕巧可愛的自然詩，甚至科幻詩等，都入詩家眼裏，質與量也有可觀的成績。（〈待續的鐘乳石──序「大黃河」〉，《大黃河》8）

在這些關於小我、大我情懷的生態詩中白靈以抗拒的姿態渴望人與自然的和諧相處，就像沈從文固執地建構自己心中的湘西神話以與充滿虛偽狡詐的都市社會對抗一樣，白靈在揭示出人與自然不和諧的音符時渴望「隔晨醒來，鳥聲源源，響滿房間」（白靈，〈山居〉，《沒有一朵雲需要國界》 150）山居生活的再現。在高速公路不斷延伸，高樓大廈不斷平地崛起，水泥地面不斷侵蝕泥土地的情境中，試圖衝突出去，殺出一條人與自然和諧相處的生路來：

> 濃美的夜在林裡沈澱下來／所有的杉樹，靜靜地向天庭伸展／伸展，直到把星星都網住／（多美的聖誕樹！）／沒有蟲

---

[18]　西雅圖（Seattle），《語文》（小學六年級・上・第15課），（北京：人民教育出版社，2010）。

聲，也無風／連你，連我，都靜寂啊／一種亙古的天籟／竟
在今夜，射透你心／也貫穿我底　（白靈，〈阿里山夜行〉，
《後裔》70-71）

　　所有的樹木、所有的動物包括你、我都凝固于自然的天籟之中，
一切皆自然、和諧，絲毫不見人工斧鑿之痕。融自身於自然，追求
生命的寧靜與均衡或許就是白靈理想中的伊甸園。然而困難重重，
迷霧重重，溫柔敦厚的他兩難與「都市」和「田園」的痛苦中，他
只好回到自己的記憶裏去，以阿水伯們的疑問、眼淚和痛心表現著
自己的思索，但在對泥土的關注中白靈實現了一次次精神上的返鄉。

（三）「人工自然」的反思

　　白靈在論及他們這一代詩人的時候，認為不像前輩詩人能在
臺灣詩壇上空長久地發光發熱，他們付出了等待和歲月，努力地
以表現方式的變幻希望引起讀者的注意。進入九〇年代以後這一
代詩人又有了新的發現：由於民主與科學高速率的良性競逐，人
類的心靈和視野在世紀末已獲得空前未有的解放和寬廣，人與物
互動、模擬的各種實驗性和可能性，都以驚人的躍進加速衝破千
百年習以為常的道德、倫理、政經國界、種族區隔等各種藩籬，
這些都深深牽動、震撼了詩人所關注的「人」、「自然」、「社會」
的舊有秩序和關係，開始進入一種充滿挑逗和挑釁的進程當中。[19]
同時，白靈工科出身，謀生的職業也都與自然科學相關，這一學
術背景為其觀察「人工自然」提供了其他詩人難以實現的條件。
在〈試管嬰兒〉中，他寫道：

---

[19]　白靈，〈沒有誰是誰的國王——序《新詩20家》〉，《新詩20家》　13-17。

生命在按鈕中開始了／代號○○二，二十年前的胚胎／冷
凍的，性別：男／又由冰冷中扳回了生機／顯微鏡下活蹦
蹦跳動著／裂解細胞，舒放基因／人造羊水中似乎興高采
烈呢──對我們的慷慨？／呵，又一個生命，不，工程
／精彩地「開工」了／這是地球的新秩序／牛肉用大腸菌
繁殖／番茄不需泥土／蔬菜可以懸浮／而此刻，我們的遺
傳學家正熟練調整／他的「乾坤」子宮──那軟軟玻璃袋
／營養學家忙著輸入水和蛋白質／這回只一個記者在旁懶
懶觀看／孩子的母親已經去世了／而代號○○一的姐姐，
在側面觀察房／對拭淨的玻璃窗貼緊鼻子／看助生娘娘們
正催她弟弟誕生／至於代號○○三、○○四的／唉，或許
老了再說吧／反正他們後代寫單子也可以申請／「這一次
應該一個月就可以出生」／遺傳學家指著螢光幕上逐漸爬
高的／生長指數，回頭對我們說（白靈，〈試管嬰兒〉，《沒
有一朵雲需要國界》 119-21）

連生命都可以「試管」，更何況「牛肉用大腸菌繁殖」、「番茄
不需泥土」、「蔬菜可以懸浮」？科技進步的另一面就是「人工自然」
的出現，科技發展到現代和生態似乎成了一對冤家，有序、穩定的
生態系統在科技的進步中被改變並逐漸失去自然的存在狀態，科技
被作為人類統治自然的工具，不僅複製自然也複製人類自己，也許
有一天「技術在慢慢地毀滅人類，人類在慢慢地吞食自然，自然選
擇已經成為過去，最後留下的只有技術」[20]的擔憂會在科技的高速

---

20 莫里斯・戈蘭（Morris Goran, 1916-），《科學與反科學》（*Science and Anti-science*），王德祿、王魯平譯（北京：中國國際廣播出版社，1988）28。

發展中真的到來。所以，「我們必須把責任歸罪於自己在動用我們巨大的技術──科學潛力時所出現的錯誤、不負責任、自私、貪婪、愚昧無知和其他的人為的缺點。」[21]同樣，在〈魔術師〉裏白靈似乎在唱一曲「讚歌」：

> 我們這裏，有世界最多的魔術師／當然，也有最好的品質／他們老老實實，不戴高帽／不穿燕尾服，也不喜歡有／妖嬈、性感的助手──事實上／我們的魔術師，與觀眾，一點距離都沒有／表演，可以隨時，道具，俯拾都是／我們的魔術師不愛表演幻術／譬如：美女分屍；／一束花搖成一隻兔子；／讓非洲雪豹在空中漂浮；以及／使一隻大象從舞臺消失……／等等這些，唉，不過是幻象的幻象／而我們的魔術師並不愛幻想／他們一輩子腳踏實地／他們讓學生看得起四折書／讓窮人戴得起勞力士／讓新車用假機油可以行駛／讓世界人人摸得起，渾圓、完美的／蘋果二號──Apple II／他們還保持老祖宗仁慈的傳統／我們的魔術師，只向人們收取微薄小費／便使口渴的人可以喝黃樟素／呼吸困難的人可以吸收戴歐辛／嘴饞的吃了黃麴毒素保證沒事／如果生了病，請一定／一定要相信我們的魔術師／用沒有消毒的塑膠針筒才能早日康復／真個是無所不能，我們的魔術師／只要他指尖輕輕一點／包子可以更白，蝦仁長保新鮮／至於韭菜包心菜、小白菜芥蘭菜／放心，統統蟲子不長一隻／甚至，我們的魔術師，甚至只要搖搖／工業酪素，便晞嘩嘩瀉成燦白的奶粉／包裝成 S-95，餵我們孩子／哪個不是，渾

---

[21] 奧雷利奧・佩西（Aurelio Peccei, 1908-84），《未來的一百頁：羅馬俱樂部總裁的報告》(One Hundred Pages for the Future: Reflections of the President of the Club of Rome)，汪幗君譯（北京：中國展望出版社，1984）78。

渾圓圓的小胖豬？／所以說，真是好，我們周遭有這麼多／
世界一流水準的魔術師，技術高超／法律揪不出，監獄關不
住／日日夜夜賣命為我們表演，免費的──／請，請他們不
要怯場，千萬要繼續／對了，大家一起來，鼓掌！（白靈，
〈魔術師〉，《大黃河》 95-98）

　　無疑的，在這兩首詩裏，詩人慷慨地使用了「生機」、「活蹦蹦」、
「興高采烈」、「慷慨」、「精彩」、「新秩序」、「熟練」、「世界最多」、
「最好的品質」、「老老實實」、「腳踏實地」、「無所不能」、「渾圓」、
「完美」、「渾渾圓圓」、「真是好」、「世界一流水準」、「技術高超」
等或美好或呈肯定意義的詞語，並呼籲大家為他們「鼓掌」。其實
通篇極盡嘲笑與反諷之力，描繪出「人工自然」的可怕場景。誠如
拉塞爾所言：

　　真正的問題並不在於外部世界所強加的物質約束，而在於我
　　們自己心靈的約束。當前流行的世界觀是：人是自然的支配
　　者和操縱者，天生就是侵略性的，有強烈的國家意識，以生
　　產率、物質進步、經濟效益和經濟增長為首要目的。科學被
　　看作是獲得知識的最重要的方法，它最終能解釋一切，技術
　　被當成是達到所期望的任何目的的手段。[22]

　　在科技的「魔術師」操縱下，生命的原生態被扭曲、變形，而
出現了招人眼目的超自然的新、奇、怪，對如此發展下去的人類的
未來，白靈發出了自己的憂慮。人、山川、草木、河流以及地球上

22　彼得‧拉塞爾（Peter Rusell, 1946- ），《覺醒的地球》（*The Awakening Earth*），
　　王國政等譯（北京：東方出版社，1991）119。

所有的生命都是自然的一分子，在生態關係裏，各有其生存的權利和天空，大家的各就其位才有了自然的和諧與平衡，偏廢任何一方的行為都將會給世界帶來意想不到的災難。

作為自然界中的高級動物，人不僅能夠利用自然而且還擁有改造自然的力量，但就像恩格斯（Friedrich Engels, 1820-95）所說：

> 我們統治自然界絕不像征服者統治異族人那樣，絕不是像站在自然界之外的人似的——相反地，我們連同我們的肉、血和頭腦都是屬於自然界和存在於自然之中的；我們對自然界的全部統治力量，就在於我們比其他一切生物強，能夠認識和正確運用自然規律。[23]

「可上九天攬月，／可下五洋捉鱉，／談笑凱歌還。／世上無難事，／只要肯登攀。」[24]毛澤東（1893-1976）抒發的這番豪情充分肯定了人的能力的無限與偉大。如今擁有發達現代科技的人類早已把毛澤東的豪情展望變為了現實，人類已經登上了月球，沉于大海深處的幾百年前的商船也實施了打撈的計畫，這一切無不證實了一個事實：人是地球這個生物圈中智力最發達最聰明的一類。但就像麥茜特在其《自然之死》中引用帕拉塞爾蘇斯（Paracelsus，約 1493-1541）的話那樣，「把自己吹捧為最高貴的創造物是傻子的行為準則。存在著許多世界，我們並不是我們這

---

[23] 〔德〕恩格斯（Friedrich Engels, 1820-95），《馬克思恩格斯選集》，中共中央馬克思恩格斯列寧斯大林著作編譯局編，4卷（北京：人民出版社，1995）383-84。

[24] 毛澤東，〈水調歌頭‧重上井岡山〉，《毛澤東詩詞全編鑑賞》，吳正裕主編（北京：中央文獻出版社，2003）388。

個世界中唯一的存在物」[25]。在發展中，我們卻不斷重複或演繹
著「人工自然」的悲劇，毀林造田，毀田修路、污染河水等等違
背自然規律的舉措屢禁不止，人類也為之付出了慘重代價，土地
荒漠化、自然災害頻發……「這恐怕是大地少許可呼吸的皮膚
了」，如果哪一天大地連這一點殘存的呼吸的皮膚也被銷蝕，那人
類最終的悲劇也將為時不遠了。

三、動物生態的人文關懷

（一）白靈詩歌中的動物描寫

　　對大自然的喜好之情[26]加之他細膩的抒發個人一己之悲歡，也
敏銳的探索他人生活之苦樂。情感的細膩，使白靈樂於也善於捕捉
生活中的霎那間感受，敏銳攝取生活中為常人忽略的細節，所以蟲
魚鳥獸們成了除了人生內容之外的又一表現主題。遍覽其詩作，發
現飛禽鳥獸樂此不疲地進入他的眼中現於他的筆端，白靈九部詩歌
單行本中涉及到的動物如下表所列：他的作品，大多都以「情」為
出發點，也以「情」為目的地。

---

[25] 卡洛琳‧麥茜特（Carolyn Merchant），《自然之死：婦女、生態和科學革命》
（*The Death of Nature: Women, Ecology and the Scientific Revolution*），吳國
盛等譯（長春：吉林人民出版社，1999）132。

[26] 涉足山水，陶醉自然的生活或者追求在其散文集《給夢一把梯子》《漫活人
生》中表現更為集中。

詩集	所涉動物
《後裔》	杜鵑、青蛙、蚊子、麻雀、鮭魚、乳燕、螢火蟲、蝴蝶、杜鵑、馬、騾、小鳥、燕子、白鷺、烏鴉、松鼠、海鷗、蟬、土狗、夜貓、工蟻、雞、鴨鵝、驢、布穀鳥、牝馬、小鹿
《大黃河》	布穀鳥、蒼蠅、跳蚤、野豬、雉雞、狗吠、老馬、兔子、雪豹、大象、小胖豬、虎、蒼蠅、鷺鷥、泥鰍
《沒有一朵雲需要國界》	螞蟻、鷺鷥、蜈蚣、水龍、兔子、天竺鼠、猴、豬、小豬仔、野狼、跳蚤、螞蟻、蝙蝠、老鷹、白鷺
《妖怪的本事》	錦鯉、蜜蜂、知了、魚、蚊子、小馬、飛鳥、黑貓、小狗、流浪狗
《昨日之肉》	竹雞、大刺蝟、鳶鷹、候鳥、蒼鷺、壁虎、魚、燕鷗、珊瑚、水母、燕魚、黑鮪魚、旗魚、鰹魚、鯊魚、鬼頭刀、鸚鯛、小丑魚、神仙魚、金花鱸、角蝶鱸、紫花鱸、翻車魚、魟魚、和鯨鯊、哈氏異康吉鰻、小海扇、香菇頭、犛牛、鳥、螞蟻、公雞、鷗鳥、老鷹、蛙
《臺北正在飛》	候鳥、老鷹、鴿子、小老鼠、水母、帶魚、魚、鯨魚、老鷹、銀魚、螢火蟲
《愛與死的間隙》	蹬羚、斑豹、幾十張禿鷲的翅影禿鷲、幾百條野狼的垂涎野狼、幾萬頭蒼蠅的嗡嗡蒼蠅、以及比雨點還多的螞蟻的興奮螞蟻、蝴蝶、田蛤、小白蝶、犀牛、狐狸、駱駝、金蛇、小黃蝶、蟬、白鷺鷥、大恐龍、小鳥、小毛毛蟲、壁虎、蛇鱉、鱷魚
《女人與玻璃的幾種關係》	魚、青蛙、神仙魚
《五行詩》	鴿子、老鷹、螢火蟲、青蛙、狗

　　動物們在白靈的詩歌園中呈現出多樣性，有的是動物們生活場景的捕捉或描摹。如〈景美溪邊即景〉中由駐足到奮飛的白鷺鷥（白靈，《愛與死的間隙》 124-25）；〈黑貓〉[27]中機警、威嚴、迅猛的

貓;「在海底飛來／飛去／像千萬朵降落傘」[28]的水母;通過吐氣泡溝通的小魚[29];對雪域之舟犛牛的歌唱（白靈,〈犛牛之歌〉,《昨日之肉》 185-87）;對有著優美飛翔之姿的鷗鳥描畫（白靈,〈鷗鳥〉,《昨日之肉》 182）;對處於危機四伏、險情重重之境的老蹬羚沉著、悲壯的描寫（白靈,〈蹬羚〉,《白靈詩選》 111-12）;鰭展成翅享受飛行快樂的飛魚（白靈,〈蹬羚〉,《白靈詩選》 111-12）;對「吞進的魚群整江地嘔出」（白靈,〈魚鷹〉,《白靈詩選》 15）的魚鷹命運的感歎;誤闖花叢,扇扇東,扇扇西,「趁花朵們不注意,翻出籬牆去」（白靈,〈蝴蝶〉,《白靈詩選》 20）的可愛的蝴蝶;等等,皆體現出白靈在對自然的觀察上細緻有心的一面。

　　同時,以動物的形象性來繪景狀物、談情說理也是白靈詩歌創作中擅長的技法。如以蜈蚣形容龍舟（白靈,〈龍舟競渡〉,《白靈詩選》 143）;借被魚線鉤住的小神仙魚生發對事物之間吸引力的思考（白靈,〈過北海岸〉,《女人和玻璃的幾種關係》 53）;「通過的所有候鳥、老鷹、以及鴿子們／心底一定有個大大的驚嘆號:／這世界究竟怎麼回事!」[30]的疑問傳達詩人自己對於 911 事件的困惑;形象地借躲在餐桌底下發抖的小老鼠來形容地震來臨時自己膽小如鼠般的懼怕心理[31];根據金門的歷史把它想像成刺蝟（白靈,〈論金門是一隻大刺蝟〉,《昨日之肉》 37-38）;以魚喻人,以魚生寫人生的〈黑潮〉（白靈,〈黑潮〉,《昨日之肉》 168-70）;通過鷺鷥飛下落在積了層薄水的池塘漫步、捉泥鰍的生動有趣的畫面寫出了久旱逢甘霖的歡欣（白靈,〈旱象〉,《大黃河》 145-46）;「養鴿子三千,不如擁老鷹一隻」（白靈,〈不如歌 I〉,《白靈詩選》 6）

---

[28] 白靈,〈水母〉,《臺北正在飛》 24-25。
[29] 白靈,〈水族箱內的溝通方式〉,《臺北正在飛》 30-31。
[30] 白靈,〈這世界到底怎麼回事〉,《臺北正在飛》 8-9。
[31] 白靈,〈地震來的時候〉,《臺北正在飛》 12-15。

的富有哲理的思辨；「我眼角夾著一絲秘密／老人路過，微笑：老人路過，微笑：／你在看些什麼／一隻松鼠蹲在福木的肩上，欲動……」的〈閒情〉（白靈，《後裔》 43）等莫不如是。可見，多情、感性的詩人，不僅易感於生活、歷史中的大事件，也善於捕捉大千世界中纖細的情感。

（二）對動物的人文關懷

「人與動物的關係是人與自然關係的一個非常重要的方面，人對動物的態度是人對自然的態度的一個縮影。」[32]萬物自有其生長規律，一切違背自然規律的行為都是非自然的、不道德的。對動物命運充滿人文關懷的思索是白靈關於動物的詩歌中最震撼人心的一種書寫。其詩作體現了他崇奉自然，尊重自然，歌唱自然，陶醉自然，也為人類毀棄自然扭曲人與自然關係的行為而警覺、哀傷、憤怒的情感走向。

白靈以一顆善良平等的心渴望動物們自由自在的真我的生存狀態。如他在散文〈動物園〉裏所表達的那樣：「我喜歡龐大、兇猛的動物，我喜歡嬌小、靈慧的動物，但不怎麼喜歡親眼看到的那些，尤其是躺在檻柵中只能轉圈子、或彎腿或敞著肚皮睡覺的那些。」[33]〈鮭魚河〉即是白靈為阿拉斯加的鮭魚們吟唱的一首莊嚴的生命讚歌，在感歎大自然造物神奇之時更多的是對生命的尊崇，「『落葉歸根』萬物本同」。「靜靜地，在這夫拉則湖／與我的列祖列宗，與你／同在」（白靈，《後裔》 43）不辭勞苦，歷經險灘激流和瀑布的摔打以死傷過半的代價返回四年前的原生地夫拉則湖

32　楊通進（1964-），〈非典、動物保護與環境倫理〉，《求是學刊》5（2003）：34。
33　白靈，〈動物園〉（遨遊夢），《給夢一把梯子》，185-88。

的鮭魚們的生活尚沒有人類的攪擾，在自然的懷抱裏盡情享受著自己獨特的生命，在跳躍的姿勢中寫出生命的精彩。然而，這份單純、本真的生存在人類聰明才智的干預下已經越來越少，處於弱勢的動物們的生活在人類以消費為目的的為所欲為下而被強烈扭曲。

生態倫理學認為，人類和非人類生命的福利和繁榮本身具有天賦價值、記憶體價值，生命形式的豐富性與多樣性有助於其實現，人類無權削弱這種豐富性和多樣性，而當今人類對非人類世界做出了太多的干預，非人類世界的狀況在急劇惡化。在歷史發展的進程中，我們發現人類的愛心更多的時候是自私與偏狹，無視自然界中其他生命的生存權利，無視自然法則，出於一種私欲或功利的目的，以萬物之主的姿態而橫加干預自然、剝奪其他生命的權利。工廠化的養殖場為了滿足廠主金錢佔有欲和消費者的口腹欲、時裝欲而剝奪了雞鴨牛羊豬狗等等早已被人類馴化了的動物們作為物種的生命特權和生長過程，在他們擁擠地被關押在逼仄的空間進食著人類利用自己的聰明才智為他們精心調配的食物時，他們失去了所有野性的快樂和天賦的權利，活著的唯一目的就在「被」趨向於人類的欲求。早已被人類馴化成為人類朋友的這些家禽家畜正在遭受被人類剝削、奴役之苦，那些兇猛、威武的大型獸類是否還在享受或擁有自我的生活？白靈的〈剝虎大師〉給我們做出了回答。整首詩以諷刺的手法誇讚剝虎大師庖丁解牛般的高超技藝：

> 大家只誇他技術好：目無全虎／刀起刀落，只見嘩啦啦筋骨鬆錯錯垮下／龐然渾然一條吊睛虎轉瞬／肉泥一堆，而且沒有／沒有一滴血會流下桌面／當然也不會有一點垃圾會產生

　　肯定他「多情，而且愛虎」、強調他「最愛臺灣這環境」的詩句中諷刺了剝虎大師利慾薰心、唯利是圖、迎合市場、殘殺老虎的醜行。同時，借剝虎大師的喊冤尖銳指出毀虎甚於殺虎的人類破壞大自然、強行改變老虎生活習性的行為：

> 剝虎大師最看不起保護動物的人了／森林一批批倒下，山嶽被剖開／衝進去柏油公路與機器猛獸／也不問老虎願不願意，讓牠們奔走於／動物園，馬戲團，以及一小時就可以／走完的草原。試問：那隻老虎會喜歡？（白靈，〈剝虎大師〉，《大黃河》 99-103）

　　嘲諷之意溢於言表。百獸之王的老虎命運尚且如此，其他的自不待言。
　　一個生命個體最起碼的利益就是不受痛苦。但在人類探索世界的同時，我們卻往往忽略了地球上其他生命的生存需求，如史懷澤所說的那樣：「我們一直處於毀滅和傷害生命的必然性之中。」[34]世間萬物唯我獨尊的自我膨脹和盲目開發給其他生物帶來了巨大的傷害，甚至是物種的滅絕。白靈先後寫過兩首關於鯨魚擱淺海灘的詩作。〈鯨魚為什麼不自殺〉[35]是一首兒童詩，所以語言生動淺顯有趣，揭示的問題較直觀。像鯨魚的「未經核准登陸」、鯨魚的「偷渡」、「用新月型的尾鰭／打信號，是關於打信號」等有趣的想像很容易吸引孩子閱讀的視線並和作者形成情感上的共鳴。而幾年後創作的〈鯨魚之歌〉（白靈，《白靈詩選》 145-48）則轉為深沉的哀

---

[34] 史懷澤（Albert Schweitzer, 1875-1965），《敬畏生命：五十年來的基本論述》（*Reverence for Life*），陳澤環譯（上海：上海社會科學院出版社，2003）76。
[35] 白靈，《臺北正在飛》 32-33。

歡，雖和〈鯨魚為什麼不自殺〉表達同一個主題，但更耐人尋味、深思。

人類對海洋資源的不合理開發使海洋的健康生態面臨著嚴峻考驗。海洋污染日益嚴重，赤潮頻發，水質惡化，物種不斷減少甚至滅絕，海洋生物多樣性遭到破壞等一系列問題被推到現實面前。對海洋生態的關注白靈選取了海洋中的「巨獸」——鯨，這個「整座地球唯它們」配做「壓艙的角色」的鯨。作為棲息在海洋中的龐然大物，鯨曾讓人類望而生畏，這從其拉丁學名由希臘語「海怪」一詞衍生而來可見一斑。但隨著人類對其認識的加強，為了獲取鯨魚肉和昂貴的鯨魚油，四百多年前在我們的鄰國日本就開始了捕殺鯨魚的活動，而且這種活動還在繼續，大量鯨魚被捕殺使其數量大大縮減甚至有的品種已瀕臨滅絕，為了保護這一物種，1986 年開始施行的世界性的全面捕鯨禁令對捕鯨者有了基本意義上的監督。但因經濟發展而造成的空前海洋污染對鯨魚的生存又構成了巨大的威脅，這一威脅甚至遠遠大於捕殺。此外，飛速發展的產業化捕魚又增添了鯨魚們能否安全生存下去的危險因素，因為人類對海洋資源的大肆掠奪使得它們食不果腹，饑餒而亡。在大自然和人類的雙重威脅中，是生存還是滅亡？兩難之中，鯨魚們以決絕的態度採取了擱淺試的自殺：「年老的、青壯的、幼小的鯨魚／頑固地一排排擱到岸上／像黑色、凝固、又發亮的海浪／這是一群頑固的自殺隊伍／這是一群頑固的抗議隊伍」。

無語的鯨魚「用新月型的尾鰭」打著信號，在生命垂危之際悲憤地傾瀉著對人類的抗議、責難和對命運的不平：「自殺是它們自潛水艇、／油輪、電纜、魚網、和海底的垃圾中／突圍的方式？」

在〈鯨魚之歌〉中白靈以身臨其地的假想觸及到了人類捕殺鯨魚的行徑與目的：「脂肪和膩質燃亮各大洲／潤滑了槍桿子、機器／和野心／圍剿和追逐／弓箭和長矛／尖銳以及／瘋狂，而今都鬆

開手／好讓一條海灘／扶它們上岸」；同時也表達了對鯨魚不容樂觀命運前景的憂慮：「當最後一隻幼鯨／垂下它巨大的尾鰭／當眾鳥啼空了黃昏／而神殿的豪華和暗喻／終究被銜起／從大海的唇邊一一叨走／飛／散」。當如此蒼涼、悲愴的畫面出現在地球上的時候，人類又該是怎樣的一種情形？當今世界最有影響的倫理學家辛格指出：

> 我們所關注的是防止痛苦和悲慘境遇，反對專橫的歧視；我們認為強使其他動物承受不必要的痛苦是錯誤的，即使那種動物不是人類的一員；而且我們堅信動物受到了人類無情而殘忍的剝奪，我們想要改變這種狀況。[36]

　　白靈對鯨魚命運的低沉哀歎給世人發出了警醒，同時也希望人類「給動物們的，是讓他們成為真正『可愛的』動物。」[37]就像辛格所說：「把動物作為獨立有情的生命來看待，而不是把他們當作滿足人類的工具。」[38]

　　白靈的創作常以當下的時空為立足點，緬懷過去與放眼未來，更以社會攝影機的身分自期，透過科學的敏銳與文學的感性將各個年代的社會現象作最寫實的反映與批判。[39]他體察到動物們的痛苦，寫出了他們的生存困境，同時也無情揭示出人類的貪婪與自私。

---

[36] 彼得・辛格（Peter Singer, 1946- ），〈初版序〉，《動物解放：生命倫理學的世界經典素食主義的宣言》（*Animal Liberation: A New Ethics for Our Treatment of Animals*），祖述憲譯（青島：青島出版社，2006）2。

[37] 白靈，〈動物園〉，《給夢一把梯子》 185-88。

[38] 辛格 2。

[39] 瘂弦，〈新詩這座殿堂是怎樣建造起來的──從史的回顧到美的巡禮〉，《臺灣詩學季刊》28（1999）：97-111。

四、結語

　　以強烈的社會責任感關注現實，以積極的參與意識批評社會、建設社會向來是中國知識分子的優良傳統。回顧中國歷史，在身處亂世之時，他們往往像李大釗（1889-1927）所說的那樣：「人生最大的快樂，莫過於在最艱難的時候改造國運」，拋頭顱，灑熱血而再死不辭，寫下了很多名垂青史、可歌可泣的動人篇章。當歷史的烽火已經消遁，和平、安定成為社會主旋律的時候，知識分子的社會責任感、歷史使命感該以怎樣的方式體現，顯然已成為一個不小的時代命題。雖然「天下興亡，匹夫有責」的民族危機感已大大降低，「先天下之憂而憂，後天下之樂而樂」的宏大抱負也在消減，但在經濟高速飛漲或者說物欲橫流的當下，「以天下風教是非為己任」的中國知識分子的傳統在中國文人的身上還可貴地留存著，他們理性地看待穩定社會發展中出現的問題，並及時捕捉這些問題，不僅站在本土而且站在世界甚或全球的角度去思考問題、提出問題，以呼籲的性質對世界做出尖銳的提醒或警告。可以說，臺灣詩人白靈就是這些「社會的良心」中的一個。

> 先知要我們輕視外物，是輕視那些碩大無朋，沒有生命，與它站一起，就自覺渺微的東西，如山石、風雲、日月、星群，它們卻常哺育了生命。先知又要我們重視外物，是重視如你我有生氣的，渺渺小小，都短暫來短暫去，有限的生命，如花鳥蟲魚。輕視碩大無朋，故自覺人與天地同其大；重視渺渺微微，故能自我珍惜，設身處地，以萬物備於一身。[40]

---

[40] 白靈，〈星辰（水晶夢）〉，《給夢一把梯子》 153-54。

　　正是因為對自然懷有敬畏意識才會使白靈能夠正視與我們朝夕相處的山川草木、花草魚蟲，他才會在臺地、湖泊、丘陵與茶樹之間捕捉著自然的美好，哪怕是「可愛的一瞬」[41]。一滴露珠、一顆寒星、一朵漂移的雲甚至林間的一隻小螞蟻、一朵小花，都會迎來詩人興趣的目光、喚起詩人嘴角的一絲微笑和內心的或渺遠或溫柔或沉思的感動。因此，我們看到詩人白靈不僅唱出了對閒適生活的享受，對弱者的同情（〈小偷〉），對侵略戰爭殘酷的憤怒（〈爸爸，整個中國容不下一張安靜的書桌〉、〈圓木〉等），也唱出了對自然遭到破壞的痛心疾首。他不僅關注社會，關注歷史，關注民生，同時也以巨大的熱情關注草生鳥生，並以其對自然的關注刺激讀者的神經，激起讀者的思考。

　　臺北的春天已匆匆而過，人類的春天在哪裡？能否再現生命的第二春？詩人白靈以其或輕盈或凝重的文字對人類的生存之道發出了靈魂的拷問，這是一個富有良知富有歷史責任感的知識分子的時代擔當。「人類壓抑萬物、控制萬物的『雄心壯志』不會因少數人的此種同情而有終止。」[42]也許白靈的吶喊、質疑、追問一時間不會有「一呼百應，應者雲集」的盛況，但他的書寫在環境問題已成為當今人類面臨的一大敏感問題的時空中留下的不僅是自己的聲音，而且是促進人類自我救贖的聲音。因為「一個人給世界增添一些善良，就是促進人的思想和心靈。」[43]因為他清楚：「作為大地母親的孩子，人類如果繼續弒母的話，將不可能生存下去。他所面臨的懲罰是自我毀滅。」[44]

---

[41] 白靈，〈練氣功的小花〉，《漫活人生》 130-33。

[42] 白靈，〈帳篷下的掌聲〉，《漫活人生》 117-19。

[43] 史懷澤 63。

[44] 湯因比（Arnold Joseph Toynbee，1889-1975），《湯因比歷史哲學》，劉遠航編譯（北京：九州出版社，2010）205。

　　是掠奪還是共生？是每一個現代人都無法回避的一個嚴峻問題。在當代全球性生態危機情境下臺灣知識分子的應激反應應該得到大陸知識分子的敬重並引起他們的警醒。擁有一份愛心，擔當起保護自然的義務和責任是每一個現代知識分子的時代選擇和歷史使命。拯救生命，拯救地球，不僅給萬物一個生存的機會，也給人類自己爭取一條生存的後路。因為「我們是大地的一部分，大地也是我們的一部分。青草、綠葉、花朵是我們的姐妹，麋鹿、駿馬、雄鷹是我們的兄弟。樹汁流經樹幹，就像血液流經我們的血管一樣。我們和大地上的山巒河流、動物植物共同屬於一個家園」。[45]人類遇到的問題雖不都是生態問題，生態倫理也不可能解決人類的一切問題，但人應該有這樣的情懷：對他人的關心，對動物的憐憫，對生命的愛護，對大自然的感激之情。只有如此，大自然才能完整、穩定和美麗。[46]否則，卡遜所預言的那個可怕的春天也許就在不遠的未來等待著人類：

　　　　一種奇怪的寂靜籠罩了這個地方。比如，鳥兒都到哪兒去了呢？許多人談論著鳥兒，感到迷惑和不安。園後鳥兒覓食的地方冷落了，在一些地方僅能見到的幾隻鳥兒也氣息奄奄，戰慄得很厲害，飛不起來。這是一個沒有生息的春天。這兒的清晨曾經蕩漾著烏鴉、鶇鳥、鴿子、鷦鷯的合唱，以及其他鳥兒的音浪；而現在一切聲音都沒有了，只有一片寂靜覆蓋著田野、樹林和沼澤。[47]

---

[45] 西雅圖，《語文》（小學六年級・上，北京：人民教育出版社，2010）15課。
[46] Paul W. Taylor, *Respect for Nature: A Theory of Environmental Ethics* （Princeton, N.J.: Princeton UP, 1986）175.
[47] MacGillivray 2。

身體與表述

——白靈《愛與死的間隙》中的存有見證

劉益州

作者簡介

　　劉益州（Yi-Jhou LIU），男，逢甲大學中國文學系博士，創世紀詩社同仁，現任臺中教育大學兼任助理教授、靜宜大學兼任助理教授、《創世紀》編輯委員，曾獲青年優秀詩人、安高詩集整理獎、中縣文學獎、創世紀五十週年詩創作獎等。研究方向為現代文學，曾發表論文〈自我與他者的呈現：隱地《詩歌舖》中主體際性敘述之研究〉、〈焦慮的現實：論呂赫若〈牛車〉「家屋」場域中的表述〉、〈現象的注視與開展：從朱西甯〈鐵漿〉看生命時間經驗〉等，碩士論文題目為〈《詩經》中「山」意象的表現與運用〉，博士論文題目為〈意識的表述：楊牧詩作中的生命時間意涵〉。曾出版詩集《巫師的樂章》、《與詩對望》、《我的心事不容許你參與》等。

論文題要

　　梅洛龐蒂說：「從某個意義上說，世界只是我的身體的延伸。[1]」也就是說「自我」總是透過身體去認識這個世界、去表述這個世界，並藉此澄明自身的存有。而白靈的詩集《愛與死的間隙》全書隱然以生命、身體為主軸有系統地貫穿生、死與愛幾個主題，因此本文即欲以白靈《愛與死的間隙》這本詩集分成「時間、生活、愛、死亡」等幾個子題來討論詩人在詩作中如何透過身體的表述確定自我存有的澄明，為存有在生命中找定位。

關鍵詞：白靈、愛與死的間隙、存有、現象學

---

[1]　莫里斯・梅洛－龐蒂（Maurice Merleau-Ponty, 1908-61），《可見的與不可見的》（*The Visible and the Invisible*），羅國祥譯（北京：商務印書館，2008）75。

一、前言：身體在愛與死之間的存有

梅洛龐蒂（Maurice Merleau-Ponty, 1908-61）說：「從某個意義上說，世界只是我的身體的延伸。[2]」也就是說「自我」是透過身體去認識這個世界，故世界只是奠基於我的身體所延伸出去的空間，梅洛龐蒂進而指出：「我的身體應首先為我規定向著世界的觀看位置[3]。」人在世界存有，首先是身體對他者、它物的體驗，因此米‧杜夫海納說：「軀體通過把自身向諸物開放並溢流到諸物之中，從而與諸物體持一種基本關係[4]。」我們是透過身體去體驗在世的存有，使人的身體具有身體性而在空間中「奠定根基」[5]，因此梅洛龐蒂的主張，人類所有的體驗行為、意向行為在本質上都是身體意向活動，也就是說人類所有的意向行為都是從身體出發[6]。既然人類的意向行為是奠基於身體，在人類的表述活動中，理應會注重身體的表徵，實則不然，因為詩的意象敘述通常用視覺性的意向表述來推展[7]，而視覺對於身體感只是參與了身體觸覺與動覺的基本定位系統[8]，因此以視覺為主的詩創作並不特意在身體的表

---

[2]　梅洛－龐蒂 75。

[3]　梅洛－龐蒂 127。

[4]　米‧杜夫海納（Mikel Dufrenne, 1910-95），《審美經驗現象學》（*The Phenomenology of Aesthetic Experience*），韓樹站譯（北京：文化藝術，1996）280。

[5]　馬丁‧海德格（Martin Heidegger），《存在與時間》（*Being and Time*），陳嘉映、王慶節譯（臺北：桂冠，1994）81。

[6]　關於意向活動可參照胡塞爾〈現象學的觀念〉，收錄於《胡塞爾選集（上）》，倪梁康編譯（上海：上海三聯書局，1997）64。

[7]　簡政珍（1950-），《臺灣現代詩美學》（臺北：揚智，2004）341。

[8]　龔卓軍，〈身體想像的辯證：尼采，胡塞爾，梅洛龐蒂（五）第四章：身體想像與他者／胡塞爾之二〉，《文明探索叢刊》32（2003）：132。

述,然而由於身體是所有意向行為的「根基」,身體總在詩作的表述中時隱時現並見證著主體的存有。

但有些臺灣詩人特別重視身體的主體性,鄭慧如就指出臺灣身體詩的創作在很早的時候就開始了,她說:「在 1950 到 1970 年代之間,臺灣新詩就已經以身體為著意的寫作對象;而 1970 年代臺灣新詩的身體觀中,也已經在性別建構和公私領域裡開創出新議題[9]。」鄭慧如又說:「1970 年代臺灣新詩中的身體即以三種面貌呈現,展示的身體、習慣的身體與隱喻的身體。[10]」而鄭氏在此所區分的「展示的身體、習慣的身體與隱喻的身體」在本質上就是對身體存有現象的表述,只是從不同的感知角度去進行表述,使之產生新的面貌,但其間仍可見證其連續性、統一性[11],可從中發現透過身體現象的表述是詩人亟欲澄明自身的存有。

而由於白靈的詩簡入深出,意象清晰,饒富內涵[12],論者能較為深刻地對其身體意象進行解析,且白靈的語言精準具一致性的語言系統,能較為全面且準確地理解其所意識到及表述的身體徵象[13],而不會有一時興起突來的特殊敘述,適合作為身體詩論述整

---

[9] 鄭慧如,〈從踐形到支離——1980年代臺灣新詩中的身體觀〉,《臺灣史料研究》23(2004):45。

[10] 鄭慧如(1965-),〈一九七〇年代臺灣新詩中的身體觀〉,《逢甲中文學報》4(2002):47。

[11] 關於對同一事物不同感知角度的討論,可見胡塞爾,〈感知中的自身給予〉收錄於《胡塞爾選集(下)》,倪梁康編譯(上海:上海三聯書局,1997)699。

[12] 參見黑俠,〈捕捉山茶與海洋的白靈意象〉,《創世紀》159(2009):64。

[13] 林耀德(林耀德,1962-96)就指出:「白靈已經理解到詩是一種特殊的語言系統,當生活經驗被詩人掌握住時,詩人腦中所浮現的是一般語言組合而成的概念,此時唯有藉想像力與素材的結合,再傳譯成詩的語言,而這詩語言系統是充滿著動能與變化潛力的,新的語彙組合、語意構成乃至形成的突穿、創想,都不斷納入這個不穩定而且日益成長的系統中。」林耀德,〈鐘乳石下的魔術師:簡介白靈的詩觀與詩作〉《文藝月刊》,196(1985):44。

體觀照的文本,且對於白靈詩作的討論歷來文本極多[14],除證明白靈的詩在學術上具有討論的價值外,這些資料也可供提供本文討論時的佐證,而白靈詩集《愛與死的間隙》全書隱然以生命、身體為主軸有系統地貫穿生、死與愛幾個主題,因此本文即欲以白靈《愛與死的間隙》這本詩集分成幾個子題來討論詩人在詩作中如何透過身體的表述確定自我存有的澄明,為存有在生命中找定位。

二、身體在時間中的綿延

「身體扮演著知覺及動作主體的角色,世界也因它而呈現為具有方向向度的世界[15]」,因此認識身體是體驗客觀時空世界最基本的方式,然而時間意識是最基本的意識形式,所有其他的意識結構和形式都以它為前提[16],因此當吾人在體察自我的身體時,最先意識到的常是身體的時間性,對身體存有的最初理解,也就是對自我在時間流中存有的確認。如白靈〈對鏡〉這首詩當中,白靈意識到自我身體的時間性,並從自我的身體延伸出對時間、歷史的表述:

　　　昨夜無眠的臉／發現今晨的鏡子／游動著銀色褶痕／一摸

---

[14] 例如如羅青(羅青哲,1948-),〈溫柔敦厚唱新聲──評介白靈的白話詩集〈後裔〉〉《書評書目》73(1979):39-47。蕭蕭(蕭水順,1947-),〈白靈大夢──讀《給夢一把梯子》〉,《文訊》45(1989):83-84。洪淑苓(1962-),〈拉著天空奔跑──《白靈‧世紀詩選》評介〉《文訊》178(2000):23-24。解昆樺(1977-),〈一趟文學記憶的逆旅──白靈和他的詩生活〉,《文訊》230(2004):136-41。簡政珍,〈跳脫而控制的詩想──評白靈詩集《愛與死的間隙》〉,《文訊》233(2005):32-34。

[15] 游淙祺,《社會世界與文化差異──現象學的考察》(臺北:大雁文化,2007)166。

[16] 倪梁康,《意識的向度:以胡塞爾為軸心的現象學問題研究》(北京:北京大學出版社,2007)59。

／是細細皺紋／／失神的剎那／鏡面飛過一則神話／迅地伸掌／抓住／是一把不賴的梳子／不勞用力／就梳得開腦後糾結的／歷史／／所謂帝王／滾落肩上／不過頭皮屑罷了（〈對鏡〉　47-48）[17]

　　在這首詩中，白靈先言：「昨夜無眠的臉」強調身體在時間流中的經歷「從昨夜到當下」而具有時間性，繼而表述了臉上時間性的變化：「細細皺紋」，白靈是將自己的身體視為客體觀察，從中注意到身體的綿延，柏格森（1859-1941）指出：「真正的綿延乃是嚙噬事物的綿延，並且在事物身上留下齒痕[18]。」換言之，時間在此詩中被視為客體的事物「身體」留下時間性，白靈意向到身體的時間性並以「游動著銀色摺痕」隱喻「細細皺紋」的時間性。

　　第一段僅止於主體意識對「身體─客體」結構的觀察，而第二段白靈巧妙地用「失神的剎那」將第一段主體意識對「身體─客體」的觀察轉化為生命在時間流中對時間、歷史的表述，白靈用「不勞用力／就梳得開腦後糾結的／歷史」將主體存有的位置透過身體安置在具有歷史意味的時間流中，海德格說：「歷史主要不是意指過去之事這一意義上的『過去』，而是指出自這過去的淵源[19]。」歷史在本質上只是在時間流中去意向到當下出自於過去，也就是過去對於當下的時間意義也就是海德格所說的歷史，而歷史意識就是某種自我認識的方式[20]，白靈從「對鏡」的動作對身體「自我認識」，

---

[17]　白靈，《生與死的間隙》（臺北：九歌，2004）。

[18]　見柏格森（Henri Bergson，1859-1941）〈創化論〉，《柏格森》（*Henri Bergson*），諾貝爾文學獎全集編譯委員會譯（臺北：書華，1981）80。

[19]　海德格，《存在與時間》　500。

[20]　漢斯・格奧爾格・伽達默爾（Hans-Georg Gadamer，1900-2002），《真理與方法──哲學詮釋學的基本特徵》（*Truth and Method*），洪漢鼎譯，冊1（上海：上海譯文出版社，2004）305。

進而從身體的時間性延伸到歷史的時間性，而以「所謂帝王／滾落肩上／不過頭皮屑罷了」認識到當下自我存有的渺小，綜言之，此詩從身體的時間性表述出白靈對於自我存有在時間流中渺小的心裡觀照。

相較於〈對鏡〉表述自我身體觀照的時間徵象，〈午後左岸望海〉這首詩則透過詩中「我」對「你」的身體注視，觀照著「你」以及時間：

> 於你清澄的眼波上方／睫毛是風吹出的一排小草／你的眉撐起／一把小陽傘／為它們遮光／／夕陽自你的鼻尖那邊／攀爬而至了／其難度甚於翻越一座／陡峭的山，猶疑著／要不要淹沒我的大海／／而就在平滑的沙灘上／你下午腋下的那隻／俐落的腳印／猶在堅持著，幫我力擋／眼前洶湧的黃昏（〈午後左岸望海〉 82-83）

這首詩先寫「你」的身體徵象「眼波」、「睫毛」、「眉」，然後才寫及「夕陽自你的鼻尖那邊／攀爬而至了」寫出時間的徵象出來，由近處且細緻的睫毛、眉、鼻尖到夕陽，表現出詩人的視域是由近而遠，由細緻到廣大，呈現出一具有層次和深度的空間感，由空間感帶出夕陽運動的時間性，游喚指出：「若有時間，動作即為時間之存在。若有存在，時間之流動即為我在之證明[21]。」由夕陽移動的過程帶出時間的觀照，由對時間觀照的表述證明詩中「我和你」的存有，最末段則以沙灘上的腳印，其身體所留下的符號試圖抵擋時間的流逝，因為「身體—主體」的存有總是在時間與空間中

---

[21] 游喚（游志誠，1965-），〈時間與動作在詩中的作用〉，《臺灣詩學季刊》9（1994）：139。

「在場」，而「在場」因其具有的實體性，它總是在確定的時間方式——「現時」之中被理解[22]，因此堅持當下「現時」的時間，抵禦時間的流逝，是詩人運用身體在沙灘留下的符號「腳印」抵禦時間澄明自我存在的方式。

身體是人在世存有的奠基，是存有「被拋入」形成依寓於世界的證明。胡塞爾所言的「意向主體」也必須透過身體來表現出來，也就是梅洛—龐蒂所說的「身體——主體」，然身體是在空間的存有物，也具備「身體—客體」的結構，我們在〈對鏡〉和〈午後左岸望海〉，可以先看到白靈先從「身體——客體」的視覺意向到身體的時間性或身體存有的時間性，繼而澄明主體在時間流中的存有，但〈對鏡〉和〈午後左岸望海〉對於存有的時間性卻有兩種不同的態度，前詩感受時間永恆個體渺小，後詩因為有「你」的出現，使得詩中「我」必然且必須抵禦時間，證明自我的存有，肯定「我」與「你」的情感在時間流中的價值。

三、身體對愛的指涉

白靈的詩集《愛與死的間隙》既以「愛與死」作為詩集名稱，「愛」與「死」就是整本詩集的主題，因此在我們觀察白靈此詩集中的身體表述現象，除時間意識的表述外，必然會觸及到「愛情」的主題，謝勒（Max Scheler, 1874-1928）指出：「愛是從低價值上達到高價值的運動[23]。」換言之，「愛」是從形而下的身體發展到形而上的精神，是「情感上」的「統一感」，亦即將自己的自我和

---

[22] 陳曉明（1959-），《解構的蹤跡：歷史、話語與主體》（北京：中國社會科學出版社，1994）28。

[23] 馬克斯·謝勒（Max Scheler, 1874-1928），《情感現象學》（*The Nature of Sympathy*），陳仁華譯（臺北：遠流，1991）209。

他人的自我等同起來的行為，只是一種高度的感染。它代表著一種位於那「在他人身上尋求認同」以及「自己跟自己自我認同」的過程間的一道界限[24]，通常在追求情感統一感的同時，也企圖追求身體的融合，如〈愛與死的間隙〉這首詩：

> 未被蝴蝶招惹過的花／難知何謂誘惑／／不曾讓尖塔刺穿
> 的天空／如何領會什麼是高聳／／沒經暴風愛撫過的雲／
> 豈易明白何為千變何為萬化／／而遭思念長吻住的愛啊／
> 一分鐘竟比一個峽谷寬／／有誰能搭起一座橋／在這一分
> 鐘與下一分鐘之間／／或者就跳下那相隔的間隙吧／看能
> 不能逃脫，自她雙唇夾住的世界……（〈愛與死的間隙〉
> 56-57）

　　雖然此詩言「愛與死的間隙」，但實際上是透過「吻」，軀體的融合突顯「愛」的主旨，白靈先以「蝴蝶—花」、「尖塔—天空」、「暴風—雲」的隱喻結構，再三烘托出身體與身體之間「吻」的活動，「吻」的活動是自我和他人的軀體融合成唯一體的儀式，如巴赫金（M. M. Bakhtin, 1895-1975）所說：「從性的角度看，我和他人的軀體融合而成唯一體，但這一整體只能是內在的整體。誠然，這種融成一體的只是我的純然性追求的極端[25]。」雖然從外在的角度，「吻」只是身體與身體的接觸、結合，但本質上吻也是一種隱喻，身體的隱喻，隱喻其「內在的整體」，也就是自我純然性地追求「愛情」的統一。綜言之，白靈用「蝴蝶—花」、「尖塔—天空」、「暴風—雲」的結構來隱喻身體與身體活動的「吻」，用「吻」來指涉愛情，而「自她雙

---

[24] 謝勒 19。

[25] 巴赫金（M. M. Bakhtin, 1895-1975），《巴赫金全集》，錢中文主編，卷1（山東：河北教育出版社，1998）148。

唇夾住的世界」更揭示了「身體＝世界」的認知觀[26]，如王曉華說：「人擁有一個世界。這個世界以他的身體為中心漸次展開。我被他人和物環繞著[27]。」世界是因為人的「身體」而展開，世界的存有是被人的「身體」所澄明，身體及身體活動作為「愛情」的見證同時也見證了存有在世界中存有。

〈關於「吻」的研究〉這首詩同樣也是透過身體活動的「吻」指涉「愛」的現象，但這首詩更擴及到對身體對「愛」的意向感知：

> 愛要如何打開／如果不把吻當作按鈕？／一道光如何／從神秘的舌尖／閃電入脊股？／脊椎如何／迅即 N 字型彎曲／又迅即彈回？／未曾燒焦，不虞折損／分叉的能量麻到／神經的天涯／千分之一秒／軀幹內部倏地被照亮／再度暗下前／一株樹突然內視到／自身複雜而立體的網脈／彷彿潛入／一口千年底的古井／乍見／臟內的恐怖分子／詭密且移動神速／未及閃躲／腦門轟地就挨了一記掌印／留下／契約似的雷紋／何能得此玄秘的寶圖／如果不指揮一道閃電通過／你我的脊骨／如果不把吻／放在開始（〈關於「吻」的研究〉 65-67）

這首詩一開始「愛要如何打開／如果不把吻當作按鈕？」已宣示了身體活動的「吻」是「愛」的示現，如梅洛龐蒂所說：「情緒並不是只是心靈的、內在的事實，而是我們與他者和世界關係的一

---

[26] 我們在此詩中看到「在這一分鐘與下一分鐘之間」的時間表述雖然是指涉「吻」，但實質卻是指愛情的主體，雙方在時間流中的存有，以「吻」及身體作為在時間流中存有的見證。

[27] 王曉華（1962-），《西方生命美學局限研究》（哈爾濱：黑龍江人民出版社，2005）103。

種變樣,透過我們的身體態度而得到表現,我們不能說,對於外在觀察者來講只有一些愛和憤怒的徵兆被給出來,而我們只能透過詮釋這些徵兆來間接的理解他人:我們必須說,他人是作為行為而直接向我們展現。[28]」故「愛」必須是身體性的徵兆,像用「吻」表現出來,讓他人得以理解,白靈用「一道光」、「閃電」陳述身體對於「愛」的感知,呼應著「一道光」、「閃電」細緻地用隱喻表述身體對於「吻」及「愛」的感覺及現象:「一株樹突然內視到/自身複雜而立體的網脈」等等,白靈用想像力建構出身體對於「愛」的感受,透過身體感受的表述,突顯出「愛」的存有。身體是「在場著的在場者」,是愛情徵兆的載體,通過想像力的創造,詩將「愛」的想像表象出來,如海德格說:「詩意想像力道出自身[29]。」白靈以想像力建構出身體對「愛」的感知是從「吻」開始,最終留下「契約似的雷紋」是身體對「愛」證明的陳述,白靈在這首詩敘述其想像身體對「愛」的感知後,詩末再度呼應到對身體活動「吻」的敘述,澄清「愛」是身體行為的外化。

相對於〈關於「吻」的〉這首詩對身體內在的想像敘述,〈沉船〉這首詩則是透過風浪、沉船來隱情人身體間的親密行為,對外在的身體活動用船體來隱喻,揭示身體在示現愛情時的激烈:

> 一夜的糾纏/與風,與浪/以為通過你的唇吻和波峰/就可以安全地到達黎明/剎那間卻像被什麼秘密/握住,螺旋槳軸停止旋轉/船首一陣劇烈地抽搐/艦橋上我抹霧探測你

---

[28] 轉引龔卓軍,《身體部署──梅洛龐蒂與現象學之後》(臺北:心靈工坊,2006) 249。原文見於 Maurice Merleau-Ponty, *The Film and the New Psychology*, trans.Hubert L.Dreyfus & Patricia Allen Dreyfus, *Sense and Non-Sense* (Evan: Northwestern UP, 1964) 53.

[29] 馬丁・海德格(Martin Heidegger),《走向語言之途》(*On the Way to Language*),孫周興譯(臺北:時報,1993)9。

／你突地從四面八方竄起／猛烈搖晃我／以海浪以深奧的黑／而海平面下，兩側竟是／垂天的冰斗壁／／裂隙間我的船體深陷／操舵部熄去動力／防水閘無以關閉／主甲板上救生艇無助地掉落／緊張的信號燈眼珠子一樣閉緊／我的魂魄想搶搭直昇機逃離／整條船卻開始向你急速傾斜／／最後船尾翹出海面，立起／在快速下沉前，親愛的／我不得不死命抱住一顆潮濕的魚雷／向下對著你，對著深沉而永恆的／大海的，咽喉（〈沉船〉 74-75）

從此詩第三句「以為通過你的唇吻和波峰／就可以安全地到達黎明」就可以知道此詩所欲呈現的是身體在性愛活動的表述，「你突地從四面八方竄起／猛烈搖晃我」比喻性愛活動的激烈，白靈細緻地描寫沉船的細節，隱喻身體的活動，第二段末句：「整條船卻開始向你急速傾斜」即將身體活動的意旨指向對方，呈現身體活動對愛的指涉，而整首詩對於「愛情」指涉最明顯的就是末段最後三句：

「我不得不死命抱住一顆潮濕的魚雷／向下對著你，對著深沉而永恆的／大海的咽喉」將身體的性愛活動昇華指向對愛情「永恆」的含義充實，也就是透過身體的性愛活動充實了對愛情永恆的指涉，用身體的活動見證主體的愛情意識之存有。從此三首詩的論述中，身體對愛情指涉、陳述的時間範圍從「一分鐘與一分鐘」的間隙到吻的瞬間、一夜以及永恆，可見白靈所表述的「愛情」不但是可透過身體存有辯證的，也能涵涉所有的時間範圍，而最主要的則是愛情必須透過身體的主體性去證明其存有的可能。

四、身體面對死亡懸臨

　　生命的存有本身是有時間性的，而這種時間性是對死亡開放的，也就是生命向死亡存有，當存有確認生命被拋入到「在世」的當下時，我們開始面對死亡，如海德格說：「在世的『終結』就是死亡[30]。」生命最終會因為死亡而終結，而我們表述的死亡永遠不是我們體驗的死亡，我們對死亡的表述充其量僅是「在側」[31]，即是透過他者的死亡來體驗死亡本身，換言之，我們對死亡的理解是奠基於對他人「死亡」的意向活動中，而且通常是透過對他人身體存續的意向去表述死亡，如〈永恆的床——龐貝城所見〉就是用對龐貝城居民死亡後遺留下的身體空間的表述呈現白靈對死亡的體驗：

　　　　當最燙最紅的一盆岩漿／噴至高空，剛剛／要澆在龐貝城上／他和她都不肯逃走／床和歷史被他們有勁的指甲／抓出了皺紋／／

　　　　她舉高的雙足在空中／翹開，迎著螺入的／曼陀羅花之根／／

　　　　他犀牛著臀波浪她／掌心的慾火被渾圓的乳球／撐開／而長髮如珠網／網也網不住床上的震撼／永恆是一道／要不斷運動的門吧／她的嘴半張／舌著嘶喊的蚌肉／／

　　　　衝入的岩漿終於／淋在他們身上／不能搬走的天堂凝固於剎那／在掘開的龐貝城／觀光客們捧著束束的驚嘆／獻予這愛與死的「熔漿之床」／並露出土狼眼／和河馬鼻，

30　海德格，《存在與時間》　316。
31　海德格，《存在與時間》　325。

感覺／身後的維蘇埃火山／隱隱繼續勃起／對著滿月的引
力／射出銀花花的星斗／向運動著的永恆之門（〈永恆的床
──龐貝城所見〉 76-78）

　　這首詩刻意透過身體的性愛活動強化了人類面對死亡懸臨的
永恆認知，火山淹沒的龐貝城空間成為「他和她」身體空間的見證，
此詩第一段：「他和她都不肯逃走／床和歷史被他們有勁的指甲／
抓出了皺紋」，將生命的身體空間與歷史意涵劃上等號，顏忠賢指
出：「空間意識的形塑決定於個人經驗空間的過程[32]。」白靈意向
到龐貝城此歷史空間中居民的身體空間，但白靈特別敘述了「他與
她」的身體空間，給予其性愛與永恆的歷史意涵並表述出來，這是
白靈個人經驗空間的過程中以及意向弧中特意觀照到的，其意欲將
這對面臨死亡的龐貝城居民的身體空間透過身體的性愛活動強調
生命在歷史時間流中的永恆。

　　龐貝城此特殊的歷史空間將所有居民的身體空間形塑出來，在
白靈透過對龐貝城居民的想像中，表述出白靈對死亡的想像可和性
愛以及永恆劃上等號，因此言：「不能搬走的天堂凝固於剎那」，而
「觀光客們捧著束束的驚嘆／獻予這愛與死的『熔岩之床』」呼應
著題目「永恆之床」，因「命題的意謂實際與之對應的事實[33]」，白
靈所表述的「愛與死」即是永恆，而向「運動著的永恆之門」宣示
著存有是不斷朝愛與死恆續的運動。

---

[32] 顏忠賢（1965-），《影像地誌學：邁向電影空間理論的建構》，（臺北：萬象，1996）74。

[33] 維根斯坦（Wittgenstein Ludwig, 1889-1951），《維特根斯坦全集》，涂紀亮主編，陳啟偉譯，第1卷（石家莊：河北教育出版社，2002）5。

　　然存有的死亡有時並不能直接指向永恆、愛與死的意涵，如〈真相〉這首詩，雖題目言「真相」，我們卻難以從詩中對已死身體的描述見到所謂對「身體死亡」的真相敘述：

　　　　一具蒙難的真相／草草數堆墓塚／分頭他們發誓，自己埋下的／才是真相的肉身／／身旁冥紙亂竄如飛／尾隨品味不同的幾柱青煙／瞧，版本迥異的墓碑／鬼魅幽幽，紛紛自地表鑽出／／他們為虛懸的頭顱補上頭顱／　為扭斷的胳膊補上胳膊／你要哪種真相？喏，背後不就送來／一撮精心設計的燐火？／／時間加上大雨的王水／將大地喉結似的土塚們反覆消融／殘留下的碑銘勉強睜亮幾顆字眼／真像他們疾呼的真相／／究竟埋葬過衣帽／還是手臂，青苔還在勘驗／月亮也從雲端探出頭來／斟酌該照在哪塊墓碑上（〈真相〉　117-18）

　　這首詩敘述只有「肉身」的身體才是真相，「版本迥異的墓碑」則隱喻著死亡真相的不可確定性，「他們為虛懸的頭顱補上頭顱／為扭斷的胳膊補上胳膊」則用身體的缺陷與補綴來表示對死亡真相的意義詮釋，而這種詮釋本質上是被給予的，如沙特（Jean Paul Sartre, 1905-80）所言：「一切事物都可以通過需要來解釋[34]。」這樣的詮釋只是詮釋者的意義給予，而不一定是生命的真相或死亡的真相本身，而因為身體被埋葬在地下，白靈刻意將大地身體化：「時間加上大雨的王水／將大地喉結似的土塚們反覆消融」用喉結來描述墳墓的土塚，使肉身的「真相」轉化為大地的真相，被時間和雨

---

[34] 保羅・沙特（Jean Paul Sartre, 1905-80），《辯證理性批判：實踐整體的理論（上）》（*Critique De La Raison Dialectique*），林驤華、徐和瑾、陳偉豐譯（臺北：時報文化，1995）210。

水所湮滅，在這首詩中身體是死亡的肉身，表述出生命的意涵也就是真相隨著死亡消融。

白靈在此詩中特意模糊死者的身份，使死亡的肉身得以是不特定他人的身體，透過表述不特定他人的身體去體驗他人死亡的意義，也就是存有的「真相」，如約瑟夫‧科克爾曼斯所言：「當此在在死亡中達到其自身的完整性時，它也就喪失了其死亡中『此』之在。通達向不再為此在的過渡，它不再具有體驗任何事情，繼而體驗其自身死亡的可能性。這一事實使他人的死亡如此扣人心弦。此在之所以能對死亡的某種體驗，是因為其存在與生俱來地與他人共在[35]。」我們只能透過他人的死亡來理解死亡，因此他人肉身的消滅會使詩人重視並且表述，而且能夠感同身受地體驗與同情，因為詩人的存有和他人一樣，透過身體存有，透過對身體的想像達到包含死亡在內的互為主體性之認識[36]。

然而詩人的想像不限於對他人身體死亡的表述，如〈魚化石〉這首詩就是對魚的身體及死亡的想像陳述：

> 大自然又伸手收回這一小塊／會動、會游的泥巴／／甚至尾巴都不曾猶豫／就任地球翻個掌，將它掩沒／／地球說：有哪種愛比死更迷人／／　　　　分一點你的痛給我吧／／黑漆中熨貼千萬年，才攤開掌心／骨骼歷歷，不可能更美的言語／／魚說：死與愛同質／　　　　因信而不掙扎（〈魚化石〉　62-63）

---

[35] 約瑟夫‧科克爾曼斯（Josef Colmans），《海德格爾的《存在與時間》》（*Heidegger's Sein and Zeit*）陳小文、李超杰、劉宗坤譯（北京：商務，2003）216。
[36] 關於「互為主體」的詮釋，參倪梁康，《意識的向度》　144。

　　白靈用「大自然又伸手收回這一小塊／會動、會游的泥巴」來形容魚的死亡，雖然白靈用「一小塊的泥巴」來形容魚的身體，當魚成為「已死」的化石時，白靈卻言「骨骼歷歷，不可能更美的言語」來讚美死亡的軀體，因為白靈意指「死與愛同質」，而「死亡」的身體形成化石的永恆更可證明「愛」的永恆，可見白靈透過魚化石在表述魚之身體死亡的同時，本質上卻是在歌頌愛，歌頌生命本身。這也是《愛與死的間隙》這整本詩集的基調。

五、結語：奠基於身體的表述

　　表述的「行為稱之賦予含義的行為，或者也稱之為含義意向[37]」，表述是為了讓表述者和被表述物發生意指的關係[38]，而王曉華說：「人擁有一個世界。這個世界以他的身體為中心漸次展開。我被他人和物環繞著[39]。」是以表述者對於世界的認識以及對意向物的含義充實，都必須奠基於身體的存有，因此從身體為中心所展開的表述是相當基本而且重要的，人總是依據著自我身體的活動或他人身體活動來思考，如梅洛龐蒂所說：「思想並不依據自我，而是依據身體來思考，在把思想統一於身體的自然法則中[40]。」詩的表述同樣是依據著詩人所意識到的身體活動來思考，而本文以「身體」為論述中心，討論意識主體在存有中所體驗的三大抽象主題：「時間」、「愛情」及「死亡」，去論證詩人如何去表述身體在時間流中

---

[37] 艾德蒙特‧胡塞爾（Edmund Husserl），《邏輯研究》（*Logical Investigations*），倪梁康譯，卷2（臺北：時報文化，1999），第一部份　現象學與認識論研究 37。
[38] 胡塞爾 44。
[39] 王曉華 103。
[40] 莫里斯‧梅洛－龐蒂（Maurice Merleau-Ponty），〈眼與心〉（"Eye and Mind"），倪梁康主編《面對實事本身——現象學經典文選》，劉韻涵譯（北京：東方，2000）780。

的存有，澄明身體的時間性，並且梳理出詩人如何透過身體的示現呈現愛情的永恆及其價值，以及「在場」的詩人如何體驗「他者」的身體空間呈現「死亡」的現象。白靈詩集《愛與死的間隙》中以身體呈現「愛」與「死」的主題在時間流中的存有，白靈透過想像和體驗表述身體在面臨「愛」與「死」的情況時，如何澄明生命的存有，見證「愛」與「死」的現象，當我們明晰了詩人白靈敘述身體體驗「愛」與「死」的重要意向活動後，我們可以在白靈對於「愛」與「死」的表述中，看見在詩作中如何透過身體的表述確定自我存有的澄明。希望能透過此論文的研究，對於身體詩的討論，或以此論文的身體詩研究為基礎，對白靈其他詩作中自我存有意識的呈現，能夠有更具思想理路的研究空間。

抒情式批評在現代詩評論的運用

——以白靈詩為例

林餘佐

作者簡介

　　林餘佐（Yu-Tso LIN），逢甲大學中文研究所博士班，風球詩雜誌社成員。

論文題要

　　「抒情式批評」源自於中國抒情傳統論述。中國抒情傳統由陳世驤提出，高友工進一步將其說法理論化、結構化，其後亦有不少學者據此說法加以闡釋，為抒情傳統理論建構提供了豐富的研究成果。臺灣學者須文蔚在〈華語現代詩抒情式批評初探〉一文中首度將抒情式批評與現代詩接軌，試圖揭示現代詩評論的新取向，本文在此觀念的啟發下，具體將抒情式批評落實於白靈詩的研究中，試圖挖掘出白靈詩中的抒情意涵。

關鍵詞：中國抒情傳統、抒情式批評、白靈

一、前言

　　臺灣當前的現代詩研究方式大多是以西方的文學理論為主體，這意味著是將諸多發源於異國的文學理論、美學思潮移植到臺灣現代詩的研究論述之中，這樣的研究途徑已有了豐碩的成果，但值得注意的是，在理論移植的過程中，有部份的文學作品因為無法完全符合外國理論的框架而被研究者屏棄在外，或者是文學作品中若蘊涵著中國文學特有的美學面向，也無法在此研究路徑下得到完整的論述，正如本文所要討論的「抒情性批評」便是如此。

　　須文蔚（1966-）在〈華語現代詩抒情式批評初探〉一文中指出，從上個世紀 90 年代起在「全球化」的衝擊之下，現代詩人在面對的社會以及文化環境都免不了快速的西化，如此一來，「詩人置身於無可遁逃的文化際遇中，在書寫現代詩或從事批評的同時，一方面無從回歸古典文學的語境，近年來純然屈從在西方美學主張之下，亦步亦趨地創作或從事批評者，不在少數」[1]，有鑑於此，須文蔚在文章中主張現代詩的創作與評論應該回到「東方的閱讀標準」去進行討論，文中的「東方閱讀標準」的提出乃是因為現代詩的創作與中國傳統美學有著「互文」（intertextuality）[2]關係，正如克麗斯蒂娃（Julia Kristeva, 1941-）與羅蘭・巴特（Roland Barthes, 1915-80）所言：「一個詞（或一篇文本）是另一些詞（或文本）的再現，我們從中至少可以讀到另一個詞（或一篇文本）」、「每一篇

1　須文蔚，〈華語現代詩抒情式批評初探〉，《海南師範大學學報》（社會科學版）21（2008）：46。

2　"intertextuality"一詞大多翻譯為「互文」或是「互文性」，如廖炳惠（1954-），《關鍵詞200》（臺北：麥田出版公司，2003）145。

文本都是在重新組織和引用已有的言辭」[3]，由此看來，中國傳統美學（特別是指詩學）中的藝術特質如：抒情性、含蓄、言志、物色等，都有可能在現代詩創作中轉化並且保存下來，只是礙於現代詩論述的主流長久以來皆是西方理論為主，於是這樣的傳統美學特質一直被大多數的評論家所忽略。

有鑑於須文蔚在文中大聲疾呼現代詩的評論與鑑賞應回到「東方的閱讀標準」下進行討論，本文試圖將詩人白靈置入於此研究框架中進行討論。之所以選擇白靈作為論述對象，是因為筆者在白靈的詩作以及詩論中察覺到相當程度的歷史感與中國文學傳統，這樣的歷史感與傳統正是一位詩人所需具備的兩大特質，正如艾略特（T. S. Eliot, 1888-1965）在〈傳統與個人才能〉（ "Tradition and the Individual Talent" ）一文中所言：

> 正是這種歷史感才使得一個作家成為傳統主義者，他感覺到遠古，也感覺到現在，而且感覺到遠古與現代是同時存在的。同時，正是這種歷史感使得一個作家能夠敏銳地意識到他在時間中的地位，意識到他自己的同時代。[4]

從白靈在詩壇初試啼聲的詩作〈大黃河〉開始便有著濃濃的歷史感，白靈不耽溺於歷史感，反倒藉由自我歷史的定位去審視所處的時代，白靈也自敘他這一輩的詩人「站在『當下』那點時，不僅往後想與傳統牽手，而且也往前，想與未來搭線，因而表現在他們

---

[3] 蒂費納‧薩莫瓦約（Tiphaine Samovault），《互文性研究》（*L'Intertextualité: Mémoire de la littérature*），邵煒譯（天津：天津人民出版社，2003）4、12。

[4] 周熙良（1905-84）等譯，《托‧史‧艾略特論文選》（上海：文藝出版社，1962）3。

詩中的可說五味雜陳，感、知並備，歷史與科幻兼收」[5]，由此可知，白靈敏銳地意識到自身的定位，並與歷史、未來接軌。白靈詩作中的歷史感來自於中國文化／文學傳統，這樣的特質也可在其詩論中得到迴響。白靈自覺到傳統與時代的關係，於是正好可以將其詩作與詩論置入於中國文學傳統脈絡下的「東方閱讀語境」來考察，選擇白靈乃是作為「抒情式批評」的最佳例證。值得特別說明的是，本文的寫作目的並非在駁斥西方文學理論對文學評論的貢獻，而是希望提供另一種研究視角去與西方文學理論並置，於是在本文在論述中也會適時地引用西方文學理論作為闡釋。由此一來，才能不偏頗任何一種文化價值取向，而作品中的美學價值才能藉此得到完整的闡釋。

接著，本文首先從「中國抒情傳統」開始談起，接著定義何謂「抒情式批評」，以及討論「抒情式批評」在現代詩評論上運用的適切性，最後則以白靈的詩作、詩論作為討論的主軸。

二、抒情式批評的建構

（一）中國抒情傳統的提出

漢學家陳世驤（1912-71）〈中國抒情傳統〉一文可說是抒情傳統論述的濫觴。陳世驤在比較文學的風潮下，發現中國文學並未納入學界討論的範疇中，而若要標舉中國文學得特點，他在文中指出中國文學的榮耀在於抒情傳統，相較於西方文學以敘事為特色的史詩，中國文學中由抒情詩為主軸所形塑的抒情傳統才是中國文學的

5　白靈，〈天河夢──詩與未來〉，《白靈散文集》（臺北：河童出版社，1998）291。

特質[6]，文中又指出「字的音樂性」與「內心自白」是作為抒情性展現的兩大要素。陳世驤提出「抒情傳統」一說之後，高友工（1929- ）則進一步地將中國文學中的「抒情性」理論化、結構化。高友工指出，抒情傳統中的藝術創作與欣賞在於美感經驗的保存與傳遞，然而藝術作品中的「美感經驗」又可擴大為作者的心境、生命價值，正如高友工說道：

> 理論上「抒情」傳統是源於一種哲學觀點。這個觀點可能是具體、明白表現出來的，但也可能只是間接流露出來的。它肯定個人經驗，而以為生命的價值即寓於此經驗之中。[7]

這種將生命價值蘊含在藝術作品中的抒情特質，在中國文化的演進中已經滲透到各個藝術領域之中，在無形中成為一種「意識形態」或「文化理想」，並且「有意無意地演變成為一套可以傳承的觀念」[8]，高友工因而稱之為「抒情美典」。抒情美典的特色在於以經驗自省、自我表現為其目的，高友工替抒情美典下的定義為：

> 首先，無論它會因其外在結構和內在原則的要求一定集中在抒情本質上的。其次因為它是一個在本質中體現，它必然追求「一」與「和」的理想。雖然為一，但卻是一個以上的本質相合而為一。第三，創造過程既然是個人生命的一片段，故創造也可以視為生命的再現或延展。抒情的本質也即是個

6　陳世驤（1912-71），〈中國抒情傳統〉，《陳世驤文存》（臺北：志文出版社，1972）31。

7　高友工（1929-），〈文學研究的美學問題（下）：經驗材料的意義與解釋〉，《中國美典與文學研究論集》（臺北：國立臺灣大學出版中心，2004）96。

8　高友工，〈中國文化史中的抒情傳統〉，《美典：中國文學研究論集》（北京：三聯書店，2008）90-92。

人生命的本質。第四，既然創造是限於現時，至少在想像中我們以為創造過程是在瞬息中完成的。儘管醞釀時期可以無限延長，但其實現則被視作一連續不斷的活動。[9]

抒情美典是以創作者的生命經驗為主軸的創作型態，創作者的生命情志透過藝術媒介得以保存，並在讀者、欣賞者的心中得以再現，創作者與欣賞者的生命情感在藝術品中相互交融，這樣的創作與鑑賞的抒情模式已成了一種屬於中國傳統「意識形態」與「文化理想」，並且成為中國藝術創作與鑑賞的基本觀點。高友工另一個方面是從中國文化史中的美學議題來開啟抒情論述，他這麼說道：

> 抒情傳統在本文中是專指中國有史以來抒情詩為主所形成的一個傳統。這也許被認作一個文學史中的一部份現象。但我以為這個傳統所蘊含的抒情精神卻是無所不入、浸潤深廣的，因此自中國傳統的雅樂以迄後來的書法、繪畫都體現了此種抒情精神而成了此一抒情傳統的中流砥柱。[10]

高友工認為抒情傳統一開始雖是以抒情詩為主軸，但是在漫長的文化演進過程中，這個傳統所蘊含的抒情特質已慢慢越界到其他文體，甚至是其他藝術領域，以至於後來的書法、繪畫……等，都在體現著抒情特質，也就是在各種藝術作品中保存與傳遞著作者的情感經驗。舉繪畫來說，林風眠在〈東西藝術之前途〉一文指出西方繪畫中的風景畫表現不如東方來得完善，其因有二：一是「風景畫適合抒情的表現，而中國藝術之長，適在抒情」，二是「中國的

9　高友工，〈中國文化史中的抒情傳統〉　100。
10　高友工，〈中國文化史中的美學問題〉　105。

風景畫以表現情緒為主,名家飽遊山水而在情緒濃厚時一發其胸中之所識,疊嶂層巒,以表現深奧,疏淡以表高遠,所畫皆是一種印象」[11],林風眠認為中國的風景畫善於抒情以及表達情緒,也就是以傳遞作者的情感經驗為主。由此可知,無論是林風眠抑或高友工皆在不同的藝術領域中察覺出中國文化的抒情特質。

回顧陳世驤最先提出抒情指的是「詩言志」[12]。「詩言志」是中國傳統詩學的核心價值,其中的「志」指的是詩人心中的懷抱、情志,詩人透過作品將心中的意念傳遞給讀者,這樣的創作理念正好體現著抒情美典中的創作過程,雖說中國詩學中的「志」多半是詩人在政教環境下的政治抱負、情懷[13]。高友工則進一步將政教情境下的「志」轉化成一種廣義的「志」,廣義的「志」即是「心志」,可以將心志視作詩人的「感覺」、「想像」、「認知」、「記憶」以及「理想」,總的說來,「心志」是生命經驗以及人格的展現[14];而「言」又可從原本的詩擴大成藝術媒介,於是「詩言志」在高友工的抒情論述裡頭便延伸成「以藝術媒介整體地表現個人的心境與人格」的

---

[11] 林風眠(1900-91)著,朱樸選編,〈東西藝術之前途〉,《林風眠藝術隨筆》(上海:上海文藝出版社,1999)13。

[12] 陳世驤在〈中國抒情傳統〉一文中指出中國文學著重的是詩的音質,情感的流露,又舉孔子(前551-前479)來說明,詩的目的在於言志,在於傾吐心中的渴望、意念或抱負。詳見陳世驤,〈中國抒情傳統〉,《陳世驤文存》,35-36。

[13] 朱自清(朱自華,1898-1948)指出古代「志」與「禮法」、政治、教化、宗法倫理分不開。詳見朱自清,〈詩言志〉,《詩言志辨》(臺北:頂淵文化,2001)7-16。

[14] 高友工將「志」的定義擴大的說法亦可在中國學者李珺平的論述中得到迴響,李珺平認為抒情的志可以是「志向(某種「兼濟」理想或「舞雩」境界),也可以是記憶(創傷性經驗或人生有意義的體驗),又可以是知識(關於天、地、人、宇宙、社會、人生的諸種認識),還可以是突如其來的意念、意圖、意向、意象等。」詳見李珺平(1952-),〈導論‧從「雎鳩何以關關」談起〉,《中國古代抒情理論的文化闡釋》(北京:北京大學出版社,2005)9-10。

抒情理論[15]，這樣的抒情理論無疑是中國古典詩論中的「言志」議
題的延伸與轉化，甚至與「言志」相應而生的詩學論述亦皆能以抒
情性來統攝。

　　高友工以深厚的語言學、結構主義詩學以及心理學的理論基
礎，建構出他獨特的詩歌理論。高友工認為就詩歌而言，抒情美典
所強調的是詩人將生命經驗、心志保存於詩歌之中，而「保存的方
法是「內化」（internalization）與「象意」（symbolization）」[16]，「內
化」代表著詩人向內心探索過往經驗的創作歷程，是一個美感認知
以及綜合先前記憶的心裡機制，至於「象意」則是因為詩人的美感
經驗、生命情志難以用平鋪直敘、白描的文字加以再現，於是透過
象徵、比喻的語言文字來烘托經驗本體或者試圖再現經驗發生的情
景，「象意」代表著詩人的創作手法。

　　「內化」與「象意」是中國詩人抒情創作時的兩大要素，其中
反映著中國傳統詩學的重要論題──「心（情）與物」。詩人受外
在事物刺激後所產生的美感經驗內化成創作時的經驗材料，而在實
際創作時乃是透過書寫外在事物的象徵方式去再現經驗，這樣的抒
情過程其實代表的是外在物境與內在心境交融、轉移的過程。內心
之情與外在自然物象彼此感發、互滲的創作狀態，在中國詩論中是
很常被提及的，正如葉嘉瑩（1924-）指出：「像這種對於『心』、『物』
之間興發感動之作用的重視，在中國詩論中，實在有著悠久的傳
統」、「在中國詩論中，原來早就注意到了詩歌中情意之感動與外物
之感發的重要性」[17]；行文至此，我們可知「抒情美典」中的「抒

15　詳見高友工，〈文學研究的美學問題（下）：經驗材料的意義與解釋〉，《中
　　國美典與文學研究論集》，95-97。
16　高友工，〈中國文化史中的抒情傳統〉　93。
17　葉嘉瑩（1924-），〈《人間詞話》境界說與中國傳統詩說之關係〉，《迦陵談
　　詩二集》（臺北：東大圖書公司，1985）88-89。

情性」是作者的主體情志透過象徵的創作方式去加以展現，這樣的創作模式正體現著中國傳統詩論中以「心（情）與物」為主軸所開展的相關美學議題。

　　綜觀上述的論點，在此可以將「抒情性」一詞作簡要的定義，「抒情性」所要討論的是作家的美感經驗的保存以及讀者的接收，然而作家的美感經驗的來源乃是受了外在事物的刺激，這也就代表著外在的「物境」在某種程度上是可以成為作家「心境」或者「心志」，並且透過象徵、比喻的文學手法來表現在文學作品當中，這樣的「抒情創作過程」無論就創作的本體或創作的手法而言，其實都與中國古典詩論中的「言志」、「物色」、「比興」、「含蓄」觀念都有著相通之處，於是「抒情性」此一術語代表著正是「東方閱讀標準」下特有的鑑賞與創作觀點。高友工透過西方知識型態的模式將中國古典詩論的特質建構成一套抒情論述，於是「抒情性」亦可作為中國古典詩論轉化到現代文學語境的樞紐，本文將以此作為論述的理論框架。

（二）現代詩學中的「抒情性」

　　由上部分的討論可知，「抒情性」可從兩方面作一闡釋，一是文學技巧層面，現代詩人的創作語境即便與古典詩人有所差異，在但創作技巧上卻是有所相同的，一樣是藉由意象來傳遞情感，於是藉由「抒情性」此一術語，可以視作古典詩論的現代媒介，其次「抒情性」亦可指創作情感上的回歸，這通常表現在作品中的「使事用典」上。以下將進一步討論現代詩中「抒情性」所呈現的概況。

　　在臺灣現代詩史上針對現代詩的來源有著「橫著移植」與「縱的繼承」的爭論，這與其時代背景與詩人之間的美學理念有關，但若跳開這些爭論、思潮來說，現代詩所追求的仍是企圖在作品中傳

遞詩人的情感，也就是展現其抒情的主體性，於是就創作時的心裡活動來說，實在與古人無太多的差異，同樣是觸物起興、以含蓄簡約的文字達到情感豐富的詩意……等；大部分的學者在論述現代詩時都注意到此現象，只可惜在現今現代詩的研究方式大多以西方的文學理論為主體，而現代詩中的抒情性在西方理論的脈絡下往往被套上一層外衣，掩蓋了其中傳統的抒情本質，雖說西方理論在現代詩領域蔚為主流，但亦有幾位學者在進行現代詩批評時所採取的視角，仍是立基於古典傳統詩論之上，其中鄭慧如更是提出現代詩具有古典觀照此一說法，來全面性地考察現代詩作中與古典文學互文的部份。

　　〈現代詩的古典觀照〉[18]為學者鄭慧如的博士論文，鄭慧如（1965-）在〈緒論〉的部份說明了此書的研究動機，是因為「在臺灣，中國文學的學術領域裏，現代文學素來予人不登大雅之堂的感覺」[19]，於是想藉由探討現代詩與古典文學的依存關係，透過這樣的聯繫，把現代詩引入中國文學的學術範疇之中。雖說鄭慧如的研究有其預設的目的，但現代詩與古典文學之間的關係密切，卻也是毋庸置疑的事實[20]；鄭慧如以中國文學的研究者的身份來對現代詩進行「古典觀照」，「古典觀照」的定義為：

18　鄭慧如（1965-），〈現代詩的古典觀照──一九四九－一九八九‧臺灣〉，博士論文，政治大學，1995。

19　鄭慧如，〈緒論〉，《現代詩的古典觀照──一九四九－一九八九‧臺灣》，1。

20　誠如李豐楙（1947-）在〈中國純粹性詩學與現代詩學、詩作的關係──以七十年代葉維廉、洛夫、瘂弦為主的考察〉一文中指出王夢鷗（1907-2002）的「純粹性」一詞，代表著中國傳統詩學中重要的審美特質，其源自道家、禪家的美感意識而來，美感意識形成的基礎為莊子（莊周，約前369-前286）與禪學的觀物方式以及對語言文字的概念，同時這種美學意識也同時顯現在現代詩的創作與批評理論之中。見李豐楙：〈中國純粹性詩學與現代詩學、詩作的關係──以七十年代葉維廉、洛夫、瘂弦為主的考察〉，《現代詩學研討會論文集》（彰化：國立彰化師範大學國文系，1993）33-66。

古典觀照，則指對清代以前中國學術的性格掌握及轉化；所
謂中國學術，包括經、史、子、集，但是現代詩作從中擷取
的部份則集中在雅、俗文學作品、文學觀念、文字學、釋道
思想等，多於主題、語言、意象、思想、詩題、節奏之中衍
繹其主旨。[21]

　　鄭慧如將「古典觀照」定位為，現代詩中對傳統中國學術資產
的擷取以及轉化，其中涉及到中國傳統的思想、美學意識的接收，
以及傳統詩歌中主題、語言、意象在現代詩中的運用、轉化。就高
友工對中國文化的研究來說，整個中國文化的精神都是在體現著抒
情傳統中的抒情意涵，他認為抒情精神是無往不入、浸潤深廣，無
論是文學、音樂、繪畫、書法都可納入抒情傳統的脈絡之下[22]，若
將鄭慧如的古典觀照與高友工的抒情論述作一結合，似乎可以說現
代詩中的古典觀照，指的是抒情性在現代詩中的延續與轉化。

　　《現代詩的古典觀照》一書中除了〈緒論〉與「結論」之外，共
分為五章：第一章為宏觀的歷史爬梳，旨在探討中國現代詩發展過程
中與「縱的繼承」的關係；第二章討論的是現代詩的抒情風格，旨
在分析現代詩中觀照古典的手法、語言、意象，將主題分為「小我
之情」、「生命情調」、「時序江山」，其中並以〈秋興〉、〈蒹葭〉為例，
分析現代詩援古的特色與其他相關特質；第三章主要在論述現代詩
的情境敘述，就詩作的論述觀點、敘事時間、敘述內容進行討論，
並涉及敘述者複述歷史的心靈構圖、主題與語言的蛻變；第四章在探
討現代詩的景物描述，文中將景物描述的觀照層面分為三類：「出位

---

[21] 鄭慧如，〈緒論〉，《現代詩的古典觀照──一九四九－一九八九‧臺灣》9。
[22] 詳見高友工：〈中國文化史中的抒情傳統〉 90-178。

之思」、「物我之際」、「自覺之旅」，並論及「以我觀物」和「以物觀物」兩種創作方式。第五章則在分析現代詩的戲劇呈現，討論現代詩中「詩劇」的定位，並討論其與傳統文人案頭劇的淵源。[23]

《現代詩的古典觀照》一書中討論的範圍十分地廣泛，鄭慧如從語言、形式、主題、思想去挖掘現代詩的古典觀照，其中特別值得一提的是，第二章〈抒情風格〉的部份，鄭慧如將抒情主題分為「小我之情」、「生命情調」、「時序江山」三類，並集中討論現代詩人在創作抒情詩時援古用典的情形，以及替古人造像的現象；在現代詩援古用典的部份以《詩經・蒹葭》、《楚辭》最為多數，而替古人造像則以屈原（屈平，前 340-前 278）、陶潛（365-427）、李白（701-62）等最受現代詩人的喜愛。就詩人的創作層面來說，以古典意象或典故來表達心中的情意，是一種有效且文字經濟的方法，援古用典對現代詩人來說是一種「含蓄」的創作、修辭手法，只要讀者與作者同樣對典故有著先備知識，就能很快的明白作者的意念、或是更容易進入詩境。簡單來說，典故的使用可以在既有的情感遺產之中加入詩人欲表達的意念，有效經濟地引導出讀者的聯想與言外之意，進而擴大詩意，援古用事亦代表著詩人對過往事蹟的「情感認同」，無論是用典或替古人造像其背後的緣由，都是在認同古代典籍中所保留的情感遺產，認同的基礎在於理解，現代詩人充分地理解過往人事中所蘊含的情感意義，將自身現況的情境投射到典籍之中進行再創作，並且匯通過往的情感與現在的情感；如果將此創作行為納入抒情傳統脈絡下觀看，我們可以說現代詩人在創作時「再經驗」了過往典籍中所保存的情感經驗，並且加入自身的情感，成為極具抒情意味的作品。白靈詩作中的〈後裔〉、〈鮭魚河〉、

23　詳見鄭慧如〈緒論〉，《現代詩的古典觀照──一九四九－一九八九・臺灣》11-12。

〈祖籍〉、〈長城〉、〈鄉關〉、〈大黃河〉、〈黑洞〉等詩作，皆可視作此一「援古用事」的抒情創作。

三、白靈創作論中的抒情技法

白靈是臺灣詩人中少數詩論與詩創作兼具的詩人，除了詩集之外白靈亦出版了《一首詩的誕生》、《煙火與噴泉》、《一首詩的玩法》、《一首詩的誘惑》，白靈的詩論「詩評與詩論用語平淺」、「常能鞭辟入裏、點中要害。不但是理論文字，也可當成好的散文讀，更是考察他詩觀的第一手資料」[24]，藉由此四本詩論集的探討，我們可以考察出白靈的詩觀以及其背後與中國古典文學接軌的「抒情性」。

白靈詩論中提出了「遊戲說」的創作思維模式，白靈在《一首詩的誕生》中提到對於創作的看法：「筆者情願它起初是一項輕鬆而有趣的遊戲，進一步在求其成為完整嚴肅的文學篇章。藝術的開始不也是遊戲嗎？」[25]，正如鄭慧如對白靈詩論的考察，認為白靈「擺落文學思想家對詩『千秋萬世』的嚴肅心態，教導愛詩者愛詩者『寫一首壞詩的樂趣勝過讀一首好詩』，可以輕鬆『玩』詩」[26]，白靈對於詩創作的遊戲性也充分地展現「創作的媒介轉換」之中，白靈認為詩是文學中最精簡的表現形式，它媒介轉換的花樣也比其他文類來得更繁複[27]，於是白靈認為詩可以跨界到各個文類之中，甚至是相聲、戲曲、廣告、聲光都可以是詩的花樣，白靈以多樣的

---

[24] 林燿德（林燿德，1962-96），〈鐘乳石下一術士──簡介白靈的詩觀與詩作〉，《一九四九以後》（臺北：爾雅出版社，1986）44。

[25] 白靈，《一首詩的誕生》（臺北：九歌出版社，1991）56。

[26] 鄭慧如，〈遊戲的假面──白靈之詩與詩論〉，《臺灣當代詩的詩藝展示》（臺北：書林書版社，2010）248。

[27] 白靈，〈媒介轉換──文學書寫與空間展演〉（臺北：三民書局，1994）193。

遊戲創作來誘惑讀者欣賞詩的多元風貌，也試圖拓展現代詩的讀者。白靈這樣說道：

> 故詩者，實乃匯通宇宙虛虛實實之不可說者於一端，而為吾人所易見易悟者。明一，即明一切。故畫亦詩，小說亦詩，攝影亦詩，電影亦詩，詩是起點，亦是終點。[28]

這樣遊戲的創作觀在《一首詩的玩法》中得到充分地發揮，張春榮（1954-）對此書的評價甚高：「《一首詩的玩法》是一本『會玩』的書，玩出詩的敏感，玩出語言文字的可能，玩出分行形式的寓意玩出詩藝類型的多元智能。」[29]，這樣活潑且有趣的創作觀，是白靈給予讀者的第一印象，然而「遊戲說」似乎與中國古典文學毫無關聯，其實不然，鄭慧如慧眼獨具地指出：「遊戲說只不過是他引人接近詩的方法，其內在特質是以藝術審美職志的創作觀。意象、情景交融等要素，在他的論述及舉例分析中不斷強調」[30]，鄭慧如在此點出重點，意象與情景交融才是白靈詩論中所強調的要素。經由前一節的討論，可知「抒情性」的重點在於透過藝術媒介將作者的情感保存、傳遞，試圖以藝術媒介將讀者帶往美感經驗發生的過程，也就是「再經驗」的閱讀過程，於是作品中的意象是抒情性作品的重點，以及將「再經驗」則是試圖重造美感經驗發生的場景，也就是透過對外在景物的描繪來烘托詩意，這也就是情景交融的美學意涵，而在白靈的詩論中反覆重申的也是這兩點抒情效應。

---

[28] 摘錄自「意象工坊」網站，網址：http://www.ntut.edu.tw/-thchuang/peomindex/body.htm。

[29] 張春榮（1954-），〈始於喜悅，終於創思——評白靈《一首詩的玩法》〉，《文訊》230（2004）：17。

[30] 鄭慧如，〈遊戲的假面——白靈之詩與詩論〉，《臺灣當代詩的詩藝展示》 247。

　　綜觀白靈的詩論可以發現他對於意象是十分強調的，例如他曾這樣說道：「詩是景象的重塑或再組合」[31]、「詩若無法在讀者的腦中建立起一清楚的心象，則僅憑平淡的詞句，是容易失敗而無所遁形的……」[32]、「藝術創作是由『印象』到『心象』到『意象』的過程」[33]。若將這幾則詩論與抒情傳統論述並置合觀則可發現其中的相同之處，白靈認為創作是主要是透過景象的再現與組合在讀者心中建立起心象，而心象的構成是由對外在景物所產生的印象而來；高友工認為中國傳統文學的創作過程在於「內化」與「象意」，將外在景物給予的美感經驗內化成心象，接著以象意的文字加以表述，最後呈現在詩作中便成了意象，此一創作過程無疑與抒情傳統論述十分吻合。

　　抒情傳統論述中所一再重申的是，透過外在物境的刺激作者會產生心象，然後心象幽微難以複述，只好透過外在景物的描繪試圖將讀者回到心象發生的現場，讓讀者感受、體會，這代表在詩作中物境是可以與作者心境有所相同的，中國傳統詩學的抒情性也就在這樣「心（內境）與物（外境）」的概念下加以開展。而在白靈的詩論中亦有提到此點，〈意象的虛實〉一文中提出所謂的「意象情景說」，白靈這樣說道：「意就是情，象就是景，或寓情於景，或觸景生情，或是情景交融」[34]。然而詩人所關注的面向不僅僅是因景物所產生的美感經驗，有時外在的人事也會造成詩人內心的激盪進而從事創作，正如白靈所說：「世間一切能寫入詩中的，不外『情』（感情）、『理』（思想）、『事』（人事）、『物』（外物）四項」[35]，

---

[31] 白靈，《一首詩的誘惑》（臺北：河童出版社，1998）19。
[32] 白靈，《一首詩的誘惑》 78。
[33] 白靈，《一首詩的玩法》（臺北：九歌出版社，2004）156。
[34] 白靈，《一首詩的誕生》（臺北：九歌出版社，1991）54-55。
[35] 白靈，《一首詩的誕生》 55。

白靈亦寫了不少以社會面向為主題的詩作，例如：為了蔣經國（1910-88年1月13日）逝世所寫的〈上帝最願收容的一顆星〉、日本發射衛星所寫的〈櫻花二號〉以及〈聞慰安婦自願說〉……等詩作，正如羅青（羅青哲，1948- ）對白靈詩作所下的評語：「白靈的情中，包含了小我與大我、城市與農村，工業與自然」[36]，杜十三（黃人和，1950-2010）甚至以「人間性」一詞來概括白靈詩作中的涉世情懷[37]。其實以詩歌作為回應社會的方式，在中國文學中早已有跡可循，士大夫的「言志」傳統便是如此，古代士大夫面對政教環境以詩歌回應，在創作方法上則透過「引譬連類」的方式以自然的景物、現象比附現實中的人事，於是在創作時「雲會以草莽或魚鱗應和山、水環境」、「東風、蟄蟲等會繫屬於孟春」、「草木枯榮、鳥獸長幼比擬國君施政、君子行事」[38]，

　　然而現代詩人雖以不復古時的政教語境，但作為大學教授的白靈，以一個近似於士大夫的知識分子的角色，寫下了諸多與當時社會有關的詩作，正如瘂弦（王慶麟，1932- ）所言：「白靈顯示了多方面的試探，從文明的反省、大我的情懷、時局的關注、社會現象的批判、生活偶感，到輕巧可愛的自然詩，甚至科幻詩等，都入詩家眼裏，質與量也有可觀的成績」[39]，值得注意的是，古代詩歌創中的「引譬連類」模式，其實也就是白靈詩論中所說的比喻與聯想，白靈在〈選擇與組合(上)〉整合雅克慎（Roman Jakobson, 1896-1982）

---

[36] 羅青（羅青哲，1948- ）,〈溫柔敦厚唱新聲——序白靈的白話詩集「後裔」〉，收錄於白靈,《後裔》（臺北：林白出版社，1979）6。

[37] 杜十三（黃人和，1950-2010）,〈白靈詩作的時間性、空間性與人間性〉，《白靈・世紀詩選》（臺北：爾雅出版社，2000）18。

[38] 鄭毓瑜（1959- ）,〈《詩大序》的詮釋界域——「抒情傳統」與類應世界觀〉，《文本的風景：自我與空間的相互定義》（臺北：麥田出版，2005）272。

[39] 瘂弦（王慶麟，1932- ）,〈待續的鐘乳石——序「大黃河」〉，收錄於白靈,《大黃河》（臺北：爾雅出版社，1986）8。

與索緒爾（Ferdinand de Saussure, 1857-1913）等語言學理論[40]，提出「神話思考」以及「邏輯思考」，其中神話思考強調的是創意，也就是「聯想的選擇」，至於邏輯思考強調的是秩序，也就是語意的組合，就詩創作來說這兩種方式是相互闡發，一方面要有天馬行空的聯想，也要有同一語境的秩序加以約束，才不致使詩作意象太過隱晦。然而從神話思考的聯想與比喻來看，則可以與古典詩論中「引譬連類」或是「比興」的概念加以參照，鄭慧如指出白靈詩作中的意象「遵循比興舊規，以彷彿相關又不盡相關的意象引起主題的敘述」[41]，然而「比興」創作模式的理論基礎仍是建立在外在景物與內心情意的聯繫關係上，實與抒情傳統論述關係密切。

四、白靈詩作中的抒情向度

本文所界定的抒情性在於情感的保存與傳遞，具體落實在創作上有可以分為創作題材上的中國文化精神回歸，以及詩作裡頭中國古典詩學技法的呈現，在上一節討論了白靈創作論與中國抒情傳統所著重的「抒情性」有所疊合的部份（像是意象與情景交融的創作手法），本文在此部份則著重於白靈詩作裡頭中國意象的抒情向度。

卡爾維諾（Italo Calvino, 1923-85）認為在古典中，我們可以找到知音，找到認同的典範，找到既像護身符又像精神故鄉一樣的東西[42]。在詩作「使事用典」不單單指是文學技巧更是一種向古典靠攏的方式，也是一種文化上的情感認同，蔡英俊（1954-）對文學上的用典現象指出：

---

[40] 白靈，〈選擇與組合（上）〉，《煙火與噴泉》（臺北：三民書局，1994）42-43。

[41] 鄭慧如，〈遊戲的假面——白靈之詩與詩論〉，《臺灣當代詩的詩藝展示》 271。

[42] Italo Calvino, *Why Read the Classics ?* trans. Martin McLaughlin（New York: Pantheon Book, 1999）6-7.

（筆者按：「使事用典」）具有對於過往歷史人事經驗的一種「情感認同」，並且憑藉著這種經驗的借代與解釋而形成古典作家之間互為主體的集體意識⋯⋯「使事用典」在表現法上是以既有的人事事例作為作家個人的創作材料，進而對於這些事例所具顯的經驗模式重新加以詮釋。於此，作家創作時關切的重點，是在於提示既有事例得以出現的境遇及其可能蘊涵的意義，而作家個人的創造力也就具體表現在如此的詮釋活動上。[43]

　　蔡英俊在此點出「使事用典」除了是一種含蓄簡約的文學手法之外，就抒情傳統而言，更重要的是作者與過去事例的「情感認同」，作者在使用典故的當下，其實已經自己的主體情志與過去的人事作一情感上的比附，這也等同於作者「再經驗」了「典故」發生時的況境與情感幅度，而作者在既有的情感經驗（典故）上添加自己的意念，而成為抒情的詩歌創作。這樣的文學方式，不但用字簡約而且作者、讀者與典故中的人事，三方面的情感得以彼此交融，達到抒情傳統所注重的抒情意涵。
　　白靈詩作中對於過往典故的情感比附展現在中國文化意象的反覆出現，無論是《後裔》中的〈後裔〉、〈鮭魚河〉或是《大黃河》中的〈祖籍〉、〈長城〉、〈鄉關〉、〈大黃河〉、〈黑洞〉⋯⋯等。中國意象是白靈詩作的重要特色，正如瘂弦對白靈的觀察：「對文化，他有責任感，主張以『中國本土文化為本位』」[44]，白靈在對中國文化的認同下，寫出了〈大黃河〉這樣氣勢磅礴的詩作。「黃河」

---

[43] 蔡英俊（1954-），《中國古典詩論中「語言」與「意義」的論題》，第四章〈「含蓄」美典的審美旨趣〉（臺北：臺灣學生書局，2001）287-88。
[44] 瘂弦，〈待續的鐘乳石──序「大黃河」〉，白靈，《大黃河》 13。

對華人而言是極具抒情意味的意象，因為黃河保存了太多的故事、典故在其中，黃河已成了文化符碼蘊涵著中華文化豐富的意涵，黃河以豐富的情感向度召喚白靈，於是詩在〈大黃河〉的一開頭便寫道：

> 萬千詩詞文章沾你的水寫就，引領風騷。
> 億兆黃種子孫飲你的神長成，奔流四海。（白靈，〈大黃河〉，
> 《大黃河》 149）

雖說白靈在創作此詩時尚未親自到過黃河，但是藉由書本的想像與認同，黃河的流水早已竄進白靈的筆墨之中，正如洛夫（莫運端，1928-）所言：

> 〈大黃河〉這首詩中洋溢著一種純真的民族情感，尤其對中國歷史、文化、山川、人物，以及祖先們開疆闢上的辛勞艱苦，不用口號式的頌讚，卻能表達出一分高度的崇敬。[45]

白靈以黃河意象來貫穿古今的歷史、人事，試看這樣的句子：

> 從祖宗流到祖孫／流過多少人的眼睛／流過伏羲燧人神農氏的眼睛／流過唐堯虞舜夏禹的眼睛／流過文武周公姜太公／流過孔子老子孟子莊子的眼睛／流過司馬遷流過張騫流過蘇武／流過班超流過法顯流過玄奘的眼睛／流過關公李靖天可汗／流過詩仙流過詩聖／流過平林流過漠漠，流過白雲／蒼狗，流過唐宋多少騷人墨客的眼睛／流過岳飛流過

---

[45] 洛夫（莫運端，1928-），〈大鄉土的擁抱〉，白靈，《大黃河》 233。

文天祥／流過成吉思汗流過史可法的眼睛（白靈，〈大黃
河〉,《大黃河》 160）

　　黃河的水從古至今不斷地奔流,白靈洋洋灑灑羅列了眾多歷史
上有名的人物,這樣的舉動無非是具有向古典文化取得自身定位的
意義所在;白靈祖籍在中國福建惠安縣,早年隨著家人從中國移居
至臺灣,白靈雖成長於臺灣,但是對於中國仍有身份的想像與認
同,像是在〈籍貫〉一詩中所呈現出的情感:

　　不聞…那些腳呵,怎會是十億雙?／卻獨留我坐度,這微寒
　　的春夜,點著／六十支燭光。但這不過是一張／明日要交的
　　表格,乃折疊起／我軟弱的思惟,深深／調節一口呼吸,手
　　指稍稍運氣／提筆按入,沙沙沙磨過紙上／十八劃,只圍住
　　小小一個城鎮：惠安[46]

　　在詩中白靈所呈現出一種拉鋸、掙扎的情感,詩人必須將「軟
弱的思惟,深深／調節一口呼吸,手指稍稍運氣」才能在紙上寫下
詩人的精神原鄉——惠安。陳義芝認為這樣對於身份認同的迷惑,
普遍出現在「外省第二代」詩人的作品之中,於是詩人對於遙遠的
古中國、中國的歷史文物多半有著嚮往與追慕,於是在詩作中自然
便會召喚黃河、長江這樣龐大且深具情感向度與抒情意味的象徵來
進行自身的定位[47],可以說黃河與長江像是文化圖騰一般銘刻著詩
人,白靈雖不見黃河水但仍這樣寫道:「一條河／一條在對岸不在
我跟前／屬於歷史不屬於我的記憶／一條沒有水依然潤濕我／沒

[46] 白靈,〈籍貫〉,《白靈・世紀詩選》 125-26。
[47] 詳見陳義芝（1953-）,〈「外省第二代」詩人：在地的意識與想像〉,《現代
　　詩人結構》（臺北：聯合文學,2010）145。

有顏色依然輝煌我」(〈大黃河〉,《大黃河》 152)。白靈詩作中的
中國意象有古老中國情感向度,同時也疊合著詩人自身的情感,即
使是寫臺灣地景的〈大屯山西望〉詩作,仍呈現出一種眺望古中國
的情懷:

> 歷史以五千年富我/山河以錦繡迷我/我們負荷著,廟堂上
> /祖先們的血淚,和期語/我們盛著載著/這追懷無路/沒
> 有風景,和主角的/思鄉症(白靈,〈大屯山西望〉,《後裔》
> 4)[48]

在人類學上有一個深描(thick description)的寫作要求,從極
簡單的動作或語詞,追尋隱含的社會內容、文化意義。透過微小的
事情描述,提供廣泛的解釋和想像性的思考[49]。白靈詩作中登高、
遠望、懷鄉的抒情舉動,正是中國古典文學中最常見的現象,這樣
的動作背後往往隱含著「被放逐」的動因[50],白靈不斷回望中國的
姿態或許是因為情感認同上與現實的錯置所產生近似於放逐後的
舉動。白靈此舉除了可以從詩人的生平作闡釋之外,亦可從整個時
代背景來解釋,〈大屯山西望〉收錄於詩集《後裔》中,此詩集是
一本於七〇年代七年間創作的作品集,七〇年代的臺灣社會正處於
「文化國族認同」與「社會經濟結構」劇烈轉型的年代,一連串的
外交危機(如:保釣運動〔1970〕、脫離聯合國〔1971〕、中日斷
交〔1972〕、中美斷交〔1979〕等),以及社會形態由農業社會轉

---

[48] 白靈,《後裔》(臺北:林白出版社,1979)。
[49] 張進,〈深描〉,《文化研究關鍵詞》,汪民安(1969-)主編(南京:江蘇人
民出版社,2007)286。
[50] 鄭毓瑜,〈歸返的回音——地理論述與家國想像〉,《性別與家國》(臺北:
里仁書局,2000)76。

變為工商業社會，這也使得「現代化／資本主義」迅速地席捲了臺灣[51]，詩壇在這一時其也興起「新民族風」的抒情，也就是懷憂故土河山的歷史感，在這樣的詩代氛圍下白靈的詩作返回東方語境創作，正如杜十三所言：「是第一個把『百年來華人的苦難與命運』始終擺在『首要敘述母題』的詩人，打從他成名起，這樣的「母題」似乎不斷『折磨』著他，他把『歷史的痛』刻在骨骼上」[52]，於是白靈在意象的選擇上不斷地援引古中國，並且以自身的情感與過往的人、事、物作一連結，成為同情共感的詩意象，彷彿中國五千年的文化對詩人來說是擺落不掉的抒情象徵。

五、結論

　　白靈的詩作大多以「情」字為主軸，白靈「細膩的的抒發個人一己之悲歡，也敏銳的探索他人之苦樂。他的作品，大多都以「情」為出發點，也以「情」為目的地[53]，於是本文選擇以中國抒情傳統中的「抒情性」作為白靈詩的研究，此舉除了是試圖將現代詩的研究拉回到「東方閱讀標準」之下外，更重要的是筆者堅信，古典詩、詩學與現代詩、詩學有著對話的空間。中國文學自古以來以抒情詩為主，從「詩言志」開始便以奠定了中國詩歌的基本面貌，隨後的詩論雖說各有偏重，但核心價值仍是以抒情、言志為主，若說各詩論間有所差異，也是因為各時代背景所著重的面向有所不同，所產生的不同詮釋與認知，就如同「言志」與「緣情」的爭論一般。然而這樣的抒情詩、抒情論述到了現代詩就被一刀兩斷，彷彿現代詩

---

[51] 詳見陳允元，〈徬徨者與信仰者——論七、八〇年代之交的楊澤詩及其時代意義〉，《臺灣詩學》13（2009）：60。

[52] 杜十三 19。

[53] 羅青，〈溫柔敦厚唱新聲——序白靈的白話詩集「後裔」〉，白靈，《後裔》 3。

是一個自生自長的新品種，在文類的形成上沒有受到任何古典詩、詩論的滋養，而現代詩人的創作思維也與古人迥然不同，事實並非如此，現代詩與古典詩在詩歌技巧、藝術效果、詩想過程……等都十分的接近，這部份在白靈詩論中可以得到印證。

　　本文謹此，揭示白靈作品中的「抒情性」面向，試圖闡釋出白靈作品中豐富的文本風景。

想像與經驗的辯證

——白靈現代詩作中的土地圖像

蔡明原

作者簡介

蔡明原（Beng-goan CHHOA），1978 年生，國立臺北教育大學碩士，現為成功大學臺文所博士生。

論文題要

本文首先論述白靈詩作中中國圖像的轉變：即被時間與空間阻隔了的中國如何在白靈的詩作中現身。也就是說詩人怎樣去描繪那個未曾實際經驗過的空間，是否為完全美善的呢？再來是臺灣的土地經驗又會是以何種面貌出現在詩人的作品當中。也就是說想像與經驗之間的差距所反映在作品內容中對於土地的描述在形象、價值判斷、情感意義上各會有著怎樣差異表述。

關鍵詞：白靈、臺灣文學、鄉土文學、土地圖像、現代詩

一、前言

　　目前學界對於灣中生代詩人白靈的討論相對來看的話是較為缺少的，相較於羅智成、向陽、路寒袖、陳義芝等詩人可以清楚知道與白靈相關學術研究成果的貧乏。以詩創作教學為職志的白靈曾經說過「不寫詩比較難」，指的就是詩可以是眾人生活的一部分甚至可以跳脫紙本的束縛找到更多揮灑的空間。在八十年代白靈所一手主導策畫一系列「詩的聲光」活動便是透過人物的聲音、動作、表情等各種文字以外的語言去演繹現代詩。此外，編務、研究也是詩人白靈在創作之外同時並行的工作。白靈主編《臺灣詩學季刊》五年的時間並且在近幾年以其所學化學工程的專業知識背景與現代詩作跨領域的研究。我認為從這個角度觀察可以發現白靈在所累積的文學成績已經足夠提供一個階段性的研究材料，不管是從創作的質量、個人思想史的考察相信都支撐詩人白靈的研究面向的開展。

　　綜觀白靈的現代詩作品，「地方」圖像的演繹是為一個相當值得關注的重點。前行研究的成果大多都聚焦在白靈透過文字描繪了心目中那個歷史悠遠與文化厚實的中國，所表露出的是種孺慕之情的想望。但從其最早的詩集《後裔》開始，很明顯的可以看到不在少數的作品是從臺灣經驗而發的。因此此文擬透過「空間」（space）與「地方」（place）之間的辯證與思考去分析白靈詩作中的「土地」圖像。

　　首先是白靈詩作中中國圖像的轉變；被時間與空間阻隔了的中國如何在白靈的詩作中現身。也就是說詩人怎樣去描繪那個未曾實際經驗過的空間，是否為完全美善的呢？再來是臺灣的土地經驗又會是以何種面貌出現在詩人的作品當中。也就是說想像與經驗之間

的差距所反映在作品內容中對於土地的描述在形象、價值判斷、情感意義上各會有著怎樣差異表述。

二、文化中國的想像模式

（一）空間轉向與地方建構

近十年來，臺灣文學研究的關注熱點逐漸聚焦於「空間」議題的討論，如吳潛誠[1]、范銘如[2]等人。「空間」概念的提出是為了從學界一直都以「時間」為主的研究的主流中尋求另一種思考的可能，法國學者傅柯在其著名的一篇文章〈不同空間的正文與上下文〉裡強調的就是空間意識的重要性，他說：

> 瞭解人類元素之近親關係、儲存、流動、製造與分類，以達成既定目標的問題。我們的世代是空間帶給我們的，是基地間的不同關係形成的世代。[3]

對於時間的關注其實就是在歷史裡拼湊記憶的碎片，但空間卻是在時間逝去後仍可感可親的。空間的演變的外在實質表現為人的生活史、精神史、經濟史發展的歷程痕跡，例如地景地貌的更迭。內在抽象突顯的則是政治、資本、權力的運作關係、協商與折衝下

---

[1] 可參考《島嶼巡航：黑倪和臺灣作家的介入詩學》、《感性定位 文學的想像與介入》，所收錄的篇章中有關於臺灣現代詩地景的研究。

[2] 范銘如撰述的《文學地理：臺灣小說的空間閱讀》是目前學界較具系統性並以臺灣文學為主體的「空間」研究專著。

[3] 米歇·傅柯著，陳志梧譯，收入在夏鑄九、王志弘編譯《空間的文化形式與社會理論讀本》（臺北：明文，1999）401。

的結果。傅柯考察了了空間在整個人文社會作用的結果，針對線性、單一性的時間研究思考模式提出了建議：

> 在西方的經驗中，空間本身有它的歷史，同時，我們也不能忽略時間與空間不可避免的交叉……從各方面看，我確信：我們時代的焦慮與空間有著根本的關係，比之與時間的關係更甚。時間對我們而言，可能只是許多個元素散佈在空間的不同分派運作之一。[4]

　　歷史事件的分析往往是在既定的事實去找尋已經存在的解釋，也就是說看似被建構出的答案其實是一種被預定好的結局，而轉向空間的研究意識的產生與進行在實質意義上所開拓出新的局面是更具辯證性、想像性的詮釋可能。傅柯在〈空間、知識與權力──與米歇・傅柯對談〉一文中談到了空間對人文世界的變動、演繹的影響並不是全然新穎的發現：

> 都市空間有它本身的危險性：疾病，如歐洲在 1830～1880 年間的霍亂傳染病；以及革命，如同時期震撼全歐洲的一連串都市叛變。這些空間的問題，可能不是新問題，但卻佔有一個新的重要性。[5]

　　所以空間如何被重新挖掘出其重要性的那一個想法決定了人文世界在結構上、關係上意義的再評價，並且重組了可見的歷史的事實判斷。

---

[4]　傅柯　400-01。
[5]　保羅・雷比諾著，陳志梧譯，收入在夏鑄九、王志弘編譯《空間的文化形式與社會理論讀本》（臺北：明文，1999）415。

（二）想像作為一種認同向度

　　白靈在文壇受到重視的時間點可以從他在 1978 年獲得國軍文藝長詩銀像獎的作品〈大黃河〉開始看起[6]，此作的名稱也是白靈第二本詩集集名。古繼堂在分析白靈的詩作〈大黃河〉時說沒有到過中國卻能在詩作中呈現出被黃河靈性感召的字句，那是因為白靈把自己和被黃河餵養出來的炎黃子孫的後代做連結：

> 透過波瀾壯闊的中華民族發展歷史的有機敘述，表現了中國即黃河，黃河即中國，中華民族淵遠流長的奮鬥史、開拓史，就是一條奔騰不息的大黃河。[7]

　　這首以黃河為主題的長詩可以看出一個年輕的知識分子對於文化中國的想望，評審之一的洛夫認為這首詩作：

> 〈大黃河〉這首詩中洋溢著一種純真的民族情感，尤其對中國歷史、文化、山川、人物，以及祖先們開疆闢土的辛勞艱苦，不用口號式的頌讚，卻能表達出一分高度的崇敬。[8]

　　羅門也盛讚這首詩融合了多種情感之後表現出的象徵意義：

---

[6]　可參閱蕭蕭所撰寫〈白靈的心靈觀照與意象表現〉一文，收入在白靈，《愛與死的間隙》（臺北：九歌出版社，2004）。

[7]　古繼堂，《臺灣新詩發展史》，再版（臺北：文史哲出版社，1997）571。

[8]　洛夫、〈大鄉土的擁抱〉，收入在白靈，《大黃河》（臺北：爾雅出版社，1986）233。

> 以個人之真情、愛國之真情、愛民族文化之真情與愛祖先土
> 地之真情等四種真情，交錯互映，形成為情思活動多變化的
> 四線道，像四條鋼繩交纏集結在一起，扭緊成一條堅固的鋼
> 索——它（具象徵性的「大黃河」）便成為我大中華民族與
> 之共生死存亡的生命線——歷史的永恆之流，這種取材角度
> 與處理手法，是目下寫這類型長詩，較為突出新穎與少見
> 的……[9]

　　從上述評論中可以知道論者對認為這首詩作緊扣時序的演
進、突出了對於家國的熱愛與人文精神豐富的意涵表現。駁雜的知
識與繁複的歷史材料在這篇詩作中被順理成脈絡清晰並且易於理
解和接受，之後得到 1980 年中國時報敘事詩首獎〈黑洞〉也是以
中國大陸發生的歷史事件為題材。不過這首詩作受到的重視相對的
就少很多，古繼堂就說「〈黑洞〉一詩，是作者以天安門事件為背
景寫成的，熱衷偏狹政治的人比較喜歡，但它卻並不是一首符合歷
史發展總潮流的作品，難以閃現藝術之光」[10]。

　　〈大黃河〉一詩可視為白靈現代詩作中文化中國圖像展演的
極致。詩人把這條中國國境中舉世皆知的長河從它的無到有，古
至今的發展景況透過直白的文字呈現。這條江河在白靈眼中是「中
國的胎盤、子宮／臍帶！中國最最具體的『動』」。就是因為「動」，
黃河才能孕育出如此豐富的人文地景。但在詩作的最末詩人以江
河的水流上了岸邊藉喻人民向這大地發出了呼求。因為飢餓或者
其他理由千千萬萬的人都湧入了上海與天安門，並且大聲詢問「人
民是什麼?!」詩人並不全然的把中國完全神聖化，他還是注意到

---

[9]　羅門、〈一首重量級的長詩〉，收入在白靈，《大黃河》（臺北：爾雅出版社，
　　1986）235-36。
[10]　古繼堂，《臺灣青年詩人論》（臺北：人間出版社，1996）135。

了現實中國裡的許多問題。而這個部分往往也都是許多中國學者所詬病的，認為這樣的處理方式陷入了偏狹的政治觀，「但可惜詩的尾段介入到現實政治的小胡同中，使一條奔流不息的大河被狹窄的政治瓶口堵塞[11]」。我想指出的是白靈現代詩中的文化中國圖像是可以有不圓滿的部分的，這和他形塑美好中國的圖像的工作並不相違背。

〈黑洞〉這首長作所面臨的批評和〈大黃河〉一樣，過度向現實靠攏。透過〈黑洞〉的描述可以更清楚知道白靈的文化中國圖像並不是完全美好而沒有任何汙點的。中國的一切當然都使人嚮往，但在實際層面上中國的不民主、不人道的作為沒有因此被抹煞，反之鮮活的在詩人的文字重現。詩作以寫實的筆法重現當時群聚天安門抗議學生的景況與其心聲，詩作中的學生們認為：

> 都是都是／是百萬群眾說的／凡是中國人都要說的！／那麼，我們還等什麼呢／同胞！／從前我們什麼角色也不是／今天我們可都是主角（白靈，《大黃河》 199）[12]

學生們以為站在廣場上就成了這個國家的主人，可以扭轉過往主政者對於人民的不公不義，卻忘了看似集結了相當巨大的力量在面對國家機器時卻仍是不堪一擊：

> 棒子如大雨揮下，揮下／許多我的同伴倒下／我也倒下，倒在碑前／怒火由腦殼噴出，濺出濺在鮮花上，濺在白玉欄杆上／……逐漸，逐漸滲入地裏，土裏／而且一直下滴下滴／

---

[11] 古繼堂，《臺灣青年詩人論》 135。

[12] 白靈，《大黃河》（臺北：爾雅出版社，1986）。

／彷彿有種引力引我下墜／下墜，下墜——／黑黑裏，我聽
到更多下滴的聲音／一滴兩滴三滴，更多更多／越來，越多
／混合，溶在一起／混合，溶在一起／終於可以流動／又在
一塊了，伙伴們／亡魂們，清明的亡魂們啊（白靈，《大黃
河》 211-13。）

詩人毫不避諱的把中國共產黨迫害聚集於天門前抗議的學生
的情形以頗令人觸目驚心的文句呈現，也難怪這樣的作品在中國學
者眼中是有著許多問題的。雖然整個天安門事件的結局是天理難容
的，白靈卻安排了渴望自由的種籽不曾枯滅、仍自潛藏於暗底如伏
流般等待著重新於地表綻放的機會：

等待著，等待清明／等待把鮮紅的顏色／送上枝頭／等待
把小小的希望，借鮮花／在天安門廣場／在同樣的地點／
相疊、相疊！／／我們等待著／等待著冬天的酷寒過去／
（暗裏蠕……動著／向所有的枝頭）（白靈・《大黃河》
214-15）

白靈的文化中國想像的書寫所牽涉到的「認同」議題，如果深
刻去觀察詩作中現實呈顯的部分就能體會詩人心中的美好中國並
不是建構於空中樓閣般的盲目懷想，不好的一面的突出更是種沉重
的呼求。Felix Driver 在〈想像的地理〉一文中就談到了如何透過
想像地方的方式去建立自我的認同，並在這過程中釐清自我的身
分、地位、階級等象徵資本意義，他說：

以英國特性為例。你如何想像英國？當然，不同的人對這個
問題會有不同答案，特別是取決於這些人是不是英國人。再

者，即便是我們之中身為英國人的人，也可能因為所處的時空位置的不同。[13]

白靈書寫的位置恰巧提供給他一個可以保持思考透澈度的距離，他的不在場剛好讓詩人能以全觀的視野去理解、吸收中國的各種面向而不僅是美善的形貌。因此在〈大黃河〉與〈黑洞〉兩首長詩中，中國的意象不是統一的，尤其是在〈大黃河〉裡由浩瀚、悠遠的歷史、文化開始談起，一直到發生地震拒絕外援，天安門事件始末等。意象的轉折並不是突兀的，如果藉由這樣的歷程去考察詩人「認同」的形成便能知道所謂其觀看的視野並不全然是偏狹的。薩依德在其後殖民論述中以「他者」的概念來分析出西方世界怎樣看待東方國家，當「他者」的形象與位置被確定的同時另一方面也正意謂著自我位置的確立。這種二元對立的論述所指出的是詮釋權的獨佔與單一，「他者」也因此被純粹化、單一化。我想說明的是白靈的詩作如果是單純「他者」書寫，不管是只呈現美善或真實兩種面貌中的任何一種，那麼這樣子欠缺複雜性的作品展演出的中國難免將落入簡單的對立性關係之中。Felix Driver 在論及英國及其國族意象／想像時不斷提出「想像」的建構必須避免本質化的傾向，必須把它脈絡化後才能辨明：「國族（例如英國）的意象隨著時空不同而有極大變化；這些意象沒有單一永恆的意義。某些意象逐漸占有主導地位的過程，是文化地理學家的主要研究課題。[14]」

---

[13] 收錄在Paul Cloke、Philip Crang、Mark Goodwin編，《人文地理概論》，王志弘、李志輝、余佳玲、方淑惠、石尚久、陳毅峰、趙綺芳譯（臺北，巨流，2007）284。

[14] 引自Felix Driver、〈想像的地理〉，Cloke 286。

（三）思念與理想之間的拉鋸

在〈大屯山西望〉中白靈藉由登山的機會懷想起對岸未曾謀面的土地，以帶有些許喟嘆的口吻述說著自己對於中國的思念：

> 歷史以五千年富我／山河以錦繡迷我／我們負荷著，廟堂上／祖先們的血淚，和期語／我們盛著載著／這追懷無路／沒有風景，和主角的／思鄉症／／設一朝你也如我／盤踞此千山之上／擺袖，舉杯／邀山河　俱　飲，怎能不酒和淚吞（白靈，《後裔》　4-5）[15]

白靈對中國的認識來自教育體系的養成以及自我學習，並在此種環境下把自己和中國的關係往血緣追溯。但終究這一切只是空談，只能自己舉杯邀山河共飲。〈下大屯山〉可視為〈大屯山西望〉的續作，文中敘述下山時強風襲來的景況，白靈以為這風呼嘯來去「竟是江南般的淒厲哀傷」。末句「而風是沒有家的／它們哭過了幾個幾千年」則暗喻因為兩岸相隔而無法回到中國就像是居無定所一般。即便是站在生活數十年的土地上，心靈真正寄望的仍是那不曾履歷的空間，使得上述兩首詩作筆調帶有悵然之感。

〈祖籍〉這首長詩藉由生活中常常會遇到填寫各式個人資料表格的情境，表達出人在面對被問及故鄉在何處時的不同態度與定義。白靈在這首詩作中寫到他已經不下千次寫過自己的祖籍，但這個筆下的地方卻仿如資料般被收藏在黑暗的櫃子裡而難以得見：

---

[15] 白靈，《後裔》（臺北：林白出版社，1979）。

> 不聞……那些腳呵，怎會是十億雙？／卻獨留我坐度，這微
> 寒的春夜，點著／六十支燭光。但這不過是一張／明日要交
> 的表格，乃折疊起／我軟弱的思惟，深深／調節一口呼吸，
> 手指稍稍運氣／提筆按入，沙沙沙磨過紙上／十八劃，只圍
> 住小小一個城鎮：惠安[16]

　　惠安是白靈的祖籍所在，不過他只能以想像的方式去碰觸這個
地方且最靠近故鄉的時刻竟是在紙上提筆寫下文字，家國與故鄉成
了可望不可得的事物。這種情感上的懷鄉透露了臺灣僅只是個供給
休憩與居住的所在，難以成為精神上歸屬的地方。縱使白靈是出生
於臺灣不過祖籍歸屬的觀念仍深深烙印在其心中，臺灣在某種程度
上來講就成了所謂抽象意義的空間，對地方的情感沒有辦法累積。
換個角度看，祖籍的歸屬同時也代表著一種土地的認同。它不再只
是單純的出生地的稱謂，更要上溯至每個人在族群與血緣上的認
同：「必須填下的那縣分，在一張紙上／將以墨水的骨與血緊緊吸
住[17]」。所以每當詩人在面對必須寫下祖籍的時刻，思緒總是會不
斷的拉扯與遲疑。

　　〈長城〉一詩把中國拉升到一個不同的層次。中國在這邊成了
可以撼動世界的力量，只要中國人團結一致連長城都可以因此如海
上行船般躍起：

> 後來我又想，如果，如果有個盤古／寄籍在現代，能不能
> 請他／左腳踏陰山，右腳秦嶺踩住／俯身出手，從山海關
> 那頭／將長城連高山縱谷用十億馬力／渾身豎起，鎮在甘

---

[16] 白靈，《白靈・世紀詩選》（臺北：爾雅出版社，2000）125-26。
[17] 白靈，《白靈・世紀詩選》 123。

肅——神州之心／讓，讓天下人都景仰，抬頭望（白靈，《大
黃河》 47）

　　中國文化的博大精深以及物景的美麗與豐饒在詩人的想法裡
是應該被所有世人看見，因此他從神話故事、地理特色中去汲取
資源，透過虛構的筆法、誇飾的效果展現出了這種迫切的心理。
即便是中國與詩人之間仍存在因時空限制造成的隔閡，但中國的
美好圖像仍深植於白靈心中。如前所述，白靈雖然嚮往著中國的
一切，只是現實狀況使得這些想像並無落實的機會。所以這首〈歌
聲使我眼淚上升〉寫的就是希望能以歌聲獻給中國表達自己引頸
等待的心情：

　　一首歌完成了／還有千萬首歌想獻給你／一個喉嚨唱啞了
　　／還有千萬個喉嚨站起來歌唱／走在千山萬水間／燈光輝
　　煌的高樓裏／始終，我不虞迷路／每回只要，只要我輕輕回
　　首／祖國啊／／你總站在歌聲的盡頭／我靈魂的最高位置
　　／親切地望我／歌聲歌聲／歌聲使我眼淚上升（白靈，《大
　　黃河》 49-50）

　　詩人在歌聲中還不禁落淚，中國成為了無可取代的事物。對白
靈來說中國就彷彿是信仰般的存在，讓詩人在五光十色、水泥建築
滿佈的城市中不至於迷失自我。
　　〈鄉關〉說的就是相隔兩地的親族無緣得見，只得把思念寄託
於虛渺的夢境：

　　十年了，再無音息／我出發去尋訪他們／從一個夢境／到另
　　一個夢境，這顆星／到那顆星／（淚珠撲滿夜的天空）

詩作的情調是悲傷的，從夢境到星星的不停的盼望最後得到的是佈滿天空的淚珠。白靈在這裡的情緒又轉為低落，在論及與親人的情感的同時隨又認知到中國仍是不可得的夢。

（四）具體化的中國圖像

《沒有一朵雲需要國界》的中國圖像已經逐漸具體化，不再只是一個空泛或者碩大的象徵。〈出塞曲─詠絲路〉寫的是黃沙漫漫的絲路，歷史上這條「路」不知走過了多少的人物，但一點痕跡都沒有留下。〈嘉峪關──建於明太祖洪武五年〉則重回歷史現場，書寫這座城在連年的戰爭穩持著一樣的姿態，並在文末把時空拉回到現代：

> 卻沒有一塊城磚記得這些／但任空寂在城內默默游泳／電
> 線自城外東邊緩緩牽向西天（白靈，《沒有一朵雲需要國界》
> 19）[18]

歷史的紛紛擾擾終究隨著時間的消逝遠去，連城磚也不復記憶。在今日，它也不過是座任憑觀看的古老建築。〈吐魯番─朝穿皮襖午穿紗　手抱火爐吃西瓜〉分成三段，中間一段寫西遊記的某段發生於此地的情節，為詩作添加了想像的空間。如同前兩首詩作，白靈採用過去─現在，繁華─沉靜的對比方式去彰顯這幾個區域的特色，不僅只是一個龐大的空間想像。〈龍舟競渡─關於海峽兩岸可能的比賽〉寫的是被海峽隔開的兩岸有沒有可能舉辦一場龍

---

[18] 白靈，《沒有一朵雲需要國界》（臺北：書林，1993）。

舟賽，隱藏在背後的意涵則是盼望中國與臺灣「在整匹歷史在列祖列宗」的殷殷注目下能夠「朝中國美麗的標竿」划去。

〈爸爸，整個中國容不下一章安靜的書桌〉、〈麑之復仇〉、〈圓木〉等都是以日本侵略日本為底本、主題寫就的長詩。白靈維持一貫如實的筆法把這段戰爭史事透過各種角度呈現；〈爸爸，整個中國容不下一章安靜的書桌〉敘述戰爭使得許多家庭流離失所，小孩子的課業也就難以持續。當孩子不停向爸爸問說有沒有一張可以寫功課的書桌，爸爸也不斷對孩子說，「你好好讀書／讓我來把戰爭擋住」（白靈，《沒有一朵雲需要國界》 46）。但真能擋得住嗎？連孩子也不禁質疑而大聲呼喊「爸爸，整個中國／容不下一張安靜的書桌！！」（白靈，《沒有一朵雲需要國界》 46）〈麑之復仇〉寫日軍攻打南京時搬走了三千多箱的古物，彷彿也帶走了一部分中國的文化精神。〈圓木〉敘述的是 1940 年日本侵華時所成立的七三一部隊，專門從事人體實驗。「圓木」意指被抓去當實驗品的中國人，他們受到的對待不是一般常理可以想像的：

> 請瞧：抽乾血的，還這麼肥大／換了猴血的，多麼髒紅／這乾瘪的，幫浦　過空氣……一顆顆頭顱，隔著玻璃／坐在清澈的馬福林中（白靈，《沒有一朵雲需要國界》 70）

這樣的歷史事件不需華麗的文字或辭藻，單純且直白的敘述已經讓人驚心動魄了。

〈一支小瓶—立在天安門廣場〉、〈天安門廣場—在中國最大的手掌上〉、〈祭典〉、〈夜臨天安門廣場——六四兩週年有感〉等四首詩作寫的是白靈在天安門事件之後的感觸。對於這個震驚世界的血腥鎮壓事件過後的中國情勢，詩人以為當初學生們所誓死要求的民主仍如泡影般轉瞬即逝。〈一支小瓶——立在天安門廣場〉寫神秘的

瓶子被重重護衛地站在廣場上，並且不停的有小螞蟻靠近想扳倒它。螞蟻可看成是學生的比喻，瓶子就是極權者的象徵。單兵作戰的螞蟻無法移動瓶子分毫，因此「馬戲般百萬隻螞蟻／渾圓成一顆巨大的／保齡球，濃黑的保齡球／隆隆隆／直直對著玻璃瓶滾過來了！」（白靈，《沒有一朵雲需要國界》 178）〈祭典〉一作中以宗教的儀式藉喻這次事件：「為首的老祭司哼哼咳了兩聲，朝桌下痰盂阿ㄆㄧㄚ吐了一口濃痰。祭典於焉展開，子彈四處俘虜靈魂，坦克來回榨取血汁」（白靈，《沒有一朵雲需要國界》 182）。〈夜臨天安門廣場─六四兩週年有感〉裡則是以沉穩的口吻、平靜的心情再次回顧這次事件：「孩子們已經睡著，再也不會醒來／他們的魂魄／飄浮如宮牆上濛濛的月光」（白靈，《沒有一朵雲需要國界》 187）。

在這冊詩集中可以看到白靈眼中的中國是多面向的，他並不會因為某種崇高的情操盲目的去吹捧中國。這讓白靈詩作中的中國圖像顯得更為多樣化，且具有理性思維而不僅是一昧感性的追求。

在《愛與死的間隙》這本詩集裡關於中國圖像的詩作相較於前述詩集明顯少了很多，文化中國式主題的詩作在這裡已經沒有了，多是以單一區域為主的書寫。〈大戈壁──敦煌旅次〉、〈坐佛──莫高窟第九十六窟，高三十四‧三米，初唐作品〉、〈大雁塔下買傘〉、〈夜泊長江某鎮〉、〈溽暑過蒲松齡舊居〉都是詩人在中國行旅時記錄的詩作。這些詩作的格局都縮小許多，多是聚焦於詩人行走於現場時的感觸。〈大雁塔下買傘〉中寫詩人到大雁塔時聚集了許多販賣雨傘的人，吵鬧聲和人群讓「我的心臟／千萬聲吵鬧不休／傾盆洩下」（白靈，《愛與死的間隙》 91）。這個玄奘曾經為了取經而行走數十年才到達的地方，如今「佛光已黯／觀光興旺／塔尖被鷹架綑綁」（白靈，《愛與死的間隙》 92）。時光變化之快速讓詩人在這歷史的現場也有點分不清現實與虛幻的界線，「收傘時抬頭瞥見／一僧全身淋透，似玄奘／隱入塔內」（白靈，《愛與死的間隙》 93）。

三、履跡臺灣的經驗結構

（一）地方感的形成

「地方」所指涉的是人在空間之中如何透過各種行為、活動以建構兩者之間的依賴、依存感。著名的人文地理學家段義孚在其專著《經驗透視中的地方》便提到了「經驗」所意涵的情感成份在與空間交互作用後形塑了「地方」：「『經驗』乃跨越人之所以認知真實世界及建構真實世界的全部過程。[19]」「嗅覺」、「聲音」、「思想」都是構築地方意識的要件，「嚐、嗅、皮膚的感覺、及聽，不能單獨使人體會到一外在的空間世界的存在。但當其與具有空間感的視覺及觸覺合起來時，其本質上之非距離感卻大大強化了我們對世界的空間及幾何意識。[20]」因此「地方」感的形成與「經驗」有著密切的關係，基本上是相互詮釋、對話的過程中逐漸建構出彼此的意義。所以抽象的「空間」思維轉向「地方」意識的產生有其不能忽略的關係結構，在兩者所指涉對象不同的情況下，文本的解釋與意圖也會有著差異性的結果：

> 地方與對象物乃空間價值的中心，我們確認其真實性和價值……一個地方意識化的對象在被我們經驗至其實在當時是「整體性」的。我們作為一城市的長期居民能夠親切地知道該地方，但不一定能敏銳地產生想象，除非我們亦能從外來者的角度去觀察而由另類經驗反映出來。相對的，如果我

---

[19] 段義孚，《經驗透視中的空間和地方》，潘桂成譯（臺北：國立編譯館，1998）7。

[20] 段義孚 11。

們僅僅以旅遊者的眼光由觀光指南閱讀而認識另一地方，總
覺得缺乏真實感。[21]

也就是說抽像空間在不同作為的人的活動之中是會有不同的
地方意義產生的。

（二）地景的再現

在《後裔》這本最早出版的詩集中，可以看到許多土地記憶的
作品。〈大甲溪〉一作以大甲溪為題，述說著它對這塊土地的重要性。

> 因你而流／山影奔流，溪水奔流／大甲溪啊／你是千匹藍色
> 的牝馬／你　是寶島的臍帶／善懷孕的小母親！／綿綿血
> 脈，舔開谷腹的每一寸泥土／吻濕苦苦纏繞的每一髮根鬚／
> 細細注入、細細注入／直到每一株樹每一株／都奔流著溪水
> 的聲音（白靈，《後裔》 126）

大甲溪為臺灣中部地區相當重要的河川，水系流經宜蘭、南
投、臺中等縣。詩人將其比喻為「臍帶」、「小母親」意謂著大甲溪
的水流孕育滋潤著土地上的萬事萬物、也都因此而成長茁壯。這樣
的直觀的書寫方式所透露出的依戀情懷基本上仍是屬於感懷抒發
的模式，尚未能發散出深刻的「地方感」。地景地貌的描繪是呈顯
「地方感」最直接的方式之一，但敘述者的「在地」與「在場」的
觀看視角之別也具有決定性的影響。

---

[21] 段義孚 15-16。

　　到了《愛與死的間隙》與《女人與玻璃的幾種關係》兩本詩集當中，白靈的土地書寫邁向了另外一種境界。〈都蘭山麓上洗手間〉、〈獨木舟上回頭看都蘭山〉、〈胖嘟嘟的都蘭山〉三作都是以臺東山脈為書寫對象，透過身體感官去經驗土地後的文字，「地方感」濃度已經有了明顯的不同。〈都蘭山麓上洗手間〉裡提到了：「黑瓦小宮殿式的廁所神氣地／佔領／都蘭山之肩膀／脫了鞋必恭必敬／才能上／踮起腳尖我面壁／屏息／絕不讓一滴尿／射出白瓷漏斗外／譬如都蘭山的臉上」（白靈，《愛與死的間隙》 190）帶有點詼諧、趣味的主題把高聳的都蘭山擬人化，成為一個可與之笑鬧的對象，讓無生命的山的形象頓時變得更為可親。

> 水流扭開，方知／抓緊的四肢不知在堅持什麼／放鬆始能品味／所謂顫抖所謂舒適／任何一滴皆屬於身體／皆不宜名之／諸如排泄物等等／當它進入龐偉的／山的軀體內／滾動／轉折／最後在山腳下勢必／放出一股清泉（白靈，《愛與死的間隙》 191）

　　此外詩人也把生理現象的表現賦予律動感，不禁使人感到莞爾也能產生共鳴。如同段義孚所說的，感官是地方生產的重要因素之一，人和地方的連結也都是由此開展。所以上洗手間這樣一件小事（人的生理行為）把地貌拉進來共同感覺、一起對話，讓「地方感」有了浮現的憑藉。〈獨木舟上回頭看都蘭山〉一詩中的獨木舟成為了觀看都蘭山的眼睛，「獨木舟是一隻／會游泳的眼睛／划下水／如一片捲曲的／上等茶葉之划入茶壺／浸香了整座海／它濺得最高的那朵浪／花」（白靈，《愛與死的間隙》 193）在詩人眼中獨木舟的形象是多變的，海與山的意象也隨著變化，可以是一壺清香的茶湯，更可以是乘載整座都蘭山的船舟。〈胖嘟嘟的都蘭山〉一作

也是把都蘭山、綠島等地貌景色透過互動性的描寫將其形象轉為可親可近：

> 蘭魯娜，我只好祈求／胖嘟嘟的都蘭山／快快坐在我心頭／壓住我雀躍又卑微的心跳／妳的祖靈們會不會也盤腿坐下／聊天間只睇見／眼前才打開的／小小的綠島／是一支剛剛點燃正緩緩釋／放能量的／煙斗（白靈，《愛與死的間隙》196-97）

「胖嘟嘟的都蘭山」、「煙斗」都是詩人觀看地方並且將其轉化為理想中的比喻，這種比喻是相當私密並且有著專屬的意義：「每一次親切的交換必有一個供相關者分享品質的場合，這種地方像什麼？它是規避性和私人的場合。它可能深深刻劃在記憶的深處但又每次回憶都能產生強烈的滿足感，但它又是像相簿中的速照般有記錄，亦不是像壁爐、椅子、床、聊天的客廳等可以識覺的一般符號。[22]」對作家而言記錄地方是種心靈對話的結果，這種結果背後牽涉到要以哪種形式展現才能最為貼近。換句話說，「地方感」的物化、擬人化是種協商過後的結果，白靈筆下的「綠島」如煙斗並不是藉其地理形狀的相似而賦加的。透過詩作敘述可以知道在都蘭山（臺東及其周遭區域）作家感受到了其旺盛的活力，情緒上的波動明顯可知。所以綠島的形象吸納了這些情緒後就在「煙斗」的意象中緩緩的發散出積累的能量。Catherine Nashy 在〈地景〉一文中便提到「作為地景外貌及其再現方式如何受到觀念（種族、道德、美、政治權威、國族認同、地理知識）與社會關係（女人與

---

[22] 段義孚著，潘桂成譯，《經驗透視中的空間和地方》（臺北：國立編譯館，1998）133。

男人、不同階級、殖民權力與被殖民者的關係）塑造所影響的一個實例。[23]」所以象徵著陽性、男性氣質的「煙斗」的再現也顯現出詩人的性別思維的特色。

《女人與玻璃的幾種關係》這本集子裡的〈宿金瓜石（四帖）〉的地方形象融合了地方知識，並且讓地名的象徵意義突出，如「只有芒花能完成秋天／只有黃金能完成金瓜石」，就把季節與自然景色的規律演變巧妙結合。「完成」這組詞彙的意義在這裡是種肯定、但也是種結束，所以詩人在立足於地方的當下把其之所以成為地方的因素表現的十分透澈。

〈九份（五帖）〉這組詩作中也是用相同的技巧書寫九份，「用黃金打造的滄桑／是什麼滄桑」、「這裡隨便哪塊石頭／敲一敲，都可敲落／一個礦工的名字」等句子都看得到歲月的痕跡。「滄桑」、「礦工」這幾組語彙則點出了地方經濟發展的興衰，也就是產業與資本如何形塑了地方的意象。地方是資本家可以任意汲取資源的對象，工具、管理人力、資金的進駐而由在地居民擔任勞動者的角色，穩固的權力關係運作之下地方的景貌隨之被刻意的改變，透過下列這段引文可以有更清楚的認識：

> 地景的部署不僅是為了區分階級差異，還要在那些有錢購買地景意象，並且讓地產變成地景的人群中，定義何謂教養和禮節。因此，地景觀念和特殊的上層階級自由與個人主義模型的發展，有深厚的關係，而這種模型正是商業資本主義之所依。[24]

---

[23] 收錄在Paul Cloke、Philip Crang、Mark Goodwin編，王志弘、李志輝、余佳玲、方淑惠、石尚久、陳毅峰、趙綺芳譯，《人文地理概論》（臺北，巨流，2007）290。

[24] Catherine Nashy，〈地景〉，收錄在Paul Cloke、Philip Crang、Mark Goodwin編，王志弘、李志輝、余佳玲、方淑惠、石尚久、陳毅峰、趙綺芳譯，《人文地理概論》（臺北，巨流，2007）293。

（三）現代化了的鄉村

在詩集《後裔》〈高速公路──阿水伯的春夏秋冬〉這首詩作中，我們可以看到鄉村景觀如何被現代化建設入侵的事實。在這樣的過程中，異變的不僅是地景地貌，在地居民的生活與感覺結構也都開始變化：

> 春天，春天在小河裏流著／流下水閘，在水渠裏流著／流進水田，在阿水伯的腳下流著／滑過阿水伯的手指／在插好的秧苗裏流著／阿水伯的汗水滴下，混入田水／也一排排，流入秧苗／春天在不遠的山坡一株株／點著杜鵑的小名／省公路是清灰的河流／在那兒輕輕招個手，滑向遠方／「有個公路叫高速，／說什麼不久，也要打結，過這」／阿水伯伸伸懶腰，把這話點成一口煙／呵口氣，輕輕吹掉／「路彎點不成嗎？／三甲地，守了九代，／都通融不了？」／「阿爸，為國家好……」／「伊娘，什麼低速高速」／「爸，有了錢，弄個茶莊，更好……」／「茶！茶！我要稻！」／竹桌上一盅清茶，剛沖／阿水伯的眼光浮在茶面上／噙住淚，嚥口水／沉入茶杯底／秋天，秋天在麻雀的嘴裏吱吱喳喳／推土機一動，紛紛自樹叢中抖出／嘩嘩啦啦，落到曬穀場／在阿水伯的殼粒堆上／啄最後一粒粒的秋陽／「怪手」挖下，舉高／秋天在金屬的身上，發光／秋天慢慢地厚實／外來的泥土，在阿水伯的土地上堆高／「祖先的腳印踩不到了／馬上就是汽車飛來飛去」／「阿爸，總統都要經過這呢／這是祖先積德」／「一輩子鋤土，現在鋤什麼？」／「阿爸，明天搬去茶莊住／以前拿鋤頭／現在換算盤的珠粒如何」／阿水

伯吸口煙，向窗輕輕／吐出，一甲子的往事／在窗上，與推土機推動的泥土／疊來，疊去……冬天咻咻地滑過很多交流道／像參觀一座座／燈火輝煌的小城／「阿公，過了老家沒」／「諾，前面亮亮的都是」／「哇，好漂亮！你們看／這是我阿公的地！」／乘客們轉頭來看阿水伯／修長的路燈也轉頭來看阿水伯／一明一暗中，似祖先們正捲袖／下棋，還是舉茶，待飲／有個聲音說／「一輩子喝清茶紅茶／現在該是喝喝凍頂烏龍的時候」（白靈，《後裔》 132-38）

　　將整首詩作幾乎全部摘引出來的原因是，此詩以小說似的敘述手法用庶民化的語言把鄉村、鄉民的情感溫暖的表現出來。透過父子、祖孫的對話讓無可抵禦的現代化進逼到鄉村所產生的焦慮、質疑與問題層層疊進。「高速公路」是一種兼具進步與破壞的象徵；移動是人類社會的本能與本質之一，也才會有交通概念的出現，只是當越來越追求便利性的同時，許多原初的、純樸的質素也就難抵滅亡的命運：

　　　高速公路（superhighway）也是地方毀壞的元兇之一，因為它們不連結地方，也跟周圍的地景區隔開來——它們「從每個地方出發，卻不通往任何地方」（Relph，1976）。在高速公路之前，鐵路是破壞真實地方感的首惡：

　　　道路、鐵路、機場直接橫越或強加於地景之上，而非與地景一起發展，它們不僅自身就是無地方性的特徵，還由於它們促成人群的大量移動及附帶的風尚與習慣，因而除了直接衝擊外，還助長了無地方性的擴散（Relph，1976：90）[25]

---

[25] Tim Cresswell，《地方：記憶、想像與認同》（臺北：群學，2006）76。

　　「地方感」的出現一個很重要的因素是透過地景地貌的存在而在彼此對話的過程裡被感知。詩作裡的阿水伯在地方活了一輩子，眼前的景色早已經成為他血肉的一部分，小河、群山、田渠、秧苗每一樣事物都和他有著緊密的情感連結。因此當進步象徵來臨的時刻，對阿水伯來說那種苦痛、不捨的衝擊清楚外顯於言語與情緒。畢竟以耕作維生的阿水伯的所有重心都在那一畝畝的田水，思維已經是脈動於農村社會四季節氣（秋收冬藏）的規律。高速公路等建設的開展另一個層面來看其實不正是一種真真切切的對於阿水伯（以及務農為生的鄉民）人生價值的否定？對於現代性思維來說，鄉村只是一個可供利用、異動的「空間」，但對阿水伯而言卻是一個再熟悉不過的「地方」。感情的存在與依賴是現代性思維所不能理解的，因為它所要施加其意志的「地方」不過是另一個同質的「空間」。

四、結語

　　透過以上的討論可以知道白靈對於中國並不僅只於美善的一面，現實中國所發生的許多事情不論好與壞都盡收於詩人筆下。當白靈仍是一位文學青年時，中國的形象是很巨大且迷人的。因此詩人在作品中所表達出來的中國是涵蓋數千年的歷史與人物在裡面的。但另一方面白靈就有如一般的知識分子，對於中國打壓學生運動的荒謬之處也直接提出批判，讓他的現代詩不致流於一昧的歌功頌德。這一點大致上可以分成兩部分來談。一是理想性的文化中國底蘊的展演。中國五千年的歷史積累與文化（文學、思想）深度的堆疊以各種方式（如教育）灌輸到生長在臺灣的民眾腦海裡，導致於情感上與理智上的認同傾向都自然的轉向沒有現實生活經驗的中國。在白靈的詩作裡中國以其擁有豐富內涵的姿態出現，文字流

露的自然都是景仰與嚮往。不過這種中國圖像的展示基本上都是空泛的，詩人還未能一探中國較為細緻的內涵，只能從精神層面和中國連結。

另外則是當詩作主題牽涉到的是真實情感的羈絆時，詩作語調便會陷入一種憤慨與哀愁中。這是因為當意識拉回到這個層面就會知道某些困境與問題是無解的，再為深刻的想念也只能在心底反覆咀嚼。或者如〈大黃河〉、〈黑洞〉這兩首長詩便關注到了中國的現實層面，這個層面卻又是令人詬病的，但白靈仍舊如實呈現了這一切。這兩種書寫中國的模式與作品構成白靈早期詩作中一個相當重要的類別。

而在臺灣經驗的描述上可以發現履跡土地的過程讓詩作的時間感與空間感相互交疊，呈現出深刻而可感的地方感。土地的共鳴是「地方感」得以存在的最重要因素，這必須是在經過時間累積與情感互動的狀況下才會有在文字敘述裡被感知的可能。許多庶民性、在地性的語言、行為、事物如果不是透過生活是難以被理解與吸收的，那不是可以呼之即來、即用的一種書寫材料。透過白靈詩作中的中國主題與臺灣主題就可以知道這一點，關注的焦點、深度、普遍性、同一性、特殊性等各層面的差異所帶出的「空間」、「地方」書寫的不同，以及在思想上對於土地凝聚而出的情感，相信透過詩人詩做的分析已經有了很清楚的結果。

白靈詩與「老莊思想」的互文聯想

王蓉

作者簡介

王蓉（Rong WANG），女，1989 年生，浙江衢州人，復旦大學比較文學與世界文學系碩士研究生一年級。

論文題要

研閱二十世紀西方文論史，可知自六十年代讀者接受理論冒起後，評論焦點便轉到讀者身上，逮解構主義大潮轉盛，所有讀者、評論者的解讀都被視為無法確立為真理的「誤讀」。不過，在當代的詮釋格局中，評論者正可利用顛覆傳統的、深富個人色彩的「誤讀」，賦予文學文本以嶄新的意義，開拓文學藝術的無限可能性。本論文以白靈《白靈・世紀詩選》中的詩歌為中心研閱對象，試以「誤讀」為指導，以白靈詩歌可能的互文本「先秦道家思想」為參照，進行新鮮的詮釋。

關鍵詞：白靈、誤讀、老莊

一、引言

（一）「詩學誤讀」

　　二十世紀七十年代有關讀者的「誤讀」接受和研究得到了前所未有的強調。被學界稱為「耶魯四人幫」之一的學者哈羅德・布魯姆（Harold Bloom, 1930- ）更是相繼出版了闡述「誤讀」理論四部曲：《影響的焦慮》（*The Anxiety of Influence*）[1]、《誤讀圖示》（*A Map of Misreading*）[2]、《喀巴拉與批評》（*Kabbalah and Criticism*）[3]和《詩歌與壓抑》（*Poetry and Repression*）[4]。「詩學誤讀」理論曾被特里・伊格爾頓（Terry Eagleton, 1943- ）譽為二十世紀七十年代「最大膽最有創見」[5]的文學理論。布魯姆提出了「閱讀總是一種誤讀」、「影響即誤讀」的著名論斷：「閱讀，如我在標題裏所暗示的，是一種延遲的，幾乎不可能的行為，如果更強調一下的話，那麼，閱讀總是一種誤讀。」[6]在布魯姆看來，任何一位詩人都不是完全獨立、創新的，而是對前輩詩人的繼承、修正

---

[1] Harold Bloom (1930-), *The Anxiety of Influence: A Theory of Poetry* (New York: Oxford UP, 1973).

[2] Bloom, *A Map of Misreading* (New York: Oxford UP, 1975).

[3] Bloom, *Kabbalah and Criticism* (New York: Oxford UP, 1975).

[4] Bloom, *Poetry and Repression: Revision from Blake to Stevens* (New Haven: Yale UP, 1976).

[5] Terry Eagleton, *Literary Theory: An Introduction* (Minneapolis: U of Minnesota P, 1983) 186.

[6] 哈羅德・布魯姆（Harold Bloom），《誤讀圖示》（*A Map of Misreading*），朱立元（1945-）、陳克明譯（天津：天津人民出版社，2008）1。

和改造[7]。布魯姆的誤讀理論集中體現西方現代文學理論對讀者與閱讀行為的新觀點。

考察二十世紀的文學理論史，可以發現「詩學誤讀」的提出有其自身的淵源和基礎。傳統的文學閱讀理論關注的是作家與文學作品之間的關系，把作家的創作活動看作是有意識、有目的和有意圖的行為，並且認為這個目的和意圖會在作品所呈現的客體化內容（語言、意象和結構）中呈顯出來。「新批評」的威廉・維姆薩特（William K. Wimsatt, 1907-75）和門羅・比爾茲利（Monroe C. Beardsley, 1915-85）提出「意圖謬見」說[8]，就此將作者的意圖打入冷宮。隨著「後現代」思潮盛行，「解構主義」大旗高張，雅克・德里達（Jacques Derrida, 1930-2004）從弗迪南・德・索緒爾（Ferdinand de Saussure, 1857-1913）的理論中引出了「延異」[9]的概念，認為對語言符號的闡釋並無終極和權威性的「一錘定音」，意義永遠處於運動狀態，從而顛覆了傳統觀念中意義的穩定性和終結性，為誤讀奠定了理論基礎。茱莉雅・克莉斯蒂娃（Julia Kristeva, 1941- ）的「互文性」理論亦舉足輕重[10]，在《詩歌語言的革命》

---

[7]　應該注意到雖然布魯姆的「誤讀」理論多數是針對英美浪漫詩歌史而言，但其所提到的「詩人」並非指通常意義的詩歌寫作者，而是泛指所有的作者。正如胡寶平所言：「布魯姆所說的『詩人』不獨指通常意義上的『詩體寫作者』（verse writer），而是泛指所有的作者；同樣，他所說的『詩歌』也不是通常意義上的詩歌，還兼指其它體裁的文學作品。」胡寶平，〈布魯姆「詩學誤讀」理論與互文性的誤讀〉，《外語教學》26.2（2005）：91。

[8]　威廉・維姆薩特（William K. Wimsatt, 1907-75）、門羅・比爾茲利（Monroe C. Beardsley, 1915-85），〈意圖謬見〉（"The Intentional Fallacy"），《「新批評」文集》，中國社會科學院外國文學研究所外國文學研究資料叢書編輯委員會編，趙毅衡（1948- ）編選（北京：中國社會科學出版社，1988）209。

[9]　Jacques Derrida（1930-2004）, *Of Grammatology*, trans. Gayatri C. Spivak（Baltimore: Johns Hopkins UP, 1976）158.

[10]　Julia Kristeva（1941- ）, "Word, Dialogue and Novel," *Desire in Language: A Semiotic Approach to Literature and Art*, ed. Léon S. Roudiez, trans. Thomas Gora, Alice Jardine and Léon S. Roudiez（New York: Columbia UP, 1980）66.

（*Revolution in Poetic Language*）中，她寫道：「不論一個文本的（語意）內容是什麼，這個文本作為一種表意行為總是預設了其它話語的存在——也就是說，每一個文本自一開始就處於其它文本的統轄之下」[11]。總之，克莉斯蒂娃認為無所謂原初文本，任何文本都不是孤立存在的；相反，它僅是一個巨大關係網絡中的一個結，與許多其它文本有著剪不斷理還亂的聯繫。羅蘭・巴特（Roland Barthes, 1915-80）宣布「作者已死」[12]，讀者之生必須以作者之死為代價；吉爾・德勒茲（Gilles Deleuze, 1925-95）、費利克斯・瓜塔里（Felix Guattari, 1930-92）揭示「分裂分析」說[13]……等五花八門的言說皆指向文學作品的一元、權威解釋的瓦解。

（二）本文切入點

　　「誤讀詩學」的形成使「誤讀」不僅僅作為一種創造性的閱讀方式，而且成為研究者闡釋文學作品的重要方法和視域。研究者以對文本相對確定的思想內涵的把握為前提，不受制於任何的原初創作語境和意圖，有意淡化作品生成背景的特殊性去追求能指的普遍性，為文本帶來富有創造性的和新鮮感的解讀。「誤讀的倡導者認為，一部文學作品的生命力正是在於讀者在不斷的誤讀中開採文本的礦藏，在意義的增值中增長文本的價值。」[14]本文利用顛覆傳統

---

[11] Kristeva, *La Revolution du language poetique*（Paris: Seuil, 1974）388-89.

[12] Roland Barthes（1915-1980）, "The Death of the Author," *Image, Music, Text*, ed. and trans. Stephen Heath（London: Fotana, 1977）142-148.

[13] 吉爾・德勒茲（Gilles Deleuze, 1925-95）,〈與費利克斯・加達里關於《反俄狄浦斯》的談話〉（"Gilles Deleuze and Felix Guattari on Anti-Oedipus"）,《哲學與權力的談判——德勒茲訪談錄》（*Negotiations, 1972-1990*），劉漢全譯（北京：商務印書館，2000）26。

[14] 張中載（1932-）,〈誤讀〉,《外國文學》1（2004）：53。

的、深富個人色彩的「誤讀」，賦予文學文本以嶄新的意義，開拓
文學藝術的無限可能性[15]。本文研究的中心文本為爾雅出版社 2000
年出版的《白靈‧世紀詩選》。該《詩選》選編了白靈（莊祖煌，
1951-）自 1976 年出版的首部詩集《後裔》到二十世紀末新近的短
詩集《五行詩》，既有白靈的長詩，也收錄了其散文詩和短詩等，
所選詩作涵蓋廣，又頗具代表性。因而，本文試以「誤讀」為指導，
以白靈詩歌可能的互文本「先秦道家思想」為參照，進行新鮮的、
妙趣橫生的詮釋，希冀揭示出白靈詩歌與「老莊思想」在生死觀、
生命價值觀和自然觀上的互文關係。

二、白靈詩與老莊的生死觀

（一）生死自然，死生相連

　　恩斯特‧卡西爾（Ernst Cassirer, 1874-1945）在《人論》（*An Essay*
On Man）中說：「對死亡的恐懼無疑是最普遍最根深蒂固的人類本
能之一。」[16]在人類漫長繁複的歷史進程中，人經常割裂生死，故
而惡死悅生。對死亡的焦慮影響著社會人世的方方面面。追求生命
的不朽，是儒家生死觀的重要內涵。《左傳》襄公二十四年記載叔孫
豹（姬豹，？-BC 538）之言：「太上有立德、其次有立功、其次

---

[15] 本文在撰寫過程中得到香港大學余境熹先生的盡心幫助和指導，在此特
　　表示感謝。余境熹本人在運用「誤讀」理論細讀詩歌方面做了許多非常
　　有益的嘗試，分析了臺灣詩人張默（張德中，1931-）、周夢蝶（周起述，
　　1921-）、商禽（羅顯烆，1930-2010）等人的詩歌，別出心裁，逸趣橫生。
　　有關「詩學誤讀」可以參考其〈水火融合與魔法師之路：周夢蝶八首「月
　　份詩」的「解／重構」閱讀〉、〈商禽詩與先秦儒學的互文聯想〉、〈張默
　　的創世紀（Genesis）：「聖經」反照中的「臺灣詩貼」〉等論文。
[16] 恩斯特‧卡西爾（Ernst Cassirer, 1874-1945），《人論》（*An Essay on Man*），
　　甘陽（1952-）譯（上海：上海譯文出版社，1985）111。

有立言，雖久不廢，此之謂不朽。」[17]這句話可以看成儒家希冀通過創造不朽以抵抗死亡的生死觀的極佳註腳。然而在老莊思想中，「死亡」並非需要恐懼或是需要抵抗的事物，萬物齊同、生死同一。《莊子‧大宗師》中言：「古之真人，不知說生，不知惡死；其出不訢，其入不距；翛然而往，翛然而來而已矣。不忘其始，不求其所終；受而喜之，忘而復之」[18]，「真人」對生存既不感到欣喜，對死亡也不感到恐懼，自然無心；「死生，命也，其有夜旦之常，天也」[19]，生死是自然現象，世人無法干預。「生也死之徒，死也生之徒」，「人之生，氣之聚也；聚則為生，散則為死。若死生為徒，吾又何患」，[20]「生死」是連續的，死亡甚至是「生」的開始。「解其天弢，墮其天袠，紛乎宛乎，魂魄將往，乃身從之，乃大歸乎」[21]，人的死亡是最大的復歸，是回歸熔爐重新塑造生命。「不以生生死，不以死死生。死生有待邪？皆有所一體」[22]，生死皆依賴自然之道。

　　「生死」亦是白靈詩歌常常關注的主題意象。

> 左滴右答，多麼狹小啊這時間的夾角／游入是生，游出是死／滴，精神才黎明，答，肉體已黃昏／滴是過去，答是未來／滴答的隙縫無數個現在排隊正穿越（〈鐘擺〉，2）[23]

---

[17]　楊伯峻（1909-1992），《春秋左傳注》（北京：中華書局，1990）1088。

[18]　張采民（1948-）、張石川注評，〈大宗師〉，《《莊子》注評》（南京：鳳凰出版社，2007）69。

[19]　張采民、張石川，〈大宗師〉　71。

[20]　張采民、張石川，〈知北遊〉　250。

[21]　張采民、張石川，〈知北遊〉　255。

[22]　張采民、張石川，〈知北遊〉　261。

[23]　白靈（莊祖煌，1951-），《白靈‧世紀詩選》（臺北：爾雅出版社，2000）2。凡下文所引白靈的詩歌皆出自此書，不另作標注，只表明詩歌篇名和所在頁數。

　　白靈將人的一生看做「縫隙」，和《莊子》的「人生天地之間，若白駒之過郤，忽然而已」[24]不謀而合，然而正如布魯姆所言，「詩的影響，就我所賦予它的意義而論，幾乎與一個詩人同另一個詩人之間的用詞上的相似毫無關係」，「詩的影響發生在深層」[25]，老莊思想的滲透在這裏更多地體現在「生死連續」的觀念上。何金蘭（1945-）在分析這首詩時，認為此詩有極為強烈的二元對比結構：「『存活』／『亡滅』或『生』／『死』」[26]，然而，筆者認為，「游」的動作在這裏既串起了「生」，也粘連著「死」，生命雖然短促，然而生和死的對立、對死亡的恐懼已然消解於這種連續性之中。

　　〈鯨魚之歌〉記述 1998 年鯨魚在南半球沙灘上擱淺一事，詩人想像自己來到擱淺的三百頭大鯨魚身旁，細致地描述他們的模樣，隱忍著自身的悲痛和憤怒，即便如此，在描寫群鯨死亡之時，「當最後一隻幼鯨／垂下他巨大的尾鰭／當眾鳥啼空了黃昏／而神殿的豪華和暗喻／終究被唧起／從大海的唇邊一一叼走／飛／散」（〈鯨魚之歌〉 65），詩人安排了眾鳥之一意象，將死亡的鯨魚與天空、眾神相連，意蘊著死亡雖是肉體的消逝，但更是一種回歸。同樣的手法還運用在〈天葬〉中：「石頭砸碎了包裹中的頭顱砸碎腦漿並與頭顱中深陷的一顆金銅色子彈噹地相撞，迸出了一點點火花。／禿鷹們眼睛一亮，從雲端探頭直沖飛下」（〈天葬〉 109）。詩的前半部分是客觀冷靜地對天葬的描寫，甚至擁有血淋淋的細節渲染，然而設置禿鷹的意象，既同樣是客觀現實的傳遞，同時也極易令讀者聯想到「諸神的使者」，一種生命的連續不斷，至此，天葬的肅殺殘酷（亦即死亡的焦慮和恐懼）蕩然無存。

---

[24]　張采民、張石川，〈知北遊〉 255。

[25]　布魯姆，《誤讀圖示》 18-19。

[26]　何金蘭（1945-），〈在「生／死」「左／右」的夾角「入／出」「遊／遊」——試析白靈《鐘擺》一詩〉，《創世紀詩雜志》159（2009）：54。

（二）為死而歌

在面對真實的具體的死亡時，老莊言說之中還顯露出對「為死而歌」、「死後放歌」的豁達態度。〈養生主〉中講述了「秦失弔唁老聃」的故事：秦失弔唁，三號而出，解釋說，「適來，夫子時也；適去，夫子順也。安時而處順，哀樂不能入也。古者謂是帝之縣解」[27]。〈至樂〉中莊子妻死卻鼓盆而歌，「察其始，而本無生，非徒無生也，而本無形。非徒無形也，而本無氣。雜乎芒芴之間，變而有氣，氣變而有形，形變而有生。今又變而之死，是相與為春秋冬夏四時行也。人且偃然寢于巨室，而我噭噭然隨而哭之自以為不通乎命，故止也。」[28]老莊思想超越生死，正如朱伯崑（1923-2007）所言，老莊「以理智的態度，從理論上以及事實上回答生死問題，使人從死亡的威脅中解脫出來」[29]；可以說，「道家的死亡學說為中國喜生惡死的死亡觀注入新鮮活力」[30]。

在〈魚化石〉一詩中，白靈再次在生死哲學上體驗了與老莊相似的思想。

> 大自然又伸手收回這一小塊／會動、會游的泥巴／／甚至尾巴都不曾猶豫／就任地球翻個掌，將它淹沒／／地球說：有哪種愛比死更迷人／分一點你的痛給我吧／／黑漆中熨貼千萬年，才攤開掌心／骨骼歷歷，不可能更美的言語／魚

---

[27] 張采民、張石川，〈養生主〉　35。

[28] 張采民、張石川，〈至樂〉　202。

[29] 朱伯崑（1923-2007），〈莊學生死觀的特征及其影響——兼論道家生死觀的演變過程〉，《道家文化研究》4（1994）：65。

[30] 崔華華、劉霞，〈以老莊為代表的道家死亡觀研究〉，《西北工業大學學報》39.5（2009）：21。

說：死與愛同質／因信而不掙扎（〈魚化石〉 37-38）

「大自然又伸手收回這一小塊」，「收回」的前提必是「給予」，可見魚的生命來自大自然而又回於大自然，一個「又」字暗合不僅對於這尾魚如此，一切生命形式皆是這般，一如老莊對死亡的理解：死生，天也。魚的不掙扎，不猶豫，恰合「真人」順應天命的態度。「有哪種愛比死更迷人」、「愛與死同質／因信而不掙扎」，更是直接、大膽、熱烈地唱一曲死亡贊歌。千萬年前的死亡之魚在今日再次展現其骨骼的美麗，可見死亡並非徹底消亡，在陽光之下，死亡復歸，新生開始。

由此可見，白靈的詩歌中體現的對死亡的觀念滲透了老莊生死觀的思想：死亡在白靈的詩中展現的並非是對人存在的徹底全面的否定狀態。死亡反而表現為一種自然規律。對死亡的理解並非是一種與生的完全惡劣，生死相連相接，正如〈魚化石〉中的魚擺脫了對死亡的恐懼，白靈的詩歌展現出的是一種對生死的跨越，對生死的解脫，從而呈現出一幅恬淡平和的生命圖景。

三、白靈詩與老莊的生命價值觀

（一）淡泊名利

先秦時期諸子百家的言說已然蘊藉了頗具特色的關於個體生命價值的觀點。法家的韓非（BC 280-BC 233）言：「人莫不欲富貴全壽……一先王所期者，利也。」[31]將人的本性視為功利性的，揭示了人求「利」的本性，極端肯定了人們對物質利益的追求。在名

---

[31] 韓非（BC 280-BC 233），《韓非子》（上海：上海書店，1986）99。

利問題上，老莊發出了截然不同的聲音：《老子》三章「不尚賢，使民不爭；不貴難得之貨，使民不為盜；不見可欲，使民心不亂」；九章「金玉滿堂莫之能守；富貴而驕，自遺其咎」；四十四章「名與身孰親？身與貨孰多？得與亡孰病？是故甚愛必大費，多藏必厚亡。故知足不辱，知止不殆，可以長久」[32]。在老子看來，對「貨」、「金玉」、「富貴」，「名」的準確都會給人帶來災禍。莊子繼承發展了這一思想，「今世之人居高官尊爵者，皆重失之，見利輕亡其身，豈不惑哉」[33]；他主張「能尊生者，雖貴富不以養傷身，雖貧賤不以利累形」[34]；「其嗜欲深者，其天機淺」[35]，他認為欲望越深，人的生命卻越丟失其本來意義。

此種淡泊名利的老莊思想也滲透到了白靈的詩歌創作之中。李元洛（1937-）在評論余光中（1928-）〈尋李白〉一詩時，引用了余光中自己在〈蓮的聯想〉的「後記」中的話：「懷古詠史，原是中國古典詩的一大主題。在這類詩中，整個民族的記憶，等於在對鏡自鑒。這樣子的歷史感，是現代詩人重認傳統的途徑之一。」[36]同樣的，如洪淑苓（1962-）所言：「對於歷史，白靈表現出了非常濃厚的興趣」[37]，白靈有著非常強烈的歷史感，許多詩歌體裁都與中國歷史息息相關。拋開白靈描寫具體歷史事件的詩歌，而選擇其談及一般意義的歷史時，可以發現白靈在其獨特的歷史觀中與前輩相應相合。

---

[32] 黨聖元（1955-）評注，《老子評注》（長沙：岳麓出版社，2007）7、25、136。

[33] 張采民、張石川，〈讓王〉 341。

[34] 張采民、張石川，〈讓王〉 341。

[35] 張采民、張石川，〈大宗師〉 68。

[36] 吳奔星（1913-2004）主編，《中國新詩鑒賞大辭典》（南京：江蘇文藝出版社，1988）1005。

[37] 洪淑苓（1962-），〈拉著天空奔跑——《白靈·世紀詩選評介》〉，《文訊》8（2000）：23。

數十載歲月清茶幾盞／數百樣年華淺碟數盤／一桌子好漢
茶壺裏翻滾／唯黑臉瓜子是甘草人物／在流轉的話題間，竊
竊私語（〈茶館〉 11）

「數十載歲月」，沉甸甸地起頭，卻輕輕落下，只不過「清茶
幾盞」；年華數百樣，夠厚重了吧？也僅僅是「淺碟數盤」：強烈的
輕重反差，彰顯出白靈淡然對待歷史的態度。漫長的歷史長河中有
多少英雄好漢，白靈卻讓其統統只在窄窄的「茶壺」裏翻滾，卻看
重了彷若在茶館中不起眼的瓜子似的「甘草人物」，將「草根」人
物與英雄好漢並舉甚至將其置於更高的位置。在另一首詩中，白靈
寫道「歷史的峰巒間，哪片雲不染點滄桑／唯想像從容，奔馳於所
有漣漪的前方」（〈乘船下漓江〉 12），在這裏，白靈將歷史比作起
伏不斷的峰巒，然而在其眼中，雖然峰巒有起有伏，但其間的雲卻
是一樣的滄桑。可見，所謂的個體生命的「歷史地位」、「歷史評價」，
白靈皆淡然處之。

〈對鏡〉一詩，真乃「對鏡自鑒」，最能集中體現白靈對待名
利的淡泊態度。「不勞用力／就梳得開腦後糾結的／歷史／／所謂
帝王／滾落肩上／不過頭皮屑罷了」（〈對鏡〉 44），為何歷史如腦
後的頭髮般糾結呢？人類之所以糾結於歷史，緣由或許在於感時興
歎，神往故去的榮華利祿吧。但卻輕輕一梳，「不勞用力」，卻梳開
了這歷史，最後一句揭示了原因：「所謂帝王／滾落肩上／不過是
頭皮屑罷了」，帝王，是一個人所能達到的權力、富貴的最頂峰，
代表了人類對功名利祿的最癡的想像，然而，在白靈眼中，「帝王」
卻只不過是「頭皮屑」，如此微不足道，甚至還是身體所廢棄之物！
如此看來，白靈再次與老莊思想取得了內在一致性。

（二）注重個體自由

　　孔子（孔丘，BC 551-BC 479）言「君子喻於義，小人喻於利」（《論語・里仁》[38]），「志士仁人，無求生以害仁，有殺身以成仁。」（《論語・衛靈公》[39]）君子把對仁義的追求放在生命的首要之位。儒家把個體生命與倫理道德完全融為一體。老莊對儒家的仁義持強烈的批判和攻擊的態度，如《老子》第十八章：「大道廢，有仁義」[40]；第十九章：「絕仁棄義，民復孝慈」[41]；第三十八章：「失道而後德，失德而後仁」[42]。莊子對仁義、禮樂的批判和嘲諷更加強烈：「故純樸不殘，孰為犧尊！白玉不毀，孰為珪璋！道德不廢，安取仁義！性情不離，安用禮樂！無色不亂，孰為文采！五聲不亂，孰應六律！夫殘樸以為器，工匠之罪業；毀道德以行仁義，聖人之過也。」[43]老子主張厚生，莊子在〈讓王〉中更是表達了天下雖然至重，但絕不能危害到個體自身生命：「夫天下至重也，而不以害其生，又況他物乎！」[44]湯一介（1927-）認為《莊子》一書探討的一個核心問題即：「人如何實現自我」，也就是「人與自由」的問題[45]。蒙元培（1938-）認為莊子「把實現心靈的意志自由作為人生最重要的事情來看待了」[46]。塗又光（1927-）承接

[38] 楊伯峻，《論語譯注》（北京：中華書局，1980）39。

[39] 楊伯峻，《論語》 163。

[40] 黨聖元 55。

[41] 黨聖元 58。

[42] 黨聖元 117。

[43] 張采民、張石川，〈馬蹄〉 103-104。

[44] 張采民、張石川，〈讓王〉 340。

[45] 湯一介（1927-），〈自我與無我〉，《道家文化研究》10（1996）：170。

[46] 蒙培元（1938-），〈自由與自然──莊子的心靈境界說〉，《道家文化研究》10（1996）：177。

先師馮友蘭（1895-1990）在《心理學》中的觀點，得出「道家注重個體」之論[47]，在老莊看來，自然、真樸的人生才是應該追求的人生境界，老莊思想在生命價值上體現出濃烈的對個體生命的自由精神的追求。

《老子》二十五章：「人法地，地法天，天法道，道法自然。」[48]四域之中，人是萬物靈長，但應效法地、天、道，最後回到自然之本性。老莊十分推崇自然、真樸的人生境界，堅決反對外加於自然本性的任何規矩、準繩，「待鈎繩規矩而正者，是削其性者也；待繩約膠漆而固者，是侵其德者也」[49]，堅決反對用仁義道德等手段束縛、扭曲、摧殘人的個性。在老莊看來，天下萬物各有其性。得其性則生，失其性則死。它的本然狀態或自然狀態就是它的最佳狀態。

初看白靈的詩歌，見到諸如〈乳〉、〈永恒的床——出土的 A 片〉，會感到納悶：何以這樣的題材也可入詩？「可以碰觸可以握、之溫柔／舌尖下，聳入你底靈魂／光都滑倒的兩捧軟玉／荒涼的夜裏／顫動著的金字塔啊」（〈乳〉 8）；「他犀牛著臀波浪她／掌心的欲火被渾圓的乳球／撐開／而長髮如珠網／網也網不住床上的震撼／永恒是一道／要不斷運動的門吧」（〈永恒的床〉54），有關「門」的比喻在《老子》六章中可找到回應「谷神不死，是謂玄牝。玄牝之門，是謂天地之根。綿綿若存，用之不勤。」[50]在這裏，老子將雌性動物的生殖器喻為「門」，再以此喻「道」，強調「道」如母性一樣具有生育萬物的能力。白靈的詩中對具有女性性特徵的「乳」的描寫亦同此理，掙脫開各種倫理道德的束縛，不斷禮贊作為個體

---

[47] 塗又光（1927-），〈道家注重個體說〉，《道家文化研究》1（1992）：37。

[48] 黨聖元 77。

[49] 張采民、張石川，〈駢拇〉 97-98。

[50] 黨聖元 16。

的人對「母性的本性」，對自身生命欲望的渴求，彰顯了自然、灑脫、張揚的生命形態。

〈提絲傀儡──裕仁死了〉一詩很顯然有著深沈的歷史背景，蘊含了深重的國仇家恨，「非人非鬼／他像是個提絲傀儡」「似人似鬼／他是個提絲傀儡」（〈提絲傀儡〉　78、80），無疑是對日本控制裕仁皇帝的強烈控訴和無限悲涼，但也可以這般解釋，當作為個體的人受制於某一權力時，再如何粉飾太平，終究不是自然自由之態，再次體現了白靈對自由之精神的追求。

（三）「嬰孩」

在老子關於強調個體生命自然狀態、自由精神的論述中，有一個多次提及的重要概念──嬰孩。如，《老子》十章：「專氣致柔，能如嬰兒乎？」[51]二十章：「我獨泊兮其未兆，沌沌兮如嬰兒之未孩」[52]。「嬰兒能靜、和、柔而不離於自己的性質（德）。這種性質是道表現出來的自然本性。嬰兒自然無欲，智慧未開，也沒有奸巧詐偽。萬物依道而生存。嬰兒天真，無所用其心，純任自然生長。老子的嬰兒是『德』，又表現著『道』。」[53]「見素抱樸」[54]，外表顯現純真，內心保持質樸──純真柔和是嬰孩最大的特點。在老子看來，嬰孩的狀態最能體現生命的自然與自由。

閱讀白靈的詩歌時，會發現「嬰孩」的概念也可以成為白靈詩中非常重要的觀念載體。白靈同樣借助「嬰孩」的眼來觀察體悟這

---

[51] 黨聖元　28。
[52] 黨聖元　61。
[53] 拉多薩夫・普舍奇（Radosav Pusic），〈老子：嬰兒與水〉，《道家文化研究》4（1994）：59-60。
[54] 黨聖元　58。

個世界，表達其對於嬰孩身上孕育的純真與柔和的不懈追求，對生命個體自由的追求與渴望。白靈不但專門出版了兩本兒童詩集《臺北正在飛》和《妖怪的本事》，將其對「純真」的嚮往表現得淋漓盡致。即使在不是專門標榜以童心寫作的詩歌選集——《世紀詩選》中也不乏此類詩歌。請看〈風箏〉一詩：

> 扶搖直上，小小的希望能懸得多高呢／長長一生莫非這樣一場遊戲吧／細細一線，卻想與整座天空拔河／上去，再上去，都快看不見了／沿著河堤，我開始拉著天空奔跑（〈風箏〉 3）

放風箏與拔河皆是孩童時代的遊戲，而白靈卻在詩中同樣以「嬰孩」般的心態來想像放風箏的場景，並且放飛孩子的想像力，將「放風箏」想像為「拉著天空奔跑」。如此煞費苦心地經營人性中的「純真」狀態，無怪乎當此詩選入課本，孩子們從一開始閱讀就有「歡快情緒」[55]！

白靈有許多詩歌是專門以「童年」命名的，童年是和當時戰爭的時代大背景息息相連的，卻暗含一顆孩童般的心，「炮彈在背後的天空打著／一枝一枝的棉花糖／斜躺的坦克，栽在田裏的飛機／多好玩的玩具呀，就是搬不動……炮火們送來了爆米花」（〈童年之二〉 119-20），我們當然可以說孩子的天真反襯得戰爭更加殘酷；反向來看，「嬰孩」般的純真不正是抵禦乃至反抗殘酷戰爭的有力武器嗎？正是因為通過「嬰孩」的視角來描寫，純真消解了血腥與暴力，喚起了讀者對和平自在的生命狀態更強烈的共鳴與渴望。

---

[55] 楊佩螢，〈白靈〈風箏〉〉，《聯合文學》2（2006）：73。

　　一如「道家生命哲學在人與天地道的統一中定位人生價值的思維方式，超越了主客對立，超越了有限的自我，使人生尋找到了扎實的根基」[56]，白靈詩中所體現出的生命價值意識，同樣使人生獲得了超越。

（四）白靈對老莊的修正

　　布魯姆認為詩人對前輩不僅僅是繼承，還有著防禦、修正和鬥爭，「強有力的學生像強有力的作家一樣，將會找到他們所必需的持久補養。而且，強有力的學生像強有力度的作家一樣，將在最料想不到的地點與時間崛起，與教師和前輩夾住他們身上的內在化的暴力，展開角力。」[57]在與眾多老莊思想的相合之下，白靈也展開了他無意識的防禦，這點體現在兩者對待「欲望」、「有無」的不同態度上。老莊崇尚自然、注重個體精神自由強調「無為無欲」，「篤靜虛空」，「有」和「無」同出一源而名稱各異罷了，如，《老子》一章「無，名天地之始；有，名萬物之母」[58]。然而，在白靈的詩歌中，體現著強烈的對「有」的眷戀：「平靜的無，不如抓狂的有」（〈不如歌 I〉 5）；「沒有蝴蝶的親吻，花是寂寞的／沒有刀的饑渴，木頭是寂寞的」（〈微笑 I〉 4）；「未被蝴蝶招惹的花／難知何謂誘惑／不曾讓尖塔刺穿的天空／如何領會什麼是高聳／沒經暴風愛撫過的雲／豈易明白何為千變何為萬化」（〈愛與死的間隙〉 22）。「抓狂」、「刀」、「招惹」、「誘惑」、「刺穿」、「高聳」、「暴風」、「千變萬化」，這些詞的背後充斥著「動」與「力」，充盈著青年人個體生命特有的暴動不安的力量。正如布

---

[56] 黃敏，〈老莊生命哲學觀研究〉，碩士論文，湖南大學，2008，33。

[57] 布魯姆，《誤讀圖示》 38。

[58] 黨聖元 1。

魯姆所言「修正的衝動源出於什麼衝動？誰最是莊重地為孤獨的『自我』說話？〔……〕這衝動是自我誕生的衝動；更大的主題確切地說是『激活的力量』」[59]，白靈在這裏表現出作為強有力的詩人對前輩的修正。

四、白靈詩與老莊的自然觀

（一）人與自然的關係：天與人不相勝

〈大宗師〉言：「天與人不相勝也，是之謂真人」[60]，只有人與天地自然不抵牾，這樣的人才是莊子心目中的「真人」。〈秋水〉又言「何謂天？何謂人？曰：『牛馬四足，是謂天；落馬首，穿牛鼻，是謂人。故曰：無以人滅天，無以故滅命，無以德殉名，謹守而勿失，是謂反其真。』」[61]莊子反對因人而毀滅自然、因境遇而毀滅天性，因貪求而喪失本性。李仁群（1959-）認為「在人類踏入文明社會之際，他們意識到了伴隨著文明發展而出現的種種罪惡和苦難，懷著深深的憂患意識」[62]；鄧小峰認為老莊強調「天與人不相勝」的和諧自然觀「在科學異化，人的生命物化的今天，卻顯示了其在生命價值觀中的突破性和超越性」[63]。

老莊憂患意識、強調人與自然相和諧的思想在白靈的詩中找到了契合。白靈讀的是工科，畢業於美國新澤西州史蒂文斯理工學院，獲化工碩士學位，更是臺北科技大學化工系的副教授。就是這樣一位與科技、工業文明為伍的專家，卻藏匿著一顆敏感的心，有

---

[59] 布魯姆，《誤讀圖示》 62。

[60] 張采民、張石川，〈大宗師〉 71。

[61] 張采民、張石川，〈秋水〉 191。

[62] 李仁群，〈老莊人學通論〉，《哲學研究》2（1993）：56。

[63] 鄧小峰，〈論老莊的「重生」思想〉，《管子學刊》3（2008）：70。

著詩人天生的直覺，透過繁華的都市、發達的工業看到了人類在追求物質發展過程中的單向度失衡。

在〈鯨魚之歌〉中，白靈直接控訴人類的貪婪，對「利」的無盡追求，給生物、大自然帶來的深重災難：「整座地球唯牠們／是壓倉的角色／脂肪和蠟質燃亮各大洲／潤滑了槍杆子、機器／和野心／圍剿和追逐／弓箭和長矛／尖銳以及／瘋狂，而今都鬆開手」（〈鯨魚之歌〉　63-64），三百三十頭鯨魚擱淺沙灘是海派出的「休止符」（62），提醒人類對自然的過度索取該是「休止」之時了！〈春天來臺北小住〉，詩人以盡可能冷靜、歡快的口吻描述春天降臨臺北，但無可避免的是其中流露出的對「自然」的無限眷戀和工業文明破壞自然的深切擔憂：「那時候臺北沒有鐵窗／春天常到每家窗外招手〔……〕那時候臺北沒有多少水龍頭／春天常到淡水河洗手／那時候清晨是體操的臺北／春天出門不必戴口罩／那時候臺北沒有太多引擎／春天不怕噪音嚇著」，春天是「老太婆」了，「她說，走得再慢點，怕被垃圾山壓倒」（〈春天來臺北小住〉106-08）。

在〈子夜城〉中，詩人的這種控訴和擔憂表述得不再那麼直接，但埋藏得越深，情感也就越加強烈：

> 黃燈前剎車，蹲在前面這座城宛如困極的巨獸／紅燈中小眠，夢見街上到處是被綁住的螢火蟲／紅燈中醒來，那頭巨獸打哈欠露出誘人的金牙／綠燈時加速，衝進去才瞥清金牙盡是光的神話／一火熒竄出，救護車正飛速趕去掃住神話的傷口（〈子夜城〉　6）

這繁華的、流光溢彩的「城」在詩人的眼中竟然是一頭「巨獸」。閃爍著車燈的汽車是螢火蟲，「被綁住的螢火蟲」當然是汽車在紅

燈前停下的形象描寫，但更進一步，不僅僅是彼時彼刻的汽車，這一形象更隱喻著城市中的人本身也是被文明「綁住」的。「金牙」是誘人的，但在下一句詩人毫不留情地揭露出其本質，只是「光的神話」，是虛幻的，不真實的。末句，詩人更是將城市文明比作「神話」，看似美輪美奐，其實處處皆是「傷口」，救護車飛速趕去試圖「摀住」這傷口——這樣的療救無疑是治標而已，又能維繫這個「神話」到多久？

拉爾夫・沃爾多・愛默生（Ralph Waldo Emerson, 1803-82）說：「每一個新的時代的經驗，需要一種新的表白，世界似乎總是等待著它的詩人。」[64]新的文明進程和新的生命體驗給予了白靈不同於老莊的關於「人與自然」關係的感觸，然而，像任何人不能選擇他的父親一樣，詩人也「不能選擇他的前驅」[65]，超越時空，白靈和老莊在對待人與自然的關係中同樣體現出了相同的超越性和前瞻性！

（二）自然與美的關係：崇尚自然之美

老莊對人與自然關係的態度反應在其審美活動上：反對功利主義，崇尚自然之美的審美意識。《老子》十二章「五色令人目盲，五音令人耳聾，五味令人口爽，馳騁畋獵令人心發狂，難得之貨令人行妨」[66]，認為悅耳養眼的淺層次的美會給人的本性帶來損害，因而一概予以否定。真正的美並非在華麗的外觀、繁複的聲色或是光影流轉、富貴堂皇，自然之美才是美的本質。莊子則言「樸素而

---

[64] 布魯姆，《誤讀圖示》 19。
[65] 布魯姆，《誤讀圖示》 10。
[66] 黨聖元 35。

天下莫能與之爭美。」[67]正如趙旭傑所言:「老莊大力推崇樸素美,反對一切人為的束縛、刻意的雕琢和虛偽的修飾」[68]。

　　老莊崇尚自然之美的思想首先表現在對大自然的傾心上。張傑認為從老莊而來的中國古人的對自然的態度首先表現在「從情感上和精神上對自然充滿了尊重、敬畏、崇敬,把它作為人的精神歸屬與依靠,作為一個有機的充滿生機與活力的生命體,作為一個審美對象加以欣賞」[69],莊子甚至推崇「同與禽獸居,族與萬物並」[70]。白靈對大自然的推崇之心在其詩中也得到彰顯。「江面上匐匐著一床翡翠」(〈乘船下灘江〉　12),以「翡翠」喻「江面」,這是對江河的讚賞。「小雨數十行／下歪了　織成數千行／下在山裏／掛起來　像私藏的那幅古董畫」,「下了山／連同雨聲卷起來／插進背後的行囊」(〈登高山遇雨〉　24-25),「雨」在白靈心中不僅淡雅猶如「古董畫」,而且還是「私藏的古董畫」,其喜愛程度可見一斑,最後竟想著要帶走這可愛的雨聲,奇妙的想像,更彰顯對大自然的親近之情;而白靈看山,看到的是山體的曲綫與優美。我們不妨再將白靈描寫自然景物的筆觸與對人為景觀的描摹做一對比:在〈地下鐵〉一詩中,白靈寫道:「不得不自轉如地球／卻又不怎麼圓的頭顱們／膨脹在／列車的窗玻璃上／全是上帝吹出的泡泡吧／廉價的星球／能運載到哪兒呢」(〈地下鐵〉　30)在此詩中歡快、祥和的情緒不再,而代之以「拗口」、令人不舒服的比喻。孫光萱(1934-)在《新詩三百首鑒賞辭典》的序中言道「詩歌是最講究語言的藝術」[71],白靈在語言上可謂

67　張采民、張石川,〈天道〉　147。
68　趙旭傑,〈老莊樸美思想及其現代意義〉,《安徽文學》8(2009):39。
69　張傑,〈老莊的「人的自然化」美學精神的現代激活〉,《延邊大學學報》3(2008):12。
70　黨聖元　35。
71　孫光萱(1934-),《新詩三百首鑒賞辭典》(上海:上海辭書出版社,2008)5。

煞費苦心，「頭顱」、「泡泡」、「膨脹」、「吹」、「廉價」，凡此名詞、
動詞、形容詞皆帶來「不美」的觀感。

老莊自然美的思想還展現在事物的驚異與神秘之中。「恍惚」
是老子哲學中一個很重要的概念：二十一章「道之為物，惟恍惟惚。
惚兮恍兮，其中有象；恍兮惚兮，其中有物。窈兮冥兮，其中有精；
其精甚真，其中有信。」[72]「恍惚」大有「弦外之音」、「言外之意」
的意境。顏世安（1956-）在〈生命‧自然‧道〉一文中提到：「人
類認知能力和理解能力在這樣的自然面前真如螢光流水一樣難以
照徹深幽。但正因為如此，這個使人產生謙卑感，覺得自己不過是
滄海一粟的廣闊世界，卻啟示了人對於宇宙和生命的深層意識。它
沒有以一種外在的無限性壓倒人，而是使人在謙卑的寧靜之中獲得
一種深刻的驚異，這種感覺本身就使心靈從現世的束縛中解脫出
來，向一個玄奧的境地飛升。」[73]他還認為莊子的「自然美可以詮
釋為神秘」。[74]〈逍遙遊〉中大鵬遠視天際之所觀為「天之蒼蒼，
其正色邪，其遠而無所至極邪？」[75]天正因其「看不透」而成就了
其迷人之處。這種驚異、神秘的審美意識在白靈的詩作中也得以流
露。如：將「乳」比作「金字塔」（〈乳〉 8）；將「燈籠」喻為「晃
動的夢境」（〈燈籠〉 13）；「地球是一隻大恐龍／我們僅僅是地球
眼中偶然的一滴淚〔……〕然而宇宙才是一隻大恐龍／地球僅僅是
他眼中的一滴淚吧」（〈千年一淚〉 39-40），這樣的小大之辨首先
就無法不令我們思及老莊，不過在這裏老莊思想的滲透還體現在奇
崛的想像上。如此出人意外的想像，讓讀者驚異萬分，但細想之下，

---

[72] 黨聖元 66。

[73] 顏世安（1956-），〈生命‧自然‧道──論莊子哲學〉，《道家文化研究》1
（1992）：114。

[74] 顏世安 115。

[75] 張采民、張石川 1。

又倍覺妥貼適當，而這恰恰體現了白靈詩歌的自然美學追求。不但
在內容上，白靈追求這種驚異、神秘之美，在詩歌的形式上，白靈
也大膽創新，令人驚訝而又不得不信服之。試看〈渴〉一詩，「愛
的乾渴／唇知道／太陽之乾渴／沙漠／應回掌人仙出伸」（〈渴〉
14），詩作是豎排的。杜十三（黃人和，1950-2010）在評析此詩時
說「最後一行初讀不知所云，但再讀之後，才恍然與一枝仙人掌正
逼近你的眼前，直挺挺的由下而上從沙漠裏伸出」[76]。令讀者「恍
然」——正是道家所謂「恍惚」的自然美，正是白靈的審美追求。

四、結論

　　M・H・艾布拉姆斯（M. H. Abrams, 1912- ）說「希利斯・米
勒方便地把批評家分成兩種：『謹小慎微型批評家』和『天馬行空
型批評家』」[77]，以「誤讀」理論為指導，本文的研究無疑屬於後
者。雖然解昆樺（1977- ）說白靈高中時便愛讀《莊子》、《老子》
等古典作品[78]，郭美君認為「尤其是中國的古典文學，包括《老子》、
《莊子》、《詩經》……等都對他有深刻的影響」[79]，但作為詩人的
白靈本身可能並未察覺到自己與「老莊思想」的互文關係。克莉斯
蒂娃在《符號學》（*Semiotike*）中指出：「一首詩的所指總是以其他
的話語為參照（或與它們相關），因此在任何一首詩的表述中可以

---

[76] 杜十三（黃人和，1950-2010），〈白靈詩作的時間性、空間性與人間性〉，《白靈・世紀詩選》 15。

[77] M・H・艾布拉姆斯（M. H. Abrams, 1912- ），《以文行事：艾布拉姆斯精選集》（*Doing Things with Texts: Essays in Criticism and Critical Theory*），趙毅衡、周勁松譯（南京：譯林出版社，2010）227。

[78] 解昆樺（1977- ），〈一趟文學記憶的逆旅顏白靈和他的詩生活〉，《文訊》12（2004）：137。

[79] 郭美君，〈白靈及其詩作研究〉，碩士論文，國立高雄師範大學，2007，22。

讀出大量其他的話語」[80]，即每一個文本都與以前的文本和同時代的其他文本有著千絲萬縷的聯繫，是對其他文本進行吸收和轉化的結果。布魯姆有言：「真正的批評家所能夠給予詩人的一切，便是致命的勉勵，它永不停止地提醒詩人們：他們繼承的遺產是何等的沉重。」[81]本文便是以「互文性」為方法論基礎，在分析閱讀白靈詩作的基礎上，大膽提出白靈詩與老莊思想的相契相合之初，希望為其詩歌的分析帶來新鮮的花火。

---

[80] Kristeva, *Semiotike*（Paris: Seuil, 1969）255.
[81] 布魯姆，《誤讀圖示》 8。

曲折延宕的詩性空間

——論白靈詩歌的「延緩」現象

吳燕南

作者簡介

吳燕南（Yan Nan WU），女，1988 年生，復旦大學碩士研究生一年級學生。

論文題要

二十世紀初，俄國形式主義代表人物什克洛夫斯基提出了關於「延緩」的論說，對於文學文本敘述的延伸，提供了良性指引。現代詩雖不以增長敘述廣度為目標，甚至未必包含敘事元素，但在擴展文脈時，仍然能夠切中什氏「延緩」的各項要點。本文認為，白靈詩歌與什氏「延緩」有著奇妙的相遇，折射出白靈詩歌的曲折、奇異的詩性空間，為深入研閱白靈作品，提供了不可多得的重要參考。本文擬以什氏「延緩」論說為理論框架分析白靈的詩歌，認為白靈運用了豐富的擴展文脈的技法，其詩歌作品有著與敘事文學相

似的編構程式，有較高的情節性，在追求「小說企圖」上能夠提供成功的參考。

關鍵詞：白靈、詩歌、俄國形式主義、延緩

一、引言

（一）理論背景：俄國形式主義

俄國形式主義（Russian Formalism）興起於二十世紀初期，以維克托・什克洛夫斯基（Viktor Shklovsky, 1893-1984）發表的〈語詞的復活〉（"The Resurrection of the Word"）為標誌，提供了新的文學批評理論基礎和方法論導向，給文學界帶來了巨大的影響和衝擊。佛克瑪（D. W. Fokkema, 1931-）和易布思（E. Kunne-Ibsch）在《二十世紀文學理論》（*Theories of Literature in the Twentieth Century*）中評論：「歐洲各種新流派的文學理論中，幾乎每一流派都從這一『形式主義』傳統中得到啟示，都在強調『俄國形式主義』傳統的不同趨向，並竭力把對它的解釋說成唯一正確的看法。」[1]

與傳統文學批評不同，形式主義關注文學文本語言形式，排斥文本產生的歷史社會因素研究，將注意力由外在因素轉向內在，聚焦到文本內部的組織結構本身，如什克洛夫斯基所說：「在文學理論中我從事的其內部規律的研究。如以工廠生產來類比的話，則我關心的不是世界棉布市場的形勢，不是各托拉斯的政策，而是棉紗的符號及其紡織方法。」[2]形式主義以語言形式研究為立足點，建構了包含關注文學本質，文學創作過程，文學文本，文學批評和文

---

[1] 佛克瑪（D. W. Fokkema, 1931-）、易布思（E. Kunne-Ibsch），《二十世紀文學理論》（*Theories of Literature in the Twentieth Century*），林書武等譯（北京：三聯書店，1988）13-14。

[2] 維克托・什克洛夫斯基（Viktor Shklovsky, 1893-1984），〈散文理論前言〉（"The Preface"），《散文理論》（*Theory of Prose*），劉宗次譯（北京：百花洲文藝出版社，2010）3。

學發展的完整理論體系。提出了諸如「陌生化」（defamiliarized），「文學性」（literariness）等重要批評理論範疇。二十世紀西方文藝學中先後繼起的幾乎所有流派：英美新批評、接受美學和接受理論、讀者反應批評、闡釋學、結構主義、解構主義、敘事學……等等，無不奉俄國形式主義為其理論的源頭。[3]

（二）「延緩」的理論意涵

「陌生化」是俄國形式主義從藝術的一般特徵出發，進而探討文學作品詩學結構的一個合宜的切入點。意指在以陌生視角進行藝術創作，以便於藝術作品的接收和欣賞過程中審美體驗的生發。陌生化整合了藝術創作中的其他手法，以達到整體的審美效應。而陌生化作為藝術手法之所以重要，在於文學作品是以感受作為其存在方式的基礎的。對於文學作品來說，重要的不是最後的結果，而是製造懸念、佈置疑雲、構建藝術迷宮以延長感受時間和增強感受效果本身。

「延緩」是從陌生化的立足點出發，生發出的俄國形式主義文論中的重要概念，什克洛夫斯基認為，文學藝術的總原則建立在分散、遲延的基礎之上。在日常生活中，對事物的熟悉使人的感受進入了「自動化」的階段，「事物似乎是被包裝著從我們面前經過，我們從它所佔據的位置知道它的存在，但我們只見其表面。在這種感受的影響下，事物會枯萎。」[4]而藝術就是要將人的感受從「自動化」中脫離出來，恢復對生活的體驗，「藝術的目的是為了把事

---

3 關於俄國形式主義的理論成果及影響，參考董希文，〈俄國形式主義文論的文學觀〉，《中國海洋大學學報》3（2002）：68-74；蔚志建，〈二十世紀西方形式主義文論之路〉，《文藝理論與批評》2（2005）：127-31。

4 什克洛夫斯基，〈作為手法的藝術〉（"Art as Device"），《散文理論》 10。

物提供為一種可觀可見之物，而不是可認可知之物。……在藝術中感受過程本身就是目的，應該使之延長。」[5]

正如什氏所說：「把對事物的感受從自動化中引脫出來是通過各種方式實現的。」[6]在什氏早期的三篇文論：〈作為手法的藝術〉（"Art as Device"）、〈情節編構手法與一般風格手法的聯繫〉（"The Relationship between Devices of Plot Construction and General Devices of Style"）、〈故事與小說的結構〉（"The Structure of Fiction"）中，對「延緩」學說做了詳盡的探討。認為以各種形式阻緩情節發展，避免文本太快結束是文學的內在需求。可見，對什氏而言，「延緩」手法增加感覺困難程度和感覺時間的長度，是構建藝術品和提高文學文本感知程度的重要手法。然而目前學界對「延緩」學說的認識與探討尚不充分，大多數學者的眼光仍然聚焦在「陌生化視角」的討論中，只有少數人指出，「延宕一改世人的感知習慣，使人們以一種全新的視角重新審視作品中對主體而言早已熟知的特性。」[7]因而筆者認為，對什氏「延緩」學說的探討還有較大的研究空間。

（三）研究對象及方法

文本擬以「延緩」學說為理論建構，以此為視角研讀白靈（莊祖煌，1951-）詩歌。之所以選擇白靈的詩作為研讀文本，是因為作為傑出的臺灣中生代詩人，「從白靈的詩作中，我們看到了新詩

---

[5]　什克洛夫斯基，〈作為手法的藝術〉　11。
[6]　什克洛夫斯基，〈作為手法的藝術〉　11。
[7]　畢研韜、周永秀，〈解讀什克洛夫斯基的批評理論〉，《瀋陽農業大學學報（社會科學版）》，2.4（2000）：308。

傳承的痕跡，有傳統的溫柔敦厚，也有另創的多樣化的新局」[8]。白靈在創作中積極開啟各種手法以拓展詩歌的空間與表現力，為「延緩」學說的運用開啟了巨大的可能性。而目前對於延緩學說的應用研究多集中在小說領域。[9]此一研究的目的不僅在於以「延緩」的視角探究白靈詩歌創作的多樣化手法，為什氏「延緩」學說的研究與適用性開創更大的空間，也在於以白靈詩歌創作與「延緩」學說的互見性為例，探索詩歌創作文脈的擴展，為達到「詩歌的小說追求」這一目的論證其可能性，提供借鑒意義。

---

[8] 吳當，〈耕耘與領航——讀白靈《世紀詩選》〉，《明道文藝》8（2001）：109。

[9] 對於延緩學說在小說領域運用的研究，可見黎活仁（1950-），〈敘事與重複：《老殘遊記》的研究〉，《清末小說》，30（2007）：88-103；余境熹（1985-），〈接收的延緩：《牛頓書信》的敘事用心〉，「金庸暨中外文學國際研討會」，揚州大學文學院、國際金庸研究會、香港大學中文學會、韓國臺港海外華文研究會、韓中文學比較研究會聯合主辦，揚州大學，2008年12月24日；〈從巴特詮釋代碼到俄國形式主義的延緩論述：《猜猜菜譜和砒霜是做甚麼用的》的敘事和結尾〉，「第一屆池莉小說研討會」，香港大學中國文學研究會主辦，香港大學，2009年3月28日；〈三部金庸中篇的延緩現象：以什克洛夫斯基早期文論為中心〉，「俗文化與俗文學現代學術研討會」，國立中興大學中文系、香港大學饒宗頤學術館，2009年6月27日；〈《連城訣》「延緩」現象的整理：以什克洛夫斯基早期文論為中心〉，「兩岸三地華文教學研討會」，廈門大學、香港大學、天主教輔仁大學、復旦大學、明道大學、修平技術學院聯合主辦，廈門大學，2010年4月3日；〈不在場的救主及其他：《主耶穌降生是日》的空白與接收延緩〉，「朱天文朱天心與比較視域下的世界文學研討會」，復旦大學、香港大學聯合主辦，復旦大學，2010年6月4日；〈《雪山飛狐》《鴛鴦刀》《白馬嘯西風》「延緩」現象整理〉，「第十二屆韓中文化論壇兼全南大學校中文系BK21事業團2010國際學術研討會」，首爾孔子學院、國際金庸研究會、社團法人韓國現代中國研究會、韓中文學比較研究會、中國社會科學院《當代文學》雜誌社聯合主辦，全南大學校，2010年8月28日；何超英（1987-），〈才子佳人小說的敘事模式：《好逑傳》之「阻延」〉，《輔大中研所學刊》23（2010）：285-302。另外，並可參考以下三篇學位論文——鄭漢樑（1969-），〈《射鵰英雄傳》首回敘事策略研究〉，碩士論文，香港大學，2009；羅詩敏（1981-），〈《倚天屠龍記》的延緩敘事研究〉，碩士論文，香港大學，2009；余境熹，〈《連城訣》場所研究〉，碩士論文，香港大學，2010。

　　白靈詩作豐富，本文選取《愛與死的間隙》這部詩集為研究文本，一是為探究「延緩」說的可適用性，在選取研究物件時不免帶有一些隨機性，二是其水準高超，「白靈的這本詩集，好詩所占的比例之高，是臺灣現代詩史極少數詩集所能達到的境界」[10]，多樣化手法得到充分表現，可為理論的發揮提供巨大空間。

　　以「延緩說」為理論視角，對白靈詩作的探討主要分為以下幾個層面，一是語詞層面，白靈運用比喻、雙關等手法達到語詞材料拓展，二是語句層面，白靈利用詩句難化達到延緩效果，三是結構層面，白靈使用各種「重複」手法以構造詩歌的梯級性。

二、語詞材料的拓展

　　什克洛夫斯基的早期文論意在把對事物的感受從自動化中解脫出來，而這一手法是多樣化的，語詞材料的拓展就是一種，即對文學語言加以擴張，「一些詞語被分開，於是產生一個詞一個聲音，而不是一個如同自動機彈出的一塊巧克力那樣自動發出來的詞」[11]，語言的擴張使概念反覆顯現，讀者接收時間延長，對客體的感知時間和力度不斷增強。在〈故事與小說的結構〉中，什氏提出三種手段，一為語詞的分解與重構，二為比喻的擴張，三為雙關語的擴展。創作手法的不拘一格是現代詩歌的顯著特徵。閱讀白靈詩歌我們發現詩人運用了大量的語詞材料拓展手法來達成延緩之效。

---

[10] 簡政珍（1950-），〈跳脫而控制的詩想——評白靈《愛與死的間隙》〉，《文訊》233（2005）：32。

[11] 什克洛夫斯基，〈情節編構手法與一般風格手法的聯繫〉（"The Relationship between Devices of Plot Construction and General Devices of Style"），《散文理論》25。

（一）語詞分解與重構

　　什克洛夫斯基曾以莫斯科的傳說故事為例論述語詞重構如何擴展成為傳說故事。由於讀者對莫斯科太過熟悉，以至於在他們心中「莫斯科」一詞之僅相當於幾個音符，而讀者個體意識不會在此停留。因而在關於莫斯科的傳說中，把它拆成 Moc 和 Kва，並把 Яузa（雅烏紮，莫斯科和的支流，莫斯科城的最大河流）分拆成出自 Я 和 Узa。再如亞歷山大·勃洛克（Aleksandr Aleksandrovich Blok, 1880-1921）曾把鐵路一詞分解為「令人厭倦的東西」、「道路的」、「鐵的」三個詞來製造延緩，達成文脈的擴充[12]。

　　白靈詩集《愛與死的間隙》常有語詞分解與重構以達成延緩的手法，如寫夢露的詩句：「不過是站在那兒笑／她就是魅力，腰可口臀可樂」（〈火之死——瑪麗蓮夢露〉 158）[13]，「可口可樂」本是再熟悉不過的名詞，讓讀者一見就立即想到其所代表的概念，而不會在文字的感受和體驗中停留，但將「腰」與「臀」插入，接受者的日常經驗立即被阻礙，不得不減緩閱讀去探究其意味，在探究的之中又不免帶入日常用語經驗，以「可口可樂」去形容夢露身體之美，隱隱覺察到「秀色可餐」之義，但其模糊和不確定性又使人反覆揣測。再平常不過，不會引起注意力停留的日用語因分解和重構煥發出新生命，延長了接收時間和感受的力度。

---

[12] 什克洛夫斯基，〈故事和小說的結構〉（"The Structure of Fiction"），《俄國形式主義文論選》，什克洛夫斯基等著，方珊等譯 （北京：生活·讀書·新知三聯書店出版社，1989）13-20。

[13] 白靈（莊祖煌，1951-），《愛與死的間隙》（臺北：九歌出版社有限公司，2004）。本文所引白靈詩歌，均出於此作。

　　白靈拆分重構語詞的手法十分多樣化，不僅表現在語詞結構上，也表現在語詞外形上，如「但響了三天沒有誰／除了萬萬華／除了臺臺北除了臺灣灣除了／遠遠的 WHHOOO」（白靈，〈一億隻 SARS 的修煉方式—報載一西西痰有一億隻 SARS，一萬隻 SARS 即可致病〉 174-75），這些地名，機構名因外形被破壞而喪失在日常用語中的中性色彩，融入詩歌的語境，被賦予生動的戲劇性，有了強烈的震撼力度。在接收過程中，讀者的注意力不由自主地被吸引，情感和思緒在此徘徊，越發品味到原詞所不具有的情感象徵意味。

（二）比喻

　　什氏以《十日談》（Decameron）中的色情故事為例，認為比喻的展開可形成故事情節的分佈，而在詩歌中比喻的手法得以更多的運用：「（詩人）把概念從它所寓的意義系列中抽取出來，並借助於詞（比喻）把它摻雜到另一個意義系列中去，使我們的耳目為之一新，覺得對像進入了新的系列。」[14]瑞士語言學家索緒爾（Ferdinand de Saussure, 1857-1913）認為，語言是一套連接聲響與意義的符號系統：「語言符號連接的是概念和音響的形象。」[15]由聲音——形象構成的物質形式稱為能指，而其所指概念稱為所指，在日常用語系統中，能指所指一一對應，而詩歌語言打破其對應性，使得意義和符號處於模糊多變的關係之中。而接受者被迫放慢閱讀速度，發揮其主觀作用去揣測其多變性，延緩的效果得以達成，而比喻因而擴充詩歌脈絡。

---

[14] 什克洛夫斯基，〈故事和小說的結構〉 19-20。
[15] 費爾迪南・德・索緒爾（Ferdinand de Saussure, 1857-1913），《普通語言學教程》（*Course in General Linguistic*），高名凱譯（北京：商務印書館，1985）101。

　　白靈的詩歌創作向來意象跳脫而新穎，比喻的手法層出而精巧，如：「白蛇似的小溪逐雨聲／一路嬌喘爬來／碰到撐黑傘的松／躲進傘影不見了」（〈登高山遇雨〉　33），小溪被比作白蛇，而後三行詩全由這一比喻而生發，詩歌長度得以拓展，接收者的想像在小溪／白蛇兩種意象間交融跳躍，阻緩了閱讀過程，躍動的自然之美在延緩中得以充分體驗。又如，「不得不自轉如地球／卻又不怎麼圓的頭顱們／膨脹在列車的窗玻璃上／全是上帝吹出的泡泡吧」（〈地下鐵〉　52），敘述者的注意集中在人的頭顱上，因為擁擠而身體不便運動，不得不轉來轉去，「自轉如地球」，而由於「不怎麼圓」，因而轉換視角，彷彿「上帝吹出的泡泡」由「圓而不圓」的特徵引發了雙重的比喻，正如托馬舍夫斯基（Boris Tomashevsky, 1890-1957）所說：「詞的基本意義被破壞了，而通常正由於破壞了直義，才能感覺到該詞的次要特徵。」[16]而正是由於上帝／地球的比喻的出現，才將詩歌行文從地下鐵帶入了另一個語義系統，詩歌的二、三兩節：「如何擁有／才能絕對地靜止／但列車不得不疾馳／模糊成星河／／虛空不得不擁擠／憂鬱成黑洞／凡光皆湧入／而通過的／會是誰的影子」（〈地下鐵〉52-53）。顯然，星河／黑洞是與地球處於一個語義系統中，詩節的進展由意象引發意象，比喻的擴展打開了詩歌的行文脈絡，擴大了詩意的空間，本體／喻體兩個層面的意象的流動給讀者的接受造成了阻滯，延緩的美得以生發。

---

[16] 鮑里斯‧托馬舍夫斯基（Boris Tomashevsky, 1890-1957），〈詞義的變化〉，《俄國形式主義文論選》　87。

（三）雙關

　　雙關的手法與比喻類似。尤里‧梯尼亞諾夫（Yury Tynyanov, 1894-1943）在〈詩歌中詞的意義〉中把詞的特徵劃分為兩個等級：意義的基本特徵與次要特徵。意義的基本特徵和詞的實質部分相吻合，而次要特徵和形式概念相吻合。[17]因雙關手法的運用。「詞是按照它們的直義組合搭配而成，由此構成了按其本義進行理解的上下文，……所以，在意識中就出現了並列的雙重概念和表像──即詞的直義和轉義，在兩者之間建立起了某種聯繫。」[18]以〈東方美人〉一詩為例：

> 最毒的話往往最香／那美人用白毫／把毒塗在她細小的舌尖上／趁傾倒的話題不注意／一股腦兒吐入誰的杯底／／繞過你舌頭／深入你喉嚨／親吻甬窄的食道後／轉個彎／說不定不必轉彎／就舔走一顆潛藏的雄心／／最香的話題往往最毒／那美人才能對滿座／白瓷般易碎的英雄／饒舌了一整夜／都不曾睡／／回頭，又看見她伸出細長／但看不見的香舌／把窗外的東方／也舔成了琥珀（〈東方美人〉143-44）

　　「東方美人」有兩個語義層面上的含義，其一為為臺灣白毫烏龍茶別名，其二保留了「東方美人」在日常語義系統中的含義，全詩即以雙關手法貫穿，詩意在兩個層面上穿插交融，其一為作者所

---

[17] 尤里‧梯尼亞諾夫（Yury Tynyanov, 1894-1943），〈詩歌中詞的意義〉，《俄國形式主義文論選》 45。

[18] 托馬舍夫斯基，〈詞義的變化〉 99。

說，與眾友飲白毫烏龍茶，暢論古今，徹夜未眠；其二為作者對神秘魅惑的東方美人的感懷。「毒」，「舌尖」，「香」，「饒舌了一整夜的英雄」，等等意象與動作，都有了含混豐富的多重意蘊。而兩個語義層面並非隔絕而是相交融流淌，是由茶名引發的聯想，抑或東方美人本就是在暢論的中心，甚或作者體悟到東方美人與歷史交融的曖昧？詩的空間因其含混，多義而得以延宕與拓展。

在一些詩歌中，雙關的手法與心理排比混用，以意象間關係的相似性貫穿全詩，如〈聞慰安婦自願說〉：「森林自願著火／好讓閃電抽亮它的鞭子／／房子自動搖晃／方便地牛打哈欠／／肉體自己打開傷口／因為子彈要路過／／頭顱有機會掉落／全因武士刀銳利的仁慈」（〈聞慰安婦自願說〉 166）：每一組對比的物象間隱含著侵犯與被侵犯的關係，每一組侵犯間又有實際上的強迫之意，詩人用雙關串聯全詩，又不斷重複「自願」一詞，看似對主題的回避，實則每一筆都是強烈而憤懣的反諷和否定，雙關將簡單的否認擴展為情緒不斷深化的詩語。確有「暗諷而不流於言說，批評而不流於謾罵，不過不激，但妙趣橫生，五味雜陳」[19]之意。而文本的長度和深度也應此手法得以不斷延展。

三、詩語的難化

如形式主義所強調的，詩歌語言的審美價值應建立在延緩的基礎之上，這一對詩歌語言的探索也幾乎是俄國形式主義對現代文論貢獻最大的一個領域，開創了整個二十世紀西方文論的語言論轉型，「他們在這方面的開拓性探索，極大地拓展了詩歌審美研究的空間，確定了詩歌形式的本體論價值，發掘出了詩語為此前所有批

---

[19] 簡政珍 34。

評流派都未曾注意到的、潛在的審美和表現功能。」[20]從而激發人們重新關注詩歌創作的媒介──語言本身所固有的價值,關心並注意運用詩歌形式和語言的技巧。而詩歌更是語言運用最為精密的文學體裁,什克洛夫斯基認為詩歌即是一種言語結構,他把詩歌的文學特質歸結於語言的難化:

> 我們在研究詩歌言語時,無論是研究它的語音和詞彙構成,還是研究它的詞語位置的性質以及由詞語組成的意義結構的性質,我們處處都能見到藝術具有同一的標誌:即它是為使感受擺脫自動化而特意創作的,而且,創造者的目的是為了提供視感,它的製作是「人為的」,以便對它的感受能夠留住,達到最大的強度和盡可能的持久。同時,事物不是在空間上,而是在不間斷的延續中被感受。詩歌語言正符合這些特點[21]。

　　什氏認為,正如亞里斯多德（Aristotle, BC 384-BC 322）所說,詩的語言應具有異域的、奇特的性質。他總結了詩歌中運用古語詞,使用艱深化的語言,運用晦澀文體,有意造成發音困難等種種等手法,認為這樣一種處理,使詩歌的語言受阻,扭曲,打破原有的欣賞習慣,延長接收的時間,因而可以達致阻滯和延緩,符合藝術的普遍規律。認為詩歌是一種「障礙重重的,扭曲的言語」,這一觀點在形式主義流派其他人的文論中得到強烈的呼應。托馬舍夫斯基在〈藝術語與實用語〉將「不包含表達意向」的實用語與「包含表達意向的藝術語」相區別,藝術語意在使接受者感覺到其表達

---

[20] 張冰,《陌生化詩學──俄國形式主義研究》（北京:北京師範大學出版社,2000）97。

[21] 什克洛夫斯基,〈作為手法的藝術〉 21。

意向，必須經過手法的改造使其區別於實用語[22]。在白靈的詩歌中，語言的奇異化手法和有意破壞節奏表現得最為明顯。

（一）奇異化手法

眾所周知，俄國形式主義是從對於俄語詩歌的研究出發探討詩語的難化技巧，對於中文詩歌語言的適用性曾遭遇懷疑，然而建立在審美心理的一致性上，建立在審美體驗心理機制的一致性上，在中文詩歌中同樣可以找到對應。童慶炳（1936-）在〈陌生化與審美體驗〉一文探討詩語的難化，其首要特點是非指稱性：

> 在優秀的文學作品中，作家想辦法避開指稱性的言語，而選擇那種非指稱性的言語，即人們似乎對某種事物第一次看見、聽見，對它一無所知，無法指稱它，而不得不採取一種形象的有詩意的描述方法，以使讀者通過漸近的閱讀來感受這個過程，不但延長感受的時間，而且產生意想不到的情趣[23]。

童慶炳所言，也即什氏所說，將事物「奇異化」的藝術手法，這一手法把普通的形式艱深化，增加了作品感知的時間，延長了感受過程本身，而這才是藝術本身的目的。什氏以托爾斯泰（Leo Nikolayevich Tolstoy, 1828-1910）的一種寫作手法為例，認為他「不說出事物的名稱，而把它當做第一次看見的事物來描寫，描寫一件事則好像它是第一次發生。」[24]這一手法恰契合童慶炳所言「語言的非指稱性」。

---

[22] 托馬舍夫斯基，〈藝術語與實用語〉，《俄國形式主義文論選》 83-85。
[23] 童慶炳（1936-），〈陌生化與審美體驗〉，《文學自由談》3（1995）：56。
[24] 什克洛夫斯基，〈作為手法的藝術〉 12。

在白靈詩歌中，當其面對自然界的事物，常以非指稱性的語言來描繪事物，以新鮮的視角衝破讀者感受的自動化，達致閱讀感受延長，如〈魚化石〉：

> 大自然又伸手收回這一小塊／會動、會游的泥巴／／甚至尾巴都不會猶豫／就任地球翻個掌，將它淹沒／／地球說：有哪種愛比死更迷人／分一點你的痛給我吧／／黑漆漆中熨帖千萬年，才攤開掌心／骨骼歷歷，不可能更美的言語（〈魚化石〉 62）

以形式主義流派的觀點來看，日常用語中的魚化石屬於術語，即「詞擺脫開與辭彙、語言特性相關的一切聯想，亦即使詞擺脫開辭彙和感情色彩、擺脫開偶然的特徵……作為表示某種客觀現象的相對精確的符號」[25]。而如什氏所聲稱的，形象的目的不是使其意義易於為我們所理解，而是製造一種對客體的特殊感受，創造對客體的「視象」，而不是對他的認知。[26]因而在詩人必須將術語進行某種變形，白靈以隱喻的手法將化石的形成展現為魚與自然的一場生動的愛戀，「魚化石」三個字拓展為數行詩，再也不是作為認知的客觀概念而是一場生命體從會動會遊的生走向與自然同化的死的歷程。「黑漆漆中熨帖千萬年／才攤開掌心」短短兩行詩描繪的卻是時間相距極久遠的自然過程。弗雷德里克・詹姆遜（Fredric Jameson, 1934-）在評介俄國形式主義時提出：「在一部具體的文學作品中，還存在著陌生化技法與事件、事物在時間上的運動與變化

---

[25] 托馬舍夫斯基，〈詞義的變化〉 93。
[26] 什克洛夫斯基，〈作為手法的藝術〉 8。

之間的關係問題。」[27]在這裏，文本的內部時間被無限擴張，詩歌所包孕的空間也無隨之擴張，「延緩」表現在三個層面上，文本內部時間的延長，詩歌長度的加大，感知時間的延宕。

（二）日常用語的節奏破壞

朱光潛（1897-1986）曾說：「情感的最直接的表現是聲音節奏，而文字意義反在其次。文字意義所不能表現的情調，常可以用聲音節奏表現出來。」[28]節奏是詩歌組成的要素之一，也是形式主義流派注意力的聚焦。[29]什克洛夫斯基將詩歌語言節奏與一般語言節奏嚴格區分，一般語言節奏是產生自動化要素，節奏的規律淹沒了對語言的感知，如同走路一般，「在音樂伴奏下走路比沒音樂時要輕鬆，一面走一面進行活潑熱烈的談話也同樣輕鬆」因為對走路這一動作本身的感覺被淹沒了。但詩的節奏不同，「藝術的節奏存在於對一般語言節奏的破壞之中。」[30]持語言本體論的俄國形式主義流派認為，詩歌的閱讀是對詩歌語言的感知和體驗，打亂乃至破壞日常語言節奏才能造成語言的艱深化，才能從對日常用語的自動化感受中跳脫出來，延長時間，擴展深度，達到對詩歌語言的審美化體驗。

---

[27] 弗雷德里克‧詹姆遜（Fredric Jameson, 1934- ），《語言的牢籠：馬克思主義與形式》（*The Prison-house of Language：A Critical Account of Structuralism and Russian Formalism and Marxism and Form：Twentieth-century Dialectical Theories of Literature*），錢俊汝譯（南昌：百花洲文藝出版社，1997）49。

[28] 朱光潛（1897-1986），〈給一位寫新詩的青年朋友〉，《藝文雜談》（合肥：安徽人民出版社，1981）65。

[29] 形式主義流派有關方面的論著，見奧希普‧勃里克（Osip Brik, 1888-1945），〈節奏與句法〉；托馬舍夫斯基，〈論詩句〉，均出自《俄蘇形式主義文論選》，茨維坦‧托多洛夫（Tzvetan Todorov, 1939- ）編選，蔡鴻濱譯（北京：中國社會科學出版社，1989）121-29；130-43。

[30] 什克洛夫斯基，〈作為手法的藝術〉 23。

　　什克洛夫斯基引述鮑‧赫里斯齊安森（V. Khristiansen）《藝術哲學》（*Philosophy of Art*）的意見，談到詩歌節奏對形成陳規的節奏無時無刻不處在背離之中，詩歌的意義與詩行的排列也總處於錯位之中：

> 詩歌裏有一個幾何上凝固不變的節奏系統：詞語都遵循這一節奏，但也不無某些細微差別和矛盾，使旋律的嚴謹有所鬆弛……每行詩與上下相鄰的詩行有間隔，而意義上的聯繫又要求越過這些間隔，從而使停頓不可能總落在本來規定的詩末之行，而是挪到下一行中間。……這些差別使詩的結構活潑多姿。而格式，除了它本身產生節律上的形式印象之外，還履行一項功能，充當各種偏離的比例尺，同時又是產生微差印象的基礎。[31]

　　而在什氏看來，「微差的印象」才是審美體驗得以生發的起點：「當我們感受到某種與通常的、正常的東西，與某種現行的規範的背離時，我們在情緒上會產生特殊性質的印象。」[32]微差的印象撥動了體驗的神經，讀者的體驗得以從自動化中解放出來，在延緩中增加感知的力度。

　　白靈的詩歌時常運用曲折詩句的手法，以達到與日用語節奏相梳理，造成節奏與意義間的錯位，如〈飛魚〉一詩：

> 海弓起背時，一隻飛魚開槍將自／己射出，鰭展成翅，拚命揮——／魚蝦瞪眼，浪花扼腕，抖開水抖／開海。側耳去聽，

---

[31]　什克洛夫斯基，〈情節編構手法〉　33。
[32]　什克洛夫斯基，〈情節編構手法〉　32。

呵，竟是幾百／畝的歎息呢。／／悶聲不說，只搖頭的是大
海。但／才幾秒鐘，飛魚就將自己射出兩／三百公尺那麼
遠，卜的一聲，射／進大海的胸膛。然而飛魚的快樂／，大
海並不知道。（〈飛魚〉 162）

　　日常用語節奏的恒定性和一致性往往會淹沒語言的表現力，
而詩人有意以將正常的語句曲折，以破壞日常的語言節奏，以達
致放慢閱讀速度，詩行與語義間錯位的微妙得以充分感受，被日
常用語節奏所遮蔽的一些瞬間性的，深隱的，模糊的感覺詩行和
語義的錯位中迸發出來，接受者得以體悟事物表像下掩蓋的複雜
的，深刻的聯繫。這是延緩之美，也是什氏等文論家們認為詩歌
之意義所在。

四、梯級性式的構建

　　梯級性（stepped construction）是什克洛夫斯基在延緩理論的
基礎上對文學文本的分析而總結出的藝術建構規律，與實際思維
相反，藝術排斥概括而傾向具體性，建立在分解和遲延的總原則
上。因而藝術作品總是對已被概括的和統一的事物進行的分解，
「在日常語言中通過《a》表示的，在藝術中則表現為《A'A》或
是 AA'」[33]分解的結果體現在文學作品中即梯級性構建。

　　梯級性建構的實質是重複，「重複是建立在分解基礎上的一種
相同或相似性藝術要素依據詩意的要求間或重複，使作品產生一唱
三歎、往復迴旋之效的藝術程式。」[34]在梯級式構造的具體手法中，

---

[33] 什克洛夫斯基，〈情節編構手法〉 47。
[34] 彭娟，〈論俄國形式主義的「陌生化」〉，碩士論文，武漢大學，2005，20。

什克洛夫斯基列出眾多重複的表現形式，「韻腳和同義反覆，排比反覆，心理排比，延緩，敘事重複，童話的儀式、波折和許多其他情節性手法」[35]。他援引斯別蘭斯基（Speransky）《俄國口頭文學程式》（*Russian Oral Literature*）中的例子，論述重複的手法在詩歌中得到極大的多樣化表現。「這或者是同一詞語的簡單重複，或是聲音相諧、意義相同的詞的重複，或是前置詞的重複，或是在相鄰詩行中，在一行詩首重複上一行詩的末尾的同一個詞。」[36]什氏認為，此外還有重複排比、心理排比、節奏排比、同義排比、故事重複、情境重複等等重複手法。重複構築各式各樣的梯級式構造[37]。在白靈的詩歌中，重複的手法被充分的多樣化運用，這種梯級式結構重複表現出豐富的詩歌形態，延宕了拓展行文的脈絡，延長接受者感受的時值，增加了感受的難度，激起跌宕起伏的情思，無形之中使作品內容增色豐蘊。

什克洛夫斯基將重複分為語詞的重複和修辭的重複兩種類型，下文即依據什氏的分類論述白靈詩歌中重複手法的運用及效果。

（一）語詞重複

什克洛夫斯基認為，語詞的重複包括別蘭斯基教授所說的同一詞語的簡單重複，聲音相諧、意義相同的詞的重複，前置詞的重複，相鄰詩行中的一行詩首重複上一行詩的末尾的同一個詞，以及通過否定相反的東西來實現重複。白靈詩歌中，語詞的重複通過不同的形態被豐富地表現出來。

---

[35] 什克洛夫斯基，〈情節編構手法〉 34。
[36] 什克洛夫斯基，〈情節編構手法〉 34。
[37] 什克洛夫斯基，〈情節編構手法〉 47。

　　如〈景美溪邊即景〉，典型地運用了相鄰詩行中的一行詩首重複上一行詩末的同一個詞的重複手法：「一排欄杆站起身／抓住一雙小黃足／小黃足抓住兩隻細長腳／細長腳抓住一顆蛋形身軀／蛋形身軀抓住一管Ｚ字頸／Ｚ字頸伸出長長黑尖嘴」（〈景美溪邊即景〉 124），通讀全詩可知這是一幅描寫白鷺鷥急速起飛的小景，因而起飛前的靜立必定是短暫的，而不斷重複的手法將短暫的動作在時間上延長，增加描寫和感受的細度。文本空間的長與現實時間的短造成比例的失衡，因而引起接受者的興趣。另外，詩人以倒置的眼光觀察對象，是「陌生化」視角的體現，「延緩」與「陌生化」的相遇，讓現實中平常不過之景在詩歌文本中產生新奇而延宕的美學空間。

　　同一詞語的簡單重複的手法運用也能夠在白靈的詩歌中找到例證。如〈地下鐵〉的最後詩節：「草地醒來／不得不打開雙手／迎接孩子們腳尖踢過來的／皮球／皮球／皮球」（〈地下鐵〉 53），在最後三行詩中，詞語「皮球」重複三次，排版上也有意造成錯落，給人一種皮球不斷滾進的視覺印象，結合前面的詩句，皮球這一語詞的不斷強調又是「從夢中醒來」，因而回歸現實的處境的不斷強化。

（二）修辭重複

　　在對重複排比進行論述之後，什克洛夫斯基又指出，另有一種與「利用文字形式上的差別」的重複排比不同的排比手法用於梯級式的構造，「顯現了形象體對阻滯作用和建立若干獨特梯級式的要求。」[38]這種排比手法可稱為「心理排比」，主要是利用詩歌意象

---

[38] 什克洛夫斯基，〈情節編構手法〉 36。

的形象差別來構造排比。在〈情節編構手法與一般風格手法的聯繫〉中，他以俄國民歌「小小松樹季季綠／我們的瑪拉什卡天天長」為例，松樹和馬拉什卡的意象本處於兩個語義系統中，不斷生長的特性將兩組意象得以相關聯，因而得到並置。接收者的思緒在分屬不同的語義系統的意象群間轉移，原本簡單的意象得以複雜化，多義化，詩歌的內涵得以豐富。什氏認為這就是詩歌形式甚或藝術形式的特殊要求：「一定的形式要求被填滿，就像抒情詩裏要用詞填滿聲音的空白一樣。」[39]

在白靈的詩作裏可找到大量以心理排比構造梯級式的佐證。如〈淡水河黃昏〉：「過海的帆影如何折疊／數百年的風浪／漂泊的子民怎樣解開眉頭上／妻小的叮嚀」（〈淡水河黃昏〉　120），此四行詩句，「帆影／風浪」「子民／妻小」的意象分屬於不同的語義系統，然而「折疊／揭開」這一動作的相關性又將兩組意象得以並置，前二句構造了天與地的平面，而後二句將對象從自然延伸至人事，構建無限擴展的立體的詩性空間。詩人的沉思與接收者的感慨得以在這由天——地——人建構的立體空間中不斷延宕，即一種延緩之美。

心理排比有時又從少量的詩句排比擴展到詩節的排比，如〈臺灣新論：聞許文龍是文化人有感〉，詩人將兩個鮮明的畫面並置排比，首段是希特勒拉小提琴，「歐洲醒來時，已躺在／希特勒的肩胛上／那是他用腮托住的一支／名貴的小提琴／他嘔盡心機，搓揉千萬管槍枝／打造出一支軟弓／一拉就拉動／六百萬猶太人從血泊中飄起的／音符」（〈臺灣新論：聞許文龍是文化人有感〉170-71）。以小提琴喻歐洲，以演奏喻侵略，在槍音與琴音，優美與殘暴間構造出詩歌充滿張力的空間。

---

[39] 什克洛夫斯基，〈情節編構手法〉　37。

第二段以是裕仁天皇看顯微鏡的動作進行排比,「臺灣醒來時,早躺在／天皇裕仁的顯微鏡下／那是他悠雅的手指間／扭動的／一支等待羽化／和彩色的小小毛蟲／他精心煽火,集百萬管大炮／熔鑄出一支尖夾／一夾,也不過夾起／幾萬個慰安婦從陰道口飄起的／小翅膀」。畫面的並置看似迥異,但兩節詩所分別包含的意象間關係,都遵循「行動客體──行動主體──行動──行動結構」這一順序,在表層的動作相似性後,還潛藏著從視覺到聽覺的轉化,意象的關係間還存在深層的「侵略──被宰割」一致性,心理排比因而得以建構。前後節詩中眾多的意象、動作一一對應,「希特勒／天皇裕仁」「小提琴／毛毛蟲」「槍枝／大炮」「拉動／夾起」「六百萬猶太人／幾萬個慰安婦」「血泊／陰道」「小翅膀／音符」,歷史殘酷的相似在紛雜的對應中彰顯得淋漓盡致,心理排比不僅擴充了文本的空間,綿延了讀者的接受過程,還加重了詩人的嘲諷意味,歷史的醜陋似乎從未減緩反而不斷重複。如果說「猶太人血泊中飄起的音符」猶含有一絲悲壯,那麼「從慰安婦從陰道口飄起的小翅膀」則悲壯的意味全無而僅餘嘲諷。正如什氏所說,排比中重要的是要感覺出同中有異,排比的目的是把事物從它通常的感受領域轉到一個新的感受領域[40]。於是,「全詩的批判性不僅在於拿希特勒與歐洲比擬天皇與臺灣,更在於臺灣這隻扭動的小毛蟲,卻是天皇集百萬管大炮催生的。兩者似乎的親屬關係,是歷史藕斷絲連的血臍」[41]。

在論述心理排比中,除了差別意象的並置,什克洛夫斯基還提到了另一種情況,即八行兩韻詩的例子。八行兩韻詩是一種傳統的詩歌體裁,特點在於「將同一行詩放入不同的上下文,造成

---

[40] 什克洛夫斯基,〈作為手法的藝術〉 20-21。

[41] 張期達,〈不相稱的美學初探──以白靈《愛與死的間隙》為例〉,《臺灣詩學季刊》6（2005）: 235。

微差的印象」[42]，文本在微差的相似中得以不斷延伸，詩意在相似的結構中綿延深化，閱讀的高潮不斷地被阻滯，讀者的接收時間也不斷延長。這一詩歌體裁在講求格式自由的現代詩歌已不常見，然而白靈的詩作中仍可見類似的例證，見〈千年一淚〉（《千年一淚》 141-42），「僅僅是他眼中偶然的一滴淚」重複出現，第一次，詩人失眠，在網路中寫下詩句：「地球是一隻大恐龍／我們僅僅是它眼中偶然的一滴淚」，是空間上的對峙指向了「我們」的渺小。第二節詩，詩人在泡澡中消磨無眠長夜，想到「飛下的千年，是地球內分泌擠出的／新生的淚——是因為它／才轉動了恐龍的眼珠？」「千年與新生」的對峙，是時間上久遠與短暫的對比。而最後一節，詩人駕車在交通繁忙的路口，突然醒悟：「宇宙才是一隻大恐龍／地球僅僅是它眼中的一滴淚吧。」較於「我們」無限巨大的地球，較於宇宙卻仍是無限渺小，小大之辨都只在對比中顯其不絕對性，而作為「我們」的人類，無論置於時間還是空間的維度，都只是「眼淚的眼淚」，更甚於此，是「偶然的眼淚」，生命不僅短暫且渺小，還充滿脆弱的偶然和不可知，詩人以玄妙的比喻預見了人類幾乎永恆的境遇。而「偶然的一滴淚」的詩句不斷地以相似的形態出現，置於不同的語境中，表達著懵懂——疑懼——驚醒的心理發展過程，詩人的感慨不是猛然被點醒，而是有階段地生發。高潮被置於詩末，或許這才是詩人所欲表達的，經過心理排比達至延緩，情感漸漸增強，逐漸引發接收者的興趣，直至最後的引人深思的共鳴。

---

[42] 什克洛夫斯基，〈情節編構手法〉 38。

五、結語

　　「延緩」說是什克洛夫斯基早期文論的關鍵字之一，是建立在「分解，阻滯的藝術總原則」上文學文本的形態特徵和構成手法。延緩拓展了文本的長度，擴充了文本的空間，也拉長了接收者的感受時間，使得文本的審美特質得以充分展現。白靈詩歌與什氏的「延緩」說有著奇妙的互見性，足可見其運用了豐富的延緩手法以拓展文脈，構造延宕起伏的詩性空間。臺灣詩人蕭蕭（蕭水順，1947-）曾提倡詩歌應有小說的追求，白靈的詩歌雖非敘事文學作品，甚至未必包含敘事因素，卻因延緩手法的運用，而切合這一追求，其借鑒意義是不可忽視的。而「延緩」說在詩歌文本中的適用性，也為什克洛夫斯基早期學說的研究開拓了更廣闊的空間。

　　值得注意的是，文中所提的「語詞材料的拓展」、「梯級性式的構建」、「詩語的難化」並非什氏延緩手法的全部。在〈情節編構手法與一般風格手法的聯繫〉中，什氏另從對敘事性文學的分析中提煉出若干種延緩手法[43]，在白靈帶有敘事因素的詩歌中同樣可以尋找的例證[44]，說明從「延緩」學說的視角研讀詩歌仍有很大的空間可以開掘。

　　另外，「延緩」學說作為什克洛夫斯基早期文論的重心，在後學中得到了發展和開拓，如托馬舍夫斯基的曾做過「動態細節」

---

[43] 這些延緩手法，包括「姍姍來遲的救援」、「解決難題」、「走彎路」、「搶劫」、「俘虜人質」、「不順遂的愛情」、「相認故事」、「穿插安排新人物」，見什克洛夫斯基，〈情節編構手法〉 49-66；及〈短篇小說與長篇小說的結構〉，《俄蘇形式主義文論選》 144-70。

[44] 例如運用「走彎路」和「安排新人物」的延緩手法的有〈巷道中〉，運用「不順遂的愛情」的延緩技法的有〈藏情〉等。本文因篇幅限制，不一一例舉。

與「自由細節」、「靜態細節」[45]劃分。延緩學說在敘事學的領域
得到更大的引申和發展，又為建立詩歌敘事學的研究提供了可能
的參照[46]。

---

[45] 托馬舍夫斯基認為，文學作品中有可以減掉而並不破壞事件的因果——事
件進程的完整性，成為「自由細節」，自由細節又往往是「靜態細節」，如
「自然、地域、環境、人物性格」等，不使情節發生變化，在敘事文本中
加入大量靜態細節，可以使敘事文本中情節向前的進度放慢。見托馬舍夫
斯基，〈主題〉（"Thematics"），《俄國形式主義文論選》 115-17。

[46] 關於建立詩歌敘事學的設想，見布賴恩・麥克黑爾（Brian McHale），〈關
於建構詩歌敘事學的構想〉，尚必武、汪筱玲譯，《江西社會科學》6
（2009）：33-42；閻建華，〈試論詩歌的空間敘事〉，《外國語》32.7（2009）：
87-95。

戲謔與荒誕：一種反諷的人性拷問

——白靈詩歌中「審醜」的批判意識

韓紅豔

作者簡介

韓紅豔（Hongyan HAN），女，陝西西安人，復旦大學中國語言與文學系 09 級博士生，專業為文藝學，研究方向為西方美學和文論。

論文題要

臺灣詩人白靈在詩歌中通過諷刺、荒誕、機智的語言抒寫，來揭示社會自身的醜惡、缺陷和弱點，以此反思人性的荒誕與虛無。通過「審醜」來表達對人自身命運的思考與對善的追求，具體表現在他對戰爭、政治事件的反諷，對社會事件的批判，對科學「現代性」帶來的反思，對自然生態危機的憂慮，以及對教育弊端的諷刺表達出來。閱讀他的詩，可以看到詩歌中對人性的深切關懷，讓人體悟到詩歌那最深層的悲天憫人的情懷。

關鍵詞：白靈、荒誕、反諷、弱點、人性、審醜

一、引言

　　白靈詩歌在描寫人性善的一面，又描寫人性惡的一面，可以說是在描寫「惡之花」。他的詩歌揭示惡的殘酷與冷漠，以此來彰顯人性善的一面，是以惡來彰顯善，是顛覆那虛偽的善和虛偽的理性。人無往而不被一張張網網羅著，人被政治和文化的意識形態操控著，成為一個異化的人。在一個以金錢為追求的世界中，道德與信仰的缺失，讓精神頹廢不堪。而科技的發展，不但沒有讓精神找到自己的棲息地，反而在有些地方加深了這種危機。教育在人生命中的重要，也體現出自己的失落。在對善與惡的辯證中，詩人在思考人性的尺度。在他的詩中，家事，國事，天下事，事事皆可以入詩，既有天災人禍的苦難，又有國計民生的大事，還有日常生活中的瑣事之事。在他詩集《愛與死的間隙》中，在《大黃河》中，在《後裔》中，在《沒有一朵雲需要國界》中，滲透著強烈的批判意識，能深切地感受到他心中憂患意識。「文化不再拘泥於藝術，不再拘泥於過去的優秀遺產和當代的優秀思想，而是將日常生活的方方面面都包括了進來。由是觀之，文化就是錯綜複雜的意義和意識的社會生產和再生產，是社會意義和意識的生產、消費和流通的過程。」[1]在白靈的詩中，我們可以看到形形色色的政治和意識形態力量在其中粉墨登場。

---

[1]　陸揚、王毅著，《文化研究導論》（上海：復旦大學出版社，2006）12。

二、對政治、戰爭本質的反諷

從白靈的詩中，我們看到一段歷史的荒謬和殘酷，在歷史與現實的深刻觀照中，我們看到了詩人的愛恨之心。詩人採用現實主義的民間立場，哀歎了民生的多艱。所謂民間立場，就是對所謂權威的嘲弄和諷刺，正如巴赫金（M. M. Bakhtin, 1895-1975）在評論拉伯雷（François Rabelais, 1494-1553）的小說中所說的：「拉伯雷的基本任務就是要破壞官方所描繪的時代及其事件那種美好的圖景，用新的觀點看待它們，從民間廣場嬉笑的合唱觀點說明時代的悲劇或者喜劇。拉伯雷動用了鮮明的民間形象的一切手段，要從所有的關於當代及其事件觀念中，把有利於統治階級的任何官方的謊言和具有局限性的一本正經統統清除掉。」[2]而白靈就在詩歌中訴說了大眾的反抗。詩人把那些官方的人比作小丑、提線木偶、黃色動物等等形象，因為在這些比喻中，我們看到民間語言中滲透出來的顛覆力量，去權威的力量。通常在這些形象中，是我們取樂的物件，在詩中這種由權威角色到小丑的互換，讓我們看到對其的嘲諷和取笑，而達到詩的審醜效果，通過審醜而渴望世界的美，以醜襯托美與真的可貴和歷史的荒誕。正如薩特（Jean-Paul Sartre, 1905-80）所說：「如果人們把這個世界連同它的非正義行為一起給了我，這不是為了讓我冷漠地端詳這些非正義，而是為了讓我用自己的憤怒使它們活躍起來，讓我去揭露它們，創造它們，讓我連同

---

[2]　巴赫金（M. M. Bakhtin, 1895-1975），《巴赫金全集》，李兆林、夏忠憲等譯，卷6（河北：河北教育出版社，2009）509。

它們作為非正義行為，即作為應被取締的弊端的本性一塊兒去揭露和創造它們。」[3]

　　在描寫抗日戰爭的史詩中，白靈取角比較獨特，他沒有正面描寫戰爭的雙方對峙的殘酷，而是以孩子的視角，或者以戰爭中「慰安婦」的境遇來反襯戰爭的殘酷與醜惡。〈爸爸，整個中國容不下一張安靜的書桌〉以一個孩子的視角，寫了戰爭的殘酷，而這殘酷，以對侵略者的諷刺來表達。戰爭，讓國破家亡，讓血流成河，屍體遍地堆積。當這些「黃色動物」殘害弱者的時候，刀被用來殘害生命，殘殺嬰兒孕婦，蹂躪女子。戰爭成了人退化成野獸的操練地，人的尊嚴和人性成了謊言。戰爭在孩子的眼裡就是：「整座中原像極了／我們家那張／被炸爛的書桌」，而大人可否「扣下您的扳機／自戰壕，自山崗／將爬上來的「黃色動物」們／卜卜卜，一隻只撲殺？」因為：「爸爸，那批「黃色動物」／用和服裹住我們的東北／用馬蹄巡邏我們的中原……」（《沒有一朵雲需要國界》39-42），在戰爭的罪惡道出人性的塌陷。〈圓木〉這首敘事長詩揭露了 731 部隊用活人做實驗的獸性行徑。詩的每節以「忠、孝、仁、愛、信、義、和、平」，對日本在二戰中對中國人的屠殺做了強烈的控訴，道出了那些人醜惡的嘴臉，更讓人氣憤的是，正義被不義所掩蓋，劊子手最後都沒有受到懲罰，還被當作英雄來標榜，歷史再一次顯示出它的荒誕和無恥。據「卜修躍的研究表明，日軍對中國人民所採取的殘殺手段，多達 250 多種，其中絕大多數為人類理性所無法想像。『更令人髮指的是，這些殘殺手段，大多數也用在中國婦女和兒童的身上。』」[4]儘管有評論說白靈有些詩「較少多義

---

[3] 讓－保羅・薩特（Jean-Paul Sartre, 1905-80），《薩特文論選》，施康強選譯（北京：人民文學出版社，1991）133。

[4] 抗戰紀實，〈日侵華戰爭給中國造成多大損失〉，《報刊薈萃》10（2005）：28。

性」而「意識形態太濃」[5]，但還是肯定「而他的長篇敘事詩最為人所津津樂道」[6]。臺灣奚密評白靈詩歌時說：「寫詠史詩的難度或許並不在於史料的選擇，而是在敘述角度、聲音語氣的設計和安排，尤其當題材接近詩人時空之所在並帶著明顯的道德意義時，如何在美感距離和迫切的道德感之間取得平衡以達到最高的藝術效果，這點才是最值得思考、用功的。」[7]

戰爭造成〈不枯之井〉的累累白骨。戰爭中，人的死亡被時間掩埋，歷史中藏滿了「不枯之井」，卻無人知道，這是戰爭的冷酷，也是歷史的健忘。「城市傾燬，最後守城的那名士兵不肯／投降，臥死一角，正被禿鷲啄食⋯⋯一滴一滴，滴入枯死多年之井」（《愛與死的間隙》 69）。戰爭與政治還造就一批政客，如〈提絲傀儡──裕仁死了〉，將政客比成一個提線的玩偶，表面上看起來耀武揚威的，其實自己也是被人愚弄的，而血淋淋的歷史不去反思自己血的殘暴，反而繼續被利用和操作，反而更加肆無忌憚地糟踐歷史。「他像是個提絲傀儡／／不知握誰手中那些線／他躺下，咳嗽，他呻吟，咯血」（《沒有一朵雲需要國界》 36）。政治只不過是那些政客相互角逐的利益場，將政客間的爭鬥比作老鼠和貓的遊戲，在分吃殘羹剩飯，而且還打得不可開交，並且以正義的標籤為自己辯護，而這正義卻是自己的利益。如〈餐桌──韓國總統大選有感〉：「老鼠們蜂擁而上／守住餐桌的家貓慌亂了／競相追逐⋯⋯都指著自己髭鬚上／猖獗的奶白誇稱：／『我擁有的正義最多』」（《沒有一朵雲需要國界》 112-13）。在〈臺灣論──聞許文龍是文化人

5　游喚，〈白靈論〉，《文學批評的實踐與反思》（臺中：臺中縣立文化中心，1993）23。

6　潘麗珠，《臺灣現代詩教學研究》（臺灣：五南圖書出版有限公司，1999）201。

7　奚密，〈詩以詠史──白靈《沒有一朵雲需要國界》〉，《中時晚報‧時代文學》194期，1993年12月26日，版15。

有感〉中，白靈在詩中針砭實事，對政治上那些跳樑小丑，極盡諷刺嘲弄。詩中說道「臺灣醒來時，早躺在／天皇裕仁的顯微鏡下」（《愛與死的間隙》 171）而已。

日本不但沒有對自己的侵略行徑作出道歉，而且還在美化自己的罪行，那些慰安婦就是犧牲品。詩人反諷了「慰安婦自願說」的荒謬，她們只能是在刀的威逼下的強迫「自願」，「所有的番薯都剝光了自己／躺滿島上，說：／／『來吧，歷史，踩爛我／讓我好好地愛你們的腳跡！』」（《愛與死的間隙》 167）。再如〈關於慰安婦的美學說法〉：「一雙大腿呢，如果夠強壯／總可以慰安上萬輛坦克／／不論夾住，或擱淺／對恐怖的戰火，都有澆滅的貢獻／／但要自願，你有聽過博物館／是被強迫的嗎？」（《愛與死的間隙》 169）。這謊言被政客罩上一層面紗，進行美化，把強迫說成自願，把醜惡美化成奉獻。蕭蕭在白靈《愛與死的間隙》序中說：「此詩批判與嘲諷的意味相當地濃厚，對於慰安婦遠赴戰場是出於自願的刻薄說辭，極盡揶揄之能事。」[8]又說「『愛』是極熱的熱切意象，『死』是極冷的冷凝意象，兩相交疊，可以看出白靈正努力以意象之美去指陳現實之醜，政客之惡，當然也指陳心靈豐盛的宴席。」[9]再者〈慰安婦新解外一首〉：「『人民』二字是政客或獨夫／雙掌間的慰安婦／我們被推落在裡面／畫押，簽下乾癟的七畫／航過後，軍艦會承認海／是它的慰安婦嗎／唯留消解吞蝕不了的船骨／和怨氣，等待我們跳入浪中／定位，打撈／／証據昭昭／但無人會承認」（《愛與死的間隙》 172-73）。荒唐的歷史在證據面前也拒絕承認自己的醜惡。

8　蕭蕭，〈白靈的心靈觀照與意象表現〉，《愛與死的間隙・序》，（臺灣：九歌文庫，2004）21。
9　蕭蕭 22。

　　政客用意識形態的迷霧掌控著民眾的想法，不允許民眾有任何的異議。賴希（Wilhelm Reich, 1897-1957）運用性格結構和心理分析，來揭示法西斯能成功的原因。「元首意識形態以前是靠權威主義學校而埋在人的心理結構中並被教會和強制性家庭所培育的，現在人民群眾的無力和無能又加強了這種元首意識形態。」[10]在美國人露絲・本尼迪克特《菊與刀》中，剖析了日本人對戰爭的觀點是「日本必須為建立等級秩序而戰鬥。當然，這一秩序的領導只能是日本……它應該幫助落後的兄弟之邦——中國。」[11]而戰敗之後，「現在日本人已經認識到軍國主義已經失敗……如果沒有失敗，日本會再次燃起自己的好戰熱情並顯示其對戰爭如何作出貢獻。」[12]這些可以說明日本在根基上的意識形態，以及對戰爭的「反思」吧。而「美國佔領當局庇護裕仁，讓他繼續在位，並且把他描繪成一位和平主義者，是導致日本長期以來對其侵略戰爭沒有正確認識的重要因素」[13]而且「比克斯教授[14]指出，占統治地位的日本政治集團的政治立場會在很大程度上決定世界其他國家對日本的看法，掌握輿論工具的少數人也總有機會表達其立場觀點，從這個意義上說，那種歪曲事實的錯誤歷史觀還會在這些人中延續下去，並且影響輿論。」[15]

---

[10] 威爾海姆・賴希（Wilhelm Reich, 1897-1957），《法西斯主義群眾心理學》（*The Mass Psychology of Fascism*），張峰譯（重慶：重慶出版社，1990）213。

[11] 露絲・本尼迪克特（Ruth Benedict, 1887-1948），《菊與刀》（*The Chrysanthemum and the Sword*），呂萬和、熊達雲、王智新譯（北京：商務印書館，2003）15。

[12] 本尼迪克特 218。

[13] 王波，〈日本裕仁天皇是侵華戰爭的罪魁〉，《報刊薈萃》10（2005）：24。

[14] 美國紐約州立大學史學家赫伯特・比克斯著有《真相——裕仁天皇與侵華戰爭》一書，摘取了2004年普利策新聞獎中傳記獎的桂冠，評選委員會認為「改寫了對裕仁的傳統評價，揭示了歷史的真面目，對日本有歷史的警示作用。」王波，〈日本裕仁天皇是侵華戰爭的罪魁〉 24。

[15] 王波，〈日本裕仁天皇是侵華戰爭的罪魁〉 25。

　　那麼到底何謂〈真相〉，歷史有時候難以分辨。時間在風雨的飄搖中，給出不同的版本，因為「一具蒙難的真相／草草數堆墓塚／分頭他們發誓，自己埋下的／才是真相的肉身」，而且每個真相都散發著青煙，歷史被精心地修補著，設計著，安排著，「他們為虛懸的頭顱補上頭顱／為扭斷的胳膊補上胳膊／你要哪種真相？」（《愛與死的間隙》 117-18）真相離真相越來越遠，真假善惡何從區分，歷史本身成為一個謎，一個爭論真相的謎。瑪律庫塞（Herbert Marcuse, 1898-1979）說道「這一真正的經驗世界，今天依然是有死刑、毒氣室和集中營、廣島和長崎、美國的凱迪拉克和德國的梅賽德斯、五角大樓和克里姆林宮、核城市和古巴、洗腦和屠殺的世界。現實的經驗世界同時也是這樣一個世界：在它之中，上述所有事情不是被視為理所當然，就是被忘卻、抑制或不為人們所知，在它之中，人民是自由自在的。」[16]這段精彩的批判，可以說道出了歷史的荒誕與真實。而而詩人書寫歷史的目的在於，「詩人最終關切的主題是中國」[17]，是對中國情況的反思，如〈黑洞〉等。

三、對社會事件的揭露

　　社會中隱含著種種惡，就像《惡之花》的存在一樣，「詩人在自我剖析的同時，也用這把犀利的靈魂手術刀直剖現代人的心靈，挖掘出人性中的虛偽、優鬱、齷齪、罪孽、淫邪等劣根性，把這些人性中惡的意識刺眼地擺在自認為高尚的文明人面前，不由得讓人

---

[16] 赫伯特・馬爾庫塞（Herbert Marcuse, 1898-1979），《單向度的人：發達工業社會意識形態研究》（*One Dimensional Man: Studies in the Ideology of Advanced Industrial Society*），劉繼譯（上海：上海譯文出版社，1989）162。
[17] 奚密 15。

產生一陣陣驚顫。」[18]但是在波德萊爾的詩歌中，有一種「化醜為美，化腐朽為神奇，」[19]將惡經過藝術的表現化而為美。正如波德賴爾在詩集《惡之花》第一篇〈告讀者〉中，開宗明義地告訴讀者他的寫作就是要寫盡人間的罪孽，所指出的「讀者們呀，謬誤，罪孽、吝嗇、愚昧／佔據人的精神，折磨人的肉體，」[20]讓人類清楚地意識到自己人性深處帶有普遍性的罪惡感。白靈的詩歌通過對社會種種事情的書寫，也在傾訴其惡。通過對社會事件的揭露，道出日常生活中的苦難與艱辛，但是卻以反諷的方式抒寫。民眾經歷著天災人禍的艱辛，經歷著饑餓的威脅，經歷著道德的拷問。

〈魔術師——S-95 奶粉事件的聯想〉透過對毒奶粉事件的揭露，批判那些唯利是圖的「魔術師」，他們道德淪喪，為了金錢不惜犧牲他人的生命，「他們讓學生看得起四折書／讓窮人戴得起勞力士／讓新車用假機油可以行駛⋯⋯如果生了病，請一定／一定要相信我們的魔術師／用沒有消毒的塑膠針筒才能早日康復」，更造孽的是殘害兒童，「甚至只要搖搖／工業酪素，便晞嘩嘩瀉成燦白的奶粉／包裝成 S-95，餵我們孩子／哪個不是，渾渾圓圓的小胖豬？」而且對這些「世界一流水準的魔術師，技術高超／法律揪不出，監獄關不住」（《大黃河》 96-98），民眾無可奈何，這些人無處不在地充斥著我們生活的世界，我們卻無能為力，眼睜睜地看著被他們損害。白靈在詩中表現出對社會事件的反思，這不僅僅是個個案，大陸的「三鹿奶粉」事件，和這個事件是一模一樣，只要有這些惡人的存在，這類悲劇還會上演，讓人深感人性的墮落和惡毒。因為這些「廠

---

[18] 潘加欽，〈論《惡之花》的美學意蘊〉，《齊齊哈爾師範學院學報》（哲學社會科學版）4（1998）：35。

[19] 夏爾‧皮埃爾‧波德萊爾（Charles Pierre Baudelaire, 1821-67），《惡之花、巴黎的憂鬱譯本序》，錢春綺譯（北京：人民文學出版社，1991）8。

[20] 波德萊爾，《惡之花》（*Fleure Du Mal*），郭宏安（1943-）譯（桂林：廣西師範大學出版社，2002）199。

商為了實現利益最大化，為了達到國家標準，生產時採取摻假的方法，事故曝光時又採取否定的態度，他們完全不顧消費者的利益，從不考慮消費者遭受傷亡事故時的損失與悲痛。」[21]

〈衣索匹亞的下午──衣索匹亞的蒼蠅最喜歡孩子們了〉這首詩中，描寫了一個悲慘世界中的孩子，饑餓、貧困、疾病就是他們真實的生存空間。他們等待，但是「救濟品也是，還在地球那一邊，愛之船上。」等待像是等待戈多的等待，「但孩子們還是來了，開始／另一個下午的等待／／小黑臉蛋上，張著圓滾滾的／黑色小池塘，水汪汪，一雙雙地排過去」。而具有諷刺畫面的是，與孩子們的困境形成對比的生活，卻是總統愜意地享受著生活，「而遠方，黑人總統吹著口哨正用室內噴泉洗澡」（《大黃河》 63-64）。這群孩子沒有未來，有的只是饑餓和苦難，唯一的希望只有等待救濟品的到來，才能維持自己的生命。兩種場面的映照，對比何其鮮明和具有諷刺意味。這首詩截取了一個社會的片段，而〈一九八四──歲次甲子〉是一首敘事長詩，詩人選擇了 1983 和 1984 過渡這個特殊的時間，展現了一個時間點上世界的畫面，從阿富汗喀布爾到波斯灣、耶路撒冷、巴勒斯坦、非洲、蘇聯、倫敦、巴黎、波昂羅馬、波蘭、中國、美國等等，世界的歷史在詩中匯成一幅幅畫面，讓人去審視和反思歷史。有苦難，有壓迫，有反抗，有一雙無形的手在推動世界的運轉。一邊是戰爭，一邊是眼淚，還有生活中的愜意與狂歡，詩中：「而波斯灣旁，兩伊正以炮彈／互道：『新年早安』／槍聲仍然濃過鐘聲，佔領著耶路撒冷／卡車炸藥是最快樂的煙火」，但是：「巴勒斯坦巴勒斯坦／年輕的女郎在約旦河擦著眼淚請你回來／／黑色的非洲也擦著眼淚。」但是還有一種情況，「南茜

---

[21] 勝秀平（1977-）、顏毓潔（1959-），〈新形勢下對有關經濟主體倫理道德的思考──以「三鹿奶粉事件」為例〉，《科技經濟市場》1（2009）：47。

的眼睛仍停在／時代廣場，『快來看——／我們的百老匯！（《大黃河》 52-57）』等等狀況的書寫，在對比中道出了歷史時刻的荒誕與殘酷。

〈一億隻 SARS 的修煉方式〉這首詩語言辛辣諷刺，SARS 病毒的肆虐，讓人惶恐不安，在對 SARS 的解讀中，我們看到一個病根，身體與心靈的病根，在吞噬著我們，將一個對疾病的解讀擴大到對自己民族的思索，將其還原到歷史的場景，從一個病中看到民族所沾染的病根。「我承認／我就是那口濃痰／『阿——屄！』一聲不知被誰／咳在龍山寺面街的／那堵牆上／整面牆，銅鑼一樣地震撼／／……自從被阿 Q 吐到／中國的臉上／一世紀都沒有得到回應」而且「像一億條瘋狗／等待被吐出／飛滿天空／噬咬／所有不潔不淨不洗手沒有免疫力／的東亞病夫／的身體／和政治」（《愛與死的間隙》 174-77）。這裡的疾病不僅僅是生理上的問題，而且與精神相關，因為一個民族的健康「既是指人的各種器官、功能的完好程度，又是指人與各類物理、生物、社會和自然環境的協同進化關係；它還是一種文化，即是人的物質文明與精神文明和社會的政治文明與自然的生態文明的綜合表象。」[22]

〈偷〉講述一個饑餓人的遭遇，為了活著而去偷竊。想著可以去碰碰運氣，卻被逮住，最後落荒而逃。被饑餓驅使的人，為了生存而去偷竊，卻被「抽劍掄刀」地看著，人生在與死亡做掙扎，與善惡的道德做掙扎，卻抵不過生存的本能，對一個饑餓的人而言，生存是第一位的，活著是首要的。偷竊要受到懲罰，偷情也要遭受良心的譴責。〈小精靈〉是對家庭倫理道德的拷問，在一個缺愛的時代，我們該如何去守護自己脆弱的家園。「自心型的甕裡掙脫，

---

[22] 劉思華（1940-），〈現代經濟需要一場徹底的生態革命——對SARS危機的反思兼論建立生態市場經濟體制〉，《中南財經政法大學學報》4（2004）：19。

那小精靈／撞開囚禁他的樓閣」，而且「那小精靈闖入我的臥室和客廳／躺垮了席夢思，拉斷了銅扣抽屜／坐壞牛皮沙發按燼水晶大燈」，唯一的解釋就是「當我自城裏，帶著情婦回來的時侯」(《大黃河》 67-69)，居住的世界狼籍滿地，道德的垮臺與精神的自問成為自我審視的角逐地。背叛成為時代的病症，愛失卻了自己的承諾與信仰，「婚姻範圍內性的專一性與排他性，使當事人雙方都要為保證性的歸屬而不斷盡到責任與義務。」[23]愛到最後成了傷害與背叛，還有對人性的懷疑。一面是生的肉體與良心上的掙扎，一面卻是生的預言。詩人對〈紅頭阿三〉進行了辛辣的諷刺，紅頭阿三在人的心目中可以預言未來，是人與神相遇的仲介，但他只不過是有種種惡習的普通人，吃喝玩樂樣樣在行，「整座城在他搖晃的鈴鐺下發抖／諸神來到他的桌頭／爭先恐後對他發號施令／」，但是紅頭阿三「血口嚼檳榔／在酒廊裡索女人的腰／／像索取一排紅標米酒／他讓老母坐在空米缸裡修行／他使妻子遁入理容院觀光／他在電影院把無能的酒瓶／擲向萬能的阿諾……」(《愛與死的間隙》 128-29)。民眾對他的頂禮膜拜，反觀出世事的離奇與怪誕，也表現出詩人對社會生活的反思意識。

四、對「現代文明」的反思

在工業文明發達的現代社會，給予人們物質文明的同時，也帶給人們無奈和空虛的精神頹廢。我們不能盲目地崇拜現代性的好處，而對其不加反思。「當人在研究和觀察之際把自然當作他的表像活動的一個領域來追蹤時，他已經為一種解蔽方式所佔用了，這

---

[23] 晏輝（1960-），〈守望家園——家庭倫理的當代境遇〉，《北京師範大學學報社會科學版》（社會科學版）2（2006）：112。

種解蔽方式促逼著人，要求人把自然當作一個研究物件來進攻，直到物件也消失於持存物的無對象性中。」[24]在海德格爾看來，在被技術控制與統治的世界裡，人性越來越異化。欲望與虛無到處蔓延遊蕩，人們看不到存在的意義，感到無家可歸。現代的文明摧毀了生命的神秘和人類詩意的家園，控制著人的思想。

比如〈試管嬰兒〉，生命的延續本是一件神秘和神聖的事實，但是在現代高科技的主張下，生命的誕生就是實驗室的產物，就是精子和卵子結合的實驗，生命不再是生命的延續，而是科技的力量，它帶來了很多倫理上的思考，正如詩人所說的，遺傳工程帶來的是「終將父不父，子不子，孫不孫……」。對於科技在生命上的實驗，我們需要一種謹慎的態度，因為它關係到倫理的意義，而不僅僅是科技的問題。「生命在按鈕中開始了／代號○○二，二十年前的胚胎／冷凍的，性別：男／又由冰冷中扳回了生機／顯微鏡下活蹦蹦跳動著／裂解細胞，舒放基因／／人造羊水中似乎興高采烈呢」（《沒有一朵雲需要國界》 119-20），科技摧毀生命的奧秘與神聖，還有我們日常生活中的食物，也被科技改變了，這到底是一件好事情還是壞事情，需要反思。

〈終端機──現代八卦系列之一〉中，電腦是二十世紀偉大的發明，只需要按下指令，一切的資訊都在瞬間可以接受到，作為現代的八卦之一，人通過電腦創造了一個神奇的世界，只需要「彈起，按下，按下，再彈起」但是「這時候需要頓悟／RUN」而世界就在「瞬間展開了花朵／吞沒畫面遮掩一切／而且結了滿滿的／／果」（《沒有一朵雲需要國界》 125-27）。技術看起來無所不能，但其實也有無奈的時刻。〈失敗的衛星〉講述了一個失敗科學實驗的事

---

[24] 馬丁‧海德格爾（Martin Heidegger, 1889-1976），《演講與論文集》（*Vorträge und Aufsätze*），孫周興譯（北京：生活‧讀書‧新知三聯書店，2005）17。

情。人自己創造的東西，最終卻沒有辦法去挽救。耗費鉅資的衛星，在太空中失去自己的航道，成為太空中的垃圾。「載著／龐大電腦、一堆精密儀器，以及／幾千磅燃料，悶不作響仿如魚雷／在太空闐黑的海裡，孤獨地前進……在納稅人的咒罵聲中／在科學家下斷的想念裡……」（《沒有一朵雲需要國界》　123-24）。科學技術也有自己軟弱的一面，征服世界的後面是隱含的失敗。

當戰爭無法進行的時候，文化就會拋頭露面。詩人在〈櫻花二號〉開頭說「文化的核子彈，無需投射不用引爆」，在這首詩中，吐露出詩人對「文化核子彈」進行轟炸的擔憂，當代的「侵略」，不再是肉體的廝殺，而採取了更為隱蔽文化的意識形態的進攻，文化是「和平」的使者，但是在接受文化的時候，我們應該採取那一種方式。「而鏡頭的背後一朵櫻花緩緩張開它／超薄型的金屬花瓣，以及／雷達狀鮮麗的花蕊……／／（一件神器，施展法力，隱隱，在外太空）。」（《沒有一朵雲需要國界》　130-32）作為一場文化的戰爭，與作為一場槍彈的戰爭，前者更隱秘更具有力量。思想意識的牢籠，比起肉體的牢籠，更為可怕。因為肉體上的奴役可憎，而精神上的奴役可怕。正如赫伯特‧瑪律庫塞所說的：「政治意圖已經滲透進處於不斷進步中的技術，技術的邏各斯被轉變成依然存在的奴役狀態的邏各斯。技術的解放力量——使事物工具化——轉而成為解放的桎梏，即使人也工具化。」[25]技術的發展隱含著對人的控制，因為打著文化的旗幟，所以很難察覺。

〈殺手衛星贊〉這首詩中，對科技發展所帶來的影響作了一番批判。科技讓資訊充斥著大眾的耳目，大眾忙於在這個多彩的世界中不停地奔波。這個世界成了一個資訊的世界，讓人目不暇接，媒體和網路成了我們生活的世界，成為我們領悟真實、解釋和傳達的

---

[25]　馬爾庫塞　143。

基礎。「除根不構成此在的不存在，它倒構成了此在的最日常最頑固的『實在』。」[26]真相就是傳達出來的真相，因而這種「視界」是一種休息的、逗留地看，不用去勞心費神地反思什麼。「一切看上去都似乎被真實地領會了、把捉到了、說出來了；而其實卻不是如此，或者一切看上去都不是如此而其實卻是如此。」[27]道聽塗說、推導、猜測或者想像，神話或者妖魔化，以娛樂大眾的方式淋漓盡致地展現在媒體上。「他們在變成流浪者——當然，這裡我指的與其說是地理上的含義，遠不如說是精神上、心理上的含義，不妨說日常生活的遊牧和流浪。」[28]雖然我們清楚媒體的弊端，但是我們依然被其操控著，它是我們的「神」，而且是個惡名在外的神，是個冷酷的神，但是我們依然對其頂禮膜拜，頂禮膜拜這個「技術媒體」的偉大力量。「它同時是高明的殺手／容忍蝙蝠囂張，但不准／毒惡的核子精蟲衝出黑暗／有隱身的本領，看清一切／卻不讓一切看清……對人們的祈禱冷默不語／它是現代的神」（《沒有一朵雲需要國界》 134-35），這成為我們無法擺脫的命運。

〈綠色家鄉〉書寫了一個技術的無所不能，但是到最後，卻發現是一場無盡的災難。前後兩者的對比鮮明，將技術理性摧毀的粉碎，展現出人類生存前景的危機。詩人通過地球前後面貌的比較，得出工具理性的危害，「於雷射望遠鏡中，地球的面貌／圓融如昔，雲氣渦轉，一種藍色的溫暖」然而在人類的侵佔下，卻是「果然山都夷平，沼澤遍地／布袋蓮站滿各處，就連一隻兔子也無」，但是這並沒有讓人類清醒，而是「我們不如在外太空／流浪，繼續傳播

---

[26] 馬丁‧海德格爾，《存在與時間》（Sein und Zeit），陳嘉映、王慶節合譯（北京：生活、讀書、新知書店，2006）198。

[27] 海德格爾，《存在與時間》 201。

[28] 沃爾夫岡‧韋爾施（Wolfgang Welsch, 1946- ），《重構美學》（Undoing Aesthetics），陸揚、張岩冰譯（上海：上海譯文出版社，2002）262。

那／和平的，福音……」(《大黃河》 78-81)。技術不但帶來自然
的災難，同時也帶來人生存的困境。〈庭院〉是個很讓人遐想的名
字，充滿了鄉土田園的味道，可惜在工業化的道路，都市的無限擴
展，沒有像我們期待的那樣讓人類的生活變得更美好，後果是「我
是說你　像不像試管中　斜躺的侏儒」，需要的是「來　趴下臉　與
草一同呼吸／這恐怕是大地　少許可呼吸的皮膚了／其餘的像不
像　用硫酸潑過(《後裔》 68-69)」般更加委瑣，庭院已經不再是
我們的田園般愜意的生活，而是剩下滿目的瘡疤。詩中有對高樓大
廈的都市的諷刺，也有對人當下生存境遇的同情。現代化的上升之
路是和現代化的墮落連在一起，也是我們無法逃脫的命運。白靈詩
歌中有一種「鄉愁」和「尋根」之感。傳統文化的消失，工業社會
帶來的荒蕪，導致對「大地」尋根式的依戀。人精神的安居，在於
對「大地」的追尋，而不是遠離大地的虛無。〈千禧游龍〉中，龍
本來是我們傳統文化的一個象徵，但是在後現代「碎片」和「拼接」
的擺弄下，「古老人類焊接出的／後現代作品」，成就自己的形象，
但是卻「燙傷我們的想像」(《愛與死的間隙》 138-40)。傳統被「後
現代」閹割成碎片。詩人反觀了現代工業社會所帶了的病態與萎
縮，而在傳統中尋根，展現出白靈對待現代文明與傳統文化之間的
心態。

〈晚報〉在歷經滄桑的老人那裡，就是一堆垃圾，沒有價值和
意義，這「壯烈而虛假」的杜撰，只能被丟進垃圾桶。「〈晚報〉揭
示了失去精神依託的個人在工業社會中渺小、淒涼的生存境地，體
現了工業社會冷酷無情的一個側面……人的空虛、淒涼的內心世界
在這樣的背景中表現得淋漓盡致。」[29]詩中「老人卻將報紙抽出／

---

[29] 周穎菁，〈在傳統文化與現代文明的交接點上——白靈詩歌簡評〉，《寫作》
1 (1996)：15。

拾階而上,沿濱海公園／為手中捲起的世界尋找一口垃圾桶／／鏗
噹一聲／落日應聲跟入／壯烈而虛假／留下彩霞,滿天狂草」(《沒
有一朵雲需要國界》 95-96)。與〈晚報〉的淒涼與空虛形成鮮明
的對比,是在〈插花詩小集・交際〉中詼諧幽默而又調侃的姿態,
既然世界是個「牛魔王」,那麼我們做什麼都無所謂,「跳就跳吧,
害羞的就閉上眼睛／扭就扭吧,跳也無聊／不跳更無聊／拳腳在空
中,在地板上／在柔或硬的腰肢上／拳,打,腳,踢／／(世界是
個牛魔王／我們在他的胃中)」(《後裔》 83)。這兩種心態可以看
到當代人內心的隱痛。

五、對自然生態憂患意識

詩中展現出這樣的畫面,人為了追求利潤和金錢,殘殺著動
物,破壞著自然,一切能為人帶來財富的東西,人都要貪婪地去
掠奪。對資本的無限追求,導致了生態環境的危機,也導致了道
德的缺失。人對自然的惡就是人心敗壞的惡,反過來自然也已自
己的方式回復著人類的貪欲。「資本主義生產方式在歷史上曾起過
巨大的進步作用,但目的是為追求利潤的最大化,這就決定了資
本主義對自然必然採取一種敵視的態度,把自然看成掠奪和獲取
利潤的對象。」[30]為了利潤,人控制自然的觀念,導致「生態危
機取代了經濟危機」,[31]在利益增值的目的下什麼都可以犧牲,「在
生態模型上,所有生命的價值是不證自明的;相反,經濟理性把
自然和非人類生命當做環境資源,用工具性術語進行解釋,它們

---

[30] 常豔,〈生態危機的根源與解決路徑〉,《理論界》7(2009):85。
[31] 〔加〕本・阿格爾(Ben Agger),《西方馬克思主義概論》(*Western Marxism:
An Introduction*),慎之等譯(北京:中國人民大學出版社,1991)486。

被用於為經濟目的服務。」[32]一切都在錢的名義下為惡，一切都是貪婪的惡果。

〈都蘭山麓上洗手間〉這首詩很有意思，人與自然的對話，通過醜物來顯現，把人的污穢物與自然的造化連接在一起來看。自然有一種化腐朽為神奇的力量，「諸如排泄物等等／當它進入龐偉的／山的軀體內／滾動／轉折／最後在山腳下勢必／放出一股清泉」，而人也在與自然對話，體現出人對自然的敬畏。「如此虔敬，面對著／都蘭山小便／甘心尾隨卑卑微微的／一滴尿／進入百轉／千回／從此撫摸／萬億噸石頭」（《愛與死的間隙》191-92）。

但是人更多的是對自然生態的破壞與掠奪。〈剝虎大師〉這首詩寫作角度很新穎，採取了陌生化的視角，戲謔地站在劊子手的立場，說要替他們鳴不平，「剝虎大師其實是冤枉的／他多情，而且愛虎，偏偏沒人知道／大家只誇他技術好：目無全虎／刀起刀落」，他們把老虎肢解，其實是為了人類的健康，而且自己還受到冤枉。民眾譴責他們「好腥、好血、好錢」而迷失人性，但是那不公平。而其他人讓老虎在動物園待著，很不人道，還不如他們讓老虎早日升天來的仁慈。看看這些利益薰心的人的辯解，就知道他們無可救藥。「剝虎大師心裡狂喊著／他已經下了決定，要在迷信法律的人們／決定立法以前，趕快幫老虎們升天／／剝虎大師最看不起保護動物的人了，」把殘忍說成仁慈，把血腥說成超度，人性的公道已經缺失不堪。其實在大家討伐「剝虎大師」時候，可曾想過，「森林一批批倒下，山嶽被剖開／衝進去柏油公路與機器猛獸／也不問老虎願不願意，讓牠們奔走於／／動物園，馬戲團，以及一小時就

32　〔英〕簡‧漢考克（Jan Hancock），《環境人權：權利、倫理與法律》（*Environmental Human Rights*），李隼譯（重慶：重慶出版社，2007）13。

可以／走完的草原」（《大黃河》 99-102）。血的意象一次次在詩中出現，對自然萬物的殘害，對生命的漠然，這是惡的審視與反思。對生命的血腥殘害，可以是在戰場上，可以是在精神上，可以是在對自然萬物的蔑視上，沒有對自然萬物的敬畏，人就變得無所顧忌，為自己的私欲而害天下生靈。瘂弦在〈待續的鐘乳石——序「大黃河」〉中說「則又順便淩屬的討伐了口口聲聲不能殺虎、但卻恣意破壞生態環境，使野生動物無所逃於天地之間，與『剝虎大師』不過五十步與百步的『文明人』」！這首詩劇感十足，是經過理性思考與設計的。像這樣的詩法，是他前一代所少有的。」[33]

　　〈鯨魚之歌〉記述的是 1998 年 10 月 330 頭鯨魚在南半球沙灘擱淺的事情，讀來讓人內心感到焦慮不安。對自然的破壞，從森林到高山，從陸地到海洋，凡是資本經過的地方，都留下了滿目創傷，動物的集體自殺，為人類敲響了危機的鐘聲，那一條條鮮活的生命，就在人的威逼下，成為資本的犧牲品。「幾百艘肉塑的潛艇／用盡了在海中飛的氣力／集體挺出，在岸上」，只是因為「脂肪和臘質燃亮各大洲／潤滑了槍桿子、機器／和野心／圍剿和追逐／弓箭和長矛／尖銳以及／瘋狂，而今都鬆開手／好讓一條海灘／扶牠們上岸」（《愛與死的間隙》 146-50）。對利益的追求，是對他物的毀滅。而且這種掠奪是從海洋到山谷的蔓延。在〈神仙丹爐——記小油坑硫磺谷〉中，人為了自己的經濟利益，憑藉自認為先進的「高科技」試圖主宰、征服自然，這種嚴重錯誤的觀念和行為雖然帶來了經濟的飛躍，但造成的環境問題卻是不可彌補。人在經濟的富裕中，卻忍受著破壞帶來的後果，「乍看是堅硬之石，卻是／一窩流體，粘稠模糊的一團意志／渾渾，沌沌，深不知幾許」，自然在忍耐和承受人的踐踏，「火的容忍／至堅向至軟的對流／據說咳個嗽

---

[33] 白靈，《大黃河》（臺灣：爾雅出版社，1986）11-12。

都要一千年／何況是撥弄它的肝火／歲月扭緊了歲月／寂寥熔融了寂寥／千噸氣勢捏成一丸龐然真氣／以地殼壓住，」自然所呈現給人的「唯留一孔鼻息／全黃的，露出地表／呼呼　喘　氣／／（地球頂端來了許多踏青人）」（《沒有一朵雲需要國界》 136-37）。而更具諷刺意味的是，人還要在此踏青，欣賞自然風光，卻不知道，只有惡臭而已。所以「人必須敬重自然之『母』，給自然以倫理關懷，另一方面，人是勞動的產物，人的生成就是對象化物件化活動中的自我生成，因此，為了維持自身作為真正的『人』的存在，他也必須呵護作為勞動對象的自然，給自然以倫理關切。」[34]而現代的環境倫理學人類中心主義持這樣觀點，「現代環境倫理學中以J・帕斯莫爾（John Passmore, 1914-2004）、H・J・麥克洛斯基（H. J. McCloskey, 1925-）等人為代表的一種理論立場，其要義是主張在人與自然、人類與生態環境的相互作用中應將人類的利益置於首要地位，人類的利益應成為人類處理自身與自然生態環境的根本價值尺度。」[35]但是糟糕的現狀是，「地球上的每一個大的生態系統都遭到了破壞。環境正義話題正成為各地最迫切的事情。這個事實的背景是，資本主義積累沒有任何限制。在這種致命的衝突中，自然界被看作僅僅是社會統治的手段。」[36]白靈詩中透露著對自然的生態倫理關懷意識。

---

[34] 孫道進（1965-），〈《自然辯證法》的「人」：生態倫理學的人學本體論〉，《南京林業大學學報（人文社會科學版）》6（2007）：5。

[35] 汪信硯，〈現代人類中心主義：可持續發展的環境倫理學基礎〉，《天津社會科學》3（1998）54。

[36] 〔美〕約翰・貝拉米・福斯特（John Bellamy Foster, 1953-），〈資本主義與生態環境的破壞〉（"The Ecology of Destruction"），董金玉譯，《國外理論動態》6（2008）：55。

六、對教育異化的擔憂

白靈說：「太多人把寫詩當作千秋萬世的大事業，好像只有少數人才能玩詩一樣，就像我們現在的教育理念，只是不斷的用一些能力指標、科目在篩選人，好像有些什麼樣的才能，才能作什麼樣的事，好像除了這些才能以外，其他的才能都不重要了；卻沒有注意到每個人在他的潛在面當中，都有一些我們沒有敲打出來、挖掘出來的能量，但是我們忽略他、放任他，覺得那些都是不重要的。」[37]表現出他對教育的擔憂。在詩中他同樣深切地表達了這種擔憂，是以詼諧、反諷的語言表達。在此過程中，教育成為統治工具，學生被動接受教育，主體性與自由性受到了抑制。當我們追問大學精神的時候，「大學者，研究高深學問者也。」[38]但現在更像是個培養勞動力市場的地方。杜威（John Dewey, 1859-1952）提出「『教育即生活』的根本目的，不僅要求教育本身就成為有意義的、愉快的、美好的生活，而且要求教育成為創造更美好生活的工具和手段。」[39]但是我們失去這樣的教育理念。

〈考試〉寫出來學生的苦惱，老師的無奈。學生被規訓在「一個嚴密的知識實體，它構成了一個凌駕于教師和學生生活、經驗之上的符號系統，興趣、生活、經驗和實踐被排斥在這種課程體系之外。」[40]考試是衡量學生一切的標準，而學生對此厭倦不堪。學生答不出考題，而且被老師規訓為「不准作弊！」考試成了一個現代

---

[37] 解昆樺（1977-），〈一趟文學記憶的逆旅──白靈和他的詩生活〉，《文訊》12（2004）：141。

[38] 蔡元培，《蔡元培教育論集》，高平叔編（湖南：湖南教育出版社，1987）152。

[39] 褚洪啟，《杜威教育思想引論》（長沙：湖南教育出版社，1998）23。

[40] 母小勇，〈論課程的文化邏輯〉，《教育研究》11（2005）：61。

的「八卦」，讓人苦惱，而沒有辦法逃脫。「學生們一上午寫不出的程式／八隻足褐色那蜘蛛／早玩得差不多了」當老師喊著「『不准作弊！』／這下捕獲了獵物／我對蠢蠢欲動的學生大喊……」，結果變成「鐘響時，剛好雨停／『再給你們十分鐘！』／八卦上網住了許多雨點／滾亮著，似眾多小小水晶球／啊，難道是學生們遭困的眼珠？／每一珠都走動著一隻／／蜘，蛛」（《沒有一朵雲需要國界》128-29）。教育目的成了令人生厭的考試，考試成了衡量的尺度。

　　〈畢業生〉講述了學生畢業面臨的抉擇，教育原本讓人活得豐富自由，但現實讓人成為「一個單向度的人」，而且把人變成「工蟻」，人在畢業後所面臨的是異化的問題，「他的標準就是自我持存，即是否成功地適應他職業的客觀性以及與之相應的行為模式。」[41]學生的教育不是以自我的愛好和自由思考為前提的，而是以市場的需求為前提的，是為勞動力市場提供的教育，不需要什麼思想與靈魂的深度，「你不是自天堂至少也是／自閣樓，跌下來／空間被削成平面／本是小鳥，現為工蟻一隻罷了」，結局就是「該把這樣的話打成領帶／任年華流入江海／你底靈魂是傲岸的山頭／終年積雪」（《後裔》　63-64）。教育培養只是幹活的勞動力，而不是思考的人。從一個豐富內心的人，變成一個平面的人，自由的神話變成螞蟻的忙碌。教育的目的應該是這樣的一家事情，「對斯賓諾莎來說，保持自我的存在，就是成為他所能夠成為的人。」[42]在對西方工業文明崇拜時，也導致教育理念的崇拜，「『以致用之科

---

[41] 馬克斯・霍克海默（M. Max Horkheimer, 1895-1973）、西奧多・阿道爾諾（Theodre Wiesengrund Adorno，1903-1969），《啟蒙辯證法：哲學斷片》（*Dialektik der Aufklärung: Philosophische Fragmente*），渠敬東、曹衛東譯（上海：上海世紀出版集團、上海人民出版社，2006）22。

[42] 埃利希・弗羅姆（Erich Fromm, 1900-80），《為自己的人》（*Man for Himself*），孫依依譯（北京：生活・讀書・新知三聯書店，1988）44。

為足盡教育之能事，而屏斥修養心性之功者』，是集中體現了西方
工業文明的弊端，使教育與受教育者依附於市場的實用主義的商業
化教育。」[43]

　　教育總是讓人有一種憂患意思，〈科學會議〉去討論解決。在
一個會議室裡在閉門議論的時候，卻沒有發現現實的境況卻一天比
一天脫離我們的意圖。我們是在逃避中去討論解決辦法，這個所謂
的「科學會議」其實就是不科學的，沒有面對現實，又怎麼能夠解
決世紀末的頹廢？「末世紀的學生／該以何種領域去拯救？／這命
題我們正熱烈討論／而無人注意，窗外／應和的秋蟬，和樹影／一
天比一天輕了」。社會的精英教育，產生了「滿屋子博士」。博士的
研究就是「為光榮自己的研究／正以金亮的尖牛角／相互格鬥／他
們肯定，牛隻因牛角／而安全而高貴／而非牛本身」，大家相互的
辯駁是因為自己的稜角，鋒芒畢露地展現著，咄咄逼人地行走著，
但是卻忘記自身的思想，這種情況讓詩人覺得「崢嶸」。就連延期
畢業的學生，「也正俯首，以原文書／砂紙般磨利他頭上／折損的
牛角」（《愛與死的間隙》 126-27），好去相互地格鬥。當教育脫離
對人自身的思考的時候，教育應該好好地反思自己，「從根本上講，
人作為人是精神性的、自由的與創造性的存在。」[44]〈排長與兵〉
寫的是管理的問題，即以管理機器人的方式去管理人，「帶兵以前，
我也修過三個學分的／管理學，關於機器人的。」而這些兵卻不聽
指揮，「用鋼盔養魚，在槍管上插花／不時溜進大炮裡休息」「當然
生氣，就把那群傢伙的腦袋，一個個／弄笨了一些／……『我們會
想你的，排長。』／憨憨地這些機器人說／在他們圓滾滾，同個式

---

[43] 錢理群（1939-），〈想起七十六年前的紀念〉，《讀書》5（1998）：6-7。

[44] 郝德永（1964-），〈人的存在方式與教育的烏托邦品質〉，《高等教育研究》
　　 4（2004）：60。

樣的眼裡／老天，我沒有看到一絲絲怨恨」（《大黃河》 70-71）。
變成機器人也沒有什麼怨恨，是人在逃避自由還是在接受管理？

　　這種批判帶給人的反思是何為教育的真正目的。「教育的根本
目的不再是單純向學生灌輸、傳授各種面向職業和專業的知識與技
能，而是培養一種態度，一種責任，一種正確對待生活及人生的理
念。」[45]如果社會是「以利益為導向的教育改革是中國教育最大的
危害，它不僅培養不出優秀人才，更會毀掉一大批人才，造成中華
民族深層次的危機！」[46]而這導致的結果就是「在激烈的市場競爭
中，為了把自己『賣出去』（被人雇傭），人們必須依照對方的需要
來『打造』自己，『市場人格』由此出現並迅速普通化，中國父母
的教育行為和如今大學生的受教育行為在相當程度上都是一種『市
場行為』。」[47]科學巨人都感歎到「用專業知識教育人是不夠的。
通過專業教育，他可以成為一種有用的機器，但是不能成為一個和
諧發展的人。」[48]

七、結語

　　白靈詩歌通過對世間苦難事情中所蘊含的荒誕與扭曲的書
寫，來反思人性中惡的一面，荒誕與不合理的存在。通過「審醜」
使其對惡進行反思和審視，進行痛斥和諷刺，以此表達對宇宙人生

---

[45] 李豔春（1975-）、宋偉（1982-），〈我們需要什麼樣的教育？──以馬克思
　　　主義視角審視當代教育〉，《繼續教育研究》6（2009）：51。
[46] 任榮明，〈利益導向下教育體制改革的困境與出路〉，《探索與爭鳴》3
　　　（2010）：11。
[47] 熊芬，〈論大學教育目標與課程對立統一關係中的度〉，碩士論文，中南大
　　　學，2009，18。
[48] 阿爾伯特・愛因斯坦（Albert Einstein, 1879-1955），《愛因斯坦文集》》，許
　　　良英等譯，卷3（北京:商務印書館，1979）310。

的愛。通過歷史硝煙戰火的反思，在有限的事件來思考人性的瘡疤，在科學技術中訴說人的壓抑與失落以及自然的苦難，也深切憂患教育在迷失自己的方向。在詩歌構築的世界，可以看到一個真切的歷史現實，在此詩人體悟人間的滄桑與苦難，在反諷的狂歡中，嬉笑怒罵皆成詩篇，讓讀者體悟到詩歌那動人心魄的精神力量。

童詩　文學批評　新詩教學

胸中自有浩然氣

——論白靈《一首詩的誕生》之藝術創造工程

羅文玲

作者簡介

羅文玲〈Wenling LUO〉，女，臺灣苗栗人。東海大學中國文學博士，現任明道大學中文系副教授兼系所主任，著有《蘇曼殊文學研究》（2010）、《唐代詩賦與佛教關係之研究》（2010）、《六朝僧侶詩研究》（2008）等書。

論文題要

相對於許多談詩的人，用種種模糊的言詞談詩，受科學訓練的白靈乾淨俐落地在黑板寫下：詩就是愛因斯坦的 $E＝mc^2$，告訴我們詩如何透過意與象，展現出人生趨近於無限的能量，而詩又是如何的無所不在，如何的與我們親近[1]。特別是相對於正常語言所要求的

---

[1] 解昆樺（1977-），〈一趟文學記憶的逆旅——白靈和他的詩生活〉，《文訊》230（2004）：13。

合文法、邏輯性，詩提供我們得以亂說的自由。惟有寫詩，才能讓我們從語言牢籠中解放出來。本文旨在見證白靈的藝術創造工程。

關鍵詞：白靈、《一首詩的誕生》、化學家、詩人、藝術創造

一、詩與化學的變化

根據張默（張德中，1930-）與蕭蕭（蕭水順，1947-）的統計，在臺灣中生代詩人中，白靈（莊祖煌，1951-）的詩入選《年度詩選》次數最多[2]，他亦參與「詩的聲光工作坊」，將新詩透過再創作，與現代多媒體結合，在舞臺上演出，對新詩的推廣、朗誦表演形式的創新，貢獻頗鉅。從白靈的詩作中，我們看到了新詩傳承的痕跡，有傳統的溫柔敦厚，也有另創的多樣化的新局：結合現代科技，在多媒體與網路上展現新詩風華。身為中堅代動見觀瞻的詩人，白靈已為新詩開闢了一個新世界，尤其是他刻意經營的意象王國，使新詩更為精煉、通曉，讓人對新詩的發展充滿了信心，走過創作的艱澀瓶頸，白靈的詩路將是陽光燦爛的大道。

白靈，原名莊祖煌，1951 年生，祖籍福建惠安，美國新澤西州史蒂文斯理工學院（Stevens Institute of Technology）化工碩士，任教於臺北科技大學化工系。著有詩集《後裔》、《大黃河》、《沒有一朵雲需要國界》[3]和詩論集《一首詩的誕生》、《煙火與噴泉》、《一首詩的誘惑》[4]等。白靈是一個熱心詩運的詩人，長年主持臺灣耕

---

[2] 原文：「在臺灣青壯一輩詩人中入選《年度詩選》，白靈是最多次（至一九九五年十二冊共入選十一次）的一位。」見張默、蕭蕭主編，《新詩三百首（上）》（臺北：九歌出版社有限公司，1995）668。

[3] 本文引用白靈以下各本詩集：《後裔》（臺北：爾雅出版社，1979）、《大黃河》（臺北：爾雅出版社，1986）、《沒有一朵雲需要國界》（臺北：書林出版社，1993）、《愛與死的間隙》（臺北：九歌出版社有限公司，2004）、《女人與玻璃的幾種關係》（臺北：唐山出版社，2007）、《五行詩及其手稿》（臺北：秀威科技股份有限公司，2010）、《昨日之肉》（臺北：秀威科技股份有限公司，2010）。

[4] 本文引用白靈詩論評集如下：《一首詩的誕生》（臺北：九歌出版社，1991）、《煙火與噴泉》（臺北：三民書局，1994）、《一首詩的誘惑》（臺北：九歌出版社有限公司，2006）。

莘文教院的文學講座，在各種文藝營巡迴演講；曾與羅青（羅青哲，1948-）、杜十三（黃人和，1950-2010）一起策劃「詩的聲光」活動，為現代詩的表現尋找新的形式，推動現代詩與科技文明的結合。

白靈在詩中有一些生活的投影與感觸，如〈東方美人〉寫徹夜與友人暢飲白毫烏龍的迷人經驗：「繞過你舌頭／深入你喉嚨／親吻甬窄的食道後／轉個彎／說不定不必轉彎／就舔走一顆潛藏的雄心」（《愛與死的間隙》 144-45）。〈白髮記〉寫中年人面對白髮的心情，詩人輕鬆寫來，把白髮說成心術險詐的對手，持短短柔繩細細綑綁青春，又卻像一支支的白箭，頭顱成了洩慾的箭靶，末句卻是「只聽到：滴答滴答的虛無」（《沒有一朵雲需要國界》 14），面對白髮，誰不怵目驚心，蒼顏的慨嘆，令人黯然。這種歲月低沉的旋律，在〈茶館〉裡寫得更為透徹：「數十載歲月清茶幾盞／幾百樣年華淺碟數盤／一桌子好漢茶壺裡翻滾／唯黑臉瓜子是甘草人物／在流轉的話題間，竊竊私語」（《白靈‧世紀詩選》 11）。前兩句對仗得十分工整，直陳茶館的歲月與內容，第三句在茶壺裡翻滾的好漢，寫得何等親切生動；瓜子在流轉的話題間竊竊私語，又是多麼貼切！與此詩筆法類似的是〈乘船下灘江〉：「江面下匍匐著一床翡翠／岸左右凹凸起兩路峰巒／透明的翡翠上，沒有船撩得開陰影／歷史的峰巒間，哪片雲不染點滄桑／唯想像從容，奔馳於所有漣漪的前方」（《白靈‧世紀詩選》 12）[5]。

白靈詩中有點觸到科技的作品，如〈千年一淚〉裡寫：「夜半被什麼驚醒／起身，將心情濃縮／成兩行，注射到網路中去」「電子化後那些字／結凝如一滴水進入大海／會流浪到哪個螢光幕才浮出？」詩人投入網路詩多年，這只是其中的一點映照，網路的快

5　吳當（1952-），〈耕耘與領航──讀《白靈‧世紀詩選》〉，《明道文藝》305（2001）：107-09。

速與無遠弗屆，愛詩人應多參與，才能脫離小眾世界，開拓領域。〈電話亭〉中描寫打電話的過程：「縮身成數字，按幾顆鍵／將自己輸入／吶喊尾隨／線圈令電子飛奔」「這是光速，這是雲霄飛車／這是交換機，這是急轉彎／這是任你漫遊的神經系統／纖維住地球的電子海啊」，說明了地球上充斥的各式無形聲波、電波，令人大開眼界。

　　白靈對現代詩壇的貢獻，除了個人創作不斷以外，他為大學生初學寫詩者所提供的方法引導，好評如潮。1998 年春季發表於第 22 期《臺灣詩學季刊》的作品〈九歌〉，詩分九段：

> 當黑夜深入天庭，你的眼睛／如果賽過光速，飛到任何恆星上／／回頭再尋，銀河漩渦裡我們我們的太陽／啊浪花上一滴水，千億星球中一顆星罷了／／但有誰看得清，她正用她火熱的腰／轉動著九顆晶瑩的叮叮噹噹呢／／金錢豹水精猴赤火兔桃木豬／老土虎天王龜海龍王冥王蝦／／還有地球鯨，九顆奇妙的珠子轉動她的腰／不停摩擦出似歌又似幽浮的訊號／／啊，如何向大海介紹燈塔如何力薦奧妙的／太陽，向抱住數百億銀河之冰冷的宇宙／／彷彿佇立洶湧的歷史長河下游／如何才能翻尋得出古代不起眼的楚國／／讓你看得清雲霧下巫山峰頂／楚國少女用她的水腰，在眾神掌上／／舞蹈著九歌的曼妙，胸乳燦爛／臀飽滿，她用她的窈窕扭動了楚國的夢／／一如太陽，把光華的九顆珠纏在腰上／她用她的腰力，輕輕轉動著全宇宙[6]。

6　白靈，〈九歌〉，《臺灣詩學季刊》22（1998）：127。

　　白靈在詩末附註：「聞一多在《神話與詩》一書中說：『九歌即九「啊」，九歌是九聲「啊」。』[7]，然則對全宇宙而言，九顆行星相對於我們的太陽系，果然是九顆『啊！』了，因為迄今仍無法確證天上數千億恆星是否也有行星存在，何況是生命。」銀河中的太陽系在白靈筆下，變成了腰際環珮叮噹的女子，而那一顆顆會發出妙響的環珮，正是太陽系的九大行星：「金」錢豹、「水」精猴、赤「火」兔、桃「木」豬、老「土」虎、「天王」龜、「海王」龍、「冥王」蝦和「地球」鯨。所謂「九歌」，正是詩人對這九顆行星的歌詠讚嘆，也是對發出光華、熱度的太陽的讚頌。這首詩句句神話色彩的浪漫謳歌，彷彿可以看見那楚國少女在眾神掌上的曼妙舞姿，詩也許算不上長詩，卻有長詩的氣魄與魅力。

　　在北科大大部分的時間中，他是學生們眼中的莊祖煌教授，但在文學作品中是詩人白靈，在言詞中活脫脫地展現幼鹿般奔放的創造性。召喚出同樣兼具科學人與詩人身分的加斯東・巴舍拉（Gaston Bachelard, 1884-1962），與曾遊走在文學、科學、工科、醫學各領域的白靈一同對話。加斯東・巴舍拉曾在《空間詩學》如是說：「詩歌乃是靈魂的投身（engagement）」[8]，這句話企圖讓白靈按下記憶倒轉的按鈕，以追敘自我靈魂是如何與詩邂逅相遇，乃至於今日的相棲與共。

　　白靈說道：「太多人把寫詩當作千秋萬世的大事業，好像只有少數人才能玩詩一樣，就像我們現在的教育理念，只是不斷的用一些能力指標、科目在篩選人，好像有些什麼樣的才能，才能作什麼樣的事，好像除了這些才能以外，其他的才能都不需要了；卻沒有注意到每個人在他的潛在面當中，都有一些我們沒有敲打

---

[7]　白靈，〈九歌〉　264。

[8]　加斯東・巴舍拉（Gaston Bachelard, 1884-1962），《空間詩學》（*The Poetics of Space*），龔卓軍、王靜慧譯（臺北：張老師出版社，2003）40。

出來、挖掘出來的能量，但是我們忽略他、放任他，覺得那些都是不重要的。」[9]所以白靈覺得自己這麼多年從事的文學教育，就是不斷逼使學生展現出種種藝術能量，他指著幾幅兒童自由剪貼塗鴉的詩畫做例子，像他的學生很多原本平常並不畫畫、創作，都在白靈的「強迫」下，試著去表現去創作，才發現原來自己也有這樣的可能。實際的教學經驗，讓他發現很多人仍愛著詩。只要放下詩只能是嚴肅、菁英文學的成見，激發許多自以為與詩無關的人對詩的興趣，引領他們潛在的豐富創造力，那麼就沒有所謂現代詩的危機。

相對於許多談詩的人，用種種模糊的言詞談詩，受科學訓練的白靈乾淨俐落地在黑板寫下：詩就是愛因斯坦的 $E = mc^2$，告訴我們詩如何透過意與象，展現出人生趨近於無限的能量，而詩又是如何的無所不在，如何的與我們親近[10]。特別是相對於正常語言所要求的合文法、邏輯性，詩提供我們得以亂說的自由。惟有寫詩，才能讓我們從語言牢籠中解放出來。

白靈的詩因得獎而名噪一時。得獎的作品又以長詩為主。如〈大黃河〉與〈黑洞〉，他的第二本詩集就收這兩首長詩，幾乎佔全書之半；其餘的五輯篇幅大致維持短詩形式，寫法技巧與語言，是他第一本詩集《後裔》的延續。其實，白靈的詩，整體來看，第一本詩集的架構已隱約預示他後來詩路的發展，無論語言、詩思、修辭手法、形式等，第一本詩集大致已立下規模。有心讀者，不可忽略這本處女作的心路軌跡。然而，白靈引起讀者的重視，却不是那些互有關聯、因革損益的詩路推展，而是得獎長詩。以致白靈的多面

---

[9] 解昆樺 141。
[10] 解昆樺 141。

目，活脫詩思的其他表現，少有人注意，白靈詩方法論的價值與意義值得進一步探討。

二、詩的誕生與創造工程

對於一首詩的形成，美國詩人Ｃ・Ｄ・路易士（C. Day Lewis, 1904-72）在《給讀詩的青年人》（*Poetry fory You: A book for Boys and Girls on the Enjoyment of Poetry*）中，曾有過這樣的論述：一、詩的種子或嫩芽強烈地撞擊詩人的想像力，以各種型態和方式。詩人將記在腦海，然後不去記得。二、詩的種子或嫩芽會在詩人內裡成長，並調整其形態。在真正產生的時候，有時很快，有時很久。三、詩人強烈地想寫出一首詩，他探視在內裡孕育的詩的種子，並且認出自己不記得的種子，發覺種子已不知不覺成長而且發展。[11]

Ｃ・Ｄ・路易士稱之為詩破殼而出，而日本詩人田村隆一將這樣的過程稱為詩人感情的歷史。詩並不是以匠心去寫成而是由感情歷史形成的過程。這個過程即如英國詩人奧登（W. H. Auden, 1907-73）詩篇〈先行而後思〉（"Leap Before You Look"）的精神，即不顧後果，先做了再說[12]，先經驗再思索的生命過程，這也一如他所說：「生命感覺的涵養和訓練才是詩人不可缺的條件」，這提醒我們不可僅把詩視為美文或修辭，而應該從真摯的感動去形塑。於是從讓人感動的詩意味要形塑成一首詩的時候，詩人也開始背負

---

[11] C. Day Lewis, *Poetry fory You: A book for Boys and Girls on the Enjoyment of Poetry* (Oxford : Blackwell, 1949) 32-33.

[12] 麥克・奧登（Michael Auden），克利斯・戴伊（Chris Day）編，《作夢要趁早：100個夢想人生》（*2do Before I Die: The Do-it-yourself Guide to the Rest of Your Life*），施益譯（臺北：大塊文化，2007）243。W. H. Auden, " Leap Before You Look," *The collected poetry of W. H. Auden* (New York : Random house, 1945) 123-24.

「藝術性」和「社會性」的責任，但這是詩的形成或物質化過程，這樣的過程畢竟是附隨著詩人之「心」出現的。[13]

哲學家黑格爾在《美學》的第一卷提到創作的主要條件有三[14]：一要有明確掌握現實世界中現實形象的資賦和興趣，且牢牢記住所觀察的事物；二要能熟悉人的內心生活、各種心理狀況中的情欲及人心中的各種意圖；三是在以上的雙重知識之外，還有一種知識即熟悉人的內心生活通過甚麼方式才可以表現於實在界，才可通過實在界的外在形狀顯現出來。它們分別代表人類的感覺活動、心理活動以及表現活動，如何將感覺與內心的某種情感作結合，並以語言適當表現就是詩創作活動的面貌。

因此我們可以肯定的是：文學藝術是生命能力的展現，而人的生命能力與一般動植物的生命能力截然不同。所以文學就是藉由生活經驗所處發的產物。但白靈於〈探險夢──詩與想像〉中談到：

> 「生活即詩，詩即生活」，這句話被不少新詩作者奉為圭臬，其實大有商榷的餘地。……無可否認的，很多人都努力的「生活」著，也努力將「生活」導入他的詩中，但卻未能很努力的「想像」著，即以為詩就在他的口袋中，唾手可得。偏偏「生活」一只是詩的素材，高度的「想像」才是詩的開罐器，若無開罐器，則只能去打開那輕易就能打開的──不過是生活的堆積、渣滓、無奈和吶喊，打開的絕不是詩。詩若缺乏想像，則讀者所讀到的詩必然也「無法想像」那會是詩。詩若是缺乏優越的想像，則讀者必然只停留在「散文式的想像」

13　參考李敏勇，〈關於一首詩的形成〉一文。

14　黑格爾，（Georg Wilhelm Friedrich Hegel, 1770-1831），《美學》（The Philosophy of Fine Art），朱孟實（朱光潛，1897-1986）譯（臺北：里仁，1981）122。

或「低層次的想像」上；亦即，詩人的想像努力得越少，讀者的想像也必然努力得越少，詩若無法激發讀者使其「努力想像」，詩若無法激盪其想像使提昇至較高層次，則必然不是什麼好詩。[15]

可見不是只有生活經驗就自然會產生文學作品。生活只是詩的素材，若要創作則必須再透過高超的「想像」及諸多的技巧，才能將一首詩以「卵生」或「胎生」的方法，使其呱呱墜地。

（一）比喻的遊戲

白靈建議若要嘗試創作，就必須由喜愛創作開始。而喜愛創作的第一步就是藉由遊戲的方法來訓練和鍛鍊個人的想像的功夫。這個比喻的遊戲是由西方「詩學之祖」亞里斯多德（Aristotle, 384 BC-322 BC）於《詩學》（*Poetics*）21 章中所變幻出來的。原來的想像活動是：假設有 ABCD 四個名詞，其關係為 B 與 A 相關、D 與 C 相關，其後以 D 代 B 或以 B 代 D 即得隱喻[16]。

（二）想像的捕捉

白靈認為藝術創作是由感覺活動（印象）到心理活動（心象），再到表現活動（意象）的過程。一般喜愛創作的人，大都習慣於使用文字去表情達意，很少透過其他的藝術媒介去展現詩作的創意。

---

[15] 摘錄自白靈，《白靈散文集》，卷四（臺北：河童出版社，1998）259-61。

[16] 亞里斯多德（Aristotle, 384 BC-322 BC）），《詩學》（*Poetics*），陳中梅譯註（臺北：商務印書館，2001）149-50。

創作是屬於個人的行為，無論選擇的是文字或是畫筆，甚至是鏡頭，基本上並無明顯差異，皆屬所有人都可擁有的創作形式。[17]

我們也可把詩當作一幅心畫，只是透過文字將之表現出來而已。只要保持信心及掌握創作技巧，自能把與生俱來的天賦表達得淋漓盡致。圖畫詩的特性，在混合著讀與看的經驗，是心與眼的交錯運用。所有的詩都由形象誕生、發育，然後被移植於紙上，那麼圖畫詩的形象塑造，就更應該珍視創作前原始逼真而具有魔力的經驗。白靈說：「把詩與圖拼合一處，二者之間一定有可互補之處，這種表現手法，在未來的世代會越來越成為趨勢。[18]」

繪畫作品常把生活的複雜度縮減到一個畫面上，由此簡單的畫面「自發性的」表達複雜的情意。因此，藝術表現，若由簡單處入手，就可在簡單之中尋找細節發覺其複雜處；亦可由複雜處入手，收攏一切感官的觸發並以一個簡單的感覺去統合其簡單性。因此，許多自然觀察家不純以鏡頭攝影事物存真，而仍提筆照實將自然景物畫下（考古學家亦然），就可從筆筆畫下之中，仔細觀照細節之複雜處，此絕非吾人簡單之眼所可比擬。而如何從極簡下創作呢？白靈曾在臺灣師範大學美術系（夜）肄業，對於繪畫他也嘗試擁有自己的作品，並與個人詩作作一個完美的搭配。於是他認為可先使用數位相機於詩生活中領略常人所無法發現的事物中去觀察、去感受，然後透過心象的接納與觸發，最後才形成創作。

但是現實生活中畢竟只是一種表象，離真實世界仍有一段距離。因此，若能將各自獨立的圖與詩兩者融為一體，相互補正，就更能將創作者內心的情感充分展現。至於在現代詩創作中常常出現的所謂圖象詩（又稱為具體詩或視覺詩），也是圖畫詩的一部分。

---

[17] 郭美君，〈白靈及其詩作研究〉，碩士論文，高雄師範大學，2008。
[18] 摘錄自白靈，《一首詩的玩法》（臺北：九歌出版社，2004）185。

無論是詹冰（詹益川，1921-）的〈水牛圖〉、白萩（何錦榮，1937-）的〈流浪者〉或是杜十三的〈橋〉等，也都是可參考的典範。白萩也說過：

> 圖像詩在「繪畫性」中所獲得的前衛地位是不可忽視的，它在表現領域中所顯示的獨特光芒，也應被一個自覺的藝術家所嘗試和接納[19]。

在文學藝術中，英國詩人雪萊（Percy Bysshe Shelley, 1792-1822）認為詩是「想像的表現」。「因為豐富的想像力可以使不具形的思想實感起來，可以使平面的東西立體起來，可以使死板的文字生活起來。」[20]我們也可以說透過詩的比喻聯想，詩的想像發揮就像一根現在數學的象限內，是無法找到盡頭的。在白靈的觀念裡，詩人是發光體，而詩是一種語言的光：

> 當它照在池上、湖上、照在大樓玻璃窗、照在平滑的大理石冷靜的鋼板上；照在林子、水盆上，照在別人的眼瞳裡、甚至一丸露珠上，通通都會有鏡子的功用，讓人可以發現自己。而更重要的是，它是光，有時強，有時弱，弱時讓你感覺到一種氣氛，強時讓你驚訝、震撼。[21]

---

[19] 蕭蕭、張漢良（1945-）編選，《現代詩導讀》（臺北：故鄉出版社，1982）113。

[20] 雪萊，《為詩辯護》（*A Defence of poetry*），《十九世紀英國詩人論詩》，劉若端、曹葆華（1906-78）譯（北京：人民文學出版社，1984）119。

[21] 白靈，〈詩與光〉，《白靈散文集》 237。

由於詩在創作時有較高的原創力，是介於每個人經驗與想像此兩者之間，因此這種光有時易隱晦於語言的內部，成為不可見的光。於是必需要藉由每位讀者的心感作用[22]與靈視能力[23]才能體會事物內部的本質。而語言正是此一「轉化的」觸媒。雖然語言是一般人日常溝通使用的工具，但其組成的方程式卻是因人而異，需要去尋索發現。所以語言的功能絕非只是對客觀世界的引述，而應透過主觀心靈對於素材的萃取、提昇、昂揚，配合其強大的想像力，進而轉化出誠懇而精緻的聲音去感染讀者，讓讀者透過文字來了解詩人的所思所感。因此白靈十分強調想像力與語言的關係。向陽（林淇瀁，1955-）在〈新詩的召喚　夢想的版圖〉一文中也強調了想像的重要性：

> 詩，也是如此，但它的版圖比起實體世界更加廣延，詩是一種想像，想像人與這個世界的關係，想像物質與心靈之間的聯繫，通過文字和象徵的使用，萬有在詩人的遣詞用字中形成了一個虛擬的秩序，夢想的版圖，提供給讀者超越現實世界的空間，甚至終於跨越年代、突破疆域，與天地自然接榫。屈原（前340-前278）、李白（701-762）、但丁（Dante Alighieri,

---

[22] 心感作用是個人對外物的感應能力。也就是心與物遊，內心與外境相接。
[23] 靈視能力是象徵主義的內涵之一。象徵主義源於希臘文Symbolon，本意象徵。是19世紀末和20世紀初流行於歐美的重要文藝流派之一。1886年詩人讓莫雷亞斯法表《象徵主義宣言》首先提出這個名稱。法國象徵主義一大部分上是對自然主義和現實主義的挑戰。象徵主義運動傾向於靈性、想像力、和夢幻。強調反應個人的主觀感覺，使個人從現實中超脫出來，把她引向虛無飄渺的「理念」世界。所以象徵主義作品傳達了形象的抽象性和不穩定性，是強烈的主觀色彩和含義的朦朧晦澀。而詩歌的任務就是通過象徵、暗示來連接兩個世界，誘發讀者的想像、聯想，以領務作者的思緒。參考自維基百科：http://zh.wikipedia.org/wiki/%E8%B1%A1%E5%BE%81%E4%B8%BB%E4%B9%89%E6%96%87%E5%AD%A6。

1265-1321）、莎士比亞（William Shakespeare, 1564-1616）、
轟魯達（Luda Nie, 1904-73），他們是有國籍的、不屬於同一
個年代的詩人，在他們出現的年代和國家之中，他們用詩作
創作了屬於自己的一塊文學版圖；但他們也是超越種族、文
字和疆界的詩人，以他們的生命開創了全人類共享的夢想的
版圖。[24]

　　劉勰（約465-約532）在談論文學創作的構思時，也特別強調
想像的美妙。《文心雕龍・神思》說：

> 文之思也，其神遠矣。故寂然凝慮，思接千載；悄焉動容，
> 視通萬里；吟詠之間，吐納珠玉之聲；眉睫之前，卷舒風雲
> 之色；其思理之致乎。[25]

　　另一方面，當讀者在疑惑「詩是什麼？」時，白靈建議讀者們
應該有一個基本的心態：讀詩是讀者對於作者在想像中的寬容，其
實也是讀者在想像中自我柔軟與試探的一部分。[26]我們若以中國傳
統皇帝的化身「龍」來看，龍雖飛在天上俯瞰萬物，但它是在蛇之
後才「誕生」的，他就是萬物兼備後先民的想像合成物。許慎（約
58-約147）在《說文解字》中說龍是「鱗虫之長，能幽能明，能細
能巨，能短能長，春分登天，秋天潛淵。」[27]充分表露了東方思維
的神祕美學。「其形有九似：頭似駝、角似鹿、眼似兔（一說似鬼）、

---

[24] 見向陽文苑：夢想的版圖，完成於2002年05月27日南松山，刊登於2002年
　　06月《聯合報副刊》。參考網址http://sunmoonstar.myweb.hinet/essa8.htm。
[25] 參考自王忠林，《文心雕龍析論》（臺北；三民書局，1998）362。
[26] 愛亞（李兀，1945-）,〈《可愛小詩選》評介〉,《爾雅人》108-109（1998）；15。
[27] 摘錄自（東漢）許慎著，（清）段玉裁注，《說文解字注》（臺北：天工書局，
　　1996）582。

耳似牛、項似蛇、腹似蜃、鱗似鯉、爪似鷹、掌似虎。」（羅愿〔1136-84〕《爾雅翼》卷二十八引王符〔85？-163？〕曰）[28]。此類合成的想像物，古今中外都有類似的例子，是人類創造力最早也最具體的展現，而以「龍」變化最多、最美，也最完備。

（三）內省與超越

每一篇作品內詩句的完成，基本上都要經過一番內省的功夫。所謂的內省就是針對自我作品的「內容」與「語言」此兩大部分的精美與創新作一番審視的功夫。其步驟為：步驟一：確定題材，二：聯想詩的內容，三：精美的語言，四：再聯想內容，五：再選擇語言。有些詩人的內容內省與語言內省是一同進行的；有時則否。前者通常講求語言的精美，但有時反易受語言的束縛，侷限了題材。白靈曾自述再創作〈竹葉青〉與〈蒲扇〉時即字斟句酌，內容與語言相互纏繞，語言的完成裁示內容的完成。反觀後者以詩的內容取勝，因此從題材的確立，再聯想到詩的內容的步驟是最為重要，其特色為善用口語，且詩路較跳躍廣闊。有時在下筆前心中謀篇已完成，最感到困頓的反是題目的確立，如〈魔術師〉與〈剝虎大師〉這兩篇就屬後者。[29]

詩作的靈感並不難尋，只要願意自日常生活中的周遭事物取材，經由創作者不斷去動腦思索獲得部分的想法，再採用比喻或想像力的發揮，終能提筆完成一件屬於自己獨特創意與人生體悟的作品。

---

[28] 摘錄自羅愿撰，洪焱祖釋，《爾雅翼》（北京：中華書局，1985）297。

[29] 轉引自白靈，《一首詩的誕生》（臺北：九歌出版社，2006）41。

（四）意象之外

意象，即內意外象。朱庭珍（1841-1903）《筱園詩話》卷一有一段話是值得注意的：

> 寫景，或情在景中，或情在言外；寫情，或情中有景，或景從情生；斷未有無情之景、無景之情也。又或不必言情而情更深。不必寫景而景畢現，相生相融，化成一片。[30]

詩的內涵粗略來分，約有兩大部分，即「詩意」與「詩象」。象是可見的外露的事物、現象，而意是不可見的隱含的情緒和感覺。純象或是純意都難以成詩，一首好詩必須意與象融合、情與景相融，才能引起讀者的想像和共鳴。這種把意就是情、象就是景，或寓情於景、或觸景生情、情景交融的說法，最為清晰，也是中國古典詩最強調的創作觀念。也就是說詩的構成，不外乎感情、思想、人事和外物此四類。前兩者代表抽象的情感，可粗略用「情」來概括；後兩者是具體的外象，我們亦可用「景」來涵蓋。因此透過具體的事物來表現抽象的情理，彼此相互輝映，不但能增加詩作的真實感，也能提高其美雅度。

因此在創作上，為了要使讀者更能體悟創作者的情思，就要把「主觀的情」（也就是人性），融入「客觀的景」（意即事物原理）之內，則詩句要盡量避免產生情緒化以及概念化。情裡與人的本性、事物原理有關，如哲學，就具有普遍性，偏向於不易變

---

[30] 朱庭珍，《筱園詩話》，續修四庫全書編纂委員會編，卷1（上海：古籍出版社，1995）9。

的事物本質；而文學，變動性則較強，我們在思考上就必須考慮到利用易變的事物來表現不易變的事物本質，而普遍性的概念或情緒則要用個別性的事物形象去展現，以達成有情之景或是有景之情。

關於意象的分類，若按照古詩的「賦」、「比」、「興」的分類法，可歸類為三類：一是博引事實的「單純意象法」，二是多用比喻的「複合意象法」，三是取具體事物表達人之精神理念的「象徵」意象法。第一類因若不使用比喻的技巧，所以容易言之無物，流於散漫。第二類則可參考前述的比喻遊戲，在練習時也可參照前人的佳句，使用模擬與轉動句子的方法，藉由換骨法，即不同詞句來模仿相似的意境，或是脫胎法，以原意為起點而加以擴大發揮。第三類可與脫胎法結合使用，衍生新的意象來當作原意象。

（五）尋意與尋字

清・劉熙載（1813-81）《藝概》卷二云：「常語易，奇語難，此詩之初關也；其語易，常語難，此詩之重關也。」[31]說明初寫詩時常語不如奇語；但時間一久，則其語不如常語，但此常語已非常語，而能妙得「深入淺出」的境界。[32]而寫詩是文字選擇的一種語言策略，也是內容選擇的情思策略。前者即是「尋字」，由謀取句詞來完成語言語經驗，宜用於常語易而奇語難的小詩創作。後者即是「尋意」，講求先謀取篇章後尋求語言填補的手法，宜用於奇語易、常語難的中長詩創作。所謂的奇語，就是可善用上述的情景交融之法，使得詩作內得文句產生虛實相生的雙重效

---

[31] 柯夢田，〈劉熙載藝概詩歌理論研究〉，碩士論文，高雄師範大學，1989，207。

[32] 白靈，《一首詩的誕生》（臺北：九歌出版社，2006）66。

應，自能促使常語變奇語。黑格爾在其《美學》[33]裡曾說：「單從語言方面來看，詩也是一個獨特的領域，為著要和日常語言有別，詩的表達方式就必須比日常語言有較高的價值。」黑氏指出三個重點——語言的差別（異）性：詩的語言和日常生活應有所分別。語言的層次（級）性：詩的語言層級在日常語言之上。語言的價值性：詩的語言比日常語言有較高的價值。[34]

白靈的詩，可以「苦心孤詣」四字說之[35]。他應該算是因題為詩，先有了詩題，定下範圍，定下企圖，然後再苦心經營，全力以赴。妙的是，他總在詩題下，不越出題旨，而銖兩悉稱，並且常常在結尾安排突兀與驚喜，真箇是奇思妙想。這樣的寫法，有點強迫性，有時也受制於隱形的意識形態，似乎在為某某而寫詩。好處是白靈的詩路廣，題材多，幾乎無處無物不可入詩，危險的是，失之自然，詩的姿態（gesture）單薄枯瘦，所以，白靈的詩較少多義性。像長詩〈黑洞〉，力求句型的複森的節奏，以供有形的聲韻朗誦，但全詩的意識形態太濃，一看便知，是要擺固定時空才顯出意義的作品。至於另一首長詩〈大黃河〉，稍微有些多義的傾向，以小傳統與大傳統對照，個體與世界相較，寫到最後，黃河似非實然之景，已進昇抽象的隱喻層次，但距離曖昧玄味的悟境尚遠。也就失去了多義性以及多種可能的趣味了。

白靈喜歡做「補述」語言。也就是詩本身以外，附加序言或後記，不然，加腳註補充。這一種雙重書寫的言談方式。有點像姜白石的詞序，東坡的詩序。要注意的是，雙重本身，並非僅止於文字

---

[33] 黑格爾，《美學》，冊4（臺北：里仁書局，1981）18。

[34] 陳去非（陳朝松，1963-），〈系統化現代詩學理論之嘗試性建構〉中篇之三，《臺灣詩學季刊》21（1997）：128-39。

[35] 游喚（游志誠，1965-），〈白靈論〉，《文學批評的實踐與反思》，（臺中：臺中縣立文化中心，1993）316-19。

意義的重疊[36]。作者的背景說明與企圖自白，不過是想當然耳，詩語言本身的玄機，埋藏的空隙，行行邐邅，輻射多重意旨多種可能，語言始於暗示，終於說明。這原非作者所能圈定，更不作者專利版權。我們希望白靈的詩序，以及愈來愈多的類似這種書寫的現代詩人，都能有此自覺。詩，總是對應著原始的直覺；詩，紀錄著最初的印象。詩更是透過語言的一種存在意識。

白靈在《中華現代文學大系‧詩卷序》中指出九〇年代新詩的特色在於超文本的興起，網路詩的流行以及女性詩人遽增。跨界寫詩，公車詩上路，全民寫詩和網路詩的盛行，使得詩更大眾化更趨普及，更有人將之視為詩文本逐漸衰落的另一種救贖[37]。此因源於網路詩無須審核，鼓舞了年輕詩人的創作慾。但龐大的詩作量，良莠不齊，增加平面詩篩選時的難度。即便這些網路青年詩人在網路開設詩版，發表詩作，擁有許多讀者，但仍努力衝撞由老中代把關的平面媒體，尋求發表與出版。對於這種傳統與創新的矛盾現象，白靈也認為：

> 詩刊、詩選及詩集有不同的面向，詩刊常常藉著某一主題或企劃編輯，而引起短暫的討論或爭論，階段性使命比較強，詩選及詩集就沒有這麼強烈的使命感。……像我最近為臺灣詩學季刊第三十期集稿時，發現很多年輕人的詩寫得不錯，但都只是上網，從不投詩刊也不出詩集，只參加網路上的《雙子星》詩刊或其他有詩的網站。因此詩刊的擴張力慢慢要一面和網路結合，一方面又要區別獨立性。……詩刊將來可以和網路詩結合，但有一部分卻無法取代網路詩，有

---

[36] 游喚，〈白靈論〉 316-19。

[37] 洪淑苓（1962-），〈開向新世紀的花朵——《九十年代詩選》〉，《文訊》190（2001）：40-41。

一些動態的網路屬於智慧活動，顏色多變化，融入平面的詩刊反而表現不出來，……。詩刊的面貌在未來愈多元發展，同樣也會影響到詩集跟詩選的出版，如果只是平面，無法滿足年輕人的需求。因此他們所接觸的事多元活潑的，絕非過去單純的想法。[38]

我們藉此可以了解到現代詩其實可以結合音樂、藝術、繪畫作立體化展現，甚至將來變成一個虛擬空間，帶著特殊的裝備就可以到網路進行閱讀立體式的、虛幻式的詩的空間，說不定還可以和電動玩具結合，促使詩的文字在影像中造成相當強烈的力量。並進而強化閱讀的想像力[39]

對一個學科學又喜歡文學，尤其是新詩的人來說，科技無疑是餐桌上的冷盤──不足以使精神的胃袋溫暖。然而擺在眼前的另一項全新的科技文明：電腦資訊文化，卻可能使科學本身「脫胎換骨」──變成一種溫暖、智慧型的文明。……新生代詩人的小學至大學階段可說是臺灣資訊時代由起步到以高速向前奔進的時期。尤其這五年以來，電腦的演進帶動各項改變，知識累積飛速增加，令人目不暇給。過去工業文明所強調的整齊性、劃一性、集體性正面臨資訊文明變化性、多樣性、差異性的挑戰，電腦使得各項產品都可能不同，資訊使得知識的汲取、掌握，乃至分析處理在可見的未來成為易事（指中文電腦），而科技持續發展的結果，必然可以進入人類精神的領域中，使人腦可能到達過去無法想像的地

---

[38] 張默主持、林峻楓紀錄，〈平面詩和網路詩的趨勢──辛鬱vs.白靈〉，《創世紀詩雜誌》123（2000）：13-14。

[39] 張默主持、林峻楓紀錄 15。

　　　　方去想像。[40]

　　詩在五六〇年代那種一片大好的時代已經過去了。所以每一個人都要建造一艘太空船，並在其中相濡以沫，而這也是白靈利用傳播將詩保存的一個概念。

　　基本上任何創作對許多作家而言都似乎是一種神祕性的行為。沒有一個人可以明確的告訴他人自己是如何從無到有、從渾沌到秩序的完成一個作品。劉勰《文心雕龍・風骨》中談及：「文術多門，各適所好，明者弗授，學者弗師……」[41]心理學發展後，創作者基哲林則說：「我經常在我自己的作品中親眼看見，潛意識心靈的作用是那麼周到而精確……似乎只要瞪著那張空白的紙，我就會被催眠入潛意識狀態。」詩人余光中對於如何創作的課題在《掌上雨》中透露：「有了經驗的充份原料，經時間的過濾與澄清，再加想像的發酵作用，最後用學問（包括批評的能力）來糾正或改進，創造的過程大致如此。」從中我們可一窺創作的要素：從生活中汲取題材、經過沉澱與澄清、發揮想像、用學問來修正……等。白靈則認為詩的創作或許可勉強分為如下步驟：一：自然的或不自然的動機或慾望。二：再現過去印象或形象，並列出更多相似的印象或形象具體呈現加以挑選。三：以試探性語言描述上述形象並加以選擇。四：想像力與理解力交互作用思考，使得語言與形象不斷重塑修改。五：利用理解力評斷自我。

　　其中最後步驟也是最困難的關卡。因為創作若是失敗，大都是由於創作者「自覺」已將心中形象完美呈現，但其實對於理想仍有一段差距。

---

[40] 白靈，〈天河夢──詩與未來〉，《白靈散文集》　289-92。
[41] 王忠林　421。

三、思與詩──主題意識的呈現

　　白靈的創作理論中，將主題定位為作者的一個簡單意念，也就是主題是作者透過文字，想要表達的情感思想。所謂的主題，是指內在主觀自省或認定的情思，而當人的情感思想投注於外物時，這些外物才能產生意義。[42]瘂弦（王慶麟，1932-）曾把詩人分作三個層界：抒小我之情的層界，抒大我之情的層界，和抒無我之情的層界。詩作不管是屬於那個層界，都必然通過一個「情」字，而這個「情」字，便是詩作的本質。離開抒情本質，詩就不成其為詩了。[43]白靈創作常常以當下的時空為立足點，緬懷過去與放眼未來，更以社會攝影機的身分自期，透過科學的敏銳與文學的感性將各個年代的社會現象作最寫實的反映與批判。瘂弦為白靈《大黃河》一書所寫的序中，認為白靈在創作主題方面作了多方面的試探：

> 在短詩方面，白靈顯示了多方面的試探，從文明的反省、大我的情懷、時局的關注、社會現象的批判、生活偶感，到輕巧可愛的自然詩，甚至科幻詩等，都入詩家眼裏，質與量也有可觀的成績。[44]

　　游喚（游志誠，1965-）曾對白靈的詩作過如此的評論：

---

[42] 白靈，《一首詩的誘惑》（臺北：九歌出版社，2006年）35。

[43] 瘂弦，〈新詩這座殿堂是怎樣建造起來的──從史的回顧到美的巡禮〉，《臺灣詩學季刊》，28（1999）：97-111。

[44] 瘂弦，〈待續的鐘乳石──序「大黃河」〉，《大黃河》（臺北：爾雅出版社，1986）8。

> 白靈的詩，總的感覺，可以以「苦心孤詣」四字說之。他應
> 該算是因題為詩，先有了詩題，定下範圍，定下企圖，然後
> 再苦心經營，全力以赴。妙的是，他總能在詩題下，不越出
> 題旨，而銖兩悉稱，並且常在結尾安排突兀與驚喜，真箇是
> 奇思妙想。[45]

　　蕭蕭認為白靈詩的風格在於反思文明與自然的糾葛，關注臺灣與大陸的時局，批判與邪惡共有的社會，具有大我的情懷與小我的情思。[46]其實仔細欣賞白靈的詩作，會發現他所表現的主題大致可分為四個方向：一為愛鄉愛土的情懷、二為生活經驗的抒發、三是社會人道的關懷、四是現實理想的矛盾。但必須強調的是，這樣的區分並非絕對，因四者亦略有相互交集之處。

　　詩如何能一再地被閱讀？即因為「空隙」的存在，「空隙」是詩在讀者意識中迴漾的水紋。這是詩人簡政珍《現代詩美學》另一個關注的焦點，且在第六章〈結構與空隙〉，以「無形的空隙」、「解構的縫隙」、「空隙的戲劇性結構」、「空隙中的『禪』」、「空隙的密度」五點，暢論語意空隙中的美感經驗[47]。

　　白靈〈路標──記一位八十歲老戰士〉前三節：「一身負傷纍纍／立在路口，伸出許許多多的臂膀／／他指著城裡街道曲折的內心／他指著城外白楊遙遠的茫然／／多半則錯失了方向／某某幾里指著地面小狗的一泡鏡子／某某幾里指著天上白雲的幾朵逍遙」。路標為迷途的人們伸出援手，但為何傷痕累累？隨著他的指尖，望去的是路人還是自己的空茫？又為何指向那「一泡鏡子」，

---

[45] 參考自游喚，〈白靈論〉　316-19。

[46] 蕭蕭，《揮動想像的翅膀》（臺北：聯合文學，2006）123。

[47] 簡政珍（1950-）：《臺灣現代詩美學》（臺北：揚智文化，2004）。「不相稱的美學」，247-70，「逸軌」，253，「雙重視野」，149。

是要自梳或想隨性地解放？白雲的逍遙是誰內心的期盼？語意的空隙邀請讀者以無限遐想，形成詮釋循環。

這循環並不因敘述者給出一個答案而停止。假若說〈路標〉前三節是輻射地開放想像，末節的回溯亦非約束：「他纍纍像貼滿藥方，打著心結的老兵／披著歲月的勳章，他胡亂指著／旅人唇語中的遠方」。首句的逗號，串聯了路名與藥方的意義，暗示旅人似乎生病求醫的處境，只是隨即返照。一個在迴光中徬徨的老兵，勳章本是人世慷慨的回贈，如今反諷地成為詩中遍體藥方。另外「胡亂指著」又翻轉其伸出援手的善意，於是讀者便在這一層層的反轉中，踏起了舞步。

「不相稱」強調差異性，引領讀者發問而非定義，並曝顯任何「相稱」的虛構成分；簡單講，它要讀者注意書寫與現實有何不同？深刻點說，它要讀者珍視異己的美感。假若讀者因預設的框架終止對話，世界便迷糊僵死在記憶，一旦讀者放下身段，不斷詰問為何與如何不相稱？也就更貼近書寫的當下。這種詭異的交感經驗，是詩人傲然面對時間之河的倒影。而回到臺灣現場，「不相稱」更廣義地反映主義紛陳、各類意識形態的衝突。現下人們關心的已從「A 是 B」替代為「A 為何不是 B 或 C？」真相不再自我而足，乃藉異己驗明正身。打開電視，每日媒體追蹤漏網獨家的新聞、浮上檯面的種種說法、「羅生門」再開又開，都是供當代詩書寫、轉化、諧擬和反諷的不相稱現象。

（一）愛鄉愛土的情懷

在空間上，對於臺灣這個美麗之島，白靈生於斯、長於斯，因此他珍視這片土地的一草一木，對於這片土地，他嘗試用旅遊的方式並真誠的去理解它、愛護它、紀錄它。他寫過好幾首關於爬山的

詩，都不乏可誦之句。如〈最初〉[48]一詩中回憶遊覽溪頭的感受：
「我們的心環繞它　的神木／啊，就這樣唱起了　逼臨的不可泯滅
的天籟！」

　　另一方面，在時間上，白靈生於四、五〇年代，成長於六、七
〇年代，因此對於地域的意識，除了臺灣之外，對於父母所生長的
福建惠安縣也帶有深厚的感情。如《大黃河》裡的〈祖籍〉：「自我
介紹，小小空格／必須填下的那縣分，在一張紙上／將以墨水的骨
與血緊緊吸住／吸住紙張的纖維，彷彿／彷彿一個句點之吸附住地
圖／不可能的變更，那位置／暗中卻圈下數十萬人口在裏頭」，尋
根之情可見。又〈下大屯山〉：「當風哭的時候／竟是江南般的淒厲
哀傷／在草葉上匍匐著走過／在雲裡谷裡翻來覆去／我們的鬢
髮，盡亂」，末句「而風是沒有家的／它們哭過了幾個幾千年」，道
出了失根的感嘆。家鄉，對任何人而言，都是情感的夢園，也是愛
之監牢。〈大屯山西望〉又道：「而年輕的我們／竟沒到過家鄉／歷
史以五千年富我／山河以錦繡迷我／我們負荷著，廟堂上／祖先們
的血淚，和期語／我們盛著載著／這追懷無路／沒有風景，和主角
的／思鄉症」，白靈對於故土河山的強烈歷史感，充分展現於淡淡
的語句之中，雖然他不是因戰亂而來臺，但對於父母親所生長的地
方，仍無法忘懷，遂藉由登山之際，予以抒發。

（二）社會人道的關懷

　　中唐詩人白居易主張「文章合為時而作，歌詩合為事而作」。
自古以來，這種關懷社會問題的創作可說所在多有。其實在現代文
詩中也屢見不鮮。例如八〇年代就有一家報紙副刊創造出一種只要

---

[48]　白靈，《後裔》 103-04。

有重大新聞發生，立即有人寫詩反映的獨特詩類，稱為新聞詩。新聞詩的範圍很廣，只要任何社會發生的事件都可以作題材。向明認為白靈是寫新聞詩的快手，《沒有一朵雲需要國界》所收錄的新聞詩頗多，如對於經國先生逝世一事所寫的〈上帝最願收容的一顆星〉、日本發射衛星時寫的〈櫻花二號〉、國際筆會訪華時寫的〈沒有一朵雲需要國界〉、天安門事件所寫的〈一支『小瓶』〉……等，包含悼念、有譴責、有示好、有諷刺，充分呈現新聞詩特有的精神面貌。[49]白靈的詩，呈現「一種莊重的大器」，也存有「一種歷史的義醞[50]」。

（三）現實理想的矛盾呈現

　　或許因為個人在理工與文學兩者之間躑躅難以抉擇的經驗，使他對於個人的理想能更勇於堅持，而捨棄了世間的浮華。他認為：「人生有些殘缺，才是好的。」這也是為何屆臨退休的白靈，早可提教授升等，卻仍自適於副教授一職。[51]試看〈露珠〉[52]：

> 昨兒散去的霧／今朝又回到荷葉上／一顆滾動的：露珠／眾波微微／沉沉在來時的路上／唯我晶瑩剔透／坐在諸綠影之中／綠影是小仙女的翠裙／風愛來　掀／陽光來到身旁　挨近我／挨近　說　放你去流浪／啊不……／我挪挪身子／屏息　等待／等待一次晨風／將我搖落　回到／眾生池上

49　見向明，《新詩後五十問》　49-52。。

50　萬登學（1965-2008），〈寄寓深遠，詩思深遂──淺論白靈短詩〉，《臺灣詩學季刊》26（1999）：112。

51　解昆樺　140。

52　白靈，《大黃河》　82-83。

作者把自己化身為露珠，把荷葉當作小仙女的翠裙，陽光想將露珠蒸發成水蒸氣至天空到處去流浪，但是執意於俗世的他，卻寧願等待晨風，將之搖落至他所關懷的眾生池上。宛若白靈一直盡力取得現實與理想的平衡般，那露珠也不想獨善其身，而願與大眾分擔各種喜怒哀樂。〈詩人的星夜〉[53]中第一段談到詩人儘管世代在接替，仍然堅持撿取人世間各種生活體驗：

> 高掛著的點點機窗，喏，一小扇一小扇地亮了／上面坐著的，會是星子的代表們／有的鬍子正青，有的已在奔馳中蒼老／他們將一批接著一批來到，陸續撿取／這人間的萬家燈火……

這世界或許是現實與理想、愛與死的矛盾綜合體，但只要詩人擁有一個不死的意志，便會永遠在這世界中飛行，為這世界付出個人應有的貢獻。白靈自己也於〈變與不變——新詩趨勢小論之二〉一文中提到「詩人的時空觀」時說：

> 這世界已必須更加「宏觀」地觀察了解，所謂小國小民的思維模式將受到極大的質疑，而且可斷定這是不可能的，當然，我們仍然尊重他們發言的權利，詩要成其大氣候，要把眼光放大到全地球全宇宙，時間要上溯下推，切勿目光如豆。未來的世界變遷是詩人汲取不盡的題材。詩與歷史、詩與政治、詩與環境、詩與地方語言……等等要探討的主題，在臺灣在大陸會再三重新上演。[54]

---

53 白靈，《大黃河》 22-23。
54 白靈，《煙火與噴泉》（臺北：三民書局，1994）82。

四、結語

　　人的思想是隨著生活而變動，創作的關懷層面顯然也會隨之變化，白靈透過創作所表達的個人意識，隨著個人生活與外在環境的相互交織而發生多重的化學變化，直叫人驚嘆。讀化工出身的詩人白靈，對於詩語言的運作方式基本上採行的，是一種傾向於把語言當成化學元素或物質，而後放入個人思維與情感的加速器、加熱器，甚至離子交換器之後，所萃取、蒸發，或是游離沉澱、結晶出來的詩作品。

　　在這個語言「化學變化」的過程中，重要的並不只是白靈喜歡把什麼「物質」放入這個「化工流程」裏，而是；白靈的這個「流程」所代表的時間觀、空間觀和人間觀彼此互動呼應所構成的美學信念——一種將人間的種種感觸透過宇宙的物變、質變與速變，在時空中的萬千遭遇中歸納出一系列詩作的表現基調——大黃河、黑洞、圓木……，以及，其他諸如死亡、綠色家鄉、耳環、祖籍……等等藉由物理、光學的空間詭異性、和化學質變戲劇性的隱喻、歧異、轉化、剪輯……等手法所產生的作品，都是他作為一個優秀的現代詩人溶入這個宇宙和人生中所擁有的，獨特而優美的運行姿勢。

　　白靈對於時、空性題旨的偏好也是其特色之一——時間性是指其對有關歷史，時光流逝變化的浩歎之作，如大黃河、童年，一九八四……等；空間性是指其對有關宇宙現象結合物理與地理形質的探討之作，如黑洞、鐘乳石……等，當然，也有的是兼具上述兩者特質傾向的作品，如圓木、大黃河、鐘乳石、雙子星……等等——上述題材對於白靈所擅長的「物理、化學」式美學手法可說是互相吻合而相得益彰。然而，對於較偏向於「人間性」的其他題旨，如寺院、弄笛、小精靈……等等，白靈的表現卻往往失之於幽默式的物

趣與逗趣，而減弱，甚是喪失了他的「時、空」性題旨所擁有的那股深刻與深沉，也多少影響的他的詩作一貫具備的藝術性與感動性。

白靈大量發表詩作的時間，大約在七十年代中期以後，那時候，詩風大大轉變的潮流中，有一股「新民族風」的抒情，也就是懷憂故土河山的歷史感。這種歷史感由第二代臺灣出生的詩人來抒寫，同樣是呼喊中國，但是與第一代大陸出生戰亂來臺的詩又不同。第一代嘗親見親履故土，生於斯而竟不得不庇離，心態上故鄉故土的興味較重於歷史文化，可以說是地理空間與心理時間上的中國。這樣的抒情本來極自然，可惜擺在五六十年代政治一元化時空之下，泛政治化的書寫成規，常常扭曲了這種自然人情的抒懷，變成反共八股，形式中國的書寫。第二代的中國書寫乃由地理空間轉向歷史文化，藉著一元化的近代中國歷史地理教科書，累積堆擠的中國意識，他們也大量地書寫故土情懷。差別是，一廂情願的憧憬，因歷史的認知而徬徨、沮喪，滿腔的熱情，也因距離的阻隔而概念化、形式化、第二代的這種書寫，與其說是詩，不如看作是泛政治教育支配下的言談成規。

科學與詩的交會之處

——白靈詩學研究

陳政彥

作者簡介

陳政彥（Cheng-Yan CHEN），男，臺灣南投人。臺灣中央大學文學博士。現任教於臺灣嘉義大學中文系。

論文題要

白靈是臺灣現代詩創作理論重要開創者之一。白靈身兼科學家與詩人身份，其詩學也有強烈的科學與人文交融的的傾向。本文以本體論、現象論、創作論、批評論四個部分來歸納整理白靈詩學。白靈解釋詩的發生是源於左右腦的合作協調，水平思考的結果，並以雅克慎結構詩學的角度分析詩意的由來。並據此發展出創作詩的技巧論。白靈的創作論具有後現代主義的遊戲性格。白靈的詩批評則多援引科學語境來說明。

關鍵詞：白靈、現代詩、創作論、詩學

一、前言

　　白靈最早是以長篇敘事詩崛起於詩壇，而其後白靈的足跡遍及詩壇的不同面向，編詩選、寫詩論、辦詩刊、規劃詩的聲光活動，是臺灣中生代十分重要的一位詩人。而白靈的詩論，尤其是詩的創作理論上，更有其獨到深刻見解。

　　白靈本名莊祖煌，除了詩人身份之外，同時也是臺北科技大學化工系教授，在化學領域中研究成果豐碩，曾主持多次國科會計畫，是一個不折不扣的科學家，其詩人與身兼科學家的身份十分罕見[1]。也許正是科學家的身份，白靈所建構的現代詩學具有強烈科學特色，與臺灣其他評論家的詩論大相逕庭。白靈擅長用淺白的語言將複雜的理論化約為深具洞見的簡單操作方式，引領詩壇初學者踏入詩的殿堂。而打破學科限制，大膽引用文、史、哲，乃至科學領域的種種理論模型來建構現代詩論，更是放眼詩壇所未見。白靈詩學仍是一個值得研究者關注的課題。因此本文嘗試以本體論、現象論、創作論、批評論四個部分來歸納整理白靈詩學。而這四個部分的討論仍有白靈一以貫之的思想，也就是科學與詩的交集。

　　本文研究範圍是以白靈出版的五本詩論集為主，分別是於一九九二年及一九九六年獲得國家文藝獎文學理論獎的詩論集《一首詩的誕生》、一九九四年出版的《煙火與噴泉》、一九九九年獲中山文藝創作獎的《一首詩的誘惑》以及二〇〇四年出版的《一首詩的玩

---

[1]　詩人林泠是另一個詩人身兼科學家的特例。林泠本名胡雲裳（1938-），國立臺灣大學化學系畢業，美國佛吉尼亞大學博士，歷任美國化學界資深研發主管，並受聘美國衛生總署，擔任全美醫藥研究方案評審。現已退休，長住紐約。早期詩風優柔婉約，是臺灣五、六〇年代重要女詩人。

法》，二○○四《桂冠與荊棘──白靈詩論集》等來觀察他詩歌創作的各項活動體驗，並從而試圖建立其詩學理論的體系。

二、白靈詩學中的本體論

所謂本體，是指事物終極的存在，指特定事物的根本屬性和本源。本體也可以視為是與「現象」相對。所謂本體論則是指論述說明本體的理論體系。落實在詩上來說，詩的本體論應該要說明詩的本性、起源及其存在方式。[2]簡要的說，就是分析詩的起源，並說明使詩之所以為詩的特質，讓詩不同於小說、散文等其他文類的差別。白靈身為科學家，對於詩的本質有深刻的思考，因此不同於其他詩論家，以表達情緒或者反應社會的功用來說明詩之所以存在的理由，白靈特別建構了一套關於詩的本體論。以下分別從詩的發生與詩的特質兩點來看白靈詩學本體論。

（一）詩的發生

「發生論」是指透過研究事物的起源來認識事物的本質，例如皮亞傑（Jean Piaget, 1896-1980）在《發生認識論原理》（*The Principles of Genetic Epistemology*）中曾說：「發生認識論的目的就在於研究各種認識的起源。」[3]因此詩的發生論，即是指詩的起源以及發展歷程。簡要的說，就是分析詩的起源，進一步瞭解詩的本

---

[2] 本文所謂「詩的本體論」是參考文學藝術本體論的相關著作歸納而成。可參見周慶華，《當代臺灣文學理論》（臺北：揚智文化，1996）20。王岳川（1955-），《藝術本體論》（上海：三聯書店，1994）7，歐陽友權《文學創造本體論》》（北京：中國文學出版社，1993）2。

[3] 〔瑞士〕皮亞杰（Jean Piaget, 1896-1980）著《發生認識論原理》（*The Principles of Genetic Epistemology*）, 王憲鈿等譯（北京：商務印書館，1981）17。

體為何。白靈認為詩的發生，是源自於人的想像力活動以及左右腦的交互活動。

　　白靈在〈詩與生命能力〉一文中，說明了想要欣賞詩，必須要求人的生命能力的全副投入，所謂生命能力是指人的感性的想像力以及理性的理解力。所謂想像力是指：「『想像』則屬於心理能力的一種，它與『感覺』的不同是，能感覺的事物是當前存在的，而想像的事物不是當前存在的。它是在腦海中反省印象能力曾錄印下的物象，將之重現或跳接組合、甚至予以虛構轉化的能力，它產生的是一種『心象』。[4]誠如白靈所說，想像力能在人的心靈世界中創造一個全新的世界，兼具了真實與幻想、感性與理性的的雜揉混合，想像力向來是詩論家建構詩的本體論時重要的根據，例如以《古舟子詠》傳世的英國詩人柯立茲（Samuel Taylor Coleridge, 1772-1834），便是這麼認為。

　　評論家時常將柯立茲的思想稱之為「想像至上」，柯立茲（Coleridge）認為人類最高的官能不是理智或邏輯，而是想像力。他說：「我認為基本的想像乃是一切人類感覺的活生生力量與主要媒介，而且想像乃是無限的自在（I Am）所作的永恆創造行動在有限心靈中的再現。」[5]

　　但是白靈認為詩的創造並非單憑想像力，還需要與理解力結合在一起，才算是完成。白靈說理解力：「當它單純以文字思考時，產生哲學，而當單獨以符號邏輯思考時，產生數學。而若理解力與想像力合作時，乃有文學的發生。想像扮演獨創的角色，理解扮演判斷的角色。」[6]

---

[4]　白靈，《煙火與噴泉》（臺北：三民，1994）4。

[5]　Fredric Jameson（1934-），《柯立芝》（*Coleridge*），彭淮棟（1953-）譯（臺北：聯經出版，1983）55。

[6]　白靈，《煙火與噴泉》 5。

　　因此想要完成一首詩，並非只是感性的想像，還需要有知性的思考，二者交互運用才能完成此一任務。白靈說：「由以上數例可看出，詩的欣賞活動，其實是生命能力的整體運用。當驅使想像力壓迫理解力（詩中出現的景象常常不合邏輯）的層次越高，其滿足心理慾望的程度可能會越高。反之，此二種能力不能相互合作愉快時，則讀的可能不是什麼好作品。」[7]想要欣賞一首詩或這創作一首詩時，想像力與理解力的共同參與都是不可或缺。這樣的想法還可以從大腦的構造得到啟發。

　　根據科學研究，人的右半球大腦掌管情緒、畫面，可以說日後衍生出音樂、舞蹈、繪畫、雕塑、建築等藝術。而人的右半球大腦，掌管語言、邏輯、數學等抽象推演能力，日後衍生出數學、天文學、物理學、化學、生物學科學知識。那麼，如果從大腦構造來論詩的發生，詩便應該是人的左右半球大腦通力合作的結果。白靈說：

> 而詩——文學最初的形式，則是右半球開始跨向左半球（語言在此半球）的表達方式，更具體的說，是結合了左右兩半球腦袋的具體展現。……因此人活著若抽離倚靠右半球的音樂、舞蹈、繪畫、雕塑、建築，則無異抽掉祖先集體潛意識中留存的無數印記和檔案。而詩出現的時間，正好介在早先的藝術與後來的科學之間，但即使橫跨左右兩半球，其實它是運用左半球的語言來完成右半球古老的記憶、快樂、和痛苦。

　　白靈透過左腦右腦的說明，讓我們知道詩的發生，是從人演變過程中，在大腦作用分化之下的結果，而這種結果是以文字溝通左右半球大腦的嘗試。白靈說：

---

[7]　白靈，《煙火與噴泉》　10。

詩的語言之難以翻譯，代表的是此種文字媒介是所有文學藝術中最具隔閡性的，它是以人理性左腦的語言企圖去捕捉人感性右腦不停流轉的情緒和圖象，這種來往跳動於明白肯定的理性（左腦）與起伏難捉摸的感性（右腦）之間，使得詩處在諸多科學（偏重左腦）與眾類藝術（偏重右腦）之間一個奇妙的地位，它是兩個領域之間一個飄忽不定的形式，雖然採用的是語言，卻又只能意會、難再以其它媒介精確傳達。[8]

詩是溝通左腦與右腦理性與感性的獨特語言，落實在語言上，則可以與雅各布遜（Roman Jakobson, 1896-1982）所提出的「組合軸」與「選擇軸」相呼應。有趣的是雅各布遜也研究過左右腦的職掌以及語言行為的差異。[9]從雅各布遜對大腦的討論，進入了什麼是詩的核心問題。

（二）詩是什麼？

對於什麼是詩此一大哉問，古往今來有許許多多答案。我們來看白靈歸納眾家說法，便可發現指向同一個答案，也就是詩必須講究比喻。中國詩經六義當中賦比興，賦是白描是所有文學的基礎自不需多言，而比興說穿了都是以此喻彼或以此代彼，仍然是比喻的範圍。

---

[8] 白靈，《桂冠與荊棘——白靈詩論集》（北京：作家出版社，2008）7。

[9] 關子尹，〈從雅各布遜對大腦左右半球不對稱性之討論談起〉，《新亞學術集刊》9（1989）：143。

　　白靈曾舉出種種詩意來自比喻的例證，如《禮記》勸人「不學博依，不能安詩」，亞里斯多德（Aristotle, 384 BC-322 BC）也勸詩人要成為「隱喻的巨匠」[10]。外國詩人論者也莫不如此主張。如布魯東所說：「將性格極為遙不相及的兩個對象拿來比較，或者，以任何其他方法將它們驚人且突兀地收作一處，始終是詩所企望的至高要務」，甚至有人乾脆把詩當作「比喻的文學」（村野四郎，MURANO Shirō, 1901-75）[11]。黑格爾〈Georg Wilhelm Friedrich Hegel, 1770-1831〉也說所謂「『不表現特性』的形象」，即「不在所寫對象本身上留戀，卻轉而描繪另一個對象，使我們更能明白原所寫對象的意義，得到更具體的印象」[12]總總論述，都是說明詩意來自比喻。但是若要探求其本源，找尋一個符合科學要求的答案，則免不了要從語言結構本身來談。結構主義學者雅各布遜所提出著名的主張，便成為白靈認為最合理也最準確的解答。白靈說：

> 因此雅克慎說：「詩功能乃是將『選擇軸』上的對等原理投射於『組合軸』上。『對等』於是被提升為組合新語串的構成法則。」其意是說：當與平常語可以對等或同一的事物，被聯想「選擇」加入後，就得進入語言的構成法則中去尋找新的組合，組合成功或完美之際，詩句即完成。[13]

　　白靈所援引雅各布森的主張是出自他在〈封閉陳述：語言學與詩學〉（"Closing Statement: Linguistics and Poetics"）一文中，

---

[10] 白靈，《一首詩的玩法》（臺北：九歌，2004）24。
[11] 白靈，《一首詩的誕生》（臺北：三民，1991）14。
[12] 白靈，《一首詩的誕生》 13、14。
[13] 白靈，《煙火與噴泉》 42。

所提出的重要實驗結果:「詩的功能將對等原則從選擇軸投入組合軸」[14]組合軸構成了語序,需符合特定的語法要求才能夠表意。但是選擇軸上的變化,便是比喻,一方面讓語法能成立,但是在選擇軸上的變化卻讓句子產生更豐富的含意,要讀懂句子,需要理性判斷力,但是要感受選擇軸上的變化,卻必須讀者有相當大的想像力,能在意象的選取跳躍,在比喻事物的兩端間,找到選擇軸上跳躍的軌跡,而這正符合了白靈所主張詩必須是感性與理性,想像力與判斷力的融合。所以這種選擇軸上的跳躍,也就是水平思考。白靈說:

> 所有的「創意」都講究「水平思考」,它希望在一加一等於二的「垂直(邏輯)思考」之外,發揮輻射性想像的功能。「選擇」便是在此水平輻射的當下盡情地胡思亂想,隨後即以之納入各種可能的「組合」中,透過自覺與判斷(此時垂直思維的解析性也發揮其功能),從不同的組合中「擇一而終」。垂直思維講求的常是一種「秩序」。在詩中,「創意」與「秩序」都是必須的。[15]

　　白靈引用雅各布森的說法,從語言結構本身來談詩,具有科學上實證的可性度。對於解釋什麼是詩來說具有相當大的解釋效力。過去詩人們常說的意象使用的精準往往使人難以理解,而以白靈的

---

[14] 原文如下:Thepoetic function projects the principle of equivalence from the axis of selection into the axis of combination. Roman Jakobson: Closing Statement:Linguistics and Poetics,收自 ed. Thomas Sebeok: *Stylein Language*(Cambrige, Mass.: MIT P, 1960)358。

[15] 白靈,《煙火與噴泉》 54。

解釋來看，這種精準是指選擇軸上所選取的替換的語言，讓詩句產生了更豐富更感人的語言含意。

三、白靈詩學中的現象論

從白靈所建構詩的本體論來看，詩之所以為詩最重要的因素是比喻，以雅各布遜的理論來說，則是「選擇軸」上的對等原理投射於「組合軸」上。白靈將詩意作了一個明確而精準的定義，可以說，具備了此一特質的文學作品，就可以算是詩。

但是詩的本體論算是一種抽象的歸納，具體討論詩作時，以詩的現象論而言，就是指能夠討論被人認識並辨認詩的種種風貌，也就是常見的詩的形式、類型、風格、技巧等討論。這種與本體相對，能被人直接認知感覺所能發現者，稱之為詩的現象論。在眾多詩的現象當中，隱含著詩的本體，而詩的本體則決定了詩現象的存在。[16]

而更廣義的文學現象論，就會包含文學與社會的互動，以及文學的演變發展趨勢。林燿德（林耀德，1962-96）在《當代臺灣文學評論大系・文學現象卷》的導論中說：「文學現象，意指在寫作的現實環境中展現的觀念辯證和文學趨勢，以及和作品互相滲透的歷史語境或文化地形」[17]李瑞騰（1952-）也說所謂文學現象是「包括一切關於文學的人、事和作品及彼此之間互動的複雜關係」[18]就理論上來說，現象應是人所能接觸感知的面向，廣義的來看，與文學相關的一切事物包含在文學現象的範疇下，應無不可。因此本節

---

[16] 周慶華，《當代臺灣文學理論》（臺北：揚智文化，1996）70。
[17] 林燿德（1962-1996）主編，《當代臺灣文學評論大系・文學現象卷》（臺北：正中，1993）30-31。
[18] 李瑞騰《臺灣文學風貌》（臺北：三民，1991）43。

將分別從可以區分詩的形式類別以及創作詩的技巧以及新詩發展趨勢概論等三方面來談。

（一）詩的技巧

根據前述我們已經確認白靈認為使詩成為詩最重要的就是比喻，也就是選擇軸上的組合，那麼想要讓此種特質表現在具體作品上，就必須透過創作者的技巧，才能讓平凡語句脫胎成為詩句。而白靈對於詩的創作也有相當深入的分析。

詩仍然是文學作品，因此適用於其他文學作品的建議，在詩的創作上當然仍然適用。白靈為了幫助初學者能夠開始寫詩，也有很多此類建議。《一首詩的誘惑》就是一本相當適合詩壇初學者的引導手冊，當中收集了許多給初學者的建議，例如接觸詩之前不該有既定印象，應該多閱讀詩作增廣見識等等。但這些建議放在散文、小說領域仍然通用。如果要說專門針對現代詩的創作者所給的專門技巧論述，仍然集中在《一首詩的誕生》。在此書中，白靈對於詩的創作技巧有極其精簡但深刻的歸納成「虛則實之，實則虛之」口訣。也就是在原本無奇的尋常句式中，將抽象的詞語用具象的詞語替代，反之亦然。這種技巧論仍是選擇軸上變化的延伸。抒情之語以景物代替，寫景之語以情緒概念替代。以此為原則，推展開來，可以有各式各樣的選擇變化。白靈說：

> 小則大之，大則小之；此覺則彼覺之，彼覺則此覺之（視、聽、觸、味……覺等感官移位）；遠則近之，近則遠之；動則靜之，靜則動之；主動則被動之，被動則主動之；多則少之，少則多之；正則反之，反則正之；密則疏之，疏則密之；緩則急之，急則緩之；簡單則複雜之，複雜則簡單之；雜則

序之，序則雜之。[19]

綜觀《一首詩的誕生》除了前三章創作論之外，其餘章節全部都是依照此原則，詳細就各式各樣狀況討論創作技巧，對於詩的初學者來說，十分實用。而這種創作技巧論更進一步的延伸，便與白靈詩學中更深刻的思考結合在一起。

白靈說：「它是萬物與人心靈虛實互動、靈感與語言隨機運作後的產物，它的奧妙往往在意與象、情與景、精神與物質、抽象與具體、隱與顯、有與無、乃至奇與常、正與反、吸力與斥力……等等的相生相剋之間。簡而言之，詩具有「曖昧」的特質，其以形象思維所形成的語言會有模糊性、曖昧性、不確定性乃是必然，而這正是詩的既可傳又不可傳、可譯又不可譯、可說又不可說的原因，而「站在左腦與右腦之間」也是詩的奧妙所在。」[20]白靈科學家的背景讓他知道這世界原本就不是死板的落於有、無的兩端，而是空即是色、色即是空，充滿了互相融涉包含的狀態，因此要寫出好詩，正式要體認這樣的情況，將現實經驗抽離到一定美感距離，讓文字介於感性與理性之間，詩的藝術成就便產生了。

（二）詩的形式與類型

對於詩的形式與類型，白靈仍然秉持一貫跨界的思考方式，不斷提出詩與其他不同形式藝術的結合。所謂詩的形式是指以文字的排列方式，隨著排列方式的不同又會衍生出不同詩的次文類的分別，例如散文詩、圖像詩等等。白靈雖然並不特別創作不同形式的

---

[19] 白靈，《一首詩的誕生》（臺北：三民，1991）84。
[20] 白靈，《桂冠與荊棘──白靈詩論集》，（北京：作家出版社，2008）7。

詩作,但他卻積極推廣詩與其他形式藝術的結合,最重要的成果就是一系列「詩的聲光」的演出。白靈說:「這一系列的活動中以「詩的聲光」引起的反應較為激烈。它也是對傳統朗誦形件式的反叛和變革,它只將詩當作一項素材,希望透過各種媒介,包括燈光、幻燈、錄影、繪畫、服裝、音效、相聲、默劇、武術、動作,表情、舞蹈、舞臺、詩劇……等不同的手段和形式,將詩的文學書寫完全轉換為立即的視覺與聽覺的感受。」[21]

而除了將詩拓展詩的界線,與其他形式藝術結合之外,白靈也留意過詩與廣告之間的關連性,過去的廣告強調宣傳效果,文案多半誇張粗鄙,但隨著臺灣進入八、九〇年代的工商業社會之後,廣告在我們生活中佔的比例越來越大,也越來越精緻。白靈便曾特別考察詩與廣告之間的關係,白靈說:「詩不必是廣告,廣告不一定以詩,但二者竟可以互存在一件商品上,未嘗不是詩的另一條廣告途徑!」[22]國內學者除了渡也之外,白靈則是少數注意到詩與廣告之間關連性的論者。

(三)現代詩發展趨勢的觀察

白靈是也是少數不斷宏觀角度觀察臺灣現代詩發展趨勢的論者之一,在九〇年代初《煙火與噴泉》中,白靈根據社會環境的觀察以及身處詩壇的體會,提出在當時現代詩所面臨的環境變革有六點,分別是:民主波瀾的巨大衝撞、時空觀的嶄新變革、物的地位顯著提升、女性主義強勢抬頭、傳播手法的多元發展、分眾社會下的焦慮。[23]這些觀察帶出了當時臺灣社會環境的改變,

---

[21] 白靈,《煙火與噴泉》(臺北:三民,1994)198。

[22] 白靈,《煙火與噴泉》 116。

[23] 白靈,《煙火與噴泉》 73-78。

經濟起飛帶來拜金、拜物的價值觀，政治、經濟、文化都進入新的局面。在這種狀態下，白靈提出詩人們應該發展的新方向。如詩理論的科學化、詩創作可能與其他科技整合、詩有可能朝集體性發展、分眾詩可能產生，小詩會流行等等。[24]

在世紀末的九〇年代詩壇，由於社會文化環境的劇烈改變，純文學的地位不在，「新詩已死」竟成為當時聳動卻流行的耳語。[25]但是白靈並沒有抱持相同悲觀論調，而是根據現實狀況提出，詩人應該順應時代改變做出適當回應建議。

白靈對於詩壇發展趨勢的預測是相當準確的，許多九〇年代初的預測到了今日來看，都準確的發生了。例如白靈九〇年代初曾提出女性主義抬頭的觀察，過去平面媒介男女詩人比例是七比一，但今日網路詩選時的男女詩人比例已經接近一比一。又如白靈當時談到詩創作與其他科技整合的議題，今日來看，詩的書寫工具由一元而多元：此是受到攝影、動畫、漫畫、數位工具等影像工藝的影響。詩也滲透入歌詞、廣告文學、電視文學、動畫製作中。加上網路時代來臨，詩傳播方式也已由單向傳達演變成雙向互動，「即時互動」的創作成為是年輕一代詩人的思維模式。[26]

---

[24] 白靈，《煙火與噴泉》 82-83。
[25] 孟樊，〈臺灣新詩在面臨電子文化的世紀末時代是否逐漸走向死亡？〉，見孟樊，《當代臺灣新詩理論》（臺北：揚智，1998）358。
[26] 白靈，《桂冠與荊棘──白靈詩論集》 16-17。

四、白靈詩學中的創作論

　　白靈是臺灣詩壇少數經營現代詩創作理論的詩人之一[27]，其創作論以《一首詩的誕生》為代表。之後《一首詩的玩法》、《一首詩的誘惑》當中，則有完整的創作引導教學。若從發展歷程來看，從《一首詩的誕生》當中一系列的創作論文章，發表至今都已超過二十年以上的時間，對今日臺灣年青詩人而言，影響深遠。

　　從他的論著中，我們可以知道，白靈是有意識地建構其獨特的創作論，他曾反省詩壇對於創作論認識的不足與謬誤：「大抵『詩創作的行為』在多數詩人和批評家的眼光中，可能不脫下列幾項特點：①詩作是嚴肅的而非遊戲的。②詩創作非零即一，是能者易為而不能者不易為的。③創作要靠啟發，非能學習而得的。④詩創作如人懷孕，是胎生的，非卵生的。」[28]透過反省，為了克服這些既定印象，白靈遂建構了一套頗具特色的創作論，以下分別就其特色以及創作方法設計兩方面來談：

（一）創作方法的建構

　　過去的文學理論傳統，通常都把文學創作的歷程視為「胎生」的過程，也就是在創作者的心靈當中已經有了作品的粗略概念，只等待時間的醞釀，文學技巧的涉入將原以具體而微的作品從創作者

---

[27] 在詩壇同樣以創作教學見著的詩人，除了白靈之外，還有蕭蕭（蕭水順，1947-）。蕭蕭也曾出版《現代詩入門》、《青少年詩話》、《現代詩遊戲》、《現代詩創作演練》等多部引導初學者嘗試現代詩創作的著作。

[28] 白靈，《一首詩的玩法》 20。

的心靈當中，透過文字帶到人世間。[29]但是這樣的創作論，對於初學者而言，太過嚴苛，因為初學者都只能看到偉大作家的經典作品，因此在心中不免將作品構思應有的高度提高到自己難以超越的程度，以致於往往來不及寫出來，自己在心中就讓好作品的構思「胎死腹中」，殊不可惜。

為此白靈特別提出一個新的觀念，鼓勵先寫作，再構思的創作順序。白靈說：「很多人都以為一首詩的誕生就像是嬰兒的臨盆般，是頭腳齊全地來臨的，殊不知它們經常是靠一隻鼻子找到一張臉，憑一根腳趾找到一條腿的。……其實，我何嘗反對「從一而終」的「胎生法」─大部分人的詩都是這樣來的，但又何妨也試試遊戲般、充滿各種可能的「卵生法」？[30]

所謂「胎生法」就是沒有既定的創作主題或構思，純粹從創作遊戲中激盪腦力，看看滿紙的意象連結能否誕生一首詩的構想。若是失敗了，無法完成一首詩，遊戲的本身也讓人樂在其中。白靈說：「不要期望每次都把一首詩完成，那樣只會使世界多出一些壞詩；寧可把一句或幾句詩寫好（甚至只是一個好的比喻），寧可只寫一推好的詩句或一段好詩，這些好的詩句在將來都有機會成為一首詩堅挺的鼻子或有個性的大拇指，它們常是一首詩誕生的基礎。」[31]

白靈的創作方法設計，簡單地說，就是強迫連結不相關的詞彙，嘗試思考兩者乍見之下毫無關連的兩個詞彙彼此之間可能會有

---

[29] 白靈曾經歸納董崇選（1947-）《文學創作的理論與班課設計》、朱光潛（1897-1986）《文藝心理學》、王夢鷗（1907-2002）《文藝美學》等書，統整眾家論者的說法，包含董崇選、柯立芝、瓦拉斯、泰勒、法捷耶夫（Aleksandr Fadeev, 1901-56）、克利斯、余光中（1928-）、王夢鷗等人的說法，但大多未跳脫先有完整作品構思，才以文類、形式、技巧、風格等考量完成的次序。參見白靈，《一首詩的玩法》 23、24。

[30] 白靈，《一首詩的誕生》 5。

[31] 白靈，《一首詩的誕生》 4。

的關連性。首先在〈比喻的遊戲〉中，先從兩個詞的連結發展成句，再從句鋪陳成篇。在〈想像的捕捉〉中，則是從兩個詞延伸聯想成為兩個詞彙群，再從兩大詞彙群的任意連結中找尋佳句。最後〈煎出一首詩〉除了說明精鍊字句的功夫之外，則提出了作文時常用的六何法（5W1H），可以說有點到線而面，完整賦予現代詩創作遊戲的具體可行方案。而發展到了《一首詩的玩法》時，玩的面向更廣，原本強喻的遊戲仍然保留之外，各種跨越形式界線的遊戲，大大豐富了創作的樂趣。語教系教授張春榮（1954-）便盛讚：「《一首詩的玩法》是一本「會玩」的書，玩出詩的敏感，玩出語言文字的可能，玩出分行形式的寓意玩出詩藝類型的多元智能。」[32]

　　白靈並不反對先有完整構思再進行寫作的胎生法，也強調「卵生法」並非為文造情，為賦新詞強說愁的虛假，而是本持著人的潛意識有無限可能的理論依據。白靈說：「何況人類在整個成長過程中，歷經的情感、經驗儲存於心中實在已多得不可勝數，很少人有機會仔細將它們一一沉澱、反芻（結果都落入潛意識中去了），如果能透過對語詞的觸碰而抓取這些隱藏的種籽，一一落土在心中，則靈感的躍跳將不只一端而已。」[33]因此創作的反向操作，先遊戲，再從文字推演創意連結的可能。事實上，《一首詩的誕生》中，白靈本身就成功透過這套方法的演練，寫出精彩名作如〈風箏〉、〈鐘乳石〉等，如今這些詩已被收錄在各大詩選中，成為白靈的代表詩作之一，由此可證明這套方法的可行與精彩之處。仔細思考白靈的創作方法，可以發現其中頗有後現代主義的思考脈絡。

---

[32] 張春榮，〈始於喜悅，終於創思——評白靈《一首詩的玩法》〉，《文訊》230（2004）：17。

[33] 白靈，《一首詩的玩法》 27。

（二）具後現代主義特質的創作觀

　　白靈嘗試宣稱創作可以不必先有構思，而從遊戲中獲得靈感，進一步加以完成。這種想法推翻了過去作者至上的權威，作者不必是創造作品的關鍵，作品本身不一定是作者思想的印記。蔡源煌（1948-）便曾經說明後現代主義文學理論宣稱作者已死的理由，一者作品雖來自於作者，但作者的意識型態卻又來自於社會，作者本身只是其中的一部份不具特殊性。其次文學風格與成規也是受到文學社群同儕的制約，作者發揮的空間有限，最終閱讀行為雖是作者與讀者的對話，但讀者在詮釋時可能有更大的權威來宣稱讀者的理解。[34] 從上述三點來看，創作者的權威已讓位給作品本身。既然作品已不專屬於作者所有，那麼又何不投身於創作的遊戲中。任由文字引導創作者的意念。

　　白靈創作理論的另一個特色也相當有後現代主義色彩，那就是強調遊戲與樂趣。白靈曾說：「大多的人把寫詩奉作一項神聖嚴肅光祖耀宗千秋百世的事業，他們也如此要求那些初入門檻的生手，筆者卻情願它起初是一項輕鬆而有趣的遊戲，進一步再要求其成為完整嚴肅的文學篇章。藝術的開始不也是遊戲嗎？又有誰正經八百地開始作一場夢呢？」[35] 過去的論者莫不神聖化創作行為，白靈卻反其道而行，鼓吹創作的樂趣。若說遊戲與樂趣是白靈創作論的核心，應當不為過，白靈創作論的代表作《一首詩的誕生》除了論述之外，更從書中內容整理出了十個可供初學者嘗試的現代詩創作遊戲。而另一本《一首詩的玩法》更是把創作遊戲樂趣發揮得淋漓盡

---

[34] 蔡源煌（1948-），《從浪漫主義到後現代主義》（臺北：雅典，1988）249-50。
[35] 白靈，《一首詩的誕生》　5。

致。書中收錄了將詩的意境化為圖畫，或者將圖畫的意境改寫成詩，甚至於教讀者剪下報章雜誌的詞彙，嘗試拼貼成詩，乃至於引導讀者嘗試在電腦上創作數位詩多媒體詩作，各種各樣的遊戲充分給寫作帶來無窮的樂趣，而這正是後現代主義大師們都推崇的樂趣。克莉斯蒂娃（Julia Kristeva, 1941-).曾提出當正文（texte）不再是某種靜態的產品，而是一個生產過程，是作家、作品、讀者融會的場所，「『正文』的主體，也就是在符表不再指涉概念，與其他符表交互作用的過程中，脫離了笛卡爾（René Descartes, 1596-1650）式思考主體的支配，進入了『正文』自身的邏輯，在符表流動的過程中分解與散失（perte），並且也因此而達到了所謂『愉悅或高潮』（jouissance），使『正文』成為了某種性愛（érotique）的遊戲。」[36]當創作成為符號的遊戲，拆解重組任意組合都不需要為擔負原道宗經的大任時，創作可以是很單純愉悅。而這或許正是引導初學者創作更重要的指標。於是白靈說：

> 赫曼赫賽（或譯赫塞，Hermann Hesse, 1877-1962）說：「寫一首壞詩的樂趣甚於讀一首好詩。」他的意思是：做一名蹩腳的作者勝過當一名高明的讀者。這句話最該注意「樂趣」兩字。……看人釣魚的人很難掌握釣魚人的樂趣，一旦一竿在握，面對的其實不只是魚，而是整面湖或整座海，是龐大的渴望、好奇、掙扎與未知。即使力有未逮，但樂趣已在其中了。因之，釣魚的樂趣大半在於釣不在魚，作夢的樂趣在作不在夢，寫詩的樂趣也多半在寫不在詩。原來重要的是過程，是在那上下尋索的茫然與驚奇。[37]

---

[36] 蔡源煌，《從浪漫主義到後現代主義》（臺北：雅典，1988）249-50。
[37] 白靈，《一首詩的誕生》 2-3。

重要的不見得是作品，而是寫的過程。在於苦思探索物與物之間新的聯繫，情與情之間新的表徵時的快樂，是白靈詩學創作論的精髓所在。

五、白靈詩學中的批評論

所謂文學批評多半指的是針對文學作品進行描述、分析、評價的行為，落實在詩學當中就是針對詩人詩作或是詩壇事件等與詩相關的對象，進行描述、分析、評價。描述是評論者針對詩作直觀感受的文字敘述，評價則需要一套價值判斷的標準，分析則較為複雜，需要有一套研究方式，再透過研究方式的操作，從作品中尋求預計的成果。而評論的最後則往往歸結到評論者的意圖。周慶華（1957-）曾分析評論者進行評論不外乎希望三個目的，希望建立一套文學知識，或是一套文學功用，亦或是一套文學美學。基本上不出乎此三大範疇。[38]如果我們以這個標準來審視白靈的批評論，可以發現白靈評論的最終目的，都是在建立一套詩的文學知識，而這種想法背後則根源於白靈思想中詩與科學同源的思想。

（一）知識取向的詩批評

也許正是科學出身背景，白靈自踏入詩壇進行評論以來，其評論文字有其獨特的風格，往往迥異詩人與學者的評論，白靈往往希望能夠用字淺白簡單卻能做到言之有據、言之有物，這點白靈自己曾經有著自我期許：

---

[38] 周慶華 181。

> 本書在寫作態度上一直有兩點小小自我期許：一是論述儘
> 管理性，文字希望保有濃密的感性，能流暢可讀。二是文
> 章層次儘可能分明，必要時能提供簡明的圖表，讓煩瑣的
> 探討變成清楚的勾勒；幸而若干篇章在這點上尚稱滿意。
> 也期望一般文學論述者偶而能稍稍有點「科普」（科學普遍
> 化）的觀念，避免冗長、詰屈、重覆的鋪排，則讀者幸之，
> 文學幸之。[39]

　　上述提及文學評論大致可歸納為三個評論目的，其中用意在
建立一套文藝美學的評論，往往期許評論本身就是另一種散文創
作，而文學功用的評論，往往要求詩應該要向國家、社會、人民、
鄉土乃至於道德服務，白靈本身是求知的科學家，求美求善往往
不在其考量範圍，如何求真，建構更加明確清楚的現代詩知識，
就成了白靈詩論的終極關懷。為此白靈曾經喟嘆：「過去所謂詩原
理詩討論的文章大多空洞不務實際，一點點思想常抖成長篇大
論。更為邏輯性、簡單性的規劃整理，分門別類、條理清楚，有
其必要。」[40]我們可以在這段話裡，看到白靈身為一個科學家實
事求是的務實性格。

　　白靈也的確做到了的期許，尤其是以圖表代替文字描述，更可
說是白靈詩學的一大特色，僅以《一首詩的誕生》一書來看，據筆
者統計便有三十張圖表，分別在文章當中扮演歸納整理的角色，使
讀者能一目了然。圖表的使用對於人文學科研究者來說十分陌生，
但這卻是幫助理解新知的一個重要工具。美國藝術心理學教授魯道
夫・阿恩海姆（Rudolf Arnheim, 1904-2007）便曾提出：「所有富有

---

[39] 白靈，《煙火與噴泉・自序》（臺北：三民，1994）4、5。
[40] 白靈，《煙火與噴泉》 82。

成效的思維都立足於知覺意象的必然性之上。反過來，所有在活動中的知覺都涉及思考的某些方面。這些論證不能不深切的關係到教育。」[41]他嚴肅指出人眼睛在進行觀看行為的同時，那腦相關的部分就會自己進行運算思考，幫助理解判斷所觀看的物品為何。因此阿恩海姆說：「藝術與科學之間不存在斷裂，圖畫的使用與語詞的使用之間也不應該存在斷裂。」[42]白靈也曾討論過掌管邏輯運算與文字的左腦與掌管圖像與情緒的右腦應該互相配合。而以圖佐文幫助理解這件事的本身就正好與白靈的主張不謀而合了。

除了文字淺白易懂與圖表輔助說明之外，白靈的批評論有更強烈的特色，那就是科學與詩的合一。這點在白靈最重要的詩人評論集《桂冠與荊棘——白靈詩論集》當中可以看得出來。在這本評論集中，白靈徹底的運用了各式各樣科學的理論模型來詮釋現代詩人的作品或風格。在這本論集裡，白靈用愛因斯坦（Albert Einstein, 1879-1955）狹義相對論質能互換方程式 $E=mc^2$，試圖透過現象學的澄清與互動原則追尋瘂弦詩中的哲學高度。雜揉熱力學、現象學、艾倫‧佛洛姆（Allan Fromme，1915- ）心理學等學說來分析鄭愁予（鄭文韜，1933- ）的孤獨感，以 G. N. Lewis（1875-1946）對自由能的方程式 $G = RT\ln f + B$，搭配梅洛—龐蒂（Maurice Merleau-Ponty, 1908-61）現象學來分析陳義芝（1953- ），在白靈的筆下，詩與科學之間的界線似乎隱沒模糊，而這可歸結到白靈批評論的核心，詩與科學互通的討論之上。

---

[41] 魯道夫‧阿恩海姆（Rudolf Arnheim, 1904-2007），《藝術心理學新論》（*New Essays on the Psychology of Art*），郭小平、翟燦譯（臺北：臺灣商務印書館，1994）208-09。

[42] 阿恩海姆 210。

（二）詩與科學的之間

　　白靈本身並沒有直接斷言科學與詩可以直接合一，雖然過去曾有許多學者嘗試提出文學與科學結合的可能性，最近的可能便是在人的想像中。卡爾・波普爾（Karl Popper, 1902-94）便曾說：「我認為，科學的源頭可以在詩歌、宗教神話以及那些試圖對人類自身和世界做出說明的綺思遐想中尋到。」[43]

　　而在此一思考脈絡上，走得最遠，理論發展的最完整的可能要算加斯東巴什拉（Bachelard Gaston, 1884-1962），巴什拉的前半生是一個科學史的研究者，提出「科學認識論」，而後半生則轉向文學批評，以獨具個人色彩的「詩學想像論」，兩種看來截然二分的學科，巴什拉卻同時在兩個學科當中獲得驚人成就。巴什拉曾經想以一套理論將科學與詩兩者結合起來，這便是引人矚目的「巴什拉二重性之謎」[44]，但是巴什拉的努力並沒有得全面性的認同，但這表示了有不少學者都嘗試去結合科學與詩之間。而白靈則用另一種方式來談詩與科學之間的接近。

　　白靈在長年研究科學與研究詩學之間，發現了二者的道理似乎是一樣的，想要理解科學的追究到最後，所得到的答案很類似於詩學研究的結果，似乎宇宙世界與文學之間有著某種同構的關係。白靈曾說：

　　　　也許我們應先就詩的「自由」三原則──「不確定性」、「非

---

[43] 卡爾・波普爾（Karl Popper），〈科學和藝術中的創造性自我批評〉（"Creative Self-Criticism in Science and Art"）《通過知識獲得解放》（*Emancipation Through Knowledge*），范景中、李本正譯（杭州：中國美術學院出版社，1996）263。

[44] 張旭光（1965-），〈加斯東巴什拉哲學述評〉，《浙江學刊》2（2000）：36。

實用性」、及「貴在似與不似之間」來接近詩，或更有益於
「身心健康」。此處先帶幾句，日後詩讀多了、世事漸明、
對哲學與科學的認知更貼近宇宙的細微處時，讀者或終能明
晰，詩的自由三原則，其實即宇宙的創造原則。詩，是宇宙
之花。此「花」不只發生在地球，而應是「全宇宙性的」。[45]

　　「詩的自由三原則，其實即宇宙的創造原則」便是白靈在兩個
領域當中的體會。這種特殊的個人體悟有時無法以語言文字表述，
邁克・博藍尼（Michael Polanyi, 1891-1976）將這種體會稱之為默會
知識：「任何明示的機械性程序都無法代替這種整合活動。最重要的
是，即使能把一項整合的認知內容意譯出來，也無法傳達該內容的
感覺質地。你只能躬親感覺這質地，只能內斂於這質地之中。」[46]所
以考察白靈批評論所常用的理論，便可看出端倪，白靈在人文學科
方面喜歡用現象學的學說，在自然科學方面則常使用混沌理論，兩
者都是討論最微細的狀態，一者是人心靈一者是萬物。白靈必定是
觀察到從極微細的地方看，科學與文學這兩個不同的世界也必然會
有交會之處。白靈說：「因為在宇宙大千內我們所看到的任何一點，
包括我們現在眼中所看到的任何東西，包含一粒沙，它們都是無限
的集合。眼睛所看到的有，都是無限的集合所變成的。這種哲學上
的認知經由科學慢慢的證實後發現都是相通的，所以所謂的『有』
就是等於『無』，都是相通的。」[47]或者我們可以說，白靈在詩學
與科學之間進行了一次選擇軸的跳躍，他所體會到的意義，必然是
豐富於不懂詩的科學家以及不懂科學的詩人。

---

[45] 白靈，《一首詩的玩法》（臺北：九歌，2004）9。

[46] 邁克・博藍尼（Michael Polanyi, 1891-1976）著《意義》（*Menging*），彭淮
棟譯（臺北：聯經，1984）46。

[47] 郭美君，〈白靈及其詩作研究〉，碩士論文，高雄師範大學，2008，292-93。

六、結語

　　白靈作為臺灣重要詩論家之一,其兼具詩人科學家的背景使其詩學呈現出獨特風貌。為求全面涵蓋白靈詩學的全貌,本文嘗試以本體論、現象論、創作論、批評論四個部分來歸納整理白靈詩學。白靈解釋詩的發生是源於左右腦的合作協調,水平思考的結果,並以雅克慎結構詩學的角度分析詩意的由來。並據此發展出創作詩的技巧論。白靈的創作論具有後現代主義的遊戲性格。白靈的詩批評則多援引科學語境來說明,並且相信科學與詩的研究兩條看似平行不交錯的路線,終會有相遇的一天。而科學與人文學科之間的交會,更是未來更美好的人類文化應該結合融會之處。

　　查爾斯·史諾(C. P. Snow, 1905-80)說:「所有矛頭都指向同一個方向:縮小我們兩種文化間的差距,這是當務之急,不論是在最實際的意義上,還是在最抽象的知識意義上,都一樣必須做到;當這兩種文化漸行漸遠時,一個社會就再也無法智慧的思考了。」[48]像白靈這般同時兼具科學家與詩人身份學者相信更能體會這點。

　　卡爾·波普爾曾說說:「科學和詩歌有著血緣關係,它們都產生於我們想要了解人類的起源和命運,了解世界的起源與命運的嘗試。」[49]或許,這將是白靈詩論最中肯的註腳。

---

[48] 查爾斯·史諾著,《兩種文化》(*The Two Cultures*),林志成、劉藍玉譯(臺北:貓頭鷹,2000)145。

[49] 波普爾 264。

自然與人為

——白靈童詩中的幾種時間

夏婉雲

作者簡介

夏婉雲（Wan Yun HSIA），祖籍湖北鄂州，生於屏東，淡江大學中國文學研究所博士候選人，現任臺北市兒童文學教育學會理事長。曾任臺北市中小學教師主任 30 年臺北市教育局國教輔導團國語文輔導團員數十年。研究專著《童詩的時空設計》、《圖表作文教學對國小語文能力、創造力及作文焦慮之影響》、《國語科統整教學新趨勢》三本；古典詩、現代詩、兒童文學、現代文學研究論文十數篇。

論文題要

時間是白靈兩本童詩集的重要主題，皆以自然而少人為的不同形式加以展現。本文探究了其童詩中涉及的不同時間觀點，如：可以去計量時間的物理觀點、被靈魂所衡量的心理觀點、具屬己意義的存在觀點、和跳脫時間流的非時間性觀點。這些觀點也因此使白

靈的童詩分別具備了遊戲性、天真性、夢想性、童話性等兒童詩最自然的特質。

關鍵詞：白靈、時間、時間性、兒童詩

一、引言

　　1997 年至 2003 年間，臺灣的三民書局陸續出版了 20 冊兒童詩集，稱作「小詩人系列」，這是頭一次集中性地由一群成名的詩人所創作的一系列兒童詩集。作者包括發起此系列構想的葉維廉（1937-），以及接受邀稿參與創作的前行代詩人張默（張德中，1930-）、敻虹（胡梅子，1940-）、向明（董平，1928-）、朵思（周翠卿，1939-）、林煥彰（1939-），及戰後中生代詩人尹玲（1945-）、汪啟疆（1944-）、蕭蕭（蕭水順，1947-）、蘇紹連（1949-）、陳黎（陳膺文，1954-）、向陽（林淇瀁，1955-）、白靈（莊祖煌，1951-）、陳義芝（1953-），和新世代詩人顏艾琳（1968-）等，可說集一時之秀所展現的兒童詩歌大集結。在此之前，上述詩人中除了葉維廉[1]、林煥彰[2]外，即使寫過兒童詩，皆未大量創作過兒童詩、出版過兒童詩集。包括本文討論的白靈，在此之前雖然創作過兒童詩，但到了「小詩人系列」時才出版了《妖怪的本事》（1997 年）、及《臺北正在飛》（2003 年）兩本兒童詩集。兒童詩創作幾乎成了絕大多數現代詩人的「階段性創作」，即使如此，這些作品由於「在情節、意象、想像、情感以及內容上，與一般作品明顯不同」[3]，可說「為兒童詩注入了一支強心劑，也為兒童詩打開了另一扇窗，兒童詩脈

---

[1] 葉維廉（1937-）在此之前即出版過兒童詩集，如《孩子的季節》（臺北：臺灣省教育廳，1990）。
[2] 林煥彰（1939-）在此之前即出版過兒童詩集，如《我愛青蛙呱呱呱》（臺北：小兵出版社，1993）、《春天飛出來》（臺北：臺灣省教育廳，1993）、《回去看童年》（臺北：國際少年村圖書出版社，1993）等。
[3] 洪志明（1956-），〈十一年來兒童詩歌的演化〉，《童詩萬花筒》，洪志明主編（臺北：幼獅文化事業有限公司，2000）28。

搏勃發的朝窗外那片五彩光芒前進」，此「新的營養」，將「產生難
以預料的影響」。[4]

　　由此也可看出，兒童詩在 1949 年後的臺灣整體現代詩歌的發
展中，始終只是一股暗流，其脈絡起伏比現代詩劇烈，常有大起大
落的現象，每當有現代詩人加入時，其波瀾就大一些。即使所有的
教育工作者、詩人、學者都知道它的重要性，但能於此領域傾一生
之力創作、推廣、或研究的，微乎其微。五〇年代的年輕軍中詩人
楊喚（楊森，1930-54）即是一位現代詩人影響兒童詩的顯例，他
是 1949 年後臺灣最早為兒童寫詩的現代詩人，經常投稿那時的中
央日報兒童週刊，為兒童詩歌保住了一線創作生機。[5]他「專意寫
兒童詩」，雖早逝，且只寫了二十首，卻「對早期臺灣兒童詩的發
展，有相當影響」。[6]其實不只是「相當影響」，而是「極深遠的影
響」，迄今其他寫兒童詩的創作者恐仍無人能出其右的。乃因這二
十首童詩首首精彩，以「新鮮的內容，獨創的格調」、「是培育兒童
心靈的新鮮的讀物」[7]，其中的十八首具有強烈的童話性，而因此
被稱為「童話詩人」，多年來一再被選入眾多小學課本中，因此幾
乎形成臺灣兒童詩的經典之作。

　　自楊喚死後的 1954 年至 1970 年間，成人為兒童寫詩的「幾乎
熄掉了火種」[8]、或「零零星星的」、處於「自生自立的局面」[9]。
即使 1971 年之後，臺灣兒童詩進入所謂真正成長時期，笠詩社及

---

[4]　洪志明　30。

[5]　林文寶，《兒童詩歌研究》（臺北：富春出版社，1995）152。

[6]　林煥彰，〈略談臺灣的兒童詩〉，《現代詩》6（1984）：93-103。

[7]　覃子豪（1912-1963），〈論楊喚的詩〉，《楊喚全集》，歸人（黃守城，1928-）
　　編（臺北：洪範書局，1985）513-14。

[8]　林煥彰，〈略談臺灣的兒童詩〉　93-103。

[9]　林文寶，《兒童詩歌研究》　154。比如現代女詩人蓉子的《童話城》（臺中：
　　臺灣省教育廳，1967）的出版即是一例，口碑甚佳，後來名列2000年所選
　　出的「臺灣兒童文學100」書目中。

國語日報均闢了專欄，[10]成人為兒童寫詩也逐漸增加，國小教師嘗試指導兒童寫詩也逐漸蓬勃，但兒童詩的發展仍主要仰靠小學教育工作者的投入、和兒童文學工作者的努力[11]，反而現代詩人除了詹冰（詹益川，1921-）、林煥彰外真正投入者並不熱烈，但對兒童詩的影響始終是巨大的，比如 2000 年選出的「臺灣兒童文學 100」（1945-98）書目中，選出的 11 本兒童詩集中由現代詩人創作的即佔了 6 本[12]，顯見現代詩人對兒童詩發展具有舉足輕重的份量。因此上述「小詩人系列」的出版，顯然具有指標性的意義，其所謂「新的營養」將「產生難以預料的影響」，必然與現代詩人之與一般童詩作者創作的兒童詩具有不同的指涉有關。此不同的指涉包括看到一般兒童詩作者「沒看到的地方」、「沒捕捉到的意象」、「較少使用的想像」等[13]，白靈在童詩中對「時間」的開拓即是顯例。

　　白靈的成人詩一向有「題材多元」、「能婉能豪」、「結構緊密」、「苦心孤詣」等特色著稱[14]，且多以歷史縱深（時間）、和地理橫闊（空間）的題材入詩，其中有靈感與天性「自然」形成的、也有苦思和努力的「人為」部份，而兒童詩因是給小學中高年級的孩子閱讀，對象受到限制，如此白靈在創作他的童詩時取材和手法上顯然需有考量，且寫出的是要適於天真、樂於活在當下的兒童閱讀，那麼「自然」一些而不那麼「人為」地表現理應是必要的。但既然是一位有上述特色的現代詩人，其表現的詩的情節、意象、想像、

---

[10] 林文寶，《兒童詩歌研究》 156。

[11] 洪志明 28。

[12] 此六冊分別由蓉子（王蓉芷，1928-）、林煥彰、楊喚、詹冰、羅青（羅青哲，1948-）等五人所創作，林煥彰占了兩冊。林文寶編，《臺灣（1945-1998）兒童文學100書目》（臺北：文建會，2000）。

[13] 洪志明 30。

[14] 杜十三（黃人和，1950-2010），〈白靈詩作的時間性、空間性與人間性〉，《白靈‧世紀詩選‧序》（臺北：爾雅出版社，2000）11-18。

情感以及內容上，照理應與其成人詩仍有某種延續性和一貫性。而「時間」這個觀念在兒童的認知發展上不但比「空間」慢，且因過於抽象，因而連愛因斯坦（Albert Einstein, 1879-1955）都對孩童到底是如何判斷事物「快慢」、如何建立「時間」、「空間」的觀念深感興趣，因此曾請兒童認知心理發展專家皮亞傑（Jean Piaget, 1896-1980）研究這個問題，[15]本文即擬就「時間」的角度切入，探討白靈童詩中處理時間的部份究竟表現出什麼樣的特色或不同方式、與兒童感受時間的變化有何牽連、最後並探究其其兒童詩呈現出何種特質。

二、時間的兩模式與四觀點

愛因斯坦好友，物理學家愛丁頓（Sir Arthur Stanley Eddington, 1882-1944）認為人人都想要瞭解周圍的世界，而「要在屬於內心和外界的兩種經驗之間搭建任何橋樑，時間都占著最關鍵的地位」[16]，偏偏「時間」從奧古斯丁（Aurelius Augustinus, 354-430）《懺悔錄》（Confessiones）的名句就寫明了「時間究竟是什麼？沒有人問我，我倒清楚，有人問我，我想說明，便茫然不解了」。[17]而在西方兩千多年的文化時間經驗中，大致可將時間歸為「循環模式」與「線性模式」，前者以雅利安人多神教的循環宇宙論為主，包括

---

[15] 後來皮亞傑即於1946年完成了《兒童的時間概念》（The Child's Conception of Time）、《兒童運動與速度概念》（The Child's Conception of Movement and Speed）兩本書。布林裴爾（Jean-Claude Bringuier, 1925-2010），《皮亞傑訪談錄》（Conversations with Jean Piaget），劉玉燕譯（臺北：書泉出版社，1996）218-19。

[16] 海菲爾德（Roger Highfield）、柯文尼（Peter Coveney），《時間之箭：揭開時間最大奧秘之科學旅程》（The Arrow of Time: A Voyage through Science to Solve Time's Greatest Mystery），江濤、向守平譯（臺北：藝文印書館，1993）3。

[17] 奧古斯丁（Aurelius Augustinus, 354-430），《懺悔錄》（Confessiones），周士良譯，卷11第14節（臺北：臺灣商務印書館，1998）255。

希臘神話、印度吠陀教的宇宙觀均是認為「循環的時間更令人安慰，而將它緊抱不放」[18]；後者是閃族人的一神教為主的世界末日論，包括猶太人和信仰拜火教的波斯人，均認同這種不可逆的、前進的線性時間觀念。

線性時間概念的出現和因之而起的觀念改變，為地質學、達爾文（Charles Robert Darwin, 1809-82）的進化論開闢了道路，為現代科學打下了思想基礎，將我們和原始生物在時、空間上連接起來。而這兩種模式是同時並存的，即使在我們的身體上都可以找到對應，比如細胞的分裂、體內高頻的神經脈衝、細胞的更新等皆牽涉到循環模式時間；而從出生到成長到年歲增大到死亡的老化過程，又都牽扯到線性模式時間。[19]

此兩種「時間」模式在兒童的生活經驗上也隨處可見，比如鐘錶、一星期七天不斷地週期性循環、比如日月季節、比如上課下課、早上晚上皆屬循環模式，電池耗盡、東西破舊、食物腐敗、連續的性年歲增長則屬線性模式。但時間不是具體存在之物質，對兒童而言，時間概念其實非常抽象，連「昨天、今天、明天」這樣的概念都得「灌輸」許久才得成效，而「前天」與「後天」甚至到小學高年級的兒童仍無法完全掌握。[20]由於學校以教導知識為主，僅能就科學上所謂客觀的「物理時間」來傳授予兒童，比如時鐘、星期、月份、四季（循環模式）、及時間停不下來、動植物均會死亡（線性模式）等等。尤其「週期性」的觀念和「不可逆的時間」（時間流逝、人會老去）最不易進入兒童的時間觀中，在兒童詩中最不易表現、也令兒童最不易接受。

---

[18] 海菲爾德、柯文尼 5。

[19] 海菲爾德、柯文尼 5-6。

[20] 陳穗秋、鍾靜，〈國小學童的時間順序及週期概念〉，《科學教育研究與發展季刊》33（2003）：91-118。

　　「循環模式」這種週期性概念方面，有研究顯示，[21]幼稚園的小朋友並未能具有週期概念；小學一年級至三年級的兒童已能概略說出某事件下一次發生的時間點，具有初步週期概念；到了四年級與五年級的兒童，更能用比較明確的時間點來回答下次發生同樣事件的時刻，週期概念日臻成熟；而六年級的兒童則更能配合大自然的運行來瞭解時間週期的規律性，並能運用時間週期的規律性解決問題。他們對「循環模式」概念是被教導的、必須配合生活與上學的規律，卻是學習緩慢的。

　　「線性模式」這種連續性概念方面，幼稚園與一年級兒童尚無法明確地說出為何時間是連續的；二年級兒童能夠確定時間並沒有停下來，而且能藉由時鐘上指針的運轉來解釋時間流動的現象；三年級至五年級兒童是憑著主觀的直覺來判斷，也有的兒童是與經驗或常識相呼應；而六年級兒童已經能夠經由大自然規律的運行，來印證出時間是年復一年、日復一日的持續運轉。他們對「線性模式」概念依然是被教導的、必須配合生活與上學的規律的（比如由一年級、二年級逐年「線性地」增至六年級），學習仍是極緩慢的。他們關於時間順序、週期的語詞運用方面，亦隨著年齡層的增加而極度緩慢地才學會使用時間語言。這樣的表現情形都在在顯示兒童對有關於順序連續「線性模式」和週期「循環模式」的時間概念，存在著極大極大的有意識或無意識的「對抗性」，使得生活情境與教學情境之間有著極大的落差。

　　皮亞傑將兒童成長分為「感知──運動階段」（出生到兩歲／前表象和前語言的）、「象徵階段」（二至七、八歲／前邏輯的）、「具體運思階段」（七、八歲至十一、二歲／邏輯思維，但限於物質現

21　鍾靜、鄧玉芬、鄭淑珍，〈學童生活中時間概念之初探研究〉，《國立臺北師範學院學報》16.1（2003）：1-38。

實）、「形式運思階段」（十一、二歲至十四、五歲，已屬國中階段的少年期／邏輯思維，抽象的、無限的），[22]一般較嚴謹的兒童詩是設定在小學中高年級（三至六年級），介在九歲至十二歲之間，是座落在皮亞傑所謂「具體運思階段」。而由於兒童在其「象徵階段」（二至七、八歲／前邏輯的）是處於「前因果性階段」，[23]不能區分心理的東西和物理的東西，與「萬物有靈論」（泛靈論）是相似的，因此凡運動之物皆認為由有意識和生命而來，於是風吹、日轉月移均因以為是活的生物所致，此時「自我中心觀」極為突出，[24]是一種「魔術性的現實主義」[25]，也是兒童最接近詩的階段。有如《新科學》（New Science）一書所言的「原始人」一般：「這些原始人沒有推理的能力，卻渾身是強旺的感覺力和生動的想像力。這種幻想玄學就是他們的詩，詩就是他們生而就有的一種功能。（因為他們生而就有這些感官和想像力）……他們還按照自己的觀念，使自己感到驚奇的事物各有一種實體存在，正像兒童們把無生命的東西拿在手裡跟它們遊戲交談，彷彿它們就是些活人。」[26]即使到了十一、二歲的「合理的因果性階段」（與「具體運思階段」重疊），其邏輯思維仍限於物質現實、拘泥於具體的活動中，連「速度」（等於時間除以距離）這樣的度量形式也要到十一、二歲才能初步形成。[27]

---

[22] 拉賓諾威克茲(Ed Labinowicz)，《皮亞傑學說入門：思維，學習，教學》（The Piaget Primer: Thinking, Learning, Teaching），杭生譯（臺北：五洲出版社，1987）63。

[23] 杜聲鋒，《皮亞傑及其思想》（臺北：遠流出版社，1988）118。

[24] 王文科，《認知發展理論與教育：皮亞傑理論的應用》（臺北：五南出版社，1983）288。

[25] 杜聲鋒 118。

[26] 維科（Giambattista Vico，1668-1744），《新科學》（New Science），朱光潛（1897-1986）譯（臺北：駱駝出版社，1987）221-22。

[27] 維科 116-17。

　　何況兒童的「自我中心觀」或一種「幻想的現實主義」除了在二至七歲「象徵階段」特別突顯外，仍然會在未分化與未平衡的狀態下滲入其他後來的階段，這是詩人藝術家特別「不願意長大」，能保有兒童天真、活潑的天性和豐富想像力的原因，而畢卡索（Pablo Ruiz Picasso, 1881-1973）之所以會認為世界上只有一種人真正能作畫，那就是小孩子，他說：「我窮一生的時間，學習像小孩那樣畫圖。」[28]如此，邏輯的、科學的、客觀的「物理時間」的認知對兒童心理而言是干擾的，對其認知也往往受感覺和情緒所影響，可以看出兒童身上主觀心理的影響遠遠大過他們客觀認知抽象事物的意識和能力。

　　西方哲學中對時間的四種觀點，或可拿來理解兒童對「客觀時間」的「抵抗」：（1）物理觀點：時間乃運動先後的點數、為衡量運動的尺度，以亞里士多德（Aristotle, 384 BC-322 BC）為代表。（2）心理觀點：時間被靈魂所衡量、乃靈魂注視的擴散，以奧古斯丁、胡賽爾（Edmund Husserl, 1859-1938）為代表。（3）存在觀點：重點不在「什麼是時間？」而在「時間性如何對人產生意義？」，而「時間性」正是「本真（或屬己）存在」的根據，以海德格（Martin Heidegger, 1889-1976）、梅洛龐蒂（Maurice Merleau-Ponty, 1908-61）為代表。（4）非常觀點或超越觀點：在非常的狀態下，例如在危急的情況中，或在神秘經驗中，人的心靈經歷了意識上的轉變、而會對時間的遷流產生了不同於一般狀況的體會與感受，人無法用體會普通時間的尺度來衡量其中的特殊或超凡的體驗。[29]由於第一種「物理時間」的「循環」與「線性」兩模式，固然屬於科學上的「客觀時間」，是觀察「自然」現象所得，卻是「人為」設定的「模式」，必須制約地學習才能認知，

---

[28]　參見「當現代遇見原始」之「畢卡索與原始藝術」項下。＜http://www.aerc.nhcue.edu.tw/4-0/newteach/002/876003/a/moden.htm＞，2010年12月3日。

[29]　關永中，《神話與時間》（臺北：臺灣書店，1997）163-77。

甚不易在兒童成長中為其所快速理解，因此往往需改用「主觀時間」的觀點切入，以消弭其頑強的「時間認知的對抗性」，使之間接認識或意識到「時間」的現實意義。此時較偏向「主觀時間」或「時間內在意識」的第二、三種時間觀點，顯然更能「抵抗」第一種偏向「客觀時間」的壓迫力道，而第四種「非時間」或「超時間」的時間觀點特質則幾乎使時間停頓、或超越時間的世俗意義，其與兒童天真的「魔術性的現實主義」、或魔幻童話似的王國或世界就更為貼近，那是一種近乎天使回歸天堂的宗教情懷、精靈進入神奇王國的神話情境。

三、「自然／人為」與「感知／支配」的時間觀

由上述得知，兒童成長方向是日趨人為的邏輯性、以意志支配為主，而詩創作方向偏偏是要擺脫秩序，以自我為中心，把感知溯回、拋開理性，重返自然，成人為兒童創作詩更是要掌握此非成規化的思想。以時間言，下圖右邊，表面上我支配時間，實際上，我被時間支配，時間在支配我，僅以圖示之：

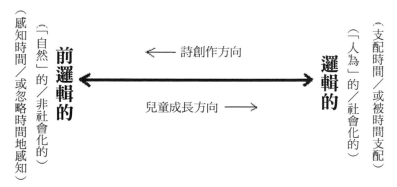

圖一　兒童自然／人為與感知／支配的關係

　　詩人不見得確知兒童對「物理時間」的掌握度，但由於幾乎所有詩人天生愛好自由、不受拘束、抵抗制約和成規的特質，是普世皆然的，因此「時間」對詩人而言是毫無拘束力的，其感覺、觀察、和想像兒童心理之特性並非難事，因此在他們以兒童詩寫有關「時間」的題材時，一樣是不服膺時間的，常只「禮貌性」打個照面，就自行「玩樂」去了。何況真願意去觸碰「時間」的題材，將之以兒童詩表達的，本就不多，兒童本身觸及此一題材的就更少。

　　而的確如上述第二節所述，兒童基本上是活在當下的，即使每天教他們認識時鐘，那卻是一個不易理解的週期和「循環模式」的「奇怪物件」，不同年齡層的兒童對於掌握時間單位量便有極大不同的表現情形，比如一年級的兒童即使知道如何看時刻，但是卻沒有辦法使用時間單位量來描述時間量。到了二年級才慢慢的會使用時間單位量來描述，不過大都是以記憶的方式，而非有所認知或瞭解；三年級兒童才開始能以事件發生的時刻或者推測的方式來說明，[30]而且一到三年級在時間單位量皆會受心理時間的影響，年級越小，心理時間影響越大[31]。即使到了高年級亦不例外，比如五、六年了，「父母要催她做什麼事的時候，她會說『等一下下』，意思是說她接下來會去做，但不保證很快，可能是一個鐘頭或一個半鐘頭」[32]，「時間」對兒童而言像是不受歡迎的催命符。在時間量估測事件方面，會有大半部份五、六年級兒童能使用「分鐘」去估測事件的時間量，而只有較少部份五、六年級兒童能使用「時」去估測事件的時間量。雖然兒童較早知道「時」的單位，但較能用「分」

---

[30] 陳佩玉、鍾靜，〈國小學童時間單位量概念之研究〉，《國教學報》15（2003）：61。

[31] 陳佩玉、鍾靜 85。

[32] 鍾靜、鄧玉芬、鄭淑珍 31。

的單位去估測日常生活發生的事件，可能源自於生活經驗（洗澡、喝水）大都是與「分」的單位有關。[33]而在兒童詩中，「時」、「分」更是無關緊要，而常只與他們的心情和身體的渴求或欲望有關，比如下列兩首皆寫「時鐘」的詩：

　　a.〈時鐘〉／詹冰（詩人）
　　媽──／廚房的時鐘餓了／您看──／他的長針指著電鍋／他的短針指著電冰箱[34]

　　b.〈時鐘〉／駱姮娥（國小六年級）
　　滴答滴答……／你在說什麼話？／滴答滴答……／是爸爸走遠的皮鞋聲嗎？／滴答滴答……／是媽媽出門的高跟鞋聲吧？[35]

　　詹冰此詩充滿童趣，「時鐘」成了兒童身體饑餓的代言人，「長針」、「短針」是手指，指向「電鍋」與「電　箱」，「時鐘」沒有「時間」意義，只有「饑餓」意義。國小六年級駱姮娥的〈時鐘〉說的是兒童「在家等待」的「心情」，也隱含了兒童對大人的不滿，大人才出門，兒童就開始數「時鐘」等待，此時心理的時間比物理的時間漫長，此時「時鐘」沒有「時間」意義，只有「等待」的意義，甚至「滴答滴答……／你在說什麼話？」一句，對「時鐘」是不耐煩的、嫌其吵雜的，甚至干擾了她想聽清楚「皮鞋聲」、和「高跟鞋聲」時的耳力。

[33] 陳佩玉、鍾靜　84。
[34] 洪志明主編，《童詩萬花筒》　184。
[35] 林煥彰編著，《兒童詩選讀》（臺北：爾雅出版社，1981）145。

　　以上總總均可強化上節所述的觀點，觀察大自然規律所設定出的「物理時間」是強加在慣於以現實事物思維的兒童身上的「外部事物」，是「人為」的、制約的、規定的，與兒童「內在心理」的「自然」和需求並不相涉，甚至相互衝突。「物理時間」的學習隱含了要將兒童內在的「自然時間」透過整體社會教育體制強行「拖往」人人必須共同遵行的外部的「人為時間」。德國教育家福祿培爾（Fredrich Froebel, 1782-1852）概括個體不同發展階段的特點時曾說：「人類發展的開始階段是童年時代，主要是為了生存的生命，所以這一階段是把內在的東西表現於外部。少年時代主要是學習階段，把外部的東西變成內在的。」[36]其所謂童年時代的「內在的東西」，應是先天的、非個人的，是極其原始的人類集體潛意識之精神展現。而兒童「內在的東西」是拒絕時間的，排斥時間的，幾乎是希望站在時間之外，這也是何以他們在二歲至七歲有那麼長的歲月是處在「前邏輯」的「象徵階段」的原因，那時的時間是童話時間、時間幾乎是無效的。

　　因此當白靈在其諸多兒童詩中標示出「物理時間」時，都有由其中「游離」、「出走」、「逃脫」至「心理時間」的傾向，展現出「不服它管啦」的兒童遊戲性和天真性，比如〈玩〉一詩：

　　　早上醒來／雨聲在玩屋頂／吹風機在玩姊姊的長髮／洗衣機在玩衣服／鍋碗盆瓢在玩媽媽／風鈴在玩風／電動玩具在玩我／陽臺上的花朵在玩蜜蜂

　　　下午去海邊／車子在玩馬路／太陽在玩我的影子／雲朵在玩太陽／海在玩沙灘／魚餌在玩魚／波浪在玩汽艇／

---

[36] 勞倫斯（Elizabeth Sutton Lawrence, 1915-），《現代教育的起源和發展》（*The Origins and Growth of Modern Education*），紀曉林譯（北京：北京語言學院出版社，1992）216。

天空在玩直昇機

　　晚上回家去／知了在玩夏天／紅綠燈在玩塞車／鞭炮
在玩我的耳朵／鑰匙在玩大門／連續劇在玩電視／電視在
玩我的瞌睡蟲

　　上床了／連蚊子也愛玩／把我的雙掌拍拍、拍地／玩
紅了[37]

　　此詩的「早上、下午、晚上」只是「禮貌性地」交待一下屬於
「物理時間」的外在部份，僅具「標示」意義，並無「時間」的任
何嚴謹內在意義，就很像古代所說「日出而作，日入而息，鑿井而
飲，耕田而食。帝力於我何有哉？」一樣，對兒童而言，是「時間
於我何有哉？」此詩中貫串的不是成人在乎和必須的「作、息、飲、
食」，而是可以忘寢廢食的「玩」！此「玩」之一字，將兒童內在
想「玩盡天下」的心理可說發揮至極致，從睜開眼睛下床到上床閉
上眼睛，幾乎無物不與「玩」有關。而白靈利用「反被動為主動」
的手法，把眼耳舌鼻口所觸所及、上天下地地「玩」它一遍，將兒
童天真的遊戲性放置在「時間」之上，由家中內外、到天空海上海
下、到城市內外、到床的內外，無物不與「玩」有關，「時間」此
時是毫無能力的：

　　紅綠燈在玩塞車／鞭炮在玩我的耳朵／鑰匙在玩大門／連
續劇在玩電視／電視在玩我的瞌睡蟲

---

[37] 白靈，《妖怪的本事》（臺北：三民書局股份有限公司，1997）10-11。

並非「人為」的「物理時間」有何作用，而是「自然」的「生理時間」自動在作祟。此段末句「電視在玩我的瞌睡蟲」，詩理應到此結束，末段卻再轉折，上了床玩興再起，又與蚊子大打出手，可說完全不把「物理時間」放在眼裡，而只隨「心理時間」和「生理時間」而起舞。此詩的形式和手法大大翻轉了過去兒童詩純然「趣味性」的特質，而與後現代主義的「遊戲性」、「偶然性」、「隨意性」、「不確定性」（不確定做何事物，一切事物都是相對的，各種不確定滲透人的行為、思想及解釋之中）、和用自己造就的象徵符號「建構了他們自身」、「建構了他們的世界」，而以放眼所觸的「能指」建構了一個「玩的世界」，這世界是由「玩」之一字的語言的「內在性」（心靈通過符號，概括自身的能力，語言依據其自身建構邏輯，將宇宙重建為符號），亦即把自然轉變成文化，把文化轉變成具有「內在性符號系統」所架構的。[38]

他的〈臺北正在飛〉更是將現代詩的手法大膽引入兒童詩中，企圖挑戰兒童詩（9-12 歲）與少年詩（13-15 歲）的界限，刺激兒童的想像極限。其〈臺北正在飛〉一詩如下：

> 用深呼吸／把森林公園／吸入肺裡／從新光三越的高樓／將大街小巷／裝滿眼眶
>
> 雙手在龍山寺卜卦／雙腳在世貿中心展覽／舌頭伸到淡水／剛好接到落日／臺北正在飛／我們都坐著捷運／跟著臺北飛
>
> 早上練太極拳／把中正紀念堂／捧在手上／傍晚放一只風箏／將國父紀念館／送上天空

---

[38] 哈桑（Ihab H. Hassan, 1925- ），〈後現代主義概念初探〉（"Toward a Concept of Postmodernism"），利奧塔（Jean-Francois Lyotard, 1924-98）等著，《後現代主義》，趙一凡等譯（北京：社會科學文獻出版社，1999）111-29。

下午擠破動物園／晚上吃光饒河街／半夜敲鍵盤／跟
全世界聊天／臺北正在飛／大家都坐上網路／飛入臺北

副歌：我們正在飛／臺北正坐進網路／跟著我們飛[39]

此詩總共寫了大臺北的「大安森林公園」、「新光三越」、「龍山
寺」、「世貿中心」、「淡水」、「中正紀念堂」、「國父紀念館」、「動物
園」、「饒河街」等九個景點，而「捷運」是聯繫它們的主要交通工
具，如此「肺」、「眼眶」、「雙手」、「雙腳」、「舌頭」等身體才能快
速地運載它們短時間到在不同地點分頭運作，宛如一個人的身體可
以利用「捷運」而「分身」一般（後半的「網路」功效相似）。如此：

雙手在龍山寺卜卦／雙腳在世貿中心展覽／舌頭伸到淡水
／剛好接到落日

並非不可能，詩中並未說明「捷運」縮短「物理時間」的功效，
卻改用兒童「具體運思期」（七、八歲至十一、二歲）限於物質現
實的「身體任意魔幻延伸」的方式，展現人在「一天時間」之內（事
實應是兩三天濃縮成一天）藉助現代科技延展自身的可能範疇。如
此後半所寫的：

早上練太極拳／把中正紀念堂／捧在手上／傍晚放一只風
箏／將國父紀念館／送上天空

---

[39] 白靈，《臺北正在飛》（臺北：三民書局股份有限公司，2003）48-49。

也就不難理解將「遠近」(近處雙拳「捧」遠處的「紀念堂」)、「高低」(高處的風箏「送出」低處的紀念館,理應反之,只是「在紀念館廣場放風箏」之意)溶匯一處所造就的「將現實魔術化」的效果。

兒童對未知的事物充滿了好奇,又不知其緣由,只能好奇地看著,繞著它不停地看著,也不知「時間」過去了多久,此時「物理時間」完全無法計時,只能任由「心理時間」自由延續,其〈太極拳〉一詩即延續了上述「魔術化現實」相近的手法:

> 陪爺爺去河濱公園/打太極拳,他雙腳蹲穩/雙掌即輕收、慢出/這一掌推出去/好像推得倒池旁一株大樹/那一掌收回來/好像可以吸起不遠處高高的建築物
>
> 他單手朝天/舉起今早的太陽/他雙眼微垂、氣貫丹田/兩手壓住河邊漂浮的晨霧/我騎著單車以為可以跑多遠/原來只能在他翻轉旋出的十指間/滑——行——[40]

此詩與「時間」最有關的句子是「我騎著單車以為可以跑多遠/原來只能在他翻轉旋出的十指間/滑——行——」,將費了力氣騎單車所花的時間和距離(接近「線性模式」)最後仍落入「十指間」的「翻轉」中(循環模式)。「長時間」的努力竟然不如「短時間」的集中投入,「線性模式」好像總在「循環模式」的掌握中。這如與前述〈玩〉和〈臺北正在飛〉相並來看,〈玩〉詩中的「家」是兒童遊戲與天真之「循環模式」的起點與終點,〈臺北正在飛〉詩中的「捷運」與「網路」是身體魔幻延展之「循環模式」的起點與終點,因此「物理時間」的流逝之「線性模式」在這些詩中是被忽略的。「線性」流逝的「時間」本是最「自然」的生命現象,在兒童的成長中

---

[40] 白靈,《臺北正在飛》 38-39。

卻被放在「規定」的、「人為」的位置，只有兒童藉著回憶、注視、
期望而「自然」地擴張其「心理時間」時，才更符合兒童的天性。

四、在「時間性」與「非常時間」之間

　　海德格認為「時間」（Time）是有「時間性」（Temporality）
的。[41]其《存在與時間》（*Being and Time*）一書的主旨即在強調人
應如何在有「時間性」的生命中渡一個「屬己真我」的存在，他關
心的是「時間性」如何對人產生意義。[42]而時間與時間性並不同，
「時間」一辭是指向世界，或世物、或甚至認知主體與被知客體的
關係；「時間性」乃是人存在所蘊含的「將來」、「過去」、「現在」
這三個焦點，是緊扣地指向人的存在。人的存在必需藉「時間性」
來「創造」時間、或「觀看」時間。因此時間的衡量是建基於人的
時間性上，最重要的是，「時間性」是一個整體，其中每一個焦點
都隱括著其他兩個焦點，我們可以在「過去」之中找到「現在」與
「將來」，可以在「現在」之中找到「過去」與「將來」，也可以在
「將來」之中找到「過去」與「現在」。由此海德格提出存在有三
種方式，即「一般」方式（Odinary mode，尚未為自己生命作任何
抉擇與計劃前的生活形式）[43]、「不屬己」方式（Inauthentic mode，
或譯非本真，向下墜落，極端地懶散化、散漫化的生命型態）、與
「屬己」方式（authentic mode，或譯本真，向上提昇、積極地朝
向詩意地棲居的生命型態）[44]。詩創作即是試圖通過特有的審美方

---

[41] 海德格（Martin Heidegger, 1889-1976），《存在與時間》（*Being and Time*），
　　陳嘉映、王慶節譯（臺北：唐山出版社，1989）402，540。
[42] 關永中 182-83。
[43] 海德格 183；關永中 184。
[44] 海德格 395-408；關永中 186-87。

式，把時間從日常生活中那種偶然的易消逝的狀態轉化為一種延續和永存，而達到上述海德格所謂人存在的「屬己」方式，即便它可能只是一瞬間，卻是對日常生活最佳的擾動方式。海德格稱這種「由當下向過去與未來伸展的特徵方式」，為我們經驗中的「綻放特徵」（the ecstatic character of our experience）[45]或「出離自身」[46]或「綻出」（ecstasis）[47]。高達美（H. G. Gadamer, 1900-2002）說在那一刻常常是「忘却自我地投入某個所注視的東西」、「完全不同於某個私有的狀態」，[48]而且最關鍵的獲得是「同時性」，是「在其表現中贏得了完全的現在性」、「像某種現在之事（不是作為當時之事）被經驗並被認真地接受」[49]。

　　「忘却自我地投入某個所注視的東西」、「像某種現在之事被經驗並被認真地接受」說的即是現象學中的意向性行為。現象學的意向性指的是一種過程，不是結果，是意識行為、意識活動，而非意識內容。「意向性」的首要特徵是「懸擱」，[50]即對外物的存在存而不論（比如月／大江的本身，它們很難窮究，因此將之懸置，或稱「加括號」），只專注於進入腦海中的各種意識現象（如何並置月與大江使生美的關係），進而將這些意識現象在頭腦中進行各種處理以得到某種本質（比如「月湧大江流」、「月泅大江上」、或「月浮大江上」的處理方式）。這即是在對象（物件）不變的情況下（月

---

[45] 索科羅斯基（Robert Sokolowski），《現象學十四講》（*Introduction to Phenomenology*），李維倫譯（臺北：心靈工坊文化公司，2004）201。

[46] 海德格 402，540，附錄一的討論。

[47] 海德格 402，540，下方註解（2）。

[48] 高達美（H.G. Gadamer，或譯加達默爾），《真理與方法》（*Truth and Method*），洪漢鼎譯（上海：譯文出版社，2004）164。

[49] 高達美 166。

[50] 莫倫（Dermont Moran），《現象學導論》（*Introduction to Phenomenology*），蔡錚雲譯（臺北：桂冠圖書，2005）15。王岳川，《現象學與解釋學文論》（山東：山東教育出版社，1999）24。

仍是月，大江仍是大江），以主體意識的意向性方式對客體物件的意識建構（讓月與大江產生不同的互動方式）。就時空而言，但我們看見的只是各種時空中發生的現象，我們看不見現象顯現的條件，就是說，我們無法直觀到時間和空間本身。

以「時間」而言，對「時間」的現象學分析如果不參照「時間客體的構成方式」就不能解釋「時間性」。如果用意識的「意向性行為」，從「結果」（歌聲好／風景好）轉向「過程」（如何個好法？），亦即從「時間客體的顯現」轉向對「時間本身流動」的描述，即可顯現時間的特質，即掌握住所謂的「時間性」了。當時間客體，比如說聲音，正在我的意識中呈現著，這時我突然把我的注意力作一個根本的轉向，從「被給予之物」（聲音）轉向它（聲音）「被給予的樣式」。不再關注聲音的旋律是否優美動聽，而開始關注聲音的「流動方式」和「綿延樣態」，此時即進入到聲音的「時間性」之中了。風景的呈現亦然，由整體的一幅風景轉向「風景之美被給予的過程」，亦能進入到風景的「時間性」之中。

此種「美被給予的過程」在兒童詩中比在成人詩更不易展現，白靈的〈池塘〉一詩是佳例：

> 大清早，公園裡的池塘／是沒有皺紋的鏡子／鏡子的一角／映著打拳的太太／鏡子的另一角／映著讀報的老人／鏡子的中間／映著開白花的雲朵
>
> 幾條姿態優雅的錦鯉／游在不生皺紋的鏡子裡／從打拳的身上／游過去／從讀報的紙張上／游過去／從雲朵的花瓣上／游過去[51]

---

[51] 白靈，《妖怪的本事》 18-19。

　　一般人較少注意池塘邊事物倒影與池內錦鯉互動的關係，通常頂多只各自關注，此詩卻「意向性地」由池塘「一角」關注到「另一角」、再關注到「中間」的不同倒影物，然後更關注到池內錦鯉與上述倒影物的互動，如此由整幅池影風光轉向池影之美「如何被給予的過程」，自然就進入到池影的「時間性」之中了。

　　事件發生的過程只是時間，是多面向的，或無序的，現在詩人從打拳、從讀報紙等等，有主體參與或有意識參與，回應出每人不一樣的感覺才叫時間性。

　　白靈的〈竹子格格格〉是另一佳例：

　　　　一隻小狗跑上山／主人大踏步也跑上山／（高高的幾根桂竹／彎彎它的脊椎／格　格　格）

　　　　一對老夫婦／散步下山去／向階梯上坐著的我／笑一笑／（伸上天去的竹子／彎一彎脊椎／格　格　格）

　　　　早覺會的大人們／七嘴八舌走下來／有人問：「小弟弟／為什麼坐在這兒？」／我指指竹子／他們抬頭看一眼，就走了

　　　　星期天，整個早上／沒有人注意聽／竹子們向微風／不斷地說：／格　格　格／格　格　格[52]

　　此詩由竹子格格格聲中發現尋常人沒有發覺的美，透過「小狗」、「主人」、「老夫婦」、「早覺會的大人們」的經過營造「此聲音之美被給予的過程」，其「時間性」是以「聽時間」而創造出來的。這首詩是白靈童詩中呼應海德格所謂人「屬己」存在方式的最佳示例，它展現了個體發現自我與天地神人不斷互動且悠遊於其中、幾

---

[52] 白靈，《妖怪的本事》 28-29。

乎沉浸其中，那是「忘却自我地投入某個所注視的東西」、「完全不同於某個私有的狀態」、「在其表現中贏得了完全的現在性」，這是忘我的「夢想性」存在，是出離自身的時間擾動，這就是當下永遠的現在。他的另一首詩〈每棵樹都有它的夢想〉[53]也是談「時間性」、「意向性」和「籌畫」三點，它更從當下的「沉浸」擴及一生，可以參照。

第三節所提的「心理時間」是以「物理時間」為前提，雖然前者常故意忽略後者，而此節「存在觀點」的「時間性」又必然以「心理時間」為前提，但是更有意向性的意識行為，此三種時間觀點都是站在「時間的一般呈顯」的立場而立論，人在其中可以體驗到時間的過去、現在、將來，個人心靈意識的擴散（心理觀點），以有時間性的生命作根基（存在觀點），而能為事物時刻的流變作先後的點數（物理觀點）。此外尚有「時間的非常呈顯」觀點，被稱為「非常觀點」[54]或「非常時間」或「非時間」，乃對時間有非比尋常的感受，比如人可以在一段很長的普通時間內體驗一段很短的非凡經歷（觀棋柯爛的故事）、人可以在一段很短的普通時間內體驗一段很長的非凡經歷（如亞倫聽貝多芬（Ludwig van Beethoven, 1770-1827）音樂在兩個音符之間即見金光而與之冥合的事跡）、人可以在出神中作默觀而讓時間吊銷（如溫可斯切在閃過一個音符之際瞥見永恆景致的湧現而失去時間意識）。[55]上述描述的狀況是人在非常的經驗中對時間的非常意識，並不能吻合人對時間的普通意識，較接近童話性、幻想性、宗教神秘性等被創造出來的「第二世界」，不同於實際生活的「第一世界」。[56]

---

[53] 白靈，《妖怪的本事》 44-47。
[54] 關永中 189。
[55] 關永中 190-91。
[56] 彭懿(1958-)，《世界幻想兒童文學》(臺北：天衛文化圖書有限公司，1998)18-19。

　　因此並不只有楊喚的「童話詩」才有「童話性」，凡具上述科幻性、奇幻性的神秘體驗、乃至遠古的、超歷史的體驗，也都有「現代版童話性」的特質，比如下舉二詩：

　a.〈大衛魔術〉

　　　　世界傻了眼，呆立在那兒／而大衛不過才／拉下一塊輕如雲絮的布幕而已

　　　　幾億個觀眾無不以火眼金睛／瞪住他／都想要找出他手腳間／轉換的破綻／有人用慢鏡頭一格格地找／有人在舞臺上下到處翻尋／機關之所在

　　　　看他把美女變到哪個格子裏／看他把車子藏到哪張桌子底下／看他何以肚子長得出手／看他怎能由重重鏈鎖的火場逃生／看他穿牆透壁／看他在空中自在翱翔／看他在透明箱裏翻轉飛行

　　　　人群在舞臺前後包圍他／用放大鏡、望遠鏡／想找出是什麼神奇的鋼絲／吊起他千變萬化的想像

　　　　而大衛總是微笑以對／以紳士之姿禮貌地向您欠身／感謝大家脖子伸這麼長／眼睛睜得這麼凸

　　　　你看這時他才抓下一朵雲／世界又都傻了眼呢[57]

　　大衛魔術不同於傳統的童話奇幻，是現代科技下的魔幻，白靈掌握住現代兒童的視域，把超時間停格，在一段很長的普通時間內體驗一段很短的非凡經歷。他藉著大衛，幻化了時間的長短，使兒童化成精靈進入特殊或超凡的體驗。

---

[57]　白靈，《臺北正在飛》 48-49。

　　有如《新科學》一書所言的「原始人」一般：「這些原始人沒有推理的能力，卻渾身是強旺的感覺力和生動的想像力。這種玄學就是他們的詩，詩就是他們生而就有的一種功能。（因為他們生而就有這些感官和想像力）……他們還按照自己的觀念，使自己感到驚奇的事物各有一種實體存在，正像兒童們把無生命的東西拿在手裡跟它們遊戲交談，彷彿它們就是些活人。」[58]而對原始人或兒童都一樣，大自然或人創造的「驚奇的事物」都充滿神秘性，彷彿有一種超自然的力量操控著它們，對大人而言是「神話」、對兒童而言是「童話」，說大衛魔術是極具說服力、能創造「驚奇的事物」的「現代祭師」，其與「哈利波持」的小說或電影一樣，創造了「現代版的童話」，而白靈即透過童詩，還原了兒童看到「童話」的驚奇感。「恐龍化石」的出現則顯露了另一現代版的「驚奇的事物」；

b.〈恐龍救了我們〉

　　在地球裡躺了六千多萬年／考古學家終於用鋤頭和刷子／幫他們重新站起來／在博物館裡隨隨便便／立起的一隻／就有七四七飛機的骨架／伸出的脖子九公尺／伸到我們的鼻尖前／告訴我們／他們是人類的恩人

　　一窩恐龍蛋／重新出土／只比拳頭大，還比蘿蔔小／孵了幾千萬年／都還沒破殼出世／暴龍的、雷龍的／劍龍的、恐爪龍的／任何一隻長大後踩出的腳印／都可當作洗澡盆

　　一隻偉龍低下頭來／聞聞小朋友的頭／告訴我們／要不是被一場大浩劫強迫退休／哼哼，地球現在四處／還不是蓋滿他們腳上的　章[59]

---

[58] 維科 249。
[59] 白靈，《臺北正在飛》 34-35。

　　千萬年前的恐龍是靠考古的現代科技讓他們重新站起來，「恐龍化石」部份還原了古代原始人都不可能看到的「驚奇的事物」，其顯露的「神話性」或「童話性」，比人類的集體潛意識所創造的神話或童話更原始也更古老，我們遇見了在所有種族與原始社會發生之前的神奇事物。這裡所看到的是，一種與科技時間線性模式完全相反的、也與歷史時間極端斷裂的、超越人可以思考的魔幻事物，其中伴隨著魔法一般以及圖騰一般的「極端非常的超時間性」。這種無法想像的「非常意識」的意向與書寫，對兒童而言自然指向著存有在超越普通時間遷流所湧現的永恆境界，而能與兒童的「非時間」、「超時間」的特質相結合。

五、結論

　　兒童詩一般是設定在小學中高年級，介在九歲至十二歲之間，是座落在皮亞傑所謂「具體運思階段」，而「時間」這個觀念過於抽象，在兒童的認知發展上較緩遲。兒童「內在的東西」是拒絕時間的，幾乎是希望站在時間之外。

　　西方哲學中對時間有物理觀點、心理觀點、存在觀點和非常觀點這四種觀點，或可拿來理解兒童對「客觀時間」的「抵抗」超越觀點。由於第一種「物理時間」的「循環」與「線性」兩模式，固然屬於科學上的「客觀時間」，是觀察「自然」現象所得，卻是「人為」設定的「模式」，兒童是被教導地學習才能認知，兒童往往會改用「主觀時間」的觀點切入，以消弭其頑強的「時間認知的對抗性」，童詩似乎該抓住兒童這種主觀的「心理時間」，來對抗物理時間，白靈做到這點，他童詩很本質，如巴赫丁（Mikhail Mikhailovich Bakhtin, 1895-1975）的遊戲性狂歡，掌握了瞬間垂直的時間。

　　上述心理觀點還屬簡單，再深一步探究的是第三、四種「存在時間」和「非時間性」，顯然這種「時間內在意識」更能「抵抗」第一種偏向「客觀時間」的壓迫力道，而第四種「非時間」或「超時間」的觀點特質則超越時間的世俗意義，其與兒童奇幻童話的世界更為貼近。

索緒爾的結構語言學理論對新詩教學的啟示

——以白靈的新詩為例

楊慧思

作者簡介

楊慧思（Wai Sze YEUNG），香港「藍葉詩社」秘書長，香港「散文詩學會」副會長，臺灣《秋水詩刊》同仁。香港大學教育碩士，現為香港大學博士研究生。曾獲香港大學頒發「新詩教學獎」、「臺灣十大詩人研究成就獎」，2007 年世界詩人大會頒授「新詩創作金獎」，2008 年獲香港大學中文學院頒發「傑出成就獎」等。出版詩集《詩@情》、《四葉詩箋》、《失落的季節》，主編詩畫集《詩情畫意》及《藍色翅膀》，微型小說集《藍色季節》，新詩教材《新詩創作教與學》。

論文題要

　　論述主要是探討如何將索緒爾（Ferdinand de Saussure, 1857-1913）的結構語言學派理論應用於新詩教學中，以白靈的新詩為例引入新詩教學。

關鍵詞：白靈、索緒爾、新詩、教學、香港中國語文課程

一、引言

　　香港中國語文課程改革為中文教學帶來許多新的衝擊,香港課程發展議會於《學會學習》諮詢文件中提出語文教育的目標在於「培養自學語文和創新思考能力」,同時「培養審美情趣,陶冶性情;培養品德及對社群的責任感。」根據實際的教學經驗,新詩教學最能達成上述目標。而索緒爾的結構語言學派正是新詩教學的理論基礎。以下論述主要是探討如何將索緒爾(Ferdinand de Saussure, 1857-1913)的結構語言學派理論應用於新詩教學中,以白靈的新詩為例引入新詩教學。

二、索緒爾的結構語言學基本理論對新詩語感教學的啟示

　　索緒爾被稱為是現代語言學之父。語言是符號系統,他主張研究語音的系統性,研究語言系統中各種要素間之相互依賴、相互制約的關係,因此他認為「語言是形式而不是實體」。索緒爾的結構語言學理論對新詩的語感培養帶來極大的啟示。

(一)「語言」和「言語」

　　索緒爾指出「語言」(langue)和「言語」(parole)不同。「語言」是一種「系統」,「言語」則是對這個「系統」的運用。在索緒爾的二分中,兩種不同的區分被合併了:一種是社會的語言,和個人的言語;另一種是抽象的語言,和具體的言語。「言語」是語言的個人方面,因為它表現在特殊言語行為的具體的心理、生理和社會的現實之中。「語言」則屬於社會部分,獨立於個體說話者之外,

同他既不能創造語言，也不能修正語言。索緒爾強調「語言」是一種帶具體性的客體，作為一種系統而構成「語言」的「符號」（signs），並不是抽象的東西，而是在頭腦中佔有地位，並可以用一種詳盡無遺的方法（書寫或口述）表達出來的實在東西。

這套語言的系統正好解釋為甚麼新詩是培養學生語感的最佳材料。語感是存在於頭腦的認知，新詩的斷句停頓、節奏緩急、抑揚頓挫，最能具體表現於語感中，以口述表達可轉化為朗誦技巧，以書面表達則可了解詩人的思想感情。且看新詩教學第一首選教的白靈作品——〈慢〉

第一階段：引入主題

〈慢〉
窗櫺／鋪好早晨／陽光才爬上來／身體／鋪好感覺／靈魂才一寸寸醒來／／陽光翻尋？／那晒不暖和的／什麼

老師讓學生掌握這首短詩的特點，在詩意方面運用了豐富的意象：詩人通過窗櫺與陽光，身體與靈魂，將感覺具體描述。在詩藝方面，詩人運用簡潔明快的文字，貼切的比喻帶出主題，詩的末段「陽光翻尋？／那晒不暖和的／什麼」加強了詩的味道，也能體現新詩的最大特色：通過語感感受詩歌的節奏美。

（二）「組合關係」與「聚合關係」

索緒爾認為在語言這個符號系統中，一切要素都處在兩種關係之中，一種是句段關係（組合關係，syntagmatic relation），一種是聯想關係（聚合關係，paradigmatic relation）。句段指語言單位以線

性排列所形成的組合，它沒有固定的長度，可以是一個詞，也可以是一個短語。聯想指在話語之外，各個有某種共同點的詞在人們的記憶裏聯合起來，構成具有各種關係的集合。句段關係是現場的，它以兩個或幾個在現場的系列中出現的要素為基礎；而聯想關係把不在現場的要素聯合成潛在記憶系列。這兩種語言關係的對立發展成為語言的組合關係和聚合關係的對立。

索緒爾一反通常教科書的做法，不是考慮「詞」，而是考慮語言符號，語言符號不是物和名的結合，而是概念和音響形象的結合。音響形象不是物質的東西，而是心靈的印跡。我們可以唇舌不動，心裏默默背誦一首詩。實體的存在，依靠能指和所指的結合而成。而且聲音鏈條的特徵是線性，是一條連續的無縫的帶，只有懂得意義才能區分聲音。學習語言的過程是從整體慢慢分析、分解開來的，即從整體到部分。所以聲音、概念是不可分割的。而新詩教學正可以此基礎發展，從朗讀詩句開始，以聲音引起概念，加深讀者的印象。這正符合新詩的最主要的特質─語言形式美。所謂形式美是指構成事物外形的物質因素的自然屬性，即色、形、音，而且是有規律的組合所呈現出來的審美屬性。易健德在《美學知識問題》一書指出形式美和規律主要包括：齊一與節奏，對稱與均衡，比例與和諧。新詩的語言表現在時間裏，詞與詞的吐出、間隔總是先後的，組成一串音節時，就有條件按照形式美的法則安排音節了。既然新詩朗讀時的音節是按照時間先後順序吐出有語義的音節來，這正是索緒爾指出語言是線性的概念。通過聲音，耳朵便能感受到齊一的節奏、對稱與平衡、比例與和諧，而腦海中也同時出現新詩形式美的愉悅享受了。這種口語符號系統的應用正好讓學生透過新詩朗讀理解新詩的內容。

第二階段：朗讀

〈秋芒〉

誰能比芒花更深入秋天／也只有風，坐得住芒花抬的／軟轎子，幾秒鐘／就抬過了九座山丘／／仍有一條小徑不信邪／堅持蜿蜿蜒蜒去看看／沒多遠，就爬入／一陣狗吠聲中／／你撐起一把紫色傘／邀我一起去搭乘／但沒有雨，就以之抵擋／這秋天的重量吧／／我們站在傘下／以傘尖抵著天空／畫出一條／一條淡紫的天色／碎裂的秋天一小塊／一小塊地掉在傘面上／不久就掉滿了／山谷的黃昏／／但芒花也不能比我們／更深入秋天，那一夜／紫色傘是我們的飛行器／不久，就飛成夜的一部分

　　為了讓學生感受新詩節奏上的美感，老師先要學生反覆朗讀白靈的〈秋芒〉。首先由學生分析內容，老師要學生從「感情、思想」及「形式、手法」兩方面討論。之後學生反覆朗讀新詩，老師提示學生先要注意發音正確、吐字清晰，其次是語調的掌握。新詩的節奏分輕重、緩急、抑揚、頓挫，形成一種韻律。最後要求學生加入感情，透過文字的理解，讓學生將感情融入聲音，投入詩的內容，發揮以聲音感染別人的效果。

（三）「能指」及「所指」

　　索緒爾指出語言是一個符號系統，是一個由符號相互依賴、相互制約的關係構成的系統。符號由「能指」（signifiant）（音響形象）和「所指」（signifié）（概念）結合而成一個統一體。語言符號有兩

大特點：任意性和線條性。索緒爾指出「能指」與「所指」既然是心理上的東西，這就必然意味著，它們之間的聯結必須在說話人和聽話人的腦子裏進行。他說：「語言符號建立在兩種不同的事物之間，通過心智所形成的聯想的基礎之上，但這兩種事物都是心理的，並且在主體中，某一聽覺形象與某一概念相聯繫，聽覺形象（不是物質的聲音），而是聲音的心理印記。」

索緒爾更認為，符號意象與符號所指之間的關係不是理性的，而是任意的。他說：「語言是一種系統，它由互相依附的詞語構成，其中每一個詞語的價值只是由於其他詞語的存在才有的。」所以系統概念是索緒爾提出來的。在語言的過程裏，一個要素與一個要素相結合、相連合，這種事實，索緒爾稱作「線性」，這是對體系性而言。所以在過程裏可以有相離、分類、構成體系，線性和體系性絕對不能對立起來。由此可見，每個語言符號的價值都只因跟其他符號有一定關係而存在，價值來自關係，關係則構成系統。

索緒爾說：「語音體系是一系列音素上的差別和另一系列意念上差別的平列，保持這兩類差別之間的平行關係，正是語言組織基本特點。」聚合關係和組合關係是索緒爾提出的重要理論，前者是一種對比關係，後者則是序列之間的關係。這種關係決定兩個單元是否能夠組合在一起，這兩種關係正適用於語言分析的各個層次。新詩的表現手法也可以通過這兩種關係加以解釋。新詩建構於字、詞間的連結，這是聚合關係；而詩的句與句或段與段之間卻呈現著組合關係。這兩種關係產生不同的價值，在新詩的架構中，由字、詞相互的組合衍生成句、段，慢慢構成一首新詩。索緒爾提出有四種類型：詞幹、後綴、所記相近、聽覺映象相近，這對於新詩的寫作有著重大的幫助。索氏的理論正能解決學生在新詩寫作時如何恰當地運用書面符號系統。

第三階段：理解分析及仿作

老師選了白靈的一首詩〈距離〉以鞏固學生的學習所得，讓學生先理解，後仿作。

〈距離〉

我與世界的距離／像岩壁與岩壁的裂隙／陰鬱而曲折　滿佈尖銳／／音樂如蛇／爬過來／用彎延的身體／填滿那裂縫／／爬走了／尖銳緊緊／勾住了幾個　音符

討論問題：

1. 這首詩表達了甚麼主題？
2. 這首詩是寫給誰的？
3. 作者分別以甚麼東西作比喻？這種手法有什麼好處？
4. 「爬走了／尖銳緊緊／勾住了幾個　音符」，作者表達的是甚麼感情？
5. 以〈距離〉的句式，完成下面的仿作。

　　我與＿＿＿＿＿＿的距離

　　像＿＿＿＿＿＿＿＿＿＿

　　＿＿＿＿＿＿＿＿＿＿＿

　　＿＿＿＿＿如＿＿＿＿

　　＿＿＿＿＿過來

　　＿＿＿＿＿＿＿＿＿

　　＿＿＿＿＿＿＿＿＿

第四階段：新詩創作

老師給予學生一星期時間，讓她們創作新詩一首或一組。學生交回的新詩作品都是別出心裁的創作，現舉其中兩首加以引證。

〈天空中的流浪者〉 關珩

蒼白的圓臉／拖著疲乏的身軀／牽著沉重的皮箱／一步一步／在遼闊的深藍／流浪／／一雙雙眼睛／似是失落／你的父親呢？／你的母親呢？／你的家人呢？／紐約的人、巴黎的人／美麗的人、醜陋的人／憂愁的人、喜樂的人／他們也有家／／凹凸不平的臉／今夜／流浪至一處歡樂的地方／／閃爍的燈火／嘲笑他的慘白／憂鬱的眸子／默默注視／串串彩燈下／一張張笑臉／他／不屬於人間

〈小麻雀〉 鄧學柔

我是一隻小麻雀／對外面那個虛浮的世界／是那樣的　不解／只能　徘徊於／自己小小的宇宙／我渴求蛻變為那隻小麻雀／有機會離開這個小小的圈子／往那無邊無際的藍天飛去／追逐自己的夢想／／我害怕成為那隻小麻雀／展開雙翅／像蒼鷹般翱翔天涯／只是一個遙遠的夢想／／那天空的白框／我想逃出去／振翅飛過美麗的山脈／我願在夢兒／重回旖旎的世界／那恬靜的草原／在回憶中把它緊緊抓著／但是　我不能／因為那一隻負傷的小鳥／找不到一處安穩的天地／一處　屬於自由的地方

三、總結

　　無可否認，與中學生談新詩絕非想像中容易，無論教材的選擇、評講及寫作批改方面均遇上很大的困難，而且教學成效也非短期可見。本教學設計的最大特色是從索緒爾的結構語言學基本理念出發，以白靈的新詩為例，透過欣賞，朗讀，理解及仿作，教導學生新詩創作的技巧。是次新詩單元教學結合了理論與實踐，無疑是一項極具挑戰的教學活動。

參考書目

BAI

白靈，《女人與玻璃的幾種關係》，臺北：唐山出版社，2007。

CHEN

陳嘉映，《語言哲學》。北京：北京大學出版社，2003。

GUO

郭谷兮主編，《語言學教程》，西安：陝西人民教育出版社，1987。

HU

胡壯麟，朱永生，張德錄編著，《系統功能語法概論》（*A Survey of Systemic-functitional Grammar*）。長沙：湖南教育出版社，1989。

LAI

萊普斯基，喬利奧・C・（Lepschy, Giulio C.），《結構語言學通論》（*Survey of Structural Linguistics*），朱一桂，周嘉桂譯。北京：中國社會科學出版社，1986。

LIU

劉潤清等編，《現代語言學名著選讀》。Beijing： Foreign Language Teaching and Research Press，2009。

SONG

宋宣，《結構主義語言學思想發微》。成都：巴蜀書社，2004。

QIAN

錢冠連，《美學語言學：語言美和言語美》。深圳：海天出版社，1993。

WANG

王希杰，卞覺非，方華編，《方光燾語言學論文集》。北京：商務印書館，
　　1997。

王振昆，謝文慶，劉振鐸編，《語言學資料選編》，上冊。北京：中央廣播
　　電視大學出版社，1983。

XIONG

香港課程發展議會編訂，《中國語文教育學習領域：中國語文課程指引・
　　初中及高中》。香港：香港政府印務局，2001。

XU

許國璋，《許國璋文集》。北京：商務印書館，1997。

YE

葉蜚聲，徐通鏘，《語言學綱要》。北京：北京人學出版社，1981。

ZHAO

趙元任，《語言問題》。臺灣：臺灣商務印書館，1968。

ZHONG

中華人民共和國香港特別行政區課程發展議會，《學會學習：學習領域：
　　中國語文教育：諮詢文件》。香港：中華人民共和國香港特別行政區
　　課程發展議會，2000。

Kwan, T.Y.L. and Ng, F.P. "Emerging Through Active Participation, the Professional Journal of a Primary Chinese Teacher." *Changing the Curriculum: The Impact of Reform on Primary Schooling in Hong Kong.* Eds. Bob Adamson, Tammy Kwan and Ka-ki Chan. Hong Kong: Hong Kong UP, 2000, 120-39.

Ng F.P., Tsui A.B.M. and Marton F. "Two Faces of the Reed Relay - Exploring the Effects of the Medium of Instruction." In: *Teaching The Chinese Learner*. Eds. J. Biggs and D. Watkins, Hong Kong, Comparative Education Research Centre, The University of Hong Kong, 2001, 135-59.

Richards, Jack. *Longman Dictionary of Applied Linguistics*. Harlow: Longman, 1985.

語文修辭

節奏認知與詩歌文本的韻律構建[*]

——以白靈的五行小詩為例

方環海、沈玲

作者簡介

方環海（Huan Hai FANG），男,江蘇沭陽人，文學博士，廈門大學海外教育學院教授。主要研究方向為認知語言學、文學語言學，主要論著有《爾雅譯注》（1998，2004）、《認知語言學的理論分析與展望》（2010）等。

沈玲（Ling SHEN），女，江蘇新沂人，文學碩士，徐州師範大學文學院副教授。主要研究方向為華文文學，主要論著有〈論瘂弦詩歌的語詞建構及其詩意風格〉（2005）、〈依賴心理與鄭愁予詩歌的孤獨感研究〉（2006）、〈洛夫詩歌的隱喻認知研究〉（2007）、〈詩意的語言〉（2007）、〈周夢蝶詩歌中有關「雪」的物質想像研究〉

* 本研究得到廈門大學引進人才科研啟動專案、江蘇省哲學社會科學基金「生態文學作品中的環保思想及其現實價值研究」（項目編號：08ZWD021）及徐州師範大學科研基金「臺灣第一代外省詩人研究」（專案編號：10XWA01）的資助，謹致謝忱。

（2009）、〈動物描寫與生態倫理的人文觀察——商禽詩歌文本的生態學批評〉（2010）、〈蕭蕭詩歌的「白色」想像〉（2010）等。

論文題要

詩歌文本系統吸納了所有可以促成言語的特殊表現力的因素，這是由整部文本的藝術結構也包括語音結構決定。白靈的詩歌藝術有他獨到而富有創意的面貌，尤其是他的詩歌創作體式獨具一格，文章擬運用西方的詩歌形式理論，從詩行韻步模式、語音重複模式等兩個韻律構建的路徑分析白靈五行短詩的韻律表現，以此揭示白靈詩歌的語言形式特點，白靈在短詩創作形式方面的與努力等值得學界關注。

關鍵詞：詩歌、節奏、韻律、詩行、韻步、認知

一、引言

詩歌的本質與音樂、舞蹈同源，而且最初就是三位一體的混合藝術，非常類似於酒神祭典，[1]對於這一觀點學界並無異議。作為詩歌文本的主要要素，韻律形式[2]的詩性功能非常值得研究，然而學界對詩學的研究歷史雖然悠久，但對韻律形式卻較少關注。縱觀之下，以往的許多研究大多注重對詩歌內容的感悟，熱衷於挖掘詩歌的思想主題等內容，香港大學黎活仁（1950- ）經常批評有許多研究屬於描述性的印象式讀後感之類，事實上大概說的也是詩學研究的極難深入之處。詩學領域基於學科的人文性質，其內容大多具有評價性質[3]，看起來似乎人人皆可為之，貌似入門容易，實則很難。詩歌內容上的評判雖然似乎見仁見智，不過對形式的認知則相對客觀，如何運用理論，扎實、深入而又細緻地研究詩歌中最為基本的形式元素與內容要素，例如意象、分行、聲調、節奏、韻律等，

---

[1] 朱光潛（1897-1986），《詩論》（北京：三聯書店，1998）9。

[2] 韻律這一術語，來自希臘語，用於表示長度的單位，主要指詩行的重讀和非重讀的形式，在詩學範圍內，韻律的含義大致有廣義和狹義兩種理解，廣義上說，韻律是對詩歌聲音形式和拼寫形式的總稱，無論是詩歌的節奏、押韻，還是詩歌的韻步、詩行的劃分、詩節的構成，都可以歸入韻律的範圍。從狹義上看，韻律則可以特指詩歌某一個方面的語音特點，例如節奏、韻步或者押韻等，他們都可以單獨稱為韻律，本文使用的韻律概念，如果沒有特殊說明，一般都是在廣義上理解的韻律含義。

[3] 即使學科發展到今天，人文與科學之爭估計仍將繼續。正是基於價值評判的功能，才可以用人文科學在龐大而空洞的時代裏尋找所謂的意義，包括精神危機，而這些對自然科學而言，似乎是沒有意義的，意思是人文科學追尋的意義本身就沒有意義。至於現在的人文科學研究，並不追求什麼意義，留下的只是學科知識的增量，那是另外一回事，甚至有的人文學科連基本的愉悅的功能都喪失了，2006年電影《瘋狂的石頭》搞笑地揭示了社會公眾對文化藝術的偏見，恐怕也確實是受了實用主義的影響。

從而在更寬的層面上對詩歌文本的價值取向進行批評，應該是橫亙在詩學研究面前的一個永久性命題。[4]

我們知道，語言是一個形、音、義三位一體的符號系統，但是對漢語而言，進入語流之後，漢字元碼的音、形和義是可以分離的，義進入語境後得到獨立識解，趨向多元。漢語詩歌正是充分利用了這一特點，對語言符號進行最大程度的重新編排，以此展示漢語詩歌的表現力。就詩歌的藝術性本質而言，或許恰恰不在於詩歌的內容本身，而在於詩歌語言的組織方式和詩歌內容的表現方法，由此可見詩歌藝術的核心表現手段是形式和意象。[5]而在這兩個核心中，以韻律為主的形式是詩歌中極其重要的內容，甚至對韻律形式而言，韻律以及一切詩歌形式本身就是意義，[6]因此，喪失交際目的的語音形式也在利用一切可以利用的符號。詩歌文本的結構因素雖然幾經變化，但其傳誦的傳統一直沒有消失，黑格爾（Georg Wilhelm Friedrich Hegel, 1770-1831）就認為，詩歌「絕對要有音節或韻，因為音節和韻是詩的原始的唯一的愉悅感官的芬芳氣息，甚至比所謂富於想像的富麗詞藻還更重要」[7]。

---

[4] 語言學與詩學是難以分立的學科，如果交叉起來，大抵有詩學語言學與語言學詩學，前者立足於語言學理論，對詩歌文本進行語言學理論的研究，後者則借助於語言學理論進行詩學理論的創建於文本研究，我們的研究應該歸屬於前者，更多的是站在語言學層面觀照詩歌文本。參見周瑞敏（1968-），《詩歌含義生成的語言學研究》（北京：中國社會科學出版社，2009）77-123。

[5] 黎志敏（1962-），《詩學構建：形式與意象》（北京：人民出版社，2008）3。

[6] 需要注意的是，節奏表達意義大概只能在抽象的層面說，就具體情感意義而言，節奏本身並沒有什麼取向性，不表達任何具體的感情色彩，同樣的節奏可以表達不同形式的意義，參見Harvey Gross & Robert Mcdowell, *Sound and Form in Modern Poetry*（Michigan: U of Michigan P, 1968/1996）10; Thomas Carper & Derek Attridge, *Meter and Meaning: An Introduction to Rhythm in Poetry*（New York ; London: Routledge, 2003）6。

[7] 中國現代詩歌的音樂感喪失，完全是一種西方移植的結果，而且過多地承載了「載道」的因素，這是非常遺憾的，所以帶來了現代詩歌受眾的萎縮。參見黑格爾，《美學》第三卷（下），朱光潛譯（北京：商務印書館，1981）68。

在臺灣中青年詩人裏，白靈的詩歌藝術有他獨到而富有創意的面貌，尤其是他的詩歌創作體式獨具一格。[8]作為一位具有理工科學術精神與素養的詩人，白靈曾說詩歌的創作就是人的左右腦的協調發展、相互作用，白靈的這個論斷深有含義，正可以作為對他詩歌文本分析的切入點。神經科學研究認為，人腦具有鮮明的偏側化現象，語言線性的形式組配功能由左腦負責，而非線性的韻律則歸屬於右腦。左腦負責線性的邏輯，右腦則協調想像與韻律，這都與詩歌密切相關，詩歌的線性語言建構歸左腦，而韻律與想像的建構則在右腦。本文擬運用西方的詩歌形式理論[9]，分析白靈詩歌文本（尤其是五行短詩[10]）的韻律表現，以此揭示白靈詩歌的語言形式特點。

二、認知視域下現代詩歌的節奏韻律

節奏韻律存在於音節與音節以上的單位，《辭海》的解釋是：「音節中交替出現的有規律的強弱、長短的現象」[11]，也可以稱為聲律、音律、韻律，超音段特徵、非線性特徵等。附著於音節與音節組合中的聲音的高低、長短、輕重、快慢、停延、音質變化造成了語言

---

[8] 五行詩的寫作宛如百米賽跑，要求詩人必須以極快的想像速度，戲劇性地沖到意象的終點。參見杜十三（黃人和，1950-2010），〈白靈詩作的時間性、空間性與人間性〉，《臺灣詩學季刊》31（2006）：198-205。

[9] 經過100多年的發展，西方的詩歌形式的理論逐步走上認知研究的道路，這倒是與語言學的發展呈現出同步關係。但是很有意思的是，迄今為止，關於詩歌節奏研究的理論體系仍然還沒有形成，希望本文的研究可以為中國詩歌形式理論體系的構建添磚加瓦。

[10] 本文研究的短詩均刊載於《白靈詩選》（北京：作家出版社，2008），杜十三認為白靈將精悍的五行短詩置於詩選的開頭第一卷，應該是有特別的深意，也許只有這些五行短詩才最能夠體現詩人對詩歌的感悟，小詩難寫為詩界共識，但是白靈卻似乎深得個中三味。下文所引用短詩所注頁碼皆出自《白靈詩選》，不再一一注明其他出版資訊。

[11] 參見《辭海》（上海：上海辭書出版社，1999）2037。

的節律。[12]郭沫若（1892-1978）曾斷言：「詩之精神在其內在的韻律（instrisec rhythm），內在的韻律（或曰無形律）並不是什麼平上去入，高下抑揚，強弱長短，宮商徵羽；也不是甚麼雙聲疊韻，甚麼押在句中的韻文！這些都是外在的韻律或有形律（extraneous rhythm），內在的韻律便是情緒的自然消漲」[13]。

　　「韻律」雖然被郭沫若（郭開貞，1892-1978）歸於精神層面，但是追求押韻、音韻和諧以及節律的規整是詩歌創作的基本手法，其中，詩歌的節奏可以分為語音節奏和分行節奏。有學者認為，中國新詩韻律的探索總體上不太成功，而從西方引進的「分行」倒成為中國新詩的基本形式。[14]許多人都曾有這樣一種誤解，認為自由詩缺乏節奏，只有古代格律詩才有節奏，古代詩歌的節奏表現大概有二：一是字數控制的體現，二是體現為語音上聲調的平仄與字韻。現代詩當然不是這樣，詩歌形式千差萬別，但是共同的基本功能都是表現節奏。這樣說來，節奏並不為古代詩歌所獨有，與格律詩相比，自由詩以口語為基礎，所以是以自然的散文語調為主，這樣在分析時也不應該以傳統、機械的音步劃分為基礎，而應該以片

---

[12] 在節律方面，漢語是以單音節為基礎的語言，一個音節一個漢字，傳達一個相對完整的概念，所以每個音節都有相對的獨立性，可以組織成為一個音節、兩個音節、三個音節等長短不同的句子，形成句中節拍、意群等長短不同的停延，同時單音節的特點也容易調節樂章的節拍，正是由於節律的多元變化，才成為音樂感很強的語言。參見陳默、王建勤（1955-），〈將節律操練法引入小班課教學〉，《漢語國際教育三教問題：第六屆對外漢語學術研討會論文集》（北京：外語教學與研究出版社，2010）161。

[13] 郭沫若所說的與詩學的「韻律」概念不同，所謂內在的「韻律」屬於詩人主觀的情緒，說成「詩的精神」大抵也沒有錯。參見陸耀東（1930-），《中國新詩史（1916-1949）》，第一卷（武漢：長江文藝出版社，2005）255。

[14] 黎志敏（1962-），《詩學構建：形式與意象》（北京：人民出版社，2008）5。

語為基礎。自由詩的貢獻就是明確詩歌是以片語為基礎形成的，甚至有學者提出以音高取代重音來劃分詩歌節奏單位。[15]

就押韻而言，與音節的組合以及讀音密切相關，而音節自古以來就是對語言進行語法分析的傳統因素，同時也是二十世紀語言學裏最為複雜的概念之一。在語言學裏，話語由停頓分解為語句，語句分解為短語，短語分解為語詞，語詞分解為音節，從語言學與認知科學的角度看，詩歌的節奏是具有主觀性的，詩歌的形式包括詩歌的節奏在內，其語言的主觀性也具有一定的限度，受到客觀條件的一定制約，所以儘管詩歌的節奏是一個主觀過程，但是節奏的構建還是受到外部資訊的客觀特徵的影響。

我們知道，認知的基本任務就是處理資訊，包括內部資訊與外部資訊，所以如果站在理論層面觀察，認知的實質就是處理資訊的過程，[16]以實現規律性、均衡性、簡潔性。在認知外在資訊時，人腦也會本能地從外部資訊中尋找規律性特徵，便於將處理結果簡化為節奏模式。而節奏是人類語言進化的基本原則之一，甚至即使外部資訊沒有什麼規律可言，人類根深蒂固的節奏本能也可以自發地把資訊處理為節奏群[17]。所以，語調、句法、語義結構有時雖然不完全相同，更不符合客觀節奏的要求，但是仍然能夠在認知層面激

---

[15] 這裏的認識估計對中國古代的格律詩一樣適用，因為中國古代近體詩中雖然在誦讀形式上也是以雙音節節拍為主，但是由於是單音詞優勢，卻是以兩個詞構成，並不是現代的雙音節詞節拍，參見Alan Holder（1951-），*Rethinking Meter: A New Approach to the Verse Line*（Lewisburg: Bucknell UP; London; Cranbury, NJ : Associated UPes, 1995）156.

[16] Richard D. Cureton（1951-），*Rhythmic Phrasing in English Verse*（London: Longman, 1992）xiii.

[17] 這是人腦節奏認知的自適能力，所以有的詩歌雖然初詞誦讀難以念出節奏感，但是多次誦讀後就可以把握和表現其內在的節奏，正是所謂的三分詩文七分念，甚至有的極端是，一個朗誦學家聲情並茂地朗讀一份餐館的功能表，可以讓聽眾聽得如癡如醉。

發內在的節奏感。[18]可見，節奏可以分為主觀節奏與客觀節奏或者內部節奏和外部節奏。客觀節奏是由客觀物質的規律性運動產生[19]，人類認知層面的節奏則是主觀節奏。傳統研究較多關注客觀節奏，即認為節奏形成的關鍵就是「間隔時間相等」（isochrony）。[20]

從認知的角度看，所謂的客觀節奏永無可能，而從感知的角度看，客觀節奏也是實際的現象。主觀節奏具有很強的主觀性徵，節奏感知過程也是一種主觀甚至闡釋性的活動。[21]所以現代詩歌在革了傳統詩歌的命之後，傳統詩歌仍然沒有死去，現代詩歌也繼續發展，其根本原因恐怕與節奏有很大關係。節奏是人類最為基本的認知能力之一，人腦在認知過程中多維度地尋找外部資訊中包含的節奏特徵，進行節奏構建，外在世界的節奏多樣，作為節奏標誌的特徵也千差萬別[22]。詩歌的聽覺節奏和視覺節奏，尤其是聽覺節奏，對詩歌的影響遠遠大於其他文體[23]。應該說，這種認知能力為現代詩歌打破傳統詩歌格式建構了理論根基，也為分析現代自由詩歌的節奏提供了理論的依據。

---

[18] Cureton 106-07。

[19] 在人的本能層面，節奏無處不在，呼吸、心跳都是，所以，節奏經驗成為人類一種自在的認知能力，包括人腦內部規律運動的自在能力和對外部資訊自發進行節奏處理的能力。

[20] 喬治·盧卡奇（Georg Lukacs, 1885-1971），《審美特性》，徐恒醇譯（北京：中國社會科學出版社，1986）208。

[21] 節奏具有主觀性也是現代節奏研究區別於傳統節奏研究的主要標記，參見 G.B. Cooper, *Myterious Music: Rhythm and Free Verse*（CA: Stanford UP, 1998）18.

[22] 從廣義上看，一切協調、平衡、律動都可以稱為節奏，是事物有規律的重複變化。聲音構成的節奏是狹義的範疇，本文所論節奏屬於狹義的。

[23] 恐怕也正是基於這一點，詩歌與散文等的文體差別並不絕對，散文詩、詩小說等等，不一而足。由此可見，節奏在文體的分別上起到了關鍵的作用，近來香港中文大學馮勝利（1955-）的韻律句法學研究引起文體學界的高度重視，個中因由應該與此有關。

三、白靈詩歌韻律構建的路徑之一：詩行韻步模式

　　詩行是由一系列重讀音節和非重讀音節組成的，兩個音節組合之間就形成了節奏，而節奏是詩歌音樂美的表現。分行，作為節拍標記，使得詩歌節律對語音的依賴大大減弱，古代詩歌的節奏感很強，原因就在於在字、詞和句的不同層面都可以形成節奏。不過白靈的大多數詩作都是糅合各種詩節行數的短詩，比如詩節包括一行、三行、四行、五行在內都有的〈芹壁村〉等，只有他的五行詩屬於特例，《白靈詩選》集中達 44 首，而且列為第一卷，每首詩只有五行，不分節[24]。其他 64 首詩分出現在小詩 II、短詩、中長形詩、散文詩和組詩五卷中。

（一）分行模式：句法與韻律的「矛」與「盾」

　　分行模式是中國新詩的主要特徵，也是胡適（1891-1962）的一大貢獻。從形式上看，詩行是詩歌的一種結構單位，韻步（foot）的劃分就是以詩行為基礎；從韻律上看，詩行是一種韻律單位，詩歌的節奏通過詩行來體現；從審美上看，詩行則是一種修辭單位，比喻、象徵多是以詩行為載體來實現。可見，對詩歌的形式分析，必須從詩行開始，甚至對詩歌的欣賞，也不能忽視詩行的分析。[25]

---

[24] 其中只有一首《撒哈拉》屬於例外：*海枯之際，石爛之時／連海也會吐出沙漠／風起時，聽：沙與沙的互擊／／應該有一粒砂，叫做三毛／在其間滾動、呼、嚎……／*，前三行為一詩節，後二行又是一個詩節，不知該詩是否存在排版之誤。如果沒有排版之誤，我們嚴格意義的五行詩就只有43首。參見白靈 42。

[25] 聶珍釗（1952-），《英語詩歌形式導論》（北京：中國社會科學出版社，2007）31-32。

　　古典詩歌中詩行與詩句基本對應，而在現代詩歌裏則存在明顯差異。由於句法語義表達的需要，一行詩的結構在語法意義上往往會延續到下一行或者以後的幾行詩才可以形成完整的詩句，這就是說一個詩句可能會有好幾行詩組成。從詩學韻律上看，現代詩的詩句與詩行有很大差別，詩行遵循的是韻律規則而非語法規則，詩句與之相反，但是詩行也不能脫離普通的語法規則存在，所以語法意義上的詩行也就是詩句[26]。所以，將一個結構重新改組，創立一種新的結構，在貌似凌亂無序的情況下發現與組織新的結構處理方式。[27]哲學家巴什拉（Gaston Bachelard, 1884-1988）說，詩可以使語言增值，[28]在白靈的五行詩裏當然也有同一個句子被生生斷開為兩行的現象。例如：

　　　　整齣黃昏都是白晝與黑夜浪漫的爭執／雲彩把滿天顏料用力調勻／天空再也抱不住的那／落日——掉在大海的波浪上／彈了兩下（《白靈詩選・爭執》　9）

　　　　水中飛行的魅影，筏上濕淋淋的大鳥／張開巨嘴，吞進的魚群整江地嘔出／幾世紀的欲望啊被誰底頸繩箍住／被一條筏，被一根長篙，而長篙／緊握著一個壯族人，正奮力，想撐開灘江（《白靈詩選・魚鷹——灘江所見》　15）

---

[26] 詩行的停頓是否應該算作詩句在學界還有爭議，詩行的停頓在詩學裏屬於技術操作上的術語，一般是由標點符號、句子結構、押韻引起，詩行的停頓通常都有兩種情況：一是詩行在句法語義上可以成為一個獨立的語句部分，這種情況大多用標點符號表示；一是由於韻律、朗誦的需要，需要停頓換氣或者引起人的思考，這種情況一般沒有標點符號。人類自然捕捉到這些停頓來構建節奏，包括字停頓、詞停頓、片語停頓、句停頓等。可見，詩行的停頓確是詩句的另一種表現，但是本質是詩句還是詩行，我們姑且存疑。

[27] 張春榮，〈始於喜悅，終於創思——評白靈《一首詩的玩法》〉，《文訊》230（2004）：16-17。

[28] 陳瀅州，〈如何「過」一首詩？——瘂弦vs.白靈〉，《文訊》249（2006）：110-16。

　　　　常常想起用指尖勾住一朵雲／來洗手的日子／　　如
　　今是一株被放倒的神木／鼻尖猶在，只是上面站著一隻／雙
　　腳正輪流抓癢的鴿子（《白靈詩選‧躺下來的列寧像──莫
　　斯科所見》　30）

　　只要符合某種形式的節奏，就無需考慮語法或者構詞法的規
則，所以語法在詩歌中可以被隨意扭曲。〈爭執〉中「天空再也抱
不住的那」與「落日──掉在大海的波浪上」，兩行詩句在「那落
日」之間切開，確實不符合語法規則，語法規則要求「那落日」是
不能切分的；〈魚鷹──灕江所見〉中「被一條筏，被一根長篙，
而長篙／緊握著一個壯族人，正奮力，想撐開灕江／」在「而長篙」
處切開；〈躺下來的列寧像──莫斯科所見〉中「鼻尖猶在，只是
上面站著一隻／雙腳正輪流抓癢的鴿子／」在數量詞「一隻」處切
開，也都是如此，但是這一切分確實又符合詩歌的韻律與節奏。

　　可見，詩歌的節律有其固定的處理，和語法分析不同。不能獨
立的成分也可以獨立，不能切分的也可以切分，一個完整的結構也
可以斷開成為兩個或者兩個以上的成分，所以詩行雖然符合主觀的
韻律規則，但是未必符合固定的語法或者辭彙規則，這樣的節奏變
化，使得詩行的形式活潑，獲得新奇的節奏美感。在許多現代詩裏，
節奏和停頓也都同樣未必與語法單位契合，同樣一個句子，在一行
裏卻被逗號隔開。例如余光中（1928-）的〈水晶牢──詠錶〉：「貼
你的耳朵吧，悄悄，在腕上／眾奴的合唱，你問，是歡喜還是悲
哀？」，一行中出現兩次停頓，而在〈杞人的悲歌〉：「我上次路過
時，恐龍在呼嘯，地在動，海在沸騰」，則在一列中出現四個節奏
單位[29]。再看白靈的兩首詩：

---

[29]　在表達節律方面，古代詩歌大大優於新的自由詩，內部節奏點之間的距離

　　　　就在距離世界不遠的地方／一隻小白蝶剛剛飛越視窗
／又飛回，現在與過去的兩條蝶影／就這麼先後飛入屋內，
把一切掃瞄完畢／打了個結，飛走（《白靈詩選‧就在距離
世界不遠的地方》　23）

　　　　扇我，扇我，百花們香汗淋漓地喊著／誤闖的蝴蝶楞了
楞，當起小扇子來／扇扇東，扇扇西，扇扇南，扇扇北／扇
得好累，細枝上歇著，抖抖扇面的香氣／趁花朵們不注意，
翻出籬牆去（《白靈詩選‧蝴蝶》　20）

　　這兩首關於蝴蝶的詩宛如兩篇精短的散文，被詩人分行寫成了
詩。詩行語義完整，但是獨立開來根本不成一個語義完整的句子。
應該說，詩行簡短的語段分割的言語表達形式，特殊的詩行末尾停
頓使得詩行停頓不再符合散文語句的句法停頓，也不符合那些表達
對言語客體的態度的停頓，更不符合思維停頓，所以詩行停頓的本
質是一種結構停頓，掌控了詩歌言語的發音性質，詩行如果是完整
的，則為句法停頓，標示一個完整語調的結束，但是詩行的停頓卻
可以使詩行進入無固定語義指向的狀態。[30]

　　詩句的長度受意義和句法規則制約，理論上詩句可以無限延
展，這也是語言遞迴性的表現，但是在實際操作中，基於表達的需
要會進行切分，所以詩句的長度不可能與詩行等同，詩行按照詩歌
的形式要求以韻律規則為基礎，一行有可能是一個詩句，也有可能

難以用時值進行衡量。參見竺家寧（1946-），《語言風格與文學韻律》（臺
中：五南圖書出版股份有限公司，2005）70-71。

[30] 既然如此，可見詩歌文本傳達的語義資訊並不如散文的描寫，而是以極其
簡明的語段，特殊的內部形式間接地傳達了多元的語義形式，這也許正是
詩歌文本含義的表達特徵所在。參見周瑞敏　110-11。

很多行才構成一個詩句，不過無論在意義上是否延續到下面一行或
數行才可以構成一個完整的詩句，這樣的行數、節奏、句子的錯綜
關係，都應該是詩人驅遣語言、變化語言效果的刻意安排：

愛的乾渴／唇知道／太陽之乾渴／沙漠／應回掌人仙
出伸（《白靈詩選·渴》 45）

竹林在狂風中甩著滿頭亂髮／幽靈踢起落葉尋找自己
的腳印／整座山只有窗臺上那根紅蠟燭／眨也不眨眼，驚訝
於黑暗中／玻璃窗上一個亮麗、惹火的身影（《白靈詩選·
燭臺》 26）

尤其是「太陽之乾渴／沙漠／應回掌人仙出伸／」，很難按照
常規邏輯語義來理解，詩行在語法結構的非邏輯性，邏輯性退居其
次，看起來不符合文法，甚至故意打亂，使得詩歌呈現韻律感，也
許這正是詩人要「扭斷語法的脖子」的原因。

詩行作為詩歌中韻律的結構單位，通過長度和節奏調整閱讀的
速度和詩歌的韻律，在以韻律節奏為基礎的現代自由詩裏，詩行由
會話節奏單位、句子節奏單位、呼吸單位、修辭單位、感覺單位、
思想單位等短語組成，是對詩歌進行韻律分析的基礎。例如韻步的
劃分、韻律的確定、押韻的格式等。無論是韻文詩還是散文詩，詩
行都是基本的結構單位。詩行或許也正是散文與詩歌二者本質的差
別。[31]這樣的五行詩詩集中還有很多：

---

[31] 學界曾經有這樣的說法，分行的是詩，而不分行的是散文，即便如此，仍
然沒有考慮詩歌獨特的詩行停頓問題。參見張默等，平面詩與網路詩的趨
勢，《創世紀詩雜誌》123（2000）：12-23。樵夫，〈用另一隻眼睛讀白靈的
《天機》〉，《臺灣詩學季刊》31（2000）：214-16。

凡綠藻之上必是孑孒之上必是小吳郭魚，或者／凡蝌蚪之下必是小蝦米之下必是蜉蝣既然水庫／上浪蕩的一支支寶特瓶內，裝著的世界都不同／因此都是相同的世界，所以宇宙中四處漂浮的／寶特瓶，一律是既互異又互仿又互異的地球們／[32]

白靈還將口語入詩：

扶搖直上，小小的希望能懸得多高呢／長長一生莫非這樣一場遊戲吧／細細一線，卻想與整座天空拔河／上去再上去，都快看不見了／沿著河堤，我開始拉著天空奔跑（《白靈詩選・風箏》　3）

愛的回收太慢，恨最痛快／正義佝僂的世界，槍把子可以扶正／倒入血泊的頭顱，媲美於／滾入大海的落日。阿拉阿拉／他把伊拉克餵入巨炮，向天空聲聲嘶喊（《白靈詩選・獨夫──海珊》　32）

　　詩中運用了口語「呢、吧」、「阿拉阿拉」。在口語中，我們可以建構起獨立於書面語之外的口語節拍標誌，比如口語中的「呢、吧、哪、啊、呀、嘿」。而現代自由詩的一個突出特徵就是對口語的依賴，「詩的音樂，可以說，是一種潛藏在同時期的普通語言中的音樂」[33]。根據考察，胡適（胡洪騂，1891-1962）早在二十世紀初期就追隨西方嘗試引進自由體詩歌，主張「有什麼話，說什麼話；

---

[32] 白靈，〈論寶特瓶是漂浮的地球見寶特瓶未見水庫說〉，38。

[33] 艾略特（Thomas Stearns Eliot, 1888-1965），〈詩歌的音樂〉（"The Music of Poetry"），《象徵主義・意象派》，黃晉凱等主編（北京：中國人民大學出版社，1989）117。

話怎麼說，就怎麼說」，將口語置於絕高的位置。[34]不過需要注意的是，胡適引進自由詩主要站在語詞的角度，比較多地強調使用口語[35]，對口語的內在節奏關注欠缺，這一點使中國現代詩歌從其開始出現之初，就顯得先天營養不良，或者說在一定程度上偏離了詩歌的本質特徵[36]。所以中國現代新詩缺失節奏感，也就失去了獲得社會認同與存在的根基。

　　儘管所有的詩歌文本可以借助口語節奏和音樂節奏獲得節律感，但是詩歌文本本身還是要提供外在的節律標誌。所以，雖然節奏構建是一種主觀過程，然而某一節拍的構建多多少少還是受到外部資訊的客觀特徵影響。創作詩歌時，詩人也不能隨心所欲地創造節律模式，但是要創造自然、容易為讀者認知的詩歌文本節律標記。

---

[34] 不知胡適是否早就意識到自己引進的問題，所以他說「嘗試成功自古無，放翁此言未必是，……，自古成功在嘗試」，參見胡適（1891-1962），《嘗試集·自序》，《胡適文集》（北京：北京大學出版社，1998）9：81。

[35] 這一點也和當時的社會情況相關，早期的黃遵憲所言，主張「我手寫我口，古且能拘牽」，後期應該是與中國共產黨制定的語言政策有關，不以知識份子為主體，面向的主要是勞動人民大眾，文化水準普遍不高，古白話性質的文字難以獲得認同，接近他們自身口語的容易接受，所以也就演變出今天的臺灣地區的語言面貌與大陸語言特徵的差異。參見黎活仁（1950-），《文藝政策論證史》（臺北：大安出版社，2007）116-18；張夢晗，〈海峽兩岸漢語的差異及其原因探析〉，《徐州師範大學學報》4（2010）：16-20。

[36] 需說明的是，漢語是一種聲調語言，通過發音的延長與音高的改變實現了區別意義的作用，幾乎所有的漢字的發音都可以延長，延長成為類似母音結尾的開音節，而漢語的五大母音的發音有很多類似之處，除了舌位的高低前後，這一點也可能挽救了現代漢語詩歌節奏感的先天不足。

（二）韻步模式：韻律的自由與規整

如果詩的節數（stanza）按照行數（lines）分，可以分為雙行、三行、四行、五行、六行、七行、八行甚至九行以上等，白靈也有很多雙行詩，例如〈露珠〉、〈山寺〉、〈魚化石〉、〈慰安婦自願說〉、〈關於慰安婦的美學說法〉、〈愛與死的間隙〉、〈誰主沉浮〉、〈火之死〉、〈蜂炮〉等；四行詩有〈真相〉、〈秋芒〉等；五行詩有〈恐怖組織〉，七行詩有〈真假之間〉等。詩行的長度是由韻步決定的，所以對詩行的分析也就成為對韻步的分析。這與對詩行的語法分析不同，語法分析需要涉及語句語義的連貫與語法規則的合理，甚至還有語句的銜接與意義的完整等，而韻步的分析完全不必考慮這些因素。

> 莫名的安靜　其實莫名的不安／可以沒有波浪　就不是海／若能回到原處　即非魚／有皺紋全因為鏡子／會變老都從莫名的感動開始（《白靈詩選·女人》，5）

的確，詩行是詩歌文本的基本結構單位，但不是最小的單位，而是包括了最小的結構單位韻步。最短的詩行可能只有一個韻步，但是這種單韻步詩歌並不常見，英文五行詩節也以 4 到 5 個韻步為多。關於話語中的自然語音停頓，馮勝利（1955-）認為，一對輕重組合就可以構成一個最小的節奏單位，這對解讀詩歌文本非常重要。根據李博曼等（M. Liberman & P. Alan）的研究，人類語言中的韻律「重音」並非由單獨一個成分所構成，相反，「重音」必須理解為一個相對的概念，沒有「輕」就沒有「重」，二者相互依存、相反相成，並且可以在語流中互相轉化，「重」如果變「輕」，則「輕」

也就相對變重。一個「輕重」構成的音節組合成為一個韻律單位，可以稱為「韻步」[37]。理論上來說，合法的「韻步」只有「輕重」和「重輕」兩種，不合法的至少有「輕輕」、「重重」兩個以及單獨的「輕-」、「重-」兩個，所以韻律層面上的輕重關係，直接表現為兩個音節的輕與重，韻步的實現也就表現為兩個音節的組合。[38]對於漢語而言，必須有兩個輕重音節配合才可以組成一個合法韻步[39]，可以表示為（f代表一個韻步，s代表一個音節）：

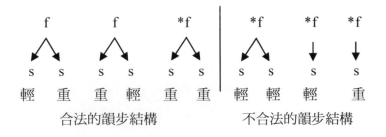

合法的韻步結構　　　　不合法的韻步結構

　　合法的韻步結構很類似於英文詩歌的「抑揚格」與「揚抑格」，但是其本質表現的是詩歌聲音的韻律規則。一個輕重的組合，就成為一種韻律單位[40]，成為一個合法的韻步結構。從古至今，這種組合一直就被認為最接近說話的節奏，無論是統計學還是實際運用的

---

[37] 參見M. Liberman & P. Alan, "On Stress and Linguistic Rhythm," *Linguistic Inquiry* 8（1977）：249-336。

[38] 參見馮勝利，《漢語韻律語法研究》（北京：北京大學出版社，2005）39-40。

[39] 通常漢語中有意義的音節都由一個確定的聲調來控制，卻沒有確定的輕重特徵，所謂「重音」只是相對的，不是那些多音節輕重型語言中以音強為基礎構成的重音，而是以增加時長、凸顯聲調為主要特徵的「重讀」。參見吳為善（1950-），《漢語韻律句法探索》（上海：學林出版社，2006）17。

[40] 從語音學上看，韻律節奏的一個內部單位被稱為「莫拉」（mora），一個短的音節就是一個莫拉，一個長的音節就是兩個莫拉。一個完整的韻律單位由兩個莫拉。

角度看，都是最普通的韻律。所以從語音的角度看，這種組合的本質是詩歌的節奏表現，從形式的角度看，則組成了詩歌的韻步，甚至是節奏的一種表現形式，或者是節奏的一種基本特徵。白靈非常注意構架多重階層的節奏模式，包括詩篇、詩節、詩行、片語、單詞等，節奏雖然屬於詩歌的語音形式，但是一個節奏單位可以組成一個韻步，從而形成節奏的表現形式，音節是節奏的基礎，音節通過讀音化為詩歌的節奏、同時也通過拼寫化為韻步。所以在詩歌的韻律分析中，音節的拼寫、節奏的確定、韻步的劃分是詩歌韻律的基礎。從拼寫系統看，音節組成韻步、韻步構成詩行、詩行構成詩節。對韻步的安排，注意韻步相對的整齊，例如：

> 億載雄心竟咽不下一座金城／逃不走的牆圍住一方歷史／難纏的西潮背手遠去了嗎／陰霾百年，誰能從我胸口移開／鎖入鏡頭，仍是睡不著的永恆（《白靈詩選‧億載金城》33）

> 還有什麼比煙更纖細／那麼多髮　萌發於瞬間／非常化學的物理／如糾纏十分鐘的愛／如一隻蠶嚅嚅吐出的禪（《白靈詩選‧借個火》 31）

> 螢光幕上幽浮來又幽浮走的，是個壞球／下墜球會到香港，上飄球則入蘇杭／當門窗都被吹成口哨，螺旋早把臺灣捲入瘋狂／沒有一棵樹挺腰揮棒，茫茫大海中誰是投手／衛星揉眼看，小心！又一顆變化球側身投出（《白靈詩選‧颱風I》 27）

> 把六百公里的風雨摟成一球，海要遠征／狂飆的中心藏著慈祥透明的眼睛／愛要孔武有力，總是摟著恨，不憚千里／狠狠一擊，大海對大陸，流動對不流動／靈對肉，千軍萬馬地咆哮、踐踏……（《白靈詩選‧颱風II》 28）

　　　　一朵白雲抹亮了湖心／奮翅游泳過去幾隻鳥影／鳥的
叫聲使整座湖淺淺／淺淺的地震，群山坐不住／醉熊之姿一
隻隻倒頭栽入了（《白靈詩選・一朵白雲抹亮了湖心》 25）
　　　　幾聲梆子敲沉了整座村落／已闔眼的世界在狗吠聲中
翻身／一隻失眠的青蛙凸眼滴溜溜轉／池上一個燈籠，池底
一個燈籠／敲更人提著晃動的一球夢境（《白靈詩選・燈籠》
29）

　　我們知道，漢語從古代漢語發展到現代漢語構詞已發生了很大
變化，古代單音詞佔優勢，現代漢語雙音詞佔優勢[41]。在〈億載金
城〉裏，白靈基本每個詩行分別用 12-11-11-12-12 個音節構成，組
成的基本都是 6 個韻步；〈借個火〉中每個詩行的音節數分別是
9-9-7-8-9；〈颱風 I〉中每個詩行的音節數分別是 16-14-19-18-17；〈颱
風 II〉中每個詩行的音節數分別是 16-14-15-15-12，〈一朵白雲抹亮
了湖心〉中每個詩行的音節數分別是 9-10-10-10-12；〈燈籠〉中每
個詩行的音節數分別是 11-13-13-12-12，加上詩行中的停頓，基本
相等，追求韻步的規整，也是詩歌建築美所在[42]。韻步既是詩行的
長度單位，也是詩行韻律形式的計量單位，詩歌的節奏屬於聲音形
式，通過讀音獲得美感，詩行中音節讀音的變化構成了各種各樣的
節奏[43]。

---

[41] 有學者就誤讀了古代漢語的單音節詞優勢和現代漢語的雙音節詞優勢，所
　　以就推論古代是以一個漢字為一個節拍，也就自然把古詩處理為一字一
　　拍，言下之意，一個漢字就是一個節奏單位，而把現代詩處理為雙音節作
　　為主要節奏單位，這是錯誤的。

[42] 這基本可以歸屬於詩歌的間隔時間相同的節奏模式，與聞一多提倡的三美
　　中的建築美類似。

[43] 當然在詩句停頓中，不但有時間停頓，而且也有標點和押韻等顯性特徵，
　　在此我們不考慮詩句的停頓問題。參見張期達，〈不相稱的美學初探——以
　　白靈「愛與死的間隙」為例〉，《臺灣詩學季刊》（2005）：229-42。

　　美國詩人惠特曼（Walt Whitman, 1810-92）曾大量使用字數不等而是同類語法結構，取得很好的節奏效果，白靈有些五行詩不僅追求詩行的音節數類似，甚至還追求語法結構的雷同：

　　　　一定有一隻手，被一管小楷緊緊握住／一定有一雙眼眸，在筆尖的軟柔中起舞／一定有一盞油燈，輕輕吟哦著搔首的書生／一定有一間茅屋，屏氣凝神，抵擋住戰火／一定有一座古代的小城，悄悄悄悄化作齏粉（《白靈詩選‧手抄本──西安所見》 11）

當然，有一組〈不如歌〉，也是如此：

　　　　平靜的無，不如抓狂的有／坐等升溫的露珠，不如卷熱而逃的淚水／猛射亂放的箭矢，不如挺出紅心的箭靶／養鴿子三千，不如擁老鷹一隻／被吻，不如被啄（《白靈詩選‧不如歌 I》 6）
　　　　熱鬧的無，不如荒涼的有／甘霖氾濫的原野，不如仙人掌握的沙漠／快樂躺平的湖泊，不如傷心能飛的烏雲／霸南極萬里，不如據火山一座／被冰，不如被焚（《白靈詩選‧不如歌 II》 7）
　　　　光亮的無，不如暗黑的有／點燃不著的鑽石，不如恍惚閃爍的螢火／堅貞恒定的星群，不如浪蕩叫喊的流星／攬昨天三年，不如追明日一天／能笑，不如能哭（《白靈詩選‧不如歌 III》 8）

　　對任何詩歌的分析，韻步都是說明詩行結構的長度單位，在韻步與韻律的關係裏，韻步的不同形式就是韻律。分析一首詩歌，首

先就是進行韻步與韻律分析，音節數量的齊整可以構成詩歌的形式之美。如此看來，節奏是韻步的基礎，而韻步則是詩歌節奏美的表現形式。韻步是在語法語義的主導下獲得的語言結構中的語音停頓。這是現代詩歌的主要節律標記。漢語詩歌中，一個漢字代表一個音節，稱為一拍，構成一個音步，而兩個漢字構成一個輕重組合，有兩個音步才會構成一個節律單位。[44]韻步的特點與音樂的小節比較類似，都是任意的和抽象的長度單位，運用它們進行詩行劃分，只需要考慮是否符合韻律的規則，不必考慮是否與辭彙、短語的語法結構保持一致。古代的詩歌中即便單音詞居多，但仍然是處理為兩個漢字一個節律單位。所以《詩經・碩鼠》的讀解，不能是一個漢字一個漢字的處理，成為類似「碩／鼠／碩／鼠／無／食／我／黍／三／歲／貫／汝／莫／我／肯／顧／」這樣的節律模式，而是處理為「碩鼠／碩鼠／無食／我黍／三歲／貫汝／莫我／肯顧／」。[45]同樣的，對杜甫（712-770）的〈春望〉，音節的節律要求是「感時／花濺／淚，恨別／鳥驚／心」，但是語義分析卻是「感時／花／濺淚，恨別／鳥／驚心」。

　　一旦一首詩的節奏模式確定，就具有某種取向，將使隨後的一些字句發音被拖長，而有些字句的發音被縮短，這也給詩人留下了創作的空間，詩歌創作時就會有意將需要突出的字詞放在滿足節律規律而需要延長發音的位置。[46]詩歌在音節層面的切分問題，屬於韻律表達與語法的和諧問題，也是語法規則與韻律的介面，詩行與詩行之間的語法關聯。白靈在寫作之初，受到瘂弦（王慶麟，

---

[44] 郭天相，〈詩學語音學論略〉，《解放軍外國語學院學報》1（2007）：25-29。

[45] 參見黎志敏（1962-），《詩學構建：形式與意象》（北京：人民出版社，2008）67。沈玲（1970-）、方環海（1968-）、史支焱（1968-），《詩意的語言》（上海：學林出版社，2007）65-82。

[46] 黎志敏　202-03。

1932-)、周夢蝶（周起述，1921-）、鄭愁予（鄭文韜，1933-）以及其他各國翻譯詩的影響比較大，[47]而他通過詩行語義結構的複雜多變與韻步模式的多重建構表現出自己的藝術追求，可見他對詩歌尤其是短詩的實驗是多方面的。

四、白靈詩歌韻律構建的路徑之二：語音重複模式

語音重複模式屬於語義表達與語音之間的和諧問題，詩歌言語通過代表一定主體情感意義的語音有規律的排列組合，構成一種比較規整的語音系統，形成格律、韻律和節奏，並對詩行的組配產生影響，受到格律與韻律支配的語音重複和語音組合在呼應的同時，也相互對照，促進語音意義的交融。詩行與詩段的語音組織特點有相似關係、相互呼應，語音、語音組、語音主題在一個統一體內的重複，母音與格律和音調緊密相關，是語義與語音間的介面，詩行與詩行之間的語音關聯。

音響語義化的最為常用的手段是製造和諧的語音重複，構成富有音樂性的韻律結構，使得語音以自己的音響促進語義的形象表達。語音重複也是構造詩歌韻律的主要方法。[48]

---

[47] 解昆樺（1977-），〈一趟文學記憶的逆旅——白靈和他的詩生活〉，《文訊》230（2004）：136-41。

[48] 雖然韻律就是詩作格律結構中具備組織功能的語音重複，但是需說明的是，並非所有的語音重複都可以歸入韻律的範疇，因為有些語音重複再詩歌的韻律結構中沒有明顯的組織功能，但是有仍然對詩歌的語義內涵有很大作用。參見周瑞敏 94。

（一）押韻傳統的固守與變化

　　語音重複構成了詩歌文本主體的樂性，也要對語音的品質進行選擇，並且進行相應的排列組合。[49]押韻是建立在讀音一致基礎上的韻律修辭方法，基本特徵就是一個音節的讀音在以後音節讀音中的重複，押韻格式與讀音有關，但是主要是押韻詩行的組合結構與表現形式，是建立在讀音基礎上的詩行的組合形式與規律，所以押韻是詩歌區別於散文的詩歌語音特點，押韻格式則是詩行的組合規律與規則。中國傳統詩歌對押韻的嚴格規定，目的在於獲得比較明顯的節律標記。現代詩違反了這一要求，所有具有共同語音特徵的語音都可以稱為節拍標記。

　　從押韻的歷史來看，最初指的就是行尾押韻，押韻就是對詩行之間「一致」（identity）與「不同」（difference）的強調。押韻的核心是音節中的母音讀音相似以及母音前後輔音組合的規則，如母音之前輔音的相同。從詩歌的審美上看，押韻就是指建立在讀音一致基礎上的韻律修辭方法，基本特徵就是一個音節的讀音在以後音節相應位置的讀音重複。押韻作為一種藝術形式和修辭手段與詩歌的內容緊密結合在一起，成為詩歌審美的主要因素。在韻律方面，詩行末尾的尾韻不僅把詩行的行尾劃分出來，而且通過尾韻把詩行組

49　其實詩歌中最簡單的語音重複有二：一是母音重複，以韻律概括之就是「母音和諧」，包括重音母音的重複和弱化母音的重複；二是輔音重複。根據重複數量，有雙音重複、三音重複、四音重複等；根據次數，有簡單重複、多次重複等；根據語音重複的節律單位的位置，有鄰近重複、環形重複、雙行重複、頭語重複、行末重複、詩行中鄰詞的尾音重複、詞中尾音重複等；分類不一而足，不論是何種重複，都是通過語音的一致性把言語分為節律單位，表現語音和諧的音樂性，突出語音的表現力，呈現出語音含義的輔助功能。參見周瑞敏 97。

織成為詩節。詩歌有了押韻，音律上的和諧使得詩歌有了音樂美和韻律美。押韻與節奏一樣，是詩歌的基本特徵，也是詩歌藝術的要求，可以使詩歌的抑揚頓挫的美感得到強調。[50]

通過考察我們認為，白靈的五行詩屬於單獨的五行詩節（single 5-line stanza），每首詩只有五行，所以與英文五行詩節並不相同，更何況西方很少有詩人用五行詩節作詩[51]，而且五行詩的押韻格式基本只有 abaab、ababb、abccb 三種。[52]大約從 19 世紀開始，西方詩歌押韻出現兩種傾向，一是繼承傳統，追求完美；一是強調自然，追求創新。白靈的五行詩押韻格式完全不受這樣的限制：表現出多種押韻格式[53]，

有的詩押韻格式是 aabcd，在開頭兩個詩行押韻，後面三個詩行都不押韻：

> 數十載歲月清茶幾盞／幾百樣年華淺碟數盤／一桌子好漢茶壺裏翻滾／唯黑臉瓜子是甘草人物／在流轉的話題間，竊竊私語（《白靈詩選・茶館》 12）
>
> 蓮花伸展完它的夏季／最終也要潛回池底／香燭剛燃完它的光芒／佛說／再輕的灰也要用金鼎扛著（《白靈詩

---

[50] 洪淑苓（1962-），〈拉著天空奔跑——《白靈・世紀詩選》評介〉，《文訊》178（2000）：23-24。

[51] 五行詩在西方本來注重幽默諷刺，也是最為流行的英國輕詩體之一，形式活潑，形式上自由，要求不高，看起來易於寫作，但是要精於此道倒也不易。詩人鄧恩、艾德蒙・沃勒（Edmund waller, 1606-1687）以及雪萊（Percy Bysshe Shelley, 1792-1822）等曾經寫作了一些五行詩，也很成功。

[52] 聶珍釗 65。

[53] 雖然沒有嚴格的區分，五行詩的押韻格式，這裏並不指五行詩節的押韻格式，仍然探討的單獨的五行詩，這種詩體起源於法國的中世紀，五行詩並沒有固定的韻律或者押韻格式，但是一般來說，最為普通的押韻格式只有ababb、abaab、abccb等三種。在漢語詩歌中，五行詩節的寫作遠遠少於四行詩節。

選‧鼎》　21）

　　無人看得清它潛藏的欲望／一朵黑雲忽淺，忽深，在草
原上方／詭譎如黑色的潛艇，巡航於天空／何故我竟成了灰
兔？沒命地追逐／它那襲──滿地飄忽的投影（《白靈詩
選‧黑鷹》　22）

　　與之相反，也有的詩押韻格式又是abcdd，前面三個詩行都不
押韻，後面兩個詩行才押韻：

　　熠熠小金蛇纏綣在你腰上／首尾相扣後，請問如何從愛
中逃脫／金鏈奴，你是束上金環的脂玉葫蘆／絕代的風姿唯
你楚腰的纖細說得清／金屬的磁流抱住你，你暈眩如剛出爐
的行星（《白靈詩選‧金鏈奴──中東女郎》　43）

　　把冬天搓入柴火堆煮沸／四野圍進來一群想煨暖的星
星／當風聲將歌聲一首首駝到天涯／只留幾顆音符，在炭火
上滋滋作響／天地上下，唯一爐燒紅的夢供應著能量（《白
靈詩選‧野營》　44）

　　江面下匍匐著一床翡翠／岸左右凹凸起兩路峰巒／透
明的翡翠上，沒有船撩得開陰影／歷史的峰巒間，哪片雲不
染點滄桑／唯想像從容，奔馳於所有連漪的前方（《白靈詩
選‧乘船下灘江》　14）

　　正是基於五行詩格式自由的很多變化[54]，白靈的五行詩其他押
韻格式還有：

---

[54] 西方有的五行詩押韻格式為：ababa，可見，是在隔行押韻abab（alternate
　　rhyme, cross rhyme）的基礎上增加了最後一行押a韻的詩，在解構上可以和
　　前面的隔行韻緊密結合在一起，而且可以實現最大程度的和諧的音韻美

abcba 押韻格式。──你躺在那裏，養幾隻小蟲就能代代耳語著黃昏／身上長滿草，搖頭晃腦天天看落日哺乳山峰／紙煙滿山飄，會飛的究要靠會爬的來收拾／頭上有隻鷹，一瓣剪影在地面似薄而黑的異形／載夜色回城，車燈吻上長龍，餐後猶飛不到家門（《白靈詩選·清明》 17）

abbcc 押韻格式。──狂飆的中心旋轉著一支軟柔的豎笛／天擠迫著地，野獸野獸著／簫聲纏繞簫，最柔的捆綁最硬的／當愛席捲了一切，詩句會丟棄何方／原野又漸漸空無成一張荒涼的床（《白靈詩選·龍捲風──給性》 19）

abcda 押韻格式。──黃燈前煞車，蹲在前面這座城市如困極的巨獸／紅燈中小盹，夢見街上到處是被綁住的螢火蟲／紅燈中醒來，那頭巨獸打哈欠露出誘人的金牙／綠燈時加速，衝進去才瞥清金牙儘是光的神話／一火螢竄出，救護車正飛速趕去捂住神話的傷口（《白靈詩選·子夜城》 24）

abccd 押韻格式。──一瓶香水隱藏一座花園／一則神話等同於億萬個人類／塔羅牌卜出未來後　欲言又止／祭師瀕死前　說了個不清不楚的故事：／整群山脈努力上千年終於擎起了一尊神木……（《白靈詩選·天機》 41）

abbcd 押韻格式。──向中國繳出了最末一口氣／長江仍日夜從他底兩耳，轟轟流出／八十載青史，不是龍蟠，便遭虎踞／智慧與主義依舊鐫在牆上走不出陵寢／每個字都斑斕成蝴蝶，掙扎著，想飛（《白靈詩選·謁中山陵》 18）

aabca 押韻格式。──她的喉嚨是我失眠的原點／淋不

感。格式還有abbab，則是在吻韻abba（envelope rhyme, kissing rhyme）的基礎上增加一行押b韻的詩構成，無論其結構，還是韻律，都能夠表現出緊密、和諧與生動的特點。

　　　　濕的歌聲不肯成眠／像昨天的靈夢，飄過／雨溶溶的夜，恣
　　　　意地迂迴於／我左耳與右耳的小巷之間，(《白靈詩選‧歌者》
　　　　37)

　　　　　　aabab 押韻格式。——夢想是非常毛毛蟲的／做繭正是
　　　　翅膀的／哲學，捆綁自己／在無法呼吸的時刻／飛才開始
　　　　(《白靈詩選‧演化》 13)

　　可以看出，白靈在五行詩裏的押韻格式並不求同，非常富於變
化。其實追求聲音和諧與一致的押韻之說，早在古希臘亞里斯多德
時代就有所涉及。《修辭學》(Rhetoric)第三卷所載「Homoeoteleuton」
意思就是「結尾相同」(similarity of endings)的含義。詩歌行尾有
一個以上的相同音節出現在兩行以上的結尾裏，就屬於押韻的詩
行。在黑格爾看來這就是「同韻複現」，「由於古代語言重音的衰退
以及基督教帶來的感情的主體因素的上升，較古老的根據節奏的詩
律體系就變為根據韻的詩律體系了」，「發展到對聲音的陶醉，學會
把聲音各種因素區分開來，加以各種形式的配合和交織，構成巧妙
的音樂結構，以便適應內心的情感」[55]。押韻在詩歌裏的功能主要
是為了表現節奏，在聲音系統裏起到強調節拍即節奏的作用。在詩
節結構裏，押韻作為一種藝術形式通過聲音得到表現。押韻支持了
詩行之間的聯繫與溝通，對於詩行而言，怎樣通過聯繫與溝通形成
了一個整體，很顯然不僅僅是靠節奏與韻律可以說明，而押韻則可
以使詩行之間有著內在的聯繫，形成自己的體系，構成完整的詩篇。

---

[55] 很顯然，黑格爾是從美學層面認識詩歌押韻的，他把押韻與音樂結合進行
　　思考，認為人的心靈與精神也可以通過押韻獲得滿足，韻律不僅使語言本身
　　成為感情的音樂和對稱的音律，而且可以形成詩歌或簡或繁的結構，保持
　　詩的形式上的完美。參見黑格爾，《美學》，朱光潛譯，第三卷(下)(北京：
　　商務印書館，1981)83-85。

（二）押韻傳統的創新與內隱

押韻從來就不是為了限制詩人創作的自由，所以古代希臘、羅馬的詩歌創作強調的都是節奏而不是押韻。尤其是 19 世紀下半葉，美國的惠特曼摒棄押韻的詩歌體式，寫作不押韻的自由詩，掀起了詩歌形式的革命，展開了影響深遠的自由詩運動，逐漸成為二十世紀後詩歌創作的主要藝術傾向，無疑，白靈是崇尚這種藝術傾向的，例如他的很多五行詩根本就不再押韻：

> 左滴右答，多麼狹小啊這時間的夾角／遊入是生，遊出是死／滴，精神才黎明，答，肉體已黃昏／滴是過去，答是未來／滴答的隙縫無數個現在排隊正穿越（《白靈詩選·鐘擺》4）

> 搓手，呵氣，天寒地凍是揮之不去的／領隊的狗死了，雪車仍在／鐘聲被誰握著，於遠方等我／寂靜崎嶇在眼前的冰河上／軋軋軋，唯我推動破冰的滾輪（《白靈詩選·北極》46）

> 誰能叫蒼鷹拆下翅膀／獅子卸下爪牙／那人走進每一歲月，都設法／在地面埋下一池池影子／翼翼如埋下居心巨測的，黑洞（《白靈詩選·影子——臺灣的奧薩瑪.賓拉登》，35）

> 可以碰觸可以握、之溫柔／舌尖下，聳入你底靈魂／光都滑倒的兩捧軟玉／荒涼的夜裏／顫動著的金字塔啊（《白靈詩選·乳》 10）

> 一座廟在寒山的夢境中擱淺／幾條船從唐代的鐘聲裏漂出／月光推門，滿地竹影忽古忽新／失眠的鐘聲按捺不住，爬上古牆／寺外一匹引擎，朝深夜轟隆奔來（《白靈詩

選・夜探寒山寺》 16）

　　對你，那的確是個腳印而已／踩下再拔起，不過完成於瞬間／對我，那可是故事的全部／夢土震動著／被推擠的餘生一波波──坼裂地痛（《白靈詩選・痛》 36）

　　這些詩的押韻格式都是「abcde」，完全自由，沒有任何押韻可言，但是並不影響成為詩。

戰士們鴉雀無聲／齊聚於火光沖天的殿堂／在神前獻上割下的耳朵，和腳／　繼之以灼烤後的心肝／那無以名之而歷史上稱之為「詩」的東西⋯⋯（《白靈詩選・意志》 40）

　　自古而來，節奏單位並沒有變化，變化的只是表達的手法與標記的隱現。[56]古代偏於顯性標記，現代偏於隱性標記，隱性雖然是隱，但不是沒有，如果確實沒有，那就沒有詩歌的特徵，而只是口語辭彙的線性彙集。需要注意的是，白靈又並不完全是惠特曼的追隨者，比如有的五行詩，看起來似乎是不押韻的，例如：

春天把雪線／卷得很高／而絕白／仍隱在雪線之上／只有春風偷吻得到（《白靈詩選・迷你裙》 34）

　　這首詩末尾「線、高、白、上、到」，貌似不押韻，實際上是一種內隱式的押韻，主母音都是「a」，所以在韻律上雖不是傳統的押韻標準，但是感覺音樂感仍然洋溢著。主母音一樣的內隱式押

---

[56] 丁旭輝，〈論蕭蕭短詩的簡約美學〉，《國文學誌》10（2005）：57-79。洪靜芳，〈《現代新詩美學》評介〉，《東海大學文學院學報》49（2008）：557-62。

韻，是白靈詩歌創作的一個創造，變化與押韻則在無形之間。類似的還有：

> 沙灘上波浪來回印刷了半世紀／那條船仍不曾踩上岸來／斷槳一般成了大海的野餐／老婦人坐在窗前，眼裏有一張帆／日日糾纏著遠方（《白靈詩選‧老婦》 39》

　　雖然第一詩行的「紀」是例外，但是後面四個詩行的末尾字分別是「來、餐、帆、方」，主母音也都是「a」，看起來押韻格式是 abcdd，其實也可以算是 abbbb。

　　通過白靈五行詩的押韻表現，可見看出不論是固守傳統也罷，還是創新也好；也無論是押韻富有變化，還是內隱式押韻，在詩歌裏，和諧的節奏只要和優美的韻律結合在一起，詩歌的押韻的美感就會得到充分的展現，雖然詩歌押韻業已不再是決定詩歌性質的特點之一。[57]

五、結語

　　詩歌文本是經過精心組織的富有表現力的完整的言語系統，這一系統吸納了所有可以促成言語的特殊表現力的因素，這種性質因素由整部文本的思想藝術結構也包括語音結構決定。[58]可見，詩歌

---

[57] 創世紀詩社，〈時間在存有中滴答——白靈詩作筆談小集〉，《創世紀詩雜誌》159（2009）：48-65；萬登學（1965-2008），〈寄寓深遠，詩思深邃——淺論白靈的短詩〉，《臺灣詩學季刊》26（1999）：112-15；簡政珍（1950-），〈跳脫而控制的詩想——評白靈詩集《愛與死的間隙》〉，《文訊》233（2005）：32-34。

[58] 周瑞敏 120。

文本的語音建構是詩人有意加工而成的藝術圖景[59]。詩歌言語韻律節奏的存在，完全表明詩人思維與創作時對語音的獨特感受，也正是通過詩行的分裂、行尾的押韻等，人類無窮的情感才能夠得以成功地表現出來。詩人艾略特認為，在動筆之前，詩人的腦子裏就已經產生了一種節奏感。言下之意，人類一旦產生某種認知情感，就會自動生成某種伴隨的節奏感。我們對白靈詩歌韻律節奏的評價，也是圍繞著詩歌的語音形式進行，白靈詩歌文本裏語音形式的各種一致性，有時雖然是在詩人無意識狀態下建構起來的，但是更多的應該是詩人有意選擇的結果。

在白靈這裏，也許正是因為五行詩的結構偏於鬆散，韻步的韻律要求比較自由，每行的韻步可以隨意而為，所以與其他詩節比較起來，固定的形式不多，可以隨著詩人的情緒而變，具有比較強烈的個性化傾向。瘂弦曾經評論說，在短詩方面，白靈顯示了多方面的試探，從文明的反省、大我的情懷、時局的關注、社會現象的批判、生活偶感，到輕巧可愛的自然詩，甚至科幻詩等，都入詩家眼裏，質與量也有可觀的成績。[60]瘂弦的評價是在白靈詩歌文本的題材與內容層面，未涉及形式方面。其實白靈在短詩創作形式方面的試探，韻律節奏構建方面的努力等恐怕是不容忽視的。

---

[59] 劉永紅，〈論俄語詩歌的語音修辭〉，《中國俄語教學》1（2007）：36-40。

[60] 參考瘂弦，〈待續的鐘乳石──序「大黃河」〉，《大黃河》（臺北：爾雅出版社，1986）8。

論重複與白靈短詩音樂美

——以《白靈短詩選》為中心

余境熹

作者簡介

　　余境熹（King Hei YU），男，1985 年生，香港專業進修學校講師，香港大學哲學碩士，香港大學中文學院研究助理，曾獲中國文史哲及宗教研究首獎三十餘項，並任香港大學中國文化研究會主席、俄港文化交流會副會長、國際金庸研究會司庫、中韓文化研究中心秘書、美國夏威夷華文作家協會《珍珠港》報電腦編輯及聖公會曾肇添中學駐校作家等，曾召集「第一屆池莉小說研討會」、「黃河浪文學創作國際研討會」、「蕭蕭文學創作國際學術研討會」，發表希伯來、中國文學、語言、歷史、哲學論文四十餘篇。

論文題要

　　白靈詩歌的特點之一，即較高密度地運用重複手段，以增加作品的節奏感。本文針對白靈篇幅較短的詩作，就其語詞、結構和聲韻的重複進行整理、分析，試圖論述文本所呈現的音樂之美。是次

研究以《白靈短詩選》為重點研閱文本，偶亦旁涉白靈其他優秀創作，以助說理。

關鍵詞：白靈、《白靈短詩選》、重複

一、引言

　　白靈（莊祖煌，1951-）是現代短詩的重要推動者，除創作大量的短篇佳構外，在所編《九十一年詩選》[1]及《2007臺灣詩選》[2]二作中，並皆特闢「小詩」、「短詩」諸欄，專門收錄、推廣篇幅短小的詩歌傑作，又與向明（董平，1928-）合編《可愛小詩選》[3]。值得注意的是，白靈自撰短詩的特點之一，乃為較高密度地運用重複手段，以增強作品的節奏感和音樂美[4]。正如愛倫•坡（Edgar Allan Poe, 1809-49）所言，「音樂通過它的格律、節奏和韻的種種方式，成為詩中的如此重大的契機，以致拒絕了它，便不明智」[5]，亦如奧希普•勃里克（Osip Brik, 1888-1945）在〈語音的重疊〉（"Sound Repetitions"）中所說：「形象和語音二者創造的成分是同時存在的，以致每一部作品都是這兩種不同類的詩歌創作意向的合力。」[6]優良的語音效果，實是傑出詩作不可或缺的條件，本文茲摘取《白靈短詩選》為研閱文本，整理其重複的諸種表現，論述其呈現的優美聲音效果，以對白靈短詩的藝術內涵，有一更為全面的認識。

---

[1] 白靈（莊祖煌，1951-）主編，《九十一年詩選》（臺北：臺灣詩學季刊雜誌社，2003）。

[2] 白靈主編，《2007臺灣詩選》（臺北：二魚文化事業有限公司，2008）。

[3] 向明（董平，1928-）、白靈編，《可愛小詩選》（臺北：爾雅出版社，1997）。

[4] 白靈，《白靈短詩選》（香港：銀河出版社，2002）。

[5] 愛倫•坡（Edgar Allan Poe, 1809-49），〈詩的原理〉（"The Poetic Principle"），揚烈譯，伍蠡甫（1900-92）、林同濟（1906-80）校，《西方古今文論選》，伍蠡甫主編（上海：復旦大學出版社，1984）369。

[6] 奧希普•勃里克（Osip Brik, 1888-1945），〈語音的重疊〉（"Sound Repetitions"），《俄國形式主義文論選》，扎娜•明茨、伊•切爾諾夫原編，王薇生（1928-）編譯（鄭州：鄭州大學出版社，2005）6。

二、重複的音樂效果

（一）同一字詞的重複

1.間隔重複

同一字詞的間隔重複，在古典漢詩中用例甚多，如劉禹錫（772-842）突破絕句「字數甚少，如若犯重，詩路則為之阻塞」[7]的框框，在多首絕詩中利用複辭，製造聲音迴環往復的優美旋律[8]；李商隱（約 813-約 858）為運用間隔重複最多之唐代詩人[9]，名句

---

[7] 胡安良（1934-），〈「複辭」瑣議〉，《青海民族學院學報》3（1980）：46。

[8] 例如，〈浪淘沙九首〉其一：「九曲黃河萬里沙，浪淘風簸自天涯。如今直上銀河去，同到牽牛織女家。」複現「河」字；其八：「莫道讒言如浪深，莫言遷客似沙沉。千淘萬漉雖辛苦，吹盡狂沙始到金。」複現「莫」、「沙」；〈秋詞二首〉其一：「自古逢秋悲寂寥，我言秋日勝春朝。晴空一鶴排雲上，便引詩情到碧霄。」複現「秋」字；〈再遊玄都觀〉：「百畝庭中半是苔，桃花淨盡菜花開。種桃道士歸何處？前度劉郎今又來。」複現「桃」、「花」；〈竹枝詞二首〉其一：「楊柳青青江水平，聞郎江上唱歌聲。東邊日出西邊雨，道是無晴卻有晴。」複現「江」、「邊」、「晴」字；〈竹枝詞九首〉其二：「山桃紅花滿上頭，蜀江春水拍山流。花紅易衰似郎意，水流無限似儂愁。」複用「山」、「紅」、「花」、「水」、「流」、「似」等字；〈踏歌詞四首〉其二：「桃蹊柳陌好經過，燈下妝成月下歌。為是襄王故宮地，至今猶是細腰多。」複現「下」字；〈楊柳枝〉：「清江一曲柳千條，二十年前舊板橋。曾與美人橋上別，恨無消息到今朝。」複用「橋」字；〈望夫石〉：「終日望夫夫不歸，化為孤石苦相思。望來已是幾千載，只似當時初望時。」複現「望」、「時」。以上〈望夫石〉見於劉禹錫（772-842），《劉禹錫集》（上海：上海人民出版社，1975）218；其餘則見卞孝萱（1924-2009）、朱崇才（1954-）注譯，《新譯唐人絕句選》（臺北：三民書局股份有限公司，1999）342-44、346-48、352-53。

[9] 黃世中（1939-），〈往復回環　潛氣內轉——李商隱詩複辭重言研究〉，《古代詩人情感心態研究》（杭州：浙江大學出版社，1990）129-45。簡略整理，見如鄧中龍，〈李商隱詩的特色及其風格〉，《李商隱詩譯注》，上冊（長沙：岳麓書社，2000）18-22。另外，並參考張淑香（1948-），《李義山詩析論》，第2版（臺北：藝文印書館，1987）103。

如〈無題〉之「昨夜星辰昨夜風」、〈夜雨寄北〉之「君問歸期未有期」[10]等，皆妙用此種手法，加強誦讀效果；宋代楊萬里（1127-1206）亦不分古體近體，在一首詩中常使字詞重複，藉以構成聲律的迴環之美，極營構讀者音樂享受之能事[11]。在研究白靈短詩的音樂之美時，字詞的間隔重複現象亦是甚為值得注意的——當然，應予提出的是：有時同一字詞雖在同一篇中複現，但若字詞間彼此距離較遠，則其可以造成的音樂複沓效果亦難免會遭取消，故是次取例，最寬只限於同節內的字詞重複，跨節字詞重複則不在引述之列——箇中表現，悉見下表：

篇目	同句	鄰句	同節
〈真假之間〉		「只有」七行複現七次	
		「是真的」七行複出七次（另有一次「真的」）	
		「是假的」七次複現七次	
		只有謊言是真的，真話皆是假的	
		恨，只有恨偏偏是真的	
〈風箏〉	長長一生莫非這樣一場遊戲吧	上去，再上去	卻想與整座天空拔河
		長長一生莫非這樣一場遊戲吧／細細一線	沿著河堤，我開始拉著天空奔跑
〈乘船下漓江〉			江面下匍匐著一床翡翠 透明的翡翠上
〈乘船下漓江〉			岸左右凹凸起兩路峰巒

---

10 所引〈無題〉、〈夜雨寄北〉，分別見李商隱（約813-約858），《李商隱全集》，馮浩（1719-1801）注，王步高（1947-）、劉林輯校匯評，上冊（珠海：珠海出版社，2002）131、355。並參考杜少春主編，《痛苦而執著的戀曲：李商隱詩名篇欣賞》（臺北：學鼎出版有限公司，1999）9、42。

11 陳思坤（1943-），〈試論誠齋詩中的同字複現〉，《雲夢學刊》2（1992）：49-52。

篇目	同句	鄰句	同節
			歷史的峰巒間
〈億載金城〉		億載雄心竟咽不下一座金城／逃不走的墻圍住一方歷史	
〈爭執〉		雲彩把滿天顏料用力調勻／天空再也抱不住的那	
〈鐘擺〉		游入是生，游出是死	「滴」五行複現四次
		答是未來／滴答的隙縫無數個現在排隊正穿越	「答」五行複現四次
〈子夜城〉			紅燈中小盹 紅燈中醒來
			睏極的巨獸 那頭巨獸
			被綁住的螢火蟲 一火螢竄出
			誘人的金牙 才瞥清金牙
			盡是光的神話 捂住神話的傷口
			救護車 黃燈前刹車
			黃燈 「紅燈」兩次 綠燈
〈手抄本——西安所見〉	一定有一隻手，被一管小楷緊緊握住／一定有一雙眼眸〔……〕／一定有一盞油燈〔……〕／一定有一間茅屋〔……〕／一定有一座古代的小城		
〈金鏈奴——中東女郎〉		金鏈奴，你是束上金環的脂玉葫蘆	小金蛇 金鏈奴 金環 金屬

篇目	同句	鄰句	同節
〈金鎖奴──中東女郎〉		金屬的磁流抱住你，你暈眩如剛出爐的行星	在你腰上 唯你楚腰的纖細
〈茶館〉			清茶 茶壺
〈燈籠〉		池上一個燈籠，池底一個燈籠	一個燈籠 一隻失眠的青蛙 一個晃動的夢境
			幾聲梆子 狗吠聲
			敲沉了 敲更人
〈乳〉	可以碰觸 可以握		
〈不如歌〉		猛射亂放的箭矢，不如挺出紅心的箭靶	不如抓狂的有 不如捲熱而逃的淚水 不如挺出紅心的箭靶 不如擁老鷹一隻 不如被啄
		被吻，不如被啄	不如荒涼的有 不如仙人掌的沙漠 不如傷心能飛的烏雲 不如據火山一座 不如被焚
		被冰，不如被焚	
〈誰主浮沉〉		但沒人知道船的感覺，像無人領會	船的感覺 的感覺
〈登高山遇雨〉	下到最下頭	碰到撐黑傘的松／躲進傘影不見了	小雨數十行 織成數千行
			下歪了 下在山裏

篇目	向句	鄰句	同節
〈登高山遇雨〉			戴大紅帽的飛亭 亭旁路過的樵夫
〈對鏡〉		失神的刹那／鏡面飛過 一則神話	是一把不賴的梳子 就梳得開後腦糾結的
〈光的窟窿〉			最後的一盞燈 還有我的燈 雖是小小一盞
〈魚化石〉		會動、會游的泥巴	
〈路標——記一位八十歲老戰士〉		他指著城裏街道曲折的內心／他指著城外白楊遙遠的茫然 桌桌幾里指著地面小狗的一泡鏡子／桌桌幾里指著天上白雲的幾朵逍遙	
〈愛與死的間隙〉	豈易明白何為千變何為萬化 一分鐘竟比一個峽谷寬 在這一分鐘與下一分鐘之間 看能不能逃脫	有誰能搭起一座橋／在這一分鐘與下一分鐘之間	
〈關於慰安婦的美學說法〉	一座島嶼夠遠夠荒涼		一支百萬小提琴慰安得了 再大的博物館也慰安不了 一條牛如果幸運 一場大戰如果激烈 不過慰安上百位廚師

篇目	同句	鄰句	同節
〈關於慰安婦的美學說法〉			不過慰安幾十萬管槍炮
			夠遠夠荒涼 如果夠強壯
			慰安幾千塊墓碑 慰安上萬輛坦克

　　從列表的整理可見，白靈短詩間隔重複的形式可謂是林林總總、不一而足，既有同句中單字重複，使句子讀起來跳躍靈動之例，如〈關於慰安婦的美學說法〉之「夠遠夠荒涼」，又有同句中連續數字複現，令句子讀來連貫而舒徐之處，如〈愛與死的間隙〉之「在這一分鐘與下一分鐘之間」，對應著讀者的心靈律動[12]；既有〈金鏈奴──中東女郎〉中相鄰句句尾句首重複「你」字，「蟬聯緊湊，讀來琅琅上口」[13]，使語意聯繫和音律節奏都得以加強的「聯珠頂真」[14]之例，又有〈燈籠〉裡鄰句多字重複的「池上一個燈籠，池底一個燈籠」，前呼後應，復沓纏綿；既有〈不如歌〉中的「不如」在同一節裡一再置於句首，造成「同字」或「頭語重疊」[15]，又有

---

[12] 饒春球（1949-），〈複辭運用的藝術〉，《鄂州大學學報》2（1997）：43。

[13] 劉叔新（1934-）主編，《現代漢語理論教程》（北京：高等教育出版社，2002）440。並參考由楊，〈中國傳統文化心理對漢語修辭格的影響〉，碩士論文，長春理工大學，2009，26。

[14] 劉叔新定義「頂真」為「用前一個語句的末尾，作為作為下一個語句開頭的開頭，使鄰近的句子上遞下接，首尾相銜的一種修辭格」，而所謂「聯珠頂真」，即「句子與句子之間的頂真，又稱為『頂針續麻』。相鄰句與句之間相互蟬聯的是詞語」。見劉叔新 440-41。

[15] 夏俊山，〈趣談「複辭」〉，《閱讀與寫作》3（2004）：36；維克托·日爾蒙斯基（Viktor Zhirmunsky, 1891-1971），〈抒情詩的結構〉（"The Structure of Lyric Poetry"），徐黎明譯，姜俊峰校，《俄國形式主義文論選》，維克托·什克洛夫斯基（Viktor Shklovsky, 1893-1984）等著（北京：生活·讀書·新知三聯書店，1989）291。按：日爾蒙斯基為俄國形式主義學者中研究詩

〈子夜城〉中頗不規則的同節字詞重複，令同樣的聲音在詩中一再迴響……如此，正體現出一種精彩的「多元的重複」[16]，惟無論其形式如何不同，其以重複增強詩的音樂美感，則實是一致的。

2.重言：疊音詞及疊字

除了受其他語詞或詩行區隔而存著一定時、空距離的間隔重複外，白靈短詩更以大量「重言」為手段——包括「疊音詞」和「疊字」，前者是兩個形音相同的字的重疊，而只具有一個語素，後者則是兩個形音義完全相同的單音實詞的重疊[17]——藉由形音相同的單字的重疊，讓同樣的讀音順滑而出，而收得「使語言節奏鮮明，音韻流轉，和諧悅耳」[18]的效果。細緻整理，可以列表交代如下：

篇目	用例
〈真假之間〉	只有恨偏偏是真的
〈龍柱〉	看看柱子的表情即可得知
〈風箏〉	小小的希望能懸得多高呢
	長長一生莫非這樣一場遊戲吧
	細細一綫
〈手抄本——西安所見〉	緊緊握住
	輕輕吟哦

歌音樂感之強有力者，是以本文較多引述其說，取資他山之石，望得啟發，參Boris Tomashevsky（1890-1957），Gina Fisch and Oleg Gelikman, "The New School of Literary History in Russia," *PMLA* 119.1（2004）：130-31.

[16] Clement Antrobus Harris，"The Element of Repetition in Nature and the Arts," *The Musical Quarterly* 17.3（1931）：310-11.

[17] 江勝利，〈疊音詞、重言、詞的重疊與修辭〉，《黃山高等專科學校學報》3.2（2001）：75。

[18] 李司亭、李翡，〈「疊」字辭格漫說〉，《語文天地》21（2008）：15。並參考陳望道（1891-1977），《修辭學發凡》，新2版（上海：上海教育出版社，1997）171、175；侯守斌（1965-），〈疊字的藝術魅力〉，《語文月刊》9（2003）：53。

	悄悄悄悄化作虀粉
〈金鏈奴——中東女郎〉	熠熠小金蛇
〈茶館〉	竊竊私語
〈燈籠〉	滴溜溜轉
〈誰主浮沉〉	噩夢因此連連
	昏昏沉沉我的額頭竟以船首之姿
〈登高山遇雨〉	模模糊糊
〈對鏡〉	是細細皺紋
〈口紅〉	幾條水溶溶的小徑
〈光的窟窿〉	雖是小小一盞
〈魚化石〉	骨骼歷歷
〈山寺〉	暗暗遭禱念聲
	寺尖隱隱約約
	如小小的睡眠
〈路標——記一位八十歲老戰士〉	一身負傷纍纍
	伸出許許多多的臂膀
	他纍纍像貼滿藥方

　　事實上，古代漢詩如《詩經》[19]和《古詩十九首》[20]等即已注意使用重言，其中據梁克虎的統計，《詩經》「國風」和「頌」平均

---

[19] 關於《詩經》的重言研究，可參：David Jason Liu, "Parallel Structres in the Canon of Chinese Poetry：The *Shih Ching*," *Poetics Today* 4.4（1983）：639-53；張其昀（1901-85），〈《詩經》疊字三題〉，《鹽城師專學報（哲學社會科學版）》1（1995）：29-35；3（1995）：63-68；李荀華（1961-），〈《詩經》中重言疊字的文化意義〉，《兵團教育學院學報》9.1（1999）：42-46；周延雲，〈《詩經》疊字運用研究〉，《青島海洋大學學報（社會科學版）》2（2000）：65-70；孫冬妮（1973-），〈《詩經》疊字分析〉，《襄樊學院學報》24.6（2003）：79-82。

[20] 關於《古詩十九首》的重言研究，可參：石紅，〈《古詩十九首》淺探〉，碩士論文，西北大學，2003，40-41；崔玲，〈《古詩十九首》的美學特色〉，碩士論文，蘭州大學，2006，15；陳心愉，〈古詩十九首綜論〉，碩士論文，華中師範大學，2007，51-53；王津，〈《古詩十九首》程式化特徵研究〉，

每七句即有一重言用例，重言使用最疏的「大雅」，亦平均每十四句得一例[21]，而《古詩十九首》則有連用六疊詞的〈青青河畔草〉、〈迢迢牽牛星〉，以及其他用重言之例甚多，其增強詩歌音樂感的效果，已獲得當代學界的普遍承認。白靈短詩的重言運用亦不遑多讓，據上表所示，《白靈短詩選》使用重言之作足達一十五篇，佔全詩集百分之六十以上，頗為頻密，其中尤以「悄悄悄悄」連複四字，盡見作者仰重重言之心思，難怪誦之即如玉石相叩，悅耳和順，教人自然而然地沉醉於作者設置之廣闊語言天地之中，滿饗藝術之筵宴。

　　除《白靈短詩選》外，白靈的其他短篇佳構亦時可見重言身影，如名作〈白鷺〉的「高高矗立著」、「細細細的白色線」[22]，〈流星雨〉連續四行的「一群群虛靜的白銀魚／於渺渺夜空／於無一絲絲皺紋的湖中／於一凹凹深黑眼瞳」[23]，例子不勝枚舉。維克托・日爾蒙斯基（Viktor Zhirmunsky, 1891-1971）曾表示，「音調鏗鏘的朗誦，在很大程度上隨著重複的消失、隨著整個片斷向簡單列舉的過渡而喪失了」[24]，白靈則刻意運用間隔重複和重言等，在詩文字一路流逝的過程中，以重複蕩起陣陣回音，前呼後應，有力地提升了詩的音樂美感、藝術水平。

碩士論文，陝西師範大學，2007，8-10、75；孟英，〈論《古詩十九首》的抒情藝術研究〉，碩士論文，東北師範大學，2008，20-21。

21　梁克虎，〈《詩經》疊字試探〉，《廣西大學學報（哲學社會科學版）》1（1981）：11。

22　白靈，〈白鷺〉，《沒有一朵雲需要國界》（臺北：書林出版有限公司，1993）141。

23　白靈，〈流星雨〉，《沒有一朵雲需要國界》147。

24　日爾蒙斯基，〈詩的旋律構造〉（"Review on B. M. Eikhenbaum's *The Melody of Verse*"），高驊、徐黎明譯，姜俊鋒校，《俄國形式主義文論選》338。引文在「過渡」後有括號文字「這種列舉失去了我們在費特詩中所看到的那種緊張和激昂」。

（二）結構的重複

1.對偶

　　除同一字詞的重複顯現外，白靈短詩更以文句結構上之重複，製造優美的聲音效果。其中一途，便是營構對偶，賴其「形式整齊，結構勻稱」之特點，不獨令詩歌「看起來醒目」，更使其「讀起來順口，聽起來悅耳」[25]。朱承平（1952-）、趙瑜曾強調，對偶是「在一個並行對立的句子結構中，聲律重複、字數重複、詞性重複、詞語類別重複、句式對應重複」的複雜綜合，而此一綜合體的藝術效果之一，即為構成文句「內在的鮮明節奏與和諧音律」[26]。從對《白靈短詩選》的觀察中，可以說，白靈在鍛煉短詩的音樂美時，是能夠充分利用對偶的此一特點的：

篇目	句內對	單句對	雙句對
〈乘船下漓江〉		江面下匍匐著一床翡翠／岸左右凹凸起兩路峰巒	透明的翡翠上，沒有船撩得開陰影／歷史的峰巒間，哪片雲不染點滄桑
〈鐘擺〉	左滴右答	游入是生，游出是死滴是過去，答是未來	滴，精神才黎明，答，肉體已黃昏
〈茶館〉		數十載歲月清茶幾盞／幾百樣年華淺碟數盤	

---

[25] 林祥楣主編，《現代漢語》（北京：語文出版社，1991）422。並參考何世達、郭明玖、柴世森，《現代漢語：詞匯　語法　修辭》（北京：北京大學出版社，1983）436；馮興燁，《對偶知識》（北京：旅遊教育出版社，1990）62。

[26] 朱承平（1952-）、趙瑜，〈對偶語言藝術的三大特性〉，《求索》6（2004）：224-25。

篇目	句內對	單句對	雙句對
〈不如歌〉		平靜的無，不如抓狂的有	
		坐等昇溫的露珠，不如捲熱而逃的淚水	
		猛射亂放的箭矢，不如挺出紅心的箭靶	
		養鴿子三千，不如擁老鷹一隻	
		被吻，不如被啄	
		熱鬧的無，不如荒涼的有	
		快樂躺平的湖泊，不如傷心能飛的烏雲	
		霸南極萬里，不如據火山一座	
		被冰，不如被焚	
〈誰主浮沉〉		風搖桅杆，浪起甲板	
〈路標——記一位八十歲老戰士〉		他指著城裏街道曲折的內心／他指著城外白楊遙遠的茫然	
		某某幾里指著地面小狗的一泡鏡子／某某幾里指著天上白雲的幾朵逍遙	
		打著心結的老兵／披著歲月的勛章	

在《白靈短詩選》篇幅短小的二十四首詩中，有六首使用了對偶技巧，用例共二十項，其密度不可謂不高，而〈不如歌〉不計用作轉折的「不如」，更是全首每行前後句皆對，僅第二節「甘霖泛

濫的原野，不如仙人掌的沙漠」一行例外。惟「不如仙人掌的沙漠」一句，在其他版本則作「不如仙人掌握的沙漠」[27]，如是則它不獨與上句相對，使得全篇無一句不偶，更令〈不如歌〉的前後兩節形成一組鮮明的多句對關係。這種種表現，適自見出白靈短詩活用對偶，除使得詩歌形式整齊之餘，並同時加強作品的音樂感，藝術水平甚高。

2.音節安排

另外，漢語書寫素來存著「偶語易安，奇字難適」的說法，指音節組合宜勻稱整齊地配搭起來，以給人平順和諧的感覺[28]；從對《白靈短詩選》的觀察中，也可見白靈頗為注意音節安排，尤其在各句句末之處，常常安排結構相似者，以製造「偶語易安」之感，迴避「奇字難適」之憾。由於在指明有關用例之時，需涉及較為詳細之解讀，本節茲不採列表形式，而分段陳述如下：

首先，《白靈短詩選》不乏採用四音節語詞來收結文句之例，能使詩歌在朗讀之時，每個停頓處皆變得音節整齊、統一，為接收者帶來安適平順的感覺。例如〈億載金城〉一詩，全首除最末的「仍是睡不著的永恒」之外，各句均由四音節語詞作結：「一座金城」、「一方歷史」、「遠去了嗎」、「陰霾百年」、「胸口移開」、「鎖入鏡頭」，連貫而下，音樂感便油然而生。

此外，《白靈短詩選》亦有刻意並列兩組或多組單數音節語詞來收結詩句的地方，利用相同音節結構的重複出現，使原先屬於「奇字」之處，化奇為偶，產生出特殊的和諧感覺。例如短詩〈爭執〉：

---

[27] 白靈，〈不如歌II〉，《白靈詩選》（北京：作家出版社，2008）7。

[28] 潘文國（1944-）、葉步青（1935-）、韓洋（1958-），《漢語的構詞法研究》（臺北：臺灣學生書局，1993）188-222；李家樹（1948-）、謝耀基、陳遠止，《漢語綜述》（香港：香港大學出版社，1999）16。

　　　　整齣黃昏都是白晝與黑夜浪漫的爭執／雲彩把滿天顏料用
　　　　力調勻／天空再也抱不住的那／落日──掉在大海的波浪
　　　　上／彈　了兩下

　　最後一行「彈」與「了兩下」的分隔除有圖像方面的心思外，
更有著關乎音樂感的考量：「了兩下」因分開朗讀，與上行結句的
「波浪上」互相照應，兩組奇數音節的語詞組合便因並列而成偶，
讀來更覺協調。又如〈鐘擺〉尾三行所顯現的：

　　　　滴，精神才黎明，答，肉體已黃昏／滴是過去，答是未來／
　　　　滴答的隙縫無數個現在排隊正穿越

　　末行結句者為五音節的「排隊正穿越」，獨立看來屬於奇數用
字語詞，但配合前面行次的「精神才黎明」、「肉體已黃昏」，或者
同句的「滴答的隙縫」時，便能在音節結構上偶對成雙，煥發聲音
魅力，可證白靈短詩在並列單數音節語詞組合時的匠心。
　　《白靈短詩選》亦有混用四音節結句和並列奇數音節語詞這兩
種手段的，像〈誰主浮沉〉，繼四字對句「風搖桅杆，浪起甲板」
之後，下一詩行仍以四音節的「鼻尖之上」收結句子，使氣勢連貫；
及後，「作為水手的我們」因上句「像無人領會」屬一、四格式，
斷句時自然傾向將「作為水手」四字連讀，與「無人領會」呼應，
剩下「的我們」，白靈則巧妙地接以同樣為三字的「的感覺」，使這
連續的數句出現四四三三的勻稱結構，朗讀時更為諧和悅耳；另
外，詩中後段寫道：

　　　　船艙裏所有水手都暈旋了／搖盪中，聽見月亮附耳對我說：

　　「暈旋了」三個音節可以獨立讀出，但下一詩行的「搖盪中」、「對我說」則足以化奇為偶，通過相似的音節結構與之呼應。凡此種種，盡見白靈短詩音節佈置之巧妙。陳子昂（661-702）未有在句末押韻的《登幽州臺歌》膾炙人口，詩文曰：「前不見古人，後不見來者。念天地之悠悠，獨愴然而涕下。」[29]詩中除「不見」間隔重複及「悠悠」為重言之外，節奏感的形成實有賴於詩行的結構：首兩句對偶和後兩句重複「三三」音節組合[30]。陳子昂詩所成功予人的音樂感，藉著相同技法的應用，也可在白靈短詩中圓滿獲得。

（三）聲韻重複

　　鮑里斯・托馬舍夫斯基（Boris Tomashevsky, 1890-1957）曾說人們在讀詩時，「全部注意力集中關注的是聲音的類似的現象」，留意「相似的音群的重複」，並且特別「考慮這種重複究竟是由擬聲還是其它的音的組合關係造成的」[31]，除強調讀者對詩歌語音效果的注意外，亦表明這種語音效果是由相似音群的複現達致的。而誠如雷淑娟（1957-）所指出的，「音色構成的節奏，主要表現在雙聲、疊韻和押韻上」[32]，以下即從佈置行末押韻、雙聲和疊韻三項，論析白靈詩音樂美構成與重複之關係。

---

[29] 彭慶生（1938-）注釋，《陳子昂詩注》（成都：四川人民出版社，1981）208。

[30] 陳瑤，〈《登幽州臺歌》的獨特藝術〉，《文學教育》9（2008）：109。

[31] 鮑里斯・托馬舍夫斯基（Boris Tomashevsky），〈論詩句〉，《俄蘇形式主義文論選》，茨維坦・托多羅夫（Tzvtan Todorov, 1939-）編選，蔡鴻濱譯（北京：中國社會科學出版社，1989）134。

[32] 雷淑娟（1957-），〈文學語言美學特徵修辭論〉，博士論文，復旦大學，2003，24。

1.行末押韻

俄國詩人弗拉基米爾・馬雅可夫斯基（Vladimir Mayakovsky, 1893-1930）在〈和財務檢查員談詩〉（"Conversation with the Finance Inspector about Poetry"）一作裡寫道：「韻腳／是一個桶。／火藥桶。／詩行／是導火繩。／詩行冒煙到了末尾，／引起爆炸，／於是整座城市／隨著那節詩／飛到空中。」[33]把韻腳比喻為「火藥桶」，能引爆詩，並將整座城市都炸飛，其形容固為誇張，但卻肯定了行末押韻在詩歌創作中的重要性。事實上，韻腳以其聲韻上的重複性，能將讀者的注意力重新提到上一行或上數行，藉此將全詩連成堅固的整體，使全詩的不同分行，能像共同行動一般，相互配合起來，為詩的內容、結構，作出貢獻；而由於韻腳彼此間聲音的相似，以音樂效果而論，它亦能造成迴環往復、連綿延宕的聽覺印象，直接帶給讀者以美感的享受[34]。此難怪格奧爾格・黑格爾（Georg W. F. Hegel, 1770-1831）《美學》（*Lectures on Aesthetics*）強調：「至於詩則絕對要有音節或韻，因為音節和韻是詩的原始的唯一的愉悅感官的芬芳氣息，甚至比所謂富於意象的富麗詞藻還更重要。」[35]

---

[33] 弗拉基米爾・馬雅可夫斯基（Vladimir Mayakovsky, 1893-1930），〈和財務檢查員談詩〉（"Conversation with the Finance Inspector about Poetry"），飛白（汪飛白，1929-）譯，《世界詩庫》，飛白主編，第5卷（廣州：花城出版社，1994）347。原詩排成別具馬雅可夫斯基風格的「樓梯狀」。

[34] 孫萬鵬（1940-），〈漢詩規範創作初議〉，「世界漢詩大會」，世界漢詩協會主辦，中國湖南張家界，2006年4月22-25日，28。並參考錢明鏘（1935-），〈論世界漢詩的出路──兼及詩式、韻式問題〉，「世界漢詩大會」，39；張春泉（1974-），〈論接受心理與修辭表達〉，博士論文，復旦大學，2003，167-68。

[35] 格奧爾格・黑格爾（Georg W. F. Hegel, 1770-1831），《美學》（*Lectures on Aesthetics*），朱光潛（1897-1986）譯，第3卷，下冊（北京：商務印書館，1981）68-69。

　　白靈的短詩，對韻腳的安排也可說是頗加重視的。現代漢語押韻時「韻頭可以不管，只要韻腹相同、而且韻尾相同的都算同一個韻」[36]，茲按有關規定，整理白靈詩之行末押韻現象如下：

篇目	用例	韻腳漢語拼音
〈乘船下漓江〉	哪片雲不染點滄桑	sang1
	奔馳於所有漣漪的前方	fang1
〈億載金城〉	億載雄心竟咽不下一座金城	cheng2
	仍是睡不著的永恒	heng2
〈手抄本——西安所見〉	被一管小楷緊緊握住	zhu4
	在筆尖的軟柔中起舞	wu3
〈金鏈奴——中東女郎〉	絕代的風姿唯你楚腰的纖細說得清	qing1
	你暈眩如剛出爐的行星	xing1
〈茶館〉	數十載歲月清茶幾盞	zhan3
	幾百樣年華淺碟數盤	pan2
〈登高山遇雨〉	乍看是一群	qun2
	曲綫優美的臀	tun2
〈對鏡〉	游動著銀色摺痕	hen2
	是細細皺紋	wen2
	失神的剎那	na4
	鏡面飛過一則神話	hua4
	不勞用力	li4
	歷史	shi3
	所謂帝王	wang2
	滾落肩上	shang1
〈口紅〉	我們在屋子裏讀書	shu1
	窗都迷了路	lu4
	我在玻璃上劃出	chu1

---

[36] 黃伯榮（1922-）、廖序東（1915-2006）主編，《現代漢語》，上冊，增訂二版（北京：高等教育出版社，1997）66。

篇目	用例	韻腳漢語拼音
	幾條水溶溶的小徑	jing4
	並請你用鮮紅的嘴形	xing2
	整片風景的上方	fang1
	打哈欠的太陽	yang2
〈關於慰安婦的美學說法〉	或擱淺	qian3
	都有澆滅的貢獻	xian4

　　從列表可見，如〈金鏈奴──中東女郎〉、〈億載金城〉與〈乘船下漓江〉等作，俱各用上一組韻，而〈口紅〉則在兩節之中變換三組韻腳，〈對鏡〉則在三節中變換四組韻，頗得靈活之妙，在誦讀時能收朗朗上口之效，別富音樂美。在 2006 年於湖南張家界舉辦的「世界漢詩大會」中，學者紛紛在整理中國古代文學創作業績的基礎上，提出用韻實為歷來漢詩的鮮明特點，甚值現代詩人加以繼承和發揚，認為如此做除能保留優良傳統外，更有助於滋潤現代詩，使其成長[37]，從收於《白靈短詩選》的諸作看來，有約三分之一的作品呈現出行末押韻的表現，則白靈詩亦可算為重視用韻技巧，並使得詩藝提升的示範之作了。

2.雙聲[38]

　　除在詩行末尾押韻之外，白靈更多選用雙聲疊韻之語詞，使諧和優美的音樂效果充溢詩行之間。所謂雙聲，就是兩個聲母相同而

---

[37] 例如：周擁軍（1977-），〈高舉「韻律詩歌」旗幟　為繁榮世界漢詩事業而不懈努力──在「世界漢詩大會」上的工作報告〉，「世界漢詩大會」，3-4；北塔（徐偉鋒，1969-），〈論中國詩歌形式的現代化〉，「世界漢詩大會」，20；高平（1932-），〈新詩的押韻問題〉，「世界漢詩大會」，40-41。

[38] 「雙聲」之列表資料蒙香港浸會大學呂曉丹女士協助整理，謹致謝忱！

韻母不同的字連成一個詞，具重複性[39]，細察《白靈短詩選》，實不難找出對應的用例：

篇目	用例	漢語拼音
〈龍柱〉	拆解萬物後再小心拼貼	wan4 wu4
	對火驚懼之想像	xiang3 xiang4
	究竟龍有多自由？	jiu1 jing4
〈乘船下漓江〉	沒有船撩得開陰影	yin1 ying3
〈億載金城〉	億載雄心竟咽不下一座金城	xiong2 xin1
〈爭執〉	整齣黃昏都是白晝與黑夜浪漫的爭執	huan2 hun1／zheng1 zhi2
〈鐘擺〉	多麼狹小啊這時間的夾角	xia2 xiao3／jia2 jiao3
	肉體已黃昏	huan2 hun1
〈子夜城〉	那頭巨獸打哈欠露出誘人的金牙	rou4 ren2
	一火螢竄出	chuan4 chu1
〈手抄本──西安所見〉	在筆尖的軟柔中起舞	rou2 ruan3
	輕輕吟哦著搔首的書生	shu1 sheng1
	抵擋住戰火	di3 dang3
〈金鏈奴──中東女郎〉	熠熠小金蛇纏繞在你腰上	qian2 quan3
	請問如何從愛中逃脫	tao2 tuo1
	絕代的風姿唯你楚腰的纖細說得清	xian1 xi4
〈茶館〉	數十載歲月清茶幾盞	shu4 shi2
	一桌子好漢茶壺裏翻滾	hao3 han4
〈誰主浮沉〉	作為水手的我們	shui3 shou3
	船艙裏所有水手都暈旋了	shui3 shou3
〈登高山遇雨〉	小雨數十行	shu4 shi2
	白蛇似的小溪逐雨聲	xiao3 xi1
〈對鏡〉	抓住	zhua1 zhu4

---

[39] 董季棠，《修辭析論》，重修增訂版（臺北：文史哲出版社，1994）159。

篇目	用例	漢語拼音
〈魚化石〉	大自然又伸手收回這一小塊	shen1 shou3
	甚至尾巴都不曾猶豫	you2 yu4
	不可能更美的言語	yan2 yu2
	因信而不掙扎	zheng1 zha2
〈山寺〉	霧久據不去	jiu3 ju4
〈路標——記一位八十歲老戰士〉	他指著城外白楊遙遠的茫然	yao2 yuan3

　　用例凡三十項，數量不少。宋引秀（1965-）曾言：「運用雙聲和疊韻來修辭，詞語讀起來琅琅上口鏗鏘有力，大大增強節奏感、韻律美，從而取得更好的藝術效果。」[40]驗之於《白靈短詩選》上述各詩的表現，亦甚覺恰當。敘畢雙聲，以下再談疊韻。

3.疊韻[41]

　　疊韻，就是兩個韻母相同而聲母不同的字連成一個詞[42]，與雙聲一樣，在白靈短詩中有著豐富的呈現。《白靈短詩選》之所有用例，可以列表盡錄如下：

篇目	用例	漢語拼音
〈龍柱〉	龍是超文本的	wen2 ben2
	對火驚懼之想像	xiang3 xiang4
	牠愛盤旋的那根石柱	pan2 xuan2
〈乘船下漓江〉	江面下匍匐著一床翡翠	pu2 fu2
	歷史的峰巒間	li4 shi3
	哪片雲不染點滄桑	cang1 sang1

---

[40] 宋引秀（1965-），〈英語Alliteration & Assonance與漢語「雙聲、疊韻、同字和疊字」的修辭特徵與翻譯〉，《渭南師範學院學報》25.1（2010）：77。

[41] 「疊韻」之列表資料蒙香港浸會大學呂曉丹女士協助整理，謹致謝忱！

[42] 董季棠 159。

篇目	用例	漢語拼音
	唯想像從容	xiang3 xiang4／cong1 rong2
〈億載金城〉	難纏的西潮背手遠去了嗎	nan2 chan2
〈鐘擺〉	滴答的隙縫無數個現在排隊正穿越	wu2 shu4
〈子夜城〉	蹲在前面這座城宛如睏極的巨獸	qian2 mian4
	救護車正飛速趕去掩住神話的傷口	wu3 zhu4
〈金鏈奴——中東女郎〉	你是束上金環的脂玉葫蘆	hu2 lu2
	你暈眩如剛出爐的行皇	chu1 lu2／xing2 xing1
〈燈籠〉	池底一個燈籠	chi1 di3
〈不如歌〉	平靜的無	ping2 jing4
	「不如」，複現十次	bu4 ru2
	坐著昇溫的露珠	lu4 zhu1
	甘霖泛濫的平原	fan4 lan4
〈誰主浮沉〉	劇烈的蒼涼	cang1 lang2
〈對鏡〉	失神的剎那	sha4 na4
〈口紅〉	我們在屋子裏讀書	du2 shu1
	整片風景的上方	shang4 fang1
〈光的窟窿〉	燦爛的廢墟	can4 lan4
〈山寺〉	心似木魚	mu4 yu2
〈路標——記一位八十歲老戰士〉	某某幾里指著地面小狗的一泡鏡子	ji3 li3
	某某幾里指著天上白雲的幾朵逍遙	ji3 li3
〈愛與死的間隙〉	未被蝴蝶招惹過的花	wei4 bei4
	豈易明白何為千變何為萬化	qian1 bian4
〈關於慰安婦的美學說法〉	都有澆滅的貢獻	dou1 you3

　　用例共三十二項，不時呈現於各詩之中，令《白靈短詩選》始終迴響著由重複而致的美妙音樂感。蔣德均（1966-）、羅紅（1980-）曾言，「從音韻與節奏的關係看，音韻能加強詩的節奏，而且，它

本身也是節奏化的。音韻不但能讓詩發出動聽的聲響，又是詩的粘合劑。他將一首詩的詩行等粘連成和諧、緊湊、脈絡相通的整體，使人易誦易記」[43]，白靈短詩之行末押韻、雙聲、疊韻等，正屬善用音韻以助節奏的良佳示範。

三、結語

　　從《白靈短詩選》的表現看來，雖然集中諸作均為篇幅短小者，但據上文之整理，其間可摘出之重複用例卻是多不勝數的，此可見白靈高度重視詩的韻律，而以高密度的重複手段提升詩的音樂美。周擁軍（1977-）曾設喻說詩歌的韻律好比女性的乳房，謂「女人有了乳房，才能哺育下一代」，而詩有了韻律，才「便於人們的吟唱和口頭相傳」，在時間長河中能獲得更久更深的記念[44]，《白靈短詩選》之「重複」，即有著延展詩的生命的貢獻。

　　值得補充的是，白靈新近刊發之《五行詩及其手稿》[45]一書，所收詩歌在形式上實與《白靈短詩選》諸作略相類似，故本文關於「重複」的分析，或亦可移用於該作的探研之上。另外，固然，重複現象的整理並不足以完全涵蓋白靈詩音樂美之形成原因，如「問句」[46]之穿插、「語音的疾徐、高低、長短、輕重及音色的異同」[47]，以致白靈頗刻意為之、與重複可稱對立的「避複」[48]手段等，實俱

[43] 蔣德均（1966-）、羅紅（1980-），〈試論詩歌語言的節奏和韻律及其基本形式〉，《攀枝花學院學報》24.5（2007）：65。

[44] 周擁軍，〈漢詩規範創作略談〉，「世界漢詩大會」，14。

[45] 白靈，《五行詩及其手稿》（臺北：秀威資訊科技股份有限公司，2010）。

[46] 高選勤，〈問句在文學語言中的運用〉，《寫作》1（2004）：19；日爾蒙斯基，〈詩的旋律構造〉 324。

[47] 倪寶元（1925-2001）主編，《大學修辭》（上海：上海教育出版社，1994）160。

[48] 傅隸樸，《修辭學》（臺北：正中書局，1969）132。

有助於文本語言的錯綜變化，對增強詩歌節奏感、音樂美，具有不容低估的力量。是以，在白靈詩歌聽覺美感的研析上，實仍存在著頗為廣袤的討論空間。

互文網路與詩化語言

——白靈詩歌初探

余境熹、李燦

作者簡介

余境熹（King Hei YU），男，1985 年生，香港專業進修學校講師，香港大學哲學碩士，香港大學中文學院研究助理，曾獲中國文史哲及宗教研究首獎三十餘項，並任《中韓學者論中國文化》系列叢書主編、香港大學中國文化研究會主席、俄港文化交流會副會長、國際金庸研究會司庫、東亞細亞文化研究中心秘書、美國夏威夷華文作家協會《珍珠港》報電腦編輯及聖公會曾肇添中學駐校作家，參與營運鐘錶貿易及基督教基金會，曾召集「第一屆池莉小說研討會」、「黃河浪文學創作國際研討會」，發表希伯來、中國文學、語言、歷史、哲學論文三十餘篇。

李燦（Can LI），女，復旦大學中文系本科生。

論文題要

　　什克洛夫斯基早期文論以追求「增大讀者感知廣度和深度」為目標，因而創出關於「延緩」的見解，務求藉由篇幅的擴展，使文本的藝術性亦隨之一同提升。然而，什氏「延緩」雖具有非凡的突破性，但給文本長度與藝術水準劃上等號，卻許是未盡周詳的，其見解需由當代其他文學理論加以補正，即代什氏「延緩」以「接收延緩」的詩學。本文以白靈詩歌為典範文本，細加研閱，正為從文本的探治之中，為「接收延緩」詩學的建構提供指引，並豐富對白靈詩歌建置互文網絡、提升語言藝術性等方面之認識。

關鍵詞：白靈、詩歌、接收延緩

一、引言

　　白靈本名莊祖煌，1951 年 1 月 18 日生於臺北萬華，從事現代詩創作逾三十年，獲評為「臺灣中壯輩後期全方位詩人」[1]。白靈著作甚豐，計出版詩集、童詩集、散文集、詩論集等，部分書目可以表格開列如下[2]：

(列表一)

	書名	出版年份
詩集	《後裔》	1979
	《大黃河》	1986
	《沒有一朵雲需要國界》	1993
	《愛與死的間隙》	2000
	《白靈‧世紀詩選》	2000
	《女人與玻璃的幾種關係》	2007
	《昨日之肉：金門馬祖綠島及其他》	2010
	《五行詩及其手稿》	2010
童詩集	《妖怪的本事》	1997
	《臺北正在飛──小詩人系列》	2003
散文集	《給夢一把梯子》	1989
	《白靈散文集》	1998
	《慢‧活‧人生──白靈散文集》	2007
詩論集	《一首詩的誕生》	1991
	《煙火與噴泉》	1994
	《一首詩的誘惑》	1998
	《一首詩的玩法》	2004

---

[1]　創世紀詩雜誌社，〈時間在存有中滴答──白靈詩作筆談小集〉，《創世紀詩雜誌》6（2009）：48。

[2]　部分資料，參考郭美君，〈白靈及其詩作研究〉，碩士論文，國立高雄師範大學，2008，11。

　　白靈並負責編撰《新詩二十家》、《中華現代文學大系（二）詩卷》、年度詩選第十四、十八、二十一集與《新詩三十家》等，在文藝的園地中，開闢了頗為廣袤的疆土。

　　白靈不獨詩歌等著作數量甚多，其質量亦屬有目共睹。例如，臺北松江詩園曾銘刻十二位現代詩人的作品於大理石上，白靈即為其中一位，可見其詩藝獲得公眾認同。另外，白靈詩作曾十八次入選臺灣《年度詩選》，文學創作並獲《中國時報》敘事詩首獎、梁實秋文學獎散文首獎、《中央日報》百萬徵文獎、中國文藝獎章、中興文藝獎章、創世紀詩創作獎及國家文藝獎等，則可謂是受到了學界的一致讚賞。更進一步，白靈不僅是一位非常傑出的詩人，也是非常傑出的詩評論家，杜十三（黃人和，1950-2010）曾言：「白靈的詩藝術有他獨到而富有創意的面貌，他的詩創作和他獨創一格，把詩評論以空前的評析手法加以量化、模化（SAMPLING），再進行富有科學性比較學式論述的理性運作，是另一種完全不同的詩表現——他的詩評論是富有創意邏輯的詩表現，而他的詩創作，則是充滿理趣與想像的另一種詩表現」[3]，熱情地肯定了白靈對詩的充分掌握。

　　是次研究以白靈詩歌為典範文本，以「接收延緩」詩學為理論指引，從「互文網路」與「詩化語言」兩個維度出發，以精讀詩歌的方式對白靈詩作進行深入研讀與分析，從而深化對其詩歌審美特性與語言藝術之認識。惟在展開論述以先，需得解釋「接收延緩」的理論背景。

---

[3]　杜十三（黃人和，1950-2010），〈白靈詩作的時間性、空間性與人間性〉，《臺灣詩學季刊》，6（2000）：198。

二、接受延緩的詩學建構

　　二十世紀初，俄國形式主義代表人物維克托・什克洛夫斯基（Vitkor Shklovsky, 1893-1984）藉〈作為手法的藝術〉（"Art as Device", 1917）[4]、〈情節編構手法與一般風格手法的聯繫〉（"The Relationship between Devices of Plot Construction and General Devices of Style", 1919）[5]、〈故事和小說的結構〉（"The Structure of Fiction", 1920）[6]等文的發表，成功建構出他的早期詩學體系。在這一體系中，一以貫之的，乃是對「奇異化」（ostranenie）的追求，提倡文學文本應刻意製造奇異感，以之既在同時代的作品中別具藝術魅力，又超越前代文本的書寫框架。以「奇異化」為基調，什克洛夫斯基乃提出以下四種重要言說：

---

[4]　Viktor Shklovsky（1893-1984）, "Art as Device," *Theory of Prose*，trans. Benjamin Sher（Elmwood Park, IL：Dalkey Archive P, 1990）1-14；中譯見維克托・什克洛夫斯基，〈作為手法的藝術〉，《散文理論》，劉宗次譯（南昌：百花洲文藝出版社，1994）4-23。

[5]　Shklovsky, "The Relationship between Devices of Plot Construction and General Devices of Style," *Theory of Prose* 15-51；中譯見什克洛夫斯基，〈情節編構手法與一般風格手法的聯繫〉，《散文理論》 24-64。

[6]　Shklovsky, "The Structure of Fiction," *Theory of Prose* 52-71；中譯見什克洛夫斯基，〈故事和小說的結構〉，方珊譯，董友校，《俄國形式主義文論選》，什克洛夫斯基等著（北京：生活・讀書・新知三聯書店，1989）11-31。

（列表二）

陌生視角	在敘事中借用第一次知見者或受限制者的角度來對事物進行觀察，因感知的情況有異於一般讀者，能使之在閱讀中產生新鮮感[7]
陌生語言	因詩歌語言從詞彙到排列模式等都扭曲了日常語言的說法，富於藝術含量，在敘事中多加使用，能令讀者在奇異中獲得驚喜[8]
延緩	過簡的敘述等同於短暫的感知，不利審美，因此必須從語言和細節兩方面延長文本，增加篇幅[9]
文學史	文學史的進展是受「奇異化」所左右的，一定的文學作法在歷經輝煌後，會被已對它相當熟悉的讀者所嫌棄，因此帶領新時代的藝術，對照於前代文本，必然是奇異而新穎的[10]

　　在什克洛夫斯基的四點言說中，第四點較為宏觀，類似於其後哈羅德・布魯姆（Harold Bloom, 1930- ）「影響的焦慮」（anxiety of

---

[7]　胡亞敏（1954- ）曾舉出如下數例以輔助說明，甚具參考意義：（1）魯迅（周樟壽，1881-1936）〈離婚〉從孩子的視角表述成人吸食鼻煙的過程；（2）《紅樓夢》透過農民劉姥姥的視點寫掛鐘的形狀和值得好奇之處。見胡亞敏，《敘事學》（武漢：華中師範大學出版社，2004）192-94。

[8]　黎皓智（1937- ），〈論俄國形式主義學派的文體觀和語言觀〉，《20世紀俄羅斯文學思潮》（北京：北京大學出版社，2006）514；余境熹（1985- ），〈亞當患病和夏娃懷胎：宗教文本檢視及袁瓊瓊《夏娃》的創新〉，「多元視域下的對話與比較：兩岸三地文學現象國際高峰論壇」，復旦大學、香港大學、徐州師範大學、明道大學中文系、臺中技術學院應用中文系、靜宜大學中文系、韓中文學比較研究會、全南大學校中文系聯合主辦，復旦大學，2010年10月17日。

[9]　黎活仁（1950- ），〈敘事與重複：《老殘遊記》的研究〉，《清末小說》30（2007）：88-103。

[10]　張冰（1957- ），《白銀時代俄國文學思潮與流派》（北京：人民文學出版社，2006）295-96。

influence）的核心觀點[11]，而另外三點則較微觀，具體述說了每個單一文本所宜應用的寫法、技巧。然而，不得不加以指出的是，什克洛夫斯基第三點即「延緩」的討論雖然深富寫作實踐性，對延長敘述的謀篇考慮極具參考價值[12]，但置入什氏追求「奇異化」的美學目標中，則恐怕是存著漏洞的，原因是：（1）敘述的增多並不必然意味著奇異感的擴張或藝術性的倍大，反而可能是陳套用語和慣性書寫的不停累積，教人生厭；（2）由什克洛夫斯基提出的、一系列能達致「延緩」的細節類型，包括「姍姍來遲的救援」、「走彎路」和「不順遂的愛情」等，如果確實按照什氏所說，作為「類型」般相沿使用，則它們必終變得代數化、自動化，喪失「奇異化」的功效，與什氏的追求背道而馳。因此，什克洛夫斯基的「延緩」說，並未能有效地針對文本在接收時難度、深度的增加，在添益什氏早期詩學體系時，實顯得較為無力[13]。

---

[11] 哈羅德・布魯姆（Harold Bloom, 1930-），《影響的焦慮——一種詩歌理論》（*Anxiety of Influence：A Theory of Poetry*），徐文博譯（南京：江蘇教育出版社，2006）5、8；並參考王寧（1955-），〈反俄狄浦斯：弒父與修正〉，《文學與精神分析學》（北京：人民文學出版社，2002）282；陳永國，〈互文性〉，《外國文學》1（2003）：76-77。

[12] 詳細分析可見余境熹，〈《連城訣》「延緩」現象的整理：以什克洛夫斯基早期文論為中心〉，「兩岸三地華文教學研討會」，廈門大學、香港大學、天主教輔仁大學、復旦大學、明道大學、修平技術學院主辦，廈門大學，2010年4月3日；〈《雪山飛狐》、《鴛鴦刀》、《白馬嘯西風》「延緩」現象整理〉，「第十二屆韓中文化論壇兼全南大學校中文系BK21事業團2010國際學術研討會」，首爾孔子學院、國際金庸研究會、社團法人韓國現代中國研究會、韓中文學比較研究會、中國社會科學院《當代文學》雜誌社主辦，全南大學校，2010年8月28日。

[13] 余境熹，〈司・空・圖：蕭蕭現代詩之美學研究——「接收延緩」詩學系列〉，「多元視域下的對話與比較：兩岸三地文學現象國際高峰論壇」，復旦大學、香港大學、徐州師範大學、明道大學中文系、臺中技術學院應用中文系、靜宜大學中文系、韓中文學比較研究會、全南大學校中文系聯合主辦，復旦大學，2010年10月16日。

　　事實上，什克洛夫斯基的「延緩」說可藉其他俄國形式主義者，甚至稍後如「讀者反應」（Reader-reponse）、「空間形式」（Spatial Form）或「解構主義」（Deconstructionism）等方面的理論加以補充，以之建構出更因感知深度增加，而能延宕讀者審美時間的「接收延緩」說[14]。相較於什克洛夫斯基可稱為「敘事延緩」說的內容，兩者有如下的分別：

（列表三）

	文本篇幅	感知深度
敘事延緩	增加	不一定增加
接收延緩	可以沒有增加	增加

　　如上表所示，「接收延緩」的設置因能令感知深度加增，可有效地引動讀者介入，延緩其接收的進程，它實是一種更符合什克洛夫斯基早期文論所追求目標的「延緩」言說。

　　尤其值得注意者，是「接收延緩」尚以文本篇幅不必然增加一端，異於「敘事延緩」的設置。基於此，為了有效而深入地析說「敘事延緩」的理論，批評者自必得挑選篇幅較長、情節較為曲折複雜

---

[14] 以往與「接收延緩」相關的研究嘗試，依發表先後次序，可參考余境熹，〈接收的延緩：《牛頓書信》的敘事用心〉，「金庸暨中外文學國際研討會」，揚州大學文學院、國際金庸研究會、香港大學中文學會、韓國臺港海外華文研究會、韓中文學比較研究會主辦，揚州大學，2008年12月24日；〈從巴特詮釋代碼到俄國形式主義的延緩論述：《猜猜菜譜和砒霜是做甚麼用的》的敘事和結尾〉，「第一屆池莉小說研討會」，香港大學中國文化研究會主辦，香港大學，2009年3月28日；〈不在場的救主及其他：《主耶穌降生是日》的空白與接收延緩〉，「朱天文朱天心與比較視域下的世界文學研討會」，復旦大學、香港大學主辦，復旦大學，2010年6月4日；〈司·空·圖：蕭蕭現代詩之美學研究——「接收延緩」詩學系列〉；〈黃河浪散文的接收延緩美學〉，「黃河浪文學創作國際研討會」，香港專業進修學校語言傳意學部、香港大學中國文化研究會主辦，香港專業進修學校，2010年10月30日。

的文學文本來進行演論，但若是探研「接收延緩」，則批評者選用篇幅較短的作品，反可能取得較著之成果。本文即以篇幅一般不太大的詩歌為研閱對象，選取白靈的各種詩集為典範文本，從論析作品之「互文網路」設置及「詩化語言」安排中，進一步完善「接收延緩」的論說之餘，亦求更深把握白靈詩歌的藝術特性。

三、互文網路

互文性（intertextuality）的概念由茱莉雅‧克莉斯蒂娃（Julia Kristeva, 1941-）於一篇研論索緒爾結構主義符號學及米哈伊爾‧巴赫金（Mikhail Bakhtin, 1895-1975）對話理論的文章中提出，其意義之一，是指陳出並無所謂原初性的文學文本：任何文本都像鑲嵌畫一般，必然在生產過程中吸納並轉化先前的文本，即都是依賴於其餘存有者及其釋義規範而得以書寫的[15]。與此相同，羅蘭‧巴特（Roland Barthes, 1915-80）在著名的〈作者之死〉（"The Death of the Author"）一文中取的是「編織物」的譬喻，指認文本實為一個多維空間，由各種抽取自無限的文化中心的「非原始寫作」在文本內糾結相纏而組成，即文本必然牽涉此前無數多的前文本[16]。其中一種比較顯著的互文關係，是文本中直接言及其他的文藝作品，誘

---

[15] Julia Kristeva (1941-), "Word，Dialogue and Novel," *Desire in Language：A Semiotic Approach to Literature and Art,* ed. Léon S. Roudiez，trans. Thomas Gora, Alice Jardine and Léon S. Roudiez（New York：Columbia UP, 1980）66. 並參考黎活仁，〈韓朋故事的改寫過程研究〉，《第一屆通俗文學與雅正文學全國學術研討會論文集》，國立中興大學中國文學系主編（臺北：國立中興大學中國文學系，2001）15；王光利（1969-）、徐放鳴（1957-），〈互文性與比較詩學視域的融合〉，《揚州大學學報（人文社會科學版）》12.3（2008）：39；羅婷（1964-），《克里斯多娃》（臺北：生智文化事業有限公司，2002）141。

[16] Roland Barthes (1915-80), "The Death of the Author," *Image，Music，Text*，ed. and trans. Stephen Heath (London：Fotana, 1977) 146。

發讀者聯想起其他作品的內容，而正如吉莉安・比爾（Gillian Beer, 1935-）所說，敘事者雖只在「當時場景」中發揮支配作用，但寫作者卻可透過話語等各種微妙暗示，在讀者頭腦中重新激發出親切感，使影響力達致「未來實現」[17]，通過互文聯想，誠可以達到「接收延緩」之效；巴特亦表示：在閱讀一部作品時，因文本乃一容納各種非原始寫作的多維空間，是由各種訊息、回音和文化語言交織而成的，故按篇中的設置，讀者或會記起先前的文本並觸發豐富的聯想[18]，流連於外在文本的結果，便是使得對現文本的感知時間大為增加，有助於「接收延緩」的成立。

白靈詩作常有顯然與古代人事、藝術相互文處，能大大拓展讀者接收時的審美視野，如詩集《後裔》所收的〈訣〉一詩：

> 行年未屆三十你問我何以／煙霞入鞘，久不出情／事不關流水落花／唉，你幽怨未免綿長／沒有止端／／流水一線／我乃一面一空間／小園繡閣非舞劍的地方／我好江湖的風險，愛划拳／時代不時掛在腰間／你是盆景，喜靜／適合雅致的稻香亭／／我鍾心三國／不愛紅樓[19]

詩人直接提及兩部古典名著《三國演義》與《紅樓夢》，於是短短的幾行詩作便溝通著《三國演義》、《紅樓夢》的豐富文化因子，可給予具文化背景的讀者廣闊的思考空間，在詩人情感與前代文本的交互過程中，充分擴展其審美視域，達到「接受延緩」的效果。

---

[17] 吉莉安・比爾（Gillian Beer, 1935-），〈故事時間及其未來〉（"Storytime and Its Futures"），《時間》（*Time*），卡汀娜・里德伯斯（Katinka Ridderbos）主編，章邵增譯（北京：華夏出版社，2006）136。

[18] Barthes, "From Work to Text," *Image, Music, Text* 157-60.

[19] 白靈（莊祖煌，1951-），〈訣〉，《後裔》（臺北：林白出版社有限公司，1979）29-30。

按大衛‧洛奇（David Lodge, 1935- ）的說法，這種在文本內提及其他作品的手法，乃是通過直接的指涉，讓讀者無法不察覺現下創作與前此文本相互勾連的做法[20]，對於帶動想像，自是較有裨益且可助臻至「接收延緩」的美學追求的。

又如〈及時雨〉一詩：

> 滿江的濃墨自兩萬英尺的高空／瀉下，瀉──下／下到山頭丘陵盆地以及我家窗前卻是／烏雲洶　湧／一似踢起煙塵千丈／奔騰在宣紙下端的／萬匹黑馬　遲遲不肯下凡／／新店溪的血壓正低／水龍頭們在我洗澡的當頭忽然／氣喘，太太守候門外的消防車旁叫著／水呀水呀／而昨天還住在山上的／青潭直潭翡翠穀／今天都坐在報紙上飛進屋來／／一道金鞭猛地抽了我眼睛一下／窗外千里之遠的山上馬蹄雷動／瞬間便殺到我浴室的窗前／為首的一匹，定睛看去／哎呀！好個宋江[21]

看到詩名或許讀者腦海中便會立刻閃現《水滸傳》的「及時雨」宋公明，順著詩作研讀下來，更會為詩人精妙的構思而嘆服──此詩最為出色之處便在於詩人對於互文手法的運用，全詩除前面各句都只是對於暴雨的描寫，而最後一句筆鋒一轉地提及宋江，不僅和萬馬奔騰的比喻相接連，更佈置起和古典文學的互文網路，為詩歌增加了無限的闡釋和遐想空間。類似的詩作還有如〈偷〉[22]：

---

[20] David Lodge (1935-), "Intertextuality (Joseph Conrad)," *The Art of Fiction：Illustrated from Classic and Modern Texts* (London：Penguin Books, 1992) 98.

[21] 白靈，〈及時雨〉，《後裔》 49-51。

[22] 白靈，〈偷〉，《後裔》 65-67。

於是覺得，該出去碰碰運氣了／這破廟的土地公公怕真是不行了／饑腸了三天，他還兀自笑得胖胖的／／兩里外散著一片村落／昔日的乞吟已凍在雪下／指縫間滑落的殘羹剩飯／這會兒都是霜葉冰粒了吧／落雪的第一天我打街鋪走過／孩童們不再來身後指指點點／油坊的吳掌櫃正好闔上雙門／／管他茅簷下柴扉緊掩／紅門上獸環銅冷／只看見李家的雞群鴨鵝頻頻點頭／周家的金器銀具也不時眨眼示意／這會兒非出去不可了──／吱吱呱呱拉開廟門／眼前猛地跳下兩位神將／抽劍掄刀，望我／我跨檻奪門而逃／／眾星辰莫非都是天兵／這時節怎麼都隱在樹梢／張牙，舞爪。陰森四起／我沿溪狂奔／彷彿結凍前水的掙扎／良久良久，才聽得自己叫出一聲／「饒了我吧，土地公公」／我又餓了兩夜，最後決定望南而去

　　或出於寫實，或出於想像，詩人反覆地提到了「土地公公」、「天兵」、「神將」這些中國傳統文化中特有的形象，一方面在借土地公公等角色傳達「偷」的主題，同時也將這一眾角色背後的文化意蘊納入詩歌中，使人閱讀時不難聯想起古典神魔小說如《西遊記》、《封神演義》等。

　　此外，詩人白靈作品中也常常出現直接以歷史中的事件或人物為主題而創的詩作，如〈巨人──夜瞻　國父銅像〉[23]一詩：

仰首──／那人淨額微抬／成一種不變的姿勢／／宛如他是一顆星／永恆之星／而我是一泓潭／浸淫在他的清輝之下／他有多高在天上／就有多深在我潭中

---

[23] 白靈，〈巨人〉，《後裔》　61-62。

正如詩人所明確道出，這首詩盛載的乃是夜瞻國父銅像之感，詩歌與國父事跡建立起了有效的互文網路，讀者要瞭解詩中所設的「永恆之星」、「深印潭中」之喻，勢必要聯想到孫中山先生（1866-1925）為中國奮鬥的歷史，並可能在此過程中一直延宕，感懷於中國自鴉片戰爭以來的百年風雲。

又如〈神木群──拉拉山所見〉[24]：

> 當初桃園結義並不驚天動地／劉關張老大老二老三／鼎足之後即開始煮雲煉丹，日日／向雷電風雨討教，過招／有時用袖有時用拳有時／用指，招招是美麗的構圖／／多少平原劃撥郵購泥土／多少河流來函索取雲霧／多少朝代被歲月腰斬／多少森林自高樓塌下／依然掌揮處青雲偃月，依然／朝來金雞獨立晚來扶手揉膝／縱然一兩聲雷擊還是太極太極／高手都說罷了罷了你說怎能不／神

拉拉山神木群在桃園復興鄉，作者由景即情，觸景引發關於歷史的感慨，全詩從《三國演義》中桃園三結義的故事講起，引出歷史中三國「鼎足」的史實，從而構成了歷史與當下的交互，進而翻出「多少朝代被歲月腰斬」的感慨，誘讀者墮進五千年悠悠歷史敘事之中，放肆馳想，亦體會白靈對於歷史文化的把握及其為人之氣度與胸襟。

至如〈茶館〉一作，則與現代文藝相勾連。〈茶館〉詩云：「數十載歲月清茶幾盞／幾百樣年華淺碟數盤／一桌子好漢茶壺裡翻

---

[24] 白靈，〈神木群〉，《後裔》 87-88。

滾／唯黑臉瓜子是甘草人物／在流轉的話題間，竊竊私語。」[25]較容易讓文學讀者聯想到老舍（舒慶春，1899-1966）的名著《茶館》──詩歌內容與《茶館》茶客對談而牽涉到歷史風雲的戲劇情節，或詩中「黑臉瓜子」、「清茶幾盞」取代了廟堂英雄的中心位置與《茶館》中那「莫談國事」的標語，都有著互相彷彿之處──在閱讀此詩的過程中，讀者自可建構出特殊的互文網路，在深思中翻出別樣的詮釋，接收時間因此得到延綿。

此外，白靈在詩歌中經常有套用或化用前人語句，藉此達到牽動想像之效。如〈剝虎大師〉中詩人寫到「大家只誇他技術好：目無全虎」[26]，「目無全虎」實則來自「目無全牛」[27]，也是評價技藝高超的話。又如〈阿里山巔〉一詩中「鳥飛不出天空，生，總輾轉向死／而扶搖三千里，盤旋再盤旋」[28]一句，直接化用自《莊子·逍遙遊》中「水擊三千里，摶扶搖而上者九萬里，去以六月息者也」[29]之句，亦可令人聯想到李白（701-62）〈上李邕〉詩的名句「大鵬一日同風起，扶搖直上九萬里」[30]。再如〈風箏〉一詩，「扶搖直上，小小的希望能懸得多高呢」[31]，「風箏」也因「扶搖直上」，可以與〈逍遙遊〉中的大鵬形成一種互文關係，讓讀者想像風箏在放飛的過程中如鳥一般奔向天空，任讀者馳騁想像的同

[25] 白靈，〈茶館〉，《白靈短詩選》（香港：銀河出版社，2002）32。

[26] 白靈，〈剝虎大師〉，《大黃河》（臺北：爾雅出版社，1986）99。

[27] 《莊子·養生主》記庖丁言：「始臣之解牛之時，所見無非牛者，三年之後，未嘗見全牛也。」見李勉（1921-），《莊子總論及分篇評注》，修訂一版（臺北：臺灣商務印書館股份有限公司，1990）88。

[28] 白靈，〈阿里山巔〉，《後裔》 41。

[29] 李勉 31。

[30] 詹福瑞（1953-）、劉崇德（1945-）、葛景春（1944-）等，《李白詩全譯》（石家莊：河北人民出版社，1997）351。

[31] 白靈，〈風箏〉，《白靈短詩選》 16。

時，亦拓寬審美的疆域，從而有效地實現了接受的延緩。還有如〈歌聲使我眼淚上升〉[32]：

> 一首歌完成了／還有千萬首歌想獻給你／一個喉嚨唱啞了／還有千萬個喉嚨站起來歌唱／走在千山萬水間／燈光輝煌的高樓裡／始終，我不虞迷路／每回只要，只要我輕輕回首／祖國啊／／你總站在歌聲的盡頭／我靈魂的最高位置／親切地望我／歌聲歌聲／歌聲使我眼淚上升

在這首詩中，「一首歌完成了／還有千萬首歌想獻給你／一個喉嚨唱啞了／還有千萬個喉嚨站起來歌唱」很容易令讀者聯想起聞一多（聞家驊，1899-1946）「你們殺死一個李公僕，會有千百萬個李公僕站起來」的演詞，當聞氏的聲音迴響在這首〈歌聲使我眼淚上升〉中的時候，聞氏的氣勢就與現下文本交融，回蕩不息，不僅深化了詩歌之主旨，也烘托渲染了詩的氣氛。

白靈詩歌中還有一類是相對比較隱晦的互文關係，詩人本身或許並非有意地借用一些典故或運用一些寫作手法，但是在讀者的接受層面，詩歌中部分內容與讀者自身的閱讀積累所形成的知識體系之間，或也易構成一種互文關係，例如〈鐘擺〉一詩：

> 左滴右答，多麼狹小啊這時間的夾角／游入是生，游出是死／滴，精神才黎明，答，肉體已黃昏／滴是過去，答是未來／滴答的隙縫無數個現在排隊正穿越[33]

---

32 白靈，〈歌聲使我眼淚上升〉，《大黃河》 49。
33 白靈，〈鐘擺〉，《白靈短詩選》 24。

「精神才黎明，肉體已黃昏」一句或可與洛夫（莫洛夫，1928-）的〈煙之外〉作一對照[34]：

> 在濤聲中喚你的名字而你的名字／已在千帆之外／潮來潮去／左邊的鞋印才下午／右邊的鞋印已黃昏了／六月原是一本很感傷的書／結局如此之淒美／——落日西沉／／你依然凝視／那人眼中展示的一片純白／他跪向你向昨日那朵美了整個下午的雲／海喲，為何在眾燈之中／獨點亮那一盞茫然／還能抓住什麼呢？／你那曾被稱為雲的眸子／現有人叫作／煙

其中「左邊的鞋印才下午／右邊的鞋印已黃昏了」一句，豈不是和〈鐘擺〉隱隱有著相似之處嗎？讀者若在腦海中建起這層互文關係，則在滴答的短暫和「黎明」與「黃昏」、「過去」與「未來」的長度之間，可以形成一種深刻對比和對話，投入到對時間、對人生的深刻反思之中，使詩所引發的生命思考更能夠趨於「深切透徹」[35]，故僅僅五行的以小小鐘擺為題的詩，便藉由與其他文本的互相指涉，使讀者能在短短的字行之間實現了對人生的體悟，並從而達成「接受延緩」的藝術追求。

---

[34] 洛夫（莫洛夫，1928-），〈煙之外〉，《洛夫自選集》（臺北：黎明文化事業股份有限公司，1975）63。
[35] 何金蘭（1945-），〈在「生／死」「左／右」的夾角「入／出」「游／游」——試析白靈〈鐘擺〉一詩〉，《創世紀詩雜誌》6（2009）：54。

四、詩化語言

什克洛夫斯基曾說，由於「詩歌語言」是對日常話語從詞彙到排列都進行刻意扭曲的成品，若在文中多加應用，便能使讀者產生陌生感，並從而獲得新奇的、延長的閱讀享受[36]。同屬俄國形式主義學派的鮑里斯·托馬舍夫斯基（Boris Tomashevsky, 1890-1957）在〈藝術語與實用語〉一文也高揚「藝術語」，稱言：「包含著表達意向的話語被稱為藝術語，以區別於不包含這種表達意向的實用語」，而所謂「表達意向」，即「對表達的高度重視」，是使閱讀主體「不由自主地感覺到表達」的設置，有使人放緩接收步伐的用意[37]。另外，布拉格學派赫弗拉力克（Bohuslav Havránek, 1893-1978）之論亦與此遙相呼應，謂詩化隱喻迥異於日常語言，能引起不尋常和反自動化的反應，為讀者帶來驚喜與延宕[38]。這些言說，都指向了詩化的表述能產生「接收延緩」的效果，及後戴維·米切爾森（David Mickelsen）在〈敘述中的空間結構類型〉（"Types of Spatial Structure in Narrative"）中也指出，詩化的、優雅的敘述文字能引出讀者廣泛的想像，從而停住閱讀活動，「使人們通常在文字意義上『不能閱讀』」[39]。如是者，詩化語言和「接收延緩」的強固聯繫，實已為一項不爭的事實。

---

[36] Shklovsky，"Art as Device" 68。

[37] 鮑里斯·托馬舍夫斯基（Boris Tomashevsky, 1890-1957），〈藝術語與實用語〉，張惠軍、丁濤譯，姜俊鋒校，《俄國形式主義文論選》 83-84。

[38] Bohuslav Havránek (1893-1987), "The Functional Differentiation of the Standard Language," *A Prague School Reader on Esthetics, Literary Structure, and Style,* trans. Paul L. Garvin (Washington: U of Georgetown P, 1964) 10.

[39] David Mickelsen, "Type of Spatial Structure in Narrative," *Spatial Form in Narrative,* eds. Jeffrey R. Smitten，and Ann Daghistany (1942-) (Ithaca and London：U of Cornell P, 1981) 72；中譯見戴維·米切爾森，〈敘述中的空間

　　白靈曾就詩歌的藝術性和音樂性展現進行討論[40]，對詩的語言相當重視，其詩歌雖不乏以日常的、實用的語言來創作的例子，但更多的是以詩化的描述，以「詩性而浪漫的話語」來進行表述的——在「明白曉暢」地表達的同時，詩人以詩化的語言帶給讀者以豐富的語言體驗[41]。以白靈著名的小詩〈風箏〉[42]為例：

　　　扶搖直上，小小的希望能懸得多高呢？／長長一生莫非這樣
　　　一場遊戲吧／細細一線，卻想與整座天空拔河／上去，再上
　　　去，都快看不見了／沿著河堤，我開始拉著天空奔跑

　　這首短詩每句都是極富詩化魅力的語言表達，「意象精確、張力十足」[43]，打破了日常詞彙排列的邏輯與順序，詩人以擬人、借代、比喻等多種修辭手法極大地擴充了語言的張力，豐富了詞彙和句式的表達效果。第一行寫「扶搖直上」，其主語本應是「風箏」，這裡省略了主語，但卻在下一句變換主語為「小小的希望」，一方面使語言變得簡潔，另一方面則以情感的灌注，極大地豐富了風箏所包含的意蘊。第二行「長長一生莫非這樣一場遊戲吧」，詩人將詩化語言進一步加強，用放風箏來比喻人生，由「風箏」到「希望」到「人生」，在簡略數語之間，便完成了主題的又一次深化。緊接

　　結構類型〉,《現代小說中的空間形式》,約瑟夫‧弗蘭克（Joseph Frank, 1918-）
　　等著,周憲（1954-）主編,秦林芳（1961-）編譯（北京：北京大學出版社,
　　1991）156-57。

[40] 辛鬱（宓世森,1933-）、白靈,〈平面詩和網路詩的趨勢——辛鬱VS白靈〉,
　　《創世紀詩雜誌》6（2000）：13-23。

[41] 文曉村（1928-2007）,〈評白靈的三首長詩〉,《臺灣現代詩教學研究》（臺
　　北：五南圖書出版有限公司,1999）201。

[42] 白靈,〈風箏〉 16。

[43] 洪淑苓（1962-）,〈拉著天空奔跑——《白靈‧世紀詩選》評介〉,《文藝雜
　　誌》8（2000）：23。

著，「細細一線，卻想與整座天空拔河」運用了擬人的手法，將線
與天空並置，同時又以「拔河」的行為隱喻人生的種種拉扯。最後
一行「沿著河堤，我開始拉著天空奔跑」是全詩最為精彩的語言，
詩人運用了誇張的手法和豐富的想像，將「詩化語言」的美麗發揮
到了極致，正如吳當（1952-）所評：「拉著天空跑的意象，是人與
空間的連結，豐富的聯想，令人擊節」[44]。此外，在短短五句的詩
作中，詩人白靈運用了問句、陳述句等多種句式，詩歌的視角也在
不斷地轉換，由客觀描述到「我」的心理活動再到「我」的客觀行
為，詩人的視角和空間進行了多次轉換，語言的魅力與結構的精妙
交織，成功地給予讀者眼花繚亂的閱讀感覺，足以達到「接受延緩」
的目標。「一首感人的詩，是生命一幕幕的剪影」[45]，在詩人白靈
的心中，詩與生命是密不可分的[46]，白靈的小詩〈風箏〉正是這樣
將詩人對生命的體悟以詩化的語言生動地展現在讀者面前。

　　此外，詩人白靈對於詩化語言的運用還體現在詩人以生動的想
像、豐富的修辭手法的運用從而實現對風景的生動描寫，以〈春天
來臺北小住〉[47]：

> 那時候春天來臺北小住／是散步來的，是從城門鑽進來的／
> 那時候臺北沒有鐵窗／春天常到每家窗外招手／還幫路旁
> 小草站挺腰桿／叫每朵花刷牙後才打開嘴巴／不能帶一點
> 點骯髒／／那時候臺北沒什麼大樓／春天不用爬得很高／

---

[44] 吳當（1952-），〈耕耘與領航──讀《白靈‧世紀詩選》〉，《拜訪新詩》（臺
北：爾雅出版社有限公司，2001）104。

[45] 張期達，〈不相稱的美學初探──以白靈《愛與死的間隙》為例〉，《現
代詩學》4（2005）：240。

[46] 解昆樺（1977-），〈一趟文學記憶的逆旅──白靈和他的詩生活〉，《文訊》
12（2004）：141。

[47] 白靈，〈春天來臺北小住〉，《白靈‧世紀詩選》，106-08。

那時候臺北沒多少水龍頭／春天常到淡水河洗手／那時候清晨是體操的臺北／春天出門不必戴口罩／那時候臺北沒太多引擎／春天不怕噪音嚇著／／那時候斑馬線攔得住車子／春天不怕被風撞倒／那時候，春天不會戴眼鏡還看不清標誌／不必開車還被按喇叭／不擔心倒垃圾還被環保局開罰單／那時候呀春天經常穿迷你裙／大家都看得到，人人都會吹口哨／／那時候／那時候春天不睡公園的旅館／不站安全島的車站／不蹲花盆的馬桶／不坐陽臺的電梯／那時候，春天不用爬圍牆／不用看自己名字被倒貼鐵窗內／不用隔鑰匙孔跟孩子招招手／不用透過電視到每家作秀／／春天，唉，春天只來臺北小住／就走了／她已經是老太婆了，一直是小腳步走路／她說，走得再慢點，怕被垃圾山壓倒／／春天，這老古董，真是一點進步也沒有

　　這首詩運用的是典型的詩化語言，詩人主要利用了排比和擬人手法為春天的描寫增添了無限詩意。如「那時候春天來臺北小住」、「那時候臺北沒有鐵窗」「那時候臺北沒什麼大樓」、「那時候臺北沒太多引擎」等，全詩主要以這一系列的排比組成，不僅為詩歌增加了節奏感和詩化的韻律，而且非常傳神地通過春天將臺北的變化和時間的推移展現在了詩歌之中。其次，這首詩的生動之處還主要來源於詩人以擬人手法對「春」的書寫——詩人沒有直接寫曾經的臺北是什麼樣子、或現在發生了什麼改變，而是通過「春」來到臺北的不同遭遇來向讀者說明，比如說「春天不用爬得很高」、「春天常到淡水河洗手」、「春天不怕被風撞倒」、「春天不用爬圍牆／不用看自己名字被倒貼鐵窗內／不用隔鑰匙孔跟孩子招招手／不用透過電視到每家作秀」等，究其實義則不無使人慨嘆之處，惟以文字觀之，則「春天」的腳步無疑是在擬人中帶著輕柔之美的，令讀者

不禁放慢閱讀的速度，徜徉、沉浸在詩歌語言之中，感知的深度亦隨而增加。這種語言打造的世界，實在美得教人駐「目」不前，必得細緻品味，總是難以割捨，哪怕流連書頁，任由時間延宕？

　　詩人白靈對詩化語言的運用除了對事物、風景進行細緻唯美的詩化書寫外，還體現在他打破了日常語言所建構的語言邏輯上，即對詞彙本身的意義進行刻意的扭曲，從而達到一種新奇的閱讀感悟。例如詩集《女人與玻璃的幾種關係》中〈花開〉[48]一詩：

> 雲　因風捲到高空　而花開／雪　因溫度降到深淵　而花開／雨　因泥土的臉貼上來　而花開／海　因礁岩伸腿擋路　而花開／／我崎嶇的心情／必須躺在你愛的劍山上／才能　開　花／／蟬翼透明的喜／薄霧琉璃的怒／紫玉絲綢的哀／瑪瑙綠翠的樂／／但如沒有你的指和舌／佛手印式的幻化／我該由何處／靈動我的／心　花

　　這首詩題為「花開」，預先按一般的語言邏輯來判斷的話，想來應當是對「花」開放的描述，但詩人卻在「花開」這樣一個簡單的意象中，蘊含了極其豐富的內涵，以詩化的語言將「雲」、「雪」、「雨」、「海」直到「我的心情」都通過「花開」而有效地聯繫起來。一方面詩人運用比喻的手法將雲被捲入高空和雪花的形態、雨遭遇泥土的情況，以及「我」對「你」的愛等等比作花開，賦予這種種情景以極其美好的形象。另一方面，詩人又將「喜」、「怒」、「哀」、「樂」這幾種抽象的感情，具體化為比較確切的喻體——「蟬翼透明」、「薄霧琉璃」、「紫玉絲綢」、「瑪瑙綠翠」——值得注意的是，這些喻體皆富於質感，「紫玉」、「綠翠」更平添鮮明色彩，是以均甚具精緻之

---

[48] 白靈，〈花開〉，《女人與玻璃的幾種關係》（臺北：唐山出版社，2007）15。

美，足可延緩讀者審美的愉悅時光。最後，大量動詞的運用也使文本的語言詩化起來，比如詩人不說雨淋進泥土而改用一個動詞「貼」字，出奇地表達出雨花的感覺並賦予自然事物以生機，又如「我該由何處／靈動我的／心花」，「靈動」一詞亦有「活用」之妙，刻意更動詞性，令讀者歡賞於其新穎性，在驚喜中延緩其接收。

　　總之，白靈詩歌對詩化語言的運用是十分豐富的：運用範圍廣、款式多樣，能借助多種修辭手法以及天馬行空的想像──「詩思深邃，巧於寄寓」[49]，炮製出極其優美的藝術作品。在這裡，讀者能看到的不僅是詩人對於文字的敏銳把握及其思維之開闊，而且能看到詩人對於表達物件的傳神和貼切。在讀者的接收層面，詩化語言的運用非常有效地延緩了審美閱讀的時間，帶給了讀者新鮮豐富的感觸，更加藝術地將詩人的感情、思想傳達給了讀者。

四、結語

　　綜上所論，白靈的現代詩創作作為豐富「接收延緩」論說的典範文本，從互文網路的建構和詩化語言運用兩方面，均能提供出良佳的指引和啟示。這一研究，對於補正什克洛夫斯基言說的「接收延緩」詩學的建構，以及深入掌握白靈詩歌的美學特質，實是存在著雙向的助益的。

　　當然，是次研究主要集中於「技巧」方面的討論，對詩的主題，則未有較為深入、全面的探討，確乎存有不足。蕭蕭（蕭水順，1947-）曾說：「文學貴在一個真字」[50]，在閱讀白靈的詩歌、感受其深邃

---

[49] 萬登學（1965-2008），〈寄寓深遠，詩思深邃──淺論白靈短詩〉，《臺灣詩學季刊》3（1999）：112。

[50] 蕭蕭（蕭水順，1947-），〈白靈大夢──讀「給夢一把梯子」〉，《文訊雜誌革新》6（1989）：83。

內蘊和語言魅力的同時，應該也要看到，正是一個詩人對生活的熱忱、對生命感悟的執著和對文學的真誠，才能使得文學產生撼動人心的力量。是以，對白靈詩歌魅力的欣賞尚在延宕之中，有待研究的持續展開。

白靈詩歌中的「空白」藝術

——「接收延緩」詩學建構嘗試

余境熹、周思

作者簡介

余境熹（King Hei YU），男，1985 年生，香港專業進修學校講師，香港大學哲學碩士，香港大學中文學院研究助理，曾獲中國文史哲及宗教研究首獎三十餘項，並任《中韓學者論中國文化》系列叢書主編、香港大學中國文化研究會主席、俄港文化交流會副會長、國際金庸研究會司庫、東亞細亞文化研究中心秘書、美國夏威夷華文作家協會《珍珠港》報電腦編輯及聖公會曾肇添中學駐校作家，參與營運鐘錶貿易及基督教基金會，曾召集「第一屆池莉小說研討會」、「黃河浪文學創作國際研討會」，發表希伯來、中國文學、語言、歷史、哲學論文三十餘篇。

周思（Si ZHOU），女，河南鄭州人，復旦大學本科四年級。

論文題要

什克洛夫斯基在二十世紀初提出關於「延緩」的見解，與「陌生視角」、「陌生語言」諸說共同建構其以追求「增大讀者感知廣度和深度」為目標的詩學體系。然而，什氏「延緩」雖具有非凡的突破性，終卻亦失於太過強調文本篇幅的單純擴展，需由當代其他文學理論加以補正，代之以「接收延緩」詩學。本文以白靈詩歌為典範文本，加以研閱，正為從文本的探討之中，為「接收延緩」詩學的建構提供積極指引，並豐富對白靈詩歌「空白」藝術的認識。

關鍵詞：白靈、空白、延緩

一、引言

（一）白靈簡介

白靈（莊祖煌，1951-）出生於臺北萬華，從事現代詩創作三十年。1975 年參加「葡萄園詩社」、1976 年加入「草根詩社」，於《藍星詩刊》有「新詩隨筆」專欄。曾擔任《草根詩刊》主編、《臺灣詩學》季刊主編，並為《詩的聲光》創始人及「耕莘青年寫作會」常務理事，出版有詩集《後裔》、《大黃河》、《沒有一朵雲需要國界》、《愛與死的間隙》、《白靈‧世紀詩選》、《女人與玻璃的幾種關係》，童詩集《妖怪的本事》、《臺北正在飛——小詩人系列》，散文集《給夢一把梯子》、《白靈散文集》、《慢‧活‧人生——白靈散文集》，詩論集《一首詩的誕生》、《煙火與噴泉》、《一首詩的誘惑》、《一首詩的玩法》等，並主編《新詩二十家》、《中華現代文學大系（二）詩卷》、年度詩選第十四、十八、二十一集與《新詩三十家》等書，作品曾獲《中國時報》敘事詩首獎、梁實秋文學獎散文首獎、《中央日報》百萬徵文獎、中國文藝獎章、中興文藝獎章、《創世紀》詩創作獎、國家文藝獎等，在文學的國度裡墾拓了疆域，也得到普遍的認同[1]。

在臺灣詩人中，白靈的詩歌素以「能婉能豪，剛柔並濟，陰陽互補」[2]而備受文壇好評。他的詩多取材於日常生活，這正如詩

---

[1] 郭美君，〈白靈及其詩作研究〉，碩士論文，國立高雄師範大學，2008，11。

[2] 杜十三（黃人和，1950-2010），〈白靈詩作的時間性、空間性與人間性〉，《臺灣詩學季刊》31（2000）：200-01。

人自己所說：詩歌不僅是一種文學形式，也是一種生活方式[3]。白靈對臺灣詩壇的貢獻甚大，他以生動細膩的筆觸、激越飽滿的真情、明白曉暢的語言，描繪了一幅又一幅臺灣社會、家庭、自然的圖案[4]，詩歌深受人們的喜愛。

（二）研究方法及焦點

在展開論述以前，首先需解釋「接收延緩」的理論背景：二十世紀初，俄國形式主義代表人物維克托‧什克洛夫斯基（Vitkor Shklovsky, 1893-1984）藉〈作為手法的藝術〉（"Art as Device", 1917）[5]、〈情節編構手法與一般風格手法的聯繫〉（"The Relationship between Devices of Plot Construction and General Devices of Style", 1919）[6]、〈故事和小說的結構〉（"The Structure of Fiction", 1920）[7]等文的發表，成功建構出他的早期詩學體系。在這一體系中，一以貫之的，乃是對「奇異化」（ostranenie）的追求，提倡文學文本應刻意製造奇異感，以之既在同時代的作品中別具藝術魅力，又超越前

---

[3] 陳瀅州（1979-），〈如何「過」一首詩？——瘂弦VS.白靈〉，《文訊》249（2006）：110。

[4] 潘麗珠（1959-），《臺灣現代詩教學研究》（臺北：五南圖書出版有限公司，1999）201。

[5] Viktor Shklovsky（1893-1984），"Art as Device," *Theory of Prose*, trans. Benjamin Sher（Elmwood Park, IL：Dalkey Archive P, 1990）1-14；中譯見維克托‧什克洛夫斯基，〈作為手法的藝術〉，《散文理論》，劉宗次譯（南昌：百花洲文藝出版社，1994）4-23。

[6] Shklovsky, "The Relationship between Devices of Plot Construction and General Devices of Style," *Theory of Prose* 15-51；中譯見什克洛夫斯基，〈情節編構手法與一般風格手法的聯繫〉，《散文理論》 24-64。

[7] Shklovsky, "The Structure of Fiction," *Theory of Prose* 52-71；中譯見什克洛夫斯基，〈故事和小說的結構〉，方珊譯，董友校，《俄國形式主義文論選》，什克洛夫斯基等著（北京：生活‧讀書‧新知三聯書店，1989）11-31。

代文本的書寫框架。以「奇異化」為基調，什克洛夫斯基乃提出以下四種重要言說──（1）陌生視角：在敘事中借用第一次知見者或受限制者的角度來對事物進行觀察，因感知的情況有異於一般讀者，故能使之在閱讀時產生新鮮感[8]；（2）陌生語言：因詩歌語言從詞彙到排列模式等都扭曲了日常語言的說法，富於藝術含量，在文本中多加使用，能令讀者在奇異中獲得驚喜[9]；（3）延緩：過簡的敘述等同於短暫的感知，不利審美，因此必須從語言和細節兩方面延長文本，增加篇幅[10]；（4）文學史：文學史的進展是受「奇異化」所左右的，一定的文學作法在歷經輝煌後，會被已對它相當熟悉的讀者所嫌棄，因此帶領新時代的藝術，對照於前代文本，必然是奇異而新穎的[11]。

在什克洛夫斯基的四點言說中，第四點較為宏觀，類似於其後哈羅德‧布魯姆（Harold Bloom, 1930- ）「影響的焦慮」（anxiety of influence）的核心觀點[12]，而另外三點則較微觀，具體述說了每個

---

[8] 胡亞敏（1954- ）曾舉出如下數例以輔助說明，甚具參考意義：（1）魯迅（周樟壽，1881-1936）〈離婚〉從孩子的視角表述成人吸食鼻煙的過程；（2）《紅樓夢》透過農民劉姥姥的視點寫掛鐘的形狀和值得好奇之處。見胡亞敏，《敘事學》（武漢：華中師範大學出版社，2004）192-94。

[9] 黎皓智（1937- ），〈論俄國形式主義學派的文體觀和語言觀〉，《20世紀俄羅斯文學思潮》（北京：北京大學出版社，2006）514；余境熹（1985- ），〈亞當患病和夏娃懷胎：宗教文本檢視及袁瓊瓊《夏娃》的創新〉，「多元視域下的對話與比較：兩岸三地文學現象國際高峰論壇」，復旦大學、香港大學、徐州師範大學、明道大學中文系、臺中技術學院應用中文系、靜宜大學中文系、韓中文學比較研究會、全南大學校中文系聯合主辦，復旦大學，2010年10月17日。

[10] 黎活仁（1950- ），〈敘事與重複：《老殘遊記》的研究〉，《清末小說》30（2007）：88-103。

[11] 張冰（1957- ），《白銀時代俄國文學思潮與流派》（北京：人民文學出版社，2006）295-96。

[12] 哈羅德‧布魯姆（Harold Bloom, 1930- ），《影響的焦慮──一種詩歌理論》（*Anxiety of Influence：A Theory of Poetry*），徐文博譯（南京：江蘇教育出

單一文本所宜應用的寫法、技巧。然而，不得不加以指出的是，什克洛夫斯基第三點即「延緩」的討論雖然深富寫作實踐性，對延長敘述的謀篇考慮極具參考價值[13]，但置入什氏追求「奇異化」的美學目標中，則恐怕是存著漏洞的，原因是：（1）敘述的增多並不必然意味著奇異感的擴張或藝術性的倍大，反而可能是陳套用語和慣性書寫的不停累積，教人生厭；（2）由什克洛夫斯基提出的、一系列能達致「延緩」的細節類型，包括「姍姍來遲的救援」、「走彎路」和「不順遂的愛情」等，如果確實按照什氏所說，作為「類型」般相沿使用，則它們必終變得代數化、自動化，喪失「奇異化」的功效，與什氏的追求徹底背道而馳。因此，什克洛夫斯基的「延緩」說，並未能有效地針對文本在接收時難度、深度的增加，在添益什氏早期詩學體系時，實顯得較為無力[14]。

事實上，什克洛夫斯基的「延緩」說可藉其他俄國形式主義者的言說，甚至稍後如「讀者反應」（Reader-reponse）、「空間形式」（Spatial Form）或「解構主義」（Deconstructionosm）等方面的理

版社，2006）5、8；並參考王寧（1955-），〈反俄狄浦斯：弒父與修正〉，《文學與精神分析學》（北京：人民文學出版社，2002）282；陳永國，〈互文性〉，《外國文學》1（2003）：76-77。

[13] 余境熹，〈《連城訣》「延緩」現象的整理：以什克洛夫斯基早期文論為中心〉，「兩岸三地華文教學研討會」，廈門大學、香港大學、天主教輔仁大學、復旦大學、明道大學、修平技術學院主辦，廈門大學，2010年4月3日；〈《雪山飛狐》、《鴛鴦刀》、《白馬嘯西風》「延緩」現象整理〉，「第十二屆韓中文化論壇兼全南大學校中文系BK21事業團2010國際學術研討會」，首爾孔子學院、國際金庸研究會、社團法人韓國現代中國研究會、韓中文學比較研究會、中國社會科學院《當代文學》雜誌社主辦，全南大學校，2010年8月28日。

[14] 余境熹，〈司・空・圖：蕭蕭現代詩之美學研究──「接收延緩」詩學系列〉，《簡約書寫與空白美學：蕭蕭新詩論評集》，黎活仁、羅文玲主編（臺北：萬卷樓，2101）269-94。

論加以補充，以之建構出更因感知深度增加，而能延宕讀者審美時間的「接收延緩」說[15]。

　　相較於什克洛夫斯基可稱為「敘事延緩」說的內容，兩者有如下的分別：「敘事延緩」文本篇幅必然有所增加，然而感知深度卻不一定隨之增加，「接受延緩」則不一定使文本篇幅增加，而能使感知深度必然增加。「接收延緩」的設置因能令感知深度加增，可有效地引動讀者介入，延緩其接收的進程，它實是一種更符合什克洛夫斯基早期文論目標的「延緩」言說。

　　尤其值得注意的，是「接收延緩」尚以文本篇幅不必然增加一端，異於「敘事延緩」的設置。基於此，為了有效而深入地析說「敘事延緩」的理論，批評者自必得挑選篇幅較長、情節較為曲折複雜的文學文本來進行演論，但若是探研「接收延緩」，則批評者選用篇幅較短的作品，反可能取得較著的成果。本文乃轉向「詩」的國度，據活躍於現代詩壇的白靈的創作為典範文本，從對白靈詩歌空白藝術的探討中，進一步完善「接收延緩」的論說之餘，並較深入地理解白靈現代詩的藝術魅力。

---

[15] 以往與「接收延緩」相關的嘗試，依發表先後序，可參考余境熹，〈接收的延緩：《牛頓書信》的敘事用心〉，「金庸暨中外文學國際研討會」，揚州大學文學院、國際金庸研究會、香港大學中文學會、韓國臺港海外華文研究會、韓中文學比較研究會主辦，揚州大學，2008年12月24日；〈從巴特詮釋代碼到俄國形式主義的延緩論述：《猜猜菜譜和砒霜是做甚麼用的》的敘事和結尾〉，「第一屆池莉小說研討會」，香港大學中國文化研究會主辦，香港大學，2009年3月28日；〈不在場的救主及其他：《主耶穌降生是日》的空白與接收延緩〉，「朱天文朱天心與比較視域下的世界文學研討會」，復旦大學、香港大學主辦，復旦大學，2010年6月4日；〈司‧空‧圖：蕭蕭現代詩之美學研究──「接收延緩」詩學系列〉；〈黃河浪散文的接收延緩美學〉，「黃河浪文學創作國際研討會」，香港專業進修學校語言傳意學部、香港大學中國文化研究會主辦，香港專業進修學校，2010年10月30日。

二、空白

　　胡亞敏（1954-）曾說：「空白是藝術的必然屬性，沒有空白就沒有藝術。」[16]一如中國畫的「疏可走馬」、影視的「空鏡頭」和書法的「飛白」，寫作也需留有空白之處，以免內容壅塞，扼殺了讀者的想像、尋索空間[17]。馮黎明（1958-）即曾明說：文學作品的製作是一種虛實相生、疏密相間的寫作方法，文本中因而應留置一定數量的意義空白或意義未定點，以給予讀者依據自身的回憶或聯想去充實它的機會[18]。故一般來說，空白除非過多而使讀者無法進入作品，否則其設置都是能激發讀者對作品的參與而應受到鼓勵的。

　　白靈在評論蕭蕭（蕭水順，1947-）的詩集時曾說：「詩是弔詭的，它的語言位置在『說』與『不說』之間，它的意圖在『表現出欲望』與『隱藏住欲望』的兩極中擺蕩。」[19]這是一種對留置「空白」能產生藝術效果的深切認識。由於「空白」並不增加作品的文字，又極有助於誘發讀者的想像，其與「接收延緩」的詩學模式，

---

[16] 胡亞敏，《敘事學》 234。

[17] 周瑩潔，〈藝術空白美的幾個問題〉，《貴州社會科學》5（1994）：65；姚善義、林江，〈空白藝術簡論〉，《錦州師範學院學報（哲學社會科學版）》2（1994）：111。

[18] 馮黎明（1958-），〈文學接受與閱讀主體〉，《湖北社會科學》3（1988）：36。馮黎明之說踵承於德國接受主義學派的代表人物沃夫爾岡・伊瑟爾（Wolfgang Iser, 1926-2007），按伊瑟爾曾說：敘述者所隱藏的部分若要重新建構成綜合性的完整圖形，必須由讀者調動想像、盡力補充，才能達成，因此，空白實是「讀者想像的催化劑」，其積極設置是藝術不可或缺的成分。見沃夫爾岡・伊瑟爾，《閱讀行為》（*The Act of Reading：A Theory of Aesthetic Response*），金惠敏（1961-）等譯（長沙：湖南文藝出版社，1991）249-51。

[19] 白靈（莊祖煌，1951-），〈詩的第五元素──蕭蕭詩集《雲邊書》評介〉，《蕭蕭新詩乾坤──蕭蕭新詩研究》，林明德（1946-）編（臺中：晨星出版有限公司，2009）47。

實是甚相配合的，而白靈詩正好富於各種留白表現，足作為提升有
關論說的典範文本。

　　舉例來說，白靈的部分詩歌喜以提問方式延展，惟文本之中，
作者又不提供明確的答案，以致各種謎底，無法順利解開，留下空
白，必待讀者自行思索，才能較傾向完整地獲得相關的訊息，如〈黑
鷹〉一詩：「無人看得清牠潛藏的欲望／一朵黑雲忽淺，忽深，在
草原上方／詭譎如黑色的潛艇，巡航於天空／何故我竟成了灰兔？
沒命地追逐／牠那襲──滿地飄忽的投影」[20]。詩中的問句令人驚
然一驚，給詩歌增添了許多思考的空間，也就是「空白」。灰兔形
象的引入，使黑鷹的意義更加飽滿，讀者既可將黑鷹與灰兔想像成
具體的動物，也可從「欲望」、「追逐」等詞入手，產生更深遠的哲
思：「沒命地追逐」是我們忙碌而不知所終的生活，對於沉重又飄
忽的欲望，我們在躲避，卻也在不停追逐。然而，這一切是為了什
麼，「何故我竟成了灰兔？」這其中有作者對生活的反思，對人性
的拷問，而答案卻留與每個讀者去找尋，使接收過程在讀者腦中產
生延緩。因此，說這是「一首戲遊人生的小詩，頓時成為選擇題裡
待人撿拾的選項」[21]，實是十分正確的。

　　又如白靈〈龍柱〉一作：

　　　　龍是超文本的／拆解萬物後再小心拼貼／不是發端於／人
　　　　體內異形螺旋的基因／即肇始於／對火驚懼之想像／／龍
　　　　也是超管轄的／牠愛盤旋的那根石柱／八成是／遭牠搓直
　　　　的地球／／你問我：／究竟龍有多自由？／看看柱子的表情
　　　　即可得知[22]

---

[20] 白靈，〈黑鷹〉，《白靈詩選》（北京：北京作家出版社，2008）22。
[21] 楊佩螢，〈白靈〈風箏〉〉，《聯合文學》256（2006）：73。
[22] 白靈，〈龍柱〉，《白靈詩選》　60。

這首詩與〈黑鷹〉不同，從表面看來作者在最後給出了問句的答案，然而細究起來卻並非如此。詩人在構思上非常著力，詩思深邃，而又巧於寄寓[23]，在詩歌的前兩段，詩人著重渲染龍的超越性：「龍是超文本的」、「龍也是超管轄的」，在時空概念中沒有任何東西可以束縛龍的存在，但是，問句再一次使讀者為之震驚，「究竟龍有多自由？」何為自由的定義，龍的自由是來源於我們的想像，還是具體的時空，這些真的重要麼？所謂龍的表情又暗示著什麼？或許讀者可以由龍而自然而然地想到我們這些炎黃子孫，或許更可以擴大到整個人類，或是具體到每一個個體的人，大家追求的自由又是什麼，外界的不受約束是否可以給予真正的心靈的自由，而心靈的愉悅——由龍的表情所聯想到的——與自由又有著怎樣的關係？這些都是詩人給我們留下的空白，他只是作為一個心靈的引路人，引導著讀者去不斷冥想，不斷扣問，尋找著每個人屬於自己的答案。白靈寫詩重在達到「人的自我完成」，也就是要和整個時代、自然、宇宙產生一種自由感[24]，這首詩就充分做到這點，並在過程中誘使了讀者的積極參與，使延緩在接收中成為必然。從以上兩首詩中，我們亦可看出白靈短小精巧的詩風，即使沒有儴人的長句，卻足以展現短小精悍的力道[25]。

再如篇幅稍長的〈真相〉：

> 一具蒙難的真相／草草數堆墓塚／分頭他們發誓，自己埋
> 下的／才是真相的肉身／／身旁冥紙亂竄如飛／尾隨品味

[23] 萬登學（1965-2008），〈寄寓深遠，詩思深邃——淺論白靈短詩〉，《臺灣詩學季刊》26（1999）：115。

[24] 張默（張德中，1931-）、辛鬱（宓世森，1933-）、白靈，〈平面詩和網路詩的趨勢——辛鬱VS白靈〉，《創世紀詩雜誌》123（2000）：18。

[25] 孟樊（陳俊榮，1959-），〈舌尖舔到刺刀——讀白靈的〈金門高粱〉〉，《創世紀詩雜誌》159（2009）：55。

不同的幾柱青煙／瞧，版本迥異的墓碑／鬼魅幽幽，紛紛
自地表鑽出／／他們為虛懸的頭顱補上頭顱／　為扭斷
的胳膊補上胳膊／你要哪種真相？喏，背後不就送來／一
撮精心設計的磷火？／／時間加上大雨的王水／將大地
喉結似的土塚們反覆消融／殘留下的碑銘勉強睜亮幾顆
字眼／真像他們疾呼的真相／究竟埋葬過衣帽／還是手
臂，青苔還在勘驗／月亮也從雲端探出頭來／斟酌該照在
哪塊墓碑上[26]

　　這首詩充滿縱深的歷史感。詩人先描畫了荒草墓塚的陰森情
景，加之鬼魅悠悠，烘托出一種幽寂可怖的氣氛。隨著鬼魅的浮出，
死者走入現實世界，彷彿要自己開口說出一切。然而，對於我們這
些現實世界中的人來講，「你要哪種真相？」我們要的歷史是我們
所需要的歷史，這樣的敘述究竟與真相有多大的差距，這個問題根
本無法作答，「版本迥異的墓碑」是我們尋找真相的依憑，但這實
在不無諷刺意義，文字曲解歷史，我們究竟要尋找的是什麼呢？問
句彷如兩個聲音交織在一起，這是白靈詩中經常使用的手法[27]。而
正因白靈未為此謎作解，讀者的參與是必將一直延續到對字面全然
接收以後的時間的，如是則「接收延緩」藉此不著一字的「空白」，
得以在文本當中成立。由於是讀化工出身，白靈可說是把語言當成
化學元素，而後放入個人思維或情感的加速器、加熱器，進行萃取、
蒸餾而進行詩歌創作[28]，而「空白」這一元素，也獲其精妙安排，

---

[26] 白靈，〈真相〉，《白靈詩選》 107-08。
[27] 張春榮（1954-），〈生動與隱微——讀白靈《妖怪的本事》〉，《文訊別冊》
　　（1998）：19。
[28] 杜十三，〈語言的化學變化——白靈詩小評〉，《創世紀詩雜誌》77（1989）：18。

炮製出優良的藝術文本。可以說，詩在白靈筆下，確實能體現其變化無窮、可能性無邊無際的特性[29]。

如果說以上幾首詩歌都是白靈通過留置「空白」而引發讀者對人生的諸多哲學思考，從而達致「接收延緩」的話，那麼在白靈的其他一些詩歌中則可以看出，詩人亦通過留置「空白」，帶給讀者情感上的震顫。比如〈遊姑嫂塔〉一詩：

〈游姑嫂塔〉

——建於南宋紹興年間（1131 年-1162 年），《閩書》云：「昔有姑嫂為商人婦，商販海，久不至。姑嫂塔而望之，若望夫石然。」

站在塔上／俯瞰泉州灣／但沒有誰可在／海上的什麼地方，看到／塔上的身影／／塔尖那麼尖，的確／連天上一朵雲都勾不住／只能放任／八百年的波濤點著／漁船商船兵船的小名／然後流雲似收入／歲月的乾坤袋中／／最後吐出的／會是龍骨，什麼船的？／或錢幣，哪個朝代的？／該堅持什麼到最後？／一塊空在那裡的對渡碑？／卻沒有什麼正在對渡／像無數姑嫂的眼睛／空在那裡／／對著海峽的雲和浪／沒有什麼船正在駛入／一如此刻我的眼睛／被大孤山的塔尖，頂著／空在那裡／等著疲憊的父母／坐在一朵雲上／向老家，駛過來[30]

詩人連用四個問句，將詩歌的情感一步步推向高潮，問句所造成的「空白」也使讀者的情感跟隨著詩歌的節奏，一詠三嘆般跌宕

---

[29] 解昆樺（1977-），〈一趟文學記憶的逆旅——白靈和他的詩生活〉，《文訊》230（2004）：136。

[30] 白靈，〈遊姑嫂塔〉，《女人與玻璃的幾種關係》（臺北：唐山出版社，2007）43。

起伏。這樣的「空白」設置，讓讀者可以全身心地參與到詩歌當中，體會商人婦的情感，揣度她當時的心意。作者雖未直陳商人婦等待的焦急痛苦，但通過這樣的手法，卻讓讀者切身地去體認著這百年等待的不易，百年等待的癡心。以抒情方式來講，白靈展現的不是柔情如水三千的那種類型，而有他誘使讀者參與的機智[31]。這首詩與他的其他詩歌類似，都做到了「知性與感性的平衡」[32]。

除卻提問而不作答的「空白」之外，白靈詩也善於在詩歌中寫作出人意料的結尾，製造「陡轉性空白」[33]，以驅動讀者的思考，延宕其接收的過程。如〈衣索匹亞的下午〉，即因「陡轉性空白」的設置，頗可見詩人思維的奇詭，使詩歌更富於意趣且引人深思：

〈衣索匹亞的下午〉
——衣索匹亞的蒼蠅最喜歡孩子們了
　始終一群群停在孩子的眼眶四周
　那裡一定有些什麼
都躲到陰影背後去了／懶懶的，沒有一隻再飛，那些口渴的蒼蠅／平時一堆堆，這時候，一隻也沒看見／救濟品也是，還在地球那一邊，愛之船上／沿著地中海還是大西洋，懶懶地散步／但孩子們還是來了，開始／另一個下午的等待／／小黑臉蛋上，張著圓滾滾的／黑色小池塘，水汪汪，一雙雙地排過去／等待著，一點聲響也沒有……／啊還是有個孩子不小心，咳了一聲／所有的蒼蠅便都來了／自石子的背後，

---

[31] 蕭蕭（蕭水順，1947-），〈白靈大夢——讀「給夢一把梯子」〉，《文訊雜誌革新》6（1989）：84。

[32] 洛夫（莫洛夫，1928-），〈白靈的小詩泛談〉，《創世紀詩雜誌》159（2009）：51。

[33] 姚善義、林江　114-15。

乾枝的背後，還有／草地旁枯骨的背後／都飛上來，紛紛降
落小小池子邊／嚶嚶嚶，快樂地舔吮／孩子們坐下來／整個
下午沒有一隻手臂想抬起來……／／（而遠方，黑人總統吹
著口哨正用室內噴泉洗澡）[34]

詩題為〈衣索匹亞的下午〉，詩歌的前幾節都意在描述在這樣
一個地點、一個時間段內孩子們在做什麼。黑人孩子的窮困可憐，
隨著蒼蠅的不斷飛舞縈繞我們心頭，他們在等待著救濟品，而發放
這救濟品的所謂的「愛之船」卻遲遲不見影蹤——這裡的「愛之船」
的褒貶色彩有所改變，使能指與所指的關係陌生化，從而達到了語
言上的陌生化[35]——當讀者的心緒集中在這件令人難過又氣憤的
事件的情境中時，在結尾一段，詩人陡然遠離了這個向度的描述，
轉而說「而遠方，黑人總統吹著口哨正用室內噴泉洗澡」，這樣的
對比在此時就顯得分外有力，詩歌卻也在這裡戛然而止，留下空
白。試想如果取消這最後一段，這仍然是一首完整的詩歌，讀者也
依舊能讀到黑人孩子們在死亡邊緣的掙扎痛苦，但是最後的轉折卻
使詩歌出現了閃光點，不但使前幾節的平淡描述在這裡陡然加強，
也給讀者留下了更多思考的空間，延宕了接收的過程。

又如〈幻〉：

把自己交給速度罷／我底影子與雪道不停地交換憂鬱／便
這樣滑下，滑下——／恍惚風景已服膺相對論／時空拚命拉
我兩袖，拉我圍巾／／我的孤獨竟是一顆嵌花的彈珠／自童
年的褲袋縫，可憐地落下／風，塞住所有的聲音／自從成為

---

[34] 白靈，〈衣索匹亞的下午〉，《白靈詩選》 117-18。

[35] 張春榮，〈始於喜悅，終於創思——評白靈《一首詩的玩法》〉，《文訊》230
（2004）：16。

雪球以後／我不能回頭／新雪裹著舊雪的悲寒／向前滾去／／最後在一座懸崖我停住，面海／開始檢視自己的富有／發覺美麗底玻璃竟已遺失／ㄍㄨㄚ ㄍㄨㄚ ㄍㄨㄚ／不知何時飛成／海鷗的眼珠，滿天飛來／飛去[36]

　　這首題為〈幻〉的詩朦朧而美好，讀者可以隱約捕捉到詩人心緒的變化。由詩的第一節，讀者可以想像一個滑雪的場景，在速度與高度的共同作用下，詩人產生了前所未有的憂鬱與孤獨之感。在第二節，可以看到詩人對自己孤獨的溯源，「我的孤獨竟是一顆嵌花的彈珠／自童年的褲袋縫，可憐地落下」，彈珠的比喻生動貼切，這既是童年玩具的代表，容易讓讀者產生共鳴，又因其脆弱易碎的特性，與孤獨的特質緊緊相連。在第三節中，詩人延續了此一比喻：「美麗底玻璃竟已遺失」，這時詩人情緒的變化已十分明顯，「在一座懸崖我停住」，讀者開始感受到這種轉折，但這種情緒究竟指向什麼方向，卻是詩人並未說明之處，留置了一段給讀者思考的空間。而在整首詩的結尾，詩人把彈珠再次進行了比喻或說是轉化，「海鷗的眼珠」讓人不禁為之一動，讀者或許可以從中讀出詩人感情的再次變化，然而，「眼珠」是悲傷孤獨抑或是灑脫釋然[37]？這是詩人未作解答的，遂使詩歌呈現一種開放式結尾，留與讀者自行品味。

36　白靈，〈幻〉，《後裔》（臺北：林白出版社有限公司，1979）44-46。
37　正如古遠清（1941-）、孫光萱（1934-）所指陳的，文學創作因不必講求全然準確，不必規避歧義，甚至可善用語詞的多義性增加作品的藝術性，而這種做法，有時是可以創造出趙忠山（1964-）、張桂蘭所言的「似與非似」的語義空白效應的。由於白靈在詩文文本中未對「眼淚」作任何一元式的定論，留下意義上的空白，詮釋的結果便可以是多種多樣的，讀者的參與也趨於無窮無盡，「接收延緩」便於此確立。詳參古遠清、孫光萱，《詩歌修辭學》（臺北：五南圖書出版有限公司，1997）29；趙忠山、張桂蘭，〈文學空白類型及其意蘊〉，《齊齊哈爾師範學院學報》4（1998）：43。

　　另外，「空白」在白靈詩歌〈愛與死的間隙〉中也有比較明顯的體現：

> 未被蝴蝶招惹過的花／難知何謂誘惑／／不曾讓尖塔刺穿的天空／如何領會什麼是高聳／／沒經暴風愛撫過的雲／豈易明白何為千變何為萬化／／而遭思念長吻住的愛啊／一分鐘竟比一個峽谷寬／／有誰能搭起一座橋／在這一分鐘與下一分鐘之間／／或者就跳下那相隔的間隙吧／看能不能逃脫，自她雙唇夾住的世界……[38]

　　這首詩歌的前幾節十分淺顯易讀，因果關係一目了然，沒有經歷即不會有親身的體會的意思為讀者所熟知，但這不過是為後文做下的鋪墊而已。這是白靈詩經常有的特點：淺入亦能深出[39]。詩歌的後幾節寫到了思念與愛情，「一分鐘竟比一個峽谷寬」，時間與空間的比較，看似不成立，實則意蘊深厚又十分巧妙，接下來是「橋」與「間隙」，仍舊是時空的交錯，這種詩藝給讀者留下非常奇妙的感受。及至到最後說出「看能不能逃脫，自她雙唇夾住的世界……」詩人刻意不做出完整的交代，留下了一段空白讓讀者自己悉心體味：正因解謎的任務交給讀者，「接收延緩」也就於此賴「空白」而成立了。

　　從以上的分析中，我們不難發現，通過各式各樣的留白，白靈詩實達到一種不著一字，而風流盡得的境界。文字上的敘述並無增加，讀者感知的時間偏卻無限擴展，正是言有盡而意無窮。這一情

---

[38] 白靈，〈愛與死的間隙〉，《白靈詩選》 82。
[39] 汪啟疆（1944-），〈誠實的認知〉，《創世紀詩雜誌》159（2009）：62。

況，除反映白靈詩藝之超卓水準外，亦可印證「接收延緩」的實在性，提供出此一詩學體系的良佳例證。

三、結語

（一）白靈詩歌中的空白與接收延緩

通過以上的分析，白靈詩歌確比較明顯地有著「可寫文本」[40] 的特質，讀者的介入使得「接收延緩」得以藉文本的「空白」設置而成立。這一研究，對於有助補正什克洛夫斯基言說的「接收延緩」詩學的建構，以及深入掌握白靈詩歌的美學特質，實是存在著雙向的助益的。

（二）關於「接收延緩」詩學的補充

相對於什克洛夫斯基頗具規模的「敘事延緩」而言，「接收延緩」的詩學建構仍未見得完全成熟，需要持續的研究來加以補充。除本篇正文提及的數項圍繞「空白」的觀點外，以下的文藝學討論亦可為「接收延緩」的詩學建構提供參考，謹亦舉白靈詩歌佳構，以佐說明：

---

[40] Roland Barthes (1915-80), *S/Z*，trans. Richard Miller (New York：Noonday P, 1974) 3-4. Lawrence D. Kritzman, "Barthesian Free Play," *Yale French Studies* 66 (1984): 200; Joseph Margolis (1924-), "Reinterpreting Interpretation," *The Journal of Aesthetics and Art Criticism* 47.3 (1989): 243.

1.詩化語言

　　戴維‧米切爾森（David Mickelsen）在〈敘述中的空間結構類型〉（"Types of Spatial Structure in Narrative"）中指出，詩化的、優雅的敘述文字能引出讀者廣泛的想像，從而停住閱讀活動，「使人們通常在文字意義上『不能閱讀』」，達致空間化的延緩效果[41]。回溯到俄國形式主義者的文論之中，鮑里斯‧托馬舍夫斯基（Boris Tomashevsky, 1890-1957）〈藝術語與實用語〉一文就稱言：「包含著表達意向的話語被稱為藝術語，以區別於不包含這種表達意向的實用語」，而「表達意向」即「對表達的高度重視」，是閱讀主體「不由自主地感覺到表達」，接收放緩下來的意思[42]；其說與米切爾森之論，實可謂若合符節。

　　白靈詩歌文字優美，作品的詩化語言俯拾即是，試引收於《後裔》中的〈等〉略加析論：

　　　　雨還不下／烏雲早已壓下山腰／湖面映著曖昧的半邊天／／雨還不下／彷彿久候的女子／出現欄外，卻以五十尺的距離／／睞你。讓人心焦／／我們倚著涼亭之小桌／嗑瓜子，喝可口可樂／且沒有話說／而雨，還不下……／／「看！看」／啊多像在說她來了／一時，湖上多少亭亭雨柱／幾個戴斗笠的釣者急急路過／宛如會走的芭蕉ㄅㄧ　ㄌㄧ　ㄆㄚ　ㄌㄚ

---

[41]　David Mickelsen, "Type of Spatial Structure in Narrative," *Spatial Form in Narrative,* eds. Jeffrey R. Smitten and Ann Daghistany (1942-) (Ithaca and London: U of Cornell P, 1981) 72；中譯見戴維‧米切爾森，〈敘述中的空間結構類型〉，《現代小說中的空間形式》，約瑟夫‧弗蘭克（Joseph Frank, 1918- ）等著，周憲（1954- ）主編，秦林芳（1961- ）編譯（北京：北京大學出版社，1991）156-57。

[42]　鮑里斯‧托馬舍夫斯基（Boris Tomashevsky, 1890-1957），〈藝術語與實用語〉，張惠軍、丁濤譯，姜俊鋒校，《俄國形式主義文論選》 83-84。

／暑氣蒸騰，自階前草地逼／升／／靜待雨過／我們嗑瓜
子，喝華年達／且沒有話說／／山影在湖中漸漸清楚……[43]

這首詩處處滲透著詩人的靈妙詩思：等雨下，又等候心愛的
人，心焦與沉默相融合，周遭湖光山色，朦朧而雅致，而「芭蕉」
擬人化而「會走」，湖天「曖昧」而相映，雨柱「亭亭」而優美……
皆含有甚高的文藝性，自足讓讀者久久駐「目」，達成接收的延緩。

2.不可靠敘述

施洛米絲・里蒙—凱南（Shlomith Rimmon-Kenan）在《敘事
虛構作品：當代詩學》（*Narrative Fiction：Contemporary Poetics*）
中對「不可靠敘述」試行概括，並提出凡敘述者「對故事所作的
描述和／或評論使讀者有理由懷疑」的話，就屬於不可信賴的類
型[44]。敘述的不可靠性可以生發各種藝術效果，而其中之一即為「接
收延緩」——文本提供的線索模糊不清，難以確信，接收時便容易
墮進五里霧中，使閱讀主體不易對文本有快速而準確的掌握。愛
瑪・卡法勒諾斯（Emma Kafalenos）〈似知未知：敘事裡的資訊延
宕和壓制的認識論效果〉（"Not [Yet] Knowing：Epistemological

---

[43] 白靈，〈等〉，《後裔》 31。

[44] 施洛米絲・里蒙—凱南（Shlomith Rimmon-Kenan），《敘事虛構作品：當代
詩學》（*Narrative Fiction：Contemporary Poetics*），姚錦清等譯（北京：生
活・讀書・新知三聯書店，1989）180。並參考 Ansgar F. Nünning,
"Reconceptualizing Unreliable Narration：Synthesizing Cognitive and
Rhetorical Approaches," *A Companion to Narrative Theory,* eds. James Phelan
(1951-) and Peter J. Rabinowitz (1944-) (Malden，Massachusetts: Blackwell
Publishing, 2005) 91-92；中譯見安斯加・F・紐寧，〈重構「不可靠敘述」
概念：認知方法與修辭方法的綜合〉，《當代敘事理論指南》，詹姆斯・費倫、
彼得・J・拉比諾維茨主編，申丹（1958-）等譯（北京：北京大學出版社，
2007）86。

Effects of Deferred and Suppressed Information in Narrative"）一文對此已有深入闡釋，認為不可靠的敘事能抑止不加思考的認知，延宕審美的時間[45]。

　　在白靈的詩歌中，「不可靠敘述」至為典型之作應是〈聞慰安婦自願說〉：

> 森林自願著火／好讓閃電抽亮它的鞭子／／房子自動搖晃／方便地牛打哈欠／／肉體自己打開傷口／因為子彈要路過／／頭顱有機會掉落／全因武士刀銳利的仁慈／／所有的番薯都剃光了自己／躺滿島上，說：／／「來吧，歷史，踩爛我／讓我好好地愛你們的腳跡！」[46]

　　這首詩兩句一組，類似排律[47]。詩人旨在嘲諷、抗議某些日本人提出的荒謬說法：「慰安婦並非被強迫，而是自願的」[48]。詩中的事物都是自願受害，這其實都是反語，並不可靠。這一連串事實移位，真相倒置，之所以讀後讓人有同仇敵愾之感[49]，其實正有賴讀者在接收文字表述之外，另行花費時間思考詩歌內蘊之真義。唯

---

[45] Emma Kafalenos, "Not [Yet] Knowing：Epistemological Effects of Deferred and Suppressed Information in Narrative," *Narratologies：New Perspectives on Narrative Analysis*, ed. David Herman (1962-) (Columbus：Ohio State UP，1999) 33-65；中譯見愛瑪・卡法勒諾斯，〈似知未知：敘事裡的資訊延宕和壓制的認識論效果〉，《新敘事學》，戴衛・赫爾曼主編，馬海良（1962-）譯（北京：北京大學出版社，2002）3-34。

[46] 白靈，〈聞慰安婦自願說〉，《白靈詩選》 76。

[47] 洪淑苓（1962-），〈拉著天空奔跑——《白靈・世紀詩選》評介〉，《文訊雜誌》178（2000）：23。

[48] 李瑞騰（1952-），〈不是好詩不可能入選〉，《創世紀詩雜誌》159（2009）：53。

[49] 辛鬱（宓世森，1933-），〈從「真」到「妙」談白靈詩〉，《創世紀詩雜誌》159（2009）：60-61。

有經歷接收的延緩後，讀者才能掌握詩歌背後的真正命義，更深憾於慰安婦們的血與淚[50]。

　　以上兩點作為「接收延緩」詩學的補充，或可稍稍說明：「接收延緩」的理論體系並非由單一的「空白」所支持，而白靈詩歌的豐富藝術性，「空白」亦僅為其一端。對「接收延緩」及白靈詩藝的更深研究，尚待全面展開。

---

[50] 落蒂（楊顯榮，1944-），〈語言鮮活，意象深刻〉，《創世紀詩雜誌》159（2009）：62。

矛與盾的熔爐

——從「太極」角度試探白靈的詩學建構

紀明宗

作者簡介

紀明宗（Ming-Tsung CHI），筆名紀小樣，男，臺灣彰化人。南華大學文學所碩士生。曾出版詩集《十年小樣》、《實驗樂團》、《想像王國》、《天空之海》、《極品春藥》、《橘子海岸》、《熱帶幻覺》、《暗夜聆聽》。

論文題要

「太極」，最能代表中國傳統哲學的思維模式，它是中華民族獨特的宇宙觀。觀念產生行動；從此根源出發，自然、社會、生活、審美……所有的文化現象無不受其影響；我們甚至可說「太極思維」是中國歷代祖先的典墳龍脈所在。「太極詩學」這個名詞，已有現代學者劉介民提出，內容主要論述老子、莊子的藝術精神。「太極、陰陽」這種原始素樸的觀念，本不為老、莊專有，祇是剛好被他們承接發揚得更為圓融透徹，所以講到「太極」，加上「詩學」，很容

易就被認為是老莊道家的藝術遺產。本文無意承接上述遺緒（但卻無法避免其影響），主要意圖借用「太極、陰陽」二元辯證的概念來概括詩人白靈紛繁交錯的詩學呈現，透過二元對立而又和諧統一的詩藝實踐，進一步索探其植根沃土與花果開展，期能側峰旁出、豐富「太極詩學」的內蘊與外延

關鍵詞：白靈、太極、陰陽、二元辯證、對立美學

一、前言

　　法國超現實主義詩人魏爾迪（Pierre Reverdy, 1889-1960）說：
「詩人是巨人，但他可以毫不費力地穿過針眼。同時，詩人也是侏
儒，但他卻可以填滿整個宇宙[1]。」可見，詩人具有將「矛與盾」
融合冶鍊的神秘能力。

　　詩人擅長處理「意／象」、「虛／實」的關係，本文題目〈矛與
盾的熔爐〉，取意「對立與融合」，抽象地說就是一種「二元辯證」。
「二元」思維是驅動人類思考最原始的基本模組，它推動世界的運
轉，像一組好用、耐磨又耐操的齒輪，只要稍微改變齒輪咬合的角
度，就可以帶領文明朝不同的方向進展。

　　　　任何一個文化都有二元區分，因為二元區分幫助我們組
　　織、整理眼前世界的紛亂狀況[2]。
　　　　二元對立是一種文化特徵……把我們對自然與人類世
　　界的感知經驗建構得有條有理並富有意義。（約翰.費斯克〔
　　John Fiske〕《關鍵概念：傳播與文化研究》〔*Key Concepts in*
　　Communication and Cultural Studies〕）
　　　　雅克・德里達指出，二元對立是傳統的形而上學把握世
　　界的一個基本模式。[3]

---

[1]　向明（董平，1929-），《我為詩狂》（臺北：三民書局，2005）118。
[2]　紀金慶（1976-），《二元對立與陰陽：世界觀的衝突與調和》（臺北：臺灣
　　商務印書館，2008）89。
[3]　王先霈（1939-）、王又平（1949-）主編，《文學理論批評術語匯釋》（北京：
　　高等教育出版社，2009）406。

　　幾乎沒有一個文化沒有「二元區分」，它是普遍的世界觀、宇宙觀與人生觀。對待二元不同的態度，形成不同的文明，同樣運用二元區分在找尋宇宙萬物的規則，西方世界發展出「二元對立」[4]，中國則是「太極學說」。有人用「太極圖」跟「十字架」這兩個象徵符號來闡述、區分東、西方的哲學體系[5]。簡單地說，西方「二元對立」是先區分：「Ａ」與「Ｂ」，因為「Ｂ」非「Ａ」，所以「Ｂ」變成「－Ａ」被代入「Ｂ」的位置，「Ａ／Ｂ」變成「Ａ／－Ａ」，由區分變成了對立，對立之後，再加入價值判斷「Ａ」變「＋Ａ」，然後強調「＋Ａ」貶抑「－Ａ」，最後形成「＋Ａ」宰制「－Ａ」的關係。而中國的太極學說[6]也從二元區分開始「一陰一陽之謂道」，太極圖中，陰陽有對立「Ａ／Ｂ」、陰陽有互動（Ａ－Ｂ／Ｂ－Ａ），陽中有陰（Ab），陰中有陽（Ba），應證了「孤陰不生、孤陽不長」的道理，中國式的二元對立具有融合的基礎；「陰陽」是中國發展出來的最原始完備的一組二元思想體系。

　　根據各種客觀現象，我們會發現白靈（莊祖煌，1951-）「混沌詩學」的關鍵核心即是二元，其思維模組，經常運用事物存在的兩面性，使其相異互補、相盪互生、相反互成，深具中國太極思維的特色。

4　跟「二元對立」相關的西方思想家有：柏拉圖（Plato, 427 BC-347 BC）「理型界／現象界」、笛卡兒（René Descartes, 1596-1650）「心／物」、康德（Immanuel Kant, 1724-1804）「主／客」、黑格爾（Georg Wilhelm Friedrich Hegel, 1770-1831）「辯證法」、沙特（Jean-Paul Sartre, 1905-80）「存在／本質」、尼采（Friedrich Wilhelm Nietzsche, 1844-1900）「感官／超感官」、海德格（Martin Heidegger, 1889-1976）「存有／存有者」。紀金慶 12。

5　古干，《現代書法三步》（臺北，典藏藝術家庭，2009）17。

6　太極是中國道教文化的根源，太極圖更是道教文化最好的圖像詮釋，是中國仰觀俯察智慧的結晶，被西方著名學者貢布里希（Ernst Hans Josef Gombrich, 1909-2001）譽為「一幅完美無缺的圖案」。王寬宇、吳衛，〈太極圖的契合之源〉出版資料及頁碼？

故而本文偏重以「太極」的角度、「陰陽二元」的概念來概括詩人白靈紛繁交錯的詩學呈現,探討其二元對立而又和諧統一的詩論、詩作,應能更豐富「太極」詩學的內蘊與外延。

二、混沌二元

2007 年 10 月,白靈應邀出席湖南鳳凰城舉行之洛夫(莫洛夫,1928-)長詩《漂木》研討會,發表論文提出「混沌詩學」的概念[7];概念如何形成?白靈拈著一朵「宇宙的花」說,詩是:

> 以人理性左腦的語言企圖去捕捉人感性右腦不停流轉的情緒和圖象,這種來往跳動於明白肯定的理性(左腦)與起伏難捉摸的感性(右腦)之間,使得詩處在諸多科學(偏重左腦)與眾類藝術(偏重右腦)之間一個奇妙的地位,它是兩個領域之間一個飄忽不定的形式,雖然採用的是語言,卻又只能意會、難再以其它媒介精確傳達。它是萬物與人心靈虛實互動、靈感與語言隨機運作後的產物,它的奧妙往往在意與象、情與景、精神與物質、抽象與具體、隱與顯、有與無、乃至奇與常、正與反、吸力與斥力……等等的相生相剋之間。[8]
>
> 簡而言之,詩具有「曖昧」的特質,其以形象思維所形成的語言會有模糊性、曖昧性、不確定性乃是必然,而這正是詩的既可傳又不可傳、可譯又不可譯、可說又不可說的原因,而「站在左腦與右腦之間」也是詩的奧妙所在。此種特

---

[7]　白靈(莊祖煌,1951-),《白靈詩選》(北京:作家出版社,2008)208。
[8]　白靈,《一首詩的誕生》(臺北:九歌出版社,1991)55-113。

質的掌握和瞭解，應是一切問題認識的根本。[9]

是的，「一切問題認識的根本」就是「二元互動」，白靈的「混沌詩學」亦不例外。

（一）如果一切太過混沌，就從二元切入

現在，我們直接切入主題。筆者認為，只要先釐清白靈在《桂冠與荊棘》一書封面為「混沌詩學」所設下的最原始的一組二元關係，一切問題應該自會比較容易解決。

> 詩的發生是必然，詩的發展則常源於偶然；一如生命之誕生是宇宙之必然，但生命之演化、乃至何時發展出高等生物，常只是偶然。詩是宇宙借我們而彰顯其自身之物。詩絕不止是地球之詩，詩是宇宙之花[10]。

「必然」，便有規律可尋，是可以掌握的；「偶然」並非沒有規律，「不然」不會成「然」，「凡存在，皆合理」；萊布尼茨（G．W．Leibniz, 1646-1716）：「沒有不可解釋的現象」[11]、「沒有一件事會毫無理由，憑空發生」[12]。「必然」，沒什麼了不起，「天下皆知美之

---

[9] 白靈，《桂冠與荊棘》（北京：作家出版社，2008）7。
[10] 白靈，《桂冠與荊棘》，3。此段話特別標示在《桂冠與荊棘》一書封面中，相信必有其提綱挈領的詩學代表性，字面看來亦有詩的「發生論」闡述，而一切從「一首詩的誕生」開始。
[11] 奧利佛（Martyn Oliver），《哲學的歷史》（*History of Philosophy*），王宏印譯（臺北：究竟出版社，2005）79。
[12] 華茲（Duncan J. Watts, 1971- ），《6個人的小世界》（*Six Degrees : the Science of a Connected Age*），傅士哲、謝良瑜譯（臺北：大塊文化出版社，2004）。

為美，斯惡矣」[13]。詩就是理性甦醒在追逐一種沉睡的美麗的「偶然」，詩之所以可以教學操作，就在運用某些技巧排除「不確定」因素，更準確地捕捉「偶然」，讓「偶然」擺向「必然」。「偶然」相對於「必然」，從掌握來說，一個困難，一個容易，「難／易」就是一種二元。根據上述，「必然」是肯定，而偶然並非「否定」，真正的對立應該是「肯定／否定」，偶然介於肯定與否定之間，它是游移的，因為「不確定」因素使然。

> 「歷史主義」認為歷史變遷有其法則可循，因而可以預測人類的未來[14]。

所以在「必然性」中，站在高處鳥瞰觀察，白靈的詩學軌道便「一目了然」——白靈的創作經常融入時事，詩論亦會關心時代的脈動，政治、社會、經濟、文化、科技、生活型態……在他的作品裡俯拾皆是。像《第三波》(*The Third Wave*)[15]作者托佛勒（Alvin Toffler, 1928- ）的未來學——七〇年代初期，白靈即多有用心在時代社會的趨勢觀察，這一「用心」結合詩學，白靈便鼓滿風帆，駕著他的「文學船」[16]站在浪尖上努力催動詩的三波大浪潮：第一波是「詩的聲光」，第二波是「小詩運動」，近幾年來則是詩論綿密齊出，質能充沛，他左右腦的核子反應爐——「混沌詩學」正在高熱運轉，預備鼓動另一波浪潮。

---

[13] 陳鼓應（1935- ），《老子今註今譯及評介》（臺北：臺灣商務印書館，1992）51。

[14] 馬汀・葛能登（Martin Gardner），《看看這個不科學的宇宙》(*Are Universes Thicker Than Blackberries?*)，沈麗文譯（臺北：遠流出版社，2006）197。

[15] 托佛勒（Alvin Toffler, 1928- ），《第三波》(*The Third Wave*)，黃明堅譯（臺北：聯經出版社，1983）。

[16] 白靈設置的個人詩學網站「白靈文學船」，http://www.ntut.edu.tw/~thchuang/body.html，2011年7月27日。

　　以上是「必然」說，現在從「偶然」說。因為白靈的職業、科學背景，加上個人生命體悟：個人生命健康[17]遭受威脅而生出的人生「無常觀」；社會觀察：政治（中國共產黨／臺灣國民黨）、社會（統／獨、國民黨／民進黨、外省／本省……）等等諸多個人無法明確掌控的「不確定」因素，必然讓科學背景的白靈對「海森堡測不準原理」深感共鳴，外部的動盪必然影響白靈的創作實踐與詩學建構。個人際遇與外在環境是一個詩人養成的基礎：「『國家不幸詩家幸』，是在荊棘中遍開花朵、是以磨難編織詩人加在自身的桂冠[18]。」──戰爭、社會、經濟紊亂，也是一種生命的威脅，甚至外延到白靈的職業生涯選擇，也是基於對生存的某種掙扎、衝突與妥協。

　　「不確定性」源於臺灣歷史[19]、族群的「複雜性」、生命本質的無常、社會「亂數」……（2008 年臺灣社會票選出來的年度代表字就是「亂」）。因為「亂」，故有「耗散結構」，亂中有序，瘋狂中有節制。看似不確定的諸多「偶然」卻也是形塑白靈的「必然」，正因為這些偶然和必然的互動才有白靈「混沌詩學」的建構，因此我們可以大膽地說，白靈的「混沌詩學」底蘊就是一種「生命詩學」。「人」本身就是一個具體而微的內宇宙，所以可以跟外宇宙產生共鳴，他們都必然遵循著一種「天地生成」的「神祕」規律，之所以說「神祕」，就是因為人類還無法確切的知曉、掌握。科學發現：「構成人體的蛋白質和整個宇宙的結構是相同的」；「行星與行星的排列方式和我們身體的基因排列組合都成雙螺旋結構」，人可能就是一個龐大宇宙的具體縮影，天地與我一同呼吸。

---

[17] 1971年暑期，二十出頭「白色小馬般的年紀」（詩人楊喚〔楊森，1930-54〕語），白靈曾因生病（肺病）未癒，休學一年，入院開刀，身上留有重大傷痕。

[18] 白靈，《桂冠與荊棘》，5。

[19] 臺灣在過去四百年間，曾陸續遭受荷蘭人（1624-61）、西班牙人（1626-42）、明朝末年的鄭成功（1661-83）、清朝人（1683-1895）、日本人（1895-1945）等不同文化背景的其他國家或族群統治過。白靈，《桂冠與荊棘》 4。

生命的「不確定性」導致詩的「不確定性」;「不確定性」是後現代的特徵之一;哈桑(Ihab Hassan, 1925-):「不確定性確乎滲透我們的行動和思想,它構成我們的世界。」(《後現代轉折》〔*The Postmodern Turn*〕)哈特曼(Geoffrey H. Hartman, 1929-)亦斷言:「當代批評的宗旨是不確定性的闡釋學」。(《荒原的批評》〔*Criticism in the Wilderness: the Study of Literature Today*〕)[20]因為「不確定性」中的模糊性、斷裂性、移置……可以有效解決西方文明發展的「二元對立」根源問題,擴展人類認知極限;因為「不確定性」,中心是移動的;因為「不確定性」,兩邊又是無法窮究的深淵。弗朗索瓦‧利奧塔關於後現代狀態的論述中也涉及到不確定性,他認為:當前知識與科學所追求的已不再是共識,而是「不確定性」[21]。「不確定性」正是白靈「混沌詩學」殿堂的一根重要支柱,透過它,或許可以把詩的屋頂撐得更高。

(二)E＝m×C^2;質能要如何互換?

在白靈的詩學反應爐中,筆者看到許多元素:「相對論」、「測不準原理」、「混沌理論」[22]、「複雜理論」[23]、「耗散結構」[24]……。

---

[20] 王先霈、王又平 793。

[21] 王先霈、王又平 793。

[22] 混沌理論(Chaos theory):1963年美國氣象學家勞侖次(Edward Norton Lorenz, 1917-2008)提出混沌理論(Chaos)。有效解釋了決定系統可能產生隨機結果,最大貢獻是用簡單的模型獲得明確的非周期結果。在氣象、航空及太空等領域的研究有重大的作用。混沌理論認為在混沌系統中,初始條件十分微小的變化,經過不斷放大,對其未來狀態會造成極其巨大的差別。正如西方世界流傳的一首民謠:「丟失一個釘子,壞了一隻蹄鐵;壞了一隻蹄鐵,折了一匹戰馬;折了一匹戰馬,傷了一位騎士;傷了一位騎士,輸了一場戰鬥;輸了一場戰鬥,亡了一個帝國。」馬蹄鐵上一個釘子是否會丟失,本是初始條件的十分微小的變化,但其「長期」效應卻是一個帝國存與亡的根本差別,這就是所謂「蝴蝶效應」。混沌系統對外界的刺激反

　　白靈所提出的這些「混沌詩學」關鍵名詞——科學理論，筆者並不是很懂，讀者若有興趣，可以到網路「維基百科」查尋。

　　至於科學理論不太懂，怎麼辦？所幸，科學名詞的翻譯應該也會兼顧非科學人士的認知，所以筆者就大膽直取其意，因為只要捉住生命本質的「一」[25]；然後再配合一些現象觀察、文學理論，多少會有所得，並不是只有文學作品才有誤讀現象，理論的某些誤讀也可能帶來全新的創造。

　　白靈的「混沌詩學」一再用理性之眼逼視感性，因為科學的背景加上詩人的直覺，他知道「感性是尚未被理性知曉的理性」；「亂」，並不是亂，而是人類尚未理解的「移動中的秩序」。用科學

應，比非混沌系統快。＜http://zh.wikipedia.org/zh-tw/%E6%B8% BE%E6%B2%8C%E7%90% 86%E8%AB%96＞，2011年7月27日。

[23] 複雜理論（complexity theory）：人類在追求科學研究發展之下，分化為越來越多的學問走向，各自專精，已經失去簡單性，變得不停地向複雜鑽研，利用這些學到的複雜知識，便不會再視自然界的現象為單純，化約論的支持者並不樂見，有人提出了根本的解決辦法稱為「複雜理論」，因為眾多複雜原因而產生的巨大單純。＜http://zh.wikipedia.org/zh-tw/%E8%A4% 87%E9%9B%9C%E7%90%86%E8%AB%96＞，2011年7月27日。

[24] 耗散結構（Dissipative system）是指一個遠離平衡狀態的開放系統，由於不斷和外環境交換能量物質和熵而能繼續維持平衡的結構，對這種結構的研究，解釋了自然界許多以前無法解釋的現象。耗散結構、理論由比利時物理學家、化學家普里高津（LlyaPrigogine, 1917-2003）發明：研究一個系統從混沌無序向有序轉化的機理、條件和規律的科學，他為此曾獲1977年諾貝爾化學獎。以前的物理理論認為，只有能量最低時，系統最穩定，否則系統將消耗能量、產生熵，而使系統不穩定。耗散結構理論認為在高能量的情況下，開放系統也可以維持穩定。生物體是一種開放結構，不斷從環境中吸收能量和物質，而向環境放出熵，因而能以破壞環境的方式保持自身系統的穩定。城市也是一種耗散結構。＜http://zh.wikipedia.org/zh-tw/% E8%80%97%E6%95%A3%E7%B5%90%E6%A7%8B＞，2011年7月27日。

[25] 所有的「複雜」皆從生命「此一」而來，再怎麼複雜也可以化約，面對紛繁的宇宙，跟著婆娑起舞，很容易「五色令人目盲、五味令人口爽、馳騁畋獵令人心發狂」，故需有一個靜定處，作為個人安身立命之所！陳鼓應 76。

理性向「混沌」推進，對白靈而言，就是在探索以前屬於詩的神秘
領域；詩的領域被打開，回饋的將是科學與文化的疆界。

三、生命二元

（一）現實／理想─科學／藝術

　　白靈，本名莊祖煌，1951 年出生於臺北萬華，臺北建國中學
畢業後考入臺北工專化工科，之後再赴美國紐澤西取得史帝文斯理
工學院化工碩士，主修高分子材料科學（high polymer）。歷任臺北
工專化工科講師、副教授，現任臺北科技大學化工系副教授，主業
化學。其從事現代詩創作、活動近四十年，先後加入葡萄園詩社、
草根詩社、臺灣詩學季刊社，曾任《草根詩刊》主編、《臺灣詩學》
季刊主編、創始《詩的聲光》，擔任耕莘青年寫作會常務理事，創
作、評論兼擅，出版有詩集：《後裔》、《大黃河》、《沒有一朵雲需
要國界》、《愛與死的間隙》、《女人與玻璃的幾種關係》……等詩集
十冊；童詩集《妖怪的本事》、《臺北正在飛》；詩論集《一首詩的
誕生》、《一首詩的誘惑》、《一首詩的玩法》、《桂冠與荊棘》、《煙火
與噴泉》等五冊；散文集《給夢一把梯子》、《白靈散文集》、《慢・
活・人生──白靈散文集》，總計二十冊，新詩為其創作大宗。

　　本業化學的莊祖煌，文學著作跟詩相關者竟達十七冊之多，甚
至散文集中諸多篇章亦對詩多有思考；這種現象看來矛盾，卻也因
此可以推見白靈的用心著力之處，筆者認為：白靈是一位以化學為
事業、文學為志業的詩人。

　　根據《白靈詩選》（北京，作家出版社），所附錄的〈白靈寫作
年表〉，高中畢業之後，白靈年輕的生命曾在「醫學」、「化學」、「文

學」、「美學」之間拉拔選擇[26]，這是青年白靈心性與現實、內外衝突的第一個震盪期。人生必然會面臨一連串的選擇，魚與熊掌不可得兼，選擇「A」，可能要勇於放棄「B」，如果沒有「斷臂求法」，勢必會造成生命的內耗。個人要如何「安身立命」？在臺灣七〇年代的主流價值趨勢中，「理、工、醫」科的決定比較不會跟從窮苦生活掙扎過來的上一代父執輩產生摩擦矛盾，白靈的選擇無可厚非，但必然多所掙扎。這一組生命的二元對立，科學是白靈的「安身」；文學則是他的「立命」。而談到科學與文學的差異，白靈的夫子自道：

> 科學是冷的，文學是熱的。……科學常是寂寞的，文學則不易寂寞。……如果說「科學」是我的太太，那麼「文學」大概是我的情婦。……科學大概是直線性的、全面邏輯的、全然知性的，重點在知識傳授；文學不然，它是輻射性的、可跳躍性的、知性感性兼備的，重點在啟發心靈。[27]

在白靈的生命中，「詩」與「科學」並不絕然對立，透過白靈的生命機轉，科學的柴薪化為理性火花，文學被點燃，感性被昇華。

---

[26] 白靈《白靈詩選》所附錄的〈白靈寫作年表〉：1969年，考上國防醫學院牙醫系，未就讀；1970年，考上國防醫學院醫醫系，未就讀。1971年，考上中國文化大學中文系文藝創作組，未就讀。1975年考上臺灣師範大學美術系夜間部，保留學籍一年。

[27] 白靈，《白靈散文集・青苗夢──人師難為》（臺北：河童出版社，1998）221-24。

（二）戴荊棘的桂冠

　　再從〈寫作年表〉中，我們得知：1971 年暑期，白靈上新竹獅頭山、南莊、大東河等地遊歷月餘，閱讀《老子》，並在晨光中從一老居士於獅岩洞（元光寺）學習太極拳。從這可以具體考察出形塑白靈（陰陽二元、太極）思維的一個端點。眾所皆知，老子《道德經》擅長二元辨證：「有無相生，難易相成，長短相形，高下相傾，音聲相和，前後相隨。」[28]「禍兮，福之所倚；福兮，禍之所伏。」[29]大智若愚、大巧若拙、大音希聲、大象無形……。而「太極拳」與道家「太極圖」、「陰陽」思想更是密不可分。

　　白靈成長在戒嚴時代，政治、社會……在在充滿不確定感[30]，加上白靈年輕時代，身體健康方面頗有些缺憾[31]，這種個人生命際遇，必然引發其對（群體與個人）生命的「不確定性」產生思考[32]。內外，雙重的不確定感，深化了詩人創作的強烈動機，當生命或生存受到威脅將迫使生物盡快尋找生命的出口——果農刻意用火燃燒果樹，促使其開花結果就是這個生命原理的運用。究其實，生命的「不確定性」促成了白靈的「混沌詩學」。

　　夢與詩同一個發端：「童年盤據著一生，成了我們夢的巢穴」[33]「貧困」[34]是童年最好的老師；「病痛」則是青年最特別的導師

---

[28]　陳鼓應 51-52。

[29]　陳鼓應 192。

[30]　白靈詩集《後裔》創作於七〇年代，扉頁有題獻：謹以此書獻給「父母雙親大人以及那個苦難的年代」。

[31]　白靈《白靈詩選》所附錄的〈白靈寫作年表〉：1969年，大學入學考試時中暑，落榜；1971年，生病（肺病）未癒，休學一年，入院開刀。

[32]　「詩」源出於「生命」，故而「生命的不確定性」同於「詩的不確定性」。「詩的不確定性」是白靈「混沌詩學」的重要思考項。

[33]　白靈，《白靈散文集》 5。

——白靈都「有幸」[35]遇到，並且成為這兩個嚴厲老師的高材生。志願或被迫的諸多二元碰撞，把白靈塑造成一個在翹翹板上跳舞的詩人，生命的風浪，讓他變成一個玩童，從翹翹板的這頭跑向翹翹板的那頭，又從翹翹板的那頭跑向翹翹板的這頭；他敢玩，因為他知道生命的翹翹板上，詩是他尋找平衡的最穩固的支點，臺灣當代詩壇很少有寫詩的人像他這樣樂此不疲，在兩極之間劇烈擺盪又能優美平衡，還能把翹翹板盪得這麼高遠。可見生命給了詩人多少磨難，詩人會像被壓縮的彈簧那樣以相對的力道激盪回去，藝術的優美竟是生命的苦難。

（三）華麗的聲光——小眾／大眾

　　白靈——詩的多元媒介推廣，肇始於 1983 年，與德亮（吳德亮，1952-）、羅青（羅青哲，1948-）等詩人於臺北「來來百貨公司」展出「藝術上街展」；1985 年 6 月與杜十三（黃人和，1950-2010）首度策劃「詩的聲光」，以詩結合音樂、舞蹈、劇場、幻燈、錄影等不同媒介，於新象藝術中心藝廊實驗演出；此後，多次策劃、執

---

34 孔子（孔丘，前551-前479）「吾少也賤，故多能鄙事！」——白靈在國小二年級時，家中經商失敗，因此過著近十年四處遷徙的窮困生活；曾經住過荒涼的三重埔，向農家租屋，養雞兼逃債；「眼看著春節將臨，家裏即將斷糧，而五個小孩嗷嗷待哺。有一天母親便牽著我及弟弟，走路過臺北橋，說是要到嬸婆家借錢。」白靈，《慢‧活‧人生‧臺北橋那頭》（臺北：九歌出版社，2007）151-53。

35 「國家不幸詩家幸！」作為一個詩人，苦難是他奮起、昇華的最大動能；在貧瘠的土地上，詩人把他的痛苦轉化成藝術的蔗糖；只有遍地的荊棘才能成就詩人頂上的桂冠。筆者三十歲左右參加過「聯合文學雜誌社」所主辦的文藝營，曾經聽過瘂弦（王慶麟，1932-）戲言：「對詩人來說，肥胖是可恥的！」詩人的最佳形象若不是形銷骨立在汨羅江畔的屈原（前340-前278），便是騎著瘦驢在荒野上撚著枯黃的鬍鬚苦苦尋覓詩句的病顏的李賀（790-816）。

行類似演出達七次以上，主要協同者為杜十三與羅青。1993 年，白靈參與重慶西南師大新詩研究所「93 華文詩歌世界學術研討會」，發表論文〈從躺的詩到站的詩──「詩的聲光」在臺灣〉，可說是其新詩多媒體經驗的一次總結。

　　1985 年，白靈創始「詩的聲光」，對此構思付諸實現的理由，白靈自述：

> 　　這社會，很多人喜歡聲光，「有理由」不喜歡藝術文學，更別說更不易揣摩的詩了。於是我們有必要派詩去打頭陣，派詩到聲光裏去（這是取法乎上），讓短小精悍的它與聲光盡情「廝磨」，因此詩有必要寫入廣告、詩有必要寫成歌曲、詩有必要跳上舞臺，將來更應該讓詩進入我們小說家和編劇群的對話裡去。我們應該把詩「注射」到眾多的大眾媒體中，注射到聲光中，讓聲光有機會與詩等高，讓易變的聲光也能閃爍些不易變的東西。讓聲光有機會閃爍著詩。
>
> 　　躺的詩，指的是用文字印刷出來的詩；站的詩，指的是透過表演者在舞臺上將詩立體展現的那些。它可以非常傳統，也可以非常現代。「詩的聲光」經常強調不要只「朗誦」一首詩，而希望能「表演」一首詩。[36]

　　中國曾經為世界詩學的發展提出輝煌亮眼的貢獻[37]，號稱「詩的民族」，許是為了接續詩的聖唐，白靈戮力奔走詩的聲光。而對於詩的聲光，白靈有清楚的自覺：

---

[36] 白靈，《白靈散文集・火樹夢──詩與聲光》 283。白靈，〈詩的聲光──一場詩影像的紀實（2001 年建站）〉，http://www.ntut.edu.tw/~thchuang/s/index.htm，2011年7月27日。

[37] 毛峰，《神秘詩學》（臺北，揚智出版社，2001）40，71。

　　新詩可以乘著音波旅行，騎電磁波輻射……詩人的聲音開始從其孤獨國瀲漾出來……這聽來似乎是新詩發展史上的一項福音，但也有人認為這是新詩的隱憂，詩人們擔心詩的純粹性會在這些媒體渲染的化粧下，迷失了自我，被扭曲、醜化，甚至出賣。何況霓虹燈和五音十色很容易迷惑繆斯清亮的眼睛……然而畢竟這是多元化的社會，詩人只要確認：現象是變動的，本質是不易變的……，如何在浮動變幻的現象中抓出生命底部的特質，理出一項項的新秩序來——也就是作出更多的發明和獨創，似乎也就盡了詩人的責任。若有餘力，再談傳播不遲，因此詩人的首要任務顯然仍在其創作上，至於小眾化、大眾化，其實可在、也可不在詩人的勢力範圍內。

　　傳達完成時才是詩的完成，這都無非想使更多的讀者更容易去體認和捕捉詩的質素。「詩的聲光」追求的無非這一要點，其種種構想無非是向大眾反撲，向群眾索討親和力。而非浮面的聲光效果。[38]

　　「詩的聲光」——「向群眾索討親和力」——任何一個在電視綜藝節目搞笑的諧星都可以比余光中（1928-）的詩獲得更多的掌聲；筆者悲觀地認為：詩人縱有詩的通天本領，依然不若透過國家教育之力；經濟掛帥的現代社會欠缺的是「詩教」，詩人的著力點是寫出一首好詩，政治的槓桿並非詩人可以輕易抬舉——臺灣報業興盛的解嚴初期，多少報社副刊主編是詩人的身分？但他們並沒有為我們迎來一場「詩的文藝復興時代」！

---

[38] 白靈，《白靈散文集・龜吼夢——新詩反撲》　254-58。

　　詩的小眾與大眾——將貴族小眾的新詩藝術推向普羅大眾的生活，此嘗試努力猶如追日的夸父。詩是心靈的微風，政治與科技是現代生活的強風，當微風向科技聲光靠攏，便容易不由自主地失去動能與方向。詩，有著先天孤高的宿命，如果要吹向普羅大眾，必然要化為詞、化為歌；我們可以更具體來設想一下這樣的情況：如果鄭愁予（鄭文韜，1933- ）變成了方文山（1969- ），余光中甩著前額垂下的長髮在唱〈聽媽媽的話〉；或者羅青變成了周杰倫（1979- ），而白靈咬著吸管在麥當勞的桌上用可樂寫下〈青花瓷〉」[39]。

　　明知文學為小眾，而詩更是小眾中的小眾，猶如陽春白雪、曲高和寡（古代菁英文化，高純度的文字萃取工程），明知不可為而為之，詩的先天宿命，使詩在現代很難風光。白靈「詩的聲光」，很難實質改變社會文化，不過卻也促成了詩的多元媒合跨界演出，精神所及，或許下開林德俊的樂善好詩，玩詩合作社以及臺灣當前創作力、行動力旺盛的風球詩社。

四、創作二元

（一）詩的黃河

　　白靈的創作，形式多變，像一條動力勁猛的詩的黃河，帶著「大老婆、小老婆、三妻四妾」（長短詩作、童詩散文、教學、評論）一直在詩路上湧動。

---

[39]　方文山與周杰倫，詳細資料參見網路維基百科：http://zh.wikipedia.org/zh-tw/%E6%96%B9%E6%96%87%E5%B1%B1，2011 年 7 月 29 日。http://zh.wikipedia.org/zh-tw/%E5%91%A8%E6%9D%B0%E5%80%AB，2011 年 7 月 29 日。

　　1979 年白靈以長詩〈大黃河〉[40]轟然崛起於臺灣詩壇，令詩論家大為驚艷；隔年 1980 年再以長詩〈黑洞〉[41]接續遺響，兩首長詩受到詩壇的矚目，內容皆涉龐大場景，時空縱橫。修訂後收入於《大黃河》詩集中的〈大黃河〉，序詩三段、本詩十三段，319 行，〈黑洞〉是白靈另一首備受好評的長詩，序詩三段、本詩十四段，425 行，架構比〈大黃河〉更為龐大。

　　在〈大黃河〉一詩前言中，白靈說：「黃河在河道淤至不能流動時，便潰決泛濫，沖刷出新河道，一直保持高度的『動』態，（值此之故），黃河被視為神秘難卜的『龍』，為中國的精神表徵。易經所謂『易，變易也』，就是體認到宇宙乃無數『動體』所組成，上至千億顆恆星，下至動植物、空氣、水，以至極微小的細菌、微生物、包圍原子的電子，都各動其所動，變其所變，相生相長，相剋相消。」[42]——「無物不動」（大黃河一詩第二段第二行），白靈藉由大黃河來說「動」：宇宙的動、生命的動、人心的動、動的哲學、觀照，正如他的創作「動」才能氣勢磅礴，「動」才能「生」，才能「（混沌）無極生太極，太極生兩儀（陰陽）」；「動」正是「生命」的展現，白靈的「混沌詩學」諸多二元就有這種推動關係，故而可以說「混沌詩學」＝「生命詩學」＝「宇宙詩學」。

---

[40]　長詩〈大黃河〉獲得第十五屆國軍文藝金像獎長詩銀像獎（金像獎從缺）。十月，在瘂弦主編的聯合報副刊以預告七天方式大幅刊載，有洛夫、羅門（韓仁存，1928-）等人的評論及眾多讀者回響。白靈，《大黃河》（臺北：爾雅出版社，1986）149-78。

[41]　〈黑洞〉一詩獲得第一屆時報文學獎敘事詩首獎，收入詩集《大黃河》179-217。

[42]　白靈，《大黃河》 150。

綜觀白靈的詩作，題材多元、形式變化多端以及主體內蘊豐沛精神，生命力道生猛，可以將之比附為「詩的黃河」。以下再就白靈的新詩創作二元對立、互動、交融……略加考察[43]。

從長詩起家的白靈，轉向提倡「小詩運動」，並親身創作實踐，留下頗多優秀作品。如此轉變，是白靈對詩的趨勢觀察。根據《白靈詩選》（北京：作家出版社）所附寫作年表，白靈自承 1987 年 10 月，於《文訊月刊》發表〈小詩時代的來臨——張默《小詩選讀》讀後〉，「開始」注意小詩形式；1996 年 3 月，於《臺灣詩社季刊》，發表〈畢竟是小詩的天下〉；1997 年 2 月，與向明合編《可愛小詩選》由爾雅出版社出版；同年 3 月，於《臺灣詩社季刊》策劃提倡「小詩運動」專輯，發表〈閃電和螢火蟲——淺論小詩〉。

人類生存的環境資訊，從沒有一個時代像現在這麼複雜、破碎；詩是生活的反映、時代的反映，小詩這種文學形式，特別適合現代人被分割的生活，可以快速紀錄思想與情感的吉光片羽。基於此，白靈從長詩過渡到小詩，勢所必然，其戮力耕耘也在小詩之中豎立了一塊金字招牌[44]。

（二）詩是神祕的管道——通向人類無形的第三腦

長詩是情感豐沛的產物，年輕時正當其時，但要掌握好，除了情感充塞胸臆，畢竟還要有高超的意象運用能力（此賴理性驅遣調

---

[43] 深入探討將是一本大書，此處篇幅不夠，敬請見諒。

[44] 臺灣經營「小詩」的作者，並出版有詩集者有：林建隆（1956-），《鐵窗俳句》（臺北：月旦出版社，1999）；陳黎（陳膺文，1954-），《小宇宙：現代俳句二○○首》（臺北：二魚文化事業有限公司，2006）；白靈，《五行詩及其手稿》（臺北：秀威資訊科技，2010）；岩上（嚴振興，1938-），《岩上八行詩》（高雄：派色文化出版社，1998）；向陽（林淇瀁，1955-），《十行集》（臺北：九歌出版社有限公司，1984）。

度文字──細部組合、通篇架構，才不會使詩長而鬆散），所以詩必
然是「左右腦」高度匯通、合作的產物，左右腦的合作能力，奠基
出「好詩的指數」。由〈大黃河〉與〈黑洞〉甚至是〈一九八四〉[45]、
〈圓木〉[46]觀之，白靈是一個長詩能手，其大腦皺折應該會向愛因
斯坦（Albert Einstein, 1879-1955）趨進，筆者穿鑿赴會──是否這
就是後來白靈「混沌詩學」所延用的公式：「$E=m×c^2$」？

　　「幾百萬個神經元必須同步活化，才能製造出微小的思想」[47]，
思想的產生尚且這麼複雜，要將一個想法透過文字表達出詩意更是
困難，所以詩人幾乎雷同於造物的腳色，或者至少在他們的「左右
腦」之中流動著一個微型的上帝。以是，筆者認為：詩人的手中一
定握有一張上帝的選票；當他們放棄詩的上帝時，天地（宇宙）也
會跟著顫抖。

　　生活型態的改變、年紀的增長、角色扮演的多元，「長詩」自
然碎裂成「小詩」，而白靈並非任其碎裂，而是精緻切割成小小圓
圓的「五行詩」，每一塊被切割的鏡子依然映現著一個完整的宇宙。
根據白靈「混沌詩學」推測，鐘擺擺到極高處必定就要擺回來，待
白靈覺得已經完成「小詩」的使命後，配合年紀、人生閱歷的增長，
像洛夫的三千行長詩〈漂木〉亦有很大可能出現在白靈筆下──長
詩是一個成熟詩人的夢想，我們或許可以大膽斷言在龐大的「混沌
詩學」殿堂建構之後，白靈必要雕出一座可以相應坐鎮在主堂的神
像，那座神像或許就是由諸多意象晶瑩的微小字句組構而成的磅礴
鉅詩。

---

[45]　白靈，〈一九八四〉，《大黃河》　51-62。
[46]　白靈，〈圓木〉，《沒有一朵雲需要國界》（臺北：書林出版社，1993）57-89。
[47]　卡特（Rita Carter, 1949-），《大腦的秘密檔案》（*Mapping the Mind*），洪蘭譯
　　　（臺北：遠流出版社，2002）25。

（三）「史詩／旅遊地誌」（歷史縱深／地理橫面、時空探索）

〈大黃河〉雖然主題是地理空間的存在，但黃河也流動在歷史時間之中。白靈長詩，〈大黃河〉、〈黑洞〉、〈圓木〉、〈一九八四〉自有時空涵容，並且蘊藏人道關懷，詩人杜十三曾以〈白靈詩作的時間性、空間性與人間性〉[48]論述過白靈詩作，奚密也曾以〈詩以詠史──評白靈《沒有一朵雲需要國界》〉[49]。宇宙時空與人的生命互動就是其「混沌詩學」的隱形主軸。

白靈詩作關心、熱愛土地，《後裔》一書收錄〈阿里山巔〉、〈阿里山夜行〉、〈大甲溪〉；《愛與死的間隙》內有描寫臺灣北部河邊景致的〈淡水河黃昏〉、〈淡水午後即景〉、〈景美溪邊即景〉等詩以及描寫原住民聖山都蘭山的作品〈都蘭山麓上洗手間〉、〈獨木舟上回頭看都蘭山〉、〈胖嘟嘟的都蘭山〉、〈都蘭山的腳指頭〉等。另有描寫臺東名勝的〈獅頭山偶記〉與〈知本河堤散步所見〉，而其最近詩集《昨日之肉》（臺北：秀威資訊科技，2010）就是金門、馬祖、綠島的地誌書寫，從其「白靈文學船」網站中我們還可以看到：「浮出一座芹壁村」（馬祖）、「蕾與雷的交叉」（金門）、「那一年，我們緊緊抱過淡水」（淡水）、「記憶微潤的山城」（九份、金瓜石）……，從這些資料，要建構白靈的「地誌詩學」不無可能。白靈詩作題材的豐富性，實可以多方探討[50]。時間或空間都是人對宇宙的探勘；在探勘中，我們從而了解並調整自己的位置。

---

[48] 杜十三（黃人和，1950-2010），〈序〉，《白靈‧世紀詩選》（臺北：爾雅出版社，2000）5。

[49] 奚密（1955-），〈詩以詠史──評白靈《沒有一朵雲需要國界》〉，《中時晚報，時代文學》194，1993年12月26日，15。

[50] 學術似乎很喜歡這樣簡單的分類，比如根據筆者觀察，白靈的作品研究路向（我們迷戀數字，尤其是「三」）：從白靈詩的三間性（「空間性」、「時間

　　另外還有「成人／兒童[51]」、「人文關懷／科學關注」……白靈深切關注著社會、政治的變換，其作品與社會大環境的變化密切相關；可以確定的是白靈努力踵繼屈原（前340-前278）「上下求索」[52]。筆者認為無論如何分類都不能全面概括，因為白靈詩作形式主題燦爛紛呈，不同角度的分類，同一作品可能出現在不同領域、或者重複交集，而分類只是權宜方便，無法絕對客觀。

（四）詩的意象形式就是二元結構

　　詩是「意象」的傳達；要成為一個詩人必須學會運用「意象」；詩人的慣性思考就是「意象」二元。而「意／象」＝「虛／實」＝「情／景」……這應該是詩的創作者與研究者都懂得的道理，在此無庸多論。

　　白靈的意象操持，控球精確、擅長意象的融冶與化合，老實說，是中生代的佼佼者，前行代則是洛夫[53]。他擅長融合詩的「意／

性」、「人間性」；從白靈詩的三波段：「詩的聲光」、「小詩運動」、「混沌詩學」，應該可以有「空間性」（地誌、空間詩學）、「時間性」（歷史、時間詩學）、「人間」（人生、生命詩學）、「詩的聲光」（複雜詩學／媒合詩學）、「小詩運動」（極簡詩學）、「混沌詩學」……諸多探討的可能，筆者多少會在自己進行的碩論中加以細部處理。

[51] 白靈著有童詩集兩本：《妖怪的本事》（臺北：三民書局，2000）、《臺北正在飛》（臺北：三民書局，2003）。

[52] 屈原《離騷》：「吾令羲和弭節兮，望崦嵫而勿迫；路曼曼其脩遠兮，吾將上下而求索。」《楚辭補注》，王逸（生卒年不詳，後漢元初〔114-119〕為校書郎）注、洪興祖（1090-1155年）補注（北京：中華書局，1983）27。

[53] 筆者寫詩至少二十五年，這個結論是與身旁諸多詩友討論過的；那麼，為什麼白靈在臺灣的研究只有一本碩論呢？老實說，第一是「學術發展的現實」：白靈不是文學科系方面的教授；第二是「跨度太大」：詩創作／詩教學／詩活動／詩評論……詩的跨界太多元，研究起來頗花時間；大家都很聰明，只是拿個學位，幹嘛那麼累啊！這也是另一種現實。所幸，能有今天的研討會。

象」、「形象／思維」；詩的修辭二元對比運用比比皆是；詩風「能婉／能豪」（張健語），剛柔並濟，陰陽互補、（題材）殊相共相，（關心）小我大我……[54]蘊含科學素養與人文關懷。

其詩風澎湃處如：「自遠遠的崑崙山脈，巴顏喀喇／自噶達素齊老峰／啊！一聲美麗的驚叫／瀑布一樣掛下／一轟！」（〈大黃河〉一詩第四段第二至五行），有李白「黃河之水天上來」的氣勢；「要找一個方向，像滿天星雲／湧到銀河的渡口，等待／潰／決─」（〈大黃河〉一詩結尾）。奇特的是這樣的雄渾功力不是只有其長詩才能營造盛大場景、偉岸氣魄；短短的五行詩〈風箏〉「想與整座天空拔河」亦有壯志豪情、高遠的志向、開闊的胸襟，可說由表面雄渾進入內在的悲壯──天蒼蒼，野茫茫，一支羌笛從裊裊的音符中竄出。

至於白靈的溫柔處：自可從其情感細膩、輕盈溫婉的小詩探悉，無庸多言。文字上最直接的證據可從羅青序白靈詩集《後裔》一書〈溫柔敦厚唱新聲〉中看出：《後裔》收錄早期作品五十首，都是以抒情為基調的短詩：「他的作品，大多都以『情』為出發點，也以『情』為目的地。」[55]、「處處都於溫柔敦厚中，透露出清鮮活潑的趣味」[56]洵知音也。詩的抒情傳統，從早期到現在，近四十年，白靈一直沒有遠離，只是關心題材、形式技巧的多變而已，從此角度亦可看出詩人白靈的「變與不變」以及其一貫的儒者風格[57]。

生活證據如：白靈第一首詩於 1973 年刊登於《葡萄園》詩刊，從而認識詩人前輩文曉村，受其照顧，自 1975 年入社後，三十幾

---

[54] 杜十三 11。括弧內字為筆者所加。

[55] 羅青（羅青哲，1948-），〈序〉，《後裔》，白靈著（臺北：林白出版社，1979）3。

[56] 羅青 17。

[57] 孔子《禮記‧經解》說：「其為人也，溫柔敦厚，詩教也。」

年從來沒離開過「葡萄園詩社」；在《女人與玻璃的幾種關係》寫有一首詩〈花火詩人〉——祝賀文曉村大哥八十壽辰；1987 年 3 月，為緩解「演詩人」趙天福生活困境，與杜十三共同策劃「貧窮詩劇場」，由趙天福於臺北「春之藝廊」獨自演出二十首詩；《女人與玻璃的幾種關係》〈我的朋友杜十三〉記 2005 年 11 月 1 日吾友杜十三電話威脅前行政院長謝長廷因而於該月 7 日遭逮捕事件——這麼嚴重的社會（政治）事件，白靈依然聲稱「吾友」不怕被誅連……足見白靈是一個多麼念情的溫柔敦厚的詩人。詩的外結構就是詩人生命的內在結構，「混沌」是內外統一的。

（三）說了那麼多，不如實際拿一首詩來操作看看白靈「混沌詩學」的二元建構

廢話少說，理論再怎麼偉大，也要能實際運作，學術不該在深井之中建造一座象牙塔。我們從白靈代表作[58]之一〈風箏〉一詩具體考察其如何調度詩的意象（虛／實）二元：

> 扶搖直上，小小的希望能懸得多高呢／長長一生莫非這樣一場遊戲吧／細細一線，卻想與整座天空拔河／上去，再上去，都快看不見了／沿著河堤，我開始拉著天空奔跑（白靈：〈風箏〉）

58　筆者所知：白靈代表作除了早期的〈大黃河〉之外，尚有〈鐘乳石〉，以及近期的〈風箏〉，當然還有更多，沒有列出是因為筆者視野不夠，祈請見諒、指教。

〈風箏〉一詩收入白靈詩集一覽表

詩集	頁數	位置	出版社	出版日期	備註
《白靈‧世紀詩選》	p3	卷一／第二首	臺北／爾雅	2000/06	收入的第一首詩是〈鐘擺〉
《白靈短詩選》	p16	第三首	香港／銀河	2002/06	中英對譯（收詩24首）；第一首是〈真假之間〉
《白靈詩選》	p3	卷一／第一首	北京／作家	2008/06	簡體字版；白靈在大陸出版的第一本詩集。
《五行詩及其手稿》	p27	卷一／第一首	臺北／秀威	2010/11	〈風箏〉寫於1987年，並非白靈的第一首「五行詩」；〈燭臺〉、〈燈籠〉寫於1986年。

　　由上表可知〈風箏〉一詩在四本詩集中編排位置無形中所突顯而出的重要程度；尤其是《白靈詩選》簡體字版──這是白靈在中國大陸出版的第一本詩集，面對更龐大的讀者群，有必要精選自己的作品，而第一首詩更形重要。

　　另查閱筆者手邊資料，〈風箏〉一詩曾收入《新詩二十家》[59]、《拜訪新詩》[60]《新詩讀本》[61]、《現代新詩讀本》[62]、《小詩星河》[63]……；2002年9月，此詩被選入翰林版國中（初中）一年級第一冊國文課文；2004年9月，再被選入康軒版國中（初中）二年級第四冊國文課文中。從受外界及個人重視程度而言，本詩應可視為白靈的

---

[59] 白靈主編，《新詩二十家》（臺北：九歌出版社，1998）85。
[60] 吳當（1952-），《拜訪新詩》（臺北：爾雅出版社，2001）101。
[61] 蕭蕭（蕭水順，1947-）、白靈主編，《新詩讀本》（臺北：二魚出版社，2002）343。
[62] 方群（1966-）、孟樊（陳俊榮，1959-）、須文蔚（1966-）主編，《現代新詩讀本》（臺北：揚智文化，2004）266。
[63] 陳幸蕙（1953-），《小詩星河》（臺北：幼獅文化，2007）138。

代表作之一。筆者認為由一首「代表作」就可以具體考察一個作者的思維模組與作品風格；底下將就〈風箏〉一詩「二元組構」作具體分析：

小小的風箏	天空的龐大	空間
漫長一生	遊戲的短暫	時間

　　上兩句的空間、時間又是隱藏的對比；隱藏的對比還有：實寫「風箏」，虛寫「生命」——這也就是以物抒懷——詠物詩可以達到的高層境界。

可掌握的風箏線	不可掌握的命運	顯結構的「實」對比「潛結構」的虛
希望	風箏	意象：顯結構的虛實融合

　　一個人努力在天（天空）地（河堤）之間奔跑，生命要「上去，再上去」，能懸得多高就懸多高，甚至是快要看不見了，在悲觀中仍須奮起，以渺茫的一線希望（人類終將形消骨殞的宿命）跟整座無垠的天空（天地不仁，以萬物為芻狗）拔河，這樣的蒼涼與悲壯，不輸「夸父追日」與「薛西佛斯推巨石上山」的神話意涵。

　　筆者刻意數過，白靈〈風箏〉這首詩動用六十五字，詩雖短，卻仍可見白靈二元（混沌／太極）的濃縮思考，麻雀雖小，五臟分明。本詩意象融合，了無鑿痕（天然去雕飾），言淺意深，不刻意說理，而理自在其間，充滿生命熱力的湧動，有一種悲觀中的樂觀，悲觀是生命的基調，樂觀是生命的態度。這又是一種對比與融合，可以拉來作為筆者此篇論文的關照主軸。

六、結語

　　生命是詩的匯歸，所有的詩學都是「生命」的詩學——不管文化詩學、道家詩學、狂歡詩學、神秘詩學……不同的專有名詞只是著重的路徑不同，龐雜的名詞，有時只會撕裂彼此的認知，語言是溝通的媒介，同時也是誤會的來源[64]，我們活在這樣的矛盾中，不說不行，說了又不見得對。佛家說：「開口即乖」強調「拈花微笑」、「以心印心」（但卻也留下了讀都讀不完的《大藏經》）；陶淵明（365-427）詩：「此中有真意，欲辯已忘言」；蘇東坡（1037-1101）寫給已故原配的〈江城子〉，最感人的兩句就是：「相顧無言，惟有淚千行」，語言在真情（或真理）的面前，往往顯得笨手笨腳、軟弱無力。世上沒有兩個人的思想會一模一樣：

> 　　先天和後天那些複雜且精緻的交互作用，沒有任何兩個腦是相同的。即使是同卵雙胞胎，即使是複製人，在他們出生時，大腦就已經有所不同。因為在胚胎環境中的一點點差異，就足以影響他們後來的發展[65]。
>
> 　　成年人的心智景象已經非常個別化，以致沒有任何兩個人對同一個東西會得到同樣的結論[66]。

---

[64] 「任何人都無法準確無誤地了解另一個人的思想！」——不只是哲學家有這樣的說法，相信很多人也都有這樣的體會與感嘆。閩南語有一首歌唱得很傳神：「跟伊睡破三件蓆，連心肝都捉不著。」——同床夫妻相處那麼長久，都已經在一起睡壞了三件蓆子了，卻還是摸不透對方的心思。可見千里馬難得，而世上伯樂也不多！

[65] 卡特 32。

[66] 卡特 39。

　　以上是「大腦的科學」所告訴我們的。而就算是科學，也不是那麼絕對客觀，因為：

> 科學並不如篤信者想像的那樣純粹、絕對。……投身科學領域的科學家，說到底仍是一群各有不同成長背景、不同學養的普通人，這群人面對所謂的科學方法、理性思維、驗證數據之時，難免會有不同的理解與詮釋，端視不同的人受到社會價值與歷史因素的影響、個人對於科學倫理的態度，乃至每個人對於經驗事物以外的「信念」而定[67]。

　　理性的科學尚且如此，提純感性的詩學更不用論。數量化的統計學也可以作手腳給觀看者產生不一樣的心理反應，進而改變某些社會行為模式或商業消費行為決定[68]。最為顛覆的例子就是索卡（Alan D. Sokal, 1955- ）的《知識的騙局》（*Impostures Intellectuelles*）[69]，相信學術界應該都記憶猶新。

---

[67] 王心瑩，〈高舉火把，照亮科學的道路〉，萬登能 IX。

[68] 赫夫（Darrell Huff，1913-2001），《別讓統計數字騙了你》（*How to Lie with Statistics*），鄭惟厚譯（臺北：天下遠見，2005）。

[69] 索卡（Alan D. Sokal，1955- ）、布里克蒙（Jean Bricmont，1952- ），《知識的騙局》（*Impostures Intellectuelles*），蔡佩君譯（臺北：時報文化出版，2001）。《知識的騙局》的作者索卡頗富盛名，1996年，他以荒謬而任意的筆法，引用物理、數學的理論，寫了一篇文章投到美國的文化研究雜誌《社會文本》（*Social Text*）。然後索卡自己跳出來說他全都是胡說八道，恰恰證明了這些文化研究學者在睜眼說瞎話，有如國王新衣的翻版；這件事引起學術界軒然大波。一年之後，索卡在法國出版了這本《知識的騙局》，點名批判的這些人都是當代思想界的大人物，包括拉崗、克莉斯蒂娃、伊莉嘉萊、布希亞、德勒茲等人，索卡認為他們濫用科學的觀念與術語，將科學的理念完全抽離其脈絡，絲毫無法提出正當的辯護理由，在非從事科學研究的讀者面前濫用科學術語，卻毫不考慮它的相關性與意義。這本書在某些知識圈引發了不小的風暴，被批評為「毫無幽默感的科學學究，喜歡修改情書中的文法錯誤。」但是，索卡認為這些當代大學者有把風牛馬不相干的

在相對論被愛因斯坦提出的時候,聽說全世界真正聽得的人也沒有幾個。文學理論都研究不完了,老實說,沒有幾個人有閒功夫去「深入了解」那些科學深奧的理論,就算有閒功夫也很難有那樣的能力「真正了解」,而這個縫隙就是白靈詩論存在的價值。也許會像韋勒克(René Wellek, 1903-95)所言:「大部分提倡以科學的方法研究文學的人,不是承認失敗,宣佈存疑待定來了結,就是以科學方法將來會有成功之日的幻想來慰藉自己。」[70],而除了韋勒克之外,利奧塔(Jean-François Lyotard, 1924-98)也認為的:不確定性一定包括有掙扎、衝突、半英雄式的競賽鬥爭。(《後現代狀態‧序言》)[71]這樣更讓筆者想到了薛西佛斯這個神話原型;薛西佛斯推動的是巨石,白靈推動的是「詩」。混沌詩學的目的就是一再去探勘詩的未知領域,混沌無法窮盡,那是巴斯卡預言的兩個深淵,在這兩個深淵裡面,還有諸多的「不確定性」,人類的努力或許終將成為另一種形式的「薛西佛斯」,但在游移中尋找生命的平衡,就是一種生命力的展現,也許無法找到生命最終的目的,但在追求尋訪流汗的過程中,我們已經走過那宇宙的花園,聞到了一種神秘幽微的花香。

詩是接通科學與藝術的神秘管道,打通這條幽徑,人類文明或許便有更長足的飛躍,一種詩的理論完成,有時必須靠幾代人的接續努力,非單人之力所能完成,發生是必然(因為白靈提出來已經是一個事實),完成就要靠許多的機緣,因為未來,誰也「測不準」,那是一種偶然,從二元融合來講,偶然也是必然,必然也是偶然。

東西扯在一起的嫌疑,而受到大師光環迷惑的讀者,竟也像國王新衣的旁觀者,盡管滿腹懷疑,卻也嘖嘖稱讚起國王美麗的新衣。(博客來/書籍內容簡介)

[70] 王先霈、王又平 206。

[71] 王先霈、王又平 793。

不過可以確定的是：白靈是「混沌詩學」的先驅者，他提供了一個厚實的肩膀，並且不吝嗇我們的踩踏。

美學的最高原則是多樣複雜矛盾的統一；這正是白靈的詩學與詩藝一再演示的對立矛盾與融合。如果詩在海上，白靈就是一艘配備先進豐繁的航空母艦或航向極地的破冰船；如果詩在天空，白靈將是一顆環繞地球的衛星或仰視星空的偵察機；如果詩在陸地上，他是一臺重型坦克，將為時代滾下深刻的履痕。

在生命的宇宙重力場上，詩是一顆母星，微觀來看，白靈是繞著這顆母星旋轉的「巨大衛星」，宏觀來看，他也是一顆環著這顆母星旋轉的「渺小微塵」。不管是「巨大衛星」還是「渺小微塵」，可以確定的是，白靈是一種「認真的存在」，將屆六十之齡的白靈必然知道：「詩」是他的終極追求，也是一種「天命」，這種天命無法逃避，所幸白靈亦能樂此不疲、甘之如飴，這樣的發展也是詩壇之幸，藉由白靈的詩學碰撞，必然會有一些詩的昂揚轉折或者詩的沉澱累積。

回到白靈人生的一種角色「北科大的化學教授」，以此做結：筆者認為白靈的詩學是構成生命有機的元素，除了本身是單純的元素之外，這個元素還可以參與其他的化學作用，甚至充當「詩的催化劑」。他是「C」，這個「C」可以是有機化學中的元素「碳」[72]，也可以是白靈常常提起的宇宙最短、最有氣勢的一首詩：愛因斯坦狹義「相對論」[73]$E = m \times C^2$ 裡面的「C」，在詩的「質」、「能」變動互換中，這個「C」，筆者將它置換成「白靈」，而「平方」的「2」

---

[72] 「碳」是構成有機化學的主要（重要）元素。吾人所熟知的：石墨與鑽石都是「碳」的結構體，從白靈的諸多詩作中，筆者深知白靈的有機生命「碳」，已經凝成了諸多璀璨的鑽石。

[73] 白靈，《桂冠與荊棘》 49-51。

就是「太極」思維中「陰/陽」二元辨證。若再根據此上論述，筆者隱約得出的一條詩的私人公式：

$$混沌（無極）詩學＝太極×（白靈）^2$$

這條公式將會發生怎樣的影響力？當然還是需要詩人白靈為我們繼續書寫、推衍下去，我們相當期待白靈這條詩的公式，可以像愛因斯坦的理論一樣導引出詩的原子彈，或者「後繼有人」加入這個「C──詩人結構」，接續研究深入，把它推向那個「接近無限」的引爆點。那麼，這條公式就有再修補（修改、修正）的必要：

$$混沌詩學＝太極×（白靈＝詩人）^2$$

沒有一朵雲需要國界：白靈「五行詩」VS 阿茲特克史

——誤讀詩學系列之六[1]

余境熹

作者簡介

　　余境熹（King Hei YU），男，1985 年生，香港專業進修學校講師，香港大學哲學碩士，曾獲中國文史哲及宗教研究首獎三十餘項，並任香港大學中國文化研究會主席、俄港文化交流會副會長、國際金庸研究會副會長、東亞細亞文化研究中心秘書及《東亞細亞文化研究中心學術叢刊》主編、美國夏威夷華文作家協會《珍珠港》報電腦編輯及聖公會曾肇添中學駐校作家等，曾召集「第一屆池莉小說研討會」、「黃河浪文學創作國際研討會」、「蕭蕭文學創作國際學術研討會」，發表希伯來、中國文學、語言、歷史、哲學論文四十餘篇。

1　總題借用白靈（莊祖煌，1951-）詩集名。見白靈，《沒有一朵雲需要國界》（臺北：書林出版社，1993）。

論文題要

在解構主義的提示下,「誤讀」成為具合理性的研閱策略,評論者可自由對文本讀入或讀出富個人色彩的嶄新意義。白靈《五行詩及其手稿》與阿茲特克人的歷史從表面上看沾不著邊,但積極主動地縫合兩者,卻能為「五行詩」帶來新意,為欣賞白靈作品提供一種另類的視點,並更有力地體現「誤讀詩學」無遠弗屆的比照能力,為將來同類研閱,提供示範。

關鍵詞:白靈、阿茲特克、誤讀

一瓶香水隱藏一座花園
一則神話等同於億萬個人類
　　──白靈〈天機〉[2]

一、引言

　　「誤讀詩學」以解構理論為指導，其閱讀目的，亦在於顛覆能指結構穩定、意義確切單一的假設，趨向多元釋義，發掘文本內外無窮無盡的所指[3]。試用於漢語新文學的解讀，過往已取周夢蝶（周起述，1921- ）、陳夢家（1911-66）、商禽（羅顯烆，1930-2010）、陳映真（陳永善，1937- ）、張默（張德中，1931- ）、唐文標（謝朝樞，1936-85）的多個文本，進行新詮，並約可歸納有關研究的創獲為「新義」、「開源」、「比照」三項。茲先就前此研究作一撮要，列表如下，俾新讀者對「誤讀詩學」的研討有一較為全面之印象：

---

[2]　白靈，《白靈詩選》（北京：作家出版社，2008）41。

[3]　張錯（張振翱，1943- ），〈解構〉，《西洋文學術語手冊──文學詮釋舉隅》（臺北：書林出版有限公司，2005）71。舉例來說，哈羅德‧布魯姆（Harold Bloom, 1930- ）的「詩間性」（inter-poetic）言說、羅蘭‧巴特（Roland Barthes, 1915-80）之聲言「作者已死」、雅克‧德里達（Jacques Derrida, 1930-2004）之謂文本倚重「重述性」（iterability of citationality）、安納‧杰弗遜（Ann Jefferson）之論文本無法擺脫體制和規範等外在因素之影響等，皆是解構理論以及由之衍生的「誤讀詩學」的重要支柱。Harold Bloom, *Poetry and Repression: Revision from Blake to Steves* (New Haven: Yale UP, 1976) 2-3；Jonathan Culler (1944-), "Presupposition and Intertextuality," *The Pursuit of Signs: Semiotics, Literature, Deconstruction* (London；New Yok: Routledge, 2001)107; Roland Barthes, "The Death of the Author," *Image, Music, Text*，ed. and trans. Stephen Heath (London: Fotana, 1977) 142-48; Jacques Derrida, "Signature Event Context," *Glyph* 1 (1977): 172-97; Ann Jefferson, "Intertextuality and the Poetics of Fiction," *Comparative Criticism: A Yearbook,* ed. Elinor Shaffer，vol.2 (London: Cambridge UP, 1980) 235-36.

（列表一）

		研閱文本	內容擷要
新義	1	周夢蝶「月份詩」八首[4]	周夢蝶身材瘦小，以「苦吟詩僧」聞名[5]。研究者反其道而思，以「元素詩學」及「內在英雄」論說指認周氏八首「月份詩」可能蘊含的「英雄成長」主題，並把八個文本合成組詩觀照[6]。
	2	陳夢家《夢家詩集》[7]	陳夢家嘗自言雖不信教，但因受篤信基督的父親陳金鏞（1868-1939）影響，終生不敢批評基督教[8]。研究者取陳夢家與基督教的聯繫為切入點，提出《夢家詩集》的作品可按「對基督信仰的回應」來進行新詮[9]。
開源	1	商禽《商禽詩全集》[10]	商禽直言因是在傳統教育底下成長，不能接受「西方的」基督宗教[11]。研究者乃取傳統哲思中重要的一環——先秦儒學為切入點，討論商禽現代詩可能蘊含的文化內涵[12]。

---

[4] 周夢蝶（周起述，1921-），《還魂草》（臺北：文星書店，1965）21-36。

[5] 劉永毅（1960-），《周夢蝶：詩壇苦行僧》（臺北：時報文化出版企業股份有限公司，1998）。

[6] 余境熹（1985-），〈水火融合與魔法師之路：周夢蝶八首「月份詩」的「解／重構」閱讀〉，《雪中取火且鑄火為雪：周夢蝶新詩論評集》，黎師活仁（1950-）、蕭蕭（蕭水順，1947-）、羅文玲主編（臺北：萬卷樓圖書股份有限公司，2010）369-414。

[7] 陳夢家（1911-66），《夢家詩集》（北京：人民文學出版社，2000）。

[8] 陳夢家，〈青的一段〉，《夢甲室存文》（北京：中華書局，2006）89-113。

[9] 牧夢（余境熹），〈文學「誤讀」：信仰向度釋《夢家詩集》〉，《文學評論》11（2010）：31-40。

[10] 商禽（羅顯烆，1930-2010），《商禽詩全集》（中和：INK印刻文學生活雜誌出版有限公司，2009）。

[11] 商禽、孟樊（陳俊榮，1959-），〈詩與藝的對話——現代詩創作與理論的鴻溝〉，《創世紀詩刊》107（1996）：51-60。

[12] 余境熹，〈商禽詩與先秦儒學的互文聯想——「誤讀」詩學系列之三〉，「兩岸三地華文教學研討會」，廈門大學、香港大學、天主教輔仁大學、復旦大學、明道大學、修平技術學院聯合主辦，廈門大學，2010年4月3日。

		研閱文本	內容撮要
	2	陳映真〈哦！蘇珊娜〉[13]	陳映真因父親傳授及大量閱讀西洋文學，獲得了對基督宗教的深刻認識，其作品時有基督精神之表現，早有定論[14]。研究者另闢蹊徑，論述「聖經後典」（Apocrypha）《蘇姍娜傳》（Susanna）與陳氏短篇〈哦！蘇珊娜〉的相反之處，試圖論證後者可能的所受影響及所刻意逆反的表現[15]。
比照	1	張默「臺灣詩帖」[16]	張默最為學界認識者，當為與洛夫（莫洛夫，1928-）、瘂弦（王慶麟，1932-）共同創辦詩雜誌《創世紀》。研究者放大此一對張氏的認識，拉攏似乎無可以比較處的文本，以《創世紀》（Genesis）乃至整部基督教「聖經」（the Holy Bible）為參照，提出讀張默「臺灣詩帖」的一種新可能[17]。
	2	唐文標《平原極目》上卷[18]	唐文標在 1985 年逝世，同年年底，「後設小說」在臺灣文學史隆重登場。以臺灣後設小說，包括黃凡（黃孝忠，1950-）、張大春（1957-）等人之作為參照，竟可發現唐氏《平原極目》上卷具備了該文類的多種特點，若當作後設小說來欣賞，亦可一新耳目[19]。

---

[13] 陳映真（陳永善，1937-），〈哦！蘇珊娜〉，《唐倩的喜劇》（臺北：洪範書店有限公司，2001）75-85。

[14] 裴爭，〈孤獨的風中之旗──論臺灣當代作家陳映真〉，碩士論文，山東師範大學，2003，7；徐紀陽，〈穿越歷史的後街──論陳映真文學寫作中的政治敘事〉，碩士論文，汕頭大學，2006，9-12。

[15] 余境熹，〈陳映真《哦！蘇珊娜》與聖經後典《蘇姍娜傳》的互文聯想──「誤讀」詩學系列外篇之一〉，《韓中言語文化研究》25（2011）：385-410。

[16] 張默（張德中，1931-），《獨釣空濛：第一部旅遊世界之詩與攝影合集》（臺北：九歌出版社有限公司，2007）26-102。

[17] 余境熹，〈張默的《創世紀》（Genesis）──「聖經」反照中的「臺灣詩帖」（「誤讀」詩學系列之五）〉，《生命意象的霍霍湧動──張默新詩論評集》，蕭蕭、羅文玲主編（臺北：萬卷樓圖書股份有限公司，2011）245-79。

[18] 唐文標（謝朝樞，1936-85），《平原極目》（臺北：環宇出版社，1973）3-100。

[19] 余境熹，〈唐文標的後設小說：《平原極目》上卷「誤讀」〉，「錢鍾書、唐文標、林煥彰與兩岸四地文學現象國際研討會」，北京師範大學珠海分校中文

　　拙稿延續「誤讀詩學」的探討和應用，將選取白靈（莊祖煌，1951-）《五行詩及其手稿》[20]為詮釋對象，而用以比照的他者，乃是學者宜所不取[21]、顯著關係極微的阿茲特克（Aztec）傳說和歷史。對白靈詩作出刻意的「誤讀」，企能提出相對新穎的見解的，此前已有王蓉（1989-）力作一篇[22]。是次仍以白靈文本為窮照對象，實欲展開一場更為離奇的、跨度更廣的詩的「誤讀」，在「新義」、「開源」、「比照」方面，皆提出對白靈詩文本的嶄新認識。

二、詩是宇宙之花：文化母源致敬[23]

　　阿茲特克的文化學習對象是瑪雅人，這從兩者崇信的神祇、金字塔的建造等的相似性中可見一斑。在曆法方面，阿茲特克人亦繼承瑪雅文明，兼有「金星年」、「地球年」和「卓爾金年」，其中金星年和地球年的計算皆與天文週期有關，而且相當精確，令人不得不猜測 260 天的卓爾金曆實指向一顆位置介乎金星與地球之間的

系、香港大學、廈門大學、澳門大學、徐州師範大學、南華大學文學院、明道大學中文系、修平技術學院聯合主辦，北京師範大學珠海分校，2011年4月23日。

[20] 白靈，《五行詩及其手稿》（臺北：秀威資訊科技股份有限公司，2010）。

[21] 行數「五行」的雙關義，較直觀地啟示人以中國「五行」的觀念來進行理解，或起碼視之為中國色彩較濃的創作；若以篇幅一致「五行」來討論，則可從「小詩」、「形式」等向度切入。拙稿不循中夏而索美洲，不究形式而探內容，學者宜所不取，良有以也。然唯其如此，「誤讀」之高標個人主義方可達其極致，有關論述方可為同類研討提供示範。

[22] 王蓉（1989-），〈白靈詩與「老莊思想」的互文聯想〉，「承傳與創新——文化研究國際研討會」，北京師範大學香港浸會大學聯合國際學院、香港大學、明道大學、佛光大學、北京大學、澳門大學、徐州師範大學、廈門大學、《文藝爭鳴》、香港專業進修學校語言傳意學部、東亞細亞文化研究中心聯合主辦，北京師範大學香港浸會大學聯合國際學院，2010年12月18日。

[23] 此題取自白靈「詩是宇宙之花」一語。見白靈，〈五行究竟——《五行詩及其手稿》自序〉，《吹鼓吹詩論壇》12（2011）：210。

卓爾金星的存在。而按天文學的發現，確實有一條隕石帶存在於地
球與金星中間的宙域，敏感的觀察者，不難聯想到這是爆炸後卓爾
金星的殘骸。再進一步的假設，便落到瑪雅人本是卓爾金星人的推
測上，認為彼等因逃避行星滅亡的災難，以先進的宇航技術流亡地
球，卻終因不能適應地球環境，開始退化，以致無法繼承原先在卓
爾金星上的高等文明[24]。與此相應，今日考古學的證據亦顯示瑪雅
人為「天外來客」的可能性不低[25]。如是者，白靈的「五行詩」〈那
名字叫衛星的人〉或可有一種新的理解，其詩文謂：

> 失控的往事終究是墜燬了，就在昨夜／夢境的上空，它燃燒
> 的尾巴／淒屬成長長長的一聲驚叫／但除了躺在地面我那
> 塊心肉受到重擊／摧燬，奄奄一息，沒有，沒有誰聽到[26]

作出釋義，卓爾金星的毀滅，對思念故土的瑪雅人來說彷彿「就
在昨夜」、「夢境」、「驚叫」，乃是指瑪雅人的魂牽夢繫、心痛不已，
在腦海中常存著和卓爾金星剪不斷的、「尾巴」一般的關係。然而，
詩的末行亦指出，卓爾金星的前事已經湮遠，除了古時作為後裔的

---

[24] 李衛東，《外星人就在月球背面》（重慶：重慶出版社，2009）102-03；向思
鑫，〈馬雅文明之謎〉，《世界歷史49大謎》（臺北：究竟出版社股份有限公
司，2004）255。

[25] 例如以下三例：（1）瑪雅人生活過的地方出土了一種新的人種化石，經化
石復原後，發現其鼻樑隆起，與人類鼻樑凹入不同，跟古埃及壁畫中的神
人、中國四川「三星堆人」等疑為外星人者相似，見李衛東103；（2）據
考察，瑪雅人的一個多座城鎮，彼此間並無道路相連，如何通訊值得思量；
（3）1952年6月15日在墨西哥帕倫克（Palenque）一個金字塔形墓穴中，發
現刻有人在駕駛高速飛行器的浮雕石板，見向思鑫，〈馬雅文明之謎〉
258-60。另外，瑪雅城市往往闢有大廣場，其文明建於火山叢林而刻意避
開水源，玩具中有輪子部件但運輸工具則無之，金字塔的內部無法探測等，
皆是惹人思考瑪雅人外星起源的項目。

[26] 白靈，《五行詩及其手稿》 198。

瑪雅人和文化的繼承者阿茲特克人外，到 16 世紀西班牙的侵略和文獻破壞後，地球上已沒有誰再對它存有印象了。可以說，詩作〈那名字叫衛星的人〉是對阿茲特克文明繼承瑪雅文明，而瑪雅文明有其外星源起的一種指涉。

與此同時，白靈〈露珠〉詩說：「星球出發前／都須打掃／你／看過骯髒的／露珠嗎」[27]，以出發的星球開始述說，想像奇特，若解讀為瑪雅人展開星際逃遁、攜其文明來到地球的陳述，仍無矛盾，且適跟上述那種謂其繼承者——阿茲特克文明有地球以外因子的推測相合。

瑪雅文明在地球一直延續其輝煌至公元 9 世紀[28]，此後則忽焉無以為繼，其光芒悉讓崛起的阿茲特克人取代。在白靈的「五行詩」中，〈兵馬俑〉[29]固然是「中國題材」之作，但詩的首兩行：「星球爆燬後，光芒猶在飛行／穿越時空，也將刺穿你我的瞳孔」，豈不也可理解成瑪雅人災後倖存，而其光芒能靠阿茲特克人延續，且終將越過時空，在地球上進入異邦眾人的目光之中？在其黃金時期，阿茲特克人在地球上建立了別具一格的、秩序井然的文明，其統治者之權威不下於世上列國的帝王[30]，可是面對大航海時代西班牙人的入侵，阿茲特克文明亦卒步向滅亡，其末代君主摩泰佐馬二世（Moctezuma II，約 1475-1520，1502-20 在位）、庫奧特莫

---

[27] 白靈，《五行詩及其手稿》 187。

[28] 派克斯（Henry B. Parkes, 1904-72），《墨西哥史》（*A History of Mexico*），瞿菊農（瞿士英，1901-76）譯（北京：生活・讀書・新知三聯書店，1957）10。

[29] 白靈，《五行詩及其手稿》 114。

[30] 阿茲特克巨城特諾奇提特蘭－特拉泰洛哥（Tenochtitlan-Tlatelolco）的華美、整潔、富於秩序，教人難以想像，以致來自西班牙的征服者赫南多・柯泰斯（Hernando Cortés, 1485-1547）竟要在上呈查理五世（Charles V, 1500-58，1519-56在位）的報告中，「顧慮國王的尊嚴」。詳參克蘭狄能（Inga Clendinnen, 1934-），《阿茲特克帝國》（*Aztecs: An Interpretation*），薛絢譯（臺北：貓頭鷹出版社，2001）38-40。

（Cuauhtemoc，約 1495-1525，1520-21 在位）皆受刑罰羞辱[31]，隕落於曾經顯赫之所，故〈兵馬俑〉後三行謂：「此刻正稍息，不妨回頭／看那趾高氣昂的／怎樣從龍榻上墜落」，也隱然指向阿茲特克帝國的最終下場，整首詩可以比附為繼續瑪雅文明後阿茲特克興亡的概括。

　　因此，白靈「五行詩」裡的阿茲特克故事，以〈那名字叫衛星的人〉、〈露珠〉、〈兵馬俑〉為載體，一直追溯至作為文化母源的瑪雅文明之中，由瑪雅人的「天外背景」開始敘述，中轉入阿茲特克對瑪雅的繼承，並簡要地預示了阿茲特克帝國的不幸結局。以此為序幕，「不妨回頭」細看，可發現白靈「五行詩」中更多與阿茲特克歷史、傳說相關的細節。

三、煙火與水舞：阿茲特克人的湖上帝國[32]

　　「湖」是白靈詩常見、且為白靈所重視的意象，如《五行詩及其手稿》卷二訂名作「一朵白雲抹亮了湖心」，集中則收有〈湖〉、〈湖邊山寺聞鐘聲〉、〈一朵白雲抹亮了湖心〉、〈紅荷──憶遊西湖有贈〉、〈西湖泛舟〉等作，而篇目不帶「湖」字的〈不如歌 II〉，也有「快樂躺平的湖泊」[33]一句，〈不枯之井〉則有「眼前這一大

---

[31] 摩泰佐馬二世（Moctezuma II，約1475-1520，1502-20在位）主動讓西班牙人入城，原意是在交流中顯示自身的偉大，但西班牙人馬上挾持其為人質，不僅直視他的臉，更推他、戳他，還給他戴上鐐銬；西班牙人在一度退敗後，終於佔領皇城，阿茲特克末主庫奧特莫（Cuauhtemoc，約1495-1525，1520-21在位）遭刑求拷問，其後被迫隨軍遠征宏都拉斯，終被指控參與「陰謀」而被絞死樹上。參克蘭狄能，362、366。

[32] 此題取自白靈論蕭蕭之文章。見白靈，〈煙火與水舞──蕭蕭小詩中的空白美學〉，《創世紀詩雜誌》166（2011）：158-76。

[33] 白靈，《五行詩及其手稿》 40。

片湖泊」[34]之語，凡此種種，與阿茲特克人在「湖」上建立人工島、定居於「湖」上巨城特諾奇提特蘭—特拉泰洛哥（Tenochtitlan-Tlatelolco）的生活經歷，似亦可作一定之聯結。據克蘭狄能（Inga Clendinnen，1934-）《阿茲特克帝國》（*Aztecs: An Interpretation*）的表述，「巨城只憑三個堤道系統約略泊靠在土地上，每個堤道長二里格有餘（一里格約等於五公里）」，外框即湖的邊緣，亦屬繁榮市鎮，有著「厚厚一圈居民聚落網和密集耕作的小片田地」[35]，煙火水舞，令人歎為觀止。

　　白靈〈一朵白雲抹亮了湖心〉中說：「一朵白雲抹亮了湖心／奮翅游泳過去幾隻鳥影／鳥的叫聲使整座湖淺淺／淺淺的地震，群山坐不住／醉熊之姿一隻隻倒頭栽入了」[36]，牽涉的即是阿茲特克人的建城傳說。特諾奇提特蘭跟「鳥」的關係是：傳說之中，阿茲特克人的祖先乃在神祇的啟示下來到特斯科科湖（Lake Texcoco）的，當他們看見一隻叼著蛇的老鷹在仙人掌上停歇，就明白那是神讓他們就地建造城市的指引。所謂「淺淺／淺淺的地震」，由「鳥」所引起，即是指城市建造時的大興土木[37]。如是者，特諾奇提特蘭建成後，壯麗如畫，乃終如一朵雲般，為原先平靜的、單調的湖泊添上萬分姿彩，「抹亮了湖心」。

　　至於〈湖〉一篇，白靈則寫道：「最後一圈漣漪將爬上你的岸邊／再不會有石子投入湖中了／雨的流蘇下到半途都化散成霧／落日以一輪霞光，天上湖上／正經營一場冷靜而燦爛的對話」[38]，

---

[34] 白靈，《五行詩及其手稿》 201。

[35] 克蘭狄能 38。

[36] 白靈，《五行詩及其手稿》 77。

[37] Thelma D. Sullivan (1918-81), "The Finding and Founding of Mexico-Tenochtitlan (selection from the *Crónica Mexicayotl* of Fernando Alvarado Tezozómoc)," *Tlalocan* 6 (1971): 312-36.

[38] 白靈，《五行詩及其手稿》 142。

首三行半可說是對湖上世界的詩化描寫，應合著阿茲特克巨城的美不勝收，而末二行所寫的「天上湖上對話」，則尤其值得注意，此因如按阿茲特克的情況論，「湖上」實應理解為人世，其與天上的對話，即指人們的宗教探求──把「天上湖上的對話」置入詩中，適正配合著特諾奇提特蘭以宗教生活為核心的特徵，兩者的隱性聯繫，又添重要依據。再據克蘭狄能的表述，證明宗教生活如何在巨城中享有至重要位置：

> 大神廟區佔地也許有五百平方公尺，佈滿八十餘座以完美石工藝築造的建築體，包括水池、金字塔、諸神廟殿，以及侍奉諸神的男女們的起居所。似幻似真的「大金字塔」雙廟各高六十公尺，分別敬拜神戰胡伊齊洛波契特里與雨神特拉勞克（Tlaloc）〔……〕穿梭於運河網上的小舟、往來於狹窄街巷上的男女老幼，都靠仰望金字塔來確定方位〔……〕接在神廟區之後的是墨西加統治者「特拉托阿尼」（tlatoani；意指「發言者」）居住宮殿的庭院和花園，以及以往歷任統治者的宮殿，每座宮內都奉祀著各位君主英勇戰鬥贏得的寶物[39]。

如果再將「宗教」的概念反推向詩的前半部分，僅舉一例，「霧」也可以指阿茲特克的至上神靈之力：「煙霧鏡」、「鏡中煙霧」泰茲卡特里波卡（Tezcatlipoca），其特徵是無所不在且無所不能，是術士的守護神、人類命運的掌控者，在眾神之中擔當主神，具有較高

---

[39] 克蘭狄能 41。亦可參考戴爾・布朗（Dale M. Brown）主編，《燦爛而血腥的阿茲特克文明》（*Aztecs: Reign of Blood and Splendor*），萬鋒譯（北京：華夏出版社，2002）4。

的代表性[40]。因此,阿茲特克的宗教色彩以及其在城市中的顯現,實為〈湖〉的可能主題。

據此發論,白靈「五行詩」實具備介紹阿茲特克生活場所的意蘊,重點表述了湖上建城、美輪美奐、以宗教為核心等的重要特點。「五行詩」既已標出宗教為阿茲特克人的核心事務,其他篇章之中,遂乃進一步關涉阿茲特克的神靈世界。

四、愛與死的間隙:阿茲特克神靈世界[41]

阿茲特克人是泛神信仰者,其神譜可以開出長長一串[42],如「二神」奧梅特奧托(Ometeotl)為諸神的創造者,「蛇裙」寇阿特里姑(Coatlicue)為大地、太陽、月亮、星星之母,「左方的蜂鳥」胡伊齊洛波契特里(Huitzilopochtli)為部落神、戰神、太陽神,又有龍舌蘭酒之神「二兔」奧梅托契特里(Ometochtli),以女性形象出現時則稱為「有四百乳房的一位」馬雅烏也(Mayahuel),而亡魂世界則由「米克特蘭之主」米克特蘭特庫特里(Mictlantecutli)主宰,其餘像賭博、盛宴、音樂、舞蹈、狩獵、繁殖、紡織、垃圾、商業、淡水、耕作糧食、工匠藝能等等,悉有一位或以上的神來掌管[43]。在白靈的「五行詩」中,〈乳〉則比較顯著地能與「頰上有鈴的一位」開尤沙烏奇(Coyolxauhqui)產生聯繫。該詩謂:

---

[40] 克蘭狄能 89-90、398。

[41] 此題取自白靈詩集《愛與死的間隙》。見白靈,《愛與死的間隙》(臺北:九歌出版社有限公司,2004)。

[42] Henry B. Nicholson(1925-2007),"Religion in Pre-Hispanic Central Mexico," *Handbook of Middle American Indians*,vol.10(Austin: U of Texas P, 1971)395-446.

[43] 克蘭狄能 397-99。

　　可以碰觸可以握、之溫柔／舌尖下，聳入你底靈魂／光都滑
　　倒的兩捧軟玉／荒涼的夜裏／顫動著的金字塔啊[44]

　　開尤沙烏奇被視為戰神邪惡的姐姐，代表月亮，曾領代表星辰
的眾兄弟共同謀害未出生的太陽神、戰神胡伊齊洛波契特里，最終
卻被跳出來以「火蛇」迎擊的幼弟消滅[45]，詩中「荒涼的夜」之語，
便含有影射「月亮」神祇敗戰之意。

　　而如上節引文提及，阿茲特克的大金字塔乃奉祀胡伊齊洛波契
特里之所，在大金字塔階梯的最下一階、受盡踐踏處，即為其敵人
開尤沙烏奇的巨大石盤浮雕，取其被嬰兒戰神攻擊而四分五裂的一
刻造像[46]。只是，儘管淪為敗者，開尤沙烏奇的勇武仍然得以反映：
浮雕上的她作戰士打扮，配戴鈴、耳栓、鷹式頭飾，膝蓋、肘部、
鞋跟上有生長獠牙的臉，連姿態也不失戰士風範，連死亡一刻裏她
那斷裂的四肢都是還在舞著踏著的[47]，使人驚慄不已，故白靈詩「顫
動著的金字塔啊」一語，亦可從開尤沙烏奇處尋得對應。

　　然而，最能為二者冥契暗合提供證明的，莫過於「乳」。浮雕
開尤沙烏奇的中心主體，根本即是這名女性神祇的一對乳房，「長
形的、無瑕疵的、如百合花般柔美的乳房」[48]，「線條長而完整無
瑕，平滑有如百合花：是令人迷惑的、永恆渴望的目標」[49]──此
一圖畫所反映的，豈不正是白靈〈乳〉詩裡說的「可以碰觸可以握、
之溫柔」？其平滑，豈不正是白靈詩裡的「光都滑倒的兩捧軟玉」？
可以說，開尤沙烏奇浮雕與白靈「五行詩」的相聯性之高，幾要令

---

[44] 白靈，《五行詩及其手稿》 37。
[45] 克蘭狄能 264、397。
[46] 克蘭狄能 264-65。
[47] 克蘭狄能 264。
[48] 克蘭狄能，圖版 24。
[49] 克蘭狄能 265。

人有誤以為〈乳〉是「取材」自此一藝術品的錯覺。白靈「五行詩」
內蘊阿茲特克神靈世界的內容，於此可窺其一。

　　另一與阿茲特克神靈相聯的詩作，是〈鷹與蛇〉：「整座天空貼
滿牠們荒謬的翅影／唯我仍能倒掛，懸崖上假裝是一根枯枝／幾顆
蛋顫抖地在鳥巢中等我／寂靜多麼可怖，只等田鼠或白兔被追成不
幸／鷹眼中，滑不溜丟的盜蛋蛇，是我」[50]，其連結可分三種角度
講：（1）阿茲特克的神靈世界中，有名為蓋策爾寇阿托（Quetzalcoatl）
的神祇，其名字意為「寶貴羽毛蛇」，在其蛇皮之上，佈滿了長條
的羽毛，可謂為「鷹與蛇」的直觀對照神祇[51]；（2）蛇是阿茲特克
神靈的重要形象，如「蛇裙」寇阿特里姑、「蛇女」希瓦寇阿托
（Cihuacoatl）、「七蛇」尤伊托希爾托（Uixtocihuatl）、「雲蛇」米
希寇阿托—卡馬希特里（Mixcoatl-Camaxtli）等，〈鷹與蛇〉中敘述
主體「我」即是蛇，其強調蛇的靈巧，與阿茲特克蛇形象神祇可頌
的神力相合；（3）將以羽毛為特徵的蓋策爾寇阿托視為「鷹」的話，
白靈〈鷹與蛇〉裡的鷹、蛇相鬥，實可視為阿茲特克靈界爭戰的反
映，因蓋策爾寇阿托是一被放逐的神，在傳說中終將回歸，向其他
神祇（包括「蛇」形象的眾神）展開報復[52]。

　　除涉及神靈以外，白靈「五行詩」亦與阿茲特克的祭祀儀式相
連，其〈意志〉謂：「戰士們鴉雀無聲／齊聚於火光沖天的殿堂／
在神前獻上割下的耳朵，和腳／繼之以灼烤後的心肝／那無以名之
而歷史上稱之為『詩』的東西……」[53]探討的便是阿茲特克的活人

---

[50] 白靈，《五行詩及其手稿》　159。

[51] 洛佩斯‧波蒂略（José López Portillo y Pacheco, 1920-2004），《羽蛇》
（*Quetzalcoatl*），寧希譯（北京：人民文學出版社，1978）1。

[52] 有一說認為不幸地，當西班牙侵略者踏上阿茲特克的土地時，阿茲特克統
治者誤以為那是蓋策爾寇阿托的回歸，導致未能妥善回應入侵者的威脅。
有關論說，聊佐談資，在學界已罕受承認。

[53] 白靈，《五行詩及其手稿》　100。

獻祭儀式。從篇末稱「詩」為這場「惡名昭著」的大典的結晶品來看，愛詩人的文本乃是以另一種角度來看待這一場令犧牲者喪命的活動的[54]。由於阿茲特克人的獻祭情況及其意義仍是難以確知的，試作解釋，可借張恩鴻（1960-）所引述羅罕特·賽鳩妮（Laurette Sejourne, 1911-2003）《燃燒之水》（*Burning Water: Thought and Religion in Ancient Mexico*）的意見為憑，該說指活人獻祭實為一「表徵人類命運的儀式」，別富意義和哲理，如：（1）剝皮，象徵教誨能使某種知識從肉體中分離開來；（2）切除代表靈魂的心臟，是象徵死後能從肉體得到解放，直入光明新國度；（3）火焚屍身，象徵精疲力竭的肉體最終化成灰燼，只有永恆的靈魂像鳳凰浴火般重

---

[54] 事實上，學界也已擺脫單純認為阿茲特克活人獻祭為民族性粗野橫蠻的論調，比如從生態學解釋犧牲目的在補充飲食缺乏蛋白質的，有Michael Harner (1929-), "The Ecological Basis for Aztec Sacrifice," *American Ethnologist* 4.1 (1977): 117-35; "The Enigma of Aztec Sacrifice," *Natural History* 86.4 (1977): 46-51; Marvin Harris (1927-2001), *Cannibals and Kings: The Origins of Cultures* (New York: Random House, 1977)；從科技發展解釋，指認挖心獻祭與熱力學第二定律關係的，有Christian Duverger（1948-），*La fleur létale: économie du sacrifice aztèque*（Paris: Editions du Seuil, 1979）；從掌權者和百姓的政治關係立論，探討獻祭背後的陰謀論、社會參與的，則有Robert C. Padden (1941-2010), *The Hummingbird and the Hawk* (Columbus: Ohio State UP, 1967); Sullivan, "Tlatoano and Tlatocayotl in the Sahagún Manuscripts," *Estudios de cultura náhuatl* 14 (1980): 225-38; Johanna Broda, "Relaciones políticas ritualizadas: El ritual como expresión de una ideología," *Economía política e ideología en el México prehispánico,* ed. Pedro Carrasco (1943-2001) and Johanna Broda (Mexico City: Editorial Nueva Imagen, 1978) 13-73；"Consideraciones sobre historiografia e ideología mexicas: las crónicas indígenas y el estudio de los ritos y sacrificios," *Estudios de cultura náhuatl* 13 (1978): 98-111; Cecelia F. Klein, "The Ideology of Autosacrifice at the Temple Mayor," *The Aztec Templo Mayor,* ed. Elizabeth Hill Boone (Washington，D.C.: Dumbarton Oaks, 1987) 293-370；解釋為人口控制手段的論調，也見於Laura Randall, *A Comparative Economic History of Latin America, 1500-1914*，vol.1, diss. Michigan, 1977.

生，在更新之火中得以昇華——如此，則犧牲的目的在於為更好的重生作出鋪墊，有其積極的意味[55]。

克蘭狄能曾介紹一種「扮神者」的犧牲，犧牲者因其外貌美好、風度出眾而會獲選為新任的「泰茲卡特里波卡」（前述的阿茲特克至高神），為期一年，一年間，會接受阿茲特克最佳的待遇，如由統治者為其穿戴華麗衣飾、獲得「男侍」、「女奴」、「少年導師」以及無以估量的愛慕，並且在死前，能代替國主掌管特諾奇提特蘭城四天，其任務不外乎「學會優雅自如地把弄他的菸筒、笛子、花朵」[56]；在張恩鴻引述的賽鳩妮意見中，即認為「扮神者」最終得釋下所有華麗衣服、離棄侍從奴婢，象徵著物質塵世的一切，到最終皆須撤下，而犧牲者在攀登神廟的第一個階梯時，將弄壞其於受撫養時學習吹奏的一個橫笛，至第二個階梯，則弄壞第二個橫笛，直至全部橫笛都毀掉為止，儀式的象徵則是掌握到終極真理，不必再拘泥於入門的學識[57]。各種具有象徵性的隱喻，均為活人獻祭添上價值和意義，〈意志〉裡的由「祭」生「詩」，持論正面，概可按此解讀。

當然，更直接的解說將是：在祭典中，臨死時犧牲者會忘我地頌唱、禮讚「繁花之死」，以詩的形式表述人在世間的曇花一現[58]。詩，於是便誕生在那一「愛與死的間隙」，成為臨終者情感宣洩的最佳載體。

作為補充，《五行詩及其手稿》中尚收有〈祭師〉一作，其文謂：「陰影是／月亮崇拜的／舞者／而誰／是你背後持扇的祭

---

[55] 張恩鴻（1960-），《上帝失落的記憶》（中和：晶冠出版有限公司，2006）113-14。

[56] 克蘭狄能 147-49。

[57] 張恩鴻 114。

[58] 克蘭狄能 294。

師」[59]，就內容言雖較不易與阿茲特克的具體歷史情形發生明顯聯繫，但在書寫題材上，仍足以為白靈詩偶寫宗教物事，與阿茲特克神靈世界一線互聯提供佐證[60]。在交代如此種種相對平穩的阿茲特克生活史資料後，白靈「五行詩」亦有轉入動態的、關於阿茲特克和西班牙爆發戰爭的重要部分。

五、毋望在莒：阿茲特克的敗亡[61]

1519 年終，赫南多・柯泰斯（Hernando Cortés, 1485-1547）與他的西班牙部隊首次和阿茲特克文明碰面，在雙方浮淺的相互交流中，西班牙人猛然發起對阿茲特克的侵略行動，扣押其國君摩泰佐馬二世。在與其他西班牙部隊發生衝突及激起阿茲特克人暴動後，柯泰斯及其部屬乃被迫一度退出特諾奇提特蘭，隨即卻又聯合中美洲的其他族群，合力攻打特城。最終，阿茲特克皇城在 1521 年 8 月陷落，西班牙人贏得戰爭，並在原地建設所謂的「新西班牙」[62]。白靈〈颱風 II〉詩謂：

> 把六百公里的風雨摟成一球，海要遠征／狂飆的中心藏著慈祥透明的眼睛／愛要孔武有力，總是摟著恨，不憚千里／狠狠一擊，大海對大陸，流動對不流動／靈對肉，千軍萬馬地

---

[59] 白靈，《五行詩及其手稿》 186。

[60] 有關阿茲特克祭師的顯要地位、智慧和特權，見克蘭狄能 88-90。

[61] 此題取自白靈詩〈毋望在莒〉。見白靈，《昨日之肉：金門馬祖綠島及其他》（臺北：秀威資訊科技股份有限公司，2010）27-28。

[62] 西班牙入侵阿茲特克的基本史料，可參貝爾納爾・迪亞斯・德爾・卡斯蒂略（Bernal Diaz del Castillo, 1492-1581），《征服新西班牙信史》（*The Truthful History of the Conquest of New Spain*），江禾、林光譯，上下冊（北京：商務印書館，1991）。

咆哮、踐踏……[63]

　　其敘述和西班牙、阿茲特克之戰有著許多相通點：（1）西班牙入侵者是從大西洋的另一端過來的，是掌握越海技術，「不憚千里」，要發動「遠征」、擴大版圖的勢力；（2）與之相對，阿茲特克則是中美洲的陸上霸權，兩者構成「大海對大陸」的鬥爭格局；（3）在殖民競賽中急劇冒起的西班牙人代表「流動」，而步入穩定階段的阿茲特克人則趨向「不流動」[64]；（4）關於「靈對肉」，西班牙征服者以滿足「肉」慾為目標[65]，阿茲特克的守衛者則一再強調「靈」界的力量[66]；（5）阿茲特克抵抗者強調戰士之「靈」，勇毅不屈，

---

[63] 白靈，《五行詩及其手稿》 85。

[64] 克蘭狄能如此概括阿茲特克人的歷史：「特城創建於一三二五年，當時只是一群貧苦的逃難者築在沼澤島上的一堆泥土屋。一百年後，墨西加人聯合其他順民城鎮一舉打敗了霸主城，擺脫了原來的順民地位。再過了五十年，他們作好向谷外擴張的準備，要拓廣收納進貢的範圍。接下來是五十年的宗主威勢和城內大興土木的炫耀。然後，西班牙人來了，把人、城、帝國都消滅了。」其中最後五十年的「不流動性」值得注意，見克蘭狄能 61；阿茲特克文明在對外擴散中，也有較大局限，見 Gordon R. Willey（1913-2002）, "Horizontal Integration and Regional Diversity: An Alternation Process in the Rise of Civilization," *American Antiquity* 56.2（1991）: 198-208；開疆拓土的限制，見格魯金斯基（Serge Gruzinski, 1949-）《阿茲特克：太陽與血的民族》（*The Aztecs: Rise and Fall of an Empire*），馬振騁（1934-）譯（上海：漢語大詞典出版社，2001）57-58、60-61。

[65] 在黃金面前，西班牙人對工藝、藝術、文化等變得全無興趣，如輕視象徵統治領域廣闊的鳥羽，在阿茲特克貴族相迎之時，只知撲向黃金；為贏得戰爭，把阿茲特克皇城夷平大半；為便於把黃金運回歐洲，破壞或溶掉飾有黃金的藝術品。另外，西班牙人之傾向於「肉」，亦見於擄掠美貌女性、年輕男孩，滿足獸慾。見克蘭狄能 361、366。

[66] 例如：當皇城陷落在即時，阿茲特克人仍由一名偉大戰士穿起「大咬鵑鴞」裝扮，向敵人擲出戰神的燧石尖鏢——阿茲特克人相信，該名戰士若兩度中的，便預示他們終能贏得戰爭；城破以後，神廟祭師仍以運走重要神像為目標，不肯捨棄。見克蘭狄能 364-66。

但西班牙人格外重視保全「肉」身，做出不少缺乏戰士風範之舉[67]；（6）至於「狂飆的中心藏著慈祥透明的眼睛」，既可理解為西班牙人與阿茲特克人初期接觸時的偽裝無惡意，也可解釋為他們以宣揚基督教「愛」的福音為目的，但在過程中卻每每以「孔武有力」的愛慘烈地迫害了美洲原住民。

值得注意的是，阿茲特克不識何謂馬[68]，無獨有偶，白靈《五行詩及其手稿》中，「馬」字只出現僅僅三次：一是作為題目的組成字符，見於〈兵馬俑〉；一是見於〈裸〉[69]的、隱喻式的「馬」，可謂「此馬非馬」，並不指實體的馬匹；尚有一次，便是見如上述的〈颱風 II〉中，其稀有與阿茲特克人之不知馬，略相類似。在〈颱風 II〉中，「萬馬」與「千軍」搭配，放進前段對該詩與西、阿戰爭相通的推論中，構圖上便增加了以馬匹輔助、對付徒步敵人的西

---

[67] 按克蘭狄能的概括：「墨西加人隨後發現，西班牙人不懂得戰場上行為原則，他們會用十字弓和大砲從遠處置人於死，在戰場上會不知羞恥地逃躲敵人。而且他們會用挨餓的手段迫使敵人──不分是不是戰士──屈從。」見克蘭狄能 362。

[68] 西班牙人帶著馬踏足阿茲特克領土時，阿茲特克人開始風聞馬的特性：會嘶叫、瞪白眼、奔向戰鬥、前衝回身……到親身接觸馬時，發現馬的蹄子會在地上踏出痕跡，又認為這是弄傷了大地。見克蘭狄能 361-62。整個反應，無乃是一種活生生的、維克托・什克洛夫斯基（Viktor Shklovsky, 1893-1984）所言的「第一次知見者視角」的呈現。詳參Viktor Shklovsky, "Art as Device," *Theory of Prose,* trans. Benjamin Sher（Normal, Illinois: Dalkey Archive P, 1990）6；中譯見什克洛夫斯基，〈作為手法的藝術〉，《俄國形式主義文論選》，什克洛夫斯基等著（北京：生活・讀書・新知三聯書店，1989）7。伊塔羅・卡爾維諾（Italo Calvino, 1923-85）據此發揮，在小說〈蒙特祖瑪〉（"Montezuma"）裡為摩泰佐馬二世安排了一段對白：「海上出現扯著帆翼乘風前進的木屋〔……〕海邊來了一群身穿灰色、會反光的金屬裝的人，騎著從未見過、貌似沒有角的大型麋鹿的野獸，留下半月形的蹄紋。取代弓箭的是一種會噴火，發出巨響的號角，距離遙遠也可致命。」見卡爾維諾，〈蒙特祖瑪〉，《在你說「喂」之前》，倪安宇譯（臺北：時報文化出版企業股份有限公司，2001）191。

[69] 白靈，《五行詩及其手稿》 178。

班牙侵略者[70]，馬嘶暴烈，兇殘地踐踏生命。如是者，〈颱風 II〉全詩經詮釋後，實無任何一行與西班牙「颱風式」的侵略戰爭無關。

特諾奇提特蘭城陷後，阿茲特克人傷亡枕藉，末主庫奧特莫被俘，祭師們遭狗群扯爛，倖存的男女皆淪為奴隸[71]，面對昔日金城、今之廢墟，亡國者不勝其悲，嗚嗚然唱出其哀悼之歌：

> 斷矛倒在道路上；／我們悲痛地撕扯頭髮。／房屋如今已沒有頂了，屋牆／染血而成紅色[72]。

與此呼應，白靈異代不同時的〈歌者〉則謂：「她的喉嚨是我失眠的原點／淋不濕的歌聲不肯成眠／像昨天的噩夢，飄過／雨溶溶的夜，恣意地迂迴於／我左耳與右耳的小巷之間」[73]，其間「噩夢」恣意地在左右耳間蕩漾，在書寫上，固與阿茲特克人令人無寐的「悲痛」相似，而〈歌者〉那一「小巷」的比喻，故意引進空間情景，亦可認作是跟阿茲特克人歌中血染牆、屋破頂存著互文的例子[74]。兩相重疊，白靈的「歌者」與五個世紀前的亡國詩人彷彿同體。

「五行詩」〈不枯之井〉的情感和主題亦與此相似，詩文是：「你說不能哭，坐我胸口那塊頑石點點頭／你說井不能枯，吊我心上那

---

[70] 西班牙入侵者數不盈千，「千軍」之數，乃其與當地族群締盟合攻的結果。當然，西班牙、阿茲特克軍的差異不僅限於騎馬與徒步作戰，克蘭狄能即寫出多組對比，如「騎馬的軍隊對徒步的勇士、鋼劍對木棒、火槍與十字弓對弓箭和長矛、砲彈對威猛的勇氣」等。見克蘭狄能 363；並參考克里斯·布雷瑟（Chris Brazier），《另類世界史——打開歷史廣角》（*The No-nonsense Guide to World History*），黃中憲譯（臺北：書林出版有限公司，2002）102。

[71] 克蘭狄能 366。

[72] 克蘭狄能 365。

[73] 白靈，《五行詩及其手稿》 161。

[74] Julia Kristeva (1941-), "Word，Dialogue and Novel," *Desire in Language: A Semiotic Approach to Literature and Art*, ed. Léon S. Roudiez, trans. Thomas Gora, Alice Jardine and Léon S. Roudiez（New York: Columbia UP, 1980）64-91.

木桶也點了頭／但就在昨夜，我聽到草原深處／一口愛哭的井哭了一整夜，哭出今晨／眼前這一大片湖泊，漂我的牀來你窗口」[75]，可解讀作國破以後，哀慟的阿茲特克百姓日以繼夜地痛哭，其情狀與上段的哀歌相彷，而加添上「流動感」：因為房屋已不能再住了，阿茲特克人難迴避漂泊流離的歲月，眼前仍是特諾奇提特蘭建於其上的大湖，自家的牀卻止不住不知要漂到誰家的窗戶。更有進者，若將「窗口」理解成「凝視」（gaze）的出發主體，牀解作「性」，則阿茲特克淪為奴者不知落入誰家、將有什麼遭遇的情況，也是與詩文本相合的。

　　毋望在莒，阿茲特克的文明雖一度輝煌，在西班牙人颱風式的侵略和武裝管治下，復國機會已接近於「零」。而除無情的槍砲以外，歐洲人更為美洲原住民帶來了後者缺乏抗體的天花、麻疹和流行性感冒，以致中部墨西哥人口，由 1519 年的二千五百萬之數銳減至 1565 年的二百五十萬[76]。在如此不可違逆的災難底下，美洲原住民已無任何反抗成功的可能，阿茲特克帝國亦只能走進歷史的冊頁，成為消失的政權。

六、億載雄心竟咽不下一座金城：侵略者命運[77]

　　征服阿茲特克及其餘美洲地區，對西班牙皇室的益處是不容低估的[78]。但是，若觀察西班牙的經濟前景，出奇地，卻似乎是弊多

---

[75] 白靈，《五行詩及其手稿》 201。

[76] Woodrow Borah (1912-99) and Sherburne F. Cook (1896-1974), "The Aboriginal Population of Central Mexico on the Eve of the Spanish Conquest," *Ibero-Americana* 38 (1954): 88-90；希雷瑟 103-04；格魯金斯基 106。

[77] 此題「億載雄心竟咽不下一座金城」之句，出自白靈短詩〈億載金城〉首行。見白靈，〈億載金城〉，《白靈短詩選》（香港：銀河出版社，2002）20。

於利。金銀的大量流入，使得西班牙出現嚴重的通貨膨脹，而工資亦在稍後一併上升，結果造成西班牙商品價格遠高於鄰國的情況，其外貿競爭力因之急劇下滑。與此同時，流入的外國商品因其價廉，竟逐漸侵佔西班牙的國內市場，西班牙製造業由是日益疲困。荷蘭、英國、法國，則乘時而興，其工業因向西班牙及美洲殖民地供應商品而獲得飛躍發展。因此，「忙了整夜」的西班牙征服者，最終只成為被黃金餌捕獲的「魚兒」，撈來的財寶卒成「鏡花水月」，在美洲搶劫的金銀，轉瞬又用於養壯自己的對手之上，落得個經濟凋敝，而強敵環伺的局面[79]。

白靈《五行詩及其手稿》收有〈釣〉[80]一詩，其意蘊可謂與此段歷史相互對應。謹列一表如後，簡單分行比照兩者相似之處：

（列表二）

詩行	詩文	呼應
1	水月是一輪沸騰的黃金	西班牙人以沸騰的欲望掠奪阿茲特克的黃金，最後卻「一場歡喜一場空」，所得化為鏡花水月
2	溪水忙了整夜收攏它懷中的財富	西班牙征服者為在阿茲特克攫奪財寶，不惜發動戰爭，忙碌一場
3	仍有些流金漂到下游去了	從阿茲特克所得黃金，漸漸流入英、法、荷蘭等國（按：亦可作另一解，指仍有於紛亂的戰局中遺失的黃金[81]）

---

[78] 彼得・李伯賡（Peter Rietbergen, 1950-），《歐洲文化史》（*Europe: A Cultural History*），趙復三（1926-）譯，下冊（香港：明報出版社有限公司，2003）17-18。

[79] 李伯賡 18；呂理洲，《學校沒有教的西洋史》（臺北：時報文化出版企業股份有限公司，2004）183-84；王曾才（1935-）編著，《西洋近世史》（臺北：正中書局，1976）33-34；向思鑫，〈西班牙無敵艦隊毀滅之謎〉，《世界歷史49大謎》 117。

[80] 白靈，《五行詩及其手稿》 172。

| 4 | 老者唇邊停著一隻螢火蟲 | 垂釣而發笑的是命運之神。西班牙人最終螳螂捕蟬，黃雀在後，成為上鉤的魚兒，所侵佔的財寶反用了來支持敵國的發展，只堪作一枚推動世界歷史的零件 |
| 5 | 釣絲垂進水中尋魚兒的小嘴 | |

　　可以說，西班牙征服者鼓其雄心，掃蕩中美，摧毀掉阿茲特克滿載黃金的巨城，然而由此帶來的巨大利益，偏不是西班牙人所能「咽」下的──億載雄心竟咽不下一座金城──征服者白忙一場的終局，在白靈「五行詩」裡也有隱示，使其與阿茲特克史的照應更稱完整，從序幕的以瑪雅文明為母體，至此刻講到西班牙征服者的下場，詩與史的比照，可稱無多遺漏。

七、結語

　　上述縫合白靈「五行詩」與阿茲特克相關課題的嘗試，使得詩文本和從源起到滅亡的阿茲特克歷史產生出一種鬆動的連結。若從文初「誤讀」能「新義」、「開源」、「比照」的角度觀察，「開源」方面，有關論說或可指向白靈長期接觸科學論說，對阿茲特克的天文學成就想有涉足，或喜歡遊歷各處、增廣見聞的他，也許曾聽聞阿茲特克歷史文化的結論；「新義」方面，往極處推，「究竟」「五行」的結果，亦可表述為白靈「五行詩」是一種對阿茲特克史的詩化重演，提供另類觀點。但比較重要的，筆者以為，當是這次離水萬丈、風馬牛不相及的文本聯繫，發現到白靈詩竟隱藏著美洲帝國的史跡，俾讀者能「詩」「史」合讀，一新耳目，其足以更強力地落實「誤讀詩學」無遠弗屆的比照之能，為此一分析系統提供更為前銳的實踐示範，從理論建構來說，應是值得肯定的。

---

[81] 西班牙人即以黃金遺失為由，刑求庫奧特莫。克蘭狄能 366。

白靈寫作年表

白靈自訂

紀年	記事
1951	本名莊祖煌，1月18日出生於臺北萬華，祖籍福建惠安。因戰亂，父於1949年前數年，母於該年由廈門鼓浪嶼攜一兄一姊渡海來臺，父原為燒製殼灰人家，母為回族阿裔郭氏後代。
1957	入老松國小就讀。從小見識到廟口市井之熱鬧，傳統習俗之豐饒。小學三年級家道中落，七口之家（兄弟姊妹各一）開始近十年的四處遷徙。
1963	第一志願入大同初中就讀。
1966	第一志願入建國高級中學就讀。對古典文學興趣濃厚。作文、周記常不按理及規定書寫。曾代表學校參與全市國語文競賽，落選，投稿學校刊物遭退稿，方知人外有人。
1969	大學入學考試時中暑，落榜。考上國防醫學院牙醫系，未就讀。大量閱讀翻譯小說及西洋詩集。
1970	考上國防醫學院醫學系，未就讀。入臺北工專三年制化工科就讀。開始在新生報副刊發表作品（散文）。筆名「靜生」。
1971	暑期時上新竹獅頭山、南庄、大東河等地遊歷月餘，閱讀《老子》，從一老居士於獅岩洞（元光寺）之晨光中學太極拳。其後因生病未愈，休學一年，入院開刀。開始填詞、寫古典詩。隔年重新考上中國文化大學中文系文藝創作組，未就讀。
1973	第一首新詩以筆名「白靈生」在《葡萄園》詩刊發表。小說作品於學校刊物發表。
	七月參加復興文藝營，營主任為瘂弦先生。〈巨人〉等詩獲新詩創作第一名。改筆名為「白靈」。與營友遊歷大溪、東勢等地，首度

紀年	記事
	見識到滿天的螢火蟲。其後參加桃園文藝營，以〈螢火蟲〉一詩獲新詩創作第一名。
1974	自臺北工專化工科三年制畢業。擔任化工廠技術員，至桃園鄉間參與建廠工作。
1975	認識文曉村，受其為人誠懇感召，參加葡萄園詩社。
	任光武工專助教。
	考上臺灣師範大學美術系夜間部，保留學籍一年。
	參加耕莘青年寫作會。此後三十餘年，陸續從有「共產」精神之耶穌會的神父們身上認識到「服務」二字的內涵和意義，從而體會到當一名「文化義工」的快樂。但因家庭信仰關係，始終是佛教徒。
1976	任臺北工專助教。因〈老〉一詩初識羅青，參加草根詩社活動。
	至師大美術系夜間部就讀。
	暑假任耕莘寫作班輔導員。
	12 月，獲得全國優秀青年詩人獎。
1978	七月，擔任暑期耕莘寫作班主任。認識眾多文藝作家。
	十一月，結婚。
1979	出版詩集《後裔》（臺北：林白出版社）。
	長詩〈大黃河〉獲得第十五屆國軍文藝金像獎長詩銀像獎（金像獎缺）。十月，聯合報副刊以預告七天方式大幅刊載，加上洛夫、羅門等人的評論、眾多讀者迴響等。主編為瘂弦。
1980	1 月，赴美進入紐澤西州史蒂文斯理工學院（Stevens Institute of Technology）攻讀化工碩士，主修高分子材料科學（high polymer material science）。
	2 月，〈黑洞〉一詩獲得中國時報第一屆時報文學獎敘事詩首獎。
1981	期間曾在紐澤西及紐約打工，並遍遊歷美、加各地。12 月，於史蒂文斯理工學院化工碩士班畢業。驅車由紐約橫越美國東、南各州至洛杉磯。回國。
1982	上半年，至聯合報副刊組瘂弦處幫忙聯合副刊「三十年集」做校對工作，認識詩人沙牧。
	6 月，於《現代詩》發表〈淺析鄭愁予的境界觀--中國現實與理想的藝術導向〉（臺北：《現代詩》復刊號 1 期，頁 34-42）。

紀年	記事
	7月，進入中山科學院任助理研究員。期間曾被派往德國短期考察，遊荷蘭、德國黑森林、萊茵河、科隆等地。
	9月，任耕莘寫作會詩組指導老師。
1983	1月，與德亮、羅青等詩人于來來百貨公司展出「藝術上街展」。
1984	至臺北工專任專任講師。
1985	2月，主編「草根詩刊」，以詩畫藝術海報形式推出，全開本，正面彩色畫作，背面為詩刊。共出九期。
	4月，開始於《文訊》及其它刊物大量發表評論文章。
	6月，與杜十三策劃「一九八五中國現代詩季」，於新象藝術中心藝廊舉行。首度策劃「詩的聲光」實驗演出，用詩結合音樂、舞蹈、錄影、幻燈、劇場等不同媒介，達三小時餘。
	7月，任復興文藝營詩組指導老師。
	12月，與羅青舉辦「詩的聲光發表會」於臺北耕莘文教院，由草根詩社主辦。擔任策劃及執行工作，冷冬料峭，依然爆滿。後於新竹清華大學另舉行一場。
1986	2月，參加「中義視覺詩展」，於義大利舉行。
	3月，於國立藝術館與蓉子、瘂弦、羅門、羅青等策劃演出三天之「詩的聲光發表會」，由中國青年寫作協會主辦。擔任節目策劃及執行工作。
	4月，出版詩集《大黃河》（臺北：爾雅出版社）。
	10月，於向明主編之《藍星詩刊》（九歌版）開闢「新詩隨筆」專欄。首篇為〈比喻的遊戲〉（臺北：《藍星詩刊》9期，頁68-76）。
1987	3月，為助「演詩人」趙天福解決其生活困境，與杜十三共同策劃「貧窮詩劇場」於臺北「春之藝廊」，由趙天福獨自演出20首詩。
	9月，於臺北實踐堂與羅青、杜十三策劃演出三天之「詩的聲光發表會」，由中國青年寫作協會主辦。擔任節目策劃及執行工作。
	10月，於《文訊》發表〈小詩時代的來臨--張默《小詩選讀》讀後〉，（臺北：《文訊》32期，頁225-228）。開始注意小詩形式。
1988	5月，《大黃河》獲第十一屆中興文藝獎獎章。
	12月，散文〈小朱的嗩吶〉獲得梁實秋文學獎散文首獎。
1989	4月，出版散文集《給夢一把梯子》（五四書店）。

紀年	記事
	5月，由張默主編、白靈、向陽擔任編輯委員之《中華現代文學大系詩卷（一）～（二）》由九歌出版。
	8月，升等臺北工專化工科副教授。
1990	7月，首度前往大陸桂林、西安、杭州、上海、蘇州、南京、北京等地旅遊。
1991	出版詩論集《一首詩的誕生》（九歌出版社）。
	詩作獲銘刻於臺北松江詩園內。
1992	7月，《一首詩的誕生》獲第十八屆國家文藝獎「文學理論」獎。
	10月，於臺灣大學，與杜十三策劃演出「詩的聲光──現代詩多媒體演出」發表會，由臺灣的中華民國筆會主辦。擔任節目企劃及執行工作。
	10月，於國家音樂廳舉行之「弘一大師百年冥誕──李叔同歌詩多媒體發表會」中策劃詩的演出節目，並創作〈芒鞋〉一詩，以詩人合誦形式向弘一法師致意。
	12月，獲中國文藝協會文藝獎章。
	12月，與詩友合組臺灣詩學季刊雜誌社，擔任主編〔至1997年，共編20期〕。
1993	8月，出版詩集《沒有一朵雲需要國界》（臺北：書林出版社）。
	9月，隨文曉村等葡萄園詩社同仁參訪大陸北京、洛陽、開封、西安、武漢、重慶等地，與諸多大陸詩人、學者會晤。於重慶西南師大新詩研究所參與「93華文詩歌世界學術研討會」，發表論文〈從躺的詩到站的詩──「詩的聲光」在臺灣〉。
	10月，《一首詩的誕生》獲第十一次新聞局中小學生優良課外讀物推介。
1994	出版詩論集《煙火與噴泉》（臺北：三民書局）。
1995	9月，於《臺灣詩學季刊》發表〈詩獎和詩的長度〉（臺北：《臺灣詩學季刊》12期，頁12-16）。
	9月，應邀擔任聯合報文學獎新詩類決審委員。
1996	3月，於《臺灣詩學季刊》發表〈畢竟是小詩的天下〉（臺北：《臺灣詩學季刊》14期，頁135-141）。
	4月，發表詩論〈小詩是新詩未來主流？──我看張默的《小詩選

紀年	記事
	讀》〉（臺北：《幼獅文藝》508 期，頁 88-89）。
	5 月，與辛鬱合編《八十四年詩選》（臺北：現代詩季刊社）。
	10 月，與尹玲、向明等前往廣東中山、佛山參加國際華文詩人筆會的年會，對翠亨村能培育出逸仙先生的胸襟印象深刻。
1997	2 月，出版與向明合編之《可愛小詩集》（臺北：爾雅出版社）。
	3 月，於《臺灣詩學季刊》策劃「小詩運動」專輯，發表〈閃電和螢火蟲——淺論小詩〉（臺北：《臺灣詩學季刊》18 期，頁 25-34）。
	4 月，出版第一本童詩集《妖怪的本事——小詩人系列》（臺北：三民書局）。
	7 月，應菲華詩人邀請，前往馬尼拉參與「菲律賓華文文學研討會」，發表論文。認識白凌、和權等菲華詩人，遊麥堅利堡。
	7 月，與蕭蕭應邀前往福建武夷山，參與「現代漢詩國際研討會」，發表論文。於廈門和武夷山，先後與謝冕、沈奇、劉登翰、陳仲義、舒婷、翟永明等大陸學者、詩人會唔。首度遊母親離開大陸前待過的鼓浪嶼，卻不知當時暫居何處。
	10 月，應邀於臺北參與「面向二十一世紀 97 華文詩歌學術研討會」，發表。
1998	1 月，出版散文集《白靈散文集》（臺北：河童出版社）。
	3 月，於《臺灣詩學季刊》發表〈菲華詩中的意象與情境初探〉、〈詩的濃度、明度與長度——兼及中國時報「情詩大賽」作品的幾點考察〉、〈再論詩的濃度〉等三文，（臺北：《臺灣詩學季刊》22 期，頁 65-99）。
	3 月，編輯出版《新詩二十家》（《臺灣文學二十年集 1978-1998》之一）（臺北：九歌出版社）。。
	5 月，出版詩論集《一首詩的誘惑》（臺北：河童出版社）。
	7 月，《臺灣文學二十年集》（含《新詩二十家》）獲圖書金鼎獎文學創作類優良圖書推薦。
	10 月，參與「全方位藝術家聯盟」於臺北知新廣場舉辦的「跨世紀多元藝術互動展」，策劃執行「詩的聲光小型詩劇場」。
1999	8 月，於《文訊》發表〈新詩矽谷——臺灣，二十世紀華文詩的試驗場〉，（臺北：《文訊》166 期，頁 31-36）。

紀年	記事
	8月，受《明道文藝》雜誌邀請，開始擔任全國學生文學獎決審評委。
	10月，建置個人網站「白靈文學船」。
	11月，《一首詩的誘惑》獲中山文藝創作獎第三十四屆新詩獎項。
2000	1月，散文〈億載金城〉一文被國立編譯館選入國中三年級第六冊國文課文中。
	3月，出版與張默合編之《八十八年詩選》（臺北：創世紀詩雜誌社）。
	6月，策劃執行臺灣詩學季刊主辦之「臺灣新世代詩人會談」，邀請青年詩人發表詩文及座談、朗誦。
	6月，出版《白靈‧世紀詩選》（臺北：爾雅出版社）。
2001	2月，出版與辛鬱、焦桐合編之《九十年代詩選》（臺北：創世紀詩雜誌社）。
	8月，與創世紀詩社詩友前往山西太原、大同、呼和浩特等地參訪。
	10月，建置網站「詩的聲光」「象天堂」。
2002	4月，與方明、張默、向明、辛郁、管管等人前往越南西貢等地訪問，認識越華詩人。
	8月，與創世紀詩社詩友前往河南殷墟等地參訪。
	8月，與蕭蕭合編《新詩讀本》（臺北：二魚文化）。
	9月，〈風箏〉一詩被選入翰林版國中（初中）一年級第一冊國文課文中。
	9月，〈林家花園〉一詩被選入康軒版國中（初中）一年級第一冊「藝術與人文」課文中。
	10月，主編《千年之門：學院詩人群年度詩集》（臺北：萬卷樓圖書股份有限公司）。
	10月，參與編輯之《2000臺灣文學年鑑》由文建會出版。
	12月，前往馬來西亞旅遊，見識到其新首都「布拉特再也」之大手筆及藝術設計。
2003	2月，出版第二本童詩集《臺北正在飛》（臺北：三民書局）。
	4月，主編《九十一年詩選》（臺北：臺灣詩學季刊）。
	10月，主編《中華現代文學大系（貳）：臺灣1989～2003》（臺北：九歌出版社）。

紀年	記事
	10 月，前往日本東京、鄉根等地旅遊。
2004	1 月，隨林文寶等師生前往昆明、杭州、上海、蘇州等地參訪，對「諸葛八卦村」之設計印象深刻。
	1 月，於《文訊月刊》發表〈臺灣的屋頂——他山之石可否攻「頂」？兼致建築師們〉（臺北：《文訊》219 期，頁 45-48）。對臺灣的建築師提出嚴厲的批評。
	9 月，〈風箏〉一詩被選入康軒版國中二年級第四冊國文課文中。
	9 月，同時出版詩論集《一首詩的玩法》及詩集《愛與死的間隙》（臺北：九歌出版社）。
	10 月，《愛與死的間隙》獲得《網路與書》每日推薦書文學類之推薦。
	11 月，應邀與瘂弦、陳義芝、汪啓疆等前往福建參與海峽詩會，參訪沿海各地歷史景致，對泉州南音演出印象深刻。
	11 月，建置網站「童詩之眼」、「意象工坊」。
2005	1 月，隨林文寶等師生前往東北哈爾濱、長春、瀋陽、及北京等地參訪。
	1 月，《愛與死的間隙》獲得金石堂《出版情報》2004 年度作家書架——隱地推薦。
	7 月，應邀出席香港大學中文系主辦（召集人黎活仁）、在武漢大學舉辦之瘂弦詩歌研討會，擔任主題演講。
	10 月，於金門與多位詩人共同設計並參與碉堡裝置藝術「三角堡詩展」。
	11 月，於《臺灣詩學季刊》發表〈從科學觀點看臺灣新詩經典化的幾個現象〉（臺北：《臺灣詩學季刊》6 期，頁 119-140）。
	11 月，於《金門文藝》發表〈特載碉堡詩的裝置藝術展——雷與蕾的交叉：金門「三角堡詩歌」引言〉（金門：《金門文藝》9 期，頁 30-31）。
2006	1 月，《一首詩的誘惑》改交由九歌出版。
	2 月，應邀與蕭蕭、廖玉蕙、林黛嫚等四人前往福建石獅市及泉州附近參訪，游崇武、姑嫂塔及清涼山，父母的老家近在咫尺仍未入。
	4 月，應邀出席香港大學中文系主辦（召集人黎活仁）、在廣東信

紀年	記事
	誼市舉辦之鄭愁予詩歌研討會，發表論文。
	10 月，於金門與參與「2006 坑道藝術節」，於翟山坑道展出多幅螢光畫作。
2007	3 月，應邀出席在北師大珠海分校舉行的「中生代與簡政珍詩作研討會」，發表論文。
	4 月，應邀出席香港大學中文系主辦（召集人黎活仁）、在徐州師大、蘇州大學舉辦之洛夫研討會，發表論文。
	4 月，散文集《慢‧活‧人生》由九歌出版社出版。
	6 月，策劃「向明詩作研討會」，於臺北教育大學舉行。
	8 月，應韓國新詩協會邀請，代表臺灣參與韓國現代詩百周年紀念國際研討會及「萬海祝典」，發表有關全球化下新詩走向的論文。
	9 月，於金門與多位詩人共同設計並參與「2007 金門碉堡藝術節—長寮重劃區裝置藝術展」。
	10 月，應邀出席在湖南鳳凰城舉行之洛夫長詩《漂木》研討會，發表論文，提出建構「混沌詩學」的概念。
	12 月，出版與蕭蕭共同主編的《儒家詩學的躬行者：向明詩作學術研討會論文集》（臺北：萬卷樓出版）。
	12 月，與李瑞騰共同策劃臺灣詩學季刊社 15 周年紀念，出版系列詩集七冊、選集一冊。包括出版個人詩集《女人與玻璃的幾種關係》（臺北：臺灣詩學季刊社）。
2008	3 月，應邀出席由香港大學中文系主辦（召集人黎活仁）、在徐州師大舉辦之余光中詩作研討會，發表論文。
	3 月，主編《2007 臺灣詩選》（臺北：二魚出版社）
	3 月，主編《臺灣文學三十年菁英選：新詩三十家》（臺北：九歌出版社）。
	5 月，應邀出席澳門大學主辦之漢語詩歌及張默詩作研究會，發表論文。
	5 月，率領耕莘青年寫作會女詩人及小說家訪問上海及北京，與諸多青年詩人交流，參與座談及朗誦會。
	6 月，出版詩集《白靈詩選》（北京：作家出版社）。
	9 月，由哥嫂引路，首度回福建惠安老家，見諸多親人，參觀祠堂、

紀年	記事
	及翻閱母親阿裔兩厚冊七百多年郭氏家譜。並至鼓浪嶼參觀母親搭船去臺前的暫居處。
	10月,應邀擔任自由時報林榮三文學獎新詩決審委員。
	11月,出版詩論集《桂冠與荊棘》(北京:作家出版社)。
2009	5月,率領耕莘青年寫作會女詩人訪問安徽及上海,與諸多青年詩人學者交流座談。遊九華山。
	8月,應邀出席第二屆青海湖國際詩歌節,在青海西寧舉行。
	9月,〈風箏〉一詩被選入南一版國中二年級第四冊國文課文中。
	10月,應邀擔任自由時報林榮三文學獎新詩決審委員。
	10月,應邀出席明道大學中文系舉辦之管管詩作研討會,發表論文。
	12月,應邀出席明道大學中文系舉辦之周夢蝶詩作研討會,發表論文。
2010	3月,應邀在臺灣大學參與「五行超連結展」之詩畫聯展。
	4月,應邀出席由香港大學中文系主辦(召集人黎活仁)、在廈門大學舉辦之商禽詩作研討會,發表論文。遊鼓浪嶼及南靖客家土樓。
	4月,帶領社區大學學員前往臺東綠島旅遊,橫渡黑潮,參觀人權文化園區。
	5月,率領耕莘青年寫作會女詩人群訪問成都,與當地詩人學者交流座談。遊杜甫草堂及金沙遺址。
	6月,應邀至北京出席由北京大學及首都師大主辦之「兩岸四地第三屆當代詩學論壇」,發表論文。至上海參觀世博三天。
	8月,應邀擔任聯合報文學獎新詩決審委員。
	9月,〈登高山遇雨〉一詩被選入南一版小學五年級上學期國語課文中。
	10月,應邀出席由香港大學中文系主辦(召集人黎活仁)、在上海復旦大學舉辦之蕭蕭詩作研討會,發表論文。參觀上海世博中國館。
	10月,應邀前往福州出席女詩人古月詩作研討會,發表論文。並遊湄州島等地。
	11月,出版詩集《昨日之肉:金門馬祖綠島及其他》(臺北:秀威資訊)。
	11月,策劃「燒好一壺夜色——送杜十三」追思紀念活動。

紀年	記事
	12 月，出版詩集《五行詩及其手稿》（臺北：秀威資訊）。
	12 月，出席由香港大學中文系主辦（召集人黎活仁）、在珠海國際學院舉辦之白靈詩作研討會。
2011	4 月，應邀由香港大學中文系主辦（召集人黎活仁）、在北師大珠海分部舉辦之林煥彰詩作研討會，發表論文。順遊香港。
	5 月，帶領社區大學學員前往澎湖吉貝、七美、望安、桶盤諸島旅遊。
	6 月，應邀至湖北新秭歸城出席屈原故里詩人節活動。參觀三峽大壩。
	6 月，應邀出席育達商業科技大學（召集人渡也）舉辦之瘂弦學術研討會，發表論文。
	6 月，應邀出席明道大學中文系舉辦之隱地詩作研討會，發表論文。
	9 月，出席臺北教育大學兩岸四地中生代詩學研討會，發表論文。
	10 月，應邀由香港大學中文系主辦（召集人黎活仁）、在連雲港高等師院舉辦之向陽詩作研討會，發表論文。順遊西遊記吳敬梓遊歷過之花果山。
	10 月，帶領社區大學學員前往尖石鄉司馬庫斯旅遊，參觀 3000 年的巨木區。
	10 月，應邀與路寒袖在明道大學舉辦的濁水溪詩歌節上對談、朗誦。
	11 月，應邀在濁水溪詩歌節與吳晟於彰化文化局進行對談、朗誦。
	12 月，以詩集《昨日之肉：金門馬祖綠島及其他》一書獲國立臺灣文學館舉辦之臺灣文學獎圖書類新詩金典獎。
2012	3 月，應聯合報邀請，與詩壇怪傑碧果在臺北故事館「繆斯的星期五」活動上進行對談、朗誦（主持人陳義芝）。
	3 月，應臺灣大學中文系邀請參與「臺大詩歌之夜」，朗誦散文詩。
	3 月，應清華大學臺文所邀請，與青年詩人楊佳嫻、李長青進行「文學鼎談」（主持人李癸雲）。

白靈研究目錄

蔡明原[1]

一、學位論文

GUO

郭美君,〈白靈及其詩作研究〉,碩士論文,高雄師範大學,2008。

LI

李明融,〈白靈新詩創意研究〉,碩士論文,中興大學,2011。

ZHANG

張秀絹,〈白靈新詩研究〉,碩士論文,臺灣師範大學,2010。

二、專書

GU

古繼堂,〈充滿大黃河意識的白靈〉,《臺灣青年詩人論》。臺北:人間出版
社,1996,121-27。

---

[1]　〈白靈研究目錄〉由編委會委託蔡明原先生據原件逐一覆核,應該沒有錯
誤。黎活仁謹誌,2012年3月29日。

HE

何加焉，〈〈夜膽閣父銅像〉賞析〉，《新詩鑒賞辭典》，公木主編。上海：
上海辭書出版社，1991，961。

──，〈〈淡江寫生遇雨〉賞析〉，《新詩鑒賞辭典》 962。

LI

李元洛，〈〈長城〉賞析〉，《新詩鑒賞辭典》，977-78。

PAN

潘麗珠，〈激越飽滿的白靈〉，《臺灣現代詩教學研究》。臺北：五南圖書出
版公司，1999，201-04。

YA

瘂弦，〈待續的鐘乳石──讀白靈的長詩《大黃河》〉，《聚繖花序Ⅰ》，瘂
弦著，臺北：洪範書店，2004，53-65。

YOU

游喚，〈白靈論〉，《文學批評的實踐與反思》，臺中：臺中縣立文化中心，
1993，318-20。

ZHANG

張默，〈〈口紅〉品賞〉，《天下詩選Ⅱ》。臺北，天下遠見出版，2003，57-58。

ZHU

朱雙一，〈朝向中國美麗的標竿──白靈論〉，《彼岸的繆斯：臺灣詩歌論》。
南昌：百花洲文藝，1996，420。

三、期刊部分

CAI

蔡鈺鑫，〈醉在金門的命運裡──白靈〈金門高粱〉賞析〉，《金門文藝》
　　26（2008）：58-60。

CHEN

陳瀅州，〈如何「過」一首詩？──瘂弦 VS 白靈〉，《文訊》249（2006）：
　　110-116。

陳義芝，〈海貝含珠──白靈的《五行詩》〉，《文訊》314（2012）：116-17。

CHU

初安民，〈誰能給我們一把夢的梯子──評白靈的《給夢一把梯子》〉，《聯
　　合文學》5.9（1989）：193-94。

CHUANG

創世紀詩雜誌社、洛夫、李瑞騰、何金蘭、碧果、孟樊、辛鬱、落蒂、
　　汪啟疆、黑俠、龍青，〈時間在存有中滴答──白靈詩作筆談小集〉，
　　《創世紀詩雜誌》159（2009）：48-65。

DU

杜十三，〈語言的化學變化──白靈詩小評〉，《創世紀》77（1989）：18。

──，〈白靈詩作的時間性、空間性與人間性〉，《臺灣詩學季刊》31（2000）：
　　198-205。

LI

李明融，〈白靈詩藝的創意表現〉，《國文天地》26.12（2011）：97-109。

黎活仁，〈上升與下降：白靈與狂歡化詩學〉，《臺灣詩學季刊》17（2011）：
　　71-97。

LIN

林燿德，〈鐘乳石下的魔術師：簡介白靈的詩觀與詩作〉，《文藝月刊》196
　　（1985）：42-54。

LUO

羅青，〈溫柔敦厚唱新聲——評介白靈的白話詩集《後裔》〉，《書評書目》
　　73（1979）：39-47。收入白靈，《後裔》，1-18。

PENG

彭迎春、莊向陽，〈新詩之絕句——評白靈五行詩作〉，《華文文學》2
　　（1995）：29-31。

HONG

洪淑苓，〈拉著天空奔跑——《白靈‧世紀詩選》評介〉，《文訊》178（2000）：
　　23-24。
—，〈開向新世紀的花朵——（辛鬱　白靈　焦桐合編）《九十年代詩選》
　　評介〉，《文訊》190（2001）：40-41。

HUANG

黃硯，〈詩心慧眼——白靈的夢境與現實〉，《卓越雜誌》186（2000）：
　　170-74。

JIAN

簡政珍.〈跳脫而控制的詩想——評白靈詩集《愛與死的間隙》〉，《文訊》
　　233（2005）：32-34。

QIAO

樵夫，〈用另一隻眼睛讀白靈的〈天機〉〉，《臺灣詩學季刊》31（2000）：
214-16。

XIAO

蕭蕭，〈白靈大夢──讀《給夢一把梯子》〉，《文訊》45（1989）：83-84。

YANG

楊佩螢，〈白靈〈風箏〉〉，《聯合文學》22.4（2006）：73。

YU

余境熹，〈沒有一朵雲需要國界：白靈「五行詩」VS 阿茲特克史──誤讀
詩學系列之六〉。《臺灣詩學季刊》18（2011）：175-206。

ZHAO

趙雅玲，〈夢想起飛的白靈散文〉，《中國語文》101.1（2007）：35-44。

SHI

石天河，〈神韻、靈思、血族情──讀《白靈詩選》札記〉，《葡萄園詩刊》
186（2010）：45-54。

WU

吳當，〈「拜訪新詩」耕耘與領航──讀《白靈‧世紀詩選》〉，《明道文藝》
305（2001）：104-09。

WAN

萬登學，〈寄寓深遠　詩思深邃──淺論白靈短詩〉，《臺灣詩學季刊》26
（1999）：112-15。

WEN

文曉村，〈評白靈的三首長詩文曉村──〈大黃河〉、〈黑洞〉、〈長江〉〉，《葡萄園》78（1982）：7-17。

XIE

謝輝煌，〈由切蘿蔔「玩」到扮家家酒──白靈《一首詩的玩法》讀後〉，《葡萄園詩刊》166（2005）：46-49。

謝三進，〈詩與電影的科幻想像──讀白靈〈綠色家鄉〉〉，《乾坤詩刊》54（2010）：129-33。

解昆樺，〈一趟文學記憶的逆旅──白靈和他的詩生活〉，《文訊》230（2004）：136-41。

XU

許悔之，〈一個待續的故事──試論白靈的詩〉，《藍星詩刊》12（1987）：118-33。

YU

余境熹，〈論重複與白靈短詩音樂美──以《白靈短詩選》為中心〉，《臺灣詩學季刊》17（2011）：99-129。

ZHANG

張春榮，〈靈光乍顯──讀向明、白靈編《可愛小詩選》〉，《北師語文教育通訊》5（1997）：46-48。

──，〈生動與隱微──讀白靈《妖怪的本事》〉，《中央月刊文訊別冊》149（1998）：19-20。

──，〈始於喜悅，終於創思──評白靈《一首詩的玩法》〉，《文訊》230（2004）：16-17。

張默主持、林峻楓紀錄，〈平面詩和網路詩的趨勢──辛鬱 VS 白靈〉，《創世紀詩雜誌》123（2000）：12-23。

張默、蕭蕭，〈《新詩三百首》詩人鑑評選刊〉，《臺灣詩學季刊》12（1995）：
　　160-66。

張期達，〈不相稱的美學初探——以白靈《愛與死的間隙》為例〉，《臺灣
　　詩學季刊》5（2005）：229-42。

四、報紙文章

A

阿盛，〈在藝術馬拉松長跑——關於白靈〉，《自由時報副刊》1999 年 7 月
　　30 日，10。

LUO

洛夫、羅門、張默、羊令野，〈評大黃河（四帖）〉，《聯合報副刊》1979
　　年 10 月 11 日，8。

SHA

沙牧，〈談話的歧義——白靈〈辮子〉一詩〉，《中央日報》1984 年 6 月 26
　　日，12。

SI

司馬特，〈量詩的尺——讀《一首詩的誕生》輕鬆作詩〉，《中華日報副刊》
　　1992 年 1 月 30 日，11。

WU

吳開晉，〈白靈的生命詩學〉，《聯合日報》1999 年 12 月 1 日，3。

吳當，〈飛揚的生命——試析白靈〈風箏〉〉，《中央日報》1999 年 12 月 8
　　日，25。

XI

奚密，〈詩以詠史——評白靈《沒有一朵雲需要國界》〉，《中時晚報・時代文學》194 期，1993 年 12 月 26 日，15。

YOU

游喚，〈一首詩的誕生〉，《中國時報・開卷版》1992 年 1 月 31 日，26。

ZHANG

張春榮，〈《可愛小詩選》那裏可愛？〉，《中央日報》1997 年 5 月 14 日，21。

ZHENG

鄭愁予、鍾鼎文、余光中、白萩，〈在無窮意象的空間一裏——評〈黑洞〉（四家）〉，《中國時報人・人間副刊》1980 年 3 月 6 日，32。

文學視界 04　PG0788

閱讀白靈

編　　者 / 黎活仁、楊慧思、楊宗翰
責任編輯 / 林泰宏
圖文排版 / 鄭佳雯
封面設計 / 蔡瑋中

發 行 人 / 宋政坤
法律顧問 / 毛國樑　律師
印製出版 / 秀威資訊科技股份有限公司
　　　　　114 台北市內湖區瑞光路 76 巷 65 號 1 樓
　　　　　電話：+886-2-2796-3638　傳真：+886-2-2796-1377
　　　　　http://www.showwe.com.tw
劃撥帳號 / 19563868　戶名：秀威資訊科技股份有限公司
　　　　　讀者服務信箱：service@showwe.com.tw
展售門市 / 國家書店（松江門市）
　　　　　104 台北市中山區松江路 209 號 1 樓
　　　　　電話：+886-2-2518-0207　傳真：+886-2-2518-0778
網路訂購 / 秀威網路書店：http://www.bodbooks.com.tw
　　　　　國家網路書店：http://www.govbooks.com.tw
圖書經銷 / 紅螞蟻圖書有限公司
　　　　　114 台北市內湖區舊宗路二段 121 巷 28、32 號 4 樓
　　　　　電話：+886-2-2795-3656　傳真：+886-2-2795-4100

2012 年 7 月 BOD 一版
定價：650 元
版權所有　翻印必究
本書如有缺頁、破損或裝訂錯誤，請寄回更換

國家圖書館出版品預行編目

閱讀白靈 / 黎活仁, 楊慧思, 楊宗翰主編. -- 一版. -- 臺
　北市：秀威資訊科技, 2012.07
　　面 ；　公分. -- (文學視界 04 ; PG0788)
　BOD 版
　ISBN 978-986-221-973-7(平裝)

　1. 白靈　2. 詩評　3. 詩學　4. 文集

851.486　　　　　　　　　　　　　　　101011084

讀者回函卡

感謝您購買本書，為提升服務品質，請填妥以下資料，將讀者回函卡直接寄回或傳真本公司，收到您的寶貴意見後，我們會收藏記錄及檢討，謝謝！如您需要了解本公司最新出版書目、購書優惠或企劃活動，歡迎您上網查詢或下載相關資料：http:// www.showwe.com.tw

您購買的書名：＿＿＿＿＿＿＿＿＿＿＿＿＿＿＿＿＿＿＿＿＿

出生日期：＿＿＿＿＿年＿＿＿＿＿月＿＿＿＿＿日

學歷：□高中 (含) 以下　　□大專　　□研究所 (含) 以上

職業：□製造業　□金融業　□資訊業　□軍警　□傳播業　□自由業
　　　□服務業　□公務員　□教職　　□學生　□家管　□其它＿＿＿

購書地點：□網路書店　□實體書店　□書展　□郵購　□贈閱　□其他

您從何得知本書的消息？

　□網路書店　□實體書店　□網路搜尋　□電子報　□書訊　□雜誌
　□傳播媒體　□親友推薦　□網站推薦　□部落格　□其他＿＿＿＿＿

您對本書的評價：（請填代號　1.非常滿意　2.滿意　3.尚可　4.再改進）

　封面設計＿＿＿　版面編排＿＿＿　內容＿＿＿　文／譯筆＿＿＿　價格＿＿＿

讀完書後您覺得：

　□很有收穫　□有收穫　□收穫不多　□沒收穫

對我們的建議：＿＿＿＿＿＿＿＿＿＿＿＿＿＿＿＿＿＿＿＿＿

＿＿＿＿＿＿＿＿＿＿＿＿＿＿＿＿＿＿＿＿＿＿＿＿＿＿＿＿＿

＿＿＿＿＿＿＿＿＿＿＿＿＿＿＿＿＿＿＿＿＿＿＿＿＿＿＿＿＿

＿＿＿＿＿＿＿＿＿＿＿＿＿＿＿＿＿＿＿＿＿＿＿＿＿＿＿＿＿

11466
台北市內湖區瑞光路 76 巷 65 號 1 樓

秀威資訊科技股份有限公司　　　收

BOD 數位出版事業部

┄┄┄┄┄┄┄┄┄┄┄┄┄┄┄┄┄┄┄┄┄┄┄┄┄┄┄┄┄┄┄┄

（請沿線對折寄回，謝謝！）

姓　　名：＿＿＿＿＿＿＿＿＿　年齡：＿＿＿＿　性別：□女　□男

郵遞區號：□□□□□

地　　址：＿＿＿＿＿＿＿＿＿＿＿＿＿＿＿＿＿＿＿＿＿＿＿＿

聯絡電話：(日) ＿＿＿＿＿＿＿＿＿＿　(夜) ＿＿＿＿＿＿＿＿＿＿

E-mail：＿＿＿＿＿＿＿＿＿＿＿＿＿＿＿＿＿＿＿＿＿＿＿＿